Sitz des Lehnsherrn
ELLVOR
nzgasthaus
VALENCIA
Valor

Moonlight Sword
Schicksalskuss

Alle Bücher von Asuka Lionera im Planet!-Verlag:

Midnight Princess
Bd. 1: Wie die Nacht so hell

Midnight Princess
Bd. 2: Wie der Tag so dunkel

Frozen Crowns
Bd. 1: Ein Kuss aus Eis und Schnee

Frozen Crowns
Bd. 2: Eine Krone aus Erde und Feuer

Moonlight Sword
Bd. 1: Klingenherz

Für mehr Informationen über Asuka Lionera und »Moonlight Sword« folgt der Autorin auf:
www.asuka-lionera.de
de-de.facebook.com/AsukaLionera
www.instagram.com/asuka.lionera

Mehr über unsere Bücher, Autor:innen und Illustrator:innen auf:
www.planet-verlag.de

Asuka Lionera

Moonlight Sword

Schicksalskuss

PLANET!

Liebe Leserin, lieber Leser,

dieser Roman enthält potenziell triggernde Inhalte. Auf der vorletzten Seite findest du eine Themenübersicht, die demzufolge Spoiler für den Roman enthält.

Obwohl die Liste nach bestem Wissen angelegt wurde, erhebt sie keinen Anspruch auf Vollständigkeit, da Auslöser und deren Wahrnehmung vielfältig sein können.

Entscheide bitte für dich selbst, ob du diese Warnung liest. Gehe während des Lesens achtsam mit dir und deiner Gesundheit um. Falls du während des Lesens auf Probleme stößt und/oder betroffen bist, bleib damit nicht allein. Wende dich an deine Familie, Freunde oder auch professionelle Hilfestellen.

Wir wünschen dir alles Gute und das bestmögliche Leseerlebnis.

Asuka Lionera und das Planet!-Team

Für all jene, die verstanden haben,
dass der Weg meistens das Ziel ist.

Kapitel 1

Delmira

Zweite Vollmondnacht

Varyans tiefe, volle Stimme geht mir durch und durch. Es ist, als könnte ich ihr raues Timbre bis hinab in den kleinen Zeh spüren. Meine Sinne lechzen nach einer weiteren Silbe aus seinem Mund. Einem weiteren heißen Kribbeln, das mich durchströmt und belebt und Stellen in mir erreicht, die bisher kalt und gefühllos waren.

Ich frage mich nicht mehr, wie er hier sein kann – nicht bloß in seiner Astralgestalt. Sondern … wirklich *hier*. Die einzige Frage, die ohne Unterlass in mir widerhallt, ist die, warum er so weit von mir entfernt steht. Dabei trennen uns nur wenige Zentimeter, die sich jedoch anfühlen, als sei er in einem anderen Reich. Obwohl ich jedes Stück freien Raum zwischen uns verfluche, wage ich nicht, die Hände zu heben. Die Angst, dass er sich auflösen könnte, wenn ich eine falsche Bewegung mache, hält mich zurück.

»Wenn ich bleiben darf«, flüstert Varyan belegt, während ich innerlich verglühe, »möchte ich ebenfalls eine Bitte äußern.«

»Jede«, bringe ich mit sterbender Stimme hervor.

Seine Augen sind nun halb geschlossen, als er raunt: »Bitte berühre mich.«

Ein Ruck geht durch mich hindurch, dennoch finde ich nicht den Mut, mich zu bewegen.

In diesem Moment existiert in mir kein stärkeres Gefühl als das Verlangen, seiner Bitte augenblicklich nachzukommen. Doch ich starre ihn bloß an – gefangen in der endlosen Frage, wie er tatsächlich hier sein kann.

Varyan neigt den Kopf. In seiner Miene zeichnet sich ein Schmerz ab, den ich in mir fühlen kann, während er mich aus seinen unterschiedlich farbigen Augen betrachtet, die Brauen zusammengezogen. Es ist ein Schmerz, den ich ebenfalls empfinde, doch beide scheinen wir unfähig, ihn zu durchbrechen.

»Mira«, flüstert er. Noch nie schwang so viel Gefühl, so viel Sehnsucht in meinem Namen mit. »*Bitte.*«

Ich weiß nicht, ob es die Art, wie er meinen Namen ausspricht, das Zucken seiner Kiefermuskeln oder doch sein Flehen ist, das mich schließlich aus meiner ängstlichen Starre erwachen lässt. Nie zuvor hat ein einziges Wort so süß und gleichzeitig verletzlich geklungen.

Meine Hände zittern, als ich sie endlich nach Varyan ausstrecke. Ich fürchte mich davor, dass sie durch ihn hindurchgreifen werden wie während der ersten Vollmondnacht, als er mir in seiner Astralgestalt gegenüberstand. Nun kann ich ihn zwar ansehen, ohne dass seine Konturen verschwimmen und ich unter Kopfschmerzen leide, dennoch habe ich Angst, meine Hände könnten erneut auf keinerlei Widerstand treffen.

Doch das tun sie.

Meine Fingerspitzen stoßen auf die warme, feste Haut seiner ausgestreckten Hände und ich lasse den Atem entweichen, den ich die ganze Zeit über angehalten habe, ohne es zu merken. Zeitgleich gibt Varyan ein Seufzen von sich, das sich genauso anhört wie jenes, das ich unzählige Male in meinem Kopf vernommen habe, wenn ich Caligram berührt habe. Schon da stellte dieser Laut seltsame Dinge mit mir an. Varyan nun dabei zu sehen, wie er genüsslich die Augen schließt und den Kopf ein winziges Stück nach vorn sacken lässt, als würde eine riesige Last von ihm abfallen, bringt mein Herz beinahe zum Bersten. Ich habe nie groß darüber nachgedacht, welche Macht einer einzigen Berührung innewohnt. Wie viel sie bedeuten und bewirken kann. Nun spüre ich es am eigenen Leib.

Und ein Teil von mir fürchtet sich davor, sich dieser Macht hinzugeben. Doch dieser Teil wird leiser und leiser, je weiter sich meine Finger vorwagen.

Mein Blick folgt ihren Bewegungen, die sich bedächtig Varyans Hände hinauf zu den nackten Unterarmen vorarbeiten. Immer wieder spüre ich ein leichtes Zucken seiner Muskeln, sowie die leichten Erhebungen einer Gänsehaut.

Meine Finger stoppen am Saum seiner hochgerollten Hemdsärmel.

»Hör bitte nicht auf«, raunt er in diesem besonderen Tonfall, der alles in mir verrücktspielen lässt und den zaudernden Teil zum Verstummen bringt.

Ebendieser Tonfall ermutigt mich, meine Hände zu heben und sie zögerlich an seine Wangen zu legen. Wieder seufzt er und schließt flatternd die Lider.

Während ich ihn betrachte und bedächtig mit dem Daumen sanft unter seinem Auge entlangstreiche, frage ich mich, wie viele Menschen den Eroberer, der er einst war, auf diese Weise gesehen haben – so vollkommen gelöst, so … verletzlich.

Mit den Fingern der linken Hand fahre ich durch sein rabenschwarzes Haar und bringe es noch mehr durcheinander. Bereits als er in seiner Astralgestalt vor mir stand, wollte ich das tun, konnte es aber nicht. Jetzt möchte ich nie mehr damit aufhören.

Es gibt bloß eine Sache, die ich im Moment noch lieber tun will. Die spitze Form seiner Ohren, die allen Lerthauern zu eigen ist, lockt mich, dass meine Fingerspitzen kribbeln. Wagemutig berühre ich sie.

Augenblicklich versteift sich Varyans Körper. Wäre da nicht der durchdringende Blick, den er mir unter halb geschlossenen Lidern zuwirft, und der tiefe, beinahe ursprüngliche Laut, der sich seiner Kehle entringt, hätte ich geglaubt, dass ich ihn verletzt habe. Erstarrt erwidere ich seinen Blick.

»Unsere Ohren«, flüstert er, »sind äußerst empfindlich. Deshalb erlauben wir lediglich auserwählten Personen, sie zu berühren.«

Ich ziehe sofort meine Hand zurück. »Verzeih, ich wollte nicht …«

»Ich erlaube es dir«, fällt er mir ein wenig atemlos ins Wort. »Ich bitte dich sogar darum. Wenn du es verlangst, sinke ich auf die Knie und flehe dich an.«

Ich blinzele verwirrt. »Aber …«

»Bitte, Mira.«

Es gibt nichts, was ich dagegen einwenden könnte. Oder wollte. Also nähere ich mich mit den Fingern erneut seinem spitzen Ohr. Als ich es berühre, beobachte ich aufmerksam seine Reaktion. Sein Körper erschauert. Die Art, wie er sich auf die Unterlippe beißt, stellt seltsame Dinge mit mir an. Ich will seine Unterlippe befreien und zugleich erfahren, wie es sich anfühlt, wenn seine Zähne sanft an meiner knabbern.

Abrupt schüttele ich den Kopf, um diese und ähnliche Gedanken zu vertreiben, doch gänzlich wollen sie nicht verschwinden. Sie werden etwas leiser, als ich mich nicht mehr seinen Ohren widme, aber sie verstummen nicht. Vielmehr blitzen sie immer wieder auf. Wenn sich die sehnigen Muskeln an seinen Armen anspannen, ich darüberstreichele und mich unweigerlich frage, wie sie sich anfühlen würden, wenn sie sich nur für mich bewegten.

Mein Herz schlägt solch heftige Kapriolen, dass es nicht gut für meine Gesundheit sein kann. Gehetzt wummert es in meiner Brust, bis ich nichts mehr höre als sein Schlagen und Varyans und meinen schnellen Atem.

Die Gewissheit, dass mir nicht mehr als diese Nacht bleibt, um hier mit ihm zu stehen und ihn berühren zu können, holt mich jedoch jäh in die Wirklichkeit zurück. Das sanfte Streicheln meiner Finger gerät ins Stocken.

Als Varyan die Lider öffnet, wirkt sein braunes Auge nahezu schwarz, wohingegen mich das rechte an die stille Tiefe eines unergründlichen Sees erinnert, die mich jederzeit verschlingen könnte.

»Was ist los?«, fragt er vorsichtig.

Es gelingt mir nicht, meine Gedanken und Gefühle in Worte zu fassen, doch Varyan drängt mich zu nichts. Während er wartet, dass ich ihm antworte, neigt er den Kopf und schmiegt seine Wange fester gegen meine Hand, als könne er gar nicht genug von meinen Berührungen bekommen.

Ich wünschte, ich wüsste, wie er sich fühlt. Am liebsten würde ich nie wieder damit aufhören, mit den Fingern über seine Haut oder durch seine Haare zu streichen, doch er steht einfach nur da, seine Arme hängen bewegungslos herab. Nicht ein einziges Mal hat er den kleinsten Versuch unternommen, es mir gleichzutun. Ich hätte nie für möglich gehalten, wie sehr mich seine Passivität verletzt.

»Was … ist mit mir?«, bringe ich irgendwie hervor.

Varyan bewegt den Kopf, um mich besser ansehen zu können. Dabei streifen seine Lippen über die Erhebung meiner Handfläche, woraufhin mich ein heißer Schauer durchzuckt. Diese Hitze bringt meine Knochen zum Schmelzen, meine Knie werden weich, und nun bin ich außerstande, den Blick von seinen Lippen zu nehmen. Ich beobachte jede noch so kleine ihrer Bewegungen, als sie Varyans nächste Worte formen.

»Was möchtest du, Mira?«

Beim rauen Klang seiner Stimme erschauere ich derart heftig, dass es sich auch auf meine Hände überträgt. Das selbstgefällige Grinsen, das in Varyans Mundwinkeln lauert, lässt mich wissen, dass ihm verdammt klar ist, was er mit mir anstellt. Und dass er es in vollen Zügen genießt.

Unter normalen Umständen würde ich ihn als selbstgefälligen Mistkerl bezeichnen und ihn stehen lassen, aber das ist mir nicht möglich. Ich könnte mich nicht einmal von ihm abwenden, wenn die Welt um uns herum auseinanderbrechen würde. Nicht jetzt. Nicht wenn er wahrhaftig vor mir steht. Nicht wenn ich mich so sehr nach ihm verzehre, dass es körperlich fast wehtut.

»Ich …« Meine Stimme ist so krächzend, dass ich mich räuspern muss. »Ich will, dass du … mich ebenfalls berührst.«

Daraufhin entzieht sich Varyan mir und richtet sich wieder zu voller Größe auf, in der er ich mich um mehr als eine halbe Kopflänge überragt. Wären seine Augen nicht immer noch verschleiert, hätte ich Angst, einen Fehler begangen und ihn vertrieben zu haben. Doch das dunkle Leuchten seiner Iriden spricht eine andere Sprache und löst ein Beben in mir aus. Ich harre so verzweifelt auf den Moment, in dem er endlich ebenfalls die Hände nach mir ausstreckt, dass meine Nerven zum Zerreißen gespannt sind.

Heilige Götter, könnte ich bitte aufhören zu zittern?

»Lass mich zunächst etwas klarstellen.« Latent liegt auch jetzt mein heiß geliebtes Raunen in Varyans Stimme. Es klingt härter, doch nicht minder beeindruckend. »Wir sind keine Freunde.«

Ich schlucke hart bei seinen Worten. »Aber …«

»Wenn du willst, dass ich dich berühre«, unterbricht er mich, »werden meine Berührungen nicht die eines Freundes sein.« Er neigt sich ein Stück zu mir herab. Ich müsste mich bloß auf die Zehenspitzen stellen, und unsere Nasenspitzen würden aneinanderstoßen. »Willst du es dennoch?«

Die Frage, was wir sind, wenn Freundschaft zwischen uns ausgeschlossen ist, wütet in meinen Gedanken, doch ich lasse ihr nicht genug Raum, um sie laut auszusprechen. Dafür ist später noch genug Zeit.

Jetzt gebe ich ihm die einzige Antwort, die für mich Sinn ergibt. »Ja.«

Varyan hebt einen Mundwinkel zu einem schiefen Grinsen, dessen Anblick mein Herz dazu veranlasst, Purzelbäume zu schlagen. »Fein.«

Er legt mir eine Hand an den unteren Rücken und zieht mich so nah an sich heran, dass kein Lufthauch mehr zwischen uns hindurchpasst. Ich erstarre, nur um im nächsten Moment schier in seiner Umarmung zu zerfließen. Mein Körper schmiegt sich mühelos gegen seinen, als hätte er nie etwas anderes getan. Ich genieße das Gefühl seines Arms um meine Mitte, der mich an ihn drückt. Dennoch spüre ich, dass ich jederzeit einen Schritt zurückmachen und es beenden könnte.

Das käme mir jedoch nie in den Sinn.

Ich genieße es, gehalten zu werden. Mich anlehnen zu können. Nicht die Kontrolle über alles haben zu müssen. Nie hätte ich geahnt, dass es so angenehm sein kann, sich fallen zu lassen. Und dabei hat er noch nichts anderes getan, als mich im Arm zu halten.

Ich stoße befreit den Atem aus, nur um ihn kurz darauf wieder scharf einzuziehen.

Varyans warme Hand an meiner Wange versetzt meine Nervenenden in solche Aufregung, dass sich ihr Kribbeln in meinem restlichen Körper ausbreitet. Er muss fühlen, wie ich von einem warmen Schauer nach dem anderen geschüttelt werde; ich bin froh darüber, dass er es nicht anspricht. Aber er reizt diese fremdartigen Gefühle in mir bis zum Äußersten aus, indem er mit dem Daumen knapp unter meiner Unterlippe entlangstreicht. Meine Lippen prickeln verlangend, während sein Blick jede Bewegung seines Daumens verfolgt. Ich könnte schwören, dass ich ihn wie ein Echo seiner Berührung spüre und er die empfindliche Stelle erneut in Brand setzt.

Ich bin beinahe enttäuscht, als seine Hand ein Stück nach hinten wandert. Sanft streifen seine Finger über mein Ohr, ehe sie mit geschickten Griffen mein hochgestecktes Haar lösen, das sich bis zur Mitte meines Rückens ergießt.

Mit einem versonnenen Lächeln wickelt Varyan sich eine Haarsträhne um den Zeigefinger. »Ich liebe diese Farbe.«

»Als ich jünger war«, murmele ich, ohne darüber nachzudenken, »war es richtig rot. Jetzt ist es bloß noch … rostrot.«

Ich beiße mir auf die Unterlippe. Was rede ich denn da? Wieso rede ich überhaupt? Ich sollte froh darüber sein, dass mir jemand ein Kompliment macht; das kommt selten genug vor. Wann habe ich zuletzt ein Kompliment für etwas erhalten, das nicht meinem Können im Kampf galt?

Während ich immer weiter in wirren Gedanken versinke, streicht Varyan ein weiteres Mal mit dem Daumen an meiner Unterlippe entlang, bis ich sie aus dem Klammergriff meiner Zähne entlasse und mich wieder auf ihn konzentriere. Mit den Fingern der anderen Hand drückt er gegen die Wirbel meines unteren Rückens – dort, wo ich nach einem harten Training manchmal Probleme habe – und entlockt mir damit ein heiseres Stöhnen. Es ist, als wüsste er genau, wie viel Druck er wo einsetzen muss. Als kenne er meinen Körper und dessen Eigenheiten und Vorlieben besser als ich selbst.

Vielleicht ist das der Fall.

Ich wölbe den Rücken unter seinen gekonnten Berührungen und presse mich so fest gegen seine harte Brust, dass ich unmöglich sagen kann, wo er aufhört und ich beginne. Dennoch ist es nicht nah genug. Eine beinahe vergessene Sehnsucht nach *mehr* verzehrt mich innerlich, doch ich bin außerstande, sie in Worte zu packen.

»Während der letzten Woche habe ich mir oft vorgestellt, wie es sein könnte«, raunt er, ohne die Bewegung seiner Finger zu unterbrechen. »Ich habe darüber nachgedacht, wie dein Haar im Kerzenschein aussehen würde, doch auf diese Farbe – den Mittelpunkt einer Flamme – wäre ich nie gekommen.«

Bedächtig zupft er am Saum meines Hemdes, damit er die Finger darunterschieben und weiter meinen unteren Rücken liebkosen kann. In dem Moment, als seine Finger auf meine nackte Haut treffen, gebe ich wieder ein Stöhnen von mir, und auch Varyan entfleucht ein Laut, der mich jedes Mal aufs Neue in seinen Bann schlägt. Dachte ich schon, seine Berührung an meiner Wange wäre das Beste, was ich seit sehr langer Zeit gespürt habe, muss ich dies nun revidieren.

»Ich habe mir ausgemalt, wie sich dein Körper unter meinen Händen anfühlt«, raunt er. »Aber die Wirklichkeit ist um einiges besser.«

Etwas Ähnliches haben wir zueinander gesagt, als wir uns in der letzten Vollmondnacht gegenüberstanden und uns zum ersten Mal sahen. Und ich kann ihm auch jetzt nur aus tiefstem Herzen zustimmen.

Varyan lehnt sich ein Stück vor, sodass seine Nasenspitze hauchzart an meinem Hals entlangstreicht. Sofort neige ich den Kopf, um ihm besseren Zugang zu gewähren, und schließe genüsslich die Augen.

»Ich weiß endlich, wie du aussiehst, dich anfühlst und riechst«, sagt er rau. »Von diesem Wissen werde ich zehren, wenn wir uns nicht mehr gegenüberstehen. Es wird mir helfen, alles, was kommen mag, zu ertragen.«

Mein Hals wird eng bei seinen Worten, denn trotz meines benebelten Geistes verstehe ich, worauf er anspielt: auf die Zeit, nachdem ich das Schwert zurück zum See gebracht habe. Die Zeit, in der er wieder der Sklave der Seehexe ist und all ihre Gelüste über sich ergehen lassen muss.

»Es tut mir leid«, wispere ich.

Varyan streichelt mir über die Wange und schenkt mir ein ehrliches Lächeln. »Das muss es nicht, Mira. Du hast so viel mehr für mich getan, als du ahnst. Dafür bin ich dir zutiefst dankbar.«

Der traurige Unterton in seinen Worten versetzt mir einen Stich.

Ich kralle die Hände vorn in sein Hemd; sein Herz schlägt fest gegen meine Finger. »Wenn wir in Valencia waren und Garreth seine Schicksalsgebundene überzeugen konnte, werde ich einen Weg finden, dir zu helfen.«

Varyan verzieht keine Miene, während er mich betrachtet. Ich wünschte, ich wüsste, was in ihm vorgeht, doch ich kann ihn unmöglich durchschauen.

»Ich habe in den letzten Wochen viel über dich gelernt«, murmelt er. »Unter anderem, dass dir Versprechen heilig sind und du nie dein Wort brechen würdest.«

»Das hat sich nicht geändert«, beteuere ich.

Sanft streicht er mir eine Haarsträhne aus der Stirn und lässt seine Hand anschließend an meiner Wange ruhen. »Dann verbiete ich dir den Versuch, mir zu helfen.«

Ich blinzele. »Was?«

Federleicht streichelt er mit dem Daumen über meine Wange.

»Die Seehexe wird mich nicht gehen lassen, egal, was du ihr anbietest. Ich will nicht, dass du meinetwegen …« Er schluckt angestrengt. »Sorge dich nicht um mich. Ich existiere bereits sehr lange auf diese Weise. Ich werde es weiterhin schaffen. Dank dir erinnere ich mich wieder daran, wie es sich anfühlt, liebevoll berührt zu werden.«

Ich umschließe sein Gesicht mit beiden Händen, woraufhin er seine Stirn gegen meine lehnt.

»Eine Erinnerung«, flüstere ich, »ist nicht genug. Ich weiß nicht, ob ich dir helfen kann, aber ich werde es auf jeden Fall versuchen. Das schwöre ich. Ich werde dich nicht ohne Kampf diesem Miststück überlassen.«

Er stößt den Atem aus. »Tust du mir einen Gefallen?«

»Jeden.«

»Lass uns kein Wort mehr über sie verlieren. Nicht heute Nacht, wo ich ihr entkommen bin und bei dir sein kann.«

»Einverstanden«, wispere ich kaum hörbar, weil meine Stimme versagt.

Eine Weile bleiben wir eng umschlungen stehen und genießen die Nähe des anderen. Ich hätte ewig damit weitermachen können.

»Tust du mir noch einen Gefallen?«, fragt Varyan.

Ich schmunzele. »Ich habe doch eben schon gesagt, dass ich dir jeden …«

Weiter komme ich nicht. Fest, aber gleichzeitig zart presst er seine Lippen auf meine. Zweimal donnert mein Herz gegen meine Rippen, ehe ich mich von dem Schreck erhole.

Varyan scheint mein Zögern falsch zu deuten, denn er weicht zurück. »Entschuldige, ich wollte nicht …«

Ich verschränke die Hände in seinem Nacken und ziehe ihn wieder zu mir herunter. Diesmal ist er derjenige, der erstarrt, und ich diejenige, die endlich diesen Kuss genießen kann. Doch Varyan schafft es schneller, sich aus seiner Starre zu befreien – oder ich besitze kein Zeitgefühl mehr.

Alles, was nicht mit uns zu tun hat, rückt in den Hintergrund, so weit, dass ich es nicht mehr wahrnehme.

Da ist nur noch er. Der Druck seiner Lippen auf meinen. Sein fester Körper, der sich gegen meinen drängt. Seine starken Arme, die mich fest umschlungen und aufrecht halten, weil meine verdammten Knie schon wieder zittern. Sein unvergleichlicher Duft und Geschmack.

Meine Sinne sind übervoll mit ihm und trotzdem genügt es mir nicht.

Varyan scheint es ähnlich zu gehen. Ich gebe ein leises Stöhnen von mir, das in seinen Mund überspringt, als er eine Hand an meinen Po legt und mich anhebt, damit ich nicht mehr auf Zehenspitzen stehen muss. Sofort schlinge ich beide Beine um seine Mitte, womit ich ihm einen Laut entlocke, der in mir ein solch verzehrendes Feuer entfacht, dass helle Punkte vor meinen geschlossenen Augen tanzen. Ohne den Kuss für eine Sekunde zu unterbrechen, trägt er mich hinüber zu dem kleinen Tisch in der Ecke des Gasthauszimmers und lässt mich hinab.

Beide Hände neben mir auf die Tischplatte gestemmt, ragt er über mir auf, seine Lippen noch immer mit meinen verschmolzen. Ich wünschte, sie könnten es für alle Zeit bleiben, während ich mich zwischen seinen Armen sicher und geborgen fühle.

Und begehrt. *So begehrt.*

Ich begehre ihn ebenfalls. Sobald die Sonne aufgegangen ist, werde ich mich für dieses heiße Verlangen, das in mir schwelt, verdammen. Ich werde nicht wissen, wie ich mit ihm reden soll, nachdem er mich mit Küssen gezeichnet und meine Haut überall versengt hat.

Dennoch würde ich in diesem Moment jeden Gott auf Knien anflehen und ihm alles geben, was er verlangt, wenn er Varyan nur bei mir bleiben lässt.

Meine Hände entwickeln ein Eigenleben. Gierig zerren sie Varyans Hemd aus seiner Hose, um über die feste Haut seines Bauches streichen zu können. Er stöhnt in meinen Mund; ein Schauer schüttelt ihn, als ich sanft, aber bestimmt mit den Fingernägeln über die Erhebungen seiner Bauchmuskeln fahre.

Varyan löst sich von mir. Für eine schrecklich lange Sekunde befürchte ich, zu weit gegangen zu sein oder etwas falsch gemacht zu haben. Es wäre nicht das erste Mal. Meine Erfahrung mit Männern ist … Hastig verdränge ich den Gedanken an den einzigen anderen Mann, mit dem ich je intim war. Er hat hier nichts zu suchen. Nicht heute Nacht.

Ehe ich mich bei Varyan für meine Forschheit entschuldigen kann, greift er sich mit einer Hand in den Nacken und entledigt sich seines Hemdes mit einer fließenden Bewegung.

Mein Mund wird mit einem Schlag staubtrocken, als ich seinen wunderschönen, wohlgeformten Oberkörper im spärlichen Licht betrachte. Der flackernde Kerzenschein zaubert Schatten auf seinen Bauch und seine Brust, und meine Finger kribbeln vor Verlangen, sie zu erkunden.

Als ich die Hand nach ihm ausstrecke, hält Varyan mich jedoch zurück.

»Ich fände es äußerst unfair, wenn ich hier allein frieren muss«, lässt er mich raunend wissen.

Ich schmunzele. »Unfair?«

Er nickt mit ernster Miene. »Allerdings. Wobei …« Ein süffisantes Lächeln zeichnet sich auf seinen Lippen ab. »Deinem Blick nach zu urteilen, gefällt dir, was du siehst. Du darfst mich gern weiterhin anschmachten.«

Ich verdrehe die Augen, während ich ein Lachen unterdrücken muss. »Du bist ein eingebildeter Mistkerl, weißt du das?«

Er zuckt mit den Schultern. »Das hast du mir bereits mehrfach mitgeteilt. Aber du magst mich trotzdem.«

Ja, denke ich. *Vielleicht ein bisschen zu sehr.* Ich bin heilfroh, dass er gerade nicht in meinem Kopf ist und meine Gedanken brühwarm belauschen kann.

»Also.« Wieder dieses Raunen, das alles in mir völlig verrücktspielen lässt. »Wie lange wollen wir noch so tun, als würden uns Neckereien und Fantasien genügen?«

Um mich von meinen wirren Gefühlen abzulenken, ziehe ich mir mein Hemd ebenfalls über den Kopf und werfe es achtlos zu Boden.

Varyans Blick verschlingt mich regelrecht. Jeder Zentimeter Haut, den er betrachtet, kribbelt, als hätte er ihn berührt. Es ist wie in der letzten Vollmondnacht am See, als er mich nackt gesehen hat. Auch da verspürte ich nicht den leisesten Anflug von Scham, sondern badete in seinen Blicken, unter denen ich mich schön und begehrenswert fühlte. Ein Zustand, den ich bis dahin nicht kannte. Selbst jetzt hätte ich nichts dagegen, für den Rest der Nacht auf diese Weise von ihm angesehen zu werden.

Als sein Blick jedoch zu meinen mit Bandagen umwickelten Brüsten wandert, verdreht er seufzend die Augen. »Ich hatte so gehofft, mich heute Nacht nicht mit diesen verdammten Bandagen herumschlagen zu müssen …«

Ich beiße mir auf die Unterlippe, um nicht laut loszuprusten und diesen wundervollen Moment zu zerstören. »Ich könnte dir verraten, wie du sie ganz einfach lösen kannst.«

Seine Augen leuchten verheißungsvoll im Kerzenschein. »Was müsste ich dafür tun?«

Ich neige den Kopf, als müsste ich angestrengt über diese Frage nachdenken. »Du könntest mir erzählen, wie es sich für dich anfühlt, wenn ich deine Ohren berühre.«

Ich kann nicht in Worte fassen, wie sehr ich diese neckische Leichtigkeit zwischen uns genieße. Selbst in dieser aufgeladenen Situation finden wir Möglichkeiten, den anderen zu necken. Wir brauchen das, sehnen uns danach. Es ist die Art, wie wir miteinander umgehen, und ich … liebe es. Doch es genügt nicht mehr. Nicht, wenn wir uns gegenüberstehen und uns spüren können.

Als Varyan sich wieder vorlehnt, lasse ich meine Hände über seinen Bauch gleiten und genieße das Zittern, das meine Berührung bei ihm auslöst. Ich täte alles dafür, um ihn damit all jene vergessen zu lassen, die wie ein Brandmal auf ihm lasten. Ob es ausreicht, vermag ich nicht zu sagen, aber heute Nacht werde ich mein Möglichstes tun.

Er gibt ein Summen von sich, als müsste er meinen Vorschlag abwägen. »Wie soll ich dir das am besten erklären?«

Seine Mundwinkel heben sich zu einem schiefen Grinsen, ehe er sich weiter vorlehnt. Ein Kribbeln nach dem anderen jagt durch meinen Körper, als er mir ins Ohr haucht. Das Kribbeln wird zu einem verzehrenden Brennen, als er sanft in mein Ohr beißt, nur um einen Augenblick später darüberzulecken. Ich gebe ein Keuchen von mir, während ich vom Scheitel bis zur Sohle in Flammen zu stehen scheine. Die Muskeln in meinen Beinen zittern.

»So in etwa fühlt es sich an«, raunt er.

Jede Zurückhaltung, die noch irgendwo in mir existierte, wird zu einem Häufchen Asche verbrannt. Jeder logische Gedanke löst sich auf. Ich bestehe bloß noch aus verzehrendem Verlangen, das ich nicht in Worte fassen kann.

Doch das muss ich nicht. Es genügt, dass wir uns ansehen, um zu wissen, was im jeweils anderen vorgeht.

Das schelmische Blitzen verschwindet aus Varyans Augen und macht einem Hunger Platz, der meinem gleicht. Mein Blick gleitet hinab zu seinen Lippen. Ob ein weiterer Kuss das Brennen in mir lindern oder noch weiter anfachen wird? Ich kenne die Antwort darauf nicht, aber ich überstehe keine Sekunde, in der ich es nicht herausfinde. Varyan scheint es ähnlich zu ergehen, denn er neigt den Kopf zu mir herab.

Ehe sein Mund erneut meinen findet, verkrampft sich sein Körper. Mit einem unterdrückten Aufschrei krümmt Varyan sich zusammen.

Sofort gleite ich vom Tisch und schlinge beide Arme um ihn, um ihn zu stützen. »Was ist los?«

Der Schreck lässt meine Stimme hektisch klingen. Meine Hände tasten ihn ab, suchen nach einer Erklärung für die Schmerzen, die ihn plötzlich heimsuchen, finden aber nichts.

Die Augen fest zusammengekniffen, wispert er: »Es tut mir leid. Ich wünschte, wir …«

Er bricht ab und bäumt sich auf. Der Schreck wandelt sich in Panik, während ich verzweifelt seinen Namen rufe.

Im nächsten Moment ist Varyan verschwunden und ich halte Garreth in den Armen.

Kapitel 2
Delmira

Zweite Vollmondnacht

Ich zittere am ganzen Körper. Jedoch nicht mehr vor Begehren oder Erregung; diese beiden Empfindungen sind schlagartig verpufft, als ich mit ansehen musste, wie sich Varyans Antlitz zu Garreths wandelte.

Es sah … qualvoll aus. Anders als bei Varyan und mir, wenn ich ihm die Kontrolle überlasse. Zwischen uns verläuft es ähnlich schnell, aber es geht ohne Schmerzen vonstatten.

Ein hektischer Blick aus dem Fenster liefert mir den Grund für Varyans plötzliches Verschwinden: Eine dunkle Wolke hat sich vor den Vollmond geschoben und schirmt sein Licht nahezu komplett ab. Und sie ist nicht allein; den gesamten Himmel verdecken schwere Gewitterwolken.

Die Götter haben sich wahrhaftig gegen uns verschworen.

Doch das ist jetzt nicht wichtig. Mit ängstlich klopfendem Herzen prüfe ich Garreths Atmung und lege ihm eine Hand auf die Stirn. Das dunkelblonde Haar klebt ihm verschwitzt an den Schläfen. Den Mund hat er zu einem schmalen Strich zusammengepresst und seine Haut wirkt sogar im Kerzenlicht fahl und kränklich. Dennoch scheint er wohlauf zu sein, zumindest äußerlich.

Natürlich habe ich aufgrund der Kleidung angenommen, dass Varyans Astralgestalt in Garreths Körper steckte. Vor ein paar Tagen hätte ich nicht dagegen protestiert, schließlich übernimmt Varyan auch oft genug die Kontrolle über meinen Körper. Aber nachdem er mir erzählt hat, was mit den Männern geschah, die die Seehexe während der Vollmondnächte auswählte, um Varyans Astralgestalt gewaltsam in sie zu zwingen …

Ich stoße den Atem aus. Hätte ich davon gewusst, hätte ich es den beiden ausgeredet! Es war viel zu gefährlich. Wahrscheinlich können wir froh sein, dass Garreth noch am Leben ist. Wenn ich mir vorstelle, dass er dieses Risiko meinetwegen auf sich genommen hat, wird mein Hals ganz eng. Er wusste doch von dem Risiko, oder?

Garreth gibt ein unterdrücktes Keuchen von sich, als er halb zu sich kommt. Seine Augen sind noch geschlossen.

»Mira«, murmelt er.

Ich greife nach seiner Hand, während ich ihn mit dem anderen Arm stütze. »Ich bin hier.«

»Caligram … Es ist an einem See in der Nähe. Du musst … es holen, bevor …«

»Ich kann dich jetzt nicht allein lassen«, sage ich bestimmt.

Er verzieht den Mund. »Mir geht es blendend. Nur etwas … kalt.«

Vorsichtig lasse ich ihn auf den Holzboden nieder und greife nach dem Hemd, das sich Varyan … Garreth … ausgezogen hat. Nachdem ich ihm umständlich hineingeholfen und ihn hinüber zu meinem Bett gebracht habe, ziehe ich mich ebenfalls wieder an.

Heilige Götter, wie konnte diese Nacht nur dermaßen aus dem Ruder laufen? Es ist doch sonst nicht meine Art …

Hastig verdränge ich die Gedanken, die sofort wieder zu Varyan, seinem intensiven Blick und seiner Stimme abdriften. Später ist noch genug Zeit, mich mit Vorwürfen zu quälen, doch zunächst muss ich Caligram finden.

»Ich bin gleich wieder da«, versichere ich Garreth.

Es dauert eine Weile, bis ich den See gefunden habe, von dem Garreth sprach. Ganz Valencia ist durchzogen von kleineren Bachläufen, die mitunter in Seen münden.

Doch Garreth ist nicht dumm. Er würde Caligram, das nach seiner Restauration nun auch für einen Außenstehenden wie ein wertvolles Schwert aussieht, nicht einfach irgendwo ungeschützt herumliegen lassen. Deshalb schlage ich den Weg zu dem Wald in der Nähe ein, in dem wir bereits unsere Hainschreiter versteckt haben. Die majestätischen hirschartigen Wesen sind eine Leihgabe der Hexe Karli. Dank der Geschwindigkeit der Tiere war es uns möglich, den weiten Weg hierher innerhalb kürzester Zeit zurückzulegen.

Meine Intuition hat mich nicht getäuscht: Einer unserer Schreiter trinkt gerade aus dem See, an dessen Ufer, halb versteckt unter Farnen, Caligram ruht. Garreth hat nichts dem Zufall überlassen und das Schwert so positioniert, dass der im Wasser gespiegelte Vollmond die ganze Nacht über auf die Klinge getroffen wäre – hätte das Wetter mitgespielt.

Ich werfe einen bitterbösen Blick gen Himmel, wo sich noch immer kein Vollmond zeigt, ehe ich hinüber zu Caligram gehe. Bei jedem Schritt denke ich darüber nach, was ich zu Varyan sagen soll, sobald er wieder in meinem Kopf ist. Wie soll ich nach vorhin mit ihm umgehen? Meine Lippen prickeln noch jetzt von seinem Kuss, als hätten sich seine Lippen unwiederbringlich in meine eingebrannt.

Unwiederbringlich. Ich werde die letzten Stunden wohl nie vergessen, auch wenn ich es sollte. Ich habe einen Mann geküsst, der nicht mein Schicksalsgebundener ist. Und ich habe jede Sekunde davon genossen. Ich wollte sogar mehr, als ihn bloß zu küssen. Viel mehr. Ich habe einen Mann begehrt, der nicht von den Göttern für mich ausgewählt wurde. Dadurch habe ich das oberste Glaubensgesetz gebrochen. Was die Götter davon halten, haben sie mit den schweren Gewitterwolken eindrucksvoll klargemacht.

Ich dachte, dass ich davor gefeit sei. Dass ich niemals fallen könnte, wo ich doch den Willen der Götter akzeptiert und meinen Schicksalsgebundenen bereits gefunden habe.

Aber ich bin nicht gefeit. Ich bin gefallen. Zwar stehe ich mit beiden Füßen fest auf dem Waldboden, dennoch habe ich das Gefühl, tiefer und tiefer zu stürzen. Ich wurde zu dem, auf das ich früher hochmütig herabgesehen habe.

Ich bin eine Ketzerin.

Ich schlinge beide Arme um mich und starre Caligram an. Obwohl das Schwert nur gute zwei Meter von mir entfernt am Ufer des Sees liegt, wage ich nicht, hinzugehen und es an mich zu nehmen.

Beinahe kann ich das höhnische Lachen der anderen Knappen und Bediensteten der Burg um mich herum hören. Es ist, als stünde ich wieder auf dem Podest und müsste mich an dem hölzernen Pfahl festhalten, der mir seine Splitter in die Handflächen treibt, während ich auf meine Bestrafung warte.

Doch diesmal werde ich nicht mit ein paar Gertenhieben davonkommen. Einen anderen Partner als den zu begehren, den die Götter für einen ausgesucht haben, erschüttert die Grundpfeiler unseres Glaubens. Sein Begehren in die Tat umzusetzen, steht als Vergehen knapp unter Mord und Ketzerei. Ich musste noch nie einer Bestrafung für ein solches oder höheres Vergehen beiwohnen, aber ich bin mir sicher, dass die Priester nicht gerade zimperlich mit solchen Abtrünnigen umgehen, wie ich eine bin.

Aber die Angst vor meiner Bestrafung ist nicht das Schlimmste. Sosehr ich auch danach suche, ist da kein Funken Reue in mir. Sogar jetzt nicht, wo Varyans Berührungen mir nicht länger den Verstand rauben und seine Küsse mich nicht mehr in Ekstase versetzen, bereue ich keine Sekunde, die ich mit ihm verbracht habe, sondern verfluche die Götter für ihre verdammten Gewitterwolken.

Der vernünftige Teil in mir versucht krampfhaft, meinen Überlebenswillen nach außen zu kehren und mir eine gesunde Portion Todesangst einzupflanzen, scheitert jedoch. Wozu auch? Außer mir weiß niemand davon. Varyan kann lediglich mit mir kommunizieren, und ich werde nicht so dumm sein und mich selbst an die Priester verraten, um von ihnen auf einem Scheiterhaufen angebunden zu werden.

Oder welche Bestrafung sie sich auch immer für Ketzer meines Kalibers vorbehalten.

Ich zwinge mich, ruhig und gleichmäßig zu atmen. Nur ich weiß, was geschehen ist. Es gibt keinen Grund, in Panik zu geraten. Trotzdem will diese innere Unruhe nicht völlig verschwinden. Vielleicht ist es wegen Garreth. Ich fühle mich schrecklich bei dem Gedanken, dass ich ihn in dieses ganze Schlamassel hineingezogen habe ... Was, wenn er wegen meiner Ketzerei nun jede Hoffnung auf seine Prinzessin verliert? Das könnte ich mir nie verzeihen. Mein eigenes Leben ist eine Sache, aber ich will nicht das Elend anderer verschulden. Wenn ich mich selbst ins Unglück stürze, weil ich gegen die Gebote des Glaubens verstoße, muss ich damit zurechtkommen, aber es ist meine Pflicht, Unschuldige zu beschützen. Das habe ich geschworen, als ich die Ritterwürde empfangen habe.

Na gut, ich habe auch geschworen, die Gesetze der Götter zu achten, doch der Schutz Unschuldiger kommt mir ... wichtiger vor.

Wahrscheinlich sollte jemand wie ich nicht einmal über die

Relevanz göttlicher Gesetze nachdenken, nachdem ich sie noch vor wenigen Minuten mit Füßen getreten habe …

Ich verstärke den Druck meiner Arme, die ich noch immer um mich geschlungen habe, als müsste ich mich selbst festhalten. Bis wir in der Hauptstadt Valencias sind und Prinzessin Ragna das Schwert präsentiert haben, darf ich mir keine weiteren Fehltritte leisten! Danach kann ich in Selbstmitleid versinken und mich verdammen, aber bis ich Garreths Auftrag ausgeführt habe und er seine Schicksalsgebundene für sich gewonnen hat, muss ich Haltung bewahren!

Varyan gegenüber wird mir das jedoch nicht gelingen. Ihm kann ich nichts vormachen. Und spätestens seit vorhin sind wir über den Punkt hinaus, wo wir uns gegenseitig belügen.

Nachdem ich einen letzten Blick in den Nachthimmel geworfen habe und zu dem Schluss gelangt bin, dass die Wolken sich für den Rest der Nacht nicht verziehen werden und Varyan daher nicht mehr Caligram entsteigen kann, nähere ich mich dem Schwert, gehe neben ihm in die Hocke und lege zwei Finger an den kühlen Stahl. Sofort spüre ich Varyans Anwesenheit in meinem Kopf, gefolgt von seinem erleichterten Seufzen.

›*Ich wusste nicht, ob du kommst*‹, murmelt er.

Meine Anspannung verflüchtigt sich beim Klang seiner Stimme. Ich höre nicht länger das höhnische Lachen der anderen, die nur darauf gewartet haben, mich fallen zu sehen. Einzig die Sorge um Garreth verbleibt in mir.

›*Hätte ich das nicht tun sollen?*‹

Er zögert mit einer Antwort. ›*Ich war mir nicht sicher, ob du nicht zuerst Garreth den Kopf abreißt und dann bei mir weitermachst.*‹

›*Ich hätte nicht wenig Lust dazu*‹, gebe ich zu. ›*Die ganze Sache war verdammt gefährlich!*‹

›*Es war nicht … wie bei den Männern am See. Garreth stand*

unter keinem Zauber. Sein Bewusstsein machte mir freiwillig Platz. Dennoch war es … nicht wie zwischen uns beiden. Trotz allem war mein Geist ein Eindringling in Garreths Körper. Aber ich würde es wieder tun, wenn ich dadurch die Gelegenheit bekäme, von dir berührt zu werden.‹

Die Sorgen, die mich eben noch plagten, lösen sich bei seinen vorsichtigen Worten gänzlich in Luft auf. Später, wenn ich allein mit meinen Gedanken bin, werden sie wieder über mich hereinbrechen, das ist mir klar, aber für den Moment scheinen sie ganz weit fort zu sein. Wenn Varyan bei mir ist, fühle ich mich nicht wie eine Ketzerin. Genauso wenig wie ich mich wie eine fühlte, als ich ihn küsste und über seine Haut streichelte. Ich wünschte, ich könnte es wieder tun. Gleich jetzt sofort.

Nicht einmal die Aussicht auf Enthauptung, Verbrennung oder was auch immer jemandem wie mir blüht, könnte mich davon abhalten, stünde er jetzt vor mir.

Ich seufze. *›Mir ist wirklich nicht mehr zu helfen.‹*

Das sagte ich bereits im Herzholzhain zu Garreth, obwohl ich da noch nicht das ganze Ausmaß meiner Hilflosigkeit begriff. Das tue ich auch jetzt noch nicht, aber es ist schlimmer als zuvor. Denn nun habe ich eine Kostprobe dessen bekommen, was ich niemals haben kann.

›Mir ebenfalls nicht‹, meint Varyan seufzend. *›Wie geht es Garreth?‹*

›Er war bei Bewusstsein, schien aber Schmerzen zu haben. Ich hoffe, dass wir dennoch morgen früh weiterreiten können.‹

›Ich wollte dir keine Schwierigkeiten bereiten.‹

Ich gebe ein Schnauben von mir. *›Für deine Verhältnisse entschuldigst du dich in den letzten Stunden ziemlich oft.‹*

›Könnte daran liegen, dass ich alles bloß noch schlimmer gemacht habe …‹

›*Das hast du nicht*‹, versichere ich ihm sanft. ›*Garreth kommt wieder auf die Beine. Zur Not verlieren wir eben einen Tag. Aber für nichts davon würde ich auf die letzten Stunden verzichten wollen.*‹

›*Ich ebenfalls nicht*‹, gibt er zu. ›*Als Garreth mir im Herzholzhain dieses Angebot machte, habe ich es zunächst abgelehnt. Das Risiko war viel zu groß. Ich mag nicht viel von ihm halten, aber dir ist dieser liebestolle Heiler wichtig. Und ich will niemanden, der dir wichtig ist, in Gefahr bringen.*‹

Sein Geständnis besänftigt die Sorge um Garreth ein wenig. Sobald es ihm besser geht, werde ich mich bei ihm bedanken. Und ich muss alles daransetzen, dass er die Liebe seiner Prinzessin erringt. Das ist das Mindeste, was ich für ihn tun kann, nachdem er dieses Risiko für mich eingegangen ist.

›*Nicht, dass ich mich beschweren will, aber was hat dich dazu bewogen, deine Meinung zu ändern?*‹

›*Du, Mira. Als du sagtest, dass ich dir ebenfalls wichtig sei, konnte ich nicht anders.*‹

›*Und trotzdem sind wir keine Freunde*‹, sinniere ich.

›*Nein, sind wir nicht*‹, stimmt Varyan zu.

Was wir sind, sagt jedoch keiner von uns. Ich fürchte mich davor, nach der richtigen Bezeichnung zu suchen, denn sie würde mich brandmarken und mich in eine Leere stürzen, aus der ich vermutlich nie allein herausfinde.

Denn egal, was wir sind, welchen Namen wir unserer Verbindung auch immer geben …

… wir können nie zusammen sein.

Kapitel 3
Delmira

Noch etwa vier Wochen bis zum dritten Vollmond

Als ich gestern Nacht zurück in die Herberge kam, war Garreth völlig bei Bewusstsein. Das beruhigte mich ein wenig, dennoch ließ ich ihn nicht aus den Augen und überwachte seinen anschließenden Schlaf, während meine rechte Hand auf Caligram ruhte.

Varyan und ich redeten die Nacht über kaum, sondern verfluchten stumm die Götter dafür, dass sie ausgerechnet jetzt dicke Regenwolken schicken mussten. Andererseits war es vielleicht besser so …

Wann immer sich dieser Gedanke in meinen Kopf schlich, versuchte ich, ihn zu verscheuchen, doch er kam stets wieder. Ich schämte mich nicht für das, was ich getan hatte oder noch tun wollte. Sondern dafür, dass meine selbstsüchtigen Wünsche Garreth in Gefahr gebracht haben.

Zum Glück merke ich ihm auch heute Morgen beim Frühstück nichts von den Strapazen an, die sein Körper und sein Geist letzte Nacht für Varyan und mich durchstehen mussten, was mein schlechtes Gewissen ein wenig besänftigt.

»Was denkst du, wie lange wir noch bis zur Hauptstadt brauchen?«, fragt er zwischen zwei Bissen.

Ich winde mich unwohl auf dem unbequemen Holzstuhl. Die ganze Zeit über suche ich nach den richtigen Worten, um mich bei ihm zu bedanken, ohne dabei meine frevelhaften Gedanken zu offenbaren. Was Garreth getan hat, geht weit über einen Freundschaftsdienst hinaus. Er hat sich wissentlich in Gefahr gebracht, denn Varyan hat ihm klargemacht, dass es riskant sein könnte. Doch davon ließ Garreth sich nicht abschrecken.

Mit seinem Mut hat er mir das größte Geschenk gemacht – und mich gleichzeitig verdammt.

Selbst beim Frühstück kann ich kaum an etwas anderes als Varyan denken. An das Gefühl seiner Haut unter meinen Fingern. Die Leichtigkeit, mit der er mich hochgehoben hat. An den unnachgiebigen, aber nicht minder sanften Druck seiner Lippen auf meinen. Das Vibrieren seiner Brust unter meinen Händen, wann immer er ein Raunen, Seufzen oder Stöhnen ausgestoßen hat. Und nicht zuletzt die unvergesslichen Farben seiner Augen.

Garreth hat mir all diese Erinnerungen ermöglicht. Ich wünschte, ich könnte mich dafür erkenntlich zeigen; bereits jetzt, nicht erst, wenn wir in der Hauptstadt sind. Ein simples Danke erscheint mir nicht genug, aber um unser aller willen werde ich nicht die Einzelheiten der letzten Nacht zur Sprache bringen. Garreth kann sich an nichts erinnern, was passiert ist, als Varyan die Kontrolle über seinen Körper übernommen hat. Und dabei sollte es bleiben, falls ich doch … ins Visier der Priester geraten sollte. So bleibt wenigstens Garreth von einer Strafe verschont.

Hoffe ich zumindest.

Ich schätze Garreth als meinen ersten und einzigen Freund und werde auf ewig in seiner Schuld stehen. Doch seine Seele ist zu rein und unschuldig, als dass ich ihn mit meinen sündhaften Wünschen belasten könnte. Je weniger er davon ahnt, desto besser.

Also begnüge ich mich damit, auf seine Frage zu antworten, und danke ihm im Stillen. »Bis zur Hauptstadt brauchen wir mit den Hainschreitern höchstens einen halben Tag. Aber ich würde ungern mit diesen Reittieren durch die Stadtmauern traben.«

Garreth nickt. »Wir sollten so wenig Aufmerksamkeit auf uns lenken wie möglich, bis wir im Schloss sind und eine Audienz bei Prinzessin Ragna haben.«

Ich murmele eine Zustimmung. Direkt nachdem ich Caligram aus dem Stein ziehen konnte, bin ich bereits zu dem Schluss gekommen, dass uns kurz vor dem Ziel die größte Gefahr drohen wird. Die Kunde, dass jemand das Schwert an sich nehmen konnte, hat sich innerhalb der letzten zwei Monate bestimmt in nahezu allen Reichen verbreitet, und jeder mit ein wenig Grips wird ahnen, dass wir auf dem Weg zu der einzigen Prinzessin sind, die nur jenen zum Ehemann nehmen wird, der ihr das magische Schwert Caligram bringt. Ich habe also nichts dagegen, wenn wir so schnell und unauffällig wie möglich unser Vorhaben abschließen. Zumal ich Varyan versprochen habe, nach einem Weg zu suchen, ihm zu helfen. Darum werde ich mich sofort kümmern, sobald Garreth mit seiner Prinzessin verlobt ist.

Gleich nach dem Frühstück brechen wir auf.

Valencia ist das südlichste der vier Reiche. Anders als Lerthau, dessen dichte Wälder uns das Fortkommen erschwert haben, ist es nahezu unbewaldet und flach. Ständig liegt der Geruch nach Salz, Meer und Fisch in der Luft, und er wird stärker, je weiter wir nach Süden reiten. Dabei passieren wir mehrere Dörfer, die an Seen oder Bachläufen errichtet wurden. Die niedrigen Hütten aus weißem Kalkstein verströmen keinen Hauch von Armut oder Hunger – ein Anblick, den ich aus meiner Heimat Bellvor nicht gewohnt bin. Selbst in den Ländereien meines Lehnsherrn, die zu den wohlhabendsten unseres Reiches zählen, waren Hunger und Krankheit an der Tagesordnung. Kinder wurden zum Betteln vor die Burgmauern geschickt, während die Eltern dem kargen Boden eine Ernte abrangen, um all die hungrigen Mäuler zu stopfen. Es gelang ihnen nicht immer, und auch mein Lehnsherr sah sich nicht in der Lage, all seinen Untertanen zu helfen.

Die Bewohner der valencianischen Dörfer scheinen zwar nicht sehr wohlhabend zu sein, aber sie alle sind gut genährt – Jung und Alt.

Auch Lerthau, das Reich, in dem Varyan einst geboren wurde und in dem ich Caligram aus dem Stein zog, war – im Vergleich zu Bellvor – ein Land des Überflusses.

Ich wünschte, einem anderen Eroberer nach Varyan wäre das Unmögliche geglückt und er hätte zumindest drei der Reiche vereint; Krom, das nördlichste Reich, würde ohnehin kaum jemand betreten und es hätte nichts zu einer Gemeinschaft beizutragen.

Zwar gibt es auch jetzt Handel zwischen den verschiedenen Reichen und Völkern, doch er ist wegen des Roten Todes, jener Seuche, der auch meine Eltern zum Opfer gefallen sind, schwierig geworden. Die Grenzen werden streng bewacht, was den Austausch von Waren nicht nur zeitraubend, sondern auch teurer gemacht hat. Ich habe selbst mehrmals erlebt, welche Summen Garreth den Wachen an der Grenze zahlen musste, damit sie uns passieren lassen, obwohl er als versierter Heiler der Familie Eslinger über einen Pass verfügt, der ihm freies Reisen ermöglichen sollte. Durch diesen Aufwand und die Kosten sind Waren aus einem anderen Reich so unerschwinglich, dass nur die Reichen sie sich leisten können. Ohne einen ständig schwelenden Konflikt oder den verdammten Roten Tod gäbe es sicher einen blühenden Handel, von dem alle profitieren könnten. Es müsste keinen Hunger mehr geben, da die Länder, in denen der Boden fruchtbar und das Meer übervoll von Fisch ist, die anderen Länder unterstützen könnten.

Doch das ist nichts weiter als der Wunsch eines Mädchens, das während ihrer Knappenausbildung zu oft um den Rest des

Abendbrots rangeln musste. Im Vergleich zu vielen anderen Kindern lebte ich in Saus und Braus; es gab nur wenige Abende, an denen ich hungrig zu Bett gehen musste.

›*Du wärst eine bessere Eroberin gewesen, als ich einer war*‹, lässt Varyan mich wissen, der wieder ungewollt meine Gedanken belauscht.

Anfangs habe ich es gehasst, dass er alles hörte, was ich dachte, wenn meine Hand auf Caligram ruhte. Doch irgendwann machte es mir nichts mehr aus. Auch jetzt genieße ich es, mich mit ihm zu unterhalten und ihm nicht erst groß und breit erklären zu müssen, warum mich etwas beschäftigt.

›*Ich wäre eine lausige Eroberin gewesen*‹, gebe ich zurück.

›*Wie kommst du darauf?*‹

›*Es hätte mir nichts ausgemacht, auf einem Schlachtfeld gegen Soldaten zu kämpfen oder meine Truppen zu befehligen, aber ich hätte nie eine Waffe gegen die Bevölkerung erheben können. Aber du musstest das, nicht wahr?*‹

Varyans Zögern ist eigentlich Antwort genug.

›*Es gab Aufstände*‹, sagt er. ›*Gerade die reicheren Grundbesitzer lehnten es ab, sich einem Emporkömmling wie mir zu beugen. Sie wollten von dem Nutzen, den ein vereintes Reich ihnen brachte, nichts hören. Anfangs ignorierte ich sie. Es waren wenige Stimmen in einem Meer voller Zuspruch. Ich ließ sie einfach weiterreden in der Hoffnung, dass sie irgendwann von allein verstummten und erkannten, dass ein Reich für alle von Vorteil war.*‹

›*Was ist geschehen?*‹, frage ich, als er schweigt.

›*Es gab einen Vorfall, der mir im Gedächtnis geblieben ist. Der Lord über ein großes Stück Land in Bellvor stellte sich offen gegen mich und schickte seine Soldaten aus, um mich zu töten, als ich seine Grenze erreichte. Bauern, geblendet von den Lügen des Lords, schlossen sich ihnen an. Mir blieb nichts anderes übrig, als gegen sie zu kämpfen. Es war ein Gemetzel. Soldaten eines Landadligen und dessen Bauern hatten meinen geschulten Kämpfern nichts entgegenzusetzen. Kurz spielte ich mit dem Gedanken, meine Männer zurückzurufen, doch dann hätte ich den Konflikt nur verschleppt. Beim nächsten Mal hätte sich der Lord bessere Soldaten besorgt, um mich zu Fall zu bringen.‹*

›*So wie Korven es getan hat*‹, murmele ich.

Korven war einer meiner Knappenkameraden und durchlief mit mir die Laufbahn zum Ritter. Er gehörte jedoch zu den weniger talentierten und verließ unseren Lehnsherrn nach einem wenig erfolgreichen Abschluss seiner Ausbildung. Garreth und ich trafen am See in Lerthau auf ihn, als es mir gelang, Caligram aus dem Stein zu ziehen. Danach versuchte er zweimal, Caligrams habhaft zu werden. Zunächst heuerte er halb verhungerte Bauern an, die uns überfielen. Beim zweiten Mal nutzte er die Münzen, die ich den Bauern gab und die er ihren toten Fingern entriss, dazu, um sich Attentäter anzuheuern, die ich nur dank Varyans Hilfe besiegen konnte. Korven war zwar besiegt, dennoch zog er einen Dolch gegen mich. Ich musste ihn töten und obwohl mir keine andere Wahl blieb, verfolgt mich die Schuld bis heute. Selbst jetzt schlafe ich bloß gut, wenn Varyans sanfte, raue Stimme die Albträume von mir fernhält.

›*Ja*‹, sagt Varyan. ›*Wie bei Korven.*‹

›*Waren es viele Bauern, die sich dem Lord anschlossen?*‹

›*Nahezu alle*‹, gibt Varyan zu. ›*Nach diesem Vorfall gab es in diesem Landstrich fast nur noch Witwen und Waisen.*‹

Ich könnte sagen, dass die Bauern es besser hätten wissen sollen, als sich mit Mistgabeln oder dergleichen geschulten Soldaten entgegenzustellen. Aber ich weiß aus eigener Erfahrung, dass es nicht einfach ist, das große Ganze zu sehen, wenn man nie weiter als eine halbe Tagesreise aus dem Ort herauskommt, in dem man geboren wurde. Zwar wurde ich nicht in der Burg meines Lehnsherrn geboren, sondern kam erst dorthin, nachdem er mich als einzige Überlebende des Roten Todes fand – ich war knapp sechs Jahre alt. Dennoch wurde diese Burg mein Zuhause. Der Mittelpunkt meines Lebens. Nie hätte ich mir vorstellen können, die anderen Reiche zu bereisen.

Mein Lehnsherr war wie ein Vater für mich, und ich wäre ihm bedingungslos gefolgt, wenn er es mir befohlen hätte.

Wie muss es dann erst einem Bauern ergehen, dessen Grund und Boden lediglich gepachtet ist, der somit seine gesamte Lebensgrundlage verlieren kann? Natürlich wird er seinem Lord geglaubt haben, dass ihnen das Heer, das plötzlich an der Grenze stand, feindlich gesinnt ist. Dass all diese fremden Männer und der Eroberer mit den spitzen Ohren aus einem Land, mit dem sie nie etwas zu tun hatten, nur kamen, um das Leben, das sie bisher kannten, aus den Angeln zu heben. Sie sahen nicht die Vorteile, die ihnen ein vereintes Reich bringen könnte, sondern nur die drohende Veränderung von allem, was ihnen etwas bedeutete.

›*Du bist viel zu nachsichtig mit mir*‹, sagt Varyan.

›*Du hast diesen Kampf nicht gesucht*‹, erwidere ich. ›*Ich maße mir nicht an, zu glauben, dass ich eine große Kämpferin bin wie du, aber wir teilen dieselben Prinzipien. Wir hätten keine Ehre dabei empfunden, Gegner niederzumetzeln, die uns von vornherein unterlegen waren. Bestimmt würde ich schlechter von dir denken, wenn du dich an Schwächeren vergriffen hättest, aber das war nicht der Fall. Die Bauern stellten sich dir entgegen, obwohl sie es besser hätten wissen müssen.*‹

Es ist, als spürte ich sein sanftes Streicheln in meinem Kopf. ›*Habe ich dir schon gesagt, wie befreiend ich es finde, mit dir zu reden? Wie wundervoll es sich anfühlt, meine Sorgen mit dir teilen zu können, ohne Angst zu haben, dass du mich verurteilst?*‹

Wir haben beide unsere schlimmsten Momente miteinander geteilt. Ich habe Varyan sogar meine Schuldgefühle anvertraut, die ich wegen des Todes meiner Eltern empfinde. Von dem Glauben, dass ich diejenige war, die nicht nur ein Versprechen gebrochen, sondern auch den Roten Tod in unsere Burgmauern geschleppt hat. Und Varyan ließ mich an seinen dunkelsten Momenten teilhaben: jene Vollmondnächte, die er am See mit der Hexe verbringen musste.

Wir konnten diese Erlebnisse nicht ungeschehen machen, aber wir waren für den anderen da und hörten zu. Zuhören und Verständnis zeigen sind oft die beste Heilung gegen die Dämonen, die ein jeder in seinem Herzen mit sich herumträgt.

Ich bewege die Finger über Caligram an meiner Seite und entlocke ihm damit ein leises Seufzen. *›Mir geht es ganz genauso.‹*

Kurz nachdem die Sonne ihren Zenit überschritten hat, kommt die Hauptstadt Valencias in Sichtweite. Da das umliegende Land nahezu flach ist, sehen wir sie bereits aus einiger Entfernung; schätzungsweise werden wir mit unseren Hainschreitern noch eine halbe oder ganze Stunde brauchen, bis wir die Stadtmauern erreichen.

Garreth und ich einigen uns darauf, unsere Hainschreiter in einer der Ortschaften in der Nähe der Stadtmauern zurückzulassen und einen kurzen Fußmarsch in Kauf zu nehmen. Obwohl die Menschen Valencias nicht derart bedürftig sind wie in Bellvor, werden Garreths Münzen schon dafür sorgen, dass niemand zu viele Fragen über unsere ungewöhnlichen Reittiere stellt. Hoffe ich. An der Grenze konnten wir sie noch in den Wäldern verstecken, deren Ausläufer von Lerthau bis nach Valencia reichten, doch hier gibt es weit und breit keinen einzigen Baumstamm.

Also bleibt uns nur die Möglichkeit, sie in einem Stall unterzubringen und sie so vor neugierigen Blicken zu schützen.

Wir finden tatsächlich einen Gasthof mit angrenzendem Stall, der groß genug für unsere Schreiter und deren nahezu kreisrundes Geweih ist. Der Stalljunge beäugt mit weit offenem Mund die beiden hirschartigen Wesen, doch der Gastwirt scheint weniger beeindruckt zu sein. Fast als hätte er bereits Hainschreiter gesehen. Ich frage ihn nicht danach, da mir nicht der Sinn nach der Lebensgeschichte eines Fremden steht.

Stattdessen wechsele ich in einer dunkleren Ecke des Stalls meine Schwerter. Normalerweise trage ich mein eigenes Schwert, das ich zur Feier meiner bestandenen Ausbildung von meinem Lehnsherrn erhalten habe, in der dazu passenden Scheide an meinem Gürtel. Caligram steckte bisher ohne Scheide an der anderen Seite, damit ich es jederzeit berühren kann. Da es aber nun restauriert wurde und selbst für jemanden, der keinen Schimmer hat, um welches Schwert es sich handelt, wertvoll aussieht, werde ich Vorkehrungen treffen.

Ich nehme den reich verzierten Griff aus Herzholz ab, wie es mir die Meisterschmiedin Colette gezeigt hat, und stecke ihn in den Beutel zu meinen Münzen. Mein eigenes Schwert schlage ich in ein sauberes Tuch ein, das ich mit einem Gurt an meinem Rücken befestige. Lieber ziehe ich die Aufmerksamkeit von Dieben auf mein Schwert anstatt auf Caligram.

»Bereit?«, fragt Garreth, nachdem ich mich erhoben und Caligram in die Schwertscheide an meiner Seite gesteckt habe.

Ich nicke. »Bist du aufgeregt?«

Sogleich erröten seine Wangen, was mich zum Schmunzeln bringt. »Ein wenig.«

»Dann sollten wir keine Zeit verschwenden. Deine Schicksalsgebundene wartet.«

Kapitel 4

Delmira

Noch etwa vier Wochen bis zum dritten Vollmond

Als wir das kleine Dorf verlassen wollen, in dem wir unsere Hainschreiter untergebracht haben, laufen wir geradewegs in eine Hochzeit, die an einem in der Sonne glitzernden Bach stattfindet.

Ich will weitergehen, doch Garreth bleibt stehen und betrachtet das junge Paar inmitten der versammelten Gäste mit einem versonnenen Lächeln.

Ich stoße ihn leicht mit der Schulter an. »Deine Hochzeit wird prächtiger sein.«

Sein Lächeln verblasst ein wenig. »Ich wäre mit einer wenig pompösen Hochzeit zufrieden.«

Mir liegt bereits die Erwiderung, dass er sich dann keine Prinzessin hätte aussuchen sollen, auf der Zunge, doch ich schlucke sie hinunter. So funktioniert es nicht. Zumindest nicht bei Schicksalsgebundenen.

Ihr Zusammensein ist von den Göttern vorherbestimmt. Um unseren Schicksalsgebundenen zu finden, erhalten wir im Alter von sechzehn Jahren unsere Weissagung. Und wenn wir ihm oder ihr schließlich begegnen, fühlen wir die höhere Macht, die uns zusammengeführt hat. Einzig und allein mit unserem Schicksalsgebundenen werden wir ein glückliches und erfülltes Leben führen. Alle anderen Beziehungen sind unweigerlich zum Scheitern verurteilt und bringen nichts als Kummer. Es ist ein vergeudetes Leben, das wir an der Seite eines Menschen verbringen, der nicht von den Göttern für uns gewählt wurde. Eines, das ihnen missfällt und ihren Zorn beschwört.

Diese und ähnliche Lehren habe ich bereits als Kind verinnerlicht. Sie sind unumstößlich.

Natürlich gibt es Paare, die keine Schicksalsgebundenen sind, aber sie bleiben nie lange zusammen. Es ist, als würden die Götter selbst sich gegen ihre Verbindung stellen und sie verdammen. Ihr Zorn trifft dabei nicht selten nahe Angehörige, weshalb Eltern sehr genau darauf achten, wen ihre Kinder heiraten.

Es ist beinahe so ähnlich wie bei meinem Hexenpakt. Sollte ich das Versprechen, das ich der Seehexe gab, nicht einhalten, werde nicht nur ich bestraft werden, sondern auch all jene, die mir lieb und teuer sind.

Von Garreth unbemerkt, lege ich die linke Hand auf das rechte Handgelenk. Selbst durch das Hemd hindurch, das ich – untypisch für mich – so weit wie möglich nach unten gezogen habe, spüre ich die unnatürliche Hitze. Es brennt, als würde sich ein Fieber direkt unter dieser Stelle sammeln.

Und seit gestern Nacht wird es schlimmer.

Eine Priesterin in einem schneeweißen Kleid und mit einem ebenso weißen Spitzenschleier, der ihr Antlitz verbirgt, tritt vor das junge Paar. Zwei weitere Priesterinnen halten sich im Hintergrund.

Ich erinnere mich an den Tag, als ich von einer identisch gekleideten Frau vor gut fünf Jahren meine Weissagung empfing, als wäre es erst gestern gewesen. Mein Magen zieht sich zusammen. Wieder spüre ich die angespannte Nervosität und meine bodenlose Enttäuschung, als ich meine Weissagung letztendlich vernahm. Und die Angst, die in mir hochkroch, als die Priesterin meinen vollen Namen kannte und meinte, sie würde Großes von mir erwarten.

Ich schüttele den Kopf. Ich habe nie etwas Großes vollbracht und werde es auch in Zukunft nicht. Immerhin habe ich meinen Schicksalsgebundenen gefunden, auch wenn er mir … gerade abhandengekommen ist. Doch dieser Gedanke will mich nicht beruhigen. Stattdessen brennt die Haut meines rechten Handgelenks noch heißer.

»Was die Götter zusammengeführt haben, darf der Mensch nicht trennen«, beginnt die Priesterin ihre Ansprache.

Ich wünschte, ich könnte meine Ohren vor ihren Worten verschließen, aber das ist unmöglich. Mit jeder sanften Silbe aus ihrem Mund nimmt das ungute Gefühl in meinem Bauch und das Brennen an meinem Handgelenk zu, als würde mein ganzer Körper gegen ihre Worte rebellieren. Sie spricht von der Gnade, die uns die Götter mit unserem Schicksalsgebundenen zuteilwerden lassen. Von der grenzenlosen Liebe, die wir einzig und allein für unseren ausgewählten Gegenpart empfinden können. Von der Einheit, die wir mit ihm bilden und die durch nichts und niemanden zerstört werden kann.

Am liebsten hätte ich laut aufgelacht, stoppe mich aber im letzten Moment. Es fehlt nicht viel und ich marschiere auf die Priesterin zu, um sie zu fragen, warum mein Schicksalsgebundener verschwunden ist, wo wir doch zusammengehören. Warum ich ohne ihn aufgewacht bin, wo es doch der Wille der Götter ist, dass wir auf ewig zusammenbleiben. Ich schlucke krampfhaft. *Mein Schicksalsgebundener.* Es ist Monate her, seit ich aktiv nach Batur gesucht habe. Und Wochen, seit ich das letzte Mal an ihn gedacht habe. Statt alles in meiner Macht Stehende zu tun, um ihn wiederzufinden, habe ich … mich beinahe einem anderen Mann hingegeben. Ich habe ihn geküsst und berührt und …

Bisher konnte ich die Gedanken an meine Taten weit genug verdrängen, damit ich mich auf meine Mission konzentrieren kann. Doch nach letzter Nacht … Es ist, als würde mich die Priesterin unter ihrem Schleier beobachten, obwohl sie mit dem glücklichen Paar vor sich spricht. Es ist, als könnte ich ihren wissenden Blick auf mir spüren, der mich versengt und gleichzeitig all meine Sünden ans Tageslicht zerrt, damit jeder der Anwesenden sie sehen und mich verurteilen kann. Es kommt mir vor, als wüsste sie von jedem unreinen Gedanken, der durch meinen Kopf gehuscht ist, während ich mit Varyan zusammen war.

Oder von ihm dort platziert wurde, um mich zu ärgern. Doch die letzte Zeit über habe ich Varyans Triezereien nicht mehr als Ärgernis empfunden. Vielmehr habe ich es genossen. Ich habe auch die letzte Nacht genossen, und wenn diese verdammten Wolken nicht aufgezogen wären, hätte ich sie bis zur letzten Sekunde ausgekostet.

Das alles und noch viel mehr muss die Priesterin mir ansehen. Ich spüre, wie sich ihr Blick förmlich in meine Haut bohrt.

Ich mache einen Schritt zurück, weg von dieser Hochzeit, doch Garreth legt mir eine Hand auf den Arm.

»Nicht«, mahnt er leise. »Es würde zu viel Aufmerksamkeit auf uns ziehen, wenn du jetzt verschwindest.«

Zwar stehen wir abseits, aber ich muss ihm zustimmen, nun, da meine Sinne nicht mehr von blanker Panik benebelt sind. Gingen wir jetzt, bevor das Gelübde gesprochen und die Götter geehrt wurden, würde das Fragen aufwerfen. Selbst wenn es sich dabei um Fremde wie uns handelt.

Der Warenverkehr zwischen den Reichen mag zwar nicht immer funktionieren, aber alle Völker verehren dieselben Götter und teilen dieselben Gebräuche. Die Ausrede, dass wir aus Bellvor kommen, würde also nicht genügen.

»Tut mir leid«, murmele ich.

Was bin ich doch für eine Närrin! Ich stehe so kurz davor, meine Mission zu beenden. Ich baue darauf, dass Prinzessin Ragna von ihrem Schicksalsgebundenen angetan ist und mich mit mehr Gold belohnt, als ich tragen kann. Aber selbst wenn nicht, genügt auch Garreths Bezahlung für meine Dienste als seine Leibwächterin, um meine Suche nach Batur wiederaufzunehmen.

Darauf muss ich mich jetzt konzentrieren: auf Batur. Wenn ich bloß an ihn denke, wird die Priesterin mir meine Verfehlungen nicht ansehen können.

Doch sosehr ich es auch versuche, meine Gedanken wandern wieder zu Varyan. Nicht nur zu letzter Nacht, sondern auch zu meinem Versprechen an ihn. Ich habe ihm versichert, nach einem Weg zu suchen, um ihm zu helfen. Und ich breche niemals meine Versprechen. Nachdem ich weiß, wie sehr er, vor allem während der Vollmondnächte, leidet, kann ich nicht anders. Aber das würde bedeuten, dass ich die Suche nach Batur weiter aufschieben muss.

Ich reibe mir mit einer Hand übers Gesicht. Garreths mahnenden Blick kann ich zwar nicht sehen, aber ich spüre ihn überdeutlich auf mir ruhen. Stumm flehe ich die Priesterin an, schneller zu reden, damit wir hier wegkommen. Ich halte diese wertenden Blicke von allen Seiten keine Sekunde länger aus! Zusammen mit der rumorenden Schuld in meinem Magen, ist es mir beinahe unerträglich, ruhig stehen zu bleiben.

Als die letzte Segnung endlich vollzogen und das Paar nun offiziell verheiratet ist, mache ich sofort auf dem Absatz kehrt und bringe ein paar Meter zwischen mich und die jubelnde Gesellschaft. Erst nach einigen Schritten kann ich freier atmen, nun da ich nicht von Priesterinnen verfolgt werde, die mich einer Ketzerbefragung unterziehen wollen. Ich war noch nie bei einer dabei – in den Ländereien meines Lehnsherrn gab es niemanden, der auch nur in Erwägung gezogen hätte, sich seinem göttlich auferlegten Schicksal zu widersetzen –, aber ich stelle sie mir furchtbar vor. Wie eine Strafe der Götter selbst.

Schritte hinter mir ertönen und lassen mich zusammenzucken. Erst, als ich Garreths vertraute Stimme vernehme, entspanne ich mich.

»Willst du darüber reden?«

»Worüber?«, frage ich leichthin, doch Garreth kann ich nichts vormachen.

»Über das, was dich derart in Panik versetzt, dass du von einer Hochzeit fliehen willst.«

Ich seufze. »Lässt du mich in Ruhe, wenn ich nicht darüber reden will?«

Obwohl Garreth sein ganzes Leben kaum aus der Hauptstadt Bellvors herauskam und nur für seine Arbeit als Heiler gelebt hat, besitzt er ein untrügliches Gespür dafür, den Finger direkt in die Wunde zu legen. Wobei das bei mir auch keine große Kunst ist, das muss ich zugeben. Meine Wunde muss für jeden offen sichtbar sein, der mich halbwegs kennt. Was zum Glück nicht viele sind. Aber Garreth kennt mich, und er liest in mir wie in einem offenen Buch.

»Du hast nichts über letzte Nacht erzählt«, sagt er, als ich schweige.

Ich weiß nicht, ob er ungeschickt das Thema wechseln will und dabei in ein neues Fettnäpfchen tritt, oder ob er einen Plan verfolgt. Wie dem auch sei, bei der Erwähnung der gestrigen Vollmondnacht verkrampfe ich mich. Wenn ich weiter schweige, wird er sich sicher selbst etwas zusammenreimen, das ziemlich nah an die Wahrheit herankommt. Deshalb versuche ich, ihn abzuwimmeln.

»Es war … nett«, bringe ich hervor. Selbst in meinen Ohren hört es sich wie eine fade Ausrede an.

»Nett«, wiederholt Garreth in einem Tonfall, bei dem ich mich noch mehr verkrampfe. »Habt ihr … geredet?«

Haben wir das? Götter, ich weiß es nicht mehr, obwohl es erst einige Stunden her ist. Meine Erinnerungen werden von unserem Kuss, der alles in den Schatten stellt, was ich je empfunden habe, und unseren Berührungen überlagert, die sich wie ein alles verzehrendes Feuer auf meiner Haut anfühlten. Selbst jetzt noch spüre ich seine Haut auf meiner. Und die Stellen an mir, die er nicht berühren konnte, schreien neidisch auf.

Mein Hals ist wie zugeschnürt, während die Bilder der letzten Vollmondnacht all meine Sehnsüchte wieder heraufbeschwören. Sehnsüchte, in denen der falsche Mann eine entscheidende Rolle spielt.

»Ja … ja, haben wir«, stammele ich. Mein Blick huscht wild umher, als erwarte ich, dass uns plötzlich Priesterinnen umzingeln.

»Mira«, murmelt Garreth tadelnd. »Beruhige dich.«

Seine Hand umschließt meinen Oberarm und er führt mich weiter weg von der Gesellschaft, bis die Glückwunschrufe verhallen. Ich wünschte, es gäbe hier Bäume oder Sträucher, hinter denen ich mich verstecken könnte, aber so weit das Auge reicht erstreckt sich um uns herum nur eine grüne Steppe. Dennoch sind wir weit genug von der Hochzeitsgesellschaft entfernt, dass ich mich ein wenig entspanne, nun da ich nicht mehr das Gefühl habe, beobachtet zu werden.

Außer von Garreth. Sein honiggoldener Blick scheint direkt in mein Innerstes zu schauen und all das aufzudecken, was ich vor ihm verbergen wollte, um ihn nicht in Schwierigkeiten zu bringen. Unter seinem Starren knicke ich schließlich ein.

»Es ist … kompliziert.« Ich stoße den Atem aus.

»Was du nicht sagst«, erwidert er trocken.

Ich winde mich. »Ich will dich da nicht mit hineinziehen. Nicht jetzt. Nicht, bevor du deine Prinzessin überzeugt hast.«

»Mira, ich bin dein Freund. Du kannst mir alles erzählen, jederzeit.« Er senkt die Stimme. »Außerdem stecke ich da schon mit drin, was auch immer es ist, falls du das vergessen haben solltest. Bitte erzähl mir, was in der Götter Namen dich derart aus der Fassung bringt. So habe ich dich noch nie erlebt.«

Ich kaue auf meiner Unterlippe, unterlasse es jedoch schnell wieder, weil es mich an die letzte Vollmondnacht erinnert. Aber Varyan ist nicht hier, um meine Unterlippe entlangzustreichen. »Wir … Varyan und ich … Wir haben uns geküsst.«

Garreth nickt verständnisvoll. »Na, siehst du? Kein Grund, zu …« Er blinzelt. Dann starrt er mich an. Seine Iriden scheinen nur aus Gold zu bestehen, derart klein wirken seine Pupillen. »Moment, ihr habt *was*?«

Ehe ich den Mund öffnen kann, beginnt er ziellos auf und ab zu laufen, wobei er sich mit der Hand über die Stirn reibt.

»Es tut mir leid«, versichere ich ihm. »Das wird nie wieder vorkommen! Wir hätten nicht …«

Garreths Kopf ruckt nach oben. »Warum entschuldigst du dich?«

»Weil Varyan nicht mein Schicksalsgebundener ist«, antworte ich. »Ich habe ihn bereits gefunden, zwar mittlerweile verloren, aber ich hätte trotzdem nicht …« Ich seufze. »Was wenn es … jemand herausfindet? Dass ich gegen die obersten Gebote der Götter verstoßen habe, meine ich. Das könnte nicht bloß mich in Schwierigkeiten bringen. Und ich weiß, dass du …«

Garreth kommt auf mich zu und nimmt meine Hände in seine. »Hier geht es nicht um mich, Mira. Ich dachte, ihr beide wärt … Freunde und es würde dir gut tun, von Angesicht zu Angesicht mit Varyan zu reden. Ich hatte gehofft, dabei würde dir endlich klar werden, dass es … mehr als Freundschaft ist, was du empfindest.«

»Aber er ist nicht …«

»Darum geht es jetzt nicht«, fällt er mir ins Wort. »Um deinen Schicksalsgebundenen kümmern wir uns später. Du brauchst dir keine Sorgen zu machen. Ich würde dich nie verpfeifen! Zumal es Batur war, der dich zurückgelassen hat. Von meinem Standpunkt aus hättest du jedes Recht, dir einen anderen Mann zu suchen – Schicksalsgebundener hin oder her.«

Ich stimme ihm nicht zu, dennoch bin ich erleichtert. Nachdem mich die Angst verfolgte, seit ich mit Caligram losgezogen bin, kann ich nun halbwegs frei atmen. Ich fürchte mich noch immer vor einer Entdeckung, doch genauso sehr habe ich mich davor gefürchtet, dass Garreth mich verurteilen könnte. Ich hätte es mir nicht verziehen, wenn ich der Grund dafür wäre, dass er seine Schicksalsgebundene verliert.

Garreth verzieht den Mund. »Es ist nur … Dass ihr euch geküsst habt, ist … Nun ja, eigentlich war es mein Körper und …«

Ich habe Mühe, seinem Gestammel zu folgen. »Ich bin dir zutiefst dankbar, dass du dieses Risiko auf dich genommen hast, und …«

Er schüttelt den Kopf. »Es war mein Körper und das bedeutet, dass es theoretisch auch mein Kuss war.« Leiser fügt er hinzu: »Mein erster.«

Ich ziehe scharf die Luft ein, ehe ich die Arme um seinen Hals schlinge und ihn an mich drücke. »Darf ich mich jetzt entschuldigen?«

Garreth legt mir einen Arm um den Rücken. »Nein. Es ist in

Ordnung, wirklich. Es gibt schlimmere Personen, mit denen ich meinen ersten Kuss hätte haben können.«

»Aber auch bessere«, entgegne ich. »Deine Prinzessin, zum Beispiel.«

»Schon gut. Wenn alles so läuft, wie ich es mir erhoffe, werde ich genügend Gelegenheiten haben, Prinzessin Ragna zu küssen. Da spielt es keine Rolle, wer meinen ersten Kuss erhalten hat.« Er löst sich von mir und bedenkt mich mit einem warmen, verständnisvollen Blick. »Ich freue mich für dich und Varyan.«

Sofort ist da wieder ein schwerer Stein, der sich auf mein Herz legt. »Da gibt es nichts, worüber du dich freuen solltest. Er ist …« Ich fahre mir mit einer Hand durch mein rostrotes Haar, bis mir wieder einfällt, dass ich es heute Morgen hochgesteckt habe, nachdem Varyan es gestern Nacht durcheinandergebracht hat. »Selbst wenn ich die Tatsache außer Acht lasse, dass er nicht mein Schicksalsgebundener ist, ist er nicht … am Leben.«

»Und wenn du auch das außer Acht lässt?«, hakt Garreth nach.

Das Gewicht des Steins verschwindet, dafür fühlt sich nun mein Hals an wie zugeschnürt. »Dann war es der beste Kuss, den ich je hatte«, gebe ich fast flüsternd zu.

Ich bin dankbar, dass Garreth mich für diese Aussage nicht verurteilt. Er hätte jedes Recht dazu, immerhin habe ich gerade zugegeben, dass Varyans Kuss alle, die ich von Batur erhalten habe, in den Schatten stellt. Sie verblassen, als wären sie nie geschehen. Als hätten sie nie eine Bedeutung gehabt.

Ich schäme mich für diesen Gedanken und schiebe ihn darauf, dass ich bereits seit Monaten allein und von meinem Schicksalsgebundenen getrennt bin. Dass ich … meine Bedürfnisse auf den Erstbesten projiziert habe, der …

Ich schüttele den Kopf. Das stimmt nicht. Ich wäre eine Närrin, wenn ich mir deswegen ausgerechnet den Mann aussuchen würde, der über keinen eigenen Körper verfügt.

Garreth scheint meinen inneren Zwiespalt zu bemerken und hakt sich bei mir unter. »Wir haben noch einen Fußmarsch vor uns«, sagt er, als er mich in Richtung Hauptstadt zieht. »Warum erzählst du mir bis dahin nicht ein wenig über deinen Schicksalsgebundenen?«

Ich nicke nach kurzem Zögern. Vielleicht wird es mir helfen, wenn ich mir wieder ins Gedächtnis rufe, dass Batur mein Schicksalsgebundener ist. Die letzten zwei Monate hat Varyan meinen Geist bevölkert und ist mir wichtig geworden. So wichtig, dass ich das eigentliche Ziel meiner Reise aus den Augen verloren habe: genug Gold als Garreths Leibwächterin zu verdienen, um die Suche nach Batur fortsetzen zu können.

Es ist gut und richtig, wenn ich mich nun wieder an den Grund erinnere und ihn fest ins Auge fasse.

Wäre da nicht dieses fiese Stechen in meiner Brust.

Doch ich werde nicht zulassen, dass es mein Denken und Handeln beeinflusst. Um mich abzulenken, beginne ich zu erzählen, wie mir als Heranwachsende das erste Mal klar wurde, dass es sich bei Batur um meinen Schicksalsgebundenen handeln muss.

Kapitel 5

Delmira

Etwa vier Jahre zuvor …

Seit einigen Wochen dürfen wir mit den älteren Knappen und jenen, die mit ihrer Ausbildung fertig sind, trainieren. Jeden Tag kann ich es kaum erwarten, dass der Hahn kräht. Noch vor Morgengrauen springe ich aus dem Bett, wasche mir das Gesicht mit kaltem Wasser und flechte mein rostrotes Haar akribisch zu einem Zopf, den ich anschließend hochstecke.

Obwohl ich mehrmals mit dem Gedanken gespielt habe, konnte ich mich nie dazu überwinden, mein Haar abzuschneiden. Es abzuschneiden, käme mir vor, als würde ich die letzte Erinnerung an meine Mutter loslassen – auch ihr Haar war lang und rostrot. Es wäre, als würde ich damit die letzte Schnur kappen, die mich noch mit meinem alten Leben verbindet.

Also trage ich es stets hochgesteckt, damit es mich beim Training nicht behindert.

In den letzten Tagen habe ich mir jedoch mehr Mühe mit meiner Frisur gegeben. Ich habe darauf geachtet, dass ein paar Strähnen wie zufällig herausfallen und sanft mein Gesicht umspielen. Mein Gesicht, das ich vor ein paar Wochen noch gehasst habe, weil es nicht kantig genug ist und mich sofort als Mädchen ausweist.

Doch das ist jetzt anders.

Ein solch hübsches Gesicht sollte nicht mit Schlamm besudelt sein.

Wie immer, wenn mich die Erinnerung an diesen Moment überkommt, kann ich ein aufgeregtes Quietschen nicht unterdrücken.

Auch das ist etwas, was ich vor wenigen Wochen niemals getan hätte. Aber die Erinnerungen daran, wie er sich zu mir herabgebeugt und mit dem Saum seines Hemdes einige Schlammspritzer aus meinem Gesicht gewischt hat, lässt meine Wangen brennen.

Ich habe die Bauchmuskeln unzähliger junger Männer während des Trainings gesehen, doch keiner hat mich derart fasziniert wie Batur. Sein nackter Oberkörper erinnert mich an die gemeißelten Statuen beim Tempel, wo ich meine Weissagung empfangen habe.

Batur. Ich habe seinen Namen nicht von ihm erfahren. Mir fehlte bisher der Mut, ihn anzusprechen. Und erst ein Mal war mir das Losglück hold, sodass ich seiner Trainingsgruppe zugeteilt wurde.

Die letzte Woche war er auf einer Mission für unseren Lehnsherrn unterwegs, aber gestern Abend kam er zurück. Ich habe sein Pferd im Stall gesehen. Das bedeutet, dass er auch diesmal wieder beim Training anwesend sein wird.

Heute muss ich ihn ansprechen! Ich klatsche mir mit den flachen Händen gegen die Wangen, fange den Blick meiner grünen Augen im Spiegel auf und überprüfe ein letztes Mal meine Frisur.

Bevor ich Batur während der Feier anlässlich unserer Weissagungen begegnet bin, war mir mein Aussehen egal. Ich achtete bloß darauf, dass die verräterischen Rundungen, die mein Körper in den letzten Jahren entwickelte, nicht sofort auffielen. Doch heute war ich kurz davor, die Bandage um meine Brust etwas lockerer zu schnüren. Ich habe es letztendlich nicht getan, aber der Gedanke kam mir für einen Moment. Stattdessen wählte ich eine der engeren Lederhosen, die ich normalerweise nicht länger trage, weil sie meine Beine und Hüften zu sehr betonen.

Nachdem ich mir meine hölzerne Trainingswaffe in den Gürtel gesteckt und mehr oder weniger geduldig auf den ersten Hahnenschrei gewartet habe, stürze ich aus meiner Kammer, die im Dienstbotentrakt der Burg liegt. Von hier aus ist es nicht weit bis hinunter in die Küche, wo wir Knappen unser Frühstück einnehmen. Die feinen Herrschaften schlafen meistens länger, weshalb die Dienstboten und Angestellten zuerst essen dürfen.

Wie schon die letzten Wochen bin ich die Erste von uns Knappen. Nur zwei Stallburschen sitzen bereits an den langen Tischen, vermutlich weil sie die Nacht über arbeiten mussten, wie mir die dunklen Schatten unter ihren Augen verraten.

Normalerweise würde ich mein Frühstück, das aus zwei Scheiben Brot, etwas Wurst und Käse und ein paar Schnitzen Obst besteht, nehmen und mich auf einen Platz weitab von ihnen setzen. Ich gehöre nicht zu den Menschen, die leicht Freunde finden, und wenn die anderen keine Gemeinsamkeiten mit mir haben, dann fällt es mir erst recht schwer. Heute überwinde ich mich jedoch und setze mich in ihre Nähe.

»Die braune Stute in der dritten Box links«, sage ich leichthin, während ich das Brot auf meinem Teller arrangiere, »gehört Batur, nicht wahr?«

Einer der Stallburschen mustert mich mit hochgezogener Augenbraue. »Und das interessiert dich, weil …?«

Ich schiebe mir ein Stück Apfel in den Mund, kaue und schlucke. »Weil ich hoffe, heute wieder mit ihm trainieren zu können. Die anderen Ausbilder … reichen nicht an sein Niveau heran.«

»Ah, du bist die kleine Überfliegerin, die unser Lehnsherr vor Jahren von der Straße aufgelesen hat«, sagt der blonde Stallbursche, ehe er sich ein wenig zu mir lehnt. Ich muss mich dazu zwingen, nicht vor ihm zurückzuweichen. »Du bist niedlich.«

Ich verenge die Augen zu Schlitzen. »Und ich kann dir die Kehle aufschlitzen, bevor du überhaupt begreifst, wie dir geschieht. Also, ist das nun Baturs Pferd oder nicht?«

»Warum so feindselig, Kleine?«, raunt der brünette Stallbursche. »Wenn du etwas von uns wissen willst, solltest du netter zu uns sein.«

»Genau.« Der Stallbursche neben mir rutscht auf der Bank in meine Richtung, bis seine Hüfte etwa eine Handbreit von meiner entfernt ist. Gänsehaut breitet sich auf meinem Arm aus, und jeder Muskel meines Körpers spannt sich an. »Gib mir einen Kuss und ich verrate dir, ob es Baturs Pferd ist.«

Ich blecke die Zähne, halte meine Stimme aber ruhig. »Komm näher und du endest mit einem Messer im Auge.«

Die beiden lachen. Jeder Laut, der ihren Mund verlässt, kratzt an meinen angespannten Nerven. Am liebsten würde ich aus der Haut fahren und dafür sorgen, dass sie so schnell nie wieder lachen, doch ich bleibe sitzen. Zurückzuweichen kommt für mich nicht infrage, trotzdem gebe ich ihnen noch eine Chance. Um meine Drohung zu unterstreichen, lasse ich meine Finger über den metallenen Griff des Brotmessers gleiten. Es ist zwar nicht sonderlich scharf, aber spitz. Außerdem komme ich mit nahezu jeder schwertähnlichen Waffe zurecht. Als ich die Frage ein weiteres Mal ruhig wiederhole, lehnt sich der Stallbursche neben mir so weit zu mir, dass ich seinen Atem auf meinem Gesicht spüre. Seine aufdringliche Nähe und der schale Atem, der nach Bier und Käse riecht, lässt meinen Geduldsfaden endgültig reißen.

Ich springe auf, packe ihn an der Schulter, wirbele ihn ein Stück herum und stoße ihn zurück. Nur flüchtig wirft er mir einen verdatterten Blick zu, schafft es aber nicht, sich zu wehren. Dazu ist mein Angriff zu schnell. Ruckartig drücke ich seinen Oberkörper auf das Holz des Tisches, wobei einige Teller scheppernd zu Boden gehen, drücke mein Knie gegen seine Schulter, um ihn bewegungsunfähig zu machen, und ziele mit der Spitze des Brotmessers auf sein Auge.

Der Stallbursche stößt einen grellen Schrei aus. Nur einen Hauch von seinem Augapfel entfernt stoppe ich die Klinge.

»Ich erwarte eine Antwort«, knurre ich.

»E-Es *ist* B-Baturs Pferd«, stammelt er.

Ich gebe ihn frei und lege das Messer säuberlich zurück neben meinen Teller. »Geht doch. Vielen Dank für die Auskunft.« Ich zupfe mein Hemd zurecht, setze mich wieder an meinen Platz und mache mich daran, die erste Scheibe Brot zu belegen. »Übrigens ist es noch niemandem gut bekommen, wenn er sich mir aufgedrängt hat. Merkt euch das für die Zukunft.«

Der Stallbursche mir gegenüber gibt ein Grollen von sich, ehe er sich erhebt und seinen noch immer schlotternden Kumpanen unter der Schulter packt. »Irgendwann wirst du unaufmerksam sein, kleine Überfliegerin. Wir werden auf diesen Moment warten.«

Ich schmunzele über seine schlechte Drohung, die ich so oder so ähnlich bereits unzählige Male gehört habe. Keiner konnte sie bisher wahr machen; auch diese beiden werden scheitern. »Wenn ihr unbedingt ein Auge, Ohr oder andere Körperteile verlieren wollt, an denen ihr vermutlich hängt …«

Sie stoßen noch einige Verwünschungen aus, bevor sie sich trollen und mich allein im Speiseraum zurücklassen.

Doch die Götter wollen offenbar nicht, dass ich in Ruhe frühstücken kann, denn links von mir nähern sich Schritte. Ich stelle mich innerlich auf eine weitere Auseinandersetzung oder eine Standpauke der Herrin ein, die es nicht leiden kann, wenn ich mich derart aggressiv verhalte. Ich schnaube. Gäbe es einen anderen Weg, diesen hormongesteuerten Idioten Vernunft einzubläuen, wäre das nicht nötig, aber sie akzeptieren nun mal kein Nein.

Während ich noch abwäge, was schlimmer wäre – Schelte

von der Herrin oder ein weiterer Jungspund, der meint, ich würde mit ihm den großen Fang machen – sagt eine mir bekannte Stimme, die in mir sofort einen wohligen Schauer auslöst: »Das war ziemlich beeindruckend.«

Batur lässt sich auf der Bank mir gegenüber nieder. Ich kann nichts anderes tun, als ihn mit angehaltenem Atem anzustarren. Mein Blick tastet sein markantes Kinn ab, das mit leichten Bartstoppeln überzogen ist, seine Lippen, die sich zu einem trägen Lächeln verzogen haben, und wandert schließlich hinauf zu seinen dunklen Augen, deren Blick fest auf mir ruht. Dunkelblondes Haar fällt ihm in die Stirn, an den Seiten ist es kürzer geschnitten.

In meiner Kehle braut sich ein sehnsüchtiges Seufzen zusammen, doch ich klappe schnell den Mund zu. Hat der etwa die ganze Zeit über offen gestanden?!

Vor Scham winde ich mich unruhig auf meinem Platz.

»Danke«, bringe ich hervor, presse aber schnell die Lippen zusammen, weil ich wie einer meiner Kameraden im Stimmbruch klinge.

Batur zieht sich den Teller eines der Stallburschen heran und knabbert ein Stück Apfel, ohne mich dabei aus den Augen zu lassen. Ich spüre meine Wangen heiß werden. Richtig angesehen hat er mich noch nie. Zwar bin ich ihm während eines Trainings aufgefallen, als er mir die Schlammspritzer mit dem Saum seines Hemdes aus dem Gesicht gewischt hat, aber auch da wirkte sein Blick flüchtig, weil er den Rest des Trainings beaufsichtigen musste.

Doch nun sitzt er mir gegenüber. Ich müsste meine Hand nur ein wenig ausstrecken, um seine zu berühren. Meine Fingerspitzen kribbeln vor Verlangen, diesen Gedanken in die Tat umzusetzen.

Noch nie hat mich ein junger Mann derart in seinen Bann gezogen. Batur ist anders. Seine Ausstrahlung. Sein Aussehen. Seine Art. Sein Umgang mit mir. Einfach alles unterscheidet ihn von den Jungen, die ich mir tagtäglich vom Hals halten muss. Und ich reagiere darauf.

Jahrelang habe ich versucht, ein Junge zu sein.

Wenn du gezwungen bist, unter Wölfen zu überleben, musst du selbst zu einem werden.

Nach diesem Grundsatz habe ich gehandelt, und eine Weile hat es funktioniert. Ich habe die Veränderung meines Körpers versteckt. Ich habe die anderen Knappen studiert und mir ihre Gewohnheiten abgeguckt und perfektioniert. Ich habe sie abgewehrt, wenn sie mir zu nahe kommen wollten.

Aber in Baturs Gegenwart habe ich nicht das Gefühl, dass ich mich verstellen muss. Ihn zu ignorieren, kommt für mich nicht infrage.

Doch mir fehlt jedwede Erfahrung. Ich weiß nicht, wie ich mich ihm gegenüber verhalten, was ich sagen, wie ich mich geben soll. Denn die letzten Jahre über war ich ein Junge. Gerade will ich aber kein Junge mehr sein.

Als er sein Apfelstück verputzt hat, stemmt er den Ellenbogen auf die Tischplatte und stützt den Kopf in seine Handfläche, während er mich mustert.

»Ich habe schon viel von dir gehört«, sagt er.

Sein dunkler Blick geht mir durch und durch und verursacht ein Kribbeln in meinem Bauch, das ich noch nie zuvor gespürt habe. Es ist so heiß und verzehrend, dass ich beinahe nach Luft schnappe.

»T-Tatsächlich?«, stammele ich und möchte mich im nächsten Moment am liebsten dafür ohrfeigen.

Batur nickt. »Als der Lehnsherr dich mitbrachte, war ich

selbst noch ein Knappe in Ausbildung und hatte nie etwas mit den Jüngeren zu tun, aber die Geschichten über dein Können mit dem Schwert sind sogar bis zu mir vorgedrungen. Ich finde es erstaunlich, was du bisher erreicht hast, obwohl du es sicherlich nicht leicht hattest.«

Es kommt selten vor, dass ein anderer sich in mich hineinversetzt. Die Herrin gleicht einer Glucke, was mir auch zu viel ist, aber die anderen Knappen schert es nicht, wie schwer es mir oft fällt, mich anzupassen. Wie krampfhaft ich versuche, dazuzugehören. Unsere Ausbilder und auch der Lehnsherr selbst kümmern sich nicht um die Streitigkeiten. Also bin ich auf mich allein gestellt. Da ich noch am Leben bin und mein Können sich sogar bis zu Batur herumgesprochen hat, kann ich behaupten, dass ich mich ganz gut schlage.

Batur gegenüber würde ich das aber nicht derart großspurig formulieren. Stattdessen sage ich: »Ich gebe mir Mühe.«

»Du gibst dir mehr als bloß Mühe«, entgegnet Batur. »Du bist auf dem besten Weg, eine Leibwächterin des Herrn zu werden.«

Als seine Leibwächter wählt der Lehnsherr nur die Besten der Besten aus. Sie dürfen darauf hoffen, mit einem Stück Land beschenkt zu werden, das sie nach Gutdünken bestellen können. Dadurch sind sie unabhängig, unterstehen aber noch immer dem Lehnsherrn.

Ich habe nie gewagt, meine Ziele derart hoch zu stecken. Ich bin dankbar dafür, überhaupt ausgebildet zu werden; der Lehnsherr hätte mich genauso gut in die Küche zu den Bediensteten stecken können, wo ich heute kochen und putzen müsste. Doch ich darf etwas tun, was mir Spaß macht. Was ich mehr als bloß gut kann.

Und wenn ich mich noch mehr anstrenge, könnte ich tatsächlich Leibwächterin werden.

»Was ist mit dir?«, frage ich. »Was wirst du tun, nun da du in den Ritterstand erhoben wurdest?«

Batur zieht eine Augenbraue hoch. »Woher weißt du, dass ich zum Ritter geschlagen wurde? Das ist erst drei Tage her.«

Unruhig knete ich die Hände in meinem Schoß. »Es … gab Gerüchte.« Wann immer der Name »Batur« fällt, spitze ich die Ohren und nehme nichts um mich herum wahr. Das sage ich aber ebenfalls nicht laut. »Und ich habe den neuen Sattel gesehen, der neben der Box deines Pferdes lag. Der Lehnsherr verschenkt neue Sättel nur an seine Ritter.«

Batur hebt einen Mundwinkel, das Kribbeln in meinem Bauch verstärkt sich. »Nicht bloß talentiert, sondern auch klug. Ich wette, diesen Stallburschen ist der Zusammenhang nicht aufgefallen.«

Ich winke ab. »Denen würde ein Zusammenhang nicht auffallen, wenn man sie mit der Nase hineinstoßen würde.«

»Das mag sein«, gibt Batur mit einem niedlichen Glucksen zurück. »Also, warum hast du dich nach mir erkundigt? Doch sicherlich nicht nur, um mir zu meinem Ritterschlag zu gratulieren.«

Vor dieser Frage habe ich mich gefürchtet. Ich habe gehofft, er hätte meine Unterhaltung mit den Stallburschen nicht mit angehört, sondern wäre erst später dazugestoßen, doch offenbar ist das nicht der Fall.

Ich rutsche auf der harten Bank herum und erwäge sogar zu fliehen. Doch ich bleibe sitzen, die Hände verkrampft im Schoß verschränkt. »Es wäre … eine Ehre für mich, mit dir trainieren zu können.«

Meine Antwort ist zwar die Wahrheit, aber bloß ein kleiner Teil davon. Doch das, was ich mir gewünscht habe, ist bereits in Erfüllung gegangen: Batur hat mich wahrgenommen und redet sogar mit mir. Ich könnte nicht glücklicher sein.

Trotzdem wünsche ich mir mehr. Hier am Tisch wage ich es nicht, aber während des Trainings könnte ich ihn wie zufällig berühren. Wenn wir im Trainingsring die Klingen kreuzen, wird es zwangsweise Körperkontakt geben, und ich weiß schon jetzt, dass ich jede Sekunde davon genießen werde.

Auch dieses Wissen, diese Sehnsucht ist völlig neu. Berührungen waren mir stets zuwider. Ich besiegte meine Gegner, bevor sie nahe genug an mich herankommen konnten. Ansonsten würde ich für den Rest des Tages das Gefühl ihrer grapschenden Hände auf meinem Körper nicht abschütteln.

»Du hast Glück«, sagt Batur. »Der Lehnsherr hat mich heute mit der Leitung des Trainings beauftragt.«

Ich versuche es, kann meine Aufregung aber nicht gänzlich verbergen. Auch Batur scheint es zu bemerken, denn sein Lächeln wird breiter.

»Bist du dir sicher, dass du im Training gegen mich antreten willst?«, will er wissen. »Ich werde dich nicht schonen, bloß weil du ein Mädchen bist.«

Meine Aufregung verfliegt jäh, und das Kribbeln verpufft. *Er sieht in mir nichts weiter als ein Mädchen.* Diese Erkenntnis trifft mich härter, als sie sollte.

Meine Fingernägel schaben über das Leder meiner Hose. »Keine Sorge. Ich bin mir sicher. Und ich bestehe darauf, dass du mich nicht anders behandelst als die übrigen Knappen.«

Batur runzelt die Stirn. Beinahe rechne ich mit einem herablassenden Spruch wie »Fang dann aber nicht an zu heulen«, der mein neu entdecktes, weibliches Selbstwertgefühl vollends zerschmettert hätte.

Doch nach einer Weile nickt er. »Wie du willst.« Er steht auf und klopft mit den Fingerknöcheln auf das Holz des Tisches. »Wir sehen uns später im Trainingsring, Delmira.«

Ein wohliger Schauer schießt beim Klang meines Namens aus seinem Mund durch mich hindurch. Um nicht noch ein peinliches Quietschen von mir zu geben, erwidere ich sein Nicken und tue anschließend so, als würde ich mich wieder meinem Frühstück widmen, während er aus dem Raum schlendert. Aber selbst als ich allein zurückbleibe, kriege ich keinen Bissen runter. Heiße Aufregung peitscht durch mich hindurch und ich kann kaum noch stillsitzen.

Ich gebe es auf, etwas essen zu wollen, und husche ebenfalls aus dem Speiseraum.

Im Burghof warte ich voller Ungeduld darauf, dass die Sonne gänzlich aufgeht und der Tag beginnt. Nur langsam kommt Leben in die Burg: Zunächst sind es ein paar Diener, die lustlos und müde umherschlurfen, dann ein paar Wachen, die gerade Wachablösung haben, anschließend die Viehhirten, die aufgeregt gackernde Hühner und ein paar Gänse über den Hof treiben.

Bis endlich die ersten anderen Knappen auftauchen, habe ich bereits viermal das Aufwärmtraining durchlaufen. Erschöpfung verspüre ich nicht, obwohl das eigentlich der Fall sein müsste. Jede Emotion wird durch Aufregung überlagert.

Heute werde ich gegen Batur antreten, der mir seit dem Tag meiner Weissagung nicht mehr aus dem Kopf geht.

Nicht bloß ein Mal habe ich die Götter angefleht, dass Batur der sein möge, von dem in meiner Weissagung die Rede ist. Heute werde ich es herausfinden, da bin ich mir sicher.

Baturs gleichaltrige Ritterfreunde, die während seiner Abwesenheit hin und wieder unser Training übernahmen, stellten zwar eine Herausforderung für mich dar – allein schon wegen ihrer körperlichen Kraft, die meiner überlegen ist –, dennoch konnten sie mich nicht besiegen. Dabei gaben sie sich redlich Mühe, nicht gegen ein Mädchen den Kürzeren zu ziehen. Doch keinem von ihnen gelang es, mich zu entwaffnen oder zum Aufgeben zu zwingen. Nur einer erwirkte ein Unentschieden, und das auch nur, weil ich unaufmerksam war. Ich dachte, Batur in der Zuschauermenge gesehen zu haben, aber es war bloß ein anderer Knappe, der vage Ähnlichkeit mit Batur hatte. Hinterher ärgerte ich mich über diesen Moment des Zögerns; ohne ihn hätte ich auch diesen Ritter besiegt. Nur das Wissen, dass ich nicht verloren habe, macht es halbwegs erträglich für mich.

Batur ist jedoch aus anderem Holz geschnitzt als seine Kameraden. Er wird ein fordernder, wenn nicht gar ebenbürtiger Gegner für mich sein, und ich freue mich von ganzem Herzen auf den Kampf.

Schnell schicke ich ein Stoßgebet zu den Göttern, dass er mich nicht doch schont ... Diese Schmach könnte ich nicht ertragen. Seine Rücksichtnahme wäre eine schlimmere Beleidigung für mich als alle Schmähungen, die ich je hören musste, zusammen.

Die anderen Knappen werfen mir geringschätzige Blicke zu, als sie sich ebenfalls am Trainingsring einfinden und beginnen, sich aufzuwärmen. Damit meine Muskeln nicht erkalten, laufe ich ein paar Runden um den Ring und tue so, als würde ich die anderen nicht wahrnehmen. Was sogar der Wahrheit entspricht. Denn als endlich Batur auftaucht – nun in enge Trainingskleidung gewandet, bei deren Anblick mein Mund ganz trocken wird –, rücken alle anderen in den Hintergrund. Das Herz schlägt mir bis zum Hals, als er den Blick über die anwesenden Knappen gleiten lässt. Ich bilde mir ein, dass er eine Spur länger an mir als an den anderen hängen bleibt.

»Sind alle da?«, fragt er laut genug, dass wir alle ihn verstehen können. Selbst wenn er laut redet, beinahe schreit, damit er über das Gackern der Hühner und das Gemurmel der Diener gehört wird, klingt seine Stimme wie eine Melodie in meinen Ohren. Schnell zählt er die Anwesenden und kommt wohl zu dem Schluss, dass alle versammelt sind. »Wir werden heute in Gruppen den ehrenvollen Zweikampf trainieren. Am Ende werde ich gegen den Sieger antreten.« Sein Blick findet meinen. »Oder die Siegerin.«

Ich schlucke angestrengt, während sich meine Finger fester um das Holzschwert in meiner Hand schließen.

Ganz gleich, welchen Gegner mir das Los zuteilen wird, ich werde ihn niedermachen. Und den danach ebenfalls, bis niemand außer mir mehr steht. Ich werde als Siegerin hervorgehen.

Und dann darf ich endlich gegen Batur antreten.

Während eines normalen Trainings halte ich mich meistens zurück. Ich strenge mich nicht an, um die anderen Knappen nicht noch mehr gegen mich aufzubringen. Doch diesmal pfeife ich auf Zurückhaltung.

Manche Kämpfe sind vorbei, ehe sie begonnen haben. Ich gewähre meinem Gegner nicht die Zeit, die er benötigt, um sich vorzubereiten. Sobald er einen Fuß in den Trainingsring setzt, muss er mit einem Angriff meinerseits rechnen. Die ersten drei Knappen, die das Pech haben, meinen Namen aus dem Lostopf zu ziehen, besiege ich auf diese Weise. Ich gehe auf sie los, bevor sie Aufstellung genommen haben.

Einer von ihnen ist dumm genug, sich deswegen bei Batur zu beschweren. Ein ungutes Gefühl rumort in meinen Eingeweiden, als mein Blick zu ihm fliegt. Er steht mit verschränkten Armen jenseits der Absperrung des Rings. Seine Miene gibt keinerlei Emotionen preis. Ich kann unmöglich sagen, ob er wütend auf mein Verhalten oder auf die Unfähigkeit meiner Gegner ist.

»Glaubst du«, brummt er, »dass dir auf dem Schlachtfeld dein Gegenüber erst eine nette Einladung zum Tee sendet, ehe er seine Truppen auf dich hetzt?« Mit grimmiger Miene schüttelt Batur den Kopf. »Du musst jederzeit auf einen Angriff gefasst sein. Wenn du das nicht bist, hast du zu Recht verloren.«

Mein Atem entweicht zitternd, und auch das ungute Gefühl verschwindet aus meiner Magengegend.

Batur sieht wieder zu mir und ich genieße das leichte Flackern in seinen dunklen Iriden. »Ich bin gespannt, wie lange du das durchhältst.«

Ich straffe die Schultern. »So lange, wie es nötig ist.«

Seine Augenbrauen zucken – ob belustigt oder verärgert, kann ich nicht sagen. Ich habe auch nicht die Zeit, mir darüber Gedanken zu machen, denn die Knappen haben dazugelernt. Während ich noch damit beschäftigt bin, mich in Baturs Aufmerksamkeit zu sonnen, führt mein nächster Gegner hinterrücks einen Angriff aus.

Wahrscheinlich dachte er, ich sei derart abgelenkt, dass ich seine plumpen Schritte nicht hören würde, ebenso wenig wie seinen schlechten Kriegsschrei, der viel zu hoch ist, um Eindruck zu machen. Ich ducke mich, wirbele herum und ziele mit meiner Holzwaffe auf seine ungeschützte Flanke. Ich halte nicht inne, zeige kein Mitleid. Mein Schwert trifft ihn genau an der weichen Stelle zwischen Rippen und Hüfte. Mein Gegner wird ein Stück zur Seite geschleudert, lässt seine Waffe fallen, um sich mit beiden Händen die schmerzende Seite zu halten.

»Würdet ihr mit echten Schwertern kämpfen«, sagt Batur, »hätte sie dich jetzt in zwei Hälften geteilt.« Hier und da erklingt ein Lachen. »Da ihr alle denselben Ausbilder habt wie ich vor ein paar Jahren, weiß ich, dass er sehr großen Wert auf Deckung und Parieren legt. Warum wendet ihr dieses Wissen nicht an?«

Mein Gegner richtet sich mit einem schmerzerfüllten Grunzen ein Stück auf, steht aber immer noch gebückt da, eine Hand fest auf die Stelle gepresst, die ich eben getroffen habe, und an der sich spätestens in ein paar Stunden ein fieser Bluterguss bilden wird. »Normalerweise stoppen wir unsere Angriffe.«

Batur seufzt, ehe er sich mit der Hand über die Stirn reibt. »Natürlich, weil es ja auf einem Schlachtfeld genauso gemacht werden würde.«

»Das hier ist aber kein Schlachtfeld!«, begehrt der Knappe auf.

Der Blick aus Baturs dunklen Augen fixiert ihn. »Ach nein?« Mit einer Kopfbewegung deutet er auf mich. »Für sie schon. Sie setzt alles um, was ihr ebenfalls beherrschen müsstet. Sie stellt sich auf jeden eurer Angriffe ein. Genau das wird von einem Ritter erwartet. Er muss nicht bloß mit dem Gegner vor ihm fertigwerden, sondern darf auch nie die um sich herum außer Acht lassen.« Beinahe mitleidig schüttelt er den Kopf. »Du überlebst keine zehn Minuten in einem offenen Kampf, wenn du dich an die Grundsätze aus dem Training klammerst.«

Mit gebleckten Zähnen wirbelt der Knappe zu mir herum. »Das wirst du büßen.«

Ich recke das Kinn. »Du kannst es gern versuchen. Das nächste Mal gebe ich mir Mühe, deine andere Seite zu erwischen, damit du dich nicht so sehr nach einer lehnen musst. Ist schlecht für den Rücken.«

Mit einem animalischen Brüllen geht er auf mich los. Oder er versucht es. Kaum dass er in Reichweite ist, ramme ich ihm den Knauf meiner Waffe gegen die Nase. Ein widerliches Knirschen ertönt. Schnell mache ich einen Schritt nach rechts, um nicht von der Blutfontäne getroffen zu werden.

Während mein letzter Gegner am Boden liegt und sein Jammern zu einem wässrigen Gurgeln wird, sehe ich die übrigen Knappen an. »Wer ist der Nächste?«

»Ich«, kommt es von hinter mir.

Ich wirbele herum und starre Batur an, der eben gesprochen hat. »Aber … ich habe noch nicht alle besiegt.«

Er vollführt eine wegwerfende Handbewegung. »Ich hege keinen Zweifel daran, dass du das schaffen würdest. Du bist schnell und geschickt und obendrein beherrschst du sämtliche Attacken im Schlaf. Deine Sinne sind scharf, und sobald du eine Waffe in Händen hältst, lässt du dich durch nichts ablenken. Aber eine wichtige Lektion hast du noch nicht gelernt.«

Ein Muskel unter meinem Auge beginnt zu zucken. »Und welche soll das sein?«

Behände schwingt sich Batur über die etwa hüfthohe Absperrung des Trainingsrings. »Demut.«

Ich knirsche mit den Zähnen. »Mit Demut gewinnt man keine Schlachten.«

Zu meiner Verwunderung nickt Batur. »Das mag sein. Aber sie verhindert manchmal welche. Deine spitze Zunge wird dich früher oder später in ernste Schwierigkeiten bringen. Unter den Knappen magst du die Beste sein, doch das heißt nicht, dass du nie auf einen Gegner treffen wirst, der dir überlegen ist. Die Welt besteht nicht nur aus diesen Burgmauern. Hier magst du fast jeden besiegt haben, der eine Übungswaffe halten kann, doch da draußen sieht es anders aus.«

Die Muskeln in meinem Rücken schmerzen, so krampfhaft halte ich mich gerade. »Auch außerhalb dieser Mauern wird mich Demut nicht zu einer besseren Kämpferin machen.«

»Ich denke schon«, erwidert Batur, während er seelenruhig die Ärmel seines Hemdes aufrollt. Beim Anblick seiner sehnigen Unterarme vergesse ich für einen Moment, worüber wir eben gesprochen haben. »Wenn du diese Lektion beherrschen würdest, wüsstest du, wann ein Kampf sich lohnt und wann nicht.«

»Ich kämpfe nur, wenn ich es muss«, halte ich dagegen und deute hinter mich, wo mein letzter Gegner sich gerade vom Platz schleppt. »Er hat mich angegriffen. Ich habe mich bloß verteidigt.«

»Du hast ihn beleidigt und provoziert«, beharrt Batur. »Beides Eigenschaften, die einem Ritter nicht gut zu Gesicht stehen.«

Ich stoße ein abgehacktes Lachen aus. »Wie gut, dass ich kein Ritter bin.«

Batur nickt nachsichtig. »Und so, wie du dich gibst, wirst du auch nie einer werden, ganz gleich für wie gut du dich hältst.«

Meine Finger krallen sich so fest um den hölzernen Schwertgriff, dass es wehtut. »Ich halte mich nicht für gut. Ich *bin* es.«

»Ach ja?« Batur schlendert zur Absperrung und lässt sich die Übungswaffe eines der Knappen reichen. Als er wieder einige Meter von mir entfernt steht, stellt er die Füße ein Stück auseinander. »Beweise es.«

Ohne zu zögern gehe ich auf ihn los. Vergessen ist, dass ich genau von dieser Situation nächtelang geträumt, sie herbeigesehnt habe. Heiße Wut peitscht durch meine Adern.

Meinem ersten Angriff weicht er leichtfüßig aus. Zugegeben, er war nicht sonderlich geschickt und ich habe zu viel Schwung hineingelegt. Trotzdem hätte ich damit nahezu alle anderen Knappen von den Füßen geholt.

Für einen Moment starre ich Batur an. Diesen Moment benötige ich, um vollends zu begreifen, dass mein jetziger Gegner kein Knappe ist, der mir gnadenlos unterlegen ist, sondern ein Ritter, der über mehr Erfahrung verfügt als ich. Ich sollte mich über diese Gelegenheit freuen. Dennoch verschwindet die Wut nicht aus meinen Adern.

In meinen zweiten Angriff lege ich weniger Schwung und ziele auf seinen linken Arm. Normalerweise ist dies stets die schwächere Seite, vor allem wenn der Gegner keinen Schild hält. Doch Batur pariert meine Attacke, indem er sich mit der Schulter zu mir dreht und mir dadurch weniger Angriffsfläche bietet. Meine Holzwaffe leitet er mit einem geschickten Hieb um, der mich taumeln lässt.

Wenn er es darauf anlegen würde, könnte er nun seinerseits eine Attacke ausführen, der ich nichts entgegenzusetzen hätte.

Als diese Erkenntnis mich trifft, werden meine Finger eiskalt. Ich bin im Begriff zu verlieren. In einem Zweikampf. Das ist …

Ich kann mich nicht mehr daran erinnern, wann das zuletzt geschehen ist. Von Anfang an musste ich besser sein als die anderen und meinen Platz in der Gruppe mit allen Mitteln verteidigen. Schnell begriff ich, dass es für mich am einfachsten war, wenn ich gnadenlos bin. Ich musste die anderen Knappen dazu bringen, es sich zweimal zu überlegen, mich anzugreifen.

Und das tat ich.

Während meine Kameraden bereits in ihren Strohbetten schnarchten, trainierte ich so lange, bis die Blasen an meinen Handflächen aufplatzten und bluteten. Manchmal dämmerte es bereits, als ich endlich das Holzschwert wegstellte und zu meiner Unterkunft wankte. Ich wurde so gut, dass niemand gegen mich bestehen konnte. Ein Zustand, an den ich mich über all die Jahre gewöhnt habe.

Doch nun stehe ich einem ebenbürtigen Gegner gegenüber. Mehr noch: Einem Gegner, der mir überlegen ist.

Und ich habe keine Ahnung, wie ich diese Angst, zu verlieren, in den Griff kriegen soll. Hinzu brüllt mein Stolz ohne Unterlass in meinem Kopf, dass ich auf gar keinen Fall den Kürzeren ziehen darf. Dass ich es sein muss, die als Siegerin vom Platz geht, um nicht den mühsam erkämpften Respekt und die Angst der anderen Knappen zu verlieren.

Während ich gestern noch dachte, dass ein Kampf gegen Batur das Beste sei, was mir passieren könnte, weil ich ihm dabei so nah wie nur möglich kommen kann, begreife ich nun, dass es mir mehr schadet als nützt, die Waffen mit ihm zu kreuzen.

Aber aufzugeben steht außer Frage.

Ich schlucke die Panik hinunter, die mir fast die Luft zum Atmen nimmt, und besinne mich auf mein Training. Batur sagte vorhin, dass wir denselben Ausbilder hatten. Das bedeutet, dass unsere Angriffs- und Abwehrtaktiken ähnlich sind. Batur wird zwar außerhalb der Burgmauern einige Tricks dazugelernt haben, aber unsere Techniken gleichen sich dennoch.

Das muss ich mir zunutze machen.

»Was ist?«, fragt Batur, als ich mich nicht rühre. »Gibst du auf?«

Ich bin heilfroh, weder Spott noch Geringschätzung in seiner Stimme hören zu können, denn beides hätte meinen Stolz und meine Angst noch weiter befeuert. Doch so kann ich halbwegs besonnen seine Haltung analysieren und seine Bewegungen während meiner vergangenen Angriffe durchgehen.

»Nein«, erwidere ich.

»Dann greif mich an.«

Ich atme tief durch, unterdrücke sämtliche Emotionen auf ein Minimum und konzentriere mich nur auf den Mann vor mir.

Erneut ziele ich während meines Angriffs auf seine linke Seite. Wie erwartet dreht Batur wieder seine Schulter mir zu, um wenig Angriffsfläche zu bieten. Diesmal bin ich jedoch vorbereitet. Blitzschnell ändere ich den Winkel meines Hiebes, sodass Batur nichts anderes übrig bleibt, als meine Attacke zu parieren, anstatt sie umzulenken und ihr auszuweichen.

Baturs Gesichtsausdruck wirkt überrascht, als ich mich mit meinem ganzen Körpergewicht gegen seine Waffe lehne.

»Nicht schlecht«, sagt er, nachdem er seine Mimik wieder unter Kontrolle hat. »Aber du vergisst etwas Entscheidendes.«

»Und was soll das sein?«, presse ich zwischen zusammengebissenen Zähnen hervor.

»Wenn es um reine Körperkraft geht …« Nun stemmt er sich ebenfalls mit aller Kraft gegen mich. Unsere Holzschwerter geben ein Knirschen von sich, während ich über den lockeren Boden zurückrutsche. »… bin ich dir überlegen.«

Batur stößt mich so abrupt von sich, dass ich das Gleichgewicht verliere und unsanft auf dem Hintern lande. Ehe ich mich wieder aufrappeln kann, hält er mir seine hölzerne Klinge an den Hals. Zögerlich und am ganzen Körper zitternd sehe ich zu ihm auf.

Ich habe verloren.

Während mein Blick Stück für Stück an ihm hinaufgleitet, wiederholt sich dieser Satz ohne Unterlass in meinem Kopf, bis ich nur noch aus dieser Gewissheit zu bestehen scheine.

Ich fürchte mich davor, in Baturs Gesicht zu sehen. Die Herablassung darin zu erkennen, würde mich zerstören. Als ich endlich genug Mut gesammelt habe, ihm in die Augen zu schauen, sehe ich jedoch weder Herablassung noch Geringschätzung.

Sondern Anerkennung.

Ein warmes Gefühl explodiert in meiner Brust und vertreibt die Kälte der Angst und die Hitze der Wut, während es sich gemächlich bis in meine Fingerspitzen ausbreitet.

Ich habe verloren, denke ich erneut. *Und das ist wundervoll. Denn das bedeutet … Batur ist derjenige, von dem in meiner Weissagung die Rede ist.*

Kapitel 6
Delmira

Heute

Noch etwa vier Wochen bis zum dritten Vollmond

Während ich erzählt habe, sind wir der Hauptstadt ein gutes Stück näher gekommen. Hoffentlich schaffen wir es bis Einbruch der Nacht durch die Stadttore – ich habe keine Lust, unter freiem Himmel zu schlafen.

Garreth hat nicht eine Frage gestellt und schweigt auch jetzt, als würde er seinen eigenen Gedanken nachhängen. Das täte ich auch gern, dummerweise wandern meine sofort zu Varyan, obwohl ich eben erst von Batur gesprochen habe. Ich könnte mir die Haare raufen! Doch je mehr ich mich dagegen sträube, an ihn zu denken, desto schlimmer wird es.

Wie von selbst gleitet meine Hand zu Caligram. Etwas, was sie fast den ganzen Tag nicht getan hat, weil ich nicht wollte, dass Varyan mitkriegt, wie aufgewühlt ich bin. Er hätte garantiert die richtigen Schlüsse gezogen. Auch jetzt wird er es bemerken, aber ich überstehe keine weitere Sekunde, in der ich seine Stimme nicht hören kann.

Diese Gefühle der Leere und des Fehlens hatte ich, schon kurz nachdem ich Caligram aus dem Stein gezogen habe, aber jetzt sind sie beinahe unerträglich. Sie zehren mich von innen heraus auf, und nur einer hat die Macht, mich davor zu schützen.

›*Ich dachte schon, du willst nicht mehr mit mir reden*‹, tadelt Varyan mich sanft, als ich zwei Finger an den Stahl lege.

Seine Stimme zu hören, beruhigt mich augenblicklich. Die Gründe, warum ich eigentlich nicht mit ihm reden wollte, scheinen nun weit weg und unwichtig.

›*Wir sind noch unterwegs*‹, sage ich vage.

›*Ich muss nicht in deinen Gedanken wühlen, um zu wissen, dass dich etwas beschäftigt. Willst du darüber reden?*‹

Ich seufze, genervt und gleichzeitig froh darüber, dass sowohl Garreth als auch Varyan sofort spüren, wenn es mir nicht gut geht. Ist es nicht das, wozu Freunde da sind? Wobei Varyan sehr deutlich darauf bestanden hat, dass wir keine Freunde sind. Und ich glaube das mittlerweile auch.

›*Ich habe Garreth erzählt, was letzte Nacht … zwischen uns passiert ist.*‹

›*Und?*‹, entgegnet Varyan ungerührt. ›*Es ist mir gleichgültig, was er davon hält.*‹

›*Er war sehr verständnisvoll. Beinahe glaube ich, dass er damit gerechnet hat. Ist es … so offensichtlich?*‹

›*Das mit dir und mir?*‹

Ein wenig wird mir flau im Magen bei der Leichtigkeit, mit der er darüber spricht, während ich vorhin noch dachte, dass die Priesterin mir jeden unreinen Gedanken ansehen müsste.

›*Ja*‹, flüstere ich. ›*Was immer es auch ist.*‹

›*Garreth ist die ganze Zeit dabei und beobachtet dich. Er kann es wenigstens, und ich gebe zu, dass ich ihn deswegen ein klein wenig hasse. Außerdem bist du ihm wichtig. Da wundert es mich nicht, dass es ihm aufgefallen ist.*‹

›*Wie kann es ihm aufgefallen sein, wenn noch nicht mal ich es verstehe?*‹

Für einen Moment ist es beängstigend ruhig in meinem Kopf.

›*Du verstehst es, Mira.*‹ Wieder klingt Varyans Stimme so sanft, dass ich unter ihrem Klang fast zerfließe. ›*Ich bin mir sicher, dass du es verstehst. Du willst es nur nicht wahrhaben.‹* Nach einem kurzen Zögern fügt er hinzu: *›Genauso wenig wie ich.‹*

Mein Herz flattert beinahe schmerzhaft bei seinen Worten. Vorhin, als ich von Batur erzählt habe, ist das nicht passiert. Ich konnte zwar von meinen Gefühlen berichten, die mich als Heranwachsende verwirrten, aber mein mittlerweile erwachsenes Ich spürte nichts dabei. Es waren lediglich Worte, die aus meinem Mund kamen, sich aber leer und kalt anfühlten. Fast so, als hätte ich über eine völlig andere Person geredet. Als sei das, was ich damals empfand, nichts anderes als die Erzählungen, mit denen mein Vater mich als kleines Mädchen unterhalten musste.

Werde ich irgendwann, wenn ich alt und grau bin, ebenso wenig empfinden, wenn ich jemandem von meiner Zeit mit Varyan erzähle? Wird es bloß eine nette Geschichte sein, die ich zur Unterhaltung anderer vortrage? Oder wird mein Herz dann genauso wehmütig schlagen wie jetzt?

Ich beschließe, das Thema fallen zu lassen, um mich nicht weiter selbst zu quälen. Doch das, worauf ich eigentlich hinauswollte, ist nicht weniger schmerzhaft.

›Ich bin Garreth unendlich dankbar, dass er dir … seinen Körper überlassen hat.‹

›Ich höre ein deutliches Aber.‹

Damit entlockt Varyan mir den Anflug eines Schmunzelns. *›Abgesehen von der Gefahr, war es … sein erster Kuss. Er ist uns nicht gram deswegen, aber ich … habe ein furchtbar schlechtes Gewissen.‹*

Varyan lacht. *›Wir hätten noch mehr tun sollen, um zumindest seinen Körper auf seine Hochzeitsnacht vorzubereiten. Die arme Prinzessin tut mir jetzt schon leid mit einem solch prüden Mann.‹*

Ich will einwenden, dass Garreth nicht prüde, sondern seine Seele lediglich zu rein ist, doch nicht einmal in Gedanken kann ich diesen Einwand formulieren, denn mein Kopf ist mit ganz anderen Dingen beschäftigt. Mir vorzustellen, wie es weitergegangen wäre, hätte sich der Himmel nicht zugezogen. Beinahe ist es, als könnte ich Varyans Hände erneut auf mir spüren, wie sie jeden Zentimeter Haut, den sie berühren, in Brand setzen und ein Feuer in mir entfachen, das kaum hätte gelöscht werden können. Ein Feuer, das heißer brannte als alles, was ich je empfunden habe.

Wie von selbst schießen mir Möglichkeiten durch den Kopf, wie Varyan das Brennen in mir hätte lindern können. Wie er mich berühren müsste. Wo er mich küssen müsste. Wie ich es gebraucht hätte.

›*Ja*‹, raunt er in diesem von mir geliebten Tonfall, nachdem er eine Weile Zeuge meiner ausschweifenden Fantasien wurde. ›*Das kommt dem sehr nahe, was ich mit dir hätte tun wollen.*‹

Ich schlucke derart geräuschvoll, dass Garreth mir einen fragenden Seitenblick zuwirft. Ihn habe ich fast völlig vergessen. Auch jetzt gelingt es mir nicht, meine Gedanken wieder auf Spur zu bringen. Ganz im Gegenteil: Sie werden detailreicher. Wagemutiger. Bis ich wegen der Hitze in meinem Bauch kaum noch geradeaus laufen kann.

›*Soll ich dir zeigen, was ich mir vorstelle?*‹

Wieder trifft sein Tonfall einen Nerv bei mir, der mich zusammen mit meinen ohnehin schon weichen Knien fast zum Straucheln bringt.

Ich würde mich nicht als außerordentlich erfahren bezeichnen, aber ich bin bei Weitem nicht unbefleckt wie Garreth. Ich weiß, was ich zu tun habe, um einem Mann und mir Vergnügen zu bereiten. Aber vielleicht … weiß ich doch nicht so viel, wie ich glaube. Immerhin hat Batur mich verlassen und …

Ich schüttele hastig den Kopf und schiebe sämtliche Gedanken über meinen Schicksalsgebundenen beiseite. Das hier geht nur Varyan und mich etwas an. Was auch immer in unseren

Fantasien geschieht, bleibt für alle Zeit dort – in meinem Kopf –, denn es wird niemals Wirklichkeit werden. Ganz gleich, wie sehr ich will, es wäre anders.

›*Zeig es mir*‹, bitte ich heiser.

Wie damals im Herzholzhain öffnet Varyan seine Gedanken für mich. Doch diesmal erwarten mich nicht die schrecklichsten Erlebnisse seines Daseins, sondern Fantasien – von ihm und mir. Es sind nicht mehr als kurze Ausschnitte. Bildfetzen, die so schnell wechseln, als könnte er sich nicht entscheiden, was wir zuerst tun sollten. Zu viel, als dass eine einzige Nacht ausreichen würde. Und doch zu wenig, als dass es je genügen könnte.

Ich erhasche einen Blick auf eine Fantasie, in der meine Hand über seine nackte Brust hinab über den Bauch und immer tiefer wandert, während sein gesamter Körper vor Lust erbebt. Selbst als Beobachterin spüre ich die Macht, die ich mittels dieser Berührungen über ihn habe, die ich jedoch nie missbrauchen, aber bis zur letzten Sekunde auskosten würde.

In der nächsten steckt sein rabenschwarzer Haarschopf zwischen meinen Beinen, während ich den Rücken wölbe und die Hände so fest ins Laken kralle, dass die Sehnen an meinen Unterarmen hervortreten.

Es ist dieses Bild, das mich nun tatsächlich zum Stolpern bringt. Beinahe schlage ich der Länge nach ins Gras, kann mich aber in letzter Sekunde mit einem hastigen Schritt retten.

»Alles in Ordnung?«, fragt Garreth neben mir.

Ich muss ein paarmal blinzeln und mir erst wieder ins Gedächtnis rufen, warum er hier ist und wo wir eigentlich sind, ehe ich ihm antworten kann. »Was? Ja! Ja, natürlich, alles bestens.«

In meinem Kopf höre ich Varyans tiefes, wohlklingendes und wissendes Lachen, das nicht dazu beiträgt, mein Blut auf eine gesunde Temperatur herunterzukühlen.

Garreth mustert mich kritisch. »Dein Gesicht ist ganz rot.« Er streckt die Hand nach mir aus und legt sie mir an die Stirn. »Hast du Fieber?«

Diese Frage veranlasst Varyan zu einem weiteren Lachen, das das Brennen in meinem Gesicht nur verstärkt.

»Es geht mir gut«, versichere ich Garreth und schiebe seine Hand beiseite. »Ich muss nur … aus der Sonne raus.«

Stirnrunzelnd wirft Garreth einen Blick in den wolkenverhangenen Himmel. Ich bin ihm zutiefst dankbar, dass er mich nicht auf meine offensichtliche Lüge hinweist, sondern bloß Caligram betrachtet, auf dem meine Hand ruht. Ich wüsste zu gern, was er sich gerade zusammenreimt. Andererseits will ich es lieber doch nicht wissen. Garreth besaß von Anfang an die Gabe, weit mehr zu bemerken, als ich ihm je zugetraut hätte.

»Lass uns weitergehen«, sage ich hastig. »Bis zu den Stadtmauern ist es nicht mehr weit.«

›Möchtest du weitere Details?‹, fragt Varyan rau, nachdem Garreth und ich uns wieder in Bewegung gesetzt haben.

Ich bin drauf und dran, Ja zu sagen, stoppe mich jedoch rechtzeitig. *›Später, wenn wir unter uns sind, können wir das … was auch immer es ist … gern fortführen. Aber jetzt wäre ich dankbar, wenn ich mir nicht den Hals so kurz vor dem Ziel breche, weil ich über meine eigenen Füße stolpere.‹*

›Ganz wie du wünschst‹, raunt er verheißungsvoll, was meinen Schritt aus dem Takt bringt.

Energisch treibe ich Garreth an, ehe er weitere Fragen stellen kann. Und um endlich zu einem Gasthaus innerhalb der Stadtmauern zu gelangen, wo ich eine Tür hinter mir schließen kann und von den wissend-fragenden Blicken meines Begleiters geschützt bin.

Die Stadtmauern der valencianischen Hauptstadt schimmern sogar im spärlichen Sonnenlicht beinahe schneeweiß. Auch die Gebäude, die ich dahinter erspähe, scheinen nicht aus gewöhnlichem Stein erbaut zu sein. Die Mauern umschließen bloß gut die Hälfte der Stadt. Die andere Hälfte grenzt direkt an einen steilen Abhang, der direkt zum Meer führt. Je näher wir kommen, desto lauter krachen die Wellen dagegen. Unentwegt kreischen Möwen. Der Geruch ist mir ebenso fremd wie die Geräusche. Es riecht nach Salz und Meer und Algen, ohne penetrant zu sein. Als ich mir Valencia vorgestellt habe, kam mir der Geruch von vergammeltem Fisch in den Sinn, doch zum Glück habe ich mich getäuscht.

Der Duft, der mir nun in der Nase kitzelt, ist frisch und spricht von einer Weite, die ich mir nicht vorstellen kann. Verbissen versuche ich, etwas jenseits des Meeres zu erkennen, aber dort ist nichts; bloß Wellen und Tiefe.

›*Und irgendwo eine Hexe*‹, lässt Varyan mich wissen.

›*Tatsächlich?*‹

›*Ich habe sie nie getroffen*‹, sagt er. ›*Es heißt, sie wohnt in einem Riff viele Meter unterhalb der Wasseroberfläche. Weit außerhalb meiner Reichweite.*‹ Ich spüre, wie er mit den Achseln zuckt. ›*Deshalb habe ich beschlossen, dass ich die Wassermagie nicht brauche.*‹

Als er noch der Träger Caligrams war, erhielt er zwei Magiearten: Feuer von der Berghexe in Bellvor und Wind von der Seehexe in Lerthau. Vor Kurzem haben wir beide die Erdmagie der Waldhexe erhalten. Bis auf Hexen, die direkte Nachfahren der Götter sind, können nur noch jene Magie wirken, die einen Bruchteil der Hexenmagie geschenkt bekommen und über ein göttliches Artefakt verfügen, wie Caligram eines ist.

Karli, die Hexe des Herzholzhains, bei der wir bis vor wenigen

Tagen zu Gast waren, gab die Bruchteile ihrer Magie nicht unbedacht weiter; auch Varyan hat sie sie verweigert, als er zu Lebzeiten darum bat.

›*Wie bist du an die Feuermagie gelangt?*‹, frage ich.

›*Nicht alle Hexen sind derart knauserig wie Karli oder … verlangen eine Gegenleistung wie die Hexe am See*‹, sagt er. ›*Manche, wie die Berghexe, sind froh, wenn sie sich nicht mehr allein um alles kümmern müssen.*‹

Karli hat etwas Ähnliches gesagt: Dass sich ihre Schwester, die Berghexe, zwar bemühte, aber nicht viel gegen die Horden aus Krom ausrichten konnte. Und gegen die Ausbreitung des Roten Todes, der nicht nur unzählige Menschenleben dahinrafft, sondern auch das umliegende Land unbewohnbar macht, ist sie sowieso machtlos. Nicht einmal Karlis heilende Erdmagie kann dem Land, das bereits zu lange befallen ist, helfen.

Ich verstehe die Berghexe ein wenig. Hexen, habe ich gelernt, können ihr angestammtes Territorium nicht verlassen, ohne weitreichende Konsequenzen zu fürchten. Wenn sie also in Gebieten außerhalb ihres Territoriums etwas bewegen wollen, sind sie auf Träger von Artefakten angewiesen. Aber diese magischen Gegenstände wachsen nicht auf Bäumen. Daher wird die Berghexe froh gewesen sein, Teile ihrer Magie jemandem mitgeben zu können, der zufällig über ein Artefakt verfügte.

›*Die Feuermagie magst du am liebsten, nicht wahr?*‹, frage ich.

›*Sie eignet sich zum Angriff und kann eine Menge Zerstörung anrichten*‹, erwidert Varyan. ›*Also ja. Die Windmagie eignet sich dazu, Feinde auf Abstand zu halten. Damit konnte ich dich am See vor all den grapschenden Händen beschützen, kurz nachdem du Caligram aus dem Stein gezogen hast. So nützlich sie auch ist, nutze ich diese Form der Magie nur ungern.*‹

Er muss den Grund dafür nicht aussprechen; ich kenne ihn

auch so. Die Windmagie erhielt er von der Hexe, die ihn seit Jahrhunderten jede Vollmondnacht quält.

Schnell lenke ich meine Gedanken auf andere Bahnen. *›Wir sind bald an der Stadtmauer‹*, lasse ich Varyan wissen.

›Kümmere dich um Garreth‹, sagt er. *›Er ist sicher nervös.‹*

Ich werfe meinem Begleiter einen Seitenblick zu. *›Meinst du? Auf mich wirkt er wie immer.‹*

›Ich wäre an seiner Stelle verdammt nervös, wenn ich bald meiner Schicksalsgebundenen gegenüberstehen würde.‹

Ein Knoten bildet sich in meinem Magen. Dieses Thema haben wir bisher – mal mehr, mal weniger erfolgreich – umschifft. Wenn ich die Frage, die mir bereits auf der Zunge liegt, aussprechen müsste, könnte ich ihr ausweichen. Aber mit Varyan muss ich nicht reden; wir kommunizieren über Gedanken, und in meinem Kopf hallt die Frage so laut wider, dass er sie unmöglich überhören kann.

Um mir die Peinlichkeit seiner Antwort zu ersparen, die mir bloß wieder vor Augen führen würde, warum das, was manchmal zwischen uns passiert, so verwerflich ist, denke ich hastig: *›Du hast recht, ich sollte mich um Garreth kümmern.‹*

So schnell, als hätte ich mich am glatten Stahl verbrannt, nehme ich die Hand von Caligram und unterbreche unsere Verbindung. Es geht mich nichts an, ob er je seiner Schicksalsgebundenen begegnet ist. Wer sie war. Wie sie aussah. Ob er es bereut, dass er nun mit mir vorliebnehmen muss.

Ich könnte mich für diese Gedanken ohrfeigen. Doch wie nach der Zeit, als Batur mich verlassen hat, kreisen sie unentwegt in meinem Kopf und zerfressen mein Selbstwertgefühl immer weiter.

Als Heranwachsende war ich stolz darauf, niemanden zu brauchen. Ich sollte zu diesem Zustand zurückfinden, denn alles andere wird mich über kurz oder lang zerstören.

Kapitel 7

Delmira

Noch etwa vier Wochen bis zum dritten Vollmond

Garreth kommentiert mein plötzliches Interesse an seinem Gemütszustand und die Tatsache, dass meine rechte Hand nicht auf Caligram ruht, mit einer hochgezogenen Augenbraue, die mehr sagt, als Worte es je könnten. Ich gebe dennoch vor, es nicht zu bemerken.

»Das Weiß der Mauer sieht schön aus, nicht wahr?«, plappere ich, um die Stimmung zwischen uns aufzulockern. Dabei weiß ich doch, dass ich besser den Mund halten sollte. Denn immer, wenn ich plappere, bringe ich mich bloß in Schwierigkeiten.

»Die Mauern um Valor und die meisten Gebäude werden aus einer Kalkmischung gebaut, die direkt am Meer gefördert wird«, sagt Garreth.

Ich erinnere mich dunkel daran, den Stadtnamen Valor auf einer der Karten meines Lehnsherrn gelesen zu haben. Da ich aber nie daran geglaubt habe, je die Länder jenseits Bellvors zu bereisen, habe ich dem Rest der Welt keine große Bedeutung beigemessen.

Garreth stammt wie ich aus Bellvor und ist, seinen eigenen Aussagen nach, ebenfalls nie in einem anderen Reich gewesen, bevor er sich in den Kopf setzte, die Prinzessin Valencias zu heiraten.

Ich werfe Garreth einen Seitenblick zu. »Woher weißt du das?«

Er zuckt mit den Schultern. »Ich unterhalte mich mit Menschen, denen wir begegnen. Besonders wenn du dich mit dem Schwert in dein Zimmer zurückziehst. Lady Karli wusste viel über Valor zu berichten.«

Ich verdrehe die Augen. »Auch irgendetwas Nützliches?«

So faszinierend ich die Farbe der Mauer auch finde: Das Material, aus dem sie errichtet wurde, bringt uns nicht weiter.

Garreth schüttelt den Kopf. »Lady Karli ist eine Hexe. Sie lebt bereits so lange, dass sie den Überblick darüber verloren hat, welcher Herrscher in welchem Land an der Macht ist. Sie hat noch nie etwas von Prinzessin Ragna gehört.«

Seine Miene wirkt mit einem Mal abwesend. Fast als sorge er sich selbst, dass die Prinzessin nur in seinen Träumen existiert. Dass Karli nichts von ihr gehört hat, weil Prinzessin Ragna nichts als ein Hirngespinst ist.

Bei jedem anderen Kerl hätte ich diese Möglichkeit in Betracht gezogen, aber nicht bei Garreth. Er ist nicht der Typ, der sich hübsche Frauen einbildet und anschließend sein ganzes Hab und Gut aufs Spiel setzt, um diese Frau für sich zu gewinnen. Das ergäbe keinen Sinn.

Trotzdem verstehe ich sein Zaudern, rechne ich doch insgeheim damit, dass wir nicht einfach in den Thronsaal spazieren, Ragna das Schwert präsentieren und sie Garreth voller Rührung um den Hals fällt. Das würde ich jedoch nie gegenüber meinem Freund zur Sprache bringen. Stattdessen tue ich mein Bestes, um ihn aufzuheitern.

Ich berühre ihn beim Laufen am Arm. »Wir werden schon zu ihr vorgelassen werden.«

Zunächst verzieht er zweifelnd den Mund, nickt dann aber.

Varyan hatte recht: Ich hätte mich mehr um Garreth kümmern müssen. Dann wäre mir sicherlich bereits aufgefallen, dass Zweifel ihn plagen. Ich nehme mir vor, ihm ab jetzt wenigstens so viel Aufmerksamkeit zu schenken wie der Stimme im Schwert, bis meine Aufgabe erfüllt ist.

Das ist das Mindeste, was ich für ihn tun kann.

Die spärliche Sonne geht bereits unter, als wir zu Fuß endlich die Stadtmauer Valors erreichen. Eine frische Brise weht vom tosenden Meer zu uns herüber und kriecht unter meine Kleidung.

Da es unwahrscheinlich ist, dass wir noch heute eine Audienz bei Prinzessin Ragna erhalten – Träger Caligrams hin oder her –, entscheiden Garreth und ich, uns zunächst ein Gasthaus innerhalb der Stadtmauern zu suchen.

Die Wachen am Tor sind groß gewachsene Valencianer. Ihre Augen sind von einem solch hellen Blau, dass sie beinahe weiß wirken. Auch ihre Haut ist so blass, dass ich meine, die Adern und Knochen darunter erkennen zu können. Besonders im Gesicht wird es deutlich. Zwar stecken sie in ledernen Rüstungen, dennoch wirken sie schlaksig auf mich. Als hätte man einen Heranwachsenden in die Rüstung eines Erwachsenen gesteckt.

»Was wollt ihr?«, fragt der eine Wachmann barsch, als er uns gemeinsam mit einem anderen den Weg durch das Tor versperrt.

»Wir sind Reisende«, sagt Garreth in freundlichem Tonfall, »und haben morgen wichtige Geschäfte in Valor zu erledigen.«

Um seine Worte zu unterstreichen, fischt er zwei Münzen aus seinem Geldbeutel, die er den beiden Wachen reicht. Eine Weile starren sie auf die Münzen in Garreths ausgestreckter Hand, ehe sich einer von ihnen am Hals kratzt.

»Wir haben Befehl, keine weiteren Fremden einzulassen.«

Garreth lässt die Hand nicht sinken. »Wir werden eure Stadt nicht in Brand stecken.«

Ich würde nicht zu viel versprechen, denke ich im Stillen. Wenn ich nicht bald etwas zu essen kriege und in einem halbwegs bequemen Bett schlafen kann, garantiere ich für nichts.

Ich schmunzele über meine Gedanken, doch das Schmunzeln verblasst sofort, als mir aufgeht, dass Varyan nichts davon gehört hat und ich nicht weiter auf seine Erwiderung warten muss. Meine Finger zucken, so sehr sehnen sie sich danach, Caligram zu berühren, doch ich balle sie schnell zur Faust.

Es ist Garreth, auf den ich mich konzentrieren muss. Er braucht mich jetzt dringender als Varyan.

Wen ich dringender brauche, steht nicht zur Debatte.

»Wir fürchten uns nicht vor Feuer«, erwidert der eine Wachmann. »Sondern vor dem Roten Tod.«

Sofort werde ich hellhörig. »Hattet ihr einen Ausbruch? So weit im Süden?«

Die Blicke aus den fast weißen Augen der Wachmänner richten sich auf mich. Unverhohlenes Misstrauen liegt in ihnen. »Wieso willst du das wissen?«

»Weil es ungewöhnlich ist«, erwidere ich. »Der Ursprung des Roten Todes liegt weit im Norden.«

»Ein Grund mehr, keine streunenden Fremden einzulassen, die kurz vor Einbruch der Nacht in die Stadt wollen, nicht wahr?«, gibt der etwas größere Wachmann zurück. »Zumal ihr eindeutig keine Valencianer seid.« Er verzieht den Mund. »Wer weiß, was ihr alles einschleppen könntet.«

Ich habe bereits davon gehört, dass Valencianer lieber unter sich bleiben – abgesehen von dem Handel, den sie mit den übrigen Völkern betreiben. Aber diese beiden Kerle sind ja noch feindseliger und unnahbarer als ich! Und ich will schon kaum etwas mit anderen zu tun haben.

Ehe ich zu einer hitzigen Erwiderung ansetzen kann, gibt mir Garreth mit der freien Hand zu verstehen, dass ich mich zurückhalten soll. Ich schnaube, ehe ich die Arme verschränke und mich abwende. Hinter mir redet Garreth noch eine Weile begütigend auf die beiden Wachmänner ein, während ich darüber nachdenke, wie weit ich ohne seine diplomatische Art gekommen wäre. Die Einsicht, dass ich es gerade dieser verdanke, überhaupt hier zu stehen, besänftigt mein Temperament. Ohne Garreth würde ich mich vermutlich immer noch in einer schäbigen Absteige um meine nächste Mahlzeit prügeln.

Ich muss endlich lernen, dass mich Konfrontation nur selten weiterbringt. Aber mir fällt es schwer, abzuschätzen, wann ich ruhig und wann stürmisch sein soll. Fast mein ganzes Leben lang kenne ich nur den Weg nach vorn, gern auch mit dem Kopf durch die Wand, wenn ich dadurch mein Ziel schneller erreiche. Im Trainingsring wäre ich mit netten Worten nicht weit gekommen. Und selbst danach habe ich nie gelernt, wann ich mich zurücknehmen sollte.

Oder wie.

Auch diesmal vollbringt Garreth ein Wunder und bewirkt, dass wir die Stadtmauern passieren dürfen. Ich werfe den beiden Wachmännern einen abschätzigen Blick zu, als ich an ihnen vorbeigehe.

»Was hast du ihnen bezahlt?«, frage ich, nachdem wir außer Hörweite sind.

»Genug«, gibt Garreth vage zurück.

Einschmeichelnde Worte und ein unerschöpfliches Vermögen – über nichts davon verfüge ich. Bedeutet das, dass ich es nie so weit bringen werde wie Garreth? Ich habe es ja nicht einmal geschafft, meinen eigenen verdammten Schicksalsgebundenen zu finden, nachdem ich eines Morgens ohne ihn aufgewacht bin. Stattdessen bin ich mangels Geldes in einer billigen Absteige versumpft, wo ich mir einredete, dass schon jemand auftauchen würde, der meine Dienste als Ritterin in Anspruch nehmen will. So saß ich da und wartete. Und mit jedem Tag, der verstrich, verlor ich mein Ziel aus den Augen, bis ich bloß noch vor mich hin lebte.

Anders als ich würde Garreth die Welt aus den Angeln heben, um sein Ziel zu erreichen. Ja, er besitzt Geld – wahrscheinlich mehr, als ich mir vorstellen kann –, aber sein Vermögen wurde ihm nicht in die Wiege gelegt. Er musste hart dafür arbeiten. Wäre auch ich wohlhabender, wenn ich mich mehr angestrengt und angepasst hätte? Wenn ich nicht stets die Konfrontation gesucht, sondern meine Aufträge zur Zufriedenheit aller ausgeführt hätte?

Ich bin froh, dass Garreth nicht fragt, was mit mir los ist. Er sieht es mir an, da bin ich mir sicher, doch ich könnte ihm nicht antworten. Im Moment bestehe ich lediglich aus Widersprüchen und Fragen, auf die ich keine Antwort weiß. Ich hasse diesen Zustand, doch noch mehr würde ich es hassen, von anderen auf meine Unzulänglichkeiten angesprochen zu werden. Selbst von Garreth.

Die Straßen innerhalb der Hauptstadt sind größtenteils leer; nur wenige Valencianer begegnen uns auf unserer Suche nach dem erstbesten Gasthaus. Eigentlich habe ich damit gerechnet, dass sie uns anstarren, doch sie nehmen kaum Notiz von uns. Auch sie sind groß und schlaksig gebaut; sogar die Frauen überragen mich um einen halben Kopf.

Das erste Gasthaus, in dem wir einkehren wollen, weist uns ab. Alle Zimmer seien belegt. Auch Garreths im Kerzenschein schimmernden Münzen ändern daran nichts.

Im zweiten Gasthaus haben wir ebenfalls kein Glück. Dort erfahren wir aber, dass Prinzessin Ragnas Suche nach einem Ehemann so viele Junggesellen nach Valor gebracht hat, dass die

Wirte und Gasthausbesitzer der Hauptstadt sich eine goldene Nase verdienen.

Ich seufze verstohlen. Zwar habe ich damit gerechnet, dass wir längst nicht die Einzigen sind, die die Prinzessin um eine Audienz ersuchen, aber so, wie es sich anhört, werden wir sehr weit hinten in einer langen Schlange stehen.

Auch Garreth scheint zu diesem Schluss gekommen zu sein, wie mir sein verbissener Gesichtsausdruck beweist.

»Lass uns weiter Richtung Stadtzentrum gehen«, sage ich. »Vielleicht haben wir dort mehr Glück.«

Sämtliche Vorfreude, die jenseits der Stadtmauern noch in Garreth pulsierte, scheint verflogen.

»Sie müssen uns vorlassen«, presst er hervor, als wir das zweite Gasthaus ohne einen Platz für die Nacht verlassen. »Wir haben das echte Caligram. Das muss uns doch einen Vorteil verschaffen.«

Nun ist es an mir, Ruhe und Sicherheit auszustrahlen. Ich lege ihm eine Hand auf die Schulter. »Das wird es. Aber zunächst sollten wir einen Platz für die Nacht finden. Lass uns dieses Problem morgen früh mit einem klaren Kopf angehen.«

Er legt seine Hand auf meine und atmet tief durch. »Du hast recht. Entschuldige, dass ich für einen Moment die Nerven verloren habe.«

Ich winke ab, hake mich bei ihm unter und ziehe ihn weiter durch die Straßen der fremden Stadt.

Ich komme nicht umhin zu bemerken, wie sauber es hier ist. In Bellvors Städten wimmelt es von Bettlern und Gesindel, sodass ich nie die Hand von der Börse an meinem Gürtel nehme. Doch hier habe ich keine Sekunde das Gefühl, gleich ausgeraubt zu werden oder mich einem Elend gegenüberzusehen, das ich nicht mildern kann.

Die meisten Gebäude sind gut in Schuss und, ähnlich wie die

Stadtmauer, aus weißem Gestein gefertigt. Je verwinkelter die Gassen werden, desto schmaler werden die Häuser, doch trotzdem entdecke ich keines, das heruntergekommen wirkt. Ein wenig macht mich das stutzig. Egal, wie wohlhabend ein Reich sein mag, es gibt immer ein paar Glücklose oder diejenigen, die selbiges überstrapazieren. Ich kann mir nicht vorstellen, dass sich jeder Einwohner Valors ein Haus leisten kann, das nicht älter als zehn Jahre ist. Oder dieser besondere Stein ist widerstandsfähiger als es den Anschein hat.

Ich erhalte eine Antwort auf meine stummen Fragen, als die Gassen plötzlich enger und schmutziger werden. Wo wir zuvor über ebenfalls weiß-gräuliche Pflastersteine gelaufen sind, stapfen wir nun durch Erde, die durch die feuchte Seeluft aufgeweicht ist, und gefühlt geht es immer weiter bergab, obwohl ich nirgends Treppen sehe. Der Gestank, mit dem ich eigentlich gerechnet habe, wann immer ich mir dieses – für meine Verhältnisse ferne – Reich vorgestellt habe, schlägt mir nun ins Gesicht.

Auch Garreth hält sich eine Hand über die Nase. »Was ist das hier?«

Ich spähe hinter die beiden letzten Häuser der Straße, die mich mehr an die aus meiner Heimat erinnern: alt, ein wenig heruntergekommen und notdürftig saniert. Dahinter erstreckt sich eine Ansammlung von windschiefen Hütten und ausgeblichenen Zeltplanen bis hinüber zur steil abfallenden Klippe, an der bei hohen Wellen die Gischt emporschlägt. Das Gebiet liegt ein Stück tiefer als die umliegenden Stadtteile, als wäre es im Laufe der Zeit abgesackt.

»Ich vermute, wir haben das Armenviertel gefunden«, sage ich.

Ich will gerade umdrehen, um diesem widerlichen Gestank nach ungewaschenen Leibern und vergammeltem Fisch zu entkommen, als Garreth mich am Arm packt.

»Warte, siehst du das auch?«

Mit der Hand deutet er auf einen Bereich im hinteren Teil des Armenviertels, der sich nah an der Klippe befindet. Bei dem schlechten Licht und auf die Entfernung ist es schwer zu erkennen, aber ich weiß sofort, was er meint.

Dennoch zucke ich mit den Schultern. »Da wird Wasser in die Erde gesickert sein. Deshalb sieht der Boden dunkler aus.«

»Findest du nicht, dass es sehr viel mehr Ähnlichkeit mit einem verseuchten Gebiet hat?«

Natürlich finde ich das, sage es jedoch nicht laut. Stattdessen verschränke ich die Arme vor der Brust. »Und weiter? Wir sind auf der Suche nach einem Platz für die Nacht und sollten nicht länger …«

»Lady Karli gab dir ihre Magie nicht ohne Grund«, fällt er mir ins Wort.

Resigniert schließe ich die Augen. »Wir können nicht einfach dort hineinspazieren. Abgesehen von den Krankheiten, die wir uns an einem solchen Ort einfangen könnten, und der Tatsache, dass wir erstinken werden, werden die Bewohner nicht glücklich darüber sein, wenn zwei Fremde sich in ihre Angelegenheiten einmischen. Außerdem könntest du auch gleich deine Geldbörse über die Klippe werfen.«

»Ich bin Heiler, Mira. Ich kann nicht danebenstehen und zusehen, wenn …«

»Und ich bin deine Leibwächterin«, unterbreche ich ihn, während ich Richtung Armenviertel gestikuliere. »Wie soll ich dich da drin beschützen? Dort leben bestimmt genauso viele Valencianer wie in der piekfeinen Oberstadt.«

»Lass uns bloß einen kurzen Blick auf das verseuchte Gebiet werfen«, bettelt er. »Wenn wir nicht helfen können, drehen wir sofort wieder um.«

Ich rolle mit den Augen. Wir werden selbstverständlich nicht sofort umdrehen. Sobald Garreth den ersten Verletzten oder ein Kind mit Husten erspäht, werde ich ihn dort erst wieder rauskriegen, wenn er all seine Phiolen und Salben aufgebraucht hat. Nachdem er im Herzholzhain Gelegenheit hatte, seinen Vorrat aufzustocken, wird es verdammt lange dauern, bis sie leer sind.

Ich reibe mir über die Stirn. »Na gut. Wir sehen es uns an.« Garreths honigbraune Augen leuchten. »Aber«, sage ich sogleich, ehe er sich weiter hineinsteigern kann, »sobald die kleinste Gefahr von etwas oder jemandem droht, machen wir auf der Stelle kehrt und verschwinden. Und ich will dann keine Widerworte von dir hören. Ist das klar?«

»Glasklar«, versichert er eifrig, ehe er den Lederriemen seiner Heilertasche neu justiert.

Bei jedem Schritt, mit dem wir zum Armenviertel hinabsteigen, nimmt das mulmige Gefühl in meinem Magen zu. Unentwegt spähe ich nach links und rechts und erwarte jederzeit einen Angriff.

Garreth scheint von meiner Anspannung nichts zu spüren. Ich kann ihm förmlich ansehen, dass er sich bereits einen Plan zurechtlegt, welche Gebrechen er zuerst und mit welchem Mittel behandeln muss.

Das Armenviertel liegt, wie vermutet, in einem Gebiet, das tiefer gelegen ist als die übrige Stadt und direkt an die Meeresklippe grenzt. Dass sich der Boden absenkt, ist nicht ungewöhnlich; so was ist auch in Bellvor vorgekommen. Mehr Sorgen bereiten mir die Risse, die sich durch die schlammige Erde unter unseren Füßen ziehen. Ich kann das Gefühl nicht abschütteln, dass gleich alles auseinanderbricht und wir in die Tiefe stürzen.

Es dauert nicht lange, bis wir auffallen. Zwei Bellvorer, noch dazu eine mit rotem Haar, sieht man hier offenbar selten. Die einfache, aber feine Kleidung, die uns Karli geschenkt hat, tut ihr Übrigens, damit wir von allen Seiten belagert werden.

Vorsorglich lege ich eine Hand auf Caligram, die andere auf meine Geldbörse, während Garreth dem ersten Mädchen mit Husten in den Rachen schaut.

Gedanklich bringe ich Varyan schnell auf den neuesten Stand und bin erleichtert, dass er die Situation genauso einschätzt wie ich.

›*Ihr hättet euch fernhalten sollen*‹, sagt er. ›*Verzweifelte Menschen sind unberechenbar.*‹

›*Da erzählst du mir nichts Neues*‹, entgegne ich, ohne Garreth aus den Augen zu lassen. ›*Aber das hier ist besser, als irgendwo herumzustehen und darauf zu warten, dass wir zur Prinzessin vorgelassen werden. Was wahrscheinlich erst in fünf Jahren der Fall ist, wenn der Gastwirt nicht übertrieben hat. Garreth war nach bereits zehn Minuten derart niedergeschlagen, dass ich es nicht länger mit ansehen konnte.*‹

Varyan seufzt ›*Normalerweise würde ich sagen, dass er sich nicht so anstellen soll, aber ich verstehe ihn. Ihr habt das echte Caligram. Ihr habt die Bedingung der Prinzessin erfüllt. Und trotzdem kommt ihr nicht weiter. Ich verstehe seine Frustration und seinen Wunsch, sich abzulenken.*‹

›*Ich wünschte nur, er würde das fern von eitrigen Wunden, feuchtem Husten und verkrustetem Nasenausfluss tun. Auch abgesehen von den verzweifelten Menschen … Wer weiß, was er sich hier einfangen könnte!*‹

Varyan gibt ein leises Lachen von sich. ›*Machst du dir nicht zu viele Sorgen um ihn?*‹

›*Wahrscheinlich*‹, gebe ich zu. ›*Aber ich will, dass er Erfolg hat.*

Ich will, dass er, nach allem, was er durchgemacht hat, seine Prinzessin bekommt. Wenn es jemand verdient hat, glücklich zu werden, dann Garreth. Ich hätte niemals so viel Durchhaltevermögen bewiesen wie er. Wahrscheinlich hätte ich aufgegeben, nachdem ich das Schwert nicht aus dem Stein herausziehen konnte.‹

›*Du darfst nicht vergessen, dass es hierbei um seine Schicksalsgebundene geht.‹*

Ich schlucke angestrengt, während ich Garreth dabei beobachte, wie er Salbe auf das aufgeschürfte Knie eines Kindes aufträgt.

›*Ich habe aufgegeben*‹, gebe ich leise zu. ›*Ich war auf der Suche nach meinem Schicksalsgebundenen und habe trotzdem alles aus den Augen verloren, was ich vollbringen wollte.‹* Mir wird es eng im Hals, als ich Garreths zufriedenes Lächeln sehe, während er sich dem nächsten Patienten zuwendet. ›*Ohne seine Hilfe wäre ich nie aus dem dunklen Loch herausgekommen. Ganz gleich, ob es sich dabei um die Suche nach meinem Schicksalsgebundenen handelte oder nicht. Ich habe aufgegeben. Und …‹* Ich verstärke den Griff um Caligram. ›*… ich weiß nicht, ob ich es nicht wieder tun werde, wenn das hier … vorbei ist. Ich weiß nicht, ob es … genug ist, wieder nach meinem Schicksalsgebundenen zu suchen.‹* Ich presse die Lippen zusammen. ›*Will ich es überhaupt? Ich müsste es wollen, oder? Schließlich ist er derjenige, den die Götter für mich bestimmt haben. Aber neben allem, was Garreth bereit ist, für seine Schicksalsgebundene zu tun, fühle ich mich klein und unbedeutend. Unwürdig. Als könnte ich es gleich bleiben lassen und von selbst wieder hinab in das dunkle Loch steigen, aus dem ich nie allein entkommen kann.‹*

Hastig schüttele ich den Kopf. Wo kam das denn her? Warum habe ich all diese Dinge gedacht, bevor ich überhaupt wusste, dass ich so fühle?

Ein sanfter Hauch streicht durch meinen Geist. Für einen

kurzen Moment erlaube ich mir, die Augen zu schließen und mir vorzustellen, dass es Varyans Umarmung ist, die ich gerade spüre und die mich davor bewahrt, auseinanderzubrechen.

Varyans Stimme klingt so vorsichtig, wie ich sie selten gehört habe. *›Mira, ich …‹*

Plötzlich vibriert der Boden unter meinen Füßen, und ich muss mich an der nächstbesten Hauswand abstützen. Sofort fliegt mein Blick zu Garreth, der inmitten der Menschentraube um ihn herum ebenfalls zu mir schaut. Seine Patienten allerdings scheinen weniger besorgt zu sein als wir.

»Alles in Ordnung?«, frage ich Garreth, nachdem ich zu ihm getreten bin.

Er nickt. »Was war das?«

»Das Meer«, antwortet das Mädchen, das Garreth zuvor behandelt hat. »Es holt sich einen weiteren Teil unserer Heimat.«

Ich runzele die Stirn. »Wie meinst du das?«

Es ist einer der Älteren, der mir antwortet. »Es kommt immer wieder vor, dass ein Teil der Klippe ins Meer stürzt. Aber in letzter Zeit …« Mit einer Handbewegung deutet er auf die Risse in der Erde, die mir bereits aufgefallen sind. »… verlangt das Meer häufiger als sonst nach neuem Land.«

»Hat das was mit dem Gebiet in der Nähe der Klippe zu tun?«, frage ich. »Das, was dunkler ist als der Rest.«

Der ältere Mann zieht die Augenbrauen zusammen. »Woher weißt du das?«

Ich stoße den Atem aus. »War bloß eine Ahnung.« An Garreth gewandt, sage ich: »Ich würde mir das gern ansehen.«

Er nickt, schultert seine Heilertasche und vertröstet die noch wartenden Patienten, ehe er mir durch die engen Gassen des Armenviertels folgt, zusammen mit dem Großteil der neugierigen Menge.

Kapitel 8

Varyan

Ich war noch nie in Valor. Die Stadt zählte zu den ersten, die sich meinem Heer ergaben, sodass ich sie weder belagern noch angreifen musste. Deshalb begnügte ich mich damit, einen meiner Statthalter herzuschicken und nach dem Rechten sehen zu lassen.

Man kann über die Valencianer sagen, was man will, aber sie behalten stets das große Ganze im Blick. Kein Wunder also, dass sie auch jetzt noch zu den wohlhabendsten der vier Völker gehören.

Natürlich gibt es auch in einer wohlhabenden Stadt Armut und Leid, aber hier stimmt eindeutig etwas nicht. Dankbar dafür, dass Mira ihre Eindrücke an mich weiterleitet, sehe ich die Gassen beinahe so genau vor mir, als würde ich selbst durch sie laufen.

Immer mehr Bewohner dieses Viertels strömen aus ihren halb verfallenen Hütten, um nachzusehen, was los ist. Mira gelingt es, jeden, der sich ihr oder Garreth zu weit nähert, mit einem einzigen Blick auf Abstand zu halten.

Ich wünschte, ich könnte diesen stolzen, unnahbaren und zugleich abweisenden Blick ebenfalls sehen. Ich weiß, dass er mich mitten ins Herz träfe.

Wahrscheinlich spüre bloß ich Miras wachsende Besorgnis. Zu viele Menschen auf engem Raum werden es ihr erschweren, auf sich und Garreth aufzupassen.

›*Ich bin hier, falls du mich brauchst*‹, sage ich.

Ich fühle sie lächeln, und ein Teil der Anspannung fällt von ihr ab. ›*Ich weiß.*‹

Vor nicht allzu langer Zeit habe ich mein Dasein gehasst. Ich wäre lieber tot als weiterhin an diese Form gekettet. Doch seit ich Mira kenne, komme ich … zurecht. Es ist nicht so, dass ich mein Dasein akzeptiert habe, aber ich kämpfe nicht mehr unentwegt dagegen an oder verfluche mein Schicksal. Sie macht meine Gefangenschaft erträglich. Durch ihre Sinne nehme ich eine Welt wahr, die mir fremd geworden ist, die ich nun jedoch wieder schätzen lerne.

Wäre das alles, könnte ich eine Zeit lang glücklich sein.

Aber das ist nicht alles.

Es genügt mir nicht, die Welt nur durch ihre Sinne wahrnehmen zu können. Ich will *sie* sehen. Riechen. Und berühren. Die verdammte Welt kann mir gestohlen bleiben. Ich würde nichts vermissen, wenn Mira das einzige Wesen wäre, das ich wahrnehmen könnte.

Doch genau das ist mir verwehrt. Und deswegen verfluche ich mein Gefängnis.

Als ich in der letzten Vollmondnacht vorzeitig zurück in das Schwert gezerrt wurde, schrie ich meinen Hass auf die Götter und die Seehexe so lange heraus, bis meine Stimme brach und ich zusammensackte.

Es war Miras Berührung von Caligram, die mich davor bewahrte, völlig zugrunde zu gehen. Ich habe noch nie um Gnade gefleht – nicht für einen einzigen Augenblick, ganz gleich was die Seehexe mir antat –, aber in jenem Moment stand ich kurz davor. Ich war beinahe bereit, alles zu opfern und jeden Handel einzugehen, bloß um Mira für den Rest der Nacht gegenüberstehen zu können.

Wahrscheinlich hätte ich sogar der Seehexe geschworen, bis ans Ende aller Zeit so zu tun, als würde ich es genauso genießen wie sie, nur damit sie mir ein paar Stunden mehr mit Mira gewährt.

Doch Miras zarte Berührung hinderte mich daran, und ich könnte nicht dankbarer dafür sein. Ohne es zu ahnen, hat sie den einzigen Teil von mir gerettet, über den ich noch verfüge: meinen Stolz.

»Siehst du das auch?«, höre ich Garreth fragen.

Vor einer Hütte, die direkt an einer Klippe gebaut wurde, hat sich die Erde schwarz verfärbt. Ausgehend von dem dunklen Fleck ziehen sich Risse durch das umliegende Erdreich; manche so dünn, dass sie kaum erkennbar sind, andere so tief, dass Miras Fuß darin verschwinden könnte.

»Das war die Hütte des alten Lorik«, weiß ein Bewohner zu berichten.

»Was ist ihm zugestoßen?«, fragt Garreth.

»Er ist vor ein paar Wochen gestorben. Ist einfach vor seiner Hütte zusammengebrochen und nicht mehr aufgestanden.«

Mira macht ein paar vorsichtige Schritte auf die schwarze Erde zu und geht in die Hocke. »Hat er aus den Augen, Ohren und der Nase geblutet, ehe er gestorben ist?«

Einen Moment lang herrscht Schweigen. »Woher weißt du das?«

Garreth fragt in die Runde, ob einer von ihnen ähnliche Symptome aufweist.

›*Ohne Vegetation ist es schwer einzuschätzen*‹, sagt Mira zu mir, ›*aber ich gehe davon aus, dass der Rote Tod für die Veränderung des Bodens verantwortlich ist.*‹

Ich nicke. ›*Macht Sinn.*‹

Mira lässt den Blick schweifen. ›*Wenn die Risse sich weiter aus-*

breiten, könnte das gesamte Gebiet in die Tiefe gerissen werden.‹ Sie reibt die Fingerspitzen der freien Hand aneinander. *›Meinst du, Karlis Erdmagie könnte uns hier weiterhelfen?‹*

›Ein Teil des Gebiets ist so stark geschädigt, dass auch Karlis Magie nichts mehr wird ausrichten können‹, gebe ich zu bedenken.

›Aber vielleicht könnten wir diesen verunreinigten Teil ins Meer stoßen‹, sagt sie. *›Früher oder später wird er eh wegbrechen. Wenn wir es jetzt kontrolliert tun, hat er keine Chance, weiteren Schaden anrichten. Und die Seuche könnte sich nicht weiter ausbreiten.‹*

›Könnte funktionieren. Doch du hast noch nie Magie benutzt.‹

›Mag sein.‹ Ein Lächeln breitet sich auf ihren Lippen aus. *›Dafür habe ich dich. Einen Versuch ist es wert, oder?‹*

Nachdem Mira und Garreth den Bewohnern den Plan erklärt, diese aber bloß ungläubig dreingeschaut haben, sorgen sie dafür, dass die umliegenden Hütten geräumt werden. Zum Glück sind nur noch wenige bewohnt; die Menschen müssen gespürt haben, dass etwas Bedrohliches unter ihren Füßen schwärt.

Garreth scheucht die Gaffer auf Abstand. Offenbar hat sich kein anderer mit dem Roten Tod angesteckt. So ganz habe ich den Ursprung und den Verlauf dieser Krankheit noch nicht verstanden; zu meinen Lebzeiten wütete sie noch nicht. Doch sie hat nicht nur Miras Eltern dahingerafft, sondern ganze Landstriche ausgelöscht und ein unbewohnbares Gebiet – die Ödnis – zurückgelassen, das sich an den Grenzen zu Krom erstreckt.

›Wirst du die Magie wirken?‹, fragt Mira.

Ich schüttele den Kopf. *›Karli hat sie dir gegeben, solange du die Trägerin Caligrams bist. Ich kann sie nicht hervorrufen, selbst wenn ich es wollte.‹*

Sie zögert und erinnert sich an die Male, als ich die Kontrolle hatte und Magie wirkte. Ihr Körper ist diese immense Kraft nicht gewohnt; auch ich brauchte Monate, um mich damit zu arrangieren, und weitere Monate, um tatsächlich einen Feuerzauber im Kampf nutzen zu können.

›*Keine Sorge*‹, sage ich. ›*Ich bin hier, um dich aufzufangen.*‹

Ihre Zurückhaltung schwindet. Es ist, als würde sie in Gedanken die Hand ausstrecken und über meinen Arm streicheln. Natürlich ist dies nichts weiter als Einbildung, aber diese Einbildung ist alles, was wir haben. Also gestatte ich mir ein paar Herzschläge lang, diese Beinah-Berührung zu genießen.

Anschließend umfasst Mira Caligram mit beiden Händen und rammt die Spitze des Schwertes direkt in die schwarze Erde. Nachdem sie ein paarmal tief durchgeatmet hat, ruft sie den Teil von Karlis Erdmagie, der nun in ihr schlummert und der mir vor unzähligen Jahren verwehrt wurde.

Die Magie antwortet ihr sofort, und ihr Körper erbebt unter der für ihn unbekannten Anstrengung, aber er hält durch. Wahrscheinlich auch wegen unseres Trainings.

Ich verharre angespannt, jederzeit bereit, zu übernehmen, wenn ihre Kraft schwindet. Doch wir beide wissen, dass dann der Zauber abbrechen wird, und alle Mühe wäre umsonst.

Die Erde erzittert unter Miras Füßen und Caligram sackt ein Stück weiter in den Boden. Trotzdem ist es noch nicht genug, um das verdorbene Land ins Meer zu stürzen.

›*Ich … schaff es nicht.*‹ Miras Stimme klingt schwach.

›*Doch*‹, erwidere ich bestimmt. ›*Du schaffst das. Ich glaube an dich.*‹

Miras Finger verkrampfen um Caligrams Stahlgriff. ›*Ich …*‹ Eine schweißnasse Hand rutscht ihr vom Griff.

›*Du hast noch nie aufgegeben, seit ich dich kenne*‹, sage ich. Ich denke nicht groß darüber nach, was ich von mir gebe; wenn meine Stimme ihr hilft, sich von den Schmerzen abzulenken, die die Hexenmagie in ihr auslösen, dann rede ich bis zum Ende aller Tage mit ihr. *›Außer als ich dich so sehr geärgert habe, dass du Caligram irgendwo verbuddeln wolltest. Nur Garreth konnte dich davon abhalten, erinnerst du dich?‹*

Ihre Mundwinkel zucken, doch sie bringen kein Lächeln zustande, ehe sie sich schmerzerfüllt verziehen. *›Wie könnte ich das vergessen? Du hast mir … beinahe den letzten Nerv geraubt.‹*

›Und ich habe es genossen. Ich habe es so sehr genossen, mich mit dir zu streiten, dass ich sämtliche Konsequenzen in Kauf genommen habe. Ein wenig vermisse ich unsere Streitereien. Aber ich gebe zu, dass der Austausch von schmutzigen Fantasien mit dir ebenfalls seinen Reiz hat.‹

Nun heben sich ihre Mundwinkel ein wenig. *›Die ersten Wochen habe ich mich unentwegt gefragt, was ich verbrochen habe, dass die Götter mich mit dir strafen.‹*

Ihre Worte treffen mich, obwohl das nicht ihre Absicht war. Trotzdem tut es weh zu hören, dass sie mich als Strafe angesehen hat. Früher hätte es mich nicht gekümmert, was sie über mich denkt, ist unsere Zeit miteinander doch begrenzt.

Heute gräme ich mich aus genau diesem Grund. Warum habe ich es ihr so schwer gemacht? Wieso habe ich alles darangesetzt, dass sie mich hasst? Ich weiß zwar, wieso, dennoch quält mich die Frage, ob ich nicht netter zu ihr hätte sein sollen. Von Anfang an. Dann wäre uns mehr Zeit vergönnt gewesen. Und seien es nur ein paar Wochen.

›Aber dann‹, fährt sie fort und reißt mich aus meinen Gedanken, *›habe ich mich darauf gefreut, mich mit dir zu streiten. Ich lag nachts wach, um mir möglichst viele scharfzüngige Erwiderungen zu überlegen, mit denen ich dich ein für alle Mal zum Schweigen bringen könnte.‹*

›Und ich habe sie genossen‹, sage ich. *›Ich habe jede einzelne deiner Erwiderungen genossen. Manche haben mich so sehr überrascht, dass ich tatsächlich sprachlos war. Auf eine gute Weise. Noch nie bin ich jemandem begegnet, mit dem ich mich so frei und ungezwungen unterhalten konnte wie mit dir.‹*

»Was ist hier los?«, donnert plötzlich eine Stimme hinter uns.

Da Mira nicht die Kraft hat, sich umzudrehen, kann ich nur spekulieren, dass es sich dabei um die Wachen der Stadt handelt. Mira scheint zum selben Schluss gelangt zu sein, denn sie mobilisiert ihre letzten Kräfte.

›Ich wünschte‹, murmelt sie, *›dass wir für immer miteinander streiten oder schmutzige Fantasien austauschen könnten.‹*

›Ja. Das wünschte ich auch.‹

Das Schwert sackt herab; Mira hat Mühe, den Griff weiterhin zu umklammern. Im selben Moment bricht das Gebiet, das verdorben und bereits mit Rissen durchzogen war, auseinander und stürzt hinab ins Meer. Miras Körper schwankt, und um ein Haar wäre sie ebenfalls hinab in die Tiefe gefallen.

›Ich bin hier‹, versichere ich ihr, als ich sanft und gleichzeitig fest ihr Bewusstsein umfasse und es zurückziehe. *›Ich lasse dich nicht im Stich.‹*

Mit einem zufriedenen Seufzen macht ihres meinem Bewusstsein Platz und ich erlange die Kontrolle über ihren Körper. Unter meiner Anweisung richtet er sich auf, macht einen Satz zurück und dreht sich um. Inzwischen hat sich ein ganzes Regiment Wachleute versammelt; einer bedroht sogar Garreth mit einer Waffe, der sich ihnen in den Weg gestellt hat.

Ich weiß, dass Miras Körper ausgelaugt ist, doch einen Zauber muss er noch durchstehen.

Es dauert nicht lange, bis die Aufmerksamkeit der Wachmänner von dem verschwundenen Abgrund zu mir überspringt.

Diesen Moment nutze ich, um meine Feuermagie zu rufen, die Caligrams Klinge umtost. Sowohl die Bewohner als auch die Wachmänner glotzen mich an, einige mit offenen Mündern.

Mit einer Kopfbewegung deute ich auf Garreth. »Wir sind hier«, sage ich laut genug, damit mich zumindest diejenigen in den vorderen Reihen verstehen können, »um eurer Prinzessin das Schwert zu bringen, nach dem sie verlangt hat.« Ich hebe das brennende Caligram an. »Sagt ihr, dass wir bei Tagesanbruch eine Audienz bei ihr wünschen.«

Ein paar Wachleute tauschen einen ungläubigen Blick, ehe sie sich zurückziehen. Hoffentlich um meine Forderung zu überbringen.

Garreth tritt zu mir und mustert mich. »Ist mit Mira alles in Ordnung?«

Ich nicke. »Aber sie muss sich ausruhen.«

Er runzelt die Stirn. »Und da hältst du es für eine gute Idee, einen weiteren Zauber zu wirken?«

Vor nicht allzu langer Zeit hätte ich auf diesen Vorwurf mit einer scharfen Erwiderung reagiert, doch nun bleibe ich ruhig.

»Ich weiß besser als du, was ich Miras Körper zumuten kann. Außerdem habe ich dafür gesorgt, dass du deine Schicksalsgebundene so schnell wie möglich triffst.« Ich balle meine freie Hand zur Faust, lege sie an die Brust und neige den Kopf vor Garreth. »Als Dank für die letzte Vollmondnacht.«

Er blinzelt ungläubig. »Gern geschehen … glaube ich.«

Ich lockere die Hand und reibe über Miras Brustkorb. »Ihr geht es gut, versprochen. Aber sie muss dringend schlafen.«

Garreth nickt. »Ich werde sofort eine Unterkunft für uns finden. Und dann …« Seine Wangen färben sich rosa. »… muss ich mich auf morgen vorbereiten. Ich dachte, ich hätte mehr Zeit.« Nervös spielen seine Finger mit dem Saum seines Hemdes. »Was sage ich bloß zu ihr? Muss ich mich verneigen? Knicksen? Das Knie vor ihr beugen? Sie ist eine fremde Monarchin, nicht die meines Reiches, aber …«

»Beruhige dich!«, sage ich hastig, ehe er sich weiter in seine Panik hineinsteigert. »Du wirst es schaffen. Sie wird dich mögen. Immerhin bringst du ihr Caligram. Und sie ist deine Schicksalsgebundene.«

Er wirkt etwas gefasster, aber nicht gänzlich beruhigt. »Ich bin mir nicht mehr sicher, ob das bedeutet, dass alles von allein gut wird. Mira hat mich das gelehrt. Es geht nicht bloß darum, dass wir unseren Schicksalsgebundenen finden. Wir müssen uns ihm auch als würdig erweisen. Denn keine Weissagung dieser Welt kann über eine Beziehung bestimmen.«

Ich schmunzele. »Klingt verdammt nach Mira.«

»Ja, oder?« Er schenkt mir ebenfalls ein vorsichtiges Lächeln. »Manchmal liegt ein Hauch Ketzerei in ihren Überzeugungen.«

Mein Lächeln verblasst. »Sie macht sich Sorgen deswegen. Wegen dem, was … in der letzten Vollmondnacht geschehen ist.«

Garreth wiegt den Kopf hin und her. »Willst du meine Meinung hören?«

Ich ziehe eine Augenbraue hoch. »Ich bin mir nicht sicher.«

Er legt mir eine Hand auf den Rücken und schiebt mich in Richtung Oberstadt. »Du kriegst sie trotzdem, genau wie Mira, die ebenfalls lauscht. Ich denke nicht, dass sie sich wegen dem sorgt, was geschehen ist, oder es gar bereut. Es ist die Außenwirkung, die ihr Kopfzerbrechen bereitet. Das, was andere darüber denken könnten, dass es ihr gefallen hat.«

Mein – Miras – Herz schlägt schneller. *›Es hat dir gefallen?‹*, frage ich vorsichtig.

›Wieso klingst du überrascht?‹, will sie wissen.

›Weil du kein Wort darüber verloren hast.‹

Sie seufzt. *›Ich finde es erschreckend, wie viel Garreth wahrnimmt. Aber er hat recht. Wenn ich die Außenwirkung und meine Angst, als Ketzerin auf dem Scheiterhaufen zu enden, mal beiseite schiebe, war es mit Abstand der beste Kuss, den ich je hatte.‹*

›Das freut mich. Also, ich meine … Wir … könnten … Und …‹

›Stammelst du gerade?‹, fragt sie belustigt.

›Nein!‹

›Kam mir aber fast so vor.‹

Ich räuspere mich, was mir einen seltsamen Seitenblick von Garreth einbringt. *›Das musst du dir eingebildet haben.‹*

›Ja, bestimmt.‹ Sie stößt den Atem aus. *›Hoffentlich finden wir bald einen Platz für die Nacht. Ich weiß nämlich nicht, wie lange ich noch wach bleiben kann.‹*

Ein Wachmann kommt auf uns zugerannt, als wir gerade das Armenviertel verlassen und wieder auf den gepflasterten Straßen der Oberstadt stehen. Knapp nickt er uns zu. »Der König hat veranlasst, dass ihr die Nacht im Schloss untergebracht werdet. Bitte folgt mir.«

Mira gibt ein Summen von sich. *›Das klingt himmlisch! Wir sind endlich am Ziel.‹*

Ich zeige ihr Garreth, der gänzlich erstarrt zu sein scheint. *›Dein Begleiter freut sich weit weniger als du.‹*

Mira schüttelt mitleidig den Kopf. *›Der arme Kerl ist völlig nervös. Aber das geht wohl jedem so, wenn er bald seinem Schicksalsgebundenen gegenübersteht.‹*

›Ja‹, gebe ich zu, während meine Stimme in ein wehmütiges Krächzen übergeht. *›Wahrscheinlich.‹*

Die Kunde, dass der Träger Caligrams aufgetaucht ist und Teile des Armenviertels im Meer versenkt hat, verbreitet sich wie ein

Lauffeuer. Ich bin dankbar für die vier Wachen, die uns zum Schloss eskortieren; Miras Körper ist erschöpft, und es wäre auch für mich kaum möglich, sie und Garreth zu beschützen, sollte einer der Bewohner uns nicht hier haben wollen.

Aus mehreren Häusern treten Menschen, um einen Blick auf uns zu erhaschen. Manche tragen nicht mehr als ein dünnes Nachthemd, und zum ersten Mal sieht Mira bei einigen die dünnen Einkerbungen an der Halsseite, die die Valencianer gewöhnlich unter ihrer Kleidung verbergen.

›*Können sie damit wirklich unter Wasser atmen?*‹ In ihrer Stimme liegt die Begeisterung eines kleinen Kindes.

Ich muss über diesen Tonfall lächeln. ›*So sagt man zumindest. Ich war nie lange genug in Valencia, um es herauszufinden. Und in den anderen Reichen trifft man selten auf Valencianer.*‹

Mira nickt. ›*Kein Wunder. Wenn mein Reich so wohlhabend wäre wie dieses, würde ich es auch nicht freiwillig verlassen. Dennoch ist der Rote Tod bis hierher vorgedrungen.*‹

›*Ich würde darauf tippen, dass einer der Freier, die wegen der Hand der Prinzessin hier ist, die Seuche eingeschleppt hat.*‹

Sie seufzt. ›*Hoffentlich konnten wir die Ausbreitung verhindern.*‹

Ich könnte ihr sagen, dass sie ihr Bestes getan hat, aber mit solchen Belanglosigkeiten halte ich mich nicht auf. ›*Wir haben mehr für diese Leute getan als ihre Herrscher. Mehr können sie nicht verlangen. Wie fühlst du dich?*‹

›*Müde*‹, gibt sie zu.

›*Das meine ich nicht. Deine Erschöpfung spüre ich deutlich. Ich meine, wie es sich angefühlt hat. Es war das erste Mal, dass du Magie gewirkt hast.*‹

›*Ich habe es mir einfacher vorgestellt. Bei dir sah es immer so … mühelos aus.*‹

›*Wenn du dich erholt hast und Garreth glücklich mit seiner*

Schicksalsgebundenen vereint ist, können wir trainieren, wenn du magst.‹

›*Ja*‹, antwortet sie sogleich.

Unausgesprochen steht alles andere zwischen uns. Dass uns kaum noch Zeit zusammen bleibt. Dass sie die Magie sowieso verlieren wird, sobald sie Caligram zurück in den Stein steckt.

Stille breitet sich zwischen uns aus. Normalerweise stört es mich nicht, wenn wir nicht unentwegt miteinander reden und einfach nur fühlen, dass der jeweils andere da ist, aber jetzt hasse ich jede Sekunde des Schweigens. Es ist, als wäre es bereits zu spät. Als stecke Caligram schon jetzt im Stein und ich wäre wieder auf ewig in einem dunklen Gefängnis eingesperrt, aus dem es kein Entkommen gibt.

Es ist, als hätte ich Mira bereits verloren.

›*Was glaubst du, wie Garreths Prinzessin aussieht?*‹, frage ich. Es ist das Erstbeste, was mir in den Sinn kommt. Eine zwanglose Frage, die mich von der Last auf meinem Herzen ablenkt, sei es bloß für ein paar Minuten. Ich spähe nach links und rechts, wo noch immer einige Bewohner die Straße säumen und uns ungeniert anstarren. ›*So wie sie?*‹

Valencianer sind für gewöhnlich groß gewachsen, schmal gebaut und besitzen eine helle, fast durchscheinend weiße Haut. Ihre Nasen sind kaum mehr als zwei dünne Schlitze, ihre Augen meist von einem milchigen Schleier überzogen. Ich kann schwerlich für alle Vertreter meines Geschlechts sprechen, aber mich hätte eine Valencianerin nie gereizt.

›*Ich kann nicht sagen, welchen Typ Frau Garreth anziehend findet*‹, sagt Mira nach einer Weile. ›*Darüber haben wir nie gesprochen. Wenn er von ihr geredet hat, habe ich sie mir stets wie eine Lichtgestalt vorgestellt. Ein Wesen, so schön und anmutig, dass jeder Mann, der es erblickt, ihm augenblicklich verfällt. Anders konnte ich mir Garreths an Besessenheit grenzende Verehrung nicht erklären.‹*

›*Nun ja, wir werden es bald erfahren.‹*

Just in diesem Moment erreichen wir das Schloss, das aus noch hellerem weißem Stein errichtet wurde als alle anderen Gebäude, an denen wir vorbeigekommen sind. Tagsüber, wenn die Sonne direkt auf das Schloss scheint, muss es den Betrachter regelrecht blenden. Gebaut auf einem Hügel überragt es die restliche Stadt, während die Rückseite direkt zum Meer zeigt und an die steile Klippe grenzt, die halb Valor umschließt.

Einer der Wachmänner hämmert in einer wahrscheinlich vorgegebenen Reihenfolge gegen das doppelflügelige Tor. Selbst dieses ist weiß, vermutlich gestrichen, denn an manchen Stellen blättert die Farbe ab. Knauf und Scharniere blitzen weißgold.

Mira schnalzt mit der Zunge. ›*Finde nur ich es protzig, wie die Königsfamilie Valencias ihren Reichtum zur Schau stellt?‹*

Ich werfe einen Blick auf Garreth, der mit offenem Mund und in den Nacken gelegtem Kopf das Schloss anstarrt.

›*Vergiss die Frage‹*, grummelt Mira.

Ich weiß, dass ihre unterschwellige Wut weder mir noch Garreth oder den Valencianern gilt, sondern der Tatsache, dass Reichtum und Wohlstand oft ungleichmäßig verteilt sind. Als Kind wuchs Mira in gut situierten Verhältnissen auf, doch der Tod ihrer Eltern veränderte alles. In ihrer Ausbildung zum Knappen musste sie sich nicht bloß einmal um ihr Essen prügeln und später dafür arbeiten.

›*Du kennst dieses Gefühl nicht, oder?‹*, fragt sie leise. ›*Sich zu fragen, wie und womit man den nächsten Tag etwas zu essen auftreiben soll, während man vor lauter Magenknurren nicht einschlafen kann.‹*

›*Nein‹*, gebe ich zu. ›*Zwar bin ich auf meinen Feldzügen auch hin und wieder hungrig schlafen gegangen, aber mir saß nie die Sorge im Nacken, dass dieser nagende Hunger von Dauer sein könnte.‹*

Ich kenne bisher nur Bruchstücke von Miras Vergangenheit. Alles, was ich weiß, hat sie freiwillig mit mir geteilt, aber generell scheint sie ungern über die Jahre unter ihrem Lehnsherrn und was danach geschehen ist, bis sie das Schwert aus dem Stein zog, zu sprechen. Ich habe sie nie dazu gedrängt, doch nun liegen mir unzählige Nachfragen auf der Zunge. Jede Erfahrung, die sie machen musste, hat sie zu der Frau gemacht, die sie heute ist, deshalb würde mich nichts von dem, was sie mir erzählen könnte, abschrecken. Ich wünschte, ich hätte den Mut, sie tatsächlich zu fragen, um mein Herz noch weiter an sie zu verlieren, sofern das möglich ist.

Doch um unser beider willen verdränge ich diesen Gedanken und all die gesammelten Fragen.

Als das Tor geöffnet wird und wir die hohe Eingangshalle betreten, setzt sich der Prunk fort. Auf dem Marmorboden hallen unsere Schritte unnatürlich laut wider, während ich mich von den Statuen aus weißem Gestein, die unseren Weg säumen, beobachtet fühle.

Die Wachen führen uns in einen Flügel des Schlosses, in dem sowohl Mira als auch ich den Göttern sei Dank wieder frei atmen können, ohne befürchten zu müssen, etwas Wertvolles zu beschädigen.

»Ihr könnt diese beiden Zimmer nutzen«, teilt uns einer der Wachmänner mit, während er auf zwei Holztüren hinter sich deutet. »Ein Frühstück wird morgen vor eure Zimmertüren gestellt. Die Prinzessin empfängt euch vor dem Mittagsmahl.«

Damit lässt er uns stehen.

Garreth wirft mir einen fragenden Blick zu. »Ist Mira bis dahin wieder auf den Beinen?«

Ich verdrehe die Augen. »Selbstverständlich.« Etwas versöhnlicher füge ich hinzu: »Caligrams Trägerin wird dich so kurz vor dem Ziel nicht im Stich lassen.«

»Danke«, sagt er. »Euch beiden.«

›*Er soll uns erst danken, wenn er seine Prinzessin geheiratet hat*‹, wirft Mira ein.

›*Du klingst, als hättest du Zweifel.*‹

Sie seufzt. ›*Ich kann mir nicht vorstellen, dass jemand sich unsterblich verliebt, bloß weil ihm ein Schwert gebracht wird. Aber sag Garreth das nicht. Er soll sich heute Nacht nicht noch mehr grämen, als er es sowieso tun wird.*‹

»Gute Nacht«, sage ich an Garreth gewandt, ehe ich das rechte Zimmer betrete. Es ist einfach eingerichtet; wahrscheinlich wird es an das Gefolge von hochrangigen Gästen vergeben. So wurde es zumindest bei uns in Lerthau gehandhabt.

›*War dein Schloss auch derart prunkvoll?*‹, fragt Mira.

Ich setze mich aufs Bett, das leicht unter Miras Gewicht nachgibt, und beginne, mit einer Hand die Stiefel auszuziehen. ›*Nach außen hin nicht. Natürlich gab es Räume, in denen wichtige Sitzungen abgehalten wurden, und die entsprechend imposant waren, um unseren Wohlstand zu demonstrieren. Aber weder meiner Mutter noch mir lag etwas an Reichtum. Wir wussten, wann wir ihn zur Schau stellen mussten, um unsere Macht zu unterstreichen, doch abgesehen davon waren wir … normal.*‹ Nachdem ich den ersten Stiefel ausgezogen habe, widme ich mich dem anderen. ›*Ich habe nichts mehr gehasst, als meine Staatsuniform tragen zu müssen. In dem verdammten Ding habe ich keine Luft gekriegt. Auch meine Mutter wechselte jedes Mal so schnell wie möglich ihre offiziellen Kleider gegen einfache und bequemere.*‹

›*Weißt du, was aus deiner Mutter geworden ist?*‹, fragt Mira zögerlich.

Ich brauche eine Weile, bis ich antworte. *›Nein. Ich … wollte es auch nie erfahren. Es muss schwer für sie gewesen sein, als ich … einfach verschwunden bin.‹* Umständlich öffne ich mit einer Hand Miras Gürtel. *›Wegen meiner Mutter habe ich mir am meisten Vorwürfe gemacht.‹*

›Vielleicht könnten wir herausfinden, was ihr widerfahren ist. Über dich gibt es keine Aufzeichnungen, denn du warst bloß als der Namenlose Prinz bekannt, aber …‹

›Nein‹, unterbreche ich sie. *›Ich möchte sie so in Erinnerung behalten, wie ich sie das letzte Mal gesehen habe.‹*

Mira nickt zu meiner Verwunderung. *›Das verstehe ich. Ich würde auch viel dafür geben, wenn die letzten Erinnerungen an meine Eltern nicht die wären, wie sie … blutüberströmt in ihrem Bett liegen.‹* Sie stößt den Atem aus. *›Es gibt sehr viele Erinnerungen, die ich gern aus meinem Gedächtnis tilgen würde.‹*

›Ich hoffe, dass nur wenige mit mir zu tun haben‹, necke ich, um sie auf andere Gedanken zu bringen, und spüre, wie sie lächelt.

›Tatsächlich hat keine einzige mit dir zu tun.‹

›Dann bin ich beruhigt.‹

›Ich wünschte‹, murmelt sie, *›ich könnte es vergessen. Ich wünschte, ich hätte weniger Angst davor, als Ketzerin zu enden.‹*

›Was meinst du? Wenn es um unseren Kuss geht, dann …‹

›Es geht nicht darum‹, fällt sie mir ins Wort. *›Er war … die logische Konsequenz, und selbst wenn ich wegen ihm als Ketzerin verbrannt würde, könnte ich ihn nicht bereuen. Nein, ich habe schon davor begonnen zu zweifeln. Sogar bevor ich dich kannte.‹*

Ich weiß, wie schwer es ihr fallen muss, dies zuzugeben. Nicht bloß wegen mir, sondern weil sie bereits demjenigen begegnet ist, den das Schicksal für sie bestimmt hat. Auch ich habe am eigenen Leib gespürt, welch ein lebensverändernder Augenblick das ist. Als würde plötzlich alles einen Sinn ergeben.

Aber für Mira ergab es keinen Sinn. *Noch nicht.*

Ich will sie zu nichts drängen, deshalb ziehe ich sie weiter aus. Da ich spüre, dass sie wieder ihre Bandagen trägt, ziehe ich ihr das Hemd über den Kopf. Dabei streifen meine Finger über die leichten Erhebungen an ihrem Nacken.

›*Du hast mich nie gefragt, woher die Narben an meinem Rücken stammen.*‹

So gut es mit einer Hand geht, lege ich das Hemd zusammen und platziere es auf einem Schemel neben dem Bett.

›*Sie wurden dir zugefügt, während du dich nicht wehren durftest*‹, sage ich. ›*Also stammen sie von einer Bestrafung. Du hast mir nie die Details erzählt, aber ich habe die Narben während unseres ersten Treffens gesehen.*‹

›*Und du hast die richtigen Rückschlüsse gezogen.*‹

Ich nicke. ›*Du musst nicht darüber reden, wenn du nicht willst.*‹

›*Ich will aber. Denn die Narben stehen für das Ende meines neu aufgebauten Lebens.*‹

Kapitel 9

Delmira

Noch etwa vier Wochen bis zum dritten Vollmond

Nachdem Varyan mich bis auf die Unterwäsche ausgezogen und ins Bett gelegt hat, überlässt er mir wieder die Kontrolle. Mein Körper fühlt sich bleischwer an, doch ich will noch nicht schlafen.

Ich *kann* noch nicht schlafen. Bisher habe ich es vermieden, ihm Informationen über Batur zu liefern, so gut es ging, doch jetzt kann ich nicht mehr schweigen. Zumal Batur dabei bloß eine Nebenrolle spielt. Und trotzdem war er der Auslöser für meinen größten Fehler.

›*Meine Bestrafung*‹, sage ich, ›*war nicht für mich gedacht. Ich habe sie für meinen Schicksalsgebundenen auf mich genommen.*‹

›*Du hast dich seinetwegen auspeitschen lassen?*‹, fragt Varyan ungläubig.

Ich kann es ihm nicht verdenken. Heute würde ich nicht mehr so handeln. Natürlich würde ich versuchen, meinem Schicksalsgebundenen zu helfen, aber ich wäre nicht mehr blind vor Liebe.

›*Er und ich waren zusammen eingeteilt*‹, sage ich. ›*Wir sollten eine wichtige Lieferung aus Lerthau von der Grenze auf ihrem Weg in unsere Burg bewachen. Unser Lehnsherr übertrug diese Aufgabe nur denjenigen, denen er absolut vertraute. Batur … mein Schicksalsgebundener und ich waren seine Leibwächter. Ich habe hart für diese Position gearbeitet und nie einen Fehler begangen. Bestrafungen für Fehlverhalten waren nicht selten, aber ich wusste, dass ich nie auf diesem Podest stehen und mich an den Pfahl klammern würde, während ich auf den nächsten Peitschenhieb wartete. Das mussten nur jene, die nachlässig oder nicht gut genug waren. Auf mich traf beides nicht zu. Ich sah stets mit Herablassung zu ihnen auf, wenn sie die Stufen zum Podest erklimmen mussten, das mitten in unserem Burghof stand. Sie waren selbst schuld an ihrer Situation.*‹

›*Was ist bei der Bewachung der Güter aus Lerthau geschehen?*‹, fragt Varyan sanft.

Ich bin dankbar dafür, dass er mich nicht wegen meines Hochmuts verurteilt, den ich über Jahre hinweg an den Tag gelegt habe.

›*Der Weg war weit*‹, sage ich. ›*Und der Karren fuhr sehr langsam. Deshalb wechselten Batur und ich uns ab. Während der eine auf dem Karren für ein paar Stunden schlief, hielt der andere Wache. Wir rechneten nicht damit, überfallen zu werden, aber zumindest ich nahm meine Aufgabe ernst. Als ich schlief … entfernte sich Batur jedoch vom Karren, ohne mir Bescheid zu geben. Und es geschah natürlich das, was geschehen musste: Wir wurden überfallen. Zwar nur von hungrigen Bauern, die ich in die Flucht schlagen konnte, doch es gelang ihnen, einen Teil der Waren zu stehlen und einen der Kutscher zu verletzen. Dieser ging nach unserer Ankunft schnurstracks zu meinem Lehnsherrn.*‹

›*Ist Batur zwischenzeitlich wieder aufgetaucht?*‹

Ich nicke. ›*Er meinte, er wäre bloß schnell in einem Dorf gewesen, um unsere Vorräte aufzufüllen. Ich habe ihm geglaubt – ungeachtet der Tatsache, dass unser Proviant durchaus ausgereicht hätte.*‹

Varyan stößt ein Seufzen aus. ›*Er wird nicht wegen Vorräten …*‹

›*Ich will das nicht hören!*‹, sage ich sofort. ›*Ich will … nicht wissen, was du darüber denkst. Meine eigenen Gedanken quälen mich bereits genug.*‹

›In Ordnung‹, sagt er. *›Aber die Männer, die den Karren gelenkt haben, müssen doch gesehen haben, was passiert ist. Sie müssen gewusst haben, dass du geschlafen und bei dem Überfall auf dich gestellt warst.‹*

›Das stimmt. Doch mir war klar, dass mein Lehnsherr Batur wegen dieser Pflichtverletzung besonders hart bestrafen würde. Also log ich und nahm alle Schuld auf mich. Ich sagte, ich wäre diejenige gewesen, die länger als abgemacht schlafen wollte, und Batur hätte sich erleichtern müssen, während ich … gedöst habe.‹

›Und das hat dein Lehnsherr geglaubt?‹

Der Unglaube in seiner Stimme beschwört den Anblick meines Lehnsherrn herauf, der mit zusammengezogenen buschigen Augenbrauen auf mich herabstarrte, während ich beteuerte, dass es meine Schuld gewesen sei. Er glaubte mir kein Wort, doch er unterbrach mich nicht; sein Blick bohrte sich bei jeder Lüge, jeder verdrehten Tatsache weiter in mich.

›Nein. Er wusste, dass ich ihn anlüge. Aber ihm blieb keine Wahl, er musste mich bestrafen. Immerhin hatte ich offen zugegeben, dass ich die Schuldige war. Er konnte mich nicht davonkommen lassen.‹ Ich rolle mich auf dem Bett zusammen und ziehe Caligram nah an mich. *›Ein Teil von mir hat ihn deswegen gehasst. Für mich war er der Vater, den ich verloren hatte. Dieser Teil konnte nicht verstehen, warum ein Vater sein Kind derart hart bestraft. Der viel größere Teil in mir war jedoch froh darüber, dass Batur seiner Strafe entkommen war. Ich war erleichtert. Das ließ mich durchhalten. Trotzdem war es … der wohl zweitschlimmste Tag meines Lebens, als ich auf das Podest steigen und mein Hemd ausziehen musste. Die Blicke der anderen Knappen waren voller Häme. Ihre Schadenfreude hinterließ stärkere Spuren in mir als die Reitgerte meines Lehnsherrn.‹*

Noch heute zucke ich zusammen, wenn ich durch die Straßen

laufe und hämisches Lachen hinter mir höre. In den allermeisten Fällen bin nicht ich der Auslöser des Lachens, dennoch meine ich, wieder die schmierigen und herablassenden Blicke der anderen Knappen und Bediensteten der Burg auf mir zu spüren. Ich weiß nicht, ob ich dieses Gefühl je werde abschütteln können.

›*Ich suchte Batur in der Menge, fand ihn allerdings nicht. Dennoch hielt ich den Kopf oben, biss mir so fest in die Unterlippe, bis ich Blut schmeckte, gab aber keinen Laut von mir. Erst als es vorbei und ich in meinem Zimmer war, weinte ich in mein Kissen. Es war … das erste Mal seit dem Tod meiner Eltern, dass ich so ungehemmt weinte.*‹

Auch jetzt sticht es in meinen Augen, als würde allein die Erinnerung an diesen furchtbaren Tag meine Tränen von damals erneut heraufbeschwören, doch ich blinzele sie zurück. *Ich habe es überstanden*, sage ich mir. Aber das ist nur die halbe Wahrheit. Ich habe Narben davongetragen, die mich mein Leben lang an diese Dummheit erinnern werden. Jeden Tag, wenn ich meine Bandagen anlege und mit dem Finger über die leichten Erhebungen fahre, führe ich mir vor Augen, wie weit ich zu gehen bereit war, um meinen Schicksalsgebundenen zu beschützen.

›*Du sagtest*‹, murmelt Varyan, ›*dass du heute anders handeln würdest. Inwiefern?*‹

Ich schlucke angestrengt. ›*Ich würde nicht mehr seine Strafe auf mich nehmen. Nicht weil ich bereue, es getan zu haben, sondern wegen … danach.*‹

›*Was ist geschehen?*‹

Ich habe gehofft, dass Varyan nicht fragen würde. Bestimmt könnte ich das Thema umgehen, wenn ich ihm sage, dass ich nicht darüber reden will, und er würde es verstehen. Aber er verdient es, auch den Rest der Geschichte zu hören.

›*Ich musste eine Weile das Bett hüten, bis die Wunden verheilt waren*‹, sage ich. ›*Batur kam … mich bloß ein Mal besuchen, und das auch nur, um zu fragen, wann ich wieder in unser gemeinsames Zimmer umziehen würde.*‹

Varyan gibt ein Grollen von sich. ›*Du lagst da mit offenem Rücken und der Kerl wagt es, dich zu fragen, wann du in euer gemeinsames Zimmer zurückkommst, damit er dich wieder vögeln kann?*‹

Ich reibe mir mit der freien Hand über die Stirn. ›*So hat er es nicht gesagt.*‹

›*Aber gemeint*‹, beharrt Varyan grimmig. ›*Bitte erlaube mir, dem Mistkerl die Eier abzuschneiden, sollte ich ihm je begegnen.*‹

›*Eine durchaus verlockende Vorstellung*‹, gebe ich zu.

Keine Ahnung, warum ich ihm zustimme. Normalerweise würde ich das nicht tun, aber meine Worte sind keine Lüge. Dass Varyan derjenige ist, der als Sieger aus einem Kampf mit Batur hervorgehen würde, bezweifle ich keine Sekunde. Ich würde es genießen, Varyan beim Kämpfen zuzusehen. Es wäre das erste Mal, dass ich beobachten dürfte, wie er seinen eigenen Körper bewegt.

Aber das wird nie passieren.

›*Dann ist es abgemacht.*‹ Varyan reißt mich aus meinen Gedanken. Wie viel hat er wohl wieder gehört? ›*Und jetzt versichere mir, dass du seiner Aufforderung nicht nachgekommen bist und gewartet hast, bis du vollständig genesen warst.*‹

Ich schweige und kaue betreten auf meiner Unterlippe.

Varyan stößt ein gefährlich klingendes Knurren aus. ›*Bei allen Göttern, Mira! Wie sehr warst du in diesen Mistkerl verschossen?*‹

›*Ich weiß es nicht*‹, flüstere ich.

Zu sehr, wäre die richtige Antwort, und Varyan wird sie kennen. Trotzdem versuche ich, meine Handlungen zu erklären

›*Ich war blind für alles, was er hinter meinem Rücken tat, denn ich empfand solche Dankbarkeit für diese kleine Gnade, die die Götter mir zuteil werden ließen, nachdem sie mir meine Eltern und meine Zukunft genommen hatten. Ich wollte alles dafür tun, um in ihren Augen und denen meines Schicksalsgebundenen würdig zu sein, damit sie mir Batur nicht auch wegnahmen. Damals hätte ich wirklich alles getan … Und dann … Es waren etwa zehn Wochen seit meiner Bestrafung vergangen, da wachte ich eines Morgens allein auf. Batur war verschwunden. Mit ihm all seine Sachen und ein Großteil meiner Ersparnisse. Er war … einfach weg. Niemand wusste, wohin er gegangen war.*‹

›*Und du bist ihm gefolgt*‹, schließt Varyan mit immer noch grimmiger Stimme.

Ich zucke mit den Schultern. ›*Was hätte ich tun sollen? Das Vertrauen meines Lehnsherrn hatte ich verspielt. Er hätte mir nie wieder eine Aufgabe übertragen, und seine Leibwächterin war ich seitdem auch nicht mehr. Die anderen Ritter und Knappen begegneten mir mit Herablassung. Ich konnte nicht bleiben. Nicht ohne den einzigen Menschen, von dem ich dachte, er würde mich lieben. Doch ohne mein erspartes Gold bin ich nicht weit gekommen. Ich folgte Baturs Spuren, solange es ging, und versackte schließlich in einem heruntergekommenen Wirtshaus, wo Garreth mich fand und als Leibwächterin anheuerte. Den Rest der Geschichte kennst du.*‹

›*Seitdem hast du nicht sonderlich oft an Batur gedacht*‹, sagt Varyan. ›*Bloß hin und wieder.*‹

Ich stoße den Atem aus. ›*Ich mag in der Vergangenheit Fehler begangen haben, aber ich bin nicht dumm. Eine Zeit lang habe ich mir eingeredet, dass er nur vorausgegangen ist, um irgendwo anders eine Anstellung für uns beide zu finden, nachdem wir bei unserem Lehnsherrn in Ungnade gefallen waren. Natürlich weiß ich jetzt, dass ich mir das nur einredete. Um nicht die wahren Probleme zu sehen.*‹

›Und welche sind das, deiner Meinung nach?‹

Ich schlucke angestrengt. *›Ich. Ich bin das Hauptproblem. Irgendetwas muss ich getan haben, um den Zorn der Götter auf mich zu ziehen. Wenn ich mir nur mehr Mühe gegeben hätte, vielleicht wäre Batur dann geblieben. Wenn ich … fügsamer und weiblicher gewesen wäre und …‹*

›Hör auf!‹ Varyans Grollen hallt in meinem Kopf wider und bringt mich zum Verstummen. *›Wie kannst du auch nur eine Sekunde lang denken, dass du der Grund bist? Du hast nichts falsch gemacht, Mira.‹*

Jahrelang hat mich die Frage gequält, ob ich diejenige war, die meine Eltern getötet hat. Ob ich den Roten Tod in unser Heim gebracht hatte, weil ich mein Versprechen gebrochen habe und ungehorsam war. Die Hexe Karli meinte zwar, dass der Rote Tod so oder so gekommen wäre, aber ganz werde ich diese alten Schuldgefühle nie abstreifen können. Dann die Enttäuschung in der Miene meines Lehnsherrn, als ich ihn anlog und er mich bestrafen musste. Und nicht zuletzt mein Schicksalsgebundener, der mir davongelaufen ist.

Wie soll ich da denken, dass nicht ich der Grund für all dieses Unglück bin?

›Nichts davon ist deine Schuld‹, beharrt Varyan. *›Bis auf die Lüge gegenüber deinem Lehnsherrn. Das war dumm von dir, aber ich bin sicher, dass du heute anders handeln würdest.‹*

›Wahrscheinlich‹, gebe ich zu.

›Nicht bloß wahrscheinlich. Ich kenne dich, Mira. Alles, was du mir eben erzählt hast, erscheint mir, als hätte es eine andere Frau erlebt. Ich verstehe dich zum Teil. Du wolltest etwas Beständiges in deinem Leben, und dieser Batur hat deine Sehnsucht danach schamlos ausgenutzt. Er hat dich *ausgenutzt.‹*

Ich wünschte, ich könnte ihm widersprechen und meinen

Schicksalsgebundenen verteidigen, doch es geht nicht. Viel zu gespannt warte ich darauf, was Varyan als Nächstes sagen wird.

Seine Worte besitzen die Gabe, etwas in mir zu heilen, von dem ich nicht wusste, dass es zerbrochen war. Und doch setzt sich dieses zerbrochene Etwas Stück für Stück zusammen und schiebt sich an einen Platz, wo zuvor bloß Leere herrschte.

›*Du musst jetzt schlafen*‹, sagt er, sanfter als zuvor. ›*Und du brauchst keine Angst zu haben. Solange du Caligram nicht loslässt, werde ich die ganze Nacht über bei dir sein. Du wirst nicht allein aufwachen. Und selbst wenn du die Augen aufschlägst und Caligram gerade nicht berührst, musst du bloß die Hand ausstrecken und ich bin bei dir.*‹

Lang gezogen stoße ich die Luft aus, um danach tief einzuatmen. Es ist, als würde mir dieser neue Atemzug tausendmal leichter fallen als all die anderen, die ich zuvor in meinem Leben genommen habe.

Und dieses zusammengesetzte Etwas nistet sich nun direkt neben meinem Herzen ein.

Ich ziehe Caligram so nah an mich heran, wie ich es bei der scharfen Klinge wage, und zeige Varyan, wie ich im Bett liege.

›*Es ist nicht dasselbe*‹, murmele ich, ›*aber ich stelle mir vor, du könntest mich gerade im Arm halten. Ich glaube, das würde mir gefallen.*‹

›*Ja*‹, raunt er in diesem wundervollen Tonfall, der mein Herz hüpfen lässt, ›*mir auch.*‹

Kapitel 10

Delmira

Noch etwa vier Wochen bis zum dritten Vollmond

Noch bevor die Sonne aufgegangen ist, werde ich von den Wellen geweckt, die gegen die Klippen schlagen. Caligram habe ich die ganze Nacht über nicht losgelassen, deshalb wundert es mich nicht, dass es Varyans sanfte Stimme ist, die mir über das Tosen der Wellen hinweg einen Guten Morgen wünscht.

Ein wenig fühle ich mich befangen wegen gestern Nacht. Ich habe ihm so viel mehr erzählt, als ich je einer anderen Menschenseele anvertrauen wollte. Wahrscheinlich hätte ich nicht einmal meine Eltern so tief in mich hineinblicken lassen, wie ich es Varyan gestattet habe. Ich schäme mich nicht dafür, doch ich spüre, dass es dadurch nun anders zwischen uns ist. Er kennt nun all die dunklen Ecken, die ich sorgsam vor der Welt verberge. All die Sorgen und Ängste eines kleinen Mädchens, das von jetzt auf gleich völlig allein war und irgendwie zu einer Frau heranwachsen musste. Eine Frau, die sich nach außen hin vor nichts mehr fürchtet, außer erneut alles zu verlieren. Dennoch habe ich nicht das Gefühl, dass Varyan mich ob meiner Schwäche verurteilt oder schlechter von mir denkt.

Dieses Etwas, das gestern unentwegt in mir gekribbelt und gepocht hat, ist auch heute Morgen noch da und flattert aufgeregt in meiner Brust, als ich Varyans Stimme höre.

›Gut geschlafen?‹

Ich nicke, während ich mich aufsetze. *›Dank dir.‹*

Er weiß, dass ich ihn benutze, um meine Albträume fernzuhalten. Ehe ich Korvens Leben beenden musste, litt ich selten unter ihnen, doch Korven zu töten ließ einen Damm bei mir brechen. Seitdem konnte ich nicht mehr die Augen schließen, ohne den beißenden Blutgestank zu riechen, der mich wiederum an den Tag und die Nacht erinnerte, die ich als kleines Kind eingesperrt mit meinen toten Eltern in einem Zimmer zubrachte.

Einzig und allein Varyans Stimme vermag es, diese und andere schmerzliche Erinnerungen des Nachts von mir fernzuhalten. Ich habe mich so sehr an seine Hilfe gewöhnt, dass ich nicht weiß, ob ich ohne ihn normal schlafen kann. Und ich will es nicht herausfinden.

Doch das werde ich. Spätestens in knapp vier Wochen.

Das aufgeregte Pochen des Etwas in meiner Brust wird langsamer und schmerzerfüllt. Ich reibe mir mit der Hand über die Stelle, wo es besonders wehtut, doch ich kann den Schmerz nicht vertreiben.

Auch Varyan scheint zu bemerken, dass mit mir etwas nicht stimmt, denn er wechselt das Thema. *›Heute ist Garreths großer Tag. Wird er hier in Valor bleiben, wenn alles … so gelaufen ist, wie er es sich vorstellt?‹*

Darüber habe ich noch nicht nachgedacht. In den letzten Wochen habe ich mich nicht nur an Varyan gewöhnt, sondern auch an Garreth. Der Gedanke, beide zu verlieren, versetzt mir einen Stich. Doch rufe ich mir wieder ins Gedächtnis, dass wir genau deswegen hier sind. Das war der Zweck dieser Reise. Es ging nie darum, dass ich Freunde finde oder eine wichtige Aufgabe habe. Es geht hierbei um Garreth, und wenn er sein Ziel erreicht und seine Prinzessin für sich gewinnen kann, dann werde ich mich mit jeder Faser meines Herzens für ihn freuen.

›Gut möglich‹, sage ich. *›Garreth meinte zwar, er wolle mir hel-*

fen, aber ich werde ihn nicht daran erinnern, wenn er hier glücklich ist. Warum fragst du?‹

Varyan druckst eine Weile herum, was mich aus irgendeinem Grund nervös macht. Ich kann nicht sagen wieso, doch ich rutsche an die Bettkante, während meine Muskeln vor Anspannung zittern. Es ist, als läge etwas Bedeutendes in der Luft; so überdeutlich, dass ich beinahe die Hand danach ausstrecken und es berühren kann.

›Es gibt ein paar Dinge, über die ich mit dir reden will‹, sagt Varyan schließlich.

›Ich habe nicht vergessen, dass ich versprochen habe, dir zu helfen. Sobald wir hier fertig sind, werde ich …‹

›Darum geht es nicht‹, unterbricht er mich. Seine Stimme klingt plötzlich ernst. *›Es ist … kompliziert.‹*

›Du kannst über alles mit mir reden‹, versichere ich ihm. *›Wenn du …‹*

Es klopft an der Tür. »Mira?«, fragt Garreth von draußen. »Bist du wach?«

»Komme gleich!«

›Egal, was es ist‹, sage ich zu Varyan, *›ich höre dir zu.‹*

Er stößt den Atem aus. *›Ich weiß. Ich befürchte bloß, dass es dir nicht gefallen wird.‹* Ehe ich nachfragen kann, was er meint, sagt er: *›Geh. Garreth wartet bereits.‹*

Ich streiche mit dem Finger über die Klinge, bis ich sein Seufzen höre, was mein Herz wieder schneller schlagen lässt. *›Bis nachher.‹*

Nachdem ich mich hastig angezogen habe, öffne ich die Tür für Garreth, der ein Tablett mit Essen hereinbugsiert. Während ich mein rostrotes Haar kämme, flechte und aufstecke, schwirrt er aufgeregt um mich herum. Nach einigen Minuten reißt mein Geduldsfaden und ich befehle ihm, sich aufs Bett zu setzen, ehe ich gezwungen bin, ihn zu fesseln.

Ich mache ihm keine Vorwürfe; an seiner Stelle wäre ich mindestens genauso nervös. Trotzdem muss er mich nicht auch noch mit seiner Unruhe anstecken.

Ich gebe mir mehr Mühe mit meiner Erscheinung als gewöhnlich. Immerhin stehe ich gleich einer Prinzessin gegenüber. Zwar geht es hierbei nicht um mich, aber so kurz vor dem Ziel überlasse ich nichts dem Zufall.

Sauber und mit perfekt aufgestecktem Haar schnappe ich mir noch ein paar Häppchen vom Tablett. Garreth tritt bereits unruhig von einem Fuß auf den anderen. Auch er hat sich ins Zeug gelegt, wie mir auffällt. Nachdem wir seit über zwei Monaten gemeinsam unterwegs sind, haben wir uns bereits dreckig, abgekämpft und blutüberströmt gesehen. Aber dieser Garreth gefällt mir am besten: das dunkelblonde Haar ist zurückgekämmt und das satte Grün seiner Tunika, die ein Geschenk von Karli sein muss und die seinen kräftigen Körperbau betont, lässt seine honigfarbenen Augen noch freudiger leuchten als sowieso schon.

Lächelnd gehe ich zu ihm und richte ihm den Kragen. »Es gibt keinen Grund, nervös zu sein. Du wirst sie beeindrucken.«

Seine Haltung wirkt angespannt, doch er ringt sich ein Lächeln ab. »Mir ist speiübel und ich hätte nichts dagegen, mich für den Rest des Tages in meinem Zimmer einzuschließen und bei Einbruch der Nacht zu verschwinden.«

Nun muss ich kichern. Einerseits amüsiert mich sein Geständnis, andererseits freue ich mich, dass er mir genug vertraut, um mit mir darüber zu reden. »Du wirfst unzählige Münzen fremden Söldnern in den Rachen, damit sie das Schwert für dich aus dem Stein ziehen. Dann reist du monatelang mit mir quer durch die Reiche. Erträgst mich und meine Launen mit Caligram. Stellst dich Kromern entgegen. Und nun willst du all das zunichtemachen, weil du ein wenig aufgeregt bist?«

»Ein wenig?«, echot er. »Du musst wissen, wie es ist. Du standest bereits deinem Schicksalsgebundenen gegenüber.«

Ich nicke. Natürlich erinnere ich mich daran, wie es mir erging, als ich zum ersten Mal gegen Batur im Übungsring kämpfen durfte und ich ihm anschließend gebeichtet habe, dass er mein Schicksalsgebundener ist.

Aber es gibt einen Moment, in dem ich noch angespannter war.

Eine laue Nacht. Ein See, in dem sich der Vollmond spiegelte. Und eine Stimme, die ich bisher nur in meinem Kopf gehört hatte, die mir jedoch so vertraut war wie meine eigene. Als ich sie das erste Mal hinter mir hörte, dachte ich, mein Herz müsse stehen bleiben.

»Mira?«, fragt Garreth.

Ich blinzele und tue sein besorgtes Mustern mit einer Handbewegung ab. »Natürlich verstehe ich dich. Aber jetzt ist nicht die Zeit dafür. Jetzt musst du der Schicksalsgebundene der Prinzessin sein.« Ich greife nach Caligram, fahre sanft mit zwei Fingern über die Klinge, bis ich Varyans Anwesenheit in meinem Kopf spüre, und stecke es in die Scheide an meinem Gürtel. »Und wir beide werden dir dabei helfen.«

Unvermittelt zieht Garreth mich in eine feste Umarmung, die ich nach einem Moment mit gleichem Druck erwidere.

Kapitel 11
Delmira

Noch etwa vier Wochen bis zum dritten Vollmond

Ein Wachmann führt uns durch lange Flure zum Thronsaal. Heute Morgen stört mich all der zur Schau gestellte Reichtum um mich herum nicht mehr ganz so sehr wie gestern Nacht. Vermutlich lag es daran, dass ich zuvor die Armut und den Hunger der Valencianer des Armenviertels direkt vor Augen und mir wieder ins Gedächtnis gerufen hatte, dass ich auch auf diese Weise hätte enden können. Wenn ich mich nicht als talentiert im Umgang mit Schwertern herausgestellt und mein Lehnsherr keine Lust gehabt hätte, ein weiteres Maul zu stopfen, wäre ich in einem ebensolchen Viertel gelandet.

Ich schüttele den Kopf, um diese Gedanken zu vertreiben. Sobald unsere Audienz bei der Prinzessin vorüber ist, werde ich dem Viertel noch einen Besuch abstatten und überprüfen, ob sich die verdorbene Erde weiter ausgebreitet hat. Außerdem habe ich beschlossen, einen Großteil meiner Bezahlung, die ich noch von Garreth erhalte, unter den dortigen Bewohnern zu verteilen.

›*Du hast ein viel zu großes Herz*‹, sagt Varyan, wobei in seiner Stimme keinerlei Spott liegt. ›*Das habe ich anfangs nicht erwartet.*‹

Ich zucke mit den Schultern. ›*Ich habe auch nicht erwartet, dass ich je gut mit dir auskomme und mich freiwillig mit dir unterhalte. Wir sind eben beide für Überraschungen gut.*‹

Vor uns öffnet sich eine große Doppeltür und gibt uns den

Weg in den Thronsaal frei. Deckenhohe, schneeweiße Säulen säumen unseren Weg nach vorn zu einem Podest, auf dem zwei reich verzierte und mit rotem Samt bespannte Throne stehen. Auf dem rechten sitzt eine junge Frau. Ihr weißblondes Haar fällt ihr offen über den Rücken, während sie uns aus ihren blauen Augen mit unergründlichem Blick mustert. Ihre Züge sind ebenmäßig und fein, ihre Haut schimmert hell und leicht feucht im Licht der Morgensonne, die durch die bodentiefen Fenster hereinbricht. Der Stoff ihres himmelblauen Kleids umspielt selbst im Sitzen elegant ihre zierliche Gestalt, als wäre es genau für diesen Augenblick geschneidert worden.

›*Ein wenig kann ich nachvollziehen, warum Garreth sich Hals über Kopf in sie verliebt hat*‹, sage ich zu Varyan, während ich ihm zeige, was ich sehe.

Er gibt ein belustigtes Schnauben von sich. ›*Glaube nur ich, dass sie unter seiner kräftigen Gestalt zerquetscht wird, wenn sie …?*‹

Ich beiße mir auf die Unterlippe. ›*Hör auf damit!*‹ Nur mit Mühe kann ich ein Lachen zurückdrängen. Leider klappt das nicht mit den Bildern, die er mit seiner Aussage in meinem Kopf heraufbeschworen hat und auf die ich dankend verzichten könnte. Trotzdem finde ich es lustig.

Einige Meter vom Podest entfernt bleiben Garreth und ich stehen und neigen respektvoll die Köpfe. Stille breitet sich aus; so schwer und dick, dass sie beinahe mit Händen greifbar ist. Hastig werfe ich einen Seitenblick auf Garreth, dessen Mund sich mehrmals öffnet und schließt, ohne dass ein Ton herauskommt.

Erst nach einem leichten Ellenbogenstoß meinerseits erlangt er wieder die Fähigkeit zu sprechen.

»Liebreizende Prinzessin … R-Ragna«, stottert er, während er sich beinahe an ihrem Namen verschluckt.

›*Na, das kann ja heiter werden.*‹ Ich spüre förmlich, wie Varyan die Augen verdreht.

Der Widerspruch bleibt mir jedoch im Hals stecken, während ich Garreth dabei zuhöre, wie er sich in immer neuen Floskeln verliert.

›*Sollte ich ihm helfen?*‹, frage ich, als Garreth gerade zum dritten Mal ihr hübsches Antlitz lobt, das sich mehr und mehr vor Langeweile verzieht.

›*Wieso?*‹, will Varyan mit einem unüberhörbaren Grinsen in der Stimme wissen. ›*Ich finde ihn unterhaltsam.*‹

›*Ragna offenbar nicht.*‹

Die valencianische Prinzessin sieht aus, als würde sie jede Sekunde nach den Wachen rufen, um Garreth gewaltsam aus ihrem Thronsaal entfernen zu lassen. Daran würde Garreth zugrunde gehen.

Also tue ich das einzig Richtige: Ich mache einen Schritt vor und ziehe langsam Caligram, das ich der Prinzessin präsentiere, indem ich es mit beiden Händen vorstrecke.

»Was mein Begleiter versucht, Euch mitzuteilen«, sage ich, »ist, dass wir bringen, wonach Ihr verlangt habt. Dies ist Caligram, das Schwert der Götter.«

Die Prinzessin neigt wenig interessiert den Kopf. »Das Ding hat nicht mal einen Griff.«

Ich schürze die Lippen. Verdammt, ich wusste, dass ich etwas vergessen habe …

Mit einem Schnauben lehnt Ragna sich auf ihrem Thron zurück. »Da wurden mir weitaus echtere Replikate gebracht als dieses.« Beinahe gelangweilt vollführt sie eine Geste mit der Hand. »Ihr dürft euch entfernen.«

Garreth zieht hektisch die Luft ein. »Aber …!«

»Das ist das echte Caligram«, sage ich schärfer als beabsichtigt. »Wie Euch vielleicht zu Ohren gekommen ist, haben wir gestern mithilfe des magischen Schwerts einen Teil des Armenviertels ins Meer stürzen lassen.«

Die Prinzessin winkt erneut ab. »Es stürzen ständig Teile der Stadt ins Meer.«

Langsam verliere ich die Geduld mit ihr und ihrer herablassenden Art. »Glaubt Ihr uns, wenn ich Euch die Magie zeige? Hier und jetzt?«

Sie reckt das Kinn. »Kommt darauf an.«

›Varyan, wenn du so freundlich wärst …‹

Ich ernte ein genervtes Seufzen. *›Das ist genau der Grund, weshalb ich dagegen war, dass das Schwert als Verlobungspräsent herhält. Ich bin keine Attraktion, die du nach Belieben hervorrufen kannst.‹*

›Die bist du nicht‹, versichere ich ihm. *›Nicht für mich. Und das weißt du auch. Aber je schneller wir diese sture Prinzessin überzeugen, desto eher können wir nach einer Möglichkeit suchen, dich zu befreien.‹*

Ich spüre, dass er widersprechen will. Kurz schwappt seine Hoffnungslosigkeit über mich hinweg, als wäre sie meine eigene, und straft meine Worte Lügen, doch sie ist so schnell wieder verschwunden, wie sie aufgetreten ist.

Es kommt nicht oft vor, dass er sich so wenig unter Kontrolle hat, dass ich seine Gefühle spüren kann. Meistens verbirgt er sie sorgfältig vor mir.

Ist es das, was er tatsächlich fühlt? Diese bodenlose Hoffnungslosigkeit?

Ehe ich ihm versichern kann, dass ich alles in meiner Macht Stehende tun werde, um ihm zu helfen, zupft sein Bewusstsein an meinem und bittet es, ihm Platz zu machen. Ich nehme mir vor, dieses Gespräch später fortzuführen, wenn Garreth seine

Prinzessin bekommen hat. Also lasse ich mein Bewusstsein einen Schritt zurück machen.

Für einen Moment fühlt es sich an, als würde ich aus einer großen Höhe ungebremst hinabstürzen, und kurz fürchte ich mich vor dem unvermeidbaren Aufprall. Doch dann sind da starke Arme, die sich um mich legen und mich davor bewahren.

›*Ich fange dich auf*‹, versichert Varyan mir. ›*Immer.*‹

Beruhigt zieht sich mein Bewusstsein zurück und überlässt ihm bereitwillig die Befehlsgewalt über meinen Körper.

Prinzessin Ragnas Augen werden groß, als sie die Veränderungen mit ansieht, die eine Übernahme mit sich bringt. Meine Ohren werden spitz wie die der Lerthauer. Mein rostrotes Haar färbt sich dunkel, bis es beinahe schwarz ist. Und auch meine Augen wechseln die Farbe. Das rechte wird eisblau wie ein zugefrorener See, das linke holzbraun.

»Was geht hier vor?«, will die Prinzessin wissen. Ich bin fast beeindruckt davon, dass ihre Stimme kaum zittert. Wäre da nicht die Art, wie sie sich ängstlich gegen die Lehne ihres Throns drückt, als könne sie gar nicht weit genug von mir wegkommen.

Zum Glück verzichtet Varyan darauf, sich extra vorzustellen; das würde die Prinzessin wohl vollends verwirren.

»Ihr verlangt einen Beweis?«, fragt er stattdessen mit meiner Stimme, die nun abweisend und kühl klingt.

Ehe Ragna antworten kann, beschwört er die Flammenmagie herauf, die die Klinge Caligrams einhüllt. Ich befürchte, dass Ragnas Augen jeden Moment aus den Höhlen fallen, derart schockiert starrt sie uns an.

Um meinen Körper nicht unnötig zu schwächen, ruft Varyan seine Magie schnell wieder zurück. »Ich hoffe, das genügt Euch.«

Ohne ihre Antwort abzuwarten, zieht er sich zurück und überlässt mir wieder die Kontrolle.

›*Nicht schmollen.*‹

›*Tue ich nicht*‹, grummelt er, aber ich weiß, dass er lügt.

Ich verstehe seinen Unmut. Aus seiner Sicht muss es sich anfühlen, als sei er eine Jahrmarktsattraktion, die bei Bedarf aus dem Hut gezaubert wird. Um Varyan zu besänftigen, streichele ich über die Klinge, und habe damit Erfolg, wie mir sein Seufzen beweist.

›*Ich muss dringend öfter den Eindruck erwecken, dass ich mich elend fühle*‹, raunt er und entlockt mir damit ein Lächeln.

Für einen Moment vergesse ich bei seinem Tonfall, dass wir nicht allein sind. Erst als Ragna direkt vor mir auftaucht, fällt es mir wieder ein. Mit einer Spur Zurückhaltung mustert sie nun das Schwert von Nahem. Dadurch erhalte auch ich die Gelegenheit, sie mir näher anzusehen. Die Feuchtigkeit ihrer Haut lässt ihr Antlitz im Licht im schimmern.

›*Meinst du, das ist normal bei Valencianern?*‹, frage ich Varyan. ›*Ich wüsste zu gern, ob das schleimig ist. Aber ich befürchte, dass Garreth vor Scham im Boden versinkt, wenn ich es überprüfe.*‹

›*Nun*‹, sagt Varyan, und ich weiß bei seinem Tonfall sofort, dass er etwas im Schilde führt, ›*ich hoffe für Garreth, dass es schleimig ist.*‹

Ich runzele die Stirn. ›*Wieso?*‹

›*Dann muss er sich in der Hochzeitsnacht nicht allzu sehr anstrengen.*‹

Es vergehen mehrere Herzschläge. Dann tue ich das wohl Unangebrachteste, was ich hätte tun können.

Ich lache. Aus vollem Hals. Bis mir Tränen die Wangen hinunterkullern.

Sosehr ich es auch versuche, es gelingt mir nicht, mich zusammenzureißen. Es wird sogar schlimmer, als Varyan in mein Lachen miteinstimmt. Zwar kann nur ich ihn hören, das ändert jedoch nichts daran, dass ich noch lauter lachen muss. Die hohen Decken des Saals werfen das Echo meines Lachens zurück, sodass es den gesamten Raum und wahrscheinlich die ganze Stadt erfüllt.

Ich höre erst auf, als ich nach Luft ringe. Mit der freien Hand wische ich mir die Tränen von den Wangen, während ich Garreth einen entschuldigenden Blick zuwerfe. Aber mein Begleiter starrt mich an, als hätte ich jetzt vollends den Verstand verloren. Vielleicht habe ich das auch.

Früher hätte ich nie über etwas Derartiges gelacht, und nun habe ich Mühe, ein ernstes Gesicht aufzusetzen.

Ragna mustert mich mit einer Mischung aus Verwirrung und Abneigung, ehe sie ein paar Schritte zurück macht.

»Das war ein netter, kleiner Trick«, sagt sie eine Spur gönnerhaft, während sie sich wieder auf ihren Thron setzt.

»Trick?«, echoe ich. »Aus dem Schwert kamen Flammen. Und gestern haben wir …«

»Wir?«, unterbricht sie mich.

Ich verziehe den Mund. »Das Schwert und ich.«

»Veränderst du immer dein Aussehen, wenn du auf die Tricks des Schwertes zurückgreifst?«

Ich knirsche mit den Zähnen, wütend darüber, dass sie die Magie Caligrams noch immer herabwürdigt. Nur ein Seitenblick zu Garreth, der mutlos in sich zusammengesunken ist, hält mich davon ab, der Prinzessin die Meinung zu sagen.

Aber was habe ich erwartet? Ich habe geahnt, dass sie sich widerspenstig anstellen würde; vermutlich ging sie davon aus, dass es nie jemandem gelänge, ihr Caligram zu bringen. Damit wäre sie einer Heirat entkommen.

An sich kein dummer Plan.

»Prinzessin Ragna«, sage ich versöhnlich. »Wir sind nicht hier, um Euch auszutricksen. Wir bringen Euch das, wonach Ihr verlangt habt. Mein Begleiter«, ich deute auf Garreth, »ist vom ersten Moment, als er Euch als Besucherin im bellvorschen Schloss sah, in Liebe zu Euch entbrannt und hat nichts unversucht gelassen, Eure Forderung nach Caligram zu erfüllen. Er hat sich vielen Gefahren und Unwegsamkeiten gestellt, um Euch glücklich zu machen. Wollt Ihr seine Taten nicht würdigen? Ja, wollt Ihr ihn Euch nicht wenigstens ansehen, ehe Ihr uns mit Vorwürfen überhäuft?«

Das hübsche Gesicht der Prinzessin gleicht nun einer Fratze und die Kiemen an ihrer Halsseite beginnen zu vibrieren. Wäre ich über ihre Herablassung nicht derart wütend, hätte ich bei diesem Anblick wieder laut losgelacht.

»Wie kannst du es wagen«, zischt die Prinzessin, »so respektlos mit mir zu reden?«

»Ich gehöre nicht zu Eurem Reich und bin Euch nicht untertan«, erwidere ich ruhig. »Ich kann also mit euch reden, wie ich es für richtig erachte. Und im Moment gebärdet Ihr Euch wie ein trotziges Kind, das seinen Willen nicht kriegt.« Ich hebe das Schwert an. »Denn hier ist der Gegenstand, nach dem Ihr verlangt habt. Aber damit habt Ihr nicht gerechnet, nicht wahr? Dass es irgendwem gelingt, Euch das Schwert zu bringen. Wie genau sah Euer Plan aus? Wolltet Ihr auf ewig ledig bleiben? Als einzige Prinzessin des Reiches ein schwieriges Unterfangen. Wie lange wolltet Ihr Euren Vater mit dieser Taktik hinhalten?«

»Mira«, zischt Garreth warnend schräg hinter mir.

Ich stoße geräuschvoll den Atem aus. »Ich kann mir vorstellen, dass Ihr mit der Wahl Eures Zukünftigen gern noch warten würdet. Und dass sie Euch alles andere als leicht fällt. Aber glaubt mir, wenn ich Euch sage, dass Ihr keinen besseren Gemahl als Garreth finden werdet. Euer Plan, Euch Caligram bringen zu lassen, hat sich als Glücksgriff für Euch herausgestellt.«

»Ich will nicht heiraten«, grollt die Prinzessin. »Ich werde allein regieren.«

Ich nicke. »Eure politischen Pläne sind mir herzlich egal. Sosehr ich Eure Ansichten auch schätze, wird dennoch von Euch erwartet, einen Erben zu gebären.«

Prinzessin Ragna gibt ein abschätziges Schnauben von sich. »Zum Glück brauche ich dazu keinen Ehemann. Einen Erben zu zeugen, erfordert keine Heirat.«

»Ich tue jetzt einfach so, als hätte ich das nicht gehört«, erwidere ich kühl.

»Prinzessin.« Endlich hat Garreth seine Zunge wiedergefunden und macht einen unsicheren Schritt auf seine Angebetete zu. »Wenn Ihr mich anhören würdet …«

Mit der Hand fordert Ragna Garreth zum Weitersprechen auf.

»Ich verstehe Eure Ansichten. Ich begrüße sie sogar.« Nervös ringt er die Hände vor der Brust. »Wenn ich ehrlich bin, hatte ich am meisten Angst davor, mich als würdig erweisen zu müssen. Nicht als Euer Gemahl, denn ich wäre Euch ein hervorragender Ehemann. Sondern als Regent an Eurer Seite. Dazu bin ich nicht fähig. Aber wenn Ihr es erlaubt, werde ich eine wichtige Stütze für Euch sein, wenn Ihr einer bedürft. Ich werde für Euch da sein, ohne Euch die Regentschaft streitig zu machen.«

Eine ganze Weile ruht Ragnas Blick auf Garreth, als betrachte sie ihn mit ganz neuen Augen. Beinahe rechne ich damit, dass sie seinen Worten glauben und endlich begreifen wird, dass ihr Schicksalsgebundener vor ihr steht, der ihr obendrein ihren kindlichen Trotzwunsch nach Caligram erfüllt hat.

Doch ich werde enttäuscht.

»Ich habe es mir anders überlegt«, verkündet die Prinzessin.

Meine Hand verkrampft sich um Caligram, wo der Griff sitzen müsste. »Wie bitte?«

»Mira«, versucht Garreth erneut, mich zu stoppen, bevor ich etwas Unangebrachtes sage. Aber diesmal wird es ihm nicht gelingen.

Die Prinzessin reckt das Kinn, als würden sie meine mörderischen Blicke nicht im Mindesten beeindrucken. »Ich mache die Wahl meines Gemahls nicht mehr von Caligram abhängig. Ihr habt umsonst den weiten Weg auf euch genommen. Ich wünsche euch eine gute Heimreise.«

Ehe ich auf sie losgehen und sie notfalls mit Gewalt zu ihrem Glück – und meinem Lohn – zwingen kann, legt mir Garreth eine Hand auf die Schulter und hält mich zurück.

»Bitte, Prinzessin«, sagt er. »Bitte gebt mir eine Chance, Euch zu beweisen, dass ich ...« Er bricht ab und seufzt. »Ich habe alles für Euch geopfert. Meine Anstellung am Königshof von Bellvor. Die Unterstützung meiner Familie. All meine Ersparnisse. Meine Glaubwürdigkeit. Anstatt einer respektablen Arbeit nachzugehen, habe ich alle Hebel in Bewegung gesetzt, um Euren Wunsch zu erfüllen. Ich habe gekämpft. Und geblutet. Aber auch, als es schwer war, habe ich weitergemacht. Wegen Euch. Jetzt stehe ich hier und bringe Euch, wonach Ihr verlangt habt. Und Ihr schickt mich weg?« Er schüttelt den Kopf. »Auf den ersten Blick mag ich nicht der Mann sein, den Ihr Euch gewünscht habt, aber wenn Ihr mir die Chance gebt, werde ich Euch beweisen, dass ich zu diesem Mann werden kann. Ich werde alles dafür tun, um mich als würdig zu erweisen, um an Eurer Seite stehen zu dürfen.«

Eine Weile ist es still, während Garreth auf eine Antwort seiner Prinzessin harrt.

»Also«, sage ich, »wenn Ihr ihn nach dieser Ansprache nicht

nehmt, werde ich es mir noch mal überlegen, ob ich in ihm nicht doch mehr als meinen besten Freund sehe.«

Garreth schmuggelt ein dankbares Lächeln in meine Richtung, das ich gern erwidere. Wir beide wissen, dass zwischen uns nie mehr als Freundschaft sein wird, aber ich kann mir nicht vorstellen, dass es in dieser Welt eine Frau geben kann, die bei seinen Worten und den Opfern, die er für seine Liebe gebracht hat, keine weichen Knie kriegt.

›*Zum Glück weiß ich, dass du das nicht ernst meinst*‹, sagt Varyan.

›*Ach, wirklich?*‹

Er gibt ein Raunen von sich, von dem nun ich weiche Knie bekomme. ›*Du würdest nie etwas mit einem Freund anfangen.*‹

›*Wie gut, dass du immer wieder deutlich machst, dass wir zwei keine Freunde sind.*‹

›*Ich könnte dich auch jetzt daran erinnern*‹, stellt er mit einem Schnurren in der Stimme in Aussicht. ›*Diese Prinzessin nervt und ich langweile mich. Ich könnte mir die Zeit mit ein paar unanständigen Gedanken vertreiben. Mal sehen, wie lange es dauert, bis Garreth dir ansieht, was gerade in deinem Kopf vorgeht.*‹

›*Wag es dich ja nicht!*‹

›*Wieso?*‹, fragt er. ›*Wir kamen gestern Abend nicht mehr dazu.*‹

›*Lass mich das hier bitte hinter mich bringen. Danach können wir …*‹

»Na schön«, sagt Prinzessin Ragna unvermittelt. »Ich gebe euch eine Chance, zu beweisen, dass dies das echte Caligram ist.«

Ich verdrehe die Augen. »Weil die Flammen um die Klinge ja nicht gereicht haben.«

Sie versucht, mich mit einem bitterbösen Blick zum Schweigen zu bringen. Nur um Garreths willen tue ich ihr den Gefallen und halte den Mund.

»Wenn ihr gegen den besten Schwertkämpfer unseres Reiches im Zweikampf gewinnt, werde ich mir euren Antrag durch den Kopf gehen lassen.«

Ich schaue zu Garreth. Dieses Zugeständnis ist offenbar das Beste, was wir erhalten werden. Und da ich keine Sekunde daran zweifle, zusammen mit Varyan und Caligram jeden noch so gestandenen Kämpfer zu Boden zu schicken, stimme ich zu.

Zum Glück für uns besteht Ragna nicht darauf, dass Garreth die Waffe führt. Sie ist offenbar nicht nur halsstarrig, sondern auch nicht ganz helle. Aber da ich nicht diejenige bin, die sie heiraten will, ist mir das egal.

Mit einer Geste gibt sie einem Wachmann zu verstehen, die Seitentür zu öffnen. Als hätte er nur darauf gewartet, betritt der beste Schwertkämpfer Valencias in lässigem Schritt den Thronsaal.

Mein Herz setzt qualvoll für mehrere Schläge aus, als er sich neben dem Thron verneigt, die Hand der Prinzessin greift und einen Kuss daraufhaucht. Seine verheißungsvollen Blicke ziehen sie beinah aus. Wie vom Blitz getroffen stehe ich da.

Nur mühsam verrichtet mein Herz wieder seine Tätigkeit. Jedes Schlagen ruft eine neue Schmerzwelle in mir hervor.

»Sehet unseren Champion!«, verkündet Ragna, als der Ritter sich erhebt.

»Batur«, flüstere ich tonlos.

Kapitel 12

Delmira

Noch etwa vier Wochen bis zum dritten Vollmond

Ich habe ihn bereits an der Art seines Ganges erkannt. Zumindest mein Herz hat es. Mein Kopf weigert sich vehement, den Champion Valencias mit dem Batur in Einklang zu bringen, den ich kannte.

Dabei sieht er genauso aus wie vor ein paar Monaten. Nur seine Kleidung ist deutlich vornehmer; er trägt ein maßgeschneidertes Wams in den blauen Farben Valencias und eine enge braune Lederhose, dazu kniehohe Stiefel. Das dunkelblonde Haar hat er zurückgekämmt, und sein dunkler Blick, unter dem ich früher zerschmolzen bin, streift mich nicht einmal flüchtig.

Als hätte er lediglich Augen für die fremde Prinzessin.

Meine Brust zieht sich so schmerzvoll zusammen, dass ich nicht mehr atmen kann. Ich schaffe es nicht, woanders hinzusehen – ich bin wie erstarrt. Dazu verdammt, mit anzusehen, wie Batur der Prinzessin ein verschmitztes Lächeln zuwirft, nachdem er ihre Hand losgelassen hat, möchte ich am liebsten schreien. Aber es geht nicht. Nicht ein einziger Ton kommt mir über die Lippen. Es ist, als sei ich eine der Statuen, an denen wir auf dem Weg in den Thronsaal vorbeigelaufen sind.

Von irgendwo höre ich Varyans besorgte Stimme, doch es ist Garreths Berührung an meinem Arm, die mich schließlich in die Wirklichkeit zurückholt.

»Sagtest du gerade Batur?«, fragt Garreth stirnrunzelnd. »Wie … dein Schicksalsgebundener Batur?«

Irgendwie bringe ich ein Nicken zustande.

»Warte, heißt das, der Kerl da ist …?«

Wieder ein Nicken meinerseits.

Ich habe ihn gefunden … Ich habe ihn endlich gefunden! Die Frage, was um alles in der Welt er ausgerechnet in Valencia zu suchen hat, zuckt nur flüchtig durch meine Gedanken, als ich einen unsicheren Schritt auf ihn zu mache. Endlich schenkt er mir Beachtung. Ich bringe ein zittriges Lächeln zustande, doch anstatt es zu erwidern, runzelt Batur bloß die Stirn.

»Mira«, sagt er seltsam distanziert. »Was machst du hier?«

Ein hysterisches Kichern entweicht mir, für das ich am liebsten im Marmorboden versinken will. »Ziemlich lange Geschichte«, murmele ich, um es zu kaschieren.

»Du kennst sie?«, will Prinzessin Ragna wissen.

Batur reibt sich übers Kinn. Diese Geste habe ich so oft bei ihm gesehen, dass dieser vertraute Anblick die Enge in meiner Brust ein Stück weit vertreibt, und auch mein Kopf nun begreift, dass ich ihm tatsächlich gegenüberstehe.

»Kann man so sagen«, erwidert er auf die Frage der Prinzessin hin. »Sie war … ebenfalls eine Leibwächterin und arbeitete mit mir zusammen.«

Ich schlucke angestrengt. Das ist nicht die Antwort, mit der ich gerechnet habe. »Wir haben mehr getan als nur zusammenzuarbeiten.«

Ragna neigt den Kopf. Offenbar weiß sie genau, was ich damit sagen will. Ihre Lippen heben sich zu einem Lächeln. »Seltsam, dass du sie nie erwähnt hast.«

Es fühlt sich an, als würde mein Herz stehen bleiben. In meiner Brust herrscht eine gespenstische Leere, als hätte es mir jemand gestohlen. Ich spüre keinen Schmerz, bloß diese dunkle Leere, die mich an das Loch erinnert, aus dem ich allein nicht entkommen konnte. Aus dem ich auch jetzt allein nicht entkommen kann. Sie wird mich …

›Du bist nicht allein.‹

Varyans Stimme zwingt mich dazu, Luft zu holen. Es fühlt sich wie mein erster Atemzug an. Mein Herz beginnt wieder zu schlagen. Langsamer und fester zwar, dass es beinahe wehtut, aber es erfüllt seinen Zweck. Das ist mehr, als ich zu hoffen gewagt habe.

»Wie dem auch sei«, sagt Ragna, »sie behauptet, mir Caligram zu bringen. Besiege sie im Schwertkampf, damit die beiden … wieder verschwinden.«

Batur verlässt das Podest und zieht in einer fließenden Bewegung sein Schwert. Es handelt sich nicht um das Schwert, das er früher geführt hat. Dieses sieht neuer aus, als sei es nie in einem echten Kampf benutzt worden.

›Caligram wurde seit seiner Restauration auch noch nicht in einem echten Kampf benutzt‹, lässt Varyan mich wissen. *›Es wird Zeit zu überprüfen, wie gut die angebliche Meisterschmiedin Colette ihr Handwerk versteht.‹*

Ohne mich zu rühren, sehe ich dabei zu, wie Batur ein paar Schritte von mir entfernt die Schultern bewegt, um sich aufzuwärmen.

Als ihm aufgeht, dass ich mich nicht rühre, ertönt wieder Varyans Stimme in meinem Kopf. *›Mira?‹*

›Ich … kann das nicht‹, bringe ich zittrig hervor.

›Was? Wieso? Kerle wie diesen ausstaffierten Wichtigtuer da drüben machst du noch vor dem Frühstück fertig.‹

Ich schüttele den Kopf. *›Nicht ihn. Gegen Batur kann ich nicht gewinnen. Er hat mich schon während meiner Ausbildung besiegt und …‹*

›*Mira*‹, unterbricht Varyan mich. ›*Du befindest dich nicht mehr in deiner Knappenausbildung. Du bist auch nicht mehr die Frau, die Garreth in einer billigen Schenke aufgelesen hat. Du hast viel gelernt und bist dem Dreckskerl haushoch überlegen.*‹

Die Angst hält mich in einem eisigen Griff gefangen. Ich kann unmöglich gegen Batur kämpfen. Er ist doch … mein Schicksalsgebundener. Und in meiner Weissagung war eindeutig die Sprache davon, dass …

Ich schüttele wieder den Kopf. ›*Ich kann nicht gewinnen.*‹

Varyan gibt ein genervt klingendes Seufzen von sich. ›*Dann überlass mir die Kontrolle. Ich werde ihn auseinandernehmen.*‹

›*Nein!*‹

›*Warum nicht? Er ist das einzige Hindernis, das noch zwischen Garreth und seiner Prinzessin steht.*‹

Ich knirsche mit den Zähnen, wütend darüber, dass er Garreth ins Spiel bringen muss. Nachdem ich meinen Blick von Batur losgerissen habe, mustere ich meinen Begleiter. Sogleich wird mir das Herz schwer angesichts der Hoffnungslosigkeit in seiner Miene. Er würde verstehen, wenn ich nicht gegen Batur kämpfen will, aber damit würde ich all seine Träume zerstören.

Grummelnd stoße ich den Atem aus und umfasse Caligram mit der rechten Hand. ›*Ich hasse dich dafür, das weißt du, oder?*‹

›*Du hasst mich nicht*‹, erwidert Varyan leichthin. ›*Und mit deiner Wut kann ich umgehen. Jetzt mach den Kerl fertig, damit wir endlich ein bisschen Zeit für uns haben.*‹

›*Du glaubst doch nicht ernsthaft, dass wir …*‹

Beinahe bemerke ich Baturs Angriff zu spät; erst im letzten Moment reiße ich Caligram nach oben und pariere seine Attacke. Die Wucht des Aufpralls lässt meine Schulter vibrieren. Er steht mir so nah, dass ich beinahe in seinen fast schwarzen Iriden versinke. Ich kann ihn riechen; irgendwie riecht er anders, als ich es in Erinnerung habe. Oder ist meine Erinnerung getrübt? Angestrengt krame ich in meinem Kopf nach den Gerüchen, mit denen ich seinen Duft immer verglichen habe. Sie wollen mir nicht einfallen. Jetzt riecht er nach …

›*Konzentrier dich, Mira!*‹

Blinzelnd lande ich wieder im Hier und Jetzt. Schnell stelle ich den linken Fuß weiter zurück. Ich kenne Baturs Angriffsmuster. Ich habe ihm unzählige Male im Übungsring gegenübergestanden und später Seite an Seite mit ihm gekämpft. Mir ist klar, dass er gleich zu einem weiteren Hieb ansetzen wird, in der Hoffnung, mich zu entwaffnen. Ich kralle auch die zweite Hand um Caligram. Hätte ich doch bloß den Griff aus Herzholz angebracht, dann hätte ich …

Baturs zweiter Angriff hat nichts an Vehemenz eingebüßt. Während ich noch immer mit mir hadere, ob ich wirklich gegen ihn kämpfen soll, macht er von Anfang an Ernst. Auch das ist mir nicht neu, doch ich habe gehofft, dass es … anders wäre.

Es gelingt mir, seinen dritten und vierten Angriff ebenfalls zu parieren und dabei bloß wenige Meter zurückzuweichen. Doch einen eigenen Angriff habe ich bisher nicht ausgeführt.

Auch Varyan entgeht das nicht und er knurrt in meinem Kopf. ›*Du kämpfst, als würdest du das erste Mal in deinem Leben ein Schwert in den Händen halten!*‹

›*Auf deine mutmachenden Hinweise kann ich im Moment verzichten!*‹

Um ein Haar gelingt es Batur, mir Caligram aus den schweißnassen Fingern zu schlagen. Ein siegessicheres Lächeln erscheint auf seinen Lippen und beschwört das Grübchen über seinem linken Mundwinkel herauf, für das ich seit unserer ersten Begegnung eine Schwäche habe.

»Ich habe dich als bessere Kämpferin in Erinnerung, Mira.«

Ich bin auch besser, würde ich gern zurückgeben, doch ich bin unfähig, etwas zu erwidern. Es ist, als wäre ich wieder sechzehn und stünde im Trainingsring dem Traum meiner schlaflosen Nächte gegenüber. Jeder eloquente Spruch, jede wohlüberlegte Finte, die ich genau für ein solches Szenario einstudiert habe, sind verschwunden.

Und das wegen eines Grübchens.

Für den Bruchteil eines Herzschlags kämpfen zwei Delmiras in mir. Die eine, die verstanden hat, dass sie sich weiterentwickelt hat und Batur durchaus besiegen könnte, schreit mich an, dass ich verdammt noch mal das Schwert heben und angreifen soll. Die andere wünscht sich einfach nur, zu einem beliebigen Punkt vor sechs Monaten zurückzuspringen, wo alles noch … normal war.

Ich weiß nicht, welcher der beiden Delmiras ich Gehör schenken soll.

Wieder nutzt Batur meine Unaufmerksamkeit aus, doch diesmal ist Varyan zur Stelle. Anstatt darauf zu warten, dass mein Bewusstsein seinem den Vortritt lässt, zerrt er es weg.

Ich falle, und diesmal bin ich mir sicher, dass niemand mich auffangen wird.

In einem Anflug von Panik taumelt mein Körper.

Doch mein Bewusstsein zerschellt nicht wie angenommen, sondern wird genauso behutsam aufgefangen wie all die Male zuvor. Auch mein Körper stabilisiert sich sofort, als Varyan die Kontrolle übernimmt.

›*Verzeih*‹, sagt Varyan eine Spur zerknirscht. ›*Ich wollte dich das wirklich allein machen lassen, aber ich kann nicht tatenlos danebenstehen, wenn du vielleicht wichtige Körperteile verlierst, die ich zu schätzen gelernt habe.*‹

Ich weiß nicht, ob ich lachen oder ihn angrummeln soll. *›Tu ihm … Tu ihm nur bitte nicht weh, ja?‹*

Da Batur zu sehr damit beschäftigt zu sein scheint, die Veränderungen an mir zu begreifen, hat Varyan Zeit, sich an meinen Körper zu gewöhnen. Lässig bewegt er die Schultern und nimmt eine Angriffspose ein.

›Kann ich nicht versprechen‹, gibt er zurück.

Ehe ich ihm doch das Versprechen abpressen kann, Batur nicht ernsthaft zu schaden, stürmt dieser auf mich los. Mit einer beispiellosen Leichtigkeit weicht Varyan seinem Angriff aus.

›Und diese Attacken konntest du nicht kontern?‹, will er wissen. *›Durch unser Training müsstest du ihn schon nach zwei Minuten kampfunfähig gemacht haben.‹*

Er hat absolut recht. Wäre ich nicht in meinen Gefühlen und Gedanken und Erinnerungen gefangen gewesen, hätte ich Batur vermutlich besiegt, ohne dieses Schauspiel in die Länge zu ziehen.

Und ich wünschte von ganzem Herzen, dass es mir möglich gewesen wäre. Denn nun, da Varyan die Führung übernommen hat, damit ich nicht unterliege, fühle ich mich furchtbar. Batur hat keine Sekunde gezögert, mich anzugreifen. Das hat er nie, auch nicht während unserer Übungskämpfe. Warum zögerte also ich? Vielleicht weil wir mit scharfen und nicht mit stumpfen Trainingswaffen kämpfen. Vielleicht weil nun, da ich meinem Schicksalsgebundenen gegenüberstehe, die letzten Wochen … auf mir lasten.

Batur kämpft verbissen. Er greift tief in die Trickkiste und holt all seine Finten hervor. Dass ich sie durchschaue, ist nicht verwunderlich, aber auch Varyan gelingt es mühelos. Als hätte er Batur Jahrtausende an Erfahrung voraus, spielt er ihn aus, als wäre Batur ein Kind, das gerade zum ersten Mal in seinem Leben eine Waffe führt. Wie gern würde ich jetzt wie Garreth ein Zuschauer sein, um mir Varyans Bewegungsabläufe einzuprägen! Wie gern würde ich ihn beobachten.

Doch bei welchem der beiden Männer würde mein Herz einen Schlag aussetzen, wenn er eine Attacke durchführt?

Nur wenige Sekunden verstreichen, ehe es Varyan gelingt, Batur das Schwert aus den Händen zu schlagen. Mit einem dumpfen Scheppern trifft es den Marmorboden und rutscht in Richtung des Podests.

Varyan hält Caligram an Baturs Hals, der sogleich die Hände hebt. »Sag, dass ich gewonnen habe«, verlangt Varyan mit einer Stimme, die nur entfernt nach meiner klingt. In ihr schwingt eine Drohung und eine Dominanz mit, die ich niemals hervorbringen könnte. Ein heißer, wohliger Schauer durchfährt mich bei ihrem Klang. »Sag es so laut, dass jeder im Saal dich hören kann.«

Batur bleckt die Zähne. »Ich weiß nicht, wie du es gemacht hast, aber du kannst mich nicht besiegen. Das widerspricht deiner Weissagung! Ich bin dein Schicksalsgebundener!«

Varyan stößt ein verächtliches Schnauben aus und hebt anschließend meinen rechten Mundwinkel zu einem trägen Lächeln. »Nein, ich denke nicht.«

Es dauert eine gefühlte Ewigkeit, bis seine Worte zu mir durchdringen. Und selbst als sie es schaffen, bin ich zu nichts weiter als einem ›*Was?*‹ fähig.

»Ich habe noch kein Eingeständnis deiner Niederlage gehört«, grollt er, anstatt meine Frage zu beantworten.

Batur rutscht auf dem glatten Marmorboden ein Stück zurück in Richtung seines Schwertes, doch Varyan lässt ihn nicht davonkommen. Die scharfe Klinge Caligrams ritzt Baturs Hals, sodass ein dünnes Rinnsal Blut hinabfließt und im Kragen seines Hemds versickert.

»Ich höre«, beharrt er.

Aber Batur presst bloß die Lippen zusammen.

Varyan stößt ein Knurren aus und hebt den Blick. Garreths Miene kann ich unmöglich deuten, doch Prinzessin Ragna ist noch blasser als gewöhnlich.

»Da Euer angeblicher Champion zu stur ist, seine Niederlagen einzugestehen, solltet Ihr es an seiner Stelle tun, Prinzessin«, grollt Varyan. »Es sei denn, Ihr wollt Euren Bediensteten zumuten, die Sauerei aufzuwischen, die ich andernfalls anrichten werde.«

Unruhig winde ich mich. Das wird er doch nicht wirklich tun, oder?

Anstatt um das Leben ihres Champions zu flehen, reckt die Prinzessin lediglich das Kinn. »Er ist nicht besiegt. Er wird … sicher gleich wieder auf die Füße kommen.«

Varyan und ich stoßen angesichts einer solchen Verblendung gleichzeitig die Luft aus.

»Wie Ihr wollt.«

Ungläubig muss ich spüren, wie Varyan den Arm hebt, um einen gezielten Streich mit Caligram auszuführen. Und da verstehe ich, dass er nicht blufft.

Noch nie zuvor habe ich gewaltsam eine Verbindung zwischen uns unterbrochen, doch jetzt tue ich es. Ich reiße so fest wie möglich an seinem Bewusstsein, damit es meinem eigenen Platz macht. Es tut weh und ist weder sanft noch vorsichtig wie sonst.

Für eine schreckliche Sekunde erinnert es mich an den Kampf gegen die Kromer, als mir Caligram aus der Hand geschlagen wurde und ich all den Schmerzen und Ängsten ausgesetzt war, die Varyan bis dahin vor mir abgeschirmt hat.

Kaum habe ich wieder die Kontrolle erlangt, lasse ich Caligram so hastig fallen, als hätte ich mich daran verbrannt. Das metallische Scheppern klingelt in meinen Ohren.

Ich hocke mich hin, um eine Hand nach Batur auszustrecken. »Geht es dir gut? Bist du verletzt?«

Er starrt mich aus riesigen, dunklen Augen an, als sähe er mich zum ersten Mal, und weicht vor mir zurück. Ich warte auf den Schmerz, der mir die Luft zum Atmen nehmen müsste. Doch sobald ich ihn spüre, ist es bloß ein leichtes Stechen.

Die Stille im Saal ist beinahe mit Händen greifbar, ehe Garreth sich räuspert. »Wir haben Euren Champion besiegt, Prinzessin. Glaubt Ihr nun, dass es sich bei dem Schwert um Caligram handelt?«

»Mir bleibt wohl keine Wahl«, gibt sie kühl zurück.

Seufzend schließe ich die Augen, um Garreths verletzten Gesichtsausdruck nicht sehen zu müssen. Ich erhebe mich, gehe zu ihm und lege ihm eine Hand auf den Arm. Wenn jemand weiß, wie es sich anfühlt, von seinem Schicksalsgebundenen zurückgewiesen zu werden, dann ich.

»Lass uns gehen«, murmele ich. »Die Prinzessin muss ihrem Vater berichten, dass ihre Forderung erfüllt ist. Und wir können … nach der ganzen Sache auch etwas Ruhe vertragen.«

Und Abstand, füge ich im Stillen hinzu. Zwar will ich Batur dafür anschreien, dass er mich einfach verlassen hat, aber jetzt ist nicht der richtige Zeitpunkt. Ich bin gerade nicht in der Verfassung, mich zivilisiert mit ihm zu unterhalten.

Oder mit Varyan.

Mein Blick huscht zu Caligram, das noch immer auf dem Boden liegt.

Batur kommt auf die Füße und bückt sich nach dem Schwert der Götter.

»Das würde ich an deiner Stelle lassen«, warne ich.

Noch bevor das letzte Wort meinen Mund verlassen hat, stößt Batur einen Schrei aus und lässt Caligram fallen.

»Ich hab's dir ja gesagt«, murmele ich, während ich zu Caligram gehe und es aufhebe.

›Mira, ich …‹

Sofort blocke ich Varyan ab, so gut es mir möglich ist, stecke das Schwert in seine Scheide und nehme die Hand von ihm.

Vor der Prinzessin deute ich eine Verbeugung an. »Wenn Ihr uns nun entschuldigt. Wir suchen Euch morgen wieder auf, um alles Weitere zu besprechen.«

Ich hake mich bei Garreth unter und ziehe ihn mit aus dem Saal. Erst als sich die Doppeltür hinter uns schließt, kann ich wieder normal atmen.

Kapitel 13

Delmira

Noch etwa vier Wochen bis zum dritten Vollmond

Ich bin drauf und dran, den dritten Gastwirt, der uns abweist, über seinen verdammten Tresen zu zerren.

Ich hielt es keine Sekunde länger im Schloss aus. Die Seeluft war zwar um die Mittagszeit nicht frisch genug, dass sie mein erhitztes Gemüt hätte abkühlen können, aber sie fühlte sich besser in meinen Lungen an als die im Schloss.

Seitdem sind wir auf der Suche nach einer Unterkunft, um beide wieder zur Ruhe zu kommen, doch wir haben kein Glück.

»Beruhige dich«, murmelt Garreth eindringlich, als ich die Hände zu Fäusten balle.

»Geht nicht«, gebe ich zwischen zusammengebissenen Zähnen zurück.

Ich kann nicht genau benennen, woher meine brodelnde Wut rührt. Von der Tatsache, dass Batur hier ist und den Champion für Prinzessin Ragna spielt? Davon, dass er mich offenbar mit keinem Wort erwähnt hat? Wird sie befeuert von Prinzessin Ragna, die nicht zu ihrem Wort stand und uns vorgeführt hat? Oder doch von Varyans Verhalten und seinen Aussagen, über die ich lieber nicht genauer nachdenken will?

Vielleicht ist es eine Mischung.

Neben Garreth stapfe ich aus dem Gasthaus. Offenbar hat sich noch nicht herumgesprochen, dass das echte Caligram aufgetaucht ist, weshalb die Herbergen weiterhin von Glücksjägern belagert werden. Während wir durch die Straßen laufen, kratze ich mir über mein rechtes Handgelenk.

»Ich gebe dir nachher eine Salbe«, sagt Garreth. »Die sollte den Juckreiz mindern.«

Ich murmele eine Zustimmung.

Nachdem uns auch der nächste Gastwirt abgewiesen hat, gebe ich auf. »Vielleicht können wir eine weitere Nacht im Schloss bleiben«, sage ich. »Hier draußen scheinen wir kein Glück zu haben.«

Garreth nickt. »Einen Versuch ist es wert.«

Tatsächlich ist uns diesmal das Glück hold: Nachdem ein paar von Garreths Münzen in die Hände der Wachen gewandert sind, lassen sie uns passieren. Einer von ihnen bringt uns zu den Zimmern, in denen wir bereits die letzte Nacht verbracht haben.

»Hältst du es für eine dumme Idee, Prinzessin Ragna erneut aufzusuchen?«, fragt Garreth, als er nervös vor seiner Zimmertür stehen bleibt. »Ich habe das Gefühl, dass zu vieles ungesagt blieb. Und ein wenig fürchte ich mich vor ihrer Antwort morgen. Oder davor, dass sie wieder ihre Meinung ändert.«

Seufzend räume ich meine Habseligkeiten und meine beiden Schwerter in mein Zimmer, ehe ich wieder hinaus zu Garreth trete und mich mit der Schulter gegen den Türrahmen lehne. »Wenn du die Wahrheit hören willst: Ja, ich halte es für eine dumme Idee. Eine Frau, noch dazu eine Prinzessin, zu etwas zu drängen, geht selten gut aus. Doch ich gebe dir in dem Punkt recht, dass wir vieles nicht klären konnten, wegen …«, ich winde mich innerlich, »Baturs Auftauchen und … Varyans Vorgehen.«

Es fühlt sich grundfalsch an, die Namen der beiden Männer in einem Satz zu nennen.

Garreth ringt die Hände. »Würdest du mich begleiten?« Als ich schon ablehnen will, fügt er eilig hinzu: »Wahrscheinlich werden wir sowieso abgewiesen, weil die Prinzessin keine Bittsteller mehr empfängt. Aber falls doch, hätte ich dich gern bei mir. Du musst nichts sagen oder etwas tun. Sei … sei einfach nur da.«

Ich greife nach seinen Händen, die noch immer unruhig nach etwas zu suchen scheinen, woran sie sich festhalten können, und drücke sie. »Einverstanden. Ich begleite dich. Nur erwarte von mir keine Unterstützung. Auch ich habe vorhin kaum einen Ton herausgekriegt, als Batur plötzlich auftauchte.«

Mir steht nicht der Sinn nach einer weiteren Begegnung mit ihm. Nicht so schnell. Nicht bevor ich mir über einiges klar werden konnte. Wenigstens habe ich diesmal Caligram nicht dabei. Auf ein weiteres Aufeinandertreffen von Batur und Varyan kann ich dankend verzichten.

»Es genügt mir, wenn du hinter mir stehst«, sagt Garreth, als er den Druck meiner Hände erwidert und sich sichtlich beruhigt.

»Dann lass uns die Prinzessin suchen.«

Eine freundliche Hofdame führt uns – dank dreier Silbermünzen – zu den privaten Gemächern der Prinzessin und kündigt uns an. Ihr Klopfen bleibt indes unbeantwortet, und als sie die Tür geöffnet hat, begrüßt uns bloß ein großer, leerer Raum. Die Hofdame scheint genauso überrascht darüber zu sein wie wir, dass Prinzessin Ragna nicht da ist, müsste sie sich doch auf eine Audienz bei ihrem Vater vorbereiten, um ihm mitzuteilen, dass ihr Caligram gebracht wurde.

Ich wundere mich nicht, dass sich die Kunde schnell unter

dem Gesinde verbreitet hat. Vielmehr macht es mich misstrauisch, dass von der Prinzessin jede Spur fehlt. Ich kann mir nicht vorstellen, dass sie bereits ihren Vater darauf vorbereitet, demnächst einen Schwiegersohn zu bekommen.

»Vielleicht ist sie in den Schlossgarten gegangen«, mutmaßt die Hofdame. »Das macht sie oft, wenn sie nachdenken will. Ihr könnt ihn gar nicht verfehlen. Folgt einfach diesem Gang und biegt am Ende rechts ab.«

Garreth bedankt sich mit einer weiteren Silbermünze, worüber ich die Augen verdrehe.

»Was denn?«, fragt er, als die Hofdame beschwingt davongehuscht ist. »Ohne ihre Hilfe würden wir wahrscheinlich bis an unser Lebensende durch diese verwinkelten Gänge irren.«

Ich verkneife mir eine Bemerkung über seinen verschwenderischen Umgang mit Geld, der sich mit meinem nicht vereinbaren lässt, und folge ihm durch den Korridor, während ich meine Umgebung betrachte und meinen Gedanken nachhänge.

Hochflorige, blaue Teppiche dämpfen unsere Schritte. Die Wände sind voller Gemälde, die womöglich die Entstehung des Reiches zeigen. Ich habe bloß einen flüchtigen Blick für die filigranen Pinselstriche übrig.

Ich kann es nicht erklären, aber mit jedem Schritt wächst in mir der Wunsch, von hier zu verschwinden. Es ist, als würden die reich verzierten Wände auf mich zurücken. *Wir sollten nicht hier sein.* Dieser Gedanke setzt sich mehr und mehr in mir fest, bis ich kaum noch atmen kann.

Wie von der Hofdame geheißen, biegen wir am Ende des Korridors nach rechts ab. Doch entgegen dem nagenden Gefühl in meiner Brust erwartet uns hinter der Biegung kein grauenvoller Anblick, sondern warme, lockende Sonnenstrahlen und der Duft unzähliger Blumen. Einige Meter entfernt scheint die Mittagssonne durch die weit geöffneten Flügeltüren, die hinaus zum Schlossgarten führen. Dieser ist kreisrund, weitläufig angelegt und mit einer hohen Glaskuppel überspannt, die wiederum aus einzelnen Fenstern besteht. Der Duft von Blumen erfüllt mit jedem Atemzug meine Lungen, und vom Meer weht eine leichte Brise durchs Fenster herein, welche die beklemmende Enge vertreibt, die ich bis eben verspürt habe.

Für einen kurzen Augenblick mache ich mir keine Gedanken über Batur, Varyan oder die Antwort der widerspenstigen Prinzessin. Und es fühlt sich gut an.

Doch das befreiende Gefühl verfliegt, ehe ich es festhalten kann. Es huscht hinaus durch die Fenster, zusammen mit der kühlen Meeresbrise, und lässt Garreth und mich unter der Glaskuppel zurück, gemeinsam mit der Vorahnung, dass etwas Furchtbares geschehen wird.

»Ich entdecke die Prinzessin nirgends«, sagt Garreth, wobei er seinen Blick schweifen lässt.

Meiner wird hingegen von einem Gebüsch weiter rechts von uns angezogen, von wo ich eben ein verdächtiges Geräusch vernommen habe.

»Warte hier.«

Ehe Garreth protestieren kann, schleiche ich in Richtung Gebüsch. Mit jedem Schritt werden die sehr eindeutigen Geräusche lauter. In meinem Magen bildet sich ein eisiger Knoten, der mich beinahe würgen lässt. Alles in mir schreit danach, nicht weiterzugehen, doch ich setze einen Fuß vor den anderen, meinem Untergang entgegen, als würde Varyan meinen Körper steuern. Doch er ist nicht hier. Ich wünschte, er wäre es, damit ich ihn anflehen könnte, die Kontrolle zu übernehmen und mich aufzufangen.

»Du hättest sie besiegen sollen«, zischt eine Stimme, die ich leicht als die der Prinzessin ausmache, zwischen zwei tiefen Seufzern.

Die andere, eine männliche Stimme gibt lediglich ein Grunzen von sich. Trotzdem erkenne ich auch sie, obwohl sich mein Kopf weigert, diesen Schluss zu ziehen. Es ist, als befände sich in meinem Kopf eine Sperre, die erst verschwindet, wenn ich das, was sich hinter dem Gebüsch abspielt, mit eigenen Augen sehe.

»Jetzt muss ich«, ein feuchtes Klatschen, gefolgt von einem hohen Stöhnen, »meinem Vater sagen, dass …«

»Sei still!«, grollt die männliche Stimme.

Er konnte es noch nie leiden, dabei zu reden. Hastig verscheuche ich diesen Gedanken, während ich meine zitternden Hände ausstrecke, um die Zweige des Gebüschs auseinanderzuschieben.

Kapitel 14

Delmira

Noch etwa vier Wochen bis zum dritten Vollmond

Das Rascheln der Blätter übertönt nicht ansatzweise die übrigen Geräusche, die mir so laut erscheinen, dass gleich meine Ohren bluten. Sie bohren sich in meinen Schädel, als wollten sie auf ewig dort verweilen, um mich zu quälen.

Ich werde nicht bemerkt, deshalb habe ich viel zu viel Zeit, um die gesamte Situation in mich aufzunehmen, auch wenn ich wünschte, es wäre anders.

Wild huscht mein Blick umher, erfasst das unordentlich geraffte Kleid der Prinzessin, aus dem eine arme Dienerin später einige Grasflecken wird schrubben müssen. Ihr zerzaustes, fast weißes Haar. Ihr heruntergezogenes Mieder, aus dem ihre kleinen Brüste hervorquellen. Ihre gespreizten Beine, zwischen denen Batur mit heruntergelassener Hose kniet und mehrmals in sie hineinstößt. Ihr hohes Stöhnen und sein Grunzen.

Die Sperre in meinem Kopf verschwindet; sie weicht einer unerklärlichen Leere. Ich verstehe, was ich sehe. Ich *begreife* es. Und dennoch ist es, als wäre es eine Fremde, die die Szene beobachtet.

Einer der beiden bemerkt mich. Ich weiß nicht wer. Wahrscheinlich Prinzessin Ragna, denn ihr erschrockenes Kreischen sticht in meinen Ohren. Wenigstens vertreibt sie damit die Erinnerung an ihr Stöhnen. Nun starrt auch Batur in meine Richtung, während Ragna versucht, sich unter ihm hervorzuwinden. Ohne Erfolg. Ihr Kleid rutscht bloß noch weiter hoch, ihre Beine sind verdreht, und aus den Augenwinkeln sehe ich Dinge, die ich am liebsten nicht gesehen hätte.

Der Einzige, der keine Anstalten macht, sich zu bedecken, ist Batur. Sein Blick ist kalt, beinahe herablassend, obwohl ich diejenige bin, die über ihm aufragt, während er zwischen Ragnas Beinen kniet.

Ich erwidere Baturs Blick und warte auf eine Gefühlsregung in mir. Darauf, dass etwas unwiderruflich zerbricht. Ich warte auf Schmerz. Auf Wut. Auf *irgendetwas*.

Doch da ist nichts. Nur Gleichgültigkeit. Müsste da nicht etwas anderes sein? Müsste ich nicht aufgebracht oder verletzt sein? Müsste ich nicht vor Zorn schäumen und ihn anschreien und schütteln, bis seine Zähne klappern? Müsste ich ihn nicht unter Tränen anflehen, mir zu sagen, dass dies bloß ein einmaliger Ausrutscher war?

Aber in mir regt sich nichts. Und das jagt mir eine Heidenangst ein.

Äußerlich ungerührt und innerlich leer schaue ich von Batur zur Prinzessin, der es nun wenigstens gelungen ist, ein Stück von ihm wegzukriechen. Ihr Gesicht ist blasser als der Mond, ihr Mund öffnet und schließt sich mehrmals.

Batur ist nun doch damit beschäftigt, seine Hose zuzuknöpfen, als hinter mir Schritte im Gras erklingen. Es ist dieses Geräusch, das mich aus meiner Starre erwachen lässt. Als würde mich ein heiß-kalter Blitz durchzucken, wirbele ich herum. Mich mag diese Szene – warum auch immer – nicht berühren, aber Garreth wird es zerstören, wenn er seine Prinzessin … auf diese Weise sieht. Denn auch wenn es ihm an Erfahrung mangelt, diese Szene lässt wenig Raum für Interpretationen.

So schnell ich kann, schiebe ich mich mit ausgebreiteten Armen in sein Sichtfeld, doch es ist zu spät.

Ich kann genau den Moment benennen, in dem er die Prinzessin hinter mir ausmacht. Es dauert zwei Herzschläge, die quälend gegen meine Rippen hämmern, bis ich in seiner Miene all jene Regungen entdecke, die ich bei mir vermisst habe. Verwirrung, Unglaube, Schrecken, Verzweiflung und Wut. Obwohl sich diese Gefühle innerhalb eines Sekundenbruchteils wandeln, erkenne ich sie deutlich. Und endlich empfinde auch ich sie, als würde ich sie selbst durchleben. Nicht, weil ich sie tatsächlich spüre, sondern weil Garreth mein Freund ist. Der einzige, den ich habe. Und weil sein Leid auch mein Leid ist. Ein Leid, das sich sogleich in Wut wandelt.

Mit zu Fäusten geballten Händen drehe ich mich zur Prinzessin um, die nun zumindest halbwegs bedeckt ist und ihre hoheitsvolle Maske aufgesetzt hat.

»Niemand wird euch glauben, wenn ihr jemandem davon erzählt!«, lässt sie mich herablassend, aber mit einem Zittern in der Stimme wissen, ehe ich den Mund aufmachen kann.

Es fehlt nicht viel und ich wäre auf sie losgegangen, damit sie keinen Ton mehr von sich gibt. Ihre Drohung kümmert mich nicht im Geringsten, doch ich sehe, wie jede Silbe aus ihrem Mund Garreth tiefer verletzt. Und das werde ich nicht zulassen.

Ich muss bereits einen Schritt auf sie zu gemacht haben, ohne es zu merken, denn Garreth hält mich am Arm zurück.

»Nicht«, sagt er seltsam flach; ein Tonfall, den ich noch nie bei ihm gehört habe. »Es … Es ist in Ordnung.«

»Nichts ist in Ordnung!«, knurre ich, ehe ich mich wieder an die Prinzessin wende. »Habt Ihr überhaupt eine Ahnung, was Ihr gerade getan habt?«

Sie reckt die Nase. »Wie ich sagte, es wird dir niemand glauben, wenn du …«

»Es ist mir völlig egal, ob mir jemand glauben würde!«, schreie ich. Meine Stimme hallt von der Glaskuppel wider. »Was kümmert es mich, mit wem Ihr es treibt? Aber lasst mich Euch eins sagen.«

Ich beuge mich zu ihr hinab. Wahrscheinlich rechnet sie damit, dass ich sie doch schlage, denn sie zuckt zurück. Ich gebe zu, dass ich nicht wenig Lust dazu hätte. Aber es würde nichts ändern. Garreths Herz wäre immer noch gebrochen.

Ich deute auf ihn. »Ihr habt gerade den besten Mann verloren, den Ihr je hättet haben können. Werdet meinetwegen mit *ihm*«, ich gestikuliere in Baturs Richtung, »glücklich, bis er sich eine Neue sucht. Denn das wird er, sobald er begreift, dass Ihr ihn nicht heiratet.«

Für einen winzigen Augenblick schaut Prinzessin Ragna zu Batur, der gerade umständlich sein Hemd richtet. Ihr Gesichtsausdruck verrät mir, dass ich ihr etwas Neues erzählt habe. Etwas, woran sie im Traum nicht gedacht hat. Nämlich, dass Batur sie verlassen könnte. Auch ich glaubte einst fest daran, mit ihm glücklich zu werden.

Und nun stehe ich hier und versuche krampfhaft, die Leere in mir zu verstehen.

»Hör nicht auf sie«, versucht er Ragna zu beschwichtigen. »Du weißt, es geht mir nicht um die Krone.«

Ich verdrehe die Augen. »Nein, es ist natürlich bloß Zufall, dass du dich genau dann nach Valencia aufgemacht hast, als die dortige Prinzessin verheiratet werden soll. Wie oft hast du versucht, Caligram herauszuziehen, ehe du beschlossen hast, dass du sie genauso gut mit deinem ach so tollen Charme einwickeln kannst?«

Ein Muskel zuckt unter seinem rechten Auge; ein untrügliches Zeichen dafür, dass ich direkt ins Schwarze getroffen habe. Es erschüttert mich, dass ich nach den vergangenen Monaten noch immer in ihm lesen kann wie in einem offenen Buch. Warum war ich zuvor nur so blind? Hätte ich es kommen sehen müssen?

Vielleicht stürzen die Gefühle erst später auf mich ein, nachdem die Wut über Garreths Leid verpufft ist.

»Ihr solltet ihm nicht verfallen, Prinzessin«, sage ich ernst. »Ich spreche aus Erfahrung.«

»Ach, bitte«, tönt Batur. »Das ist das Geschwätz einer verlassenen Frau, nichts weiter. Sie ist verzweifelt, weil ich in Euch, Prinzessin, meine wahre Liebe und Schicksalsgebundene gefunden habe.« Er greift nach ihrer Hand und haucht einen Kuss darauf.

Noch immer warte ich auf den alles verzehrenden Hass angesichts seiner Worte. Doch da ist nichts als gleichgültige Ruhe, als hätte mein Bewusstsein bereits damit gerechnet.

Und hier geht es nicht nur um mich.

Ich wende mich an Garreth, der ähnlich bleich ist, wie Ragna es noch vor ein paar Minuten war. Ich wünschte, mir würde etwas einfallen, was ich zu ihm sagen, mit dem ich ihn trösten könnte, um alles für ihn leichter zu machen, doch mein Kopf ist wie leer gefegt. In mir spüre ich ein Abbild seiner Hoffnungslosigkeit: All die Mühen der letzten Monate, all die Verluste, die er wegen seiner Prinzessin hingenommen hat – *umsonst*. Und das, obwohl wir ihr brachten, wonach sie verlangt hat. Obwohl Garreth der perfekte Mann wäre.

Alles könnte so einfach sein, doch offenbar hat das Schicksal andere Pläne. Wie diese aussehen, vermag ich nicht zu sagen. Sie verbergen sich hinter einem dichten Nebel, der undurchdringlich erscheint. Ein falscher Schritt, eine falsche Abzweigung und wir werden für immer durch ihn hindurchirren, ohne jemals das Ziel zu erreichen.

War es ein Fehler, Caligram auf Geheiß einer unbekannten Prinzessin zu holen? All die Strapazen, die wir auf uns genommen haben, um sie zu beeindrucken. Hierherzukommen. War all dies von vornherein zum Scheitern verurteilt?

Wenn ich mir Garreth ansehe, muss es so sein.

Und all das, weil sich eine störrische Prinzessin in den Kopf gesetzt hat, das Schwert der Götter zu erlangen.

»Warum wolltet Ihr Caligram?«, frage ich. »War das alles bloß ein Spiel für Euch? Wolltet Ihr Eure Heirat so lange wie möglich hinauszögern?«

Die Prinzessin reckt das Kinn, als wappne sie sich innerlich gegen Vorwürfe, die sie bereits unzählige Male gehört haben muss. Von ihrem Vater. Von dessen Beratern. Von abgewiesenen, glücklosen Freiern. Und vermutlich auch vom Gesinde des Schlosses. Sie würde mir eine vorgefertigte Antwort hinwerfen wie auch den anderen, die ihr diese Frage gestellt haben. Und sie würde nichts an unserer Lage ändern.

»Vergesst es«, sage ich. »Ihr müsst nicht antworten. Denn wie auch immer Eure Antwort lauten mag, wird sie nicht darüber hinwegtäuschen, dass wir Eure Forderungen erfüllt haben. Und dass Ihr Eure beste Partie verloren habt.«

Kurz huscht ihr Blick zu Garreth, ehe sie wieder mich ansieht. »Wie kannst du das wissen? Er ist ein Fremder für mich.«

Ich zucke mit den Schultern. »Das war Batur bis vor ein paar Monaten auch für Euch. Und dennoch treibt Ihr es hier im Schlossgarten mit ihm.«

»Hüte deine Zunge!«, grollt Batur, doch ich ignoriere ihn.

»Wieso gebt Ihr Euch mit ihm ab?«, frage ich. »Warum ist er in Euren Augen besser als der Mann, der für Euch Caligram holte?«

Ich spüre, wie ich mich mit jedem Wort mehr in Rage rede. Nicht wegen Ragnas Verhalten; das will mir zwar auch nicht in den Kopf, aber insgeheim habe ich bereits unsere ganze Reise über mit einer störrischen Prinzessin gerechnet. Es ist vielmehr die Ungerechtigkeit, die mich zermürbt. Wir haben alles getan, alles auf uns genommen – und erhalten dennoch nicht das, was wir wollen.

Ragna zieht auf meine Frage hin die Augenbrauen zusammen. »Ich bin davon überzeugt, dass Batur mein Schicksalsgebundener ist.«

Ich stoße ein freudloses Lachen aus. Es hallt von der Glaskuppel wider wie ein Hohn. Wie ein Echo all meiner Ängste, die es von Anfang an besser gewusst haben. »Ja, ich war ebenfalls überzeugt davon, dass er mein Schicksalsgebundener ist. Mehrere Jahre lang. Bis ich eines Morgens allein und ohne Ersparnisse aufgewacht bin. Trotzdem habe ich meine Überzeugung nicht verloren. Ich habe alles geopfert, um ihn zu finden. Mein Heim, meine Anstellung, meine Beziehungen, mein restliches Gold, das ihm nicht in die Hände gefallen ist. Als ich ihn endlich gefunden habe, steht er an Eurer Seite als Champion. Und nun finde ich ihn hier vor – mit seinem Schwanz in Euch.« Ich schnaube freudlos. »Verzeiht meine Direktheit, aber diesen angeblichen Schicksalsgebundenen könnt Ihr behalten. Wenn ich damit den Zorn der Götter auf mich ziehe, soll es so sein. Und wenn ich Euch einen Rat geben darf: Glaubt ihm kein Wort.«

Batur macht einen bedrohlichen Schritt auf mich zu und packt mich am Handgelenk. »Was erlaubst du dir?« Sein Gesicht ist wutverzerrt.

Ich zucke unter seiner Berührung zusammen; einerseits vor Ekel, andererseits vor Schmerz, denn er hat mich am rechten Handgelenk gepackt – dort, wo das Mal der Hexe prangt. Die Haut ist an dieser Stelle – vor allem nach dem kürzlichen Vollmond – wund und heiß. Selbst mein Hemd scheuert bereits den ganzen Tag unangenehm. Baturs Klammergriff ist beinahe zu viel. Er zwingt mich schier in die Knie, obwohl ich in der Vergangenheit während meiner Ausbildung oder in Schlägereien weitaus gröber angefasst wurde.

Garreth muss aufgefallen sein, dass mit mir etwas nicht stimmt, denn er legt fordernd eine Hand auf Baturs Arm. »Lass sie auf der Stelle los.«

Ich bin überrascht vom Klang seiner Stimme. Ruhig und gefasst. Diesen Klang kenne ich von ihm nur, wenn er Patienten behandelt, die sich wenig kooperativ zeigen. Er zieht seine Hand nicht zurück und wendet auch den Blick nicht ab, obwohl Batur sein Bestes gibt, ihn mit seinem zu erdolchen.

Batur bleckt die Zähne. »Was mischst du dich ein?«

Garreth ist einige Zentimeter größer als Batur; es würde mich nicht wundern, wenn Batur sich – ähnlich wie ich – von Garreths kräftiger Statur fehlleiten lässt. Auch ich hielt ihn aufgrund seiner starken Arme und seines breiten Rückens für einen Schmied, ehe ich ihn kennenlernte.

Für einen Moment scheint Baturs Entschlossenheit ins Wanken zu geraten, denn der Klammergriff um mein Handgelenk lockert sich ein wenig. Leider nicht genug, um mich mit einem Ruck zu befreien. Und Batur fängt sich schnell wieder. Als er wieder zupackt, ist sein Griff noch fester als zuvor. Schmerz frisst sich, ausgehend von dem Hexenmal, meinen Arm hinauf, bis dunkle Punkte vor meinen Augen tanzen.

Da Garreth als Heiler einen unvergleichlichen Blick dafür hat, wenn seine Patienten sich nicht wohlfühlen, entgeht ihm auch dies nicht. Sein Griff an Baturs Unterarm verstärkt sich, sodass die Sehnen an Garreths Hand hervortreten.

»Ich warne dich ein letztes Mal«, sagt er ruhig und beherrscht. »Lass sie los.«

Ich bin diejenige, die Garreth warnen sollte. Nicht umsonst dachte ich jahrelang, dass Batur mein Schicksalsgebundener ist.

Vielleicht ist er das immer noch, und die Götter erlauben sich einen grausamen Scherz mit mir. Einen weiteren, denn der Kuss mit Varyan hat in ihren Augen offenbar nicht ausgereicht, um mich zu quälen.

Batur ist ein herausragender Kämpfer, nicht nur mit dem Schwert. In Sachen Kraft und Schnelligkeit ist er seinen Gegnern selbst ohne Waffe überlegen. Wohingegen Garreth zwar kräftig und trainiert wirkt, aber keinerlei Erfahrungen im Kampf Mann gegen Mann hat. Doch ich stand Batur oft genug im Trainingsring gegenüber. Ich kenne seine Tricks.

»Und was willst du tun«, spottet er, »wenn ich sie nicht loslasse?«

Garreths Blick huscht zu mir, und Batur nutzt diesen winzigen Moment der Unaufmerksamkeit. Mit einer ruckartigen Bewegung seiner Schulter schüttelt er die fremde Hand ab, holt seinerseits mit seiner linken aus und zielt auf Garreths Gesicht. Ich weiß instinktiv, dass ein warnender Schrei zu spät kommen würde. Also versetze ich Batur mit meiner freien Hand einen Stoß gegen die Brust. Dieser ist nicht fest genug, weil ich auf die kurze Distanz nicht ausreichend Schwung holen kann, aber er reicht aus, dass Baturs Faust ihr Ziel verfehlt.

Garreth taumelt einen Schritt zurück; mehr braucht Batur nicht zu sehen, um zu wissen, dass es sich bei meinem Begleiter nicht um einen versierten Kämpfer handelt. Er stößt ein hämisches Lachen aus, während er an meinem Handgelenk zerrt, damit ich wieder neben ihm stehe. Vor Schmerz kommt mir ein Wimmern über die Lippen.

Normalerweise bin ich nicht zimperlich, doch das Mal an meinem Handgelenk ist keine gewöhnliche Wunde. Sie ist magischen Ursprungs und scheint bis hinab zu meinen Knochen zu reichen. Jede Berührung, selbst das sanfte Streichen meiner Ärmel, fühlt sich an, als würde etwas seine Krallen in mein offenes Fleisch schlagen.

Ich blinzele hastig, um gegen den Schwindel anzukämpfen. Verdammt, meine Bewegungen sind zu langsam. Ohne das verfluchte Mal hätte ich mich schon längst befreit. Doch nun könnte selbst ein Knappe meine Angriffe vorausahnen und kontern.

Baturs Finger drücken sich fester in die weiche Stelle meines Handgelenks. Ich beiße mir auf die Zunge, um nicht erneut zu wimmern.

Meine linke Hand gleitet zu meiner Hüfte, greift jedoch ins Leere. Für einen Moment breitet sich Panik in mir aus, die ich jedoch gleich zurückdränge. Ich kann mich nicht jedes Mal auf Varyan verlassen. Ich schaffe das allein. Irgendwie.

Es spielt mir in die Hände, dass Batur sich auf Garreth konzentriert, dessen besorgter Blick auf mir ruht.

»Und jemand wie du dachte, er könne eine Prinzessin gewinnen!« Jedes Wort aus Baturs Mund trieft vor Häme. »Zu dumm, dass sie lieber einen richtigen Mann wie mich will. Bürschchen wie du sollten nicht nach den Sternen greifen – die liegen weit außerhalb deiner Reichweite. Aber in meinem Großmut kannst du die hier haben.« Erneut ruckt er an meinem Arm. »Nimm doch mit ihr vorlieb, einer Frau, die sich wie ein Kerl gebärdet, nichts Liebenswertes an sich hat und immer die Kontrolle behalten muss. Bei einer wie ihr kannst du dir zwar gleich einen Kerl suchen, aber sie ist leichter zu erreichen als eine Prinzessin.«

Trotz der Schmerzen verstehe ich, dass er von mir spricht. Dass er all das bestätigt, was ich über Monate befürchtet habe.

Ich bin der Grund, warum er verschwunden ist.

Ich war nicht genug. Nicht hübsch genug. Nicht eloquent genug. Nicht liebevoll genug. Nicht weiblich genug. Nicht …

Irgendwo am Rande meines Sichtfelds taucht Prinzessin Ragna auf. Sie sagt etwas zu Batur, was ich jedoch nicht völlig verstehe. Doch ich höre seine Erwiderung. Dass er mich bewusst im Glauben gelassen hat, er sei mein Schicksalsgebundener. Ganz weit hinten in meinem Kopf stellt mir eine Stimme die Frage, ob ich je Baturs Weissagung gehört habe. Bestimmt habe ich ihn gefragt, aber er hat sie mir nie anvertraut, und ich habe seine Entscheidung nie infrage gestellt. Schließlich ist die Weissagung der Götter das persönlichste Gut eines jeden Heranwachsenden. Ich war mir sicher, meine richtig gedeutet zu haben; mehr brauchte ich nicht zu wissen. Schließlich war ich glücklich.

Wie ich mich doch irrte.

Egal, wie stark ich grübele, während Ragna und Batur hitzig miteinander über irgendetwas streiten, finde ich keine Schwachstelle in meiner Schlussfolgerung. Batur hat mich im Schwertkampf besiegt. Noch ist es niemandem gelungen, mich in einem Zweikampf zu besiegen. Also muss er unweigerlich mein Schicksalsgebundener sein …

Plötzlich holt Ragna aus und verpasst Batur eine schallende Ohrfeige. Blinzelnd komme ich bei dem Klatschen wieder halbwegs zu mir. Ihr Schlag war schwach; Baturs Kopf bewegt sich keinen Zentimeter, und bis auf einen leicht rötlichen Abdruck an seiner Wange bleibt nichts zurück.

»Nimm deine Sachen und verschwinde«, sagt Ragna kühl. »Ich will dich morgen nicht mehr in meiner Stadt sehen.«

»Deiner Stadt?«, spottet er. »Prinzessin, mir scheint, als überschätzt du deinen aktuellen Wert.«

»Wert?«, echot sie.

»Noch bist du nicht Königin«, sagt er. »Dazu fehlt dir ein Mann. Einer wie ich.«

Ragna zieht scharf die Luft ein. »Du glaubst doch nicht im

Ernst, dass ich dich jetzt noch zum König mache! Das hatte ich sowieso nie vor.«

Unvermittelt lässt Batur von mir ab. Als seine Finger sich nicht mehr in das Hexenmal bohren, lichtet sich der Schmerzschleier, der über mir lag und mein Denken und meine Bewegungen verlangsamt hatte. Und mit ihm verschwinden auch die nagenden Selbstzweifel.

Nun sehe ich klar.

Es ging ihm nie um mich, sondern darum, wie weit ich ihn bringen konnte. Ich war der Liebling des Lehnsherrn. Mir wurden die lukrativen Aufträge übertragen, für die ich mir stets Batur an meiner Seite wünschte. Ich hielt den Kopf für ihn hin, wenn er sich einen Fehltritt leistete.

Nicht eine Sekunde lang war er an mir als Frau und Partnerin interessiert, sondern bloß an dem Gold und der Sicherheit, die ich ihm bot.

Und genau dasselbe hatte er mit Prinzessin Ragna vor. Er ist nicht in Liebe zu ihr entbrannt, so wie Garreth, sondern sieht lediglich den Reichtum und die Macht, die ihm ein Platz an ihrer Seite bescheren würden.

Angewidert über ihn – und auch mich selbst, weil ich es erst jetzt begreife – gebe ich ein Schnauben von mir.

Batur macht unterdessen einen bedrohlichen Schritt auf Ragna zu. Es ist Garreth, der sich ihm in den Weg stellt. Als Batur ihn grob zur Seite schieben will, holt Garreth mit der Faust aus und rammt sie Batur gegen die Wange.

Als Heiler weiß Garreth offenbar genau, wohin er zielen muss. Ein scheußliches Krachen ertönt, gefolgt von Baturs Schrei. Während er sich mit einer Hand die Wange hält, will er erneut nach Ragna greifen, die jedoch mit angewidertem Gesichtsausdruck vor ihm zurückweicht.

Ehe Garreth zu einem weiteren Hieb ausholen kann, stelle ich mich neben ihn. Auch ohne Worte begreift er und zieht sich zurück. Ich trete nah an Batur heran und sehe zu ihm auf. Ruhig mustere ich das Gesicht, das über Jahre hinweg für mich der Inbegriff rauer männlicher Schönheit war.

Heute sehe ich darin nichts als Abscheu.

Doch es ist nicht bloß der Ausdruck, der sich verändert hat, sondern auch meine Wahrnehmung. Batur war der erste Mann, für den ich mich interessierte. Ich idealisierte ihn und hielt ihn für das makelloseste Geschöpf, das die Götter je erschaffen haben.

Nachdem ich jedoch Varyan gesehen habe, muss ich diese Annahme revidieren. Im Vergleich zu ihm ist Baturs Erscheinung durchschnittlich, im besten Fall.

Doch auch das hätte mich nicht gekümmert, weil ich selbst nie viel Wert auf mein Äußeres gegeben habe. Ich bin alles andere als oberflächlich. Es ist das, was in ihm wohnt, was ich heute mit anderen Augen sehe.

Voller Mitleid mit mir und meinem jüngeren Ich stoße ich ein Seufzen aus.

»Geh mir aus dem Weg«, speit Batur undeutlich. Garreth muss sein Jochbein zertrümmert haben.

»Was hast du vor?«, frage ich kühl.

»Ich will zu Ragna.«

Ich werfe einen Blick über die Schulter. Die Prinzessin schüttelt entschieden den Kopf. Als ich mich wieder Batur zuwende, sage ich: »Sie legt keinen Wert auf deine Gesellschaft.«

Grob will er mich zur Seite schieben.

Ich packe seinen Arm, dessen Hand bereits auf meiner Schulter lag, und verdrehe ihn so, dass jeden Moment sein Gelenk herausspringen könnte.

»Wo ist mein Gold?«, frage ich.

Verwirrt schaut er mich an. »Du tust mir weh.«

Ich verstärke den Druck auf sein Gelenk. »Das tut mir nicht leid. Wo ist mein Gold?«

Dass er mich verlassen hat, kümmert mich nicht mehr. Sehr wohl aber, dass er mich bestohlen hat. Mir sind bloß eine Handvoll Münzen geblieben, die ich an einem anderen Ort aufbewahrt hatte. Alles andere war mit ihm verschwunden. Und wenn ich etwas abgrundtief hasse, dann, wenn man mich um meinen hart erarbeiteten Lohn bringt.

»Wo. Ist. Mein. Gold?«

Mit jeder Silbe verdrehe ich seinen Arm weiter, bis er jammernd ausstößt: »W-Weg.«

»Was meinst du mit ›weg‹?«

»Ich … habe es … ausgegeben.«

Unvermittelt lasse ich seinen Arm los. Batur atmet auf. Ich warte, bis er sich wieder aufgerichtet hat, ehe ich meine Faust gegen seine Nase krachen lasse. Von leicht schräg unten, sodass sein Kopf zurückgeworfen wird und ein schauriges Knacken ertönt. Ich mache einen Schritt zur Seite, um nicht von Blutspritzern getroffen zu werden.

»Das war dafür, dass du mich bestohlen hast«, sage ich.

Dann trete ich erneut nah zu ihm, lege ihm freundschaftlich eine Hand auf die Schulter.

Und hebe ruckartig mein Knie.

Baturs Augen verdrehen sich nach hinten, sodass fast nur noch das Weiße zu sehen ist, bevor er mit einem gurgelnden Laut zusammensackt.

»Und das war für alles andere«, teile ich ihm kalt mit.

Nachdem ich tief durchgeatmet habe, wende ich mich zu Ragna und Garreth. Während Erstere mich bloß mit großen Augen anstarrt, entdecke ich in Garreths Miene einen Hauch Befriedigung.

»Tut mir leid«, sage ich zur Prinzessin, »aber ich befürchte, er wird Euch so schnell nicht mehr bei Laune halten können.«

Sie zuckt mit den Schultern. »Als ob das jetzt noch eine Rolle spielt. Danke, dass ihr beide mir die Augen geöffnet habt. Andernfalls wäre ich wohl auf ihn hereingefallen. Seine Versprechungen klangen … echt. Und auch meine Gefühle für ihn waren echt. Doch jetzt …« Sie verzieht den Mund, als sie auf den zusammengekrümmten und jammernden Batur starrt. »… bin ich mir über nichts mehr sicher.«

»Ihr könntet Euer Versprechen halten«, sage ich. »Wir haben Euch Caligram gebracht und …«

»Nein«, fällt Garreth mir ins Wort. Verwundert sehe ich zu ihm. »Es ist wahr, dass ich nur hier bin, um Euch, Prinzessin, um Eure Hand zu bitten. Und es ist auch wahr, dass ich mich in dem Moment in Euch verliebt habe, als ich Euch sah. Aber bitte versteht, dass ich … nach all dem, was ich in den letzten Minuten gesehen habe, nicht …« Er stößt den Atem aus. »Es wäre gelogen, dass ich keine Gefühle mehr für Euch hätte. Doch ich *kann* nicht. Ich kann weder vergessen, wie Ihr mit Batur …« Er bricht ab und schluckt angestrengt. »Noch kann ich Euch Caligram überlassen. Denn es gehört Mira.«

Ich blinzele überrascht.

»Sie war es, die das Schwert aus dem Stein gezogen hat«, fährt Garreth fort. »Und sie war es auch, die den Geist des Schwertes gezähmt hat. Ich werde ihr Caligram nicht wegnehmen. Auch nicht für Euch, Prinzessin. Und ich kann Euch mein Herz nicht mehr darbieten, wie ich es eigentlich vorgehabt hatte. Dazu müsste ich seine zersprungenen Teile neu zusammensetzen, und ich weiß nicht, ob und wann mir das gelingt.«

Ein Wandel vollzieht sich in Ragnas Miene. Wo sie zuvor voller Abscheu Batur gemustert hat wie ein widerliches Insekt, sieht sie nun Garreth an, als hätte sie all die Antworten auf ihre Fragen gefunden.

Doch es ist zu spät.

»Ich verstehe«, murmelt sie, ehe sie den Kopf vor uns neigt. »Bitte nehmt meine aufrichtige Entschuldigung an für all die Umstände, die ich euch bereitet habe. Das war nie meine Absicht. Mein Verlangen nach Caligram und einem Fremden aus Bellvor haben meine Sinne getrübt. Ich habe nicht bedacht, dass ich damit anderen schaden könnte.«

»Ich danke Euch für Eure Entschuldigung«, sagt Garreth. »Wenn Ihr erlaubt, würden wir gern unsere Sachen holen und gehen. Vielleicht finden wir noch einen Platz für die Nacht. Morgen früh werden … wir sofort aufbrechen.«

Er gerät ins Stocken, als er von der Zukunft spricht. Genauso wäre es mir auch ergangen; zum Glück habe ich den Mund gehalten. Denn auch ich befinde mich nun in diesem dichten, undurchdringlichen Nebel, der meine Zukunft vor mir verbirgt, und fürchte mich vor dem nächsten Schritt, der mich tiefer in den Nebel hineinzieht.

»Ich werde dafür sorgen, dass zwei Zimmer in der besten Herberge für euch bereitstehen.« Erneut neigt Ragna den Kopf, dann richtet sie den Blick auf Garreth. »Und wenn du dein Herz wieder zusammengesetzt hast, weißt du, wo du mich findest.«

Aus den Augenwinkeln sehe ich, wie Garreth angestrengt schluckt und sich zu einem knappen Nicken durchringt, ehe er sich abwendet und seine Prinzessin stehen lässt.

Kapitel 15

Delmira

Noch etwa vier Wochen bis zum dritten Vollmond

Garreth und ich wechseln kein Wort, als wir zurück zu den Zimmern gehen, in denen wir unsere Habseligkeiten verstaut haben. Es wäre einfach, die kommende Nacht noch im Palast zu übernachten, doch auch ohne uns darüber zu unterhalten, gelangen wir zu dem Schluss, dass wir es keine Sekunde länger hier aushalten. Nicht nach dem, was wir eben mit ansehen mussten.

Wieder die Gewichte meiner Schwerter am Gürtel zu spüren, beruhigt mich ein wenig. Besonders das Gewicht Caligrams. Ich wage jedoch nicht, es direkt zu berühren. Dazu bin ich zu aufgewühlt; Varyan wüsste sofort, dass etwas nicht stimmt. Außerdem bin ich nicht bereit, mit ihm zu reden.

Garreth wartet bereits im Flur auf mich, den Blick ins Leere gerichtet. Ein Teil von mir ist froh, dass er keine Unterhaltung erwartet. Ich habe genügend eigenen Ballast, über den ich nachgrübeln muss, und im Moment könnte ich ihm keine guten Ratschläge geben. Konnte ich das je? Ich bin mir nicht sicher.

Ich habe vor viel zu vielen Dingen die Augen verschlossen und so getan, als würden sie nicht existieren. Aber was hätte ich bewirken können? Ich bin weder ein versierter Heiler wie Garreth, noch verfüge ich über magische Kräfte wie Karli. Ich besitze nicht einmal halb so viel Zielstrebigkeit wie Varyan.

Sie alle haben etwas, was sie antreibt. Sie ließen sich weder von

Widrigkeiten noch Rückschlägen aufhalten. Ich zweifle nicht daran, dass auch Garreth wieder auf die Füße kommen wird, nachdem er sich von den Schrecken der letzten Stunde erholt hat. Vielleicht gelingt es ihm irgendwann doch, Ragna sein Herz zu schenken. Auf jeden Fall wird er wieder Patienten behandeln und sich in die Zubereitung seiner Salben und Tränke stürzen.

Nur ich stehe ohne Perspektive da. Anders als mein Begleiter habe ich keine besonderen Fähigkeiten, mit denen ich mich davon ablenken kann, dass der Mann, den ich geliebt habe und für meinen Schicksalsgebundenen hielt, ein Lügner und Betrüger ist. Mein ganzes Leben habe ich nach ihm ausgerichtet und nun habe ich … nichts.

Mich kopfüber in Garreths Auftrag zu stürzen, war mein Ausweg – dadurch konnte ich so tun, als würden meine Probleme nicht existieren. Wie damals als Kind, eingesperrt im Schlafzimmer meiner Eltern zusammen mit ihren toten Körpern, kneife ich fest die Augen zu und presse beide Hände auf meine Ohren, um alles um mich herum auszublenden. Damals kam der Lehnsherr, um mich zu retten.

Heute kommt niemand. Heute bin ich alt genug, um allein mit meinen Problemen fertigzuwerden. Oder ich müsste es sein.

Bis vor Kurzem dachte ich, dass ich es könnte. Dass nichts auf der Welt mich zu erschüttern vermag. Ich hielt mich für stark, ja, sogar unbezwingbar, solange ich eine Waffe in der Hand hielt.

Aber nicht jede Schlacht wird mit Waffen geschlagen.

All die Dinge, vor denen ich die letzten Wochen und Monate, vielleicht sogar Jahre die Augen verschlossen habe, brechen nun über mir zusammen. Sie sind keine Gegner, die ich mit einem Schwertstreich übertrumpfen könnte. Die meisten befinden sich in mir, und gegen mich selbst zu kämpfen, bringe ich nicht fertig. Dazu fehlt mir der Mut. Ein falscher Schritt, eine falsche

Entscheidung würde mich in den Abgrund reißen, in den ich gerade blicke.

Ich lege eine Hand auf mein rechtes Handgelenk, während ich an Garreths Seite das Schloss verlasse. Sogleich spüre ich die unnatürliche Hitze, die von dem Hexenmal ausgeht, das mich an die verlorene Zeit erinnert. Zu wenig, um mich zu verändern. Zu wenig, um den Mut zu finden, das zu tun, was ich wirklich will. Aber genug, um vielleicht für die, die mir wichtig sind, eine Veränderung zu bewirken.

Mir bleibt noch knapp ein Monat, um einen Weg zu finden, Varyan zu helfen. Allein die Vorstellung, was die verdammte Seehexe ihm bei jedem Vollmond antut, lässt mich beinahe würgen. Zeitgleich schnürt mir gleißende Wut die Luft ab. Ich werde nicht zulassen, dass sie erneut Hand an ihn legt. Die einzige Person, die mir hoffentlich dabei helfen kann, ist Karli. Sie kennt sowohl Caligram als auch die Seehexe. Sie *muss* einfach wissen, wie ich Varyan befreien kann. Auch auf die Gefahr hin, dass seine Seele dann verschwindet. Aber er wäre nicht mehr eingesperrt und der Seehexe unterworfen. Er könnte endlich den Frieden und die Freiheit finden, nach denen er sich seit so langer Zeit sehnt.

Es wird bereits dunkel, als wir bei der Herberge ankommen, die uns eine Wache auf Prinzessin Ragnas Geheiß gewiesen hat. Tatsächlich zeigt uns ein eifriger Wirt sogleich unsere Zimmer, wo wir unsere Habseligkeiten verstauen.

Bis auf meinen Beutel Münzen nehme ich nichts mit nach unten in den Gastraum. Ich warte auch nicht auf Garreth; er hat gerade vermutlich noch mehr als ich zu kämpfen.

Wenigstens kenne ich einen Weg, wie ich mich für eine Weile nicht vor meiner Zukunft fürchten muss.

Beim Wirt ordere ich zwei große Karaffen Bier und einen Humpen, zucke nicht einmal bei dem horrenden Preis zusammen, den ich aus meiner Börse fischen muss, und verziehe mich mit meiner Ausbeute hinaus auf einen halbrund angelegten Balkon, der zur Herberge gehört und direkt gen Meer zeigt. Nachdem ich die Karaffen und den tönernen Humpen abgestellt habe, ohne einen kostbaren Tropfen zu verschütten, lege ich die Unterarme auf die steinerne Brüstung und starre böse hinauf in den Himmel, von wo ein fast voller, aber abnehmender Mond auf mich herabstrahlt, als wolle sein Licht mich verhöhnen.

Hätte es in der letzten Vollmondnacht nicht so herrlich klar sein können?

Ich seufze. Was hätte das geändert? Ich würde mich bloß mit weiteren Erinnerungen quälen, die alles in den Schatten stellen, was ich je erlebt habe. Ich hätte mich noch mehr vor jedem Priester gefürchtet, der zufällig meinen Weg kreuzt, weil mir meine Taten quer auf der Stirn stehen müssen.

Jetzt wäre es mir … Nicht direkt egal, aber es würde mich weniger kümmern. Diese Leere, die Baturs Anblick in mir ausgelöst hat, ist immer noch da. Ich wünschte, sie würde verschwinden. Dann könnte ich schreien und toben.

Stattdessen wandern meine Gedanken zur letzten Vollmondnacht. Ich schwelge in den Erinnerungen an den Mann, dessen Berührungen mich versengt haben und nach denen ich mich verzehre. Ich würde alles dafür tun, wenn er jetzt hier sein könnte, um das Nichts in mir zu vertreiben, damit ich mich nicht mehr davor fürchten muss. Ich würde meine Seele dafür hergeben, ihn bloß ein zweites Mal küssen zu dürfen.

Ich reibe mir über die Brust, wo sich stets ein stechender, sehnsüchtiger Schmerz einnistet, wenn ich an Varyan denke. An die Art, wie er mich angesehen hat. Wie er gerochen hat – nach

Wald und endloser Tiefe und lockender Wärme. Wie er vor mir stand, so groß und kräftig, und doch voller Unsicherheit. Nicht gebrochen von dem, was er erlebt hat, aber angeknackst.

Als wüsste er, dass ich die Macht hätte, seine Verletzungen zu heilen oder ihn gänzlich zu zerstören.

Ich erschauere bei diesem Gedanken. Ich hätte ihm nicht geschadet – das könnte ich nie! –, aber hätte ich ihm helfen können? Ich habe es versprochen und werde es auf jeden Fall versuchen, aber das war, bevor ich Batur im Thronsaal als Champion gegenüberstand.

Beide Männer, die unterschiedlicher nicht sein könnten, gleichzeitig in meine Gedanken zu lassen, fühlt sich grundfalsch an, doch ich kann nichts dagegen unternehmen. Auch wenn Varyan in meinem Körper steckte, kam es mir vor, als stünde er Batur von Angesicht zu Angesicht gegenüber. Und Varyan ließ Batur jede Sekunde des Kampfes spüren, dass er ihm überlegen war. Hätte er seinen eigenen Körper gehabt, wäre das Ganze in eine primitive Prügelei ausgeartet, über die ich schon während meiner Ausbildung angewidert die Nase gerümpft hätte.

Aber diesmal hätte ich es genossen. Ich hätte jeden Augenblick genossen, in dem ich Varyans anmutige Bewegungen hätte beobachten dürfen. Wahrscheinlich wäre mein Blick nicht ein einziges Mal zu Batur gewandert.

Während ich einen Humpen leere, gehe ich gedanklich die Auseinandersetzung durch und versuche mir Varyans Paraden und Attacken einzuprägen. Gerade als ich den zweiten Humpen fülle, durchzuckt mich ein Gedanke. Batur hat ihn – oder vielmehr mich – verhöhnt, dass er mein Schicksalsgebundener sei und ich ihm deshalb nicht schaden könne. Ich erstarre mitten in der Bewegung und fluche über den übergelaufenen Humpen und das teure Bier, das nun die Brüstung hinuntertropft.

Ich war so beschäftigt, dass ich nicht mehr an Varyans Erwiderung gedacht habe.

»Nein, ich denke nicht.«

Bezog er das auf Baturs Behauptung? Meine Hände klammern sich so fest um die Brüstung, dass meine Finger schmerzen. Oder meinte er etwas anderes? Etwas, wovor ich seit Wochen, wenn nicht gar noch länger, die Augen verschließe. Auch jetzt möchte ich sie so fest wie möglich zukneifen, in dem Versuch, die Zweifel zu vertreiben, die sich in mir festsetzen.

Mit Batur habe ich abgeschlossen; ich würde ihn nicht einmal zurücknehmen, wenn er auf Knien angekrochen käme. Dennoch ist er derjenige, der von den Göttern für mich bestimmt wurde. Er ist … mein …

Beim letzten Gedanken gerate ich ins Stocken, als würde es sich bereits falsch anfühlen, ihn in meinem Kopf zu haben. Als würde sich mittlerweile sogar mein Verstand gegen die Vorstellung sperren und sich meinem Herzen anschließen. Eine Vorstellung, die ich bisher weit von mir geschoben habe. Wann immer sie sich in den Vordergrund drängten, habe ich sie ignoriert. Mit Training. Mit Neckereien mit Varyan. Mit der Aufgabe, die Garreth mir übertragen hat. Alles war mir recht, solange ich mich der Anziehung zwischen mir und Varyan nicht stellen musste.

Aber nun ist es so laut geworden, dass ich die Ohren nicht mehr davor verschließen kann. Wir sind am Ende unserer Reise angelangt; ich habe keine Aufgabe mehr, die ich vorschieben kann.

Ich werde einer Wahrheit ins Auge sehen müssen, für die ich nicht bereit bin und nie bereit sein werde. Ich werde mich einem grausamen Streich der Götter gegenübersehen, der mein Leben erneut aus den Angeln reißt. Ob ich ein weiteres Mal auf den

Füßen landen kann, weiß ich nicht. Denn diesmal ist da niemand, der die Tür zu dem verriegelten Zimmer aufbricht und mir eine Hand reicht.

»Hast du einen Schluck für mich übrig?«, fragt Garreth plötzlich hinter mir.

Ich zucke zusammen und brauche einen Moment, um mich zu sammeln. Erst dann straffe ich den Rücken und werfe ihm einen Blick zu. »*Du* willst etwas trinken?«

Er hebt die Schultern, als er näher kommt und sich neben mich stellt. »Ich hatte einen ebenso harten Tag wie du.«

Dagegen kann ich nichts sagen. Also schiebe ich ihm den gefüllten Humpen zu und setze meinerseits die halbleere Karaffe an. Garreth schnuppert am Bier, und beinahe muss ich über den angewiderten Ausdruck in seinem Gesicht lachen. Dennoch setzt er ihn tapfer an die Lippen und nimmt einen tiefen Schluck.

Als er ihn absetzt, verzieht er den Mund. »Wie kannst du das Zeug freiwillig trinken? Es schmeckt wie …«

»Es schmeckt *nicht* wie Pferdepisse«, falle ich ihm ins Wort. »Glaub mir, es gibt Biere, die bedeutend schlechter schmecken. Ich trinke es sowieso nicht wegen des Geschmacks. Wie bei deinen Tränken geht es um die *Wirkung*.«

Garreth beäugt seinen Humpen. »Und wann setzt die ein?«

»Bei dir? Bald.« Ich genehmige mir einen weiteren Schluck aus der Karaffe. »Bei mir wird es eine Weile dauern.«

»Hast du nicht etwas anderes zu tun, als dich zu betrinken?«

Ich verdrehe die Augen und wechsele wenig geschickt das Thema, weil mir nicht der Sinn nach seinen Belehrungen steht. »Wie hast du mich gefunden?« Immerhin ist der Balkon vom Gastraum kaum einzusehen.

»Wenn du dich nicht in einem Zimmer mit Varyan verschanzt, hast du eine Vorliebe für Nächte entwickelt.« Er schaut hinauf in den Sternenhimmel. »Und ich kann es dir nicht verdenken. Es gibt schlechtere Orte, um sich zu verkriechen.«

Meine Hände verkrampfen sich um die Karaffe. »Ich verkrieche mich nicht.«

»Nenn es, wie du willst«, erwidert er ungerührt. »Da ich Caligram nicht bei dir sehe, werte ich es als Verkriechen. Und ich verstehe dich. Ich würde es auch gern tun. Aber ich habe noch nichts gefunden, das mich zur Ruhe kommen lässt. In meinem Zimmer habe ich es nicht ausgehalten. Es war, als würde mir jede Sekunde die Decke auf den Kopf fallen. Und wenn ich die Augen geschlossen habe, da ...« Hastig trinkt er einen weiteren Schluck.

»Was?«, frage ich sanft.

Er starrt hinaus auf das nächtliche Meer, als könnte er dort etwas entdecken, was nur für ihn bestimmt ist. »Dann sehe ich Prinzessin Ragna im Gras und ...« Lang gezogen stößt er den Atem aus. »Du weißt, ich hatte nie viel dafür übrig, dass du getrunken hast. Aber wenn ich bloß für eine Nacht diese ... Bilder aus meinem Kopf kriege, würde ich alles tun.«

Ich greife nach dem Humpen und ziehe ihn wieder zu mir. »Das ist nicht der richtige Weg für dich.«

Er umklammert die Brüstung so fest, dass die Sehnen an seinen Unterarmen hervortreten. »Und was ist der richtige Weg für mich, den du in deiner Weisheit siehst?«

Mir ist klar, dass es nicht seine Absicht ist, dennoch treffen mich seine scharfen Worte. Offenbar kann ich froh darüber sein, mich nicht so verletzt wie Garreth zu fühlen.

Ich trete nah zu ihm und schließe ihn in die Arme. »Alkohol betäubt zwar den Schmerz für eine Weile, aber er nimmt ihn dir nicht. Du brauchst eine Aufgabe, und die hast du, Garreth. Nimm deine Tasche und gehe ins Armenviertel, um Kranke zu behandeln. Behandle von mir aus die gesamte Stadt. Lenk dich ab! Du hast die Möglichkeit.«

Zögerlich erwidert er die Umarmung. »Und was ist mit dir? Warum trinkst du, wenn du doch schlauer bist?«

Ich lehne den Kopf gegen seine Schulter. »Ich habe keine Ablenkung wie du. Aber anders als du schmerzt mich die Erinnerung an … Batur und Ragna im Schlossgarten nicht so stark, wie sie es sollte. Vielmehr sind es meine Gedanken, die nicht zur Ruhe kommen, nicht meine Erinnerungen.«

Er entlässt mich aus seiner Umarmung. »Ich verstehe dich. Ich denke auch zu viel nach.« Erneut gleitet sein Blick über die ruhigen nachtschwarzen Wellen, während meiner nach oben zu den Sternen wandert. »Ich dachte, Prinzessin Ragna wäre überglücklich, wenn wir ihr Caligram bringen. Ich ging davon aus, dass sie in mir sofort ihren Schicksalsgebundenen erkennen würde, so wie ich meine Schicksalsgebundene in ihr erkannt habe, als ich sie zum ersten Mal sah. Aber sie hat … mich kaum eines Blickes gewürdigt. Bereits da hätte ich bemerken müssen, dass etwas nicht stimmt.«

Es fällt mir nicht schwer, mich in ihn hineinzuversetzen, schließlich habe auch ich bis zur letzten Sekunde nicht glauben wollen, dass Batur mich verlassen hätte.

Unsere Probleme mögen nicht identisch sein, dennoch kann ich ihn wohl besser verstehen als irgendwer sonst. Ich spüre seinen Schmerz, der meinem ähnelt. Ich spüre seine unterschwellige Wut auf die Götter und ihre verdammten Weissagungen. Auf die Hoffnung, die sie in uns säen, nur um sie uns später zu entreißen.

Langsam erhalte ich den Eindruck, dass es nicht nur unter den Hexen grausame Geschöpfe gibt, sondern auch die Götter selbst, von denen sie abstammen und die unsere Welt verließen, um uns unserem Schicksal zu überlassen, sich an unserem Leid ergötzen.

»Was ist mit dir?«, fragt Garreth, während er mich mit einer Mischung aus Neugier und Güte betrachtet. »Wie wirst du dich entscheiden?«

»Was meinst du?«

»Ich habe dir diese Frage schon einmal gestellt, aber diesmal ist die Ausgangslage anders. Varyan oder Batur?«

Ich schlucke angestrengt und wende hastig den Blick ab. Die Lippen habe ich fest zusammengepresst, damit kein Ton aus meinem Mund kommt.

»Es war übrigens sehr beeindruckend, wie Varyan Batur in die Enge getrieben hat«, redet Garreth weiter, obwohl er mein Widerstreben, über dieses Thema zu reden, bemerkt haben muss. »Es war das erste Mal, dass ich ihn mit voller Kraft habe kämpfen sehen. Sonst habe ich immer schon verletzt am Boden gelegen oder dein Körper war bereits geschwächt. Er ist wahrlich talentiert. Trotzdem glaube ich, dass du auch ohne seine Hilfe gegen Batur gewonnen hättest.«

Da ist plötzlich dieses sich windende Etwas in meinen Eingeweiden; nicht nur Garreth wirft mir vor, dass ich Batur spielend leicht hätte besiegen können – auch Varyan hat das zu mir gesagt. Trotzdem ging es nicht. Ich … *konnte* es nicht. Ich könnte es darauf schieben, dass ich zu sehr unter Schock stand, als er auf einmal auftauchte, doch das wäre bloß die halbe Wahrheit.

»Das ist nicht so einfach«, entgegne ich leise.

»Wieso?«

»Wärst du in der Lage, eine Waffe gegen Ragna zu führen?«, frage ich. »In einem Übungsring mit stumpfen Klingen ist es eine Sache, wenn echte Waffen im Spiel sind, eine ganz andere. Wenn ich … ihn tatsächlich verletzen könnte. Doch wenn ich abgelehnt oder verloren hätte, hätte Ragna uns erst recht kein Wort geglaubt.«

»Ich verstehe«, murmelt er. »Es muss schwer für dich gewesen sein. Aber weißt du, was mich neben Varyans Kampfkünsten am meisten beeindruckt hat?«

»Du wirst es mir sicherlich gleich verraten«, erwidere ich trocken.

»Das, was er zu Batur gesagt hat.«

Ich schlucke angestrengt, denn ich weiß genau, worauf er anspielt.

»Ich will nichts davon hören«, sage ich bestimmt, als Garreth erneut den Mund öffnet.

»Aber …«

»Nein, Garreth!« Abrupt wirbele ich zu ihm herum. »Ich meine es ernst.«

Mein Begleiter mustert mich aus großen, aber verständnisvoll schimmernden honigfarbenen Augen. »Du weißt es, nicht wahr?«

Schnaubend wende ich mich ab, nehme einen tiefen Zug aus meiner Karaffe und stelle sie geräuschvoll wieder auf die Brüstung. »Ich bin eindeutig zu nüchtern für diese Unterhaltung.«

Garreth wartet, bis ich ihn wieder ansehe. Ich wünschte, er würde aufhören, diese Gedanken erneut in meinen Kopf zu pflanzen, und einfach verschwinden, aber diesen Gefallen tut er mir nicht. »Wie kannst du …? Ich meine, ich habe in den letzten Wochen bemerkt, dass zwischen dir und Varyan etwas ist, aber …«

Der Drang, mir beide Hände über die Ohren zu legen, um ihm nicht länger zuhören zu müssen, wird beinahe übermächtig. Doch dann wäre ich wieder das kleine Mädchen ohne Zukunft, das vor allen Problemen die Augen und Ohren verschließt. Ich will dieses Mädchen nicht mehr sein, auch wenn es gerade der einfachere Weg wäre.

»Hast du schon mit ihm gesprochen?«, will Garreth wissen. »Mit Varyan, meine ich.«

Ich gebe auf. Er wird nicht lockerlassen. Also füge ich mich in mein Schicksal. Ich schüttele den Kopf, schlinge beide Arme um mich und lehne mich mit der Hüfte gegen die Brüstung. Es hat keinen Sinn, vor Garreth davonzulaufen oder ihn mit Halbwahrheiten abzuspeisen. Er durchschaut meine Lügen und hat ein weit besseres Gespür für Gefühlsdinge, als ich es je haben werde.

»Ich hatte noch nicht den Mut dazu und habe mir eingeredet, dass es besser wäre, zuerst mit Batur zu sprechen.«

»Warum?«

»Weil ich es wissen musste«, murmele ich. Mit einem Seufzen schließe ich die Augen. »Ich musste von ihm hören, was so furchtbar an mir ist, dass er mich ohne ein Wort verlassen hat.«

Ich spüre Garreths warme, von der Arbeit rau gewordene Hände an meinen Wangen. »An dir ist nichts furchtbar, Mira. Und wenn Batur das nicht erkannt hat, dann ist das seine eigene Schuld. Mir würde auf Anhieb ein anderer Mann einfallen, der sich an nichts stört, was du zu ihm sagst. Und wenn auch der dich nicht will, hast du noch immer meine Freundschaft. Dann werden wir zwei eben gemeinsam alt, wenn uns unsere Schicksalsgebundenen nicht haben wollen.« Ich öffne die Augen und sehe zu Garreth auf.

»Du bist verblüffend weise.«

Er schmunzelt. »Ich habe noch mehr Weisheit zu bieten, wenn du sie hören willst.«

Unschlüssig kaue ich auf meiner Unterlippe, ehe ich sage: »Ich lasse es auf einen Versuch ankommen.«

Nachdem er seine Hände hat sinken lassen, sieht er mich ernst an. »Batur oder Varyan. Nach wem sehnt sich dein Herz mehr?«

Schnaubend wende ich den Blick ab. Wie schafft er es nur, jedes Mal den Finger direkt in die offene Wunde zu drücken? »Ist die Frage ernst gemeint? Nach dem heutigen Tag will ich keinen einzigen Gedanken mehr an Batur verschwenden, aber … Varyan ist bloß ein Geist. Anfangs hast du mich für verrückt gehalten, weil ich diese Stimme gehört habe, wenn ich das Schwert berührte. Wie könnte ich … ihn wählen?«

Garreths Miene wird weich. »Weil diese Stimme und der Mann, zu dem sie gehört, deine Seele tiefer berührt haben, als es die Hände eines anderen Mannes je könnten.«

Ich kann nicht mehr atmen. Meine Augen brennen plötzlich vor ungeweinten Tränen, die ich verbissen zurückblinzele.

Garreths Worte treffen genau ins Schwarze. Einerseits bin ich überrascht darüber, andererseits bin ich dankbar, dass er mich nicht verurteilt. Dass er … mich *versteht*, obwohl ich mich nicht einmal selbst verstehe und ich am liebsten alles weiter von mir wegschieben würde.

Bis es zu spät ist.

»Ich kann Varyan nicht wählen«, sage ich dumpf, fast flüsternd, »selbst wenn ich es wollte.«

Ehe Garreth nach dem genauen Grund fragen kann, schiebe ich den rechten Ärmel meines Hemds zurück und drehe den Arm so, dass er das Handgelenk sehen kann.

Sogleich zieht er scharf die Luft ein, ehe er sanft, aber bestimmt meinen Arm knapp oberhalb des Hexenmals packt und ihn zu sich zieht. »Seit wann ist das schon so?«

Auch ich starre auf die dunklen, fast schwarzen Linien, die sich vom Hexenmal in feinen Linien über meinen ganzen Unterarm schlängeln, als wuchere in meinen Adern etwas, was mich verschlingt, sobald ich einen falschen Schritt mache.

»Seit der letzten Vollmondnacht«, murmele ich. »Und ich habe das Gefühl, dass es sich weiter ausbreitet. Als Batur mich da gepackt hat, konnte ich kaum Luft holen, sonst hätte ich ihn schon viel früher … zum Schweigen gebracht.«

»Warum hast du mir nicht eher etwas davon gesagt?«, will Garreth aufgebracht wissen. »Ich hätte …«

Ich lege ihm die freie Hand auf seine. »Du hättest mir nicht helfen können. Das ist keine Krankheit, die deine Mittelchen kurieren können.«

»Sondern?«

»Die Seehexe war deutlich«, antworte ich. »Wenn ich Caligram nicht pünktlich zurückbringe, wird sie nicht bloß mein Leben fordern. All jene, die mir wichtig sind, wird ein grausames Schicksal ereilen.« Mit einer Kopfbewegung deute ich auf das Mal und die dunklen Muster. »Das ist wahrscheinlich ihre Art, ihrer Forderung Nachdruck zu verleihen. Und durch die Schmerzen, die jede Berührung an dieser Stelle auslösen, geht sie sicher, dass ich es mir nicht herausschneide.«

Ich winde meinen Arm aus seiner Umklammerung und schiebe den Ärmel zurück nach unten. Wenn ich die gewundenen Male nicht sehen muss, fühle ich mich besser.

»Es geht nicht bloß um Varyan und mich. Für uns beide hätten wir bestimmt eine Lösung gefunden. Aber ich kann nicht meine Gefühle über das Wohl all jener stellen, die mir etwas bedeuten. Die Seehexe wird Varyan dafür leiden lassen. Sie wird dich leiden lassen. Und meinen Lehnsherrn und dessen Frau, die wie Eltern für mich waren. Das … das kann ich nicht.« Verbissen schüttele ich den Kopf. »Ganz gleich, was ich empfinden mag, ich werde nicht der Grund sein, dass euch etwas Schlimmes widerfährt. Für nichts auf dieser Welt würde ich euch wissentlich einer Gefahr aussetzen.«

Garreth schließt mich in eine feste Umarmung. Nun gelingt es mir kaum noch, meine Tränen zurückzuhalten.

Ich will nicht weinen. Nach dem Tod meiner Familie habe ich schnell gelernt, dass Tränen mich nicht weiterbrachten. Bloß

Taten konnten es. Und so biss ich die Zähne zusammen, wenn die anderen Knappen mich verspotteten oder demütigten. Auch in der Sicherheit meiner Kammer vergoss ich kaum eine Träne. Erst viele Jahre später, als ich allein in einem viel zu großen Bett aufwachte, weinte ich, als mir klar wurde, dass Batur verschwunden war. Und als Varyan die Erinnerungen an seine erste Vollmondnacht am See mit mir teilte, weinte ich ebenfalls.

Ich muss stark sein, sage ich mir. Tränen bedeuten Schwäche. Sie bedeuten, dass noch zu viel des kleinen Mädchens in mir lebt, das ohne fremde Hilfe nicht überleben kann.

Für all jene, die mir etwas bedeuten, darf ich nicht schwach sein.

»Es tut mir so leid, Mira«, sagt Garreth, ohne mich aus der Umarmung zu entlassen. »Trotzdem bin ich der Meinung, dass du mit Varyan reden solltest.«

»Das ändert nichts.«

»Hör dir trotzdem an, was er zu sagen hat.« Er lässt mich los und tritt einen Schritt zurück. »Er ist nicht nur dir wichtig. Du bist ihm auch wichtig. Ansonsten hätte er heute kurzen Prozess mit Batur gemacht.«

Ich ringe mich zu einem Nicken durch. Mir ist bewusst, dass ich Varyan nicht ewig ignorieren kann; selbst jetzt kribbeln meine Finger vor Verlangen beim bloßen Gedanken, Caligram zu berühren. Doch ich habe auch Angst. Was werde ich tun, wenn sich meine Befürchtung bewahrheitet?

Wenn tatsächlich er derjenige ist, von dem in meiner Weissagung die Rede ist?

Kapitel 16
Varyan

Ich bin zu weit gegangen. Ich habe zu viel gesagt. Zu viel getan. Zu viel preisgegeben.

Nun muss ich mit den Konsequenzen leben.

In der Dunkelheit meines Gefängnisses besitze ich kein Zeitgefühl, aber auch ohne dieses ist mir klar, dass Mira mich meidet. Ich verstehe, dass sie nicht mit mir reden will. Nicht, nachdem ich Batur derart vorgeführt habe.

Ich verziehe den Mund. Dabei war ich noch zu nachsichtig mit ihm. Dafür, dass er sie verlassen und mit viel zu vielen finsteren Gedanken allein zurückgelassen hat, hätte ich ihn um mindestens ein Körperteil erleichtern sollen. Miras Leben wäre sicherlich besser ohne diese jämmerliche Witzfigur. Dass sie ausgerechnet einen Mistkerl wie ihn für ihren Schicksalsgebundenen hält …

Sogleich schäme ich mich für diesen Gedanken. Was auch immer ich von dem Kerl denke, Mira ist er wichtig. Und ich werde niemandem schaden, den sie mag.

Obwohl es mir gefallen hätte, das Licht aus seinen Augen schwinden zu sehen. Wenn ich daran denke, dass er Miras große Liebe ist, will ich mich übergeben.

In der Einsamkeit und Dunkelheit meines Gefängnisses habe ich zu viel Zeit, mir Dinge vorzustellen. Wie er sie geküsst, sie berührt und mit ihr geschlafen hat. Während ich bloß eine kurze Kostprobe erhalten habe, hatte er alles. Er hatte *sie*. Über Jahre hinweg. Aber er wusste dieses Geschenk nicht zu schätzen, ja, er hat es sogar mit Füßen getreten.

Mir vorzustellen, wie es Mira ergangen sein muss, als er sie verlassen hat, weckt einen Teil in mir auf, der nicht einmal während meiner Feldzüge zum Vorschein kam. Einen Teil, der nach Blut und Vergeltung schreit und der erst besänftigt ist, wenn Baturs toter, kalter Körper zerschmettert vor mir liegt.

Ist das nicht sonderbar? Mira ist nicht mein Eigentum; sie ist nicht mal meine Frau, und dennoch sehnt sich alles in mir danach, jeden, der je einen Finger an sie gelegt und sie verletzt hat, Stück für Stück auseinanderzunehmen. Es würde sich gut anfühlen. Und ich würde mir dabei Zeit lassen.

Für jeden Schmerz, den er Mira zugefügt hat, für jeden Selbstzweifel, den sie seinetwegen hatte, werde ich ihn leiden lassen.

Hastig schüttele ich den Kopf. Wann immer ich zu viele Stunden allein im Dunkeln meines Gefängnisses verbringe, zerfressen mich die hasserfüllten Gedanken, mit denen ich meine Zeit zwischen den Vollmonden füllte. Hass war das einzige Gefühl, das ich mir zugestand, um nicht vor Scham und Ekel zu vergehen, ehe die Hexe mich ein ums andere Mal hervorzerrte und mich spüren ließ, dass sie die Mächtigere von uns beiden ist.

Erst seit ich Mira kenne, wurden diese zerstörerischen Gedanken mehr und mehr von der Vorfreude ihrer nächsten Berührung überlagert. Von dem Glücksgefühl, gleich wieder einen kurzen Blick durch ihre Augen erhaschen zu dürfen. Jede dunkle Kammer, in der sie sich befand und in der ich in Caligram gefangen neben ihr lag, war tausendmal besser als die undurchdringliche Schwärze, in der meine Seele seit Langem hausen musste und in der weder Licht noch Güte existieren.

Ich wünschte, Mira würde Caligram berühren und mir erneut zeigen, dass es mehr gibt als Hass, Wut und Selbstmitleid. Doch die Zeit verstreicht, und mir wird mehr und mehr klar, dass ich einen riesigen Fehler begangen habe.

Ganz gleich wie sehr ich es wollte, ich hätte mich beim Kampf gegen Batur zurücknehmen müssen.

Und ganz sicher hätte ich mich von ihm nicht provozieren lassen dürfen.

Mira ist alles andere als dumm. Sie wird mittlerweile ahnen, was ich mit meiner Behauptung meinte. Sie wird es abstreiten, weit von sich schieben, es nicht verstehen wollen. Wahrscheinlich fühlt sie nicht dasselbe. Und am Ende wird sie mich hassen.

Ich sinke in der Finsternis meines Gefängnisses zusammen. Geschieht mir ganz recht, dass sie nun nichts mehr mit mir zu tun haben will. Wer würde das schon?

Kaum habe ich diesen Gedanken zu Ende gedacht, zucke ich unter der warmen, lockenden Berührung zusammen, die einzig und allein von Miras Händen stammen kann. Selbst wenn ich es wollte, könnte ich das tiefe, erleichterte Seufzen nicht zurückhalten, das sich meiner Kehle entringt.

›*Mira*‹, wispere ich. Angespannt harre ich auf ihre Erwiderung. Es kommt mir wie eine Ewigkeit vor, doch wahrscheinlich vergehen nicht einmal zwei Herzschläge.

›*Varyan.*‹

Ich habe mich davor gefürchtet, nichts als Kälte und Abweisung in ihrer Stimme zu hören, aber sie klingt genauso warm und wohlwollend wie zuvor. *Vor* der Sache mit Batur.

Es ist, als lägen unseren Namen, gesprochen vom jeweils anderen, ein Zauber inne, den nur wir beide verstehen und der seine Wirkung bei uns entfaltet. Ein Zauber, der meine dunklen Gedanken und Sorgen vertreibt, als wäre er die Sonne, vor der die schweren Regenwolken weichen müssen.

Doch mein persönlicher Himmel verdunkelt sich sogleich wieder.

›*Wir müssen reden.*‹

Ich muss kein Priester sein und von den Göttern abstammen, um zu ahnen, worüber sie reden will.

›*Es tut mir leid*‹, sage ich eilig und in der Hoffnung, das drohende Gespräch irgendwie abzuwenden. ›*Ich hätte nicht so hart gegen Batur vorgehen dürfen. Es kommt nicht wieder vor. Können wir es nicht einfach vergessen?*‹

›*Ich rede nicht davon, und das weißt du genau.*‹

Noch immer klingt ihre Stimme ruhig und beherrscht, doch ich höre feine, angespannte Nuancen heraus. Als würde es sie große Anstrengungen kosten, mich nicht direkt anzuschreien. Ich kann es ihr nicht verdenken. Wären unsere Rollen vertauscht, würde ich schreien und toben, bis ich die Antworten hätte, die mir fehlen. Und danach würde ich weiter schreien und toben, bis meine Stimme versagte.

Doch da ist noch mehr. In den letzten Wochen wurde Mira immer besser darin, ihre Gedanken und Gefühle nicht mehr ungefiltert auf mich loszulassen und mich schier unter ihnen zu begraben. Aber jetzt gelingt es ihr nicht. Jetzt ist da eine Unruhe, die sich jedoch nicht gegen mich richtet. Als ich mich darauf konzentriere, erhasche ich einen Blick auf verschiedene Erinnerungen. Es sind nicht mehr als kurz aufblitzende Szenen, die ich auch nach einer Weile nicht richtig zuordnen kann.

›*Was ist passiert?*‹, frage ich vorsichtig.

Hastig versucht Miras Bewusstsein, die entschwundenen Momente einzufangen. ›*Nichts.*‹

Ein weiteres, diesmal sehr eindeutiges Bild erscheint vor meinem inneren Auge, ehe Miras Bewusstsein es zu fassen kriegt.

›*Ich will nichts darüber hören*‹, sagt Mira sofort.

Ich klappe den Mund zu. Es wäre eine miese Idee, Mira jetzt noch weiter zu verärgern. Vielleicht war es keine Erinnerung, sondern bloß eine … Vorstellung von ihr. Etwas, was hätte sein können. Andererseits gibt es keinen Grund, warum Mira sich so etwas ausmalen sollte.

Ich habe sie deutlich gesehen: Batur und die Prinzessin. In einer Art Garten. In einer eindeutigen Situation. Musste Mira dies etwa mit eigenen Augen sehen?

Ich spüre, wie ihr Bewusstsein meinem Platz macht, und bin verwirrt darüber.

›*Übernimm meinen Körper*‹, verlangt Mira.

Ich stutze. ›*Wieso?*‹

Allein diese Frage und dieses Zögern sagen mehr aus, als meine Worte es im Moment könnten. Unter normalen Umständen würde ich nicht zaudern, denn nur, wenn ich ihren Körper bewege, kann ich meine – unsere – Umwelt tatsächlich wahrnehmen. Berührt sie Caligram, sehe ich bloß Augenblicke, sofern Mira es gestattet oder sich nicht genug konzentriert. Aber in ihrem Körper kann ich nicht nur sehen, sondern auch hören, riechen, schmecken und tasten.

Lediglich ein einziges Mal habe ich zuvor gezögert, ihren Körper zu übernehmen, und das auch nur, weil sie mich gebeten hat, ihr nach ihrer Verletzung beim Anziehen zu helfen. Damals habe ich mich für meine zur unpassendsten Zeit wiedergefundene ritterliche Ehre gehasst. Jetzt habe ich keinen Grund, den ich vorschieben könnte.

Ihr Bewusstsein lockt mich weiterhin.

›*Übernimm meinen Körper, damit ich dich ansehen kann*‹, sagt Mira. ›*Ich habe einen Spiegel im Zimmer, und ich will zumindest deine Augen und deine Mimik sehen, wenn wir reden.*‹

›*Warum ist dir das so wichtig?*‹, frage ich.

›Um die Wahrheit zu begreifen, vor der ich nicht mehr weglaufen will. Ich muss sehen, ob sie dir genauso wehtut wie mir.‹

Meine Muskeln verkrampfen sich, als erwarten sie einen körperlichen Schmerz, parallel zu dem, der bei ihren Worten in mir wütet.

›Das tut sie‹, flüstere ich.

›Das genügt mir nicht. Ich muss es sehen, um es vollends zu begreifen. Ich wünschte, du könntest mir direkt gegenüberstehen, aber ich werde definitiv nicht bis zum nächsten Vollmond warten. Ich habe bereits … zu lange gewartet.‹

Mira hat recht; der Großteil unserer gemeinsamen Zeit ist bereits verstrichen, und ich will nicht noch weitere kostbare Minuten mit ihr verschwenden.

›Ich ebenfalls‹, gebe ich zu, ehe ich dem Locken ihres Bewusstseins schließlich nachgebe. *›Ich habe ebenfalls zu lange gewartet.‹*

Ihren Körper zu übernehmen, ist jedes Mal ein Genuss. Es ist, als würde ich nach einer langen, erholsamen Nacht aufwachen und mich im Schein der Morgensonne ausgiebig strecken, bevor ich einen neuen Tag beginne, der unendlich viele Möglichkeiten für mich bereithält. Es ist besonders, aber gleichzeitig so einfach wie atmen. Als wäre ihr Körper das weibliche Abbild von meinem, ebenso wie ihr Bewusstsein, denn es bereitet mir keine Schwierigkeiten, mich anzupassen und neben ihm zu existieren.

Ich nehme mir einen Moment Zeit, um mich umzusehen. Das entfernte Rauschen der Wellen verrät mir, dass wir immer noch in Valor sind. Das Zimmer, in dem wir uns befinden, ist mir fremd. Gegenüber vom Bett entdecke ich den Spiegel, von dem Mira gesprochen hat; er ist über einer hüfthohen Kommode aufgehängt. Die Umrisse von Miras blassem Spiegelbild sehen mir aus meinen unterschiedlich farbigen Augen entgegen, als ich einen Schritt auf den Spiegel zu mache, während ich Caligram fest mit der rechten Hand umklammere. Ihr rostrotes Haar, das mich in der letzten Vollmondnacht an den Mittelpunkt einer Flamme erinnert hat und dessen Sanftheit ich zwischen meinen Fingern spüren durfte, glänzt nun beinahe schwarz; spitze Ohren lugen zwischen den Haarsträhnen hervor.

»Du wolltest reden«, sage ich in die Stille des Zimmers mit Miras Stimme hinein.

›*Wie lautet deine Weissagung?*‹

Ich stoße ein Schnauben aus, lege Caligram auf der Kommode ab, ohne die Berührung zu unterbrechen. »Du kommst wohl gleich zur Sache, was?«

›*Wenn du glaubst, mich mit Ausflüchten abspeisen zu können, dann hast du dich geschnitten!*‹, erwidert sie hitzig. ›*Nach dem, was du heute getan und gesagt hast, kommst du mir nicht so einfach davon. Ich werde mich nicht länger hinhalten lassen. Nicht nach dem Schmerz und der Ungewissheit und … all diesen anderen Gefühlen, die du in mir ausgelöst hast.*‹

Ich winde mich innerlich. »Mira …«

›*Sag mir*‹, unterbricht sie mich scharf, ›*den Wortlaut deiner Weissagung!*‹

Ich könnte mich weigern. Ich könnte freiwillig ihrem Bewusstsein wieder Platz machen und zurück in Caligram verschwinden.

Und dort bis zum Ende aller Tage verrotten, weil Mira dann kein Wort mehr mit mir reden würde.

Aber nicht das gibt den Ausschlag. Vielmehr ist es die Verzweiflung in ihrer Stimme. Die Gefühle, von denen sie gesprochen hat, und deren verzehrende Macht ich nur allzu gut kenne, suchen sie mich bereits seit gut zwei Monaten heim. Wie schlimm muss es für sie gewesen sein, dachte sie doch die ganze Zeit über, ein anderer wäre ihr Schicksalsgebundener? Wie viele Sorgen hat sie in sich hineingefressen, weil sie glaubte, sie würde gegen die obersten Gesetze der Götter verstoßen, sodass sie sich niemandem anvertrauen konnte?

Nicht einmal mir, denn ich bin derjenige, der diese Gefühle in ihr geweckt und befeuert hat. Mit zahllosen Neckereien. Mit Gesprächen unter dem Licht des Vollmonds. Mit Geschichten, um ihre Albträume fernzuhalten. Mit Training und Kämpfen. Mit verruchten Gedanken. Mit Berührungen, unter denen ihr Körper erbebt ist. Mit einem Kuss, der alles verändert hat.

Um uns beide von dieser Ungewissheit zu befreien, öffne ich den Mund, um den Wortlaut meiner Weissagung zu rezitieren. »Du wirst dich in deine Schicksalsgebundene verlieben, noch bevor du sie zum ersten Mal gesehen oder berührt hast.«

Kapitel 17

Varyan

Angespannt warte ich auf Miras Reaktion, doch von dort, wo sich ihr Bewusstsein gerade befindet, tönt lediglich eine bleierne Stille. Und das lässt meine Zweifel und Ängste in die Höhe schnellen, bis ich kaum noch klar denken kann. Ich hätte es ihr nicht sagen sollen … Aber was hätte das gebracht?

Ich stemme mich mit beiden Händen auf der Kommode und Caligram ab und lasse den Kopf hängen. »Anfangs konnte ich nichts mit meiner Weissagung anfangen und vergaß sie als Heranwachsender schnell wieder. Als ich älter wurde und meine Feldzüge begannen, kam sie mir mehrmals in den Sinn. Ich dachte, ich würde in einem Kampf unterliegen und beide Hände verlieren und erblinden und dann von der Frau gepflegt werden, die mir prophezeit worden war. Doch ich gewann jeden Kampf. Sicherlich, ich wurde hin und wieder verletzt, aber keine dieser Wunden hatte etwas mit meiner Weissagung zu tun. Also vergaß ich sie erneut. Ich kämpfte, eroberte und dachte, eine Hexe übertölpeln zu können, was mir schließlich meine Verbannung in Caligram und dieses Dasein einbrachte. Während meiner Gefangenschaft hatte ich zwar genug Zeit zum Nachdenken, doch meine Weissagung kam mir auch da nicht in den Sinn. Vielmehr malte ich mir aus, wie ich die Seehexe leiden lassen könnte, sollte ich je die Möglichkeit dazu haben.«

Die Worte sprudeln aus mir hervor, als suchten sie sich gewaltsam einen Weg nach draußen, nachdem ich sie viel zu lange in mir eingeschlossen habe. Nicht bloß ein Mal habe ich darüber nachgedacht, wie ich es Mira sagen kann. Ich habe mir eine nette Ansprache zurechtgelegt, von der ich glaubte, dass sie meinen Gefühlen den richtigen Ausdruck verleiht.

Doch ich erinnere mich nicht mehr daran. Mein Kopf ist völlig leer. Ich rede, ohne nachzudenken, weil ich nicht mehr länger schweigen kann.

Ich hebe den Kopf und starre die Mischung aus Miras und meinem Spiegelbild an. »Und dann kamst du.«

Ich spüre, wie sie zitternd die Luft ausstößt.

»Ich wusste vom ersten Moment an, dass etwas anders war. Dass *du* anders warst. Deine Berührung. Deine Gedanken. Alles an dir hat sich grundlegend von den unzähligen Berührungen und Gedanken unterschieden, die ich bereits ertragen musste, während Caligram im Stein steckte.«

›‚Wer bist du?‘‹, murmelt Mira. *›Das war das Erste, was du zu mir gesagt hast.‹*

»Ich weiß. Ich wünschte, es wäre etwas anderes gewesen. Etwas … Bedeutenderes.«

›Wusstest du es schon damals? Dass ich …‹

Ich schüttele den Kopf. »Mir war klar, dass du anders warst, und das machte mir Angst. Deshalb habe ich dir auch zu Beginn befohlen, das Schwert zurück in den Stein zu stecken. Ich wollte, dass du wieder verschwindest. Und vor allem wollte ich, dass du nicht den gleichen Fehler begehst wie ich.« Ein wenig umständlich, um Caligram nicht loszulassen, schiebe ich Miras rechten Hemdsärmel nach oben. Mein Herz zieht sich bei dem Anblick des Hexenmals und der von dort ausgehenden schwarzen Linien unter ihrer Haut zusammen. »Ich wollte dich davor bewahren, einen Pakt mit einer Hexe einzugehen. Denn wer wüsste besser als ich, dass sie immer die Siegerin ist?«

›Ich bin ihn nicht deinetwegen eingegangen.‹

Ich nicke. »Das spielte keine Rolle. Ich wollte dich dennoch beschützen. Selbst damals schon, obwohl mir zu der Zeit noch nicht klar war, was genau du für mich bist.«

Wieder ein hektisches Atmen ihrerseits. *›Seit wann … weißt du es?‹*

Ich schlucke angestrengt. »Seit der Sache mit Korven habe ich es geahnt. Als wir zusammen auf dieser winzigen Pritsche lagen, du erinnerst dich? Mit Sicherheit wusste ich es während der ersten Vollmondnacht am See im Herzholzhain. Noch bevor ich aus meinem Versteck hervortrat und dich im See sah, wusste ich es. Sie war einfach da, diese Gewissheit. Als würde plötzlich alles einen Sinn ergeben.«

›Seit über einem Monat‹, erwidert sie beinahe tonlos. *›Und du hieltest es in all der Zeit nicht für nötig, es mir zu sagen?‹*

»Wäre Batur nicht aufgetaucht, hätte ich es dir auch heute nicht gesagt«, entgegne ich bestimmt.

›Warum?‹

Ich schnaube. »Ist die Frage ernst gemeint?«

›Ja!‹

Kopfschüttelnd wende ich mich halb ab und lasse meinen Blick ziellos durchs Zimmer wandern. Ich nehme nichts bewusst wahr, obwohl ich verzweifelt nach etwas suche, woran ich mich festhalten kann. Miras Mimik im Spiegel wird zwar von meinen Gefühlen gesteuert, doch es fällt mir nicht schwer, mir vorzustellen, wie sie mich jetzt ansehen würde. Der wütende Vorwurf in ihrem Blick würde mir direkt ins Herz stechen.

»Wieso hätte ich es dir sagen sollen? Du warst fest davon überzeugt, deinen Schicksalsgebundenen bereits gefunden zu haben. Du hättest mir nicht zugehört, und falls doch, hättest du mir kein Wort geglaubt. Und das wäre in Ordnung gewesen. Denn was habe ich dir schon zu bieten? Ich bin … bloß ein durch einen Fluch am Leben erhaltener Geist. Ich besitze keinen Körper. Ich kann dich nicht einmal ansehen, ohne auf solche Umwege zurückgreifen zu müssen.« Hilflos gestikuliere ich mit der freien Hand Richtung Spiegel. »Ich kann dich nicht küssen, wenn ich es will. Ich kann nicht mit dir schlafen, wenn ich es will. Ich kann dich nicht einmal umarmen! Das wollte ich dir nie zumuten.« Zögerlich hebe ich den Blick und starre wieder in den Spiegel. »Ich weiß das alles. Und trotzdem …«

Entgegen all meinen Erwartungen klingt ihre Stimme sanft und verständnisvoll. *›Trotzdem was?‹*

»Seit ich es ahne … Und vor allem seit mir bewusst ist, was du für mich bist, habe ich mich selbst verflucht für meinen Hochmut der Hexe gegenüber. Es ist meine Schuld, dass wir nicht … richtig zusammen sein können. Ich war davon überzeugt, dass ich irgendwie in deiner Zeit wiedergeboren worden wäre, wenn es der Wille der Götter ist. Aber da ich nicht wirklich tot bin … Ich habe es vermasselt. Weil ich dachte, klüger als eine Hexe zu sein, habe ich uns beide verdammt.« Ich stoße den Atem aus. »Das ergibt keinen Sinn, das ist mir klar. Trotzdem habe ich mir jede verfluchte Sekunde gewünscht, dass du mir gehörst. Dass ich dich glücklich machen kann. Mit allem, was dazugehört, und ohne ein festes Enddatum. Ich habe es mir so sehr gewünscht, dass ich meinen Hass auf die Hexe vergaß. Ich habe sogar den Göttern dafür gedankt, dass sie dich zu mir geschickt haben, anstatt sie weiterhin für mein Schicksal zu verfluchen.« Ich lasse den Kopf hängen. »Bis mir wieder eingefallen ist, dass du einen anderen liebst. Dass du womöglich nicht auf die gleiche Weise an mich denkst wie ich an dich. Und dass ich dir rein gar nichts bieten kann, außer gestohlene Zeit in einem geliehenen Körper.«

Erneut ist ihr Bewusstsein beängstigend still. Womöglich habe ich sie nun endgültig vergrault. Geschieht mir recht. Ich hätte ihr von Anfang an sagen sollen, dass wir bloß Freunde sein können. Das war es, was sie hören wollte, und alles, was sie gebraucht hätte.

Mira war weder auf der Suche nach einem Beschützer noch nach einem neuen Mann, sondern sie suchte ein Schwert – für einen anderen. Sie hat weder um eine Beziehung noch um einen lausigen Schicksalsgebundenen wie mich gebeten.

»Es tut mir leid«, flüstere ich, »dass ich nicht der bin, den du verdienst.«

›Ich bin diejenige, die sich entschuldigen muss.‹

Ich sehe auf. »Was?«

›So vieles ergibt erst jetzt für mich einen Sinn. Meine Aufregung, als wir uns das erste Mal am See sahen. Das war … nicht die Art von Aufregung, wenn man einen Freund oder gar jemanden trifft, für den man mehr als Freundschaft empfindet. Es ging tiefer. Wenn ich bloß richtig hingesehen hätte … Wenn ich eher die Anzeichen bemerkt und auf mein Herz gehört hätte, hätte ich es schon früher begriffen. Und wir … hätten mehr Zeit gehabt.‹

»Heißt das, du …?«

Ich bin mir nicht sicher, was ich fragen will. Ob sie mir glaubt? Oder ob … sie genauso fühlt wie ich? Bei beiden Fragen fürchte ich mich vor ihrer Antwort. Und doch sehnt sich alles in mir danach, sie zu erfahren.

›Du hast mir so oft gesagt, dass wir keine Freunde seien. Das erste Mal war ich wütend und verletzt. Die anderen Male habe ich es hingenommen, war aber zu feige, unserer Beziehung eine andere Bezeichnung zu geben. Ich wünschte, ich hätte es früher bemerkt. Denn du hast recht, ich hätte dir nicht zugehört. Vielleicht nach

unserem Kuss, aber vorher nicht. Und damit hätte ich dich verletzt. Dennoch wünsche ich mir bloß eines: mehr Zeit.‹

Einen Moment bin ich wie erstarrt. Sie hätte sich alles wünschen können. Allem voran einen richtigen Mann, kein kümmerliches Abbild wie mich. Stattdessen will sie bloß mehr Zeit.

Mit mir.

Diesen Wunsch kann ich ihr nicht erfüllen, trotzdem birgt er eine Leichtigkeit, die mich beinahe schweben lässt. Nach der Ewigkeit in der Finsternis habe ich nun mein persönliches Licht der Hoffnung gefunden, dem ich folgen werde, solange es mir möglich ist und darüber hinaus.

Ich schlinge einen Arm um ihren Körper. »Wir mögen nicht mehr viel Zeit gemeinsam haben, aber bitte lass sie uns nicht mit solchen Gedanken vergeuden. Lass uns weder an die Hexe noch an Batur oder das denken, was geschieht, nachdem du das Schwert zurückgebracht hast. Lass uns im Hier und Jetzt leben für die Zeit, die uns noch bleibt.«

›Ich weiß nicht, ob ich das kann. Wenn ich daran denke, dass du … bald nicht mehr bei mir bist, kann ich nicht mehr atmen.‹

»Dann denke nicht daran«, sage ich sanft. »Ich habe unzählige Zeitalter damit verbracht, an den nächsten Vollmond zu denken und mich davor zu fürchten. Es hat mich gelähmt. Und wäre ich dir nicht begegnet, wäre ich noch immer in diesem Muster gefangen. Doch du hast mir gezeigt, dass es mehr gibt als die Angst vor der Zukunft. Wenn ich bei dir war, konnte ich alles andere vergessen. Ich war nicht länger gefangen, und mein Gefängnis war nicht mehr dunkel. Das verdanke ich dir. Und ich werde die Zeit, die uns noch bleibt, auf nichts davon verzichten wollen. Egal, was du tun oder wohin du gehen wirst, sobald deine Aufgabe für Garreth erfüllt ist, lass mich bei dir bleiben, solange es geht. Das ist alles, was ich will.«

›Meine Aufgabe für Garreth ist beendet.‹

Ihre Stimme klingt nun anders als zuvor. Ruhiger. Belegter. Bevor ich sie darum bitten muss, öffnet sie ihre Gedanken für mich und zeigt mir eine Begebenheit, die noch nicht lange her sein kann.

»Dieser Mistkerl!«, zische ich.

Wahrscheinlich stoße ich in meinem Zorn noch einige weitere Beschimpfungen aus, denn erst Miras ruhige Stimme bringt mich wieder zur Besinnung.

›Es ist in Ordnung.‹

»Wie kann das ›in Ordnung‹ sein?«, erwidere ich aufgebracht.

›Ich habe … nichts dabei gespürt. Ich hätte wütend und verletzt sein müssen, doch ich war … ruhig. Zunächst hielt ich es für Leere. Als wäre ich innerlich abgestumpft. Aber jetzt weiß ich, dass ich es da bereits begriffen hatte. Dass Batur nicht mein echter Schicksalsgebundener war. Und nun, nach allem, was ich von dir gehört habe, kann ich damit abschließen.‹

Ihre Worte besänftigen den Drang, sofort ins Schloss zu marschieren, und Batur dafür leiden zu lassen. Ich kann mich bloß nicht für eine der grausamen Methoden entscheiden und werde sie im Hinterkopf behalten – für alle Fälle.

»Was hast du jetzt vor?«

›Ich habe versprochen, dass ich dir helfen werde‹, sagt Mira. *›Und du weißt, dass ich Versprechen sehr ernst nehme.‹*

Ich verstärke meine Umarmung. Zwar glaube ich nicht daran, dass ihre Bemühungen von Erfolg gekrönt sind, aber allein die Tatsache, dass sie mir helfen will, bedeutet mir unglaublich viel. Es ist ein dünner Faden, an den sie ihre Hoffnung klammert. Für mich existiert dieser Faden nicht – die Hexe wird mich nie gehen lassen. Aber Mira wird nicht aufgeben. Sie wird *mich* nicht aufgeben.

Und das ist so viel mehr, als je ein anderer Mensch für mich seit einer Ewigkeit getan hat.

›*Es fühlt sich gut an, von dir gehalten zu werden*‹, murmelt sie. ›*So gut, dass ich mich frage, wie ich denken konnte, Batur wäre mein Schicksalsgebundener. Bei ihm habe ich mich keine Sekunde so geborgen und akzeptiert gefühlt wie bei dir.*‹

»Du hast den Wortlaut meiner Weissagung gehört. Willst du mir den Moment zeigen, der dich denken ließ, Batur sei derjenige, den die Götter für dich bestimmt hätten?«

Ohne zu zögern öffnet Mira erneut ihre Erinnerungen für mich. Ich erhasche nicht nur einen Blick auf sie in einem Übungsring, sondern höre auch ihre Weissagung.

Dein Schicksalsgebundener wird mit dir eine Einheit bilden, ehe er dich im Zweikampf mit dem Schwert überflügelt. Die Welt wird vor euch auseinanderbrechen, denn nur gemeinsam könnt ihr das bewirken.

Ich schätze, Mira hat sich lediglich auf den Part mit dem Schwertkampf gestürzt, denn der Rest wird für sie keinen Sinn ergeben haben. Genauso wenig wie meine Weissagung einen Sinn für mich gemacht hat, bis ich ihr begegnet bin.

Und plötzlich sehe ich ihn – den Augenblick, in dem Batur sie im Übungskampf übertrifft.

»Er hat dich nicht im Schwertkampf besiegt«, sage ich.

›*Was meinst du?*‹

»Darum geht es doch in deiner Weissagung. Anfangs habt ihr mit Übungsschwertern trainiert, das ist richtig, aber er hat dich nicht mit selbigem besiegt. Sondern mit bloßer Körperkraft. Dass ein knapp sechzehnjähriges Mädchen, wie du es warst, einem ausgewachsenen jungen Mann unterlegen ist, ist logisch.« Etwas säuerlich füge ich hinzu: »Und du warst ziemlich in ihn verschossen.«

›Zu meiner Verteidigung‹, grummelt sie, *›er war damals der einzige halbwegs ansehnliche Junge in der Burg.‹*

»Ich hätte dich nicht für oberflächlich gehalten.«

›Bin ich auch nicht‹, erwidert Mira. *›Sonst hätte ich mich wohl kaum in eine körperlose Stimme verliebt.‹*

Mein … ihr … *unser* Herz schlägt schneller.

»Kannst du das noch mal sagen?«, bitte ich sie heiser.

Ich spüre ihr Lächeln in mir. *›Ich liebe dich, Varyan. Wahrscheinlich habe ich das bereits als fünfjähriges Mädchen, das den Geschichten über den Namenlosen Prinzen lauschte. Ich mag die Weissagungen und die Götter in der Vergangenheit verflucht haben, doch jetzt bin ich mir sicher, dass wir von Anfang an dazu bestimmt waren, zusammen zu sein. Du warst der Held meiner Kindheit. Deine Geschichten haben mich wiederaufstehen lassen, wenn ich am liebsten liegen geblieben wäre. Auf eine besondere Weise warst du stets bei mir. Und als du es tatsächlich warst …‹*

Sie macht eine Pause, doch sie ist nicht still und leer, sondern erfüllt von den warmen Empfindungen, die sie mit mir teilt.

›… dann warst du stets das, was ich brauchte. Mein Schwert, wenn ich kämpfen musste. Mein Schild, wenn ich Schutz brauchte. Meine Rüstung, wenn ich verletzt war. Mein Hüter, der über meinen Schlaf wachte und die Albträume fernhielt. Du hast mir zugehört, wenn ich reden wollte. Du hast geschwiegen, wenn ich es auch tat und trotzdem den Worten gelauscht, die ich nicht aussprechen konnte. Du wusstest, wie ich mich fühle, und hast mich nie … verurteilt.‹

Ich runzele die Stirn. »Warum hätte ich das tun sollen?« Doch ich komme selbst darauf, ohne auf ihre Antwort warten zu müssen. »Was hat Batur getan?«

Mira seufzt. *›Er hat ein paar meiner Befürchtungen bestätigt, die mich seit seinem Verschwinden gequält haben. Dass ich …*

nicht fraulich genug sei. Nicht unterwürfig genug. Nicht liebenswert. Nicht fähig, einen Mann an mich zu binden. Und so weiter.‹

In dem Versuch, mich zu beruhigen, kneife ich mir mit Daumen und Zeigefinger in die Nasenwurzel. »Ich wusste, dass ich dem Dreckskerl die Kehle hätte aufschlitzen sollen, als ich die Gelegenheit hatte.«

Ich lasse die Hand sinken und schaue in den Spiegel. »Dir ist bewusst, dass das völliger Blödsinn ist, oder?«

›*Jetzt schon*‹, murmelt sie. ›*Es ist seltsam. Als Batur verschwunden ist, haben mich diese Selbstzweifel schier zerfressen. Ich habe ihn nicht nur gesucht, um meinen Schicksalsgebundenen zurückzuerlangen, sondern um von ihm zu hören, dass es … nicht stimmt. Dass er nicht auf diese Weise über mich denkt. Dass er mich mochte, nicht bloß weil die Götter es so wollen, sondern … mich. Als ich ihn und Ragna fand, spürte ich nichts. Ich war weder wütend noch verletzt oder enttäuscht. Fast als hätte ich damit gerechnet. Aber seine Worte trafen mich. Doch jetzt sind sie mir gleichgültig, genau wie seine Meinung über mich.*‹

»Du hast ihm vertraut«, sage ich. »Es schmerzt immer, wenn du von jemandem abgelehnt wirst, dem du vertraust und der dir etwas bedeutet. Aber du hast verstanden, dass du ihn nicht brauchst. Weder als Mann noch seine Meinung als Freund.«

›*Mit einer Sache hatte er recht.*‹

»Das kann ich mir kaum vorstellen«, gebe ich zurück.

›*Ich weiß nicht, ob ich ihm vertraut habe. Darin bin ich ziemlich schlecht. Ich kann mich nicht daran erinnern, ob ich je irgendwem vertraut habe.*‹

Ich lächele. »Das hast du – mir. Du vertraust mir deine Gedanken und Gefühle und Träume an. Und wenn du mir die Kontrolle über deinen Körper überlässt, dann fällst du.«

›*Und du bist jedes Mal da, um mich aufzufangen.*‹

Ich nicke. »Ich werde immer da sein, um dich aufzufangen. Auch wenn wir … getrennt sind.«

›*Ich sagte doch, dass ich einen Weg finden werde, dir zu helfen! Ich werde dich keinesfalls zum See zurückbringen. Du wirst sehen, ich …*‹

»Mira«, unterbreche ich sie sanft, während ich ihren rechten Arm so drehe, dass ich das Hexenmal sehen kann. »Du bist einen Pakt eingegangen. Du darfst ihn nicht brechen. Für niemanden. Erst recht nicht meinetwegen.«

›*Aber …!*‹

»Versprich es mir.« Im Spiegel halte ich ihren Blick gefangen. »Versprich mir, dass du Caligram rechtzeitig zurückbringst.«

›*Das kann ich nicht.*‹

»Du musst, Mira.«

Ich spüre, wie sie trotzig den Kopf schüttelt. ›*Das geht nicht. Ich habe versprochen, dir zu helfen. Und jetzt, nachdem ich es weiß … Nachdem ich weiß, dass du und ich Schicksalsgebundene sind … Wie könnte ich dich dann der Hexe überlassen?*‹

»Du wirst es tun«, sage ich eindringlich. »Du wirst Caligram vor Ablauf der Zeit zurück in den Stein stecken.«

›*Wie kannst du das von mir verlangen? Ich will dir doch helfen!*‹

»Du hilfst mir dadurch.« Ich lege eine Hand auf unser Herz. »Die Hexe wird dich töten, wenn du deinen Pakt brichst. Bitte lass mich nicht in dem Wissen weiterexistieren, dass ich für deinen Tod verantwortlich bin. Wenn die Hexe mich über all die Jahre nicht brechen konnte, diese Schuld *wird* mich brechen.«

In meinem Inneren windet sich ihr Bewusstsein, als würde es sich gegen meine Worte sträuben. Doch sie sind die Wahrheit. Dass die Hexe sie dazu benutzen wird, um mich gefügig zu machen, ist mir klar. Deshalb darf ich ihr keinen Grund dazu geben. Caligram muss pünktlich wieder im Stein stecken – koste es, was es wolle.

›*Ich verspreche es*‹, wispert Mira schließlich.

Ich schenke ihr im Spiegel ein Lächeln. Dass sie nie ihr Wort bricht, war mit das Erste, was ich über sie erfahren habe – noch bevor ich wusste, wie sie aussieht. Bereits damals hat mir diese Einstellung imponiert, und auch jetzt mache ich mir keine Sorgen. Mira wird ihr Versprechen halten.

Selbst wenn es uns zerstören wird.

Kapitel 18
Delmira

Noch etwa vier Wochen bis zum dritten Vollmond

Einerseits schwirrt mir der Kopf von all den Dingen, die Varyan mir offenbart hat. Andererseits bin ich völlig ruhig. Ich fühle mich vollständig. Geerdet. Weil alles endlich einen Sinn ergibt und ich mich nicht mehr vor meinen eigenen Gefühlen fürchten muss.

Doch mir ist klar, dass dieser Frieden nicht von Dauer sein wird. Sobald ich mir Gedanken über den morgigen Tag mache, wird er verschwinden. Ich werde alles daransetzen, mein Versprechen gegenüber Varyan zu erfüllen. Nicht jenes, dass ich Caligram definitiv zum See zurückbringe, sondern dass ich ihm helfen werde. Ich werde alles in meiner Macht Stehende tun – und noch mehr. Ich werde diese Ruhe erst wiederfinden, wenn er kein Gefangener mehr ist. Auch wenn das bedeutet, dass ich ihn für immer verliere.

Doch bis dahin werde ich jede Sekunde mit ihm genießen. Wir haben schon genug Zeit vergeudet.

»Soll ich mich wieder zurückziehen?«, fragt Varyan.

Ich schüttele den Kopf. *›Bleib. Ich will dich wenigstens auf diese Weise sehen.‹*

Er hebt meine Lippen zu einem Schmunzeln, das nicht wie meines wirkt. Sondern wie seines. Dieses leicht überhebliche Grinsen, das meinen Blick während der letzten Vollmondnacht magisch angezogen und immer wieder zu seinem Mund gelenkt hat. Einen Mund, den ich bloß ein Mal richtig küssen durfte.

Aber dieser Kuss reichte aus, um alles zu verändern. Nicht nur mein Denken; er genügte, um meinen Körper von Kopf bis Fuß in Brand zu setzen.

Intimität war nie etwas, worin ich mich leichtfertig verlieren konnte. Sie stellte eine Überwindung dar, denn obwohl ich mich nicht gänzlich fallen ließ, musste ich mich doch öffnen. Verletzlich zu sein, behagte mir nicht. Und ich tat Dinge, die mir hinterher peinlich waren. Bisher war körperliche Nähe eher ein notwendiges Übel für mich, um meinen vermeintlichen Schicksalsgebundenen und die hin und wieder aufflammenden Bedürfnisse meines eigenen Körpers zufriedenzustellen. Ich tat es nie, weil ich es unbedingt wollte.

Aber jetzt ist es anders.

Es genügt, Varyans farblich unterschiedliche Augen und die Art, wie er meine Lippen bewegt, im Spiegel zu sehen, um mich wieder an die letzte Vollmondnacht zu erinnern. Sie ist noch nicht lange her, dennoch fühlt es sich an, als würde mein Körper vergehen, wenn er nicht das bekommt, was er will. Wonach er sich sehnt, seit ich Varyan das erste Mal mit eigenen Augen erblickt habe. Obwohl sein Spiegelbild meine weiblichen Gesichtsformen hat, weiß ich doch, welcher Mann dahintersteckt. Und daran, was er gern mit mir anstellen würde, hat er in den wenigen geteilten Fantasien keinen Zweifel gelassen. Die Delmira, die ich in seinen Vorstellungen sah, hatte zwar äußerlich Ähnlichkeit mit mir, aber sie benahm sich anders. Sie rekelte sich auf den weißen Laken und wand ihren nackten Körper, um Varyans Berührungen entgegenzukommen. Diese verzehrende Sehnsucht, die ich in ihrem Gesicht sah und nun auch in mir spüre, ist mir völlig fremd und ich weiß nicht mit ihr umzugehen.

Zum Glück muss ich das nicht, denn Varyans schiefes Grinsen beweist mir, dass er meinen verworrenen Gedanken sehr genau gelauscht und sie genossen hat. Es erinnert mich an eine Katze, die heimlich den Sahnetopf ausgeschleckt hat.

»Du hast heute Nacht nichts mehr vor, oder?«, fragt er, während sich ein verruchtes Leuchten in seine Augen stiehlt.

Vor Aufregung schlägt mein Herz schneller und raubt mir den Atem. *›Nein‹*, bringe ich irgendwie hervor.

Varyans Lächeln wird breiter. »Sehr gut.«

Mit der linken Hand ergreift er Caligram und nimmt es von der Kommode, mit der rechten durchsucht er meine auf dem Bett verstreuten Habseligkeiten nach dem Schlüssel zum Zimmer. Als er ihn gefunden hat, geht er zur Tür, schließt ab und stellt zusätzlich einen Stuhl unter den Griff. Ehe ich ihn fragen kann, was er da macht, raunt er in diesem besonderen Tonfall, der alles in mir heiß erschauern lässt: »Ich schwöre, wenn Garreth wieder gegen diese verdammte Tür klopft und uns stört, ist die Tatsache, dass ihn seine Prinzessin abgewiesen hat, sein geringstes Problem.«

Mir entweicht ein hoch klingendes Kichern, und auch Varyan beginnt zu lachen. Das ist völlig absurd angesichts dessen, was wir tun werden – was auch immer das ist.

»Das ist nicht absurd«, sagt er sanft. »Nichts, was zwischen dir und mir geschieht, muss irgendwelchen festgelegten Regeln folgen. Nur du und ich zählen, bis einer von uns diese Tür wieder aufschließt. Bis dahin existiert die Welt jenseits dieses Zimmers nicht. Es ist völlig egal, was andere darüber denken.«

›Du hast recht. Trotzdem bin ich … etwas nervös.‹

»Ich weiß.« Er geht zurück zur Kommode und sieht in den Spiegel. »Und deshalb werden wir die ganze Zeit über in Verbindung bleiben. Auch für mich ist das neu.« Er zuckt mit den Schultern. »Ich habe bloß eine Hand, weil ich die andere nicht vom Schwert nehmen kann. Ich muss ebenfalls improvisieren. Deshalb bin ich für jede Hilfe dankbar.«

›Was muss ich tun?‹

»Öffne deine Gedanken für mich.« Sanft streicht er mit den Fingerspitzen über meine Stirn und Schläfe. »Ich werde meine ebenfalls öffnen und auch die äußeren Einflüsse nicht vor dir abschirmen.« Er lässt die Hand sinken. Sein Blick im Spiegel wirkt plötzlich ernst. »Du wirst alles spüren. Und hören, was ich denke und dabei empfinde. Das setzt ein hohes Maß an Vertrauen voraus.«

›Ich vertraue dir. Tatsächlich ist es mir noch nie so leicht gefallen, jemandem zu vertrauen wie dir. Ich fürchte mich nur, dass du …‹

»Dass ich was?«, fragt er, als ich mich in Schweigen hülle.

›Dass du … Dinge sehen könntest, wegen derer du schlechter von mir denkst. Dinge, die ich mit Batur getan habe und …‹

»Zunächst«, unterbricht er mich, »will ich diesen Namen nicht noch einmal in diesem Zimmer hören. Und sollte ich ihn irgendwo in deinen Gedanken aufschnappen, werde ich ihn weit von mir schieben. Deswegen brauchst du dir keine Sorgen zu machen. Es gibt nichts, was mich schlechter von dir denken lassen könnte. Außerdem geht es mir nicht darum, deine Gedanken nach dunklen Geheimnissen zu durchwühlen.« Er neigt den Kopf und wirkt nachdenklich. »Hätte ich meinen Körper, müsste ich nicht darauf zurückgreifen. Ich könnte dich ansehen und würde wissen, ob es dir gefällt oder nicht. Ich würde dich sehen, dich hören und dich unter meinen Fingern spüren. Aber das kann ich nicht. Also bin ich auf deine Hilfe angewiesen.«

Mehr als seine Worte braucht es nicht, dass meine Bedenken sich auflösen. Zurück bleibt eine Nervosität, die ich sogar ohne Kontrolle über meinen Körper bis hinab in den kleinen Zeh spüre. Oder ist es gar nicht meine eigene Nervosität?

Im Spiegel schenkt Varyan mir ein kleines, wissendes Lächeln, ehe er sagt: »Ich überlasse dir fürs Erste wieder die Kontrolle.

Wenn du das hier willst, dann zieh dich aus und berühre Caligram erneut. Wenn nicht, berühre es trotzdem und wir verlieren kein Wort mehr darüber.«

›*Du willst mich nicht selbst ausziehen?*‹

Er verdreht die Augen. »Das ist mit einer Hand sicherlich genauso anstrengend, wie es damals im Herzholzhain war, dich anzuziehen. Es hätte nichts Erotisches an sich, wenn ich krampfhaft auf einem Bein herumhüpfe im verzweifelten Versuch, dir die Hose abzustreifen.«

Ich lache bei der Vorstellung, völlig gelöst und frei. Ich kann mich nicht erinnern, dass ich mich je so gefühlt habe, wenn ich mich vor Batur ausgezogen habe.

»Was haben wir über die Erwähnung dieses Namens gesagt?«, tadelt Varyan mich.

›*Tut mir leid. Es ist bloß … Es ist so anders.*‹

»Das will ich hoffen«, grummelt er. Doch seine verdrießliche Miene verfliegt sofort und wird weich, während in seinen Augen ein lockendes Funkeln schimmert. »Wenn du mich lässt, werde ich alles mir Mögliche tun, damit du keinen Gedanken mehr an ihn verschwendest.«

Ein heißes Zittern durchfährt mein Bewusstsein, und beinahe hätte ich wieder nach seinem gegriffen, um es zurückzuziehen. Nicht um ihn von etwas abzuhalten, sondern um endlich weiterzugehen. Auch wenn ich anfangs gezögert habe, überstehe ich nun keine Sekunde länger, in der er nichts von dem wahr macht, was er mir versprochen hat.

»Lass mich nicht unnötig warten«, raunt er eindringlich. »Egal, wie du dich entscheidest.«

›*Werde ich nicht*‹, verspreche ich atemlos und lande nur einen Augenblick später wieder in meinem Körper.

Kapitel 19

Delmira

Noch etwa vier Wochen bis zum dritten Vollmond

Nachdem ich mir in Windeseile sämtliche Kleidung vom Leib gerissen und sie irgendwo habe fallen lassen, stehe ich wieder vor dem Spiegel. Meine Wangen glühen, meine Augen leuchten und mein Herz pocht so schnell, dass ich es in meinen Ohren widerhallen höre. Die Frau, die mit einem vorsichtigen Lächeln meinen Blick im Spiegel erwidert, wirkt glücklich, und es dauert einen Moment, bis ich wahrlich begreife, dass ich das bin.

Noch nie habe ich so glücklich und gelöst ausgesehen.

Ganz egal, was gleich geschehen wird – ob überhaupt etwas geschehen wird –, dieses Glücksgefühl werde ich mir bewahren für die dunkleren Tage, die kommen werden.

Ich atme mehrmals tief durch, kann aber mein Herz nicht dazu überreden, weniger aufgeregt zu hüpfen. Normalerweise würde ich mich niemandem zeigen, wenn ich derart neben mir stehe.

Aber Varyan ist kein Niemand. Das war er schon nicht, als ich noch nicht wusste, dass er mein Schicksalsgebundener ist. Dies ist nichts weiter als eine Bezeichnung, gegen die ich mich viel zu lange gewehrt habe, obwohl mein Herz es besser wusste. Ich hätte ihm früher Gehör schenken sollen. Ich hätte nicht versuchen sollen, es zum Schweigen zu bringen. Das werde ich nie wieder tun, und Varyan gegenüber werde ich mich niemals mehr verstellen.

Ich strecke die Hand nach Caligram aus.

Wie ein sanftes Streicheln spüre ich Varyans Anwesenheit in meinem Kopf.

›*Habe ich dich lange warten lassen?*‹, frage ich.

Ich spüre ihn lächeln. ›*Jede Sekunde in der Dunkelheit ohne dich ist wie eine Ewigkeit.*‹

Mein Herzschlag legt noch einen Zahn zu. Hat er solche und ähnliche Dinge früher auch schon zu mir gesagt? Warum ist mir das nie aufgefallen? Jetzt könnte ich unter seinen Worten zerfließen.

›*Aber darum soll es jetzt nicht gehen*‹, sagt er. ›*Wie hast du dich entschieden?*‹

Nun bin ich diejenige, die lächelt. ›*Warum übernimmst du nicht meinen Körper und siehst nach?*‹

Einen Moment ist es still. ›*Weil ich mich fürchte*‹, gibt er schließlich zu. ›*Nicht davor, dass du es dir anders überlegt haben könntest. Das akzeptiere ich. Es ist …*‹

Auch wenn Varyan es nicht ausspricht, weiß ich doch, was er sagen will. Ich kenne die Zweifel an einem selbst zur Genüge. Die ständigen Fragen. Was, wenn ich nicht gut genug bin? Wenn ich mich ungeschickt anstelle? Wenn ich etwas tue, was dem anderen nicht gefällt? Ich habe sie mir oft genug gestellt. Sie haben mich in eine Art Starre verfallen lassen, aus der ich während der ganzen Zeit nicht herausfinden konnte. Gefangen in meinen Zweifeln, konnte ich weder etwas fühlen noch es genießen.

Ich will keine Gefangene mehr sein. Ich will mich nicht mehr davor fürchten, meinen eigenen Bedürfnissen nachzugeben. Ich will darauf vertrauen, dass der andere mich so akzeptiert, wie ich bin.

›*Egal, was wir tun werden*‹, flüstere ich. ›*Es wird anders sein.*

Aber es wird auch besonders sein. Und wenn es jemanden auf dieser Welt gibt, mit dem ich das gemeinsam erleben will, dann bist du es. Ich vertraue dir. Nicht weil du derjenige bist, den die Götter für mich ausgewählt haben, sondern weil ich dich kenne. Weil ich weiß, dass du meine Grenzen respektierst, so wie ich auch die deinen respektiere. Es gibt bloß einen, dem ich jederzeit meinen Körper anvertrauen würde. Und das bist du.‹

Es gibt kein Warten mehr. Kein Zögern. Kein Zweifeln. Ich mache seinem Bewusstsein Platz, als es sich anschickt, sich in mir auszubreiten, und heiße es willkommen.

Unsere Verbindung ist genauso stark wie sonst, obwohl ich kleine Veränderungen bemerke. Anders als zuvor, wenn Varyan die Kontrolle hatte, spüre ich diesmal noch die Kälte, die im Zimmer herrscht und über meinen nackten Körper streicht. Ich schmecke das Salz in der Luft, das hier in Valor allgegenwärtig ist.

Und als sich meine Augen unter Varyans Anweisung öffnen, nehme ich auch meine Umgebung wie gewohnt wahr, als hätte ich immer noch die Kontrolle.

Meine Lider heben sich nur langsam, und selbst als sie vollständig offen sind, verweilt Varyans Blick auf meinem Gesicht im Spiegel. Mit einem versonnenen Lächeln greift er nach hinten und zieht geschickt die Spangen aus meinem Haar, woraufhin es sich offen und wie ein dunkler weicher Vorhang bis zur Hälfte meines Rückens ergießt.

Bedächtig streicht er mir mit den Fingerspitzen über die Wangen und den Nasenrücken, als wolle er jede einzelne Sommersprosse berühren. Ich erschauere wohlig unter seinem Streicheln. Obwohl es meine eigenen Hände sind, fühlt es sich völlig anders an. Hinzu gesellt sich die unterschwellige Anspannung, welche Stelle er als Nächstes berühren wird.

Ausgehend von meiner Wange streifen meine Finger über meinen Kiefer, hinab über meinen Hals, wo ich meinen wild wummernden Puls fühlen kann. Mit klopfendem Herzen warte ich darauf, dass er sie tiefer gleiten lässt. Dorthin, wo ich ihn dringend spüren will. Obwohl er meine Brüste weder berührt noch angesehen hat, ziept und prickelt meine Haut dort besonders.

Knapp unter meinem Schlüsselbein hält er mit der Bewegung meiner Hände jedoch inne. Ich stoße einen frustrierten Laut aus, der ihn schmunzeln lässt. Als hätte er alle Zeit der Welt, lässt er seinen Blick nach unten wandern. Obwohl ich ihn bloß im Spiegel sehe, fühlt es sich dennoch an, als könnte ich ihn direkt auf mir spüren. Mein Gesicht nimmt einen hungrigen Ausdruck an, als sein Blick auf meinen Brüsten verweilt. Es liegt nicht an der Kühle im Zimmer, dass sich meine Brustwarzen weiter aufrichten, bis das Kribbeln in ihnen fast schmerzhaft ist.

›Bitte‹, wispere ich mit sterbender Stimme.

»Du musst nicht betteln, Mira«, raunt er. »Ich will dich lediglich noch einen Moment ansehen und mir alles einprägen. Danach werde ich mich um jedes Kribbeln und Ziehen kümmern, bis es verschwunden ist. Du hast mein Wort.«

Ich beruhige mich ein wenig, dennoch schwindet die Anspannung nicht gänzlich aus meinem Körper.

»Ich habe davon geträumt, dich zu berühren, seit ich dich während der ersten Vollmondnacht sah.« Zwar spricht er mit meiner Stimme, aber es fällt mir nicht schwer, mir das heiß geliebte tiefe Raunen vorzustellen, das in seiner für gewöhnlich mitschwingt.

›Du hast mich bereits berührt‹, gebe ich zurück. *›Als du mir beim Anziehen geholfen hast.‹*

Er verzieht den Mund; eine Grimasse zwischen Lächeln und Ablehnung. »Das zählt nicht. Da war ich … nicht drauf vorbereitet.«

›Bist du es jetzt?‹

Diesmal hebt sich sein Mundwinkel zu einem eindeutigen Lächeln. »Nicht wirklich.« Er lässt die Hand zwischen meinen Brüsten hinabgleiten. »Aber ich werde mein Bestes tun.«

Federleicht zeichnet er die Kontur meiner Brust nach. Allein das genügt, um mich stöhnen zu lassen. Als er sie schließlich in die Hand nimmt und leicht drückt, beginnen meine Knie zu zittern.

»So empfindlich«, raunt er gedehnt. Ich antworte mit einem heiseren Wimmern.

Gleißende Hitze schießt mir in den Unterleib und zwischen die Beine, als er die harte Spitze zwischen Daumen und Zeigefinger nimmt und sie sacht reibt. Meine Knie geben unter mir nach, doch Varyan gelingt es, mich auf den Füßen und die andere Hand auf Caligram zu halten, das auf der Kommode vor uns liegt. Seine Augen wirken im Spiegel so dunkel, als würden seine Iriden von den zu großen Pupillen verschluckt werden.

»Wir sollten uns besser hinlegen.«

Er klingt ebenso atemlos, wie ich mich fühle. Als Zustimmung gebe ich einen Laut von mir, der wohl nur mit viel Fantasie als menschlich durchgeht. Im Augenblick wäre es mir egal, wohin er meinen Körper bringt – Hauptsache, er hört nicht auf, mich zu berühren.

Unter seiner Anleitung unterbrechen meine Finger nicht die sanfte Liebkosung meiner Brustwarze, während er mit der anderen Hand Caligram von der Kommode nimmt und meinen Körper die wenigen Schritte hinüber zum Bett bringt. Das Laken kratzt unter meiner Haut, die nun viel sensibler zu sein scheint als noch vor ein paar Stunden.

Ich winde mich, wölbe den Rücken, um seiner Hand entgegenzukommen, und verfluche die winzigen Momente, in denen sie von der rechten zur linken Brust wandert. Doch das Ziepen wird nicht schwächer. Vielmehr verstärkt es sich immer weiter, bis mir der Kopf schwirrt und ich nicht mehr klar denken kann.

Nicht mehr klar denken *will*.

Meine gesamte Existenz schrumpft auf seine Berührungen zusammen. Auf die Erwartung, den Griff, die Intensität. Auf die verzehrende Hitze, die in mir schwelt und nicht gelöscht werden kann, sondern immer weiter anschwillt. Ich schnappe nach Luft, als er von meinen Brüsten ablässt – vor Anspannung und Empörung gleichermaßen. Die Muskeln an meinem Bauch erbeben, als er sanft über sie streicht. Es kitzelt, als er meinen Bauchnabel berührt, doch dort verweilt er nicht. Zielstrebig setzt er seinen Weg fort, nur um kurz vor seinem Ziel zu verharren.

Nun bettele ich doch. Meine Worte und Laute ergeben zwar keinen Sinn, aber ich kann sie nicht zurückhalten. Sie fluten meinen Geist, der ansonsten nur aus Hitze und Verlangen besteht.

Varyan murmelt mir etwas Beruhigendes zu, was ich jedoch nicht verstehe, denn all meine verfügbaren Sinne sind auf seine Berührungen ausgerichtet. Sie registrieren jeden Zentimeter, den sie über meinen Bauch zurücklegen, und sind zum Zerreißen gespannt, als er erneut innehält.

Ehe ich mich wieder im zusammenhanglosem Betteln und Flehen verlieren kann, streicht er mit den Fingern zwischen meinen Beinen entlang. Vor meinen Augen explodieren Sterne. Mein Körper bäumt sich auf, als versuche er instinktiv, seinen Fingern näher zu kommen. Varyans gegrolltes Stöhnen vermischt sich mit meinem eigenen. Er streichelt mich erneut, taucht diesmal in die Feuchtigkeit ein, die sich dort gesammelt hat, und findet mit einer unerklärlichen Zielsicherheit den Punkt, der mich wieder Sterne sehen lässt.

Meine Beine zittern, meine Muskeln beben. Der Raum ist erfüllt von unserem abgehackten Atem und Stöhnen.

Mit zwei Fingern dringt er in mich ein, wo ich ihn so dringend spüren will, während er mit dem Daumen beinahe träge über die empfindlichste Stelle streicht. Die Langsamkeit seiner Bewegungen raubt mir schier den Verstand.

In meinem Geist blitzen Bilder auf. Ich weiß, dass Varyan sie mir schickt, um mir zu zeigen, was er mit mir anstellen würde, wenn er über seinen Körper verfügte. Zwar wechseln sie so schnell, als könne er sich nicht entscheiden, was er am liebsten tun würde, aber sie reichen aus, um mich vollends zu versengen. Es ist, als könnte ich ihn in mir spüren – nicht bloß meine Finger, die ein kümmerlicher Ersatz sind. Auf dem nächsten Bild ist es nicht mein Daumen, der über meine empfindliche Stelle streicht, sondern seine Zunge, die mal schnell, mal langsam darüberleckt.

Meine Muskeln verkrampfen sich. Mein Körper zuckt unkontrolliert. Für die Dauer zweier wilder, heftiger Herzschläge berste ich, nur um mich daraufhin Stück für Stück wieder zusammenzusetzen.

Ich spüre wieder das raue Laken unter meiner Haut, das mich eben nicht gekümmert hat. In meinen Ohren rauscht es. Und mein Herz wird mir jeden Moment aus dem Brustkorb hüpfen.

Erschöpft, verschwitzt und nach Atem ringend bleibe ich liegen, während ich unter Varyans sanftem Streicheln wieder zu mir finde. Meine Mitte pulsiert noch, aber das verzehrende Brennen ist verschwunden. Nicht gänzlich; eine Glut ist zurückgeblieben, die schnell zu einem neuen Feuer entfacht werden kann. Doch im Augenblick ist mein Körper träge und zufrieden. Eine tiefe Ruhe erfüllt mich, die ich noch nie zuvor verspürt habe.

›Das … Das war …‹

Varyan hebt die Hand an die Lippen und leckt darüber, ehe er dieses von mir geliebte Raunen von sich gibt, das beinahe ausreicht, um die Glut in mir neu zu entfachen. »Ich wollte die ganze Zeit schon von dir kosten.« Er schlingt den Arm um mich. »Ich hoffe, es war für dich genauso schön wie für mich.«

›Du hattest weit weniger davon als ich …‹

»Denk das nicht, Mira. Es war perfekt. Und ich hätte nichts gegen eine baldige Wiederholung einzuwenden. Aber jetzt solltest du schlafen.«

Ein letztes Mal streichelt er mir über die Wange und unter meiner Unterlippe entlang, ehe er meinem Bewusstsein Platz macht. Mein Körper fühlt sich schwer und ausgelaugt an, deshalb verwerfe ich den Gedanken, mir für die Nacht etwas überzuziehen, gleich wieder und kuschele mich unter die Decke, die genauso kratzig wie das Laken ist, während ich Caligram nah an mich ziehe.

»Ich hätte auch nichts gegen eine baldige Wiederholung einzuwenden«, wispere ich dem kühlen Schwertstahl zu.

›Ich stehe dir jederzeit zur Verfügung, wenn du meiner Hilfe bedarfst‹, lässt Varyan mich wissen.

Mit einem zufriedenen Lächeln auf den Lippen und beide Hände fest um Caligrams Griff gelegt, lausche ich Varyans sanfter Stimme bloß noch ein paar Augenblicke, ehe ich in einen tiefen, traumlosen Schlaf gleite.

Kapitel 20

Varyan

Ich kann genau den Moment benennen, als Mira langsam aufwacht. Es ist, als würde in meinem von Dunkelheit durchzogenen Gefängnis die Sonne aufgehen. Ein winziger Strahl bloß, doch er genügt, um alles um mich herum zu erhellen und mir einen Weg zu zeigen.

Schon seit Wochen folge ich diesem Weg, der mich fort von Hass und Verzweiflung führt. Ich würde ihm immer folgen, und daran hätte sich auch nichts geändert, wenn der gestrige Abend anders verlaufen wäre. Wenn Mira mich abgelehnt oder keinerlei Gefühle für mich gehabt hätte. Ich hätte es verstanden. Ich habe sogar damit gerechnet, denn ich konnte mir keine Frau vorstellen, die jemanden – *etwas* – wie mich mögen, geschweige denn lieben kann.

Doch Mira kann es.

Ich habe eine ganze Weile, die mir vorkam wie eine kleine Ewigkeit, in ihren Gedanken und ihrem Geist nach dem Gegenteil gesucht, als ich gestern in ihrem Körper war. Aber ich fand nicht den Hauch einer Lüge oder der Ablehnung. Bloß eine abgrundtiefe Traurigkeit, wenn sie daran dachte, dass unsere Zeit begrenzt ist.

›*Guten Morgen, mein Licht*‹, flüstere ich, als sie langsam die Augen aufschlägt.

Sanft streicht sie mit zwei Fingern über Caligrams Stahl, woraufhin mich ein wohliger Schauer durchfährt. Als auch ihr Bewusstsein gänzlich erwacht, spüre ich sie lächeln.

›Guten Morgen, mein Held.‹

Sie sagt es mit einem leicht spöttischen Unterton, der mich ebenfalls schmunzeln lässt. Zu meinen Lebzeiten habe ich viele Beinamen erhalten. Prinz. Majestät. Heerführer. Eroberer. Herrscher. Auf jeden habe ich reagiert, wenn ich angesprochen wurde, doch keiner passte wirklich zu mir. Sie beschrieben den Mann, der ich durch Geburt war oder durch Taten wurde.

Aber sie beschrieben nicht *mich.*

Miras Spitzname rührt nicht von meinen Heldentaten auf dem Schlachtfeld, sondern drückt aus, welche Bedeutung jene Geschichten über den Namenlosen Prinzen für sie haben. Geschichten, die sie weitermachen ließen, wenn sie am liebsten aufgegeben hätte.

Obwohl wir uns noch nicht kannten, war ich trotzdem für sie da. Und ich klammere mich an die Möglichkeit, dass ich auch weiterhin für sie da sein kann, wenn sie das Schwert zurückgebracht hat. Selbst wenn ich nicht mehr mit ihr reden kann, hoffe ich, dass die Erinnerung an mich ihr Kraft geben wird, wenn sie sie benötigt.

Gestern hat sie mich als ihr Schwert und ihren Schild bezeichnet. Ihre Waffe und ihren Beschützer. Ich habe noch nie etwas Schöneres gehört. Kein Titel, der mir verliehen wurde, hat je besser zu mir gepasst.

Mira seufzt. *›Ich muss dich gleich loslassen und aufstehen. Und meine Kleidung suchen.‹*

›Ich könnte dir beim Anziehen helfen‹, stelle ich in Aussicht.

›So gern ich dieses Angebot auch annehmen würde, würde es mich doch nur weiter in meinem Zeitplan zurückwerfen. Ich muss dringend nach Garreth sehen. Gestern Abend habe ich ihn mit zu viel Bier, als gut für ihn wäre, im Gastraum zurückgelassen.‹

Die Erwähnung jedes anderen Mannes hätte mich vielleicht

eifersüchtig gemacht, doch bei Garreth ist das nicht der Fall. Anfangs kam ich nicht gut mit ihm zurecht, aber mittlerweile ist er so was wie ein nerviger kleiner Bruder für mich, der immer genau dann ins Zimmer geplatzt kommt, wenn man gerade dem Damenbesuch das Oberteil ausziehen will. Ich hatte zwar keine Geschwister, aber genau so stelle ich es mir vor.

Und Garreth erfüllt seine Rolle mit Bravour, wie mir ein vorsichtiges Klopfen beweist.

»Mira? Bist du wach?«

Erneut seufzt Mira. »Ja«, ruft sie zur Tür. »Bin gleich da.« Zu mir sagt sie: *›Wir reden später.‹*

›Ich werde warten‹, versichere ich ihr.

Und das tue ich. Als sie die Finger von Caligram nimmt, verschwindet der einzelne Lichtstrahl. Meine Umgebung ist derart düster, dass ich die Hand vor Augen nicht sehen kann. Vor ein paar Wochen habe ich mich vor diesen Momenten gefürchtet, in denen ich allein in der Dunkelheit zurückbleibe, hatte ich mich doch schneller als gedacht an Miras Licht gewöhnt.

Ich hatte Angst, dass sie Caligram nicht mehr berühren würde. Dass sie es irgendwo verscharrt, wie sie es mir oft angedroht hatte. Dass es ihr gestohlen wird, ohne dass ich etwas dagegen tun kann. Oder dass sie eben doch einen Mann aus Fleisch und Blut einer körperlosen Stimme vorzieht. Es dauerte nie lange, bis all diese und andere Möglichkeiten in der Dunkelheit lauter und lauter wurden.

Bis zu dem Zeitpunkt, an dem Mira Caligram wieder berührte und ihr Licht zu mir zurückkehrte, genau wie ihre Stimme und ihr Bewusstsein, und ich nicht mehr allein war. Die Dunkelheit musste weichen, ebenso wie all jene düsteren Möglichkeiten. Denn sie war da. Sie kehrte zurück und schenkte mir ihre Zeit und Aufmerksamkeit.

Nun, nachdem Mira die ganze Wahrheit kennt und sie akzeptiert hat, schweigen die dunklen Einflüsterungen. Zwar befinde ich mich noch immer allein in undurchdringlicher Schwärze, aber es flüstern nicht länger Stimmen um mich herum.

Geduldig warte ich auf den Augenblick, an dem sie ihre Hand wieder nach Caligram ausstreckt. Als er endlich gekommen ist, versuche ich gar nicht, das heisere Seufzen zurückzuhalten, als es sich in meiner Kehle zusammenbraut, und folge dem Lichtstrahl, der mich zu ihrem Bewusstsein leitet.

Ich liebe es, in ihrem Kopf zu sein. Fast so sehr, wie ihren Körper zu bewegen. Und ich liebe es noch mehr, als ich bemerke, dass mein Geist auf keinerlei Mauern trifft. Ihr Bewusstsein ist völlig offen. Wenn ich wollte, könnte ich darin nach Herzenslust herumkramen. Was ich natürlich nicht tue, doch ich genieße das Vertrauen, das sie mir entgegenbringt, in vollen Zügen.

Mira huscht durchs Zimmer, um ihre Habseligkeiten zu packen. Ich spüre ihre wachsende Anspannung – den Widerstreit ihrer Gefühle. Ihrem Wunsch, mir zu helfen. Der drängenden Reise zurück zum Herzholzhain. Und Garreths Befinden, nachdem gestern alles, wovon er geträumt hat, zunichtegemacht wurde.

Da ich nicht will, dass Mira sich deswegen zermürbt, beschließe ich, sie auf andere Gedanken zu bringen.

›*Was hast du an?*‹, frage ich.

Sie hält in ihrer Hektik inne. ›*Dasselbe wie gestern.*‹

Ich rümpfe die Nase. ›*Mit Bandagen?*‹

Sie grinst über meinen gegrummelten Tonfall. ›*Ja, mit Bandagen. Du hast keine Brüste, deshalb weißt du das vielleicht nicht, aber es ist verdammt unangenehm, mit ihnen zu rennen oder zu reiten, wenn sie nicht fest verpackt sind. Also erspare mir deine Klagen.*‹

Ich genieße es, mit ihr über alles reden zu können, ohne dass es einem von uns unbehaglich sein könnte. Nahezu jeder andere Mann wäre bei der Erwähnung ihrer Brüste pikiert gewesen, und keine andere Frau hätte derart freizügig darüber gesprochen.

›*Darf ich ganz kurz?*‹, frage ich.

Mira versteht sofort, was ich meine. Ihr Bewusstsein macht meinem Platz. ›*Aber nur kurz. Ich muss schnell meine Sachen packen, damit wir gleich los können.*‹

Als ich die Kontrolle über ihren Körper habe, sehe ich mich für einen Moment im Zimmer um. Gestern Abend habe ich nicht darauf geachtet und alles vom Bett geworfen, was Mira dort hingelegt hatte. Aber wie ich sehe, hat sie den Großteil ihrer Habseligkeiten bereits wiedergefunden.

Mit zwei Fingern ziehe ich am Ausschnitt ihres Hemdes und schaue auf die fest einbandagierten Brüste.

»Ihr Ärmsten«, flüstere ich.

›*Redest du gerade mit meinen Brüsten?*‹, fragt Mira, gleichermaßen ungläubig wie amüsiert.

»Ich weiß, dass ihr leidet«, fahre ich fort, woraufhin Miras Lachen in meinem Geist ertönt. »Aber ich verspreche euch, dass ich mich heute Abend um euch kümmern werde.« Ich senke die Stimme und füge ihr dieses Raunen hinzu, das Mira so sehr mag. »Ich werde euch so lange massieren, bis ihr die Stunden, die ihr nun eingequetscht verbringen müsst, vergessen habt.«

Miras Herzschlag geht schneller, und ich kann mir ein Grinsen nicht verkneifen.

›*Ich … Wir nehmen dich beim Wort!*‹, teilt sie mir mit.

Ich streichele über den zusammengedrückten Ansatz. Ihre Haut ist samtweich. »Oh, glaub mir, es fiel mir noch nie so leicht, ein Versprechen zu halten. Ich weiß auch schon genau, wie ich vorgehen werde. Zuerst werde ich …«

Ein erneutes Klopfen ertönt.

Ich verdrehe die Augen und knurre: »Nerviger kleiner Bruder.«

›*Was?*‹, fragt Mira.

»Erkläre ich dir später«, sage ich, bereits auf dem Weg zur Tür, schiebe den Stuhl zur Seite und schließe auf.

Es wurmt mich, dass ich den Kopf ein Stück in den Nacken legen muss, um zu Garreth aufzusehen.

»Varyan«, sagt er statt einer Begrüßung.

Ich nicke ihm knapp zu. »Garreth.«

Wir taxieren uns eine Weile, und ich komme nicht umhin, die dunklen Schatten unter seinen Augen zu bemerken. »Mira will wissen, wie es dir geht.«

Garreth wendet den Blick ab. »Ich werde froh sein, wenn wir dieser verdammten Stadt den Rücken kehren.« Er sieht mich wieder an. »Ich wollte mich verabschieden.«

Miras Bewusstsein vibriert in mir. ›*Verabschieden? Wieso? Was hat er vor?*‹

Ich versuche, ihre drängenden Fragen zu ignorieren. »Wieso verabschiedest du dich?«

Garreth lässt die Schultern hängen. »Es ist alles nicht so gekommen, wie ich es mir vorgestellt habe. Ich muss irgendwie die Scherben zusammenkehren und weitermachen, auch wenn ich noch nicht weiß, wie ich das anstellen soll. Zurück an den bellvorschen Königshof traue ich mich nicht mehr … Ich höre schon das hämische Tuscheln meiner Verwandten, die genau wussten, dass ich zu hoch hinauswill.« Nun sinkt auch sein Kopf herab; seine gesamte Gestalt wirkt eingefallen, als würde die ganze Last der Welt auf ihm liegen. »Und sie hatten recht. Hätte ich doch bloß auf sie gehört!«

Miras Mitgefühl durchflutet mich. Mein eigenes hält sich jedoch in Grenzen.

»Mira tut es leid, wie es gekommen ist«, sage ich daher nur.

»Es ist nicht ihre Schuld«, erwidert Garreth. »Sie hat alles getan, worum ich sie gebeten habe, und noch mehr. Ich bin derjenige, dem es leidtun muss. Ich habe sie da mit reingezogen und von ihren eigenen Plänen abgehalten.«

›Sag ihm, dass er sich nicht grämen soll.‹

Ich seufze. Natürlich wäre es einfacher, Mira wieder die Kontrolle zu überlassen, aber das würde nur dazu führen, dass sie sich gegenseitig sagen, wie leid ihnen alles tut.

»Kopf hoch, Mann.« Etwas zu grob lege ich Garreth eine Hand auf die Schulter. »Deine Prinzessin wollte dich nicht. Das ist nicht der Untergang der Welt. Andere Mütter haben auch schöne Töchter.«

Das war offenbar nicht das, was Garreth hören wollte, denn er kneift die Augen zusammen.

Mira gibt ein Grummeln von sich. *›Manchmal hast du so viel Feingefühl wie einer von Colettes Schmiedehämmern.‹*

›Was denn? Ist doch die Wahrheit!‹

Ihr Bewusstsein zupft an meinem, und nach kurzem Zögern mache ich ihm Platz. Als Mira wieder die Kontrolle hat, legt sie den freien Arm um Garreth und schmiegt den Kopf gegen seine Schulter.

»Es tut mir sehr leid. Ich verstehe deinen Schmerz«, murmelt sie. »Und ich weiß, dass er nicht bald verschwinden wird. Ich kenne dieses Gefühl, wenn man in einem dunklen Loch sitzt und keinen Ausweg findet, zu gut. Du warst derjenige, der mir aus meinem Loch geholfen hat. Nun werde ich diejenige sein, die dir aus deinem hilft.«

Sie zieht sich zurück und wartet, bis Garreth sie fragend ansieht.

»Ich kann nachempfinden, dass du nicht zurück an den

Königshof willst. Nach allem, was geschehen ist, könnte ich auch nicht einfach so an die Tür meines Lehnsherrn klopfen und ihn anflehen, mich wieder bei sich aufzunehmen. Komm mit uns zum Herzholzhain. Ich hatte das Gefühl, dass es dir dort gut gefallen hat. Vielleicht hat Karli eine Aufgabe für dich.«

»Ihr würdet … mich mitnehmen?«, fragt Garreth zögerlich.

»Natürlich, warum sollten wir nicht?«

»Weil ihr beiden Schicksalsgebundene seid«, sagt er. »Ich will euch nicht im Weg stehen.«

»Das tust du nicht«, erwidert Mira mit einem Lächeln. »Ganz im Gegenteil: Du warst derjenige, der mir den Schubs in die richtige Richtung gegeben hat. Ohne dich wäre ich heute Morgen vermutlich mit einem ordentlichen Brummschädel unten im Gastraum aufgewacht.«

Der Anflug eines Lächelns erscheint auf Garreths Lippen. »Stimmt, deine Nacht war wohl erfüllter.« Auf Miras fragenden Blick hin, fügt er an: »Die Wände hier sind verdammt dünn.«

»Oh.« Flammende Hitze schießt in Miras Wangen.

Ich finde ihre peinlich berührte Reaktion niedlich. Um ihr aus der Verlegenheit zu helfen, übernehme ich wieder und sie lässt es ohne Widerwillen zu.

Garreth runzelt die Stirn. »Bei der Geschwindigkeit, mit der ihr wechselt, komme ich kaum noch mit.«

»Musst du auch nicht«, sage ich. »Wie sieht es aus? Hast du gepackt?«

Er ruckelt am Riemen seiner Heilertasche. »Selbstverständlich.«

»Und willst du uns begleiten?«

Er zögert mit einer Antwort. »Nur, wenn du auch nichts dagegen hast. Mira ist meine Freundin. Mit ihr würde ich bis ans Ende der Welt reisen, solange sie mich dabeihaben will. Aus dir werde ich jedoch noch nicht ganz schlau.«

Ich lehne mich mit der Schulter gegen den Türrahmen. »Sofern du uns ein wenig Privatsphäre lässt, wenn wir sie wollen, habe ich nichts gegen deine Gesellschaft. Dazu gehört übrigens auch, in aller Frühe an andere Türen zu klopfen, während ich gerade ...«

›*Varyan!*‹, unterbricht Mira mich scharf.

»... mit anderen Dingen beschäftigt bin«, sage ich daher vage.

»Glaub mir«, erwidert Garreth, »ich bin nicht erpicht darauf, diese Dinge zu sehen.«

»Dann ist ja gut.« Ich stoße mich vom Türrahmen ab. »Und ich will weder den Namen deiner Prinzessin noch Baturs Namen auf unserer Reise hören.«

Garreth verzieht den Mund. »Ich wünschte, ich hätte mehr als einen Schlag gegen Batur landen können für das, was er Mira angetan hat ...«

Meine Augen verengen sich. »Wie ich sie kenne, hat sie mir nur einen Bruchteil dessen gezeigt, was geschehen ist, aber das hat ausgereicht, um mir vorzustellen, wie ich ihm die Eier abschneide, sie ihm in den Rachen stopfe und ihm dabei zusehe, wie er jämmerlich erstickt.«

Garreth nickt grimmig. »Ich könnte dir dabei helfen. Als Heiler weiß ich, wo du schneiden musst, damit er dir nicht allzu schnell verblutet.«

Ich spüre, wie sich ein breites Grinsen auf meinem Gesicht ausbreitet. »Das klingt nach einem guten Plan.«

Ich halte ihm die Faust hin. Nach kurzem Zögern stößt er leicht mit seiner dagegen.

›*Ihr zwei macht mir Angst, wenn ihr euch verbündet*‹, wirft Mira ein, was mich zum Lachen bringt.

Kapitel 21

Delmira

Noch etwa vier Wochen bis zum dritten Vollmond

Es ist noch früh am Tag, deshalb gelangen wir unbehelligt aus der Stadt. Ich spüre Varyans Enttäuschung darüber, dass Batur sich uns nicht in den Weg stellt.

›*Ich bezweifle, dass er schon wieder laufen kann*‹, sage ich zu ihm, während ich ihm den Moment zeige, als ich Batur mit voller Wucht das Knie zwischen die Beine gerammt habe.

Das hellt Varyans Stimmung sichtlich auf, ebenso wie die Erinnerung an die gebrochene Nase, die ich Batur verpasst habe.

›*Ich gebe zu, dass mich das ein wenig anmacht*‹, raunt er.

Ich lache. ›*Es macht dich an, wenn ich andere verprügele?*‹

›*Nein.*‹ Nun klingt seine Stimme ernst. ›*Es macht mich an, wenn du für dich selbst einstehst und dich verteidigst. Es macht mich an, dass du dich trotz der scheußlichen Dinge, die er getan und zu dir gesagt hat, nicht unterkriegen lässt. Ich kenne – oder kannte – eine Menge Männer, die sich von Batur hätten einschüchtern lassen und klein beigegeben hätten. Aber nicht du, obwohl du glaubtest, er wäre dein Schicksalsgebundener. Du hast dich gewehrt und bist nicht verzweifelt. Ja, das macht mich ziemlich an.*‹

Er sagt es zwar leichthin, aber es schwingt ein schwerer Unterton mit. Er ist froh, dass ich mich allein verteidigen kann, denn es wird die Zeit kommen, in der er nicht länger bei mir sein wird.

Ich schiebe diesen Gedanken weit von mir.

Wir sind auf dem Weg zum Herzholzhain. Ich klammere

mich an die Hoffnung, dass Karli uns helfen wird. Uns bleibt noch etwas weniger als ein Monat. In dieser Zeit werde ich eine Lösung finden.

Koste es, was es wolle.

Es ist später Nachmittag, als wir das Dorf erreichen, in dem wir unsere Hainschreiter zurückgelassen haben. Nach einer kurzen Stärkung im Wirtshaus beschließen Garreth und ich, loszureiten, notfalls die Nacht hindurch. Ich merke ihm an, dass er Valencia nicht schnell genug hinter sich lassen kann.

Wie von Varyan gefordert, verlieren wir weder ein Wort über Ragna noch über Batur. Wir reden allgemein nicht viel, aber ich habe nicht das Gefühl, dass es ein niederdrückendes Schweigen sei, das sich zwischen uns ausbreitet. Vielmehr müssen wir beide erst lernen, mit der neuen Situation umzugehen. Garreth wird es guttun, unter Karlis Anleitung Kranke zu behandeln oder neue Tränke zu brauen. Ich bin mir sicher, dass er zu seinem gewohnt hoffnungsvollen und freundlichen Selbst zurückfinden wird, wenn er seiner Herzensaufgabe nachgehen kann.

Sobald Garreth schläft, schleiche ich mich vom Lager weg, um ein wenig mit Varyan allein zu sein. Nicht bloß ein Mal hält er sein Versprechen und kümmert sich mit Hingabe um meinen Körper, der durch das stundenlange Reiten wund und steif ist. Unter seinen gekonnten Berührungen blüht er förmlich wieder auf. Dafür verzichte ich gern auf Schlaf und gebe vor, Garreths spitze Bemerkungen über meine Augenringe am nächsten Morgen nicht zu hören.

Da wir lediglich die erste Nacht durchreiten und die anderen rasten und unsere Schreiter nicht zu einem schnellen Tempo anhalten, brauchen wir viereinhalb Tage, bis wir das Umland des Herzholzhains erreichen.

Unsere Hainschreiter kennen den Weg, doch kurz vor unserem Ziel scheuen sie.

»Was ist los?«, fragt Garreth.

Ich bringe ihn mit einer knappen Handbewegung zum Schweigen und lausche angestrengt. Es ist still. Viel zu still für einen dichten Wald. Kein Vogel singt. Kein Rascheln im Unterholz. Nicht mal Insekten sind zu hören.

»Hier stimmt etwas nicht«, wispere ich.

Meine Worte klingen dröhnend laut in der unnatürlichen Stille. Die Hainschreiter tänzeln nervös auf der Stelle, was meine wachsende Unruhe nur verstärkt. Eine Hand auf Caligram gelegt, sehe ich mich um, kann aber nichts Bedrohliches entdecken.

Dann rieche ich es.

»Feuer.« Ich recke die Nase in die Luft. »Hier hat es vor Kurzem gebrannt.«

Garreth runzelt die Stirn. »Im Hain?«

Ich steige von meinem Schreiter und gebe ihm mit einem Klaps auf den Hals zu verstehen, dass er wegrennen darf. Das lässt er sich nicht zwei Mal sagen. Mit weit aufgerissenen Augen prescht er ins Unterholz in die Richtung, aus der wir kamen. Garreth schafft es gerade so, von seinem Hainschreiter herunterzukommen, bevor dieser seinem Freund nachsetzt.

»Bleib dicht hinter mir«, weise ich Garreth an, während ich Caligram und mein Schwert aus ihren Scheiden ziehe.

Mit beiden Händen umklammert er den Riemen seiner Heilertasche. »Das musst du mir nicht sagen.«

Ich nicke knapp und folge dem Rauchgeruch tiefer in den Wald hinein.

Kapitel 22

Delmira

Noch etwa drei Wochen bis zum dritten Vollmond

Je näher wir dem Herzen des Hains kommen, desto stärker wird der Gestank nach Flammen, Glut und Asche.

Varyan scheint genauso angespannt zu sein wie ich, denn in meinem Kopf herrscht Stille, obwohl ich Caligram fest mit der rechten Hand umklammere. Auch Garreth gibt keinen Ton von sich. Offenbar rechne nicht bloß ich damit, dass jede Sekunde eine Horde Kromer aus dem Unterholz brechen könnte. Ihr letzter Angriff sitzt mir noch in den Knochen.

Doch wir gelangen ohne Zwischenfälle zum Herzholzhain …

… der fast bis zur Unkenntlichkeit niedergebrannt ist.

Wie festgewachsen stehen Garreth und ich da und starren auf das, was von dem einst dicht bewachsenen und leuchtenden Hain übrig geblieben ist. Ascheflocken fliegen durch die Luft. Hier und da schwelen Glutnester. Die hohen Bäume, die zuvor ein sanftes Licht abgestrahlt haben, sind nun nichts weiter als verkohlte, pechschwarze Stümpfe. Die Hütten der Bewohner sind bloß noch als Aschehaufen zu erkennen. Bei dem allgegenwärtigen Rauch wage ich kaum zu atmen.

Es ist das Husten einiger Hainbewohner, das mich aus meiner Starre reißt. Ich berühre Garreth am Arm. »Kümmere dich um die Verletzten. Ich sehe nach, ob jemand meine Hilfe braucht.«

Er ist blass, doch er nickt, ehe sich in seinem Gesicht die kühle Gelassenheit des Heilers ausbreitet, der bereits alle Wunden gesehen hat. Mit knappen Befehlen macht er die Überlebenden ausfindig und versammelt diejenigen, die aus eigenen Kräften laufen können, auf einer sicheren Fläche.

Mit gezückten Schwertern mache ich mich auf die Suche nach der Ursache der Katastrophe. Ich kann mir nicht vorstellen, dass eine umgestürzte Kerze ausreicht, um den gesamten Hain niederzubrennen.

Wie von selbst tragen meine Füße mich zu dem einzigen Gebäude des Hains, das – abgesehen von den Kochstellen im Freien – ständig mit Feuer zu tun hat. Ich bin nicht überrascht, dass Colettes Schmiede so ziemlich das einzige Gebäude ist, das noch steht. Zwar ist es aus massivem Stein gefertigt und daher nicht so anfällig wie die Holzbauten in den Baumwipfeln, dennoch erscheint es mir merkwürdig. War vielleicht einer der Arbeiter unaufmerksam?

Als ich die Schmiede betrete, entdecke ich sofort mehrere verkohlte Leichen auf dem Boden. Die Steinwände sind rußverschmiert und die Esse ist aus. Wann immer das Feuer ausgebrochen ist, es muss bereits eine ganze Weile her sein. Und es muss verdammt heiß gebrannt haben.

Vorsichtig schiebe ich mich weiter in die Schmiede und nehme Colettes Arbeitsplatz in der hinteren Ecke in Augenschein, von dem kaum noch etwas übrig ist. Es scheint, als hätte das Feuer hier seinen Ursprung – nicht in der Esse oder dem Schmiedefeuer. Sondern hier auf dem Steintisch, auf dem auch Caligram lag, als es restauriert wurde. Doch was könnte ein solch verheerendes Feuer verursachen?

›*Wir sollten hier verschwinden*‹, sagt Varyan, der bisher lediglich stiller Zuhörer war.

Ich nicke.

»Ja, wir sollten nach …«

Weiter komme ich nicht. Alles um mich herum wird plötzlich schwarz.

Das Letzte, was ich bewusst wahrnehme, ist Varyans angsterfüllter Schrei.

Kapitel 23

Garreth

Ich vergesse die Zeit – wie immer, wenn ich mich um Kranke und Verletzte kümmere. Ich nehme die Menschen nur am Rande wahr, denn ich konzentriere mich auf die Wunden. Die meisten sind Verbrennungen unterschiedlicher Schwere. Einige haben Knochenbrüche erlitten, weil ihr Haus oder ein Baum im Feuer über ihnen zusammenbrach. Viele stehen unter Schock und ich erhalte bloß unzusammenhängende Informationen von ihnen.

Ich trage lindernde Salbe auf die leichteren Verbrennungen auf, lege provisorische Schienen an und spreche jenen Mut zu, deren Leiden ich lediglich mildern kann. Es sind zum Glück nur eine Handvoll Bewohner, denen ich nicht helfen kann, dennoch nimmt es mich mit – wie jedes Mal, wenn ich einen Patienten verliere.

Aber ich habe keine Zeit, um an mir und meinem Können zu zweifeln. Nicht, solange es noch Verletzte gibt, die auf meine Hilfe angewiesen sind. Danach, wenn ich allein in einer Kammer oder unter freiem Himmel liege und mir die Gesichter jener ins Gedächtnis rufe, die mir unter den Händen weggestorben sind, dann kann ich trauern und zweifeln.

Doch keine Sekunde vorher.

Als ich einen Splitterbruch richten will, bringt mir ein Überlebender eine Fackel, damit ich besser sehen kann. Erst da fällt mir auf, dass bereits die Nacht hereingebrochen ist.

Mein Blick gleitet über die Menge, die sich um mich herum gebildet hat. Einige weinen und schluchzen, andere starren apathisch ins Leere. Nun sehe ich die Menschen, nicht mehr bloß die Verletzungen, doch ein vertrautes Gesicht fehlt.

»Wo ist Lady Karli?«, frage ich den Mann, der mir die Fackel gebracht hat.

Ich erinnere mich daran, ihn ein paar Mal bei den gemeinsamen Mahlzeiten gesehen zu haben, aber seinen Namen kenne ich nicht. Er ist jung, nicht älter als achtzehn Jahre. Die Schrecken der letzten Tage zeichnen sich deutlich in seinem Gesicht ab, doch er wirkt kräftig und kann auf eigenen Beinen stehen. Das ist mehr, als der Großteil der Menschen von sich behaupten kann.

Der junge Mann senkt den Blick. »Sie ist fort.«

Nur meine jahrelange Erfahrung als Heiler hält mich davon ab, erschrocken zu ihm herumzuwirbeln und so vielleicht noch mehr Schaden an meinem Patienten auszulösen. Nach außen hin ruhig befühle ich den Bruch am Unterschenkel, um herauszufinden, wie ich ihn zu richten habe.

»Was meinst du mit ›fort‹?«, frage ich.

»Sie ist verschwunden«, antwortet ein anderer Überlebender, »kurz nachdem Ihr und die Frau den Herzholzhain verlassen habt.«

Ohne Vorwarnung ziehe ich am oberen und unteren Ende des Bruchs, sodass die Knochen zurück unter die Haut springen. Mein Patient schreit so laut, dass selbst der Nachthimmel erschauert. Meine Hände bewegen sich von ganz allein, als ich ihm eine Schiene anlege, ebenso wie mein Mund, als ich ihm ein Mittel gegen die Schmerzen und eines zur Wundreinigung reiche und ihm sage, wie er es anwenden muss.

In meinem Kopf arbeitet es. Lady Karli kann – wie alle

Hexen – ihr Reich nicht verlassen, ohne Konsequenzen zu fürchten. Wie diese jedoch aussehen, weiß ich nicht; ich habe sie nie danach gefragt. Dabei hätte ich gern so viel mehr über sie erfahren. Doch wann immer ich in ihrer Nähe war, fühlte ich mich, als habe ich meine Zunge verschluckt. Ich war zufrieden damit, ihren Worten zu lauschen, wenn sie mir etwas zu den hiesigen Pflanzen oder besonderen Heilmethoden erklärte. Erst als wir den Herzholzhain verlassen hatten, spürte ich dieses drängende Bedürfnis, mehr über sie wissen zu wollen. Banale Dinge. Welches ihre Lieblingsfarbe ist. Mit welchen Kräutern sie am liebsten arbeitet. Welche Jahreszeit sie am meisten in ihrem Hain mag.

Doch nichts davon weiß ich.

Und nun soll sie fort sein. Das ergibt keinen Sinn. Ich mag wenig über Lady Karli wissen, aber sie war ihren Schutzbefohlenen und diesem Hain sehr verbunden. Sie hätte ihnen niemals den Rücken gekehrt und sie ihrem Schicksal überlassen.

Nachdem ich den Patienten mit dem Splitterbruch versorgt und mich davon überzeugt habe, dass die anderen Verletzten außer Lebensgefahr sind, wende ich mich an den Mann mit der Fackel.

»Wo ist Lady Karli?«, wiederhole ich meine Frage, ernster diesmal.

Der Mann lässt den Kopf hängen. »Kurz nachdem Ihr und die Frau mit dem Artefakt gegangen wart, griffen die Kromer an. Es waren … viele.«

»Wie viele?«, hake ich nach, während ich mit aller Kraft versuche, das ungute Gefühl in meiner Magengegend zu ignorieren.

»Zu viele«, antwortet eine Frau. »Lady Karli tat alles, um uns zu beschützen. Und dann war sie plötzlich verschwunden.«

Der Mann nickt. »Wir wollten sie suchen und notfalls retten, aber dann brach das Feuer aus. Die meisten Bewohner sind …«

Er stößt den Atem aus. »Was Ihr hier seht, sind die Überlebenden.«

Die Frau streckt ihre Hände aus, an denen sich Blasen gebildet haben, die nicht von Verbrennungen herrühren. »Wir haben die letzten Tage so viele Tote begraben, dass ich sie nicht mehr zählen kann. Wäre Lady Karli nur hier … Sie wüsste, was zu tun ist.«

»Es hat eine Ewigkeit gedauert, die Feuer unter Kontrolle zu bringen«, sagt der Mann. »Sie fraßen sich durch die Bäume, unsere Häuser und Körper. Vor nichts machten sie halt. Lady Karli hätte vielleicht …«

Behutsam trage ich eine Salbe auf die Blasen der Frau auf. »Wie ist es euch schlussendlich gelungen?«

»Es ist uns nicht gelungen.« Die Stimme der Frau ist so leise, dass ich sie kaum verstehe. »Wir konnten bloß danebenstehen und zusehen und darauf warten, dass die Flammen keine Nahrung mehr fanden.«

Etwa anderthalb Wochen ist es her, seit Mira und ich den Herzholzhain verlassen haben. Es ist mir unvorstellbar, wie in dieser kurzen Zeit …

Ich zucke zusammen. »Mira.«

Panisch sehe ich mich um. Während ich mich um die Verletzungen gekümmert habe, habe ich sie völlig vergessen. Als ich sie unter den Überlebenden nicht entdecken kann, springe ich hektisch auf die Füße.

»Mira!«

Mehrmals rufe ich ihren Namen, erhalte jedoch keine Antwort. *Ruhig*, mahne ich mich. Sie ist nicht allein. Varyan ist bei ihr. Er wird nicht zulassen, dass ihr etwas geschieht. Ich knirsche mit den Zähnen. Aber auch er ist machtlos, wenn ein Ast oder etwas anderes auf sie herabstürzt.

Ich wende mich an den Mann. »Hast du die Frau gesehen, die mit mir hier war?« Als er den Kopf schüttelt, drehe ich mich zur Menge um. »Hat irgendwer von euch Mira gesehen?«

Erneut ernte ich Kopfschütteln oder betretenes Schweigen.

Ich reiße dem Mann die Fackel aus der Hand. »Du kümmerst dich darum, dass alle sich ruhig verhalten und in Sicherheit sind.«

»Und was werdet Ihr tun?«, fragt er.

»Ich muss meine Freundin finden.«

Er packt mich am Arm. »Ihr könnt nicht weiter in den Hain hinein. Dort drin ist es gefährlich. Die Bäume stürzen ein. Vielleicht sind noch nicht alle Feuer erloschen. Und was, wenn die Kromer zurückkehren, um ihr Werk zu beenden?«

Ich runzele für einen Moment die Stirn. Die Kromer sollen für das Feuer verantwortlich sein? Ich erinnere mich noch gut an meine erste – und zum Glück einzige – Begegnung mit den Kromern. Sie wirkten wie wilde Bestien, einzig und allein getrieben von ihren Instinkten. Einer solchen Kreatur traue ich es nicht zu, gezielt ein Feuer zu legen. Oder überhaupt mit Feuer zu hantieren.

Doch mir bleibt keine Zeit, dies zu erklären. Mit einem Ruck mache ich mich von ihm los.

»Ich werde sie suchen«, verkünde ich bestimmt. »Und ihr seht zu, dass ihr die Überlebenden in die Nähe des Sees transportieren könnt. Wir brauchen frisches und klares Wasser, um die zu retten, die den Brand überstanden haben.«

»Lasst mich Euch begleiten«, bietet der Mann an.

Ich schüttele den Kopf, ehe ich ihm eine Hand auf die Schulter lege. »Du hilfst mir mehr, wenn du dich um die Verletzten kümmerst, denn du bist einer der wenigen, die noch auf eigenen Beinen stehen können. Sie brauche deine Stärke dringender als ich.« Ich verstärke meinen Druck um seine Schulter. »Wenn ich bei Tagesanbruch nicht zurück bin, verlasse ich mich darauf, dass du die anderen an einen sicheren Ort jenseits des Hains bringst.«

»Jenseits des Hains?« Seine Stimme rutscht vor Angst einige Tonlagen höher. »Aber … viele von uns haben ihr ganzes Leben hier verbracht. Wir können nicht …«

»Euer Zuhause, wie ihr es kanntet, existiert nicht mehr«, sage ich möglichst ruhig, obwohl alles in mir danach schreit, endlich Mira zu suchen. Doch wenn ich Unruhe oder gar Panik ausstrahle, wird sich das auf meine Patienten übertragen. Diese Erfahrung habe ich bereits früh gemacht. Beinahe ist es ein Glück, dass ich von Kranken und Verletzten umgeben bin, sodass ich in meine antrainierte Ruhe verfallen kann. »Der Hain, in dem ihr gelebt habt, ist niedergebrannt, und wahrscheinlich wird er nie wieder so werden, wie ihr ihn kanntet. Das Einzige, was wir jetzt tun können, ist, so viele von euch wie möglich zu retten. Das schaffe ich aber nicht allein.«

Die Schulter unter meiner Hand hebt und senkt sich unter den tiefen, kontrollierten Atemzügen des jungen Mannes. »Die Frau, die Ihr sucht – Mira –, sie ist die Trägerin des Götterartefakts, nicht wahr?«

Ich nicke. Als wir im Herzholzhain zu Gast waren, befand sich Caligram größtenteils in der Obhut der Meisterschmiedin Colette, und Mira zog sich so weit zurück, dass selbst ich sie nicht immer erreichen konnte. Deshalb verwundert es mich nicht, dass der junge Mann sich kaum an sie erinnern kann.

»Ich hoffe, Ihr findet sie«, sagt er.

Ich ziehe meine Hand zurück. »Das hoffe ich auch.«

Ich kann mich nur undeutlich an den Moment erinnern, als Mira und ich uns getrennt haben, da ich zu dem Zeitpunkt nur jene vor mir sah, die meine Hilfe brauchten. In welche Richtung ist sie gegangen? Was war das Letzte, was ich zu ihr gesagt habe? Ich weiß es nicht mehr …

Also bleibt mir nichts anderes übrig, als aufs Geratewohl loszulaufen.

Die meisten Gebäude des Hains waren aus Holz gefertigt und schmiegten sich an die majestätischen Bäume, als wären sie ein Teil von ihnen. Mira hatte nie einen Blick für die Umgebung. Als wir hier ankamen, hatten die Kromer sie übel zugerichtet. Danach traf sie zum ersten Mal während des Vollmonds auf Varyan und seitdem … war alles anders. Vor allem, nachdem sie Caligram Colette überlassen musste. Denn dann verließ Mira unsere Unterkunft lediglich, wenn ich sie dazu zwang.

Wenn ich es recht bedenke, hat Mira sich bloß an wenigen Orten hier im Hain aufgehalten. Am See, der jedoch abseits liegt. In unserer Unterkunft, die jetzt nur noch ein Häufchen Asche ist.

Und in Colettes Schmiede, die aus dickem Stein gebaut wurde.

Wenn es ein Gebäude gibt, das dem Feuer getrotzt hat, dann ist es die Schmiede.

Mira ist anders als ich. Während ich blindlings loslaufe, geht sie rational vor. Sie wird zuerst die Orte nach Hinweisen abgesucht haben, die ihr vertraut sind.

Ich brauche eine Weile, um mich innerhalb der verkohlten Baumstümpfe und schwelenden Glutherde zu orientieren, doch dann erinnere ich mich an den Weg zur Schmiede. Ich habe ihn oft eingeschlagen, denn wenn Mira nicht in unserer Unterkunft war, dann fand ich sie dort. Mehrmals am Tag erkundigte sie sich, wie lange die Restauration Caligrams noch dauern würde, aber die Arbeiter, die der Meisterschmiedin unterstanden, ließen sie nicht eintreten. Es vergingen Wochen, in denen Mira Caligram nicht berühren und nicht mit Varyan sprechen konnte, und in diesen Wochen war sie bloß ein Schatten ihrer selbst.

Hastig verdränge ich den Gedanken, was aus ihr werden soll, sobald sie das Schwert zurück zum See gebracht hat, ebenso wie die Erinnerung an das Hexenmal, das sich ihren rechten Arm hinauffrisst und ihr körperliche Schmerzen zufügt, wenn es berührt wird.

Ich wünschte, ich hätte es eher bemerkt. Sie mehr gedrängt. Dann hätten sie und Varyan mehr Zeit gehabt. Aber vermutlich musste Mira mit eigenen Augen sehen, dass ihr vermeintlicher Schicksalsgebundener nicht der war, für den sie ihn hielt.

Genau wie ich es selbst sehen musste.

Und nun verfluche ich mich dafür, den Herzholzhain für eine Prinzessin verlassen zu haben, die mich von Anfang an nicht haben wollte. Ich hätte hierbleiben sollen. Vielleicht hätte ich mehr Bewohner retten, vielleicht sogar Lady Karli helfen können …

Ich schüttele den Kopf. Zuerst muss ich Mira finden. Gut möglich, dass sie bereits herausgefunden hat, wie das Feuer ausgebrochen ist. Gemeinsam werden wir uns auf die Suche nach Lady Karli machen, denn die Hexe des Waldes ist auch Miras und Varyans einzige – und vermutlich letzte – Chance.

Die Schmiede ist tatsächlich das einzige Gebäude, das größtenteils unversehrt ist – bis auf das eingestürzte Dach und die Rußspuren an den einst hellgrauen Steinen.

In der Asche vor der Schmiede entdecke ich Fußspuren. Sie

sind schmal, wahrscheinlich von einer Frau. Wie ich es mir dachte, Mira war hier!

Mehrmals rufe ich ihren Namen, erhalte jedoch keine Antwort. Wo könnte sie noch hingegangen sein?

Ich bin bereits drauf und dran, weiter den Hain nach ihr abzusuchen, als ich einen letzten Blick ins Innere werfe und die verkohlten Leichen entdecke, vermutlich Colettes Arbeiter. Doch ihre Körper sind zusammengekrümmt, anders als bei den verbrannten Leichen, die ich vereinzelt auf meinem Weg gesehen habe. Das bedeutet, dass das Feuer hier besonders heiß gewesen sein muss. So heiß, dass sämtliche Muskeln und Sehnen sich auf einen Schlag zusammengezogen haben. Heiß genug, dass selbst Knochen schmelzen.

Aber ein so heißes Feuer hätte mehr Schäden an der Schmiede selbst anrichten müssen.

Es sei denn …

Ich betrete die Schmiede. Das Knirschen unter meinen Füßen jagt mir eine Gänsehaut den Rücken hinunter, doch ich drehe nicht um. Die Wände hier drin sind kohlschwarz. Waren sie das auch vor dem verheerenden Feuer? Anders als Mira, war ich nicht oft hier, deshalb erinnere ich mich nicht mehr an die Details. Aber auf mich wirkt es, als wäre das Feuer hier ausgebrochen. Das würde die gekrümmten Leichen und all den Ruß erklären. Trotzdem frage ich mich, wie das Gebäude von außen so unversehrt aussehen kann. Vielleicht liegt es am Gestein, aus dem es gebaut ist. In Valencia haben Mira und ich diesen fast weiß leuchtenden Stein gesehen. Was, wenn diese Steine ebenfalls eine Besonderheit haben?

Was, wenn die Schmiede von Anfang an mit dem Hintergedanken gebaut wurde, dass sie nahezu alle Katastrophen – natürliche wie magische – überstehen kann?

Das würde Sinn ergeben; Colette ist eine Meisterschmiedin, spezialisiert auf Artefakte. Ich kann mir nicht vorstellen, dass diese Hinterlassenschaften der Götter behandelt werden können wie ein gewöhnliches Schwert oder eine Sense oder ein Hammer, der von Sterblichen geführt wird.

Doch was ist hier drin geschehen, das dieses Unglück ausgelöst und Unzählige in den Tod gerissen hat?

Als ich nach unten sehe, entdecke ich plötzlich weitere Fußspuren. Ich gehe in die Hocke, um sie zu inspizieren. Größer als das erste Paar, aber dennoch scheinen diese ebenfalls einer Frau zu gehören. Sie führen tiefer in den Raum hinein, aber auch wieder hinaus.

Ich erhebe mich wieder, um den Spuren nach draußen zu folgen, in der Hoffnung, dass sie Abdrücke in der Asche hinterlassen haben. Dabei hätte ich sie beinahe übersehen: die Frau, die im hinteren Teil der Schmiede liegt. Ich erkenne zunächst nur ihre Beine, doch ich weiß, dass es sich um Mira handelt.

Ich schreie ihren Namen, während ich zu ihr stürze und dabei beinahe über weitere Leichen und zu Klumpen geschmolzene Waffen falle. Sie reagiert nicht. Bloß ein paar Meter trennen uns noch. Der Heiler in mir hebt geschäftig die Fackel und nimmt alles mit einem Blick wahr. Die Art, wie sie bäuchlings daliegt, als wäre sie plötzlich zusammengebrochen. Das Blut um ihren Kopf, das leicht auf dem dunklen Untergrund im Fackelschein schimmert. Die Vielzahl an Spuren um ihren gestürzten Körper, als hätte es ein Gerangel gegeben.

Bei ihr angekommen knie ich mich neben sie und überprüfe ihre Atmung. Erst als ich ihren Luftzug und am Hals ihren kräftigen Puls spüre, gestatte ich mir, wieder Luft zu holen.

»Mira«, wispere ich, während ich sie so vorsichtig wie möglich abtaste. »Kannst du mich hören?«

Schnell finde ich die Ursache der Blutung: Sie hat einen ziemlich heftigen Schlag auf den Hinterkopf bekommen. Hier im spärlichen Licht kann ich nicht abschätzen, wie gefährlich die Verletzung ist, aber rein vom Blutverlust her schätze ich sie nicht als lebensbedrohlich ein.

Mira gibt ein schwaches Stöhnen von sich und kommt langsam zu sich. Behutsam bette ich ihren Kopf auf meinem Schoß, damit sie nicht in einer Blutlache aufwacht.

»Wo … Was?«

»Bleib ruhig liegen«, weise ich sie an. Vorsichtig streiche ich ihr Haar zur Seite, um die Wunde genauer zu inspizieren. Ich bin heilfroh, keine Knochensplitter oder Ähnliches zu entdecken. »Du hast dir den Kopf angestoßen. Es kann sein, dass dir schlecht oder schwindelig wird, wenn du dich zu schnell bewegst, deshalb musst du noch einen Moment liegen bleiben, verstanden?«

»Verstanden.«

Ich meine, ein Lächeln aus diesem einen Wort heraushören zu können. Dass sie mir zuhören und antworten kann, ist ein sehr gutes Zeichen.

Ich sehe mich um. Zwar sind einige Arbeitsflächen in der Nähe, an denen Mira sich beim Fallen den Kopf gestoßen haben könnte, aber an diese Theorie glaube ich nicht. Einerseits entdecke ich nirgends frisches Blut an den Kanten der massiven Arbeitstische, andererseits ist Mira nicht der Typ, der das Gleichgewicht verliert. Ich habe sie erst ein paarmal stolpern sehen, und ich bin mir sicher, dass jedes Mal Varyan dafür verantwortlich war.

Also muss jemand sie angegriffen haben. Aber wieso? War Mira kurz davor, den Grund für die Katastrophe herauszufinden?

»Was ist das Letzte, woran du dich erinnerst?«, frage ich.

Sie gibt ein Stöhnen von sich. »Ich war hier, um ...« Mira zuckt zusammen und fasst mit einer Hand an ihren Kopf. »Irgendwas ... war anders. Hier. Ich wollte ... es mir ansehen. Aber danach weiß ich ... nichts mehr.«

Ich greife nach ihrer Hand und drücke sie. »Keine Sorge, deine Erinnerung wird wiederkommen. Du brauchst jetzt Ruhe. Meinst du, dass du aufstehen kannst? Du solltest nicht länger im Dreck liegen bleiben.«

Behutsam helfe ich ihr auf. Sie schwankt, doch das war zu erwarten. Vorsichtshalber lege ich mir ihren Arm um den Hals, während ich sie mit der anderen Hand an der Taille stütze.

»Die anderen Überlebenden warten am See«, sage ich, als wir einen ersten Schritt machen. »Der See, an dem du Varyan zum ersten Mal begegnet bist.«

Aus den Augenwinkeln sehe ich sie lächeln. »Es kommt mir vor, als wäre ... das eine Ewigkeit her.«

Ihre freie Hand gleitet zu ihrer Hüfte. Mira erstarrt augenblicklich.

»Varyan«, haucht sie.

Hektisch macht sie sich von mir los, taumelt und wäre um ein Haar hart gegen eine Steinplatte gekracht, hätte ich sie nicht mit beiden Händen an den Oberarmen gepackt. Mira schreit auf, deshalb lockere ich meinen Griff sofort, auch wenn ich nicht das Gefühl hatte, zu fest zugedrückt zu haben.

»Du musst langsam machen!«, mahne ich. »Du kannst nicht einfach ...«

Sie wirbelt zu mir herum. Ihre grünen Augen sind weit aufgerissen. Nackte Panik starrt mir entgegen. »Varyan ... Caligram ist verschwunden.«

Kapitel 24

Delmira

Noch etwa drei Wochen bis zum dritten Vollmond

Mein rechter Arm pulsiert im Gleichklang mit der Wunde an meinem Kopf. Vor mir verschwimmt alles, trotzdem bahne ich mir einen Weg zurück zu der Stelle, wo Garreth mich gefunden hat. Sogleich steigt mir der Geruch von Blut in die Nase, der mich würgen lässt. Ich sacke zusammen und übergebe mich schwallartig. Von irgendwoher höre ich Garreths Stimme und spüre seine Hände, die mir beruhigend über den Rücken streichen und mein Haar zurückhalten.

Ich verfluche meinen Körper für seine Schwäche. Schwäche kann ich mir zu keiner Zeit leisten, aber im Augenblick am allerwenigsten.

Als ich aufstehen will, versagen meine Beine mir den Dienst. Ich fühle mich, als wäre ich eine von Valors Klippen hinabgesprungen, doch unten erwarten mich keine Wellen, sondern unnachgiebige Felsen, auf denen ich unweigerlich zerschmettern werde. In dem Moment, als ich an meine Hüfte griff, um Caligram zu berühren, entglitt mir alles. Angst frisst sich zusammen mit dem Hexenmal durch mich hindurch. Ich muss nicht hinsehen, um zu wissen, dass es sich nicht mehr bloß über meinen Unterarm erstreckt.

Auch Garreth fällt es auf. Er kniet mir gegenüber, als seine Augen sich weiten. Lediglich für eine Sekunde, dann verschwindet der Schreck und macht seinem kühlen, distanzierten Heilerblick Platz. Vorsichtig zieht er den Kragen meines Hemdes zur Seite. Ich lasse es geschehen, während ich die Zähne zusammenbeiße. Selbst der feine Stoff fühlt sich auf meiner Haut an wie ein Reibeisen.

»Seit wann ist das so schlimm?«, fragt er, als er mit den Fingern über meinen Unterkiefer und meinen Hals streicht. Offenbar haben sich die schwarzen Verästelungen des Hexenmals bis dorthin ausgebreitet.

Ich schüttele den Kopf. Als ich gestern nachgesehen habe, reichten sie gerade mal bis zum Ellenbogen.

»Wir müssen Caligram finden«, sage ich.

Zwar glaube ich nicht daran, dass die Auswirkungen des Mals dann verschwinden werden, aber die Ausbreitung wird gestoppt werden.

Ich hätte ahnen müssen, dass die Seehexe auf alle Eventualitäten vorbereitet ist; so auch auf die, dass mir Caligram gestohlen wird. Beinahe muss ich lachen beim Gedanken, was mit mir geschehen wäre, wenn ich Caligram, wie angedroht, gleich zu Beginn unserer Reise aus einem wütenden Impuls heraus irgendwo verscharrt hätte. Natürlich hätte uns das nicht weitergebracht. Es hätte jedoch für eine Weile meine Gereiztheit besänftigt, die Varyan damals mit jedem Wort befeuerte.

Garreth hilft mir auf; diesmal tragen mich meine Beine. Schwindelig ist mir immer noch, doch ich kann aufrecht stehen, ohne mich irgendwo anzulehnen. Das ist nicht genug, aber ein Fortschritt.

»Ist dir etwas aufgefallen, als du hierhergekommen bist?«, frage ich.

»Bloß ein anderes paar Fußspuren«, antwortet Garreth. »Die könnten aber von wer weiß wann sein. Und sie verlieren sich draußen, denn sie sind mir erst hier drinnen aufgefallen.«

Ich kneife mir mit Daumen und Zeigefinger in die Nasenwurzel. Ich brauche mehr als Fußspuren, die ich nicht verfolgen kann. Ich brauche genaue Hinweise – sofort! Wenn ich Caligram nicht bald finde …

Es geht nicht nur um meinen rechten Arm, der kaum mehr zu etwas zu gebrauchen ist. Es geht um Varyan. Er kann sich nicht selbst verteidigen. Er benötigt mich, die Trägerin Caligrams, dazu. Wenn der Dieb das Schwert irgendwo liegen lässt, weil …

Meine Gedanken kommen zum Stillstand. Bis auf mich kann niemand Caligram mit bloßer Hand berühren. Das bedeutet, dass jemand das Schwert an sich genommen hat, der davon wusste und vorbereitet war. Die hiesigen Schmiede wussten es. Vielleicht auch einige Bewohner.

Aber hauptsächlich die Schmiede.

Und ganz sicher weiß es die Meisterschmiedin, die Caligram restauriert und von der ersten Sekunde an dicke Handschuhe getragen hat.

»Wo ist Colette?«, frage ich. »Hast du sie unter den Überlebenden gesehen?«

Garreth schüttelt den Kopf. »Das muss allerdings nichts bedeuten. Ich habe nicht genau auf die Gesichter der Menschen geachtet. Und sie könnte auch aus dem Wald geflohen sein.«

Ich verziehe den Mund. »Oder sie hat mich hinterrücks niedergeschlagen und mir dann Caligram gestohlen!«

»Warum sollte sie das tun?«

In einer hilflosen Geste werfe ich die Hände in die Luft und bereue es sogleich, denn bei der plötzlichen Bewegung zuckt der Schmerz noch stärker durch meinen Arm. »Was weiß ich? Vielleicht wollte sie Caligram für sich.«

Garreth runzelt die Stirn. »Dann hätte sie es bei unserem letzten Besuch behalten können. Du erinnerst dich? Vor ein paar

Wochen, als du in deiner eigenen Welt gelebt und kaum jemanden um dich herum wahrgenommen hast. Damals hätte sie mit Caligram verschwinden können, ohne dass es dir sofort aufgefallen wäre.«

Seine Argumente sind schlüssig, doch alles in mir sperrt sich dagegen. Meine Gedanken sind nicht logisch, nicht fokussiert, sondern drehen sich einzig und allein darum, Varyan zurückzubekommen. Er muss sich mittlerweile fragen, was er Falsches zu mir gesagt oder getan hat, dass ich ihn meide und allein in der Dunkelheit seines Gefängnisses zurücklasse. Beim bloßen Gedanken daran wird mir das Herz schwer.

Ich habe keine Zeit, um hier nichts tuend herumzustehen!

»Bring mich zu den Überlebenden«, trage ich Garreth auf.

Er stellt keine Fragen. Und dafür bin ich dankbar. Seinen dargebotenen Arm ignoriere ich und stakse auf wackeligen Beinen ohne Hilfe zur Tür der Schmiede.

»Ich bin nicht Varyan«, sagt er hinter mir. »Das weiß ich. Aber ich will dir trotzdem helfen.«

Ich nicke. »Das verstehe ich, und glaub mir, ich liebe dich dafür. Doch falls der Dieb noch hier ist, werde ich nicht schwach erscheinen. Ich kann es mir nicht erlauben, mich auf dich zu stützen, auch wenn ich es gern täte.«

Garreth seufzt. »Verlange nicht von mir, dass ich dich verstehe. Aber ich werde deine Entscheidung nicht infrage stellen. Komm, die Überlebenden sollten mittlerweile am See sein.«

Wir brauchen viel zu lange bis zum See, mit dem ich nur schöne Erinnerungen verknüpfe. Hier habe ich Varyan zum ersten Mal gesehen und die gesamte Vollmondnacht mit ihm verbracht. Nun bin ich zurück – ohne ihn.

Doch das ist nicht das Einzige, was anders ist. Um den einst idyllischen See wurde ein provisorisches Lager errichtet, in dem sich etwa zwanzig Überlebende eingefunden haben. Einige halten ihre mit Verbrennungen überzogenen Gliedmaßen ins kühlende Wasser. Andere kümmern sich um die, die nicht allein aufstehen können. Tod und Leid hängen sichtbar in der Luft dieses Ortes, der einst vor Leben nur so strotzte.

»Was ist hier bloß geschehen?«, murmele ich vor mich hin.

»Das müssen wir herausfinden«, sagt Garreth neben mir. »Lady Karli ist ebenfalls verschwunden.«

Ich runzele die Stirn. »Wie ist das möglich? Sie würde nie einfach so ihr Gebiet verlassen.«

Ich erinnere mich bruchstückhaft an Varyans Erzählungen über die Hexe am See. Dass er dachte, er wäre vor ihr sicher, wenn er sich nicht zu nah ans Ufer wagt. Doch sie fand einen Weg, seiner habhaft zu werden, auch ohne ihr Gewässer zu verlassen.

Karlis Gebiet ist der Herzholzhain; er ist weitläufiger als der See. Gut möglich also, dass sie hier noch irgendwo ist. Vielleicht ist sie verletzt. Können sich Hexen verletzen? Oder sind sie als direkte Nachfahren der Götter unverwundbar?

Meine Hand gleitet zur Hüfte, um Varyan danach zu fragen, greift jedoch ins Leere. Mein Hals fühlt sich an wie zugeschnürt. Zwar spüre ich mit jedem Atemzug seine Abwesenheit, dennoch verfalle ich immer wieder in alte Gewohnheiten, nur damit mir vor Augen geführt wird, was mir fehlt.

Ich mache einen entschlossenen Schritt auf das hastig errichtete Lager zu. »Lass uns herausfinden, was genau geschehen ist. Und wo Karli steckt.«

Was wir erfahren, sind nicht mehr als Bruchstücke, die wir uns mühsam zu einem Gesamtbild zusammensetzen.

Einer der Überlebenden weiß zu berichten, dass sich die Ödnis, die im Norden an den Herzholzhain grenzt, in den letzten Tagen rasant ausgebreitet hat und dass Karli dem auf den Grund gehen wollte.

Ein anderer will gesehen haben, wie sie tatsächlich nach einem Angriff der Kromer ihren Hain verließ.

Zumindest sind sie sich bei einer Sache einig: Karli hat den Hain verlassen.

Ich knirsche mit den Zähnen. Was muss geschehen sein, dass sie ihrem Gebiet den Rücken gekehrt hat? Muss sie doch keine Konsequenzen fürchten, wie ich angenommen habe? Oder ist sie nicht freiwillig gegangen? Ich habe gesehen, wozu ihre Magie fähig ist. Während Varyan, Garreth und ich beinahe gegen die Kromer verloren hätten, hat sie sie mittels ihrer Erdmagie zermalmt und unsere Leben gerettet. Ich kann mir nicht vorstellen, dass ein paar Kromer sie überwältigen könnten.

Doch ich erkundige mich nicht bloß nach Karli. Jeden Überlebenden frage ich nach Caligram. Die meisten sehen mich nur verwirrt an, bis ich ihnen sage, dass es sich dabei um das göttliche Artefakt handelt. Niemand hat das Schwert gesehen, nachdem Garreth und ich abgereist waren.

Aber einer der Bewohner, dessen Haus in der Nähe der Schmiede stand, erinnert sich, dass Colette ein anderes Artefakt besaß. Welches Artefakt genau, das weiß er jedoch nicht.

Mit jeder Minute, die ich keine Antworten erhalte, wächst meine Frustration. Ich habe das Gefühl, mich im Kreis zu drehen. Am liebsten würde ich auf etwas einschlagen. Ich hasse es, untätig herumzustehen, aber noch mehr hasse ich es, dass Varyan nicht bei mir ist. Wir haben nicht mehr viel gemeinsame Zeit und hier, im Herzholzhain, hoffte ich, ihm helfen zu können, damit er nicht für alle Ewigkeit den Launen der Seehexe unterworfen ist. Doch nun finde ich nicht nur keine Hilfe; schlimmer noch, ich habe Caligram verloren.

Ich lege meine linke Hand auf meinen rechten Oberarm. Auch ohne hinzusehen, spüre ich, wie sich das Hexenmal weiter in mir ausbreitet. Ich brauche nicht viel Fantasie, um zu wissen, was mit mir geschehen wird, wenn es mein Herz oder meinen Kopf erreicht.

Doch darum geht es mir nicht. Ich fürchte mich nicht vor meinem Schicksal. Aber ich werde keine Sekunde mehr vertrödeln.

»Wo willst du hin?«, fragt Garreth alarmiert, als ich mich abrupt abwende.

»Zur Ödnis«, antworte ich knapp.

Leise fluchend lässt er von seinem Patienten ab und eilt mir nach. »Zur Ödnis?«, wiederholt er. »Was willst du dort?«

»Karli suchen.«

Er seufzt. »Mira, wir wissen nicht, ob sie tatsächlich …«

Ich bleibe wie angewurzelt stehen und drehe mich zu ihm um. Ich muss keinen Ton sagen, um ihn verstummen zu lassen; mein Blick reicht offenbar aus, um jeden Protest im Keim zu ersticken.

»Ich verstehe, dass du …«

»Nein«, grolle ich. »Du verstehst *nicht.* Du hast keine Ahnung, wie es sich anfühlt, wenn dein Schicksalsgebundener dir gestohlen wird.«

Ein grimmiger Zug bildet sich um seinen Mund. »Ach nein?«

»Deine Schicksalsgebundene wollte dich nicht! Komm ja nicht auf die Idee, das mit mir …«

Als meine Worte mit einiger Verspätung in mein Bewusstsein sickern, verstumme ich sofort.

»Garreth, es tut mir leid.« Vorsichtig strecke ich eine Hand nach ihm aus. »Ich wollte das nicht sagen. Es ist …«

Er schüttelt den Kopf. Die Bewegung wirkt abgehackt und schwerfällig. »Schon gut.«

Ich weiß, dass es nicht gut ist. Deshalb überbrücke ich die Distanz zwischen uns und schließe ihn in die Arme. »Verzeih mir. Ich bin … nicht ich selbst.«

Es dauert eine Weile, bis er einen Arm um mich legt und seinen Kopf an meinen lehnt. »Ich verzeihe dir.«

Erleichtert atme ich auf. Es bedeutet mir viel, dass er meine Worte nicht erneut herunterspielt, sondern mir vergibt.

»Direkt zur Ödnis zu marschieren«, sagt er, »ist trotzdem eine verdammt dumme Idee. Wenn Varyan hier wäre, würde er sie dir auch ausreden.«

»Ja, das würde er«, gebe ich zu. »Aber ich würde nicht auf ihn hören.« Ich mache mich von ihm los. »Ich habe den Roten Tod überlebt. Ich werde ihn wieder überleben.«

»Das weißt du nicht mit Sicherheit. Wir wissen zu wenig über die Seuche, weil wir Heiler sie nicht erforschen dürfen. Ausbrüche werden sofort eliminiert, um die Verbreitung einzudämmen. Bloß weil du als Kind nicht gestorben bist, heißt das nicht, dass du auch als Erwachsene dagegen gefeit bist.«

Er hat natürlich recht, und wenn es jemanden auf der Welt gibt, dessen Einschätzung ich respektiere, dann ist es Garreth.

»Ich muss dennoch gehen«, sage ich, während ich den Ausschnitt meines Hemdes zur Seite schiebe. An Garreths Blick erkenne ich deutlich, dass sich das Mal weiter ausgebreitet hat. »Ich kann nicht abwarten. Ich kann nicht darauf hoffen, dass Caligram wie durch ein Wunder von allein zu mir zurückkommt. Und ich werde keine weitere Minute, die ich mit Varyan hätte verbringen können, vergeuden. Karli ist irgendwo in der Ödnis. Wer immer Caligram gestohlen hat, wird auch dort sein.«

»Das kannst du nicht wissen«, erwidert Garreth. »Es könnte

ebenso gut ein gewöhnlicher Dieb gewesen sein, der ein kostbares Schwert gesehen hat und jetzt bereits über alle Berge ist.«

Ich zwinge mich zu einem schwachen Lächeln. »Du weißt wirklich, was du sagen musst, um andere aufzubauen.«

»Ich versuche nur, dein Leben zu retten!«

»Abzuwarten wird mein Leben nicht retten«, entgegne ich und deute auf das Mal. »Es wird mich qualvoll töten. Selbst wenn ich weder Caligram noch Karli in der Ödnis finde, habe ich trotzdem das Gefühl, etwas Sinnvolles zu tun.«

Garreth reibt sich mit einer Hand übers Gesicht. »Varyan wird mich umbringen, wenn er erfährt, dass ich dich in die Ödnis habe gehen lassen. Ich komme mit.«

»Nein.« Ich lege ihm eine Hand auf die Brust. »Du hattest noch keinen Kontakt mit der Seuche. Ich werde nicht zulassen, dass du dich ansteckst. Außerdem wirst du hier dringender gebraucht. Die Verletzten müssen behandelt werden.«

»Und wer passt auf dich auf?«

Ich lege eine Hand auf mein Schwert, das an meiner Seite hängt. Keine Stimme antwortet. Beinahe treibt mir diese Erkenntnis die Tränen in die Augen. »Ich. Ich werde auf mich selbst aufpassen.« Erneut stelle ich ein gezwungenes Lächeln zur Schau. »Ich brauche keinen großen, starken Mann, der meine Probleme für mich löst.«

»Das mag sein«, grummelt Garreth. »Aber du könntest jemanden gebrauchen, der dich davon abhält, in weitere Probleme zu geraten.« Er zieht mich in eine feste Umarmung. »Ich werde mir nie verzeihen, wenn ich dich habe gehen lassen und du nicht zurückkommst. Also komm auf jeden Fall zurück, hörst du?«

Ich erwidere seine Umarmung. »Ich verspreche es.«

Kapitel 25

Delmira

Noch etwa drei Wochen bis zum dritten Vollmond

Proviant zu finden, gestaltet sich als schwierig. Die Überlebenden können nichts entbehren – und von ihnen würde ich nichts annehmen –, deshalb bleiben mir nur die restlichen Rationen, die ich von unserer Reise in meinem Beutel finde. Zusammen mit zwei Schläuchen Seewasser packe ich sie in ein frisches Bündel, das ich mir umhänge. Wenn ich die Vorräte eisern rationiere, werden sie eine gute Woche reichen. Ich halte mich nicht mit sinnlosem Ballast wie Wechselkleidung auf, sondern mache mich sogleich auf Richtung Norden.

Garreth begleitet mich ein Stück und versucht unentwegt, mich davon zu überzeugen, meinen Entschluss zu überdenken. Doch ich habe mich entschieden. Zumindest Karli ist in der Ödnis. Wenn ich sie finde, kann sie mir hoffentlich sagen, wo Caligram ist. Als Hexe hat sie vielleicht ein anderes Gespür für göttliche Artefakte.

Es sind sehr viele »Hoffentlichs« und »Vielleichts«. Doch immer noch besser als abzuwarten und nichts zu tun. Es gäbe bloß eine andere Option, und das wäre die Seehexe. Aber zu ihr zu gehen und ihr zu beichten, dass ich ihr Artefakt verloren habe, und sie im gleichen Atemzug um Hilfe zu bitten, nun nachdem ich weiß, was sie Varyan angetan hat … Nein, da krepiere ich lieber an ihrem verdammten Hexenmal!

»Ich bin bald zurück«, versichere ich Garreth mit mehr Zuversicht, als ich empfinde.

Ich war noch nie in der Ödnis. Ich habe keine Ahnung, wie weit sie sich tatsächlich gen Norden erstreckt. Wahrscheinlich weiter, als man zu Fuß bewältigen kann. Aber ich muss es versuchen.

»Ich werde hier auf dich warten«, sagt Garreth. »Und wenn du in einer Woche nicht zurück bist, ziehe ich eigenhändig los und suche dich.«

Ich schenke ihm ein Lächeln, ehe ich mich abwende und zwischen den letzten Bäumen hindurchtrete, die sich gegen die Ödnis behaupten. Als ich mit Karli hier war, lag die Grenze weiter im Norden, glaube ich. Doch ohne die schützende Magie der Waldhexe fällt immer mehr Vegetation der zerstörerischen Fäule anheim. Auch die Bäume, die ich passiere, haben bereits eine kränkliche Färbung angenommen.

Die Ödnis ist eine karge Landschaft, in der es kein Leben gibt. Einst gehörte dieses Gebiet zu Lerthau und weiter im Osten zu Bellvor. Ich lebte als Kind dort. Doch sobald der Rote Tod über ein Land herfällt und zu viel verderbtes Blut in den Boden sickert, schwindet jedwedes Dasein, bis nichts als diese braungraue, karge Landschaft übrig bleibt, die sich vor mir erstreckt, so weit das Auge reicht. Die Luft ist staubig und geschwängert von Hitze und Tod. Es ist nahezu windstill, als würde sogar der Wind die Ödnis meiden.

Für mein Vorhaben ist dies ein Glücksfall. Denn so verwehen die Spuren nicht, sondern zeichnen sich deutlich in der leblosen, sandigen Erde ab. Es dauert nicht lange, bis ich einige Ansammlungen gefunden habe. Die Fußspuren sind riesig und münden vorn in Krallen. Eindeutig Kromer. Oder etwas anderes, dessen Bekanntschaft ich nicht machen will. Am Waldrand laufen die Spuren zusammen. Wenn es sich um die Fußabdrücke von Kromern handelt, waren sie mindestens zu dritt. Es wirkt, als hätte hier ein Kampf stattgefunden. Ein Stück weiter in der Ödnis entdecke ich einen Riss in der Erde, der von Karlis Magie herrühren könnte.

Auch ich trage einen Teil ihrer Erdmagie in mir. Sie hat ihn mir geschenkt, aber ohne ein göttliches Artefakt bin ich als Mensch nicht in der Lage, ihre Magie zu wirken. Ich habe sie erst ein Mal angewandt, und ohne Varyans Hilfe wäre ich danach zusammengebrochen.

Ich presse meine Hand gegen den Brustkorb. *Varyan.* An ihn zu denken und gleichzeitig zu wissen, dass ich nicht bloß die Hand nach Caligram ausstrecken brauche, um ihn in meinem Kopf zu spüren, ist die schlimmste Folter, die ich je durchstehen musste. Mit ihm an meiner Seite würde ich furchtlos in die Ödnis ziehen. Doch ich bin allein und auf mich gestellt. Mit der Erdmagie könnte ich wenigstens die Kromer in Schach halten …

Als ich mich auf die geschenkte Magie in mir konzentriere, spüre ich eine Art Ziehen. Ich kann sie nicht wirken, doch sie ist da – und sie sucht nach dem Artefakt, mit dessen Hilfe ich sie entfesseln kann. Es ist, als würde mich ihre Kraft in eine bestimmte Richtung ziehen.

Ich richte den Blick in die Ödnis. »Dort?«, murmele ich zu mir. »Finde ich dort Caligram?«

Niemand antwortet mir, aber damit habe ich gerechnet. Was auch immer dieses Ziehen ist, es ist allemal besser, als ziellos durch die Ödnis zu irren.

Ich werfe einen letzten Blick auf die Fußspuren und den Riss im Boden. Ein weiteres Paar Spuren. Kleiner als die der Kromer. Das muss Karli sein. Und daneben ist noch ein Paar. In etwa so groß wie Karlis. Sie führen fort vom Wald.

Entschlossen mache ich mich auf den Weg.

Die ausgetrocknete Erde knirscht unter meinen Füßen. Ich halte mich nah an den Spuren, ohne sie aus den Augen zu lassen. Hin und wieder konzentriere ich mich auf die Erdmagie in mir, deren Ziehen mir ebenfalls diesen Weg weist.

Am ersten Tag begegne ich keinem lebenden Wesen. Wäre ich nicht an ein paar ausgeblichenen Tierskeletten vorbeigekommen, hätte ich angenommen, dass hier nichts existiert. Aber einst gab es hier Leben. Einst gab es hier Dörfer und Wälder und Städte. Das verraten mir die steinernen Ruinen, die ich in regelmäßigen Abständen passiere. Ob die Burg, in der ich aufgewachsen bin, inzwischen ebenfalls verfallen ist?

Nachts raste ich in einer Ruine, finde jedoch keinen Schlaf. Der Nachthimmel ist klar und der Sichelmond spendet mir genug Licht, um auch jetzt weiterzulaufen. Nachdem ich mich gestärkt habe, ziehe ich weiter.

Zum Schutz vor der trockenen, sandigen Luft habe ich mir ein Stück Stoff vor Nase und Mund gebunden, um besser atmen zu können. Ich habe keine Ahnung, ob es funktioniert oder ob sich in meinen Lungen bereits mehr Staubkörner tummeln als in der gesamten Ödnis. So fühlt es sich zumindest an, wenn ich zu tief einatme. Das Kratzen in meinem Hals wird so schlimm, dass ich vermehrt zu meiner Trinkflasche greife. Mehr als einen winzigen Schluck gestehe ich mir jedoch nicht zu. Wenn mein Proviant zur Neige geht, bleibt mir keine andere Wahl, als auf der Stelle umzudrehen, denn hier draußen gibt es keinen Bach, wo ich an frisches Wasser gelangen könnte, und keine wilden Tiere, die ich erlegen könnte.

Am dritten Tag schleppe ich mich eher, als dass ich gehe. Ich habe lediglich wenige Stunden am Stück geschlafen, da ich keine

Zeit vergeuden will. Und ohne Varyan schlafe ich sowieso miserabel. Meine Füße bestehen nur noch aus Blasen und mein Hals ist derart ausgedörrt, dass mein Atem rasselt.

Abgesehen davon und dem nagenden Hungergefühl geht es mir jedoch gut. Keinerlei Anzeichen, dass ich mich mit dem Roten Tod angesteckt haben könnte. Ich leugne nicht, dass ich jedes Mal, wenn ich husten muss, in meine Handfläche schaue, voller Furcht, Blutspuren zu entdecken.

Jedes Mal sage ich mir, dass der Rote Tod nicht zwingend in der Ödnis existieren muss. Garreth würde mir vielleicht zustimmen und etwas Bedeutendes beitragen, wie die Tatsache, dass die Seuche hier draußen keine lebenden Wirte finden kann. Doch auch wenn ich mich hier draußen nicht mit der Seuche anstecken kann, bedeutet das nicht, dass mein Umfeld weniger tödlich ist.

Dem Stand der Sonne nach, muss es kurz nach Mittag sein, als sich die Spuren, denen ich bis jetzt gefolgt bin, plötzlich trennen. Ich stoße einen Fluch aus, während ich die Fußabdrücke anstarre. Der größte Teil von ihnen verläuft weiter nach Norden. Das müssen die Kromer sein. Aber ein Paar hat sich von der Gruppe getrennt und sich gen Osten gewandt. Es handelt sich dabei um kleine Abdrücke.

Konnte Karli ihren Häschern entkommen? Oder sind es die Spuren des Caligram-Diebs? Oder gehört diese zweite Spur jemand völlig anderem?

Unschlüssig stehe ich da. Welcher Spur soll ich folgen? Wenn ich Karli nicht zurückbringe, wird der Herzholzhain früher oder später von der Ödnis verschlungen werden. Aber ohne Caligram kann ich keine Magie wirken. Die Kromer werden kurzen Prozess mit mir machen, wenn ich ihnen lediglich mit einem gewöhnlichen Schwert entgegentrete. Ich brauche Caligram.

Doch ich kann nicht mit Sicherheit sagen, ob es überhaupt in der Nähe ist.

Wenn ich mich falsch entscheide, werde ich entweder getötet oder muss mit leeren Händen zurückkehren. Sofern ich den Rückweg mit dem restlichen Proviant überstehe.

Ich konzentriere mich auf die Magie in mir. Das Ziehen ist wieder da, stärker als zuvor. Es weist mir den Weg nach Osten. Wahrscheinlich finde ich dort Karli, denn die Erdmagie stammt von ihr. Wenn sie den Kromern entkommen konnte, muss ich sie so schnell wie möglich zurückbringen.

Im Stillen danke ich meiner Magie für ihre Entscheidung. Früher oder später hätte ich den Kromern gegenübergestanden, und das wäre nicht gut für mich ausgegangen.

Also folge ich der Spur nach Osten und hoffe, dass ich Karli so schnell wie möglich finde.

Es ist jedoch nicht die Waldhexe, die ich kurz vor Sonnenuntergang in einer etwa hüfthohen Steinruine ausmache.

Mit gezücktem Schwert nähere ich mich leise der Gestalt, die auf dem Boden kauert und sich die Lungen aus dem Leib hustet. Die trockene Luft ist geschwängert vom metallischen Geruch nach Blut, was mich beinahe würgen lässt. Doch ich ringe die aufkommende Panik nieder.

Die Gestalt bemerkt mich nicht, auch als ich ihr so nah bin, dass ich sie erkenne.

»Colette?«, frage ich. Meine Stimme klingt rau, da ich seit Tagen nicht gesprochen habe.

Ihr Kopf ruckt nach oben. Mit einem schlecht unterdrückten Aufschrei weiche ich vor ihr zurück. Selbst im spärlichen Licht erkenne ich das Blut, das ihr aus Nase, Mund und Augen läuft.

Sie hat sich mit dem Roten Tod angesteckt.

Obwohl wir nie so etwas wie Freundinnen waren, überkommt mich Mitleid. So zu sterben hat niemand verdient. Aber es gibt keine Rettung mehr für sie. Die gab es schon nicht, als sie sich infiziert hat.

»Was machst du hier draußen?«, frage ich, nachdem ich mich von dem ersten Schrecken erholt habe.

Hastig versucht sie, etwas hinter sich zu verbergen. Doch ich sehe es. Mein Mitleid verpufft schlagartig.

»Du Diebin!«, zische ich.

Ungeachtet des Blutes und des widerlichen Geruches stürze ich nach vorn. Colette rappelt sich auf. Ich habe beinahe vergessen, wie groß und kräftig sie ist. Selbst jetzt, da sie sich, geschwächt von der Seuche, nicht völlig aufrichten kann, überragt sie mich um eine halbe Kopflänge. Mit den behandschuhten Händen hält sie Caligram umklammert.

Ich blecke die Zähne. »Gib mir mein Schwert zurück!«

»Es ist nicht dein Schwert!«, erwidert sie und muss gleich darauf husten. »Es hätte mir gehören sollen. In deinen Händen ist seine Macht vergeudet.«

Ich verstehe kein Wort. Aber es ist mir gleichgültig, was sie von sich gibt. Alles, was ich sehe, ist Caligram.

Mit der Spitze meines eigenen Schwertes ziele ich auf sie. »Zum letzten Mal: Gib mir auf der Stelle Caligram zurück!«

Colette schüttelt verbissen den Kopf. »Niemals.«

»Dann hast du dein Schicksal gewählt.«

Sie stößt ein freudloses Lachen aus. »Denk ja nicht, dass ich es dir leicht mache.«

Ich weiß, dass ich gewinne. Es gibt nur einen, der mir in einem Zweikampf mit dem Schwert ebenbürtig ist und mich besiegen könnte. Ganz gleich, über wie viel Erfahrung und Training Colette verfügt, sie wird niemals so gut sein wie ich, denn ich habe mit dem Besten trainiert.

Ich gehe in Angriffsposition und umfasse den Griff meines Schwertes fester. Sie hat mir Caligram gestohlen. Sie hat mich hinterrücks niedergeschlagen, um das Schwert an sich zu nehmen. Und nun weigert sie sich, es mir zurückzugeben. Wenn es nötig ist, entreiße ich Caligram ihren kalten Fingern. Dieser Tod wäre gnädiger im Vergleich zu dem, was ihr bevorsteht.

Dennoch zögere ich. Es wäre nicht das erste Leben, das ich nehme. Auch vor Korven habe ich getötet, wenn es sein musste. Doch ich empfinde kein Vergnügen dabei. Erst recht nicht, wenn ich die Person kenne, deren Leben ich beende.

Nicht, dass es einen Unterschied macht. Colettes Leben ist vorbei, ganz gleich ob ich den tödlichen Hieb ausführe oder nicht.

Ich lasse sie nicht aus den Augen, registriere jede noch so kleine Bewegung ihrerseits. Ihre schleppende, abgehackte Atmung. Die leicht gebeugte Haltung, als bereitete es ihr Schmerzen, aufrecht zu stehen. Schweiß glänzt ihr auf der Stirn und benetzt bereits den Saum ihres Hemdkragens. Hinzu kommen die Blutrinnsale, die ihr ohne Unterlass aus Nase, Augen, Mund und Ohren laufen. Sie sind noch dünn und hell, aber es wird nicht mehr lange dauern, bis sie sich dunkel färben und schwallartig kommen.

Wenn es so weit ist, will ich so weit weg wie möglich sein.

Ich musste noch nie dabei zusehen, wie jemand am Roten Tod krepiert ist, aber ich kenne die Geschichten der Überlebenden. Ich bin auch eine, doch wenigstens gewährten mir die Götter eine kleine Gnade – als ich meine Eltern fand, waren sie bereits tot.

In Colettes Zustand gegen mich kämpfen zu wollen, grenzt an Selbstmord. Dennoch ist sie es, die zum Angriff übergeht. Ihre Bewegungen sind präzise – oder wären es, wenn nicht der Rote Tod seine Klauen in sie geschlagen hätte. Mühelos weiche ich ihr aus. Meine Arme zucken, als wollten sie ihrerseits eine Attacke ausführen und diese Farce beenden, doch ich halte mich zurück. Warum, kann ich nicht genau sagen.

»Wieso hast du mir Caligram gestohlen?«, frage ich, während ich sie dabei beobachte, wie sie das göttliche Artefakt erneut hebt. Es ist schwer, das weiß ich aus Erfahrung. In ihren geschwächten Händen wird es noch schwerer sein als gewöhnlich. Doch sie hält es auf mich gerichtet; das verdient Anerkennung.

»Weil es mir gehört!«, zischt sie. Ihr Gesicht, das normalerweise eine entrückte, herbe Schönheit ausstrahlt, ist wutverzerrt.

Ich schnaube. »Du kannst es nicht ohne Handschuhe berühren, denn es hat dich nicht erwählt.«

»Du verstehst das nicht!«

Erneut geht sie auf mich los. Diesmal weiche ich nicht aus. Sie gerät ins Straucheln, bricht ihren Angriff jedoch nicht ab. Im letzten Moment hebe ich die Hand und stoppe damit Caligram. Die Klinge schneidet mir in die Handfläche. Schnell halte ich die Luft an, Blut läuft über meine Hand.

›Mira!‹

Am liebsten hätte ich gejauchzt, als ich endlich wieder seine Stimme höre.

›Varyan.‹

›Was ist geschehen?‹

›Später‹, sage ich schnell. *›Ich muss zuerst Caligram zurückerlangen.‹*

Ich öffne meinen Geist für ihn, damit er unsere Umgebung und Gegnerin erkennen kann. Sogleich spüre ich seine Verwirrung, doch er schweigt, um mich nicht abzulenken. Und da ist noch etwas – seine stumme Entschuldigung für die Wunde, die Caligram mir zugefügt hat.

»Ich bin diejenige«, sage ich zu Colette, »die Caligram mit bloßen Händen berühren kann. Ich bin diejenige, die das göttliche Artefakt erwählt hat.«

Colettes Miene gleicht nun einer Fratze. »Aber das solltest du nicht sein!«

Ich gebe ein freudloses Lachen von mir. »Glaub mir, ich hätte zu Beginn auch alles dafür getan, dass es nicht so wäre. Doch heute werde ich nicht zulassen, dass mir jemand dieses Schwert entreißt. Gib es mir auf der Stelle zurück, dann lasse ich dich leben. Zumindest so lange, bis dich der Rote Tod ereilt.«

Ihre Augenbrauen ziehen sich zusammen, und beinahe rechne ich damit, dass sie aufgibt. Stattdessen lehnt sie ihr ganzes Gewicht nach vorn. Die Klinge schneidet mir tiefer ins Fleisch.

Ich muss einen Laut von mir gegeben haben, denn Varyan ist drauf und dran, die Kontrolle zu übernehmen.

›*Nicht*‹, beschwöre ich ihn. ›*Ich kriege das hin.*‹

›*Ich weiß, dass du das hinkriegst*‹, grollt er. ›*Aber ich will nicht tatenlos danebenstehen müssen, wenn du verletzt wirst.*‹

Damit entlockt er mir ein Lächeln. Sogar heute vergesse ich manchmal, dass Varyan nicht wie die meisten anderen Männer ist, denen ich begegnet bin. Er schätzt weder mich noch meine Fähigkeiten gering, wenn er mir helfen will, sondern möchte für mich da sein. Er kann zu allem werden, was ich brauche.

»Gib auf, Colette«, sage ich ruhig.

Sie schüttelt so heftig den Kopf, dass noch mehr Blut aus ihren Ohren fließt. »Ich *kann* nicht.«

Ich runzele die Stirn, während ich mir alle Mühe gebe, mich weder auf mein eigenes noch ihr Blut zu konzentrieren. Den

Anblick kann ich verkraften; es ist der Geruch, der mich in die Knie zwingt.

»Wieso kannst du nicht?«, frage ich.

Als sie antworten will, kommt bloß ein trockenes Keuchen aus ihrem Mund. Erneut schüttelt sie den Kopf. Nachdem sie sich geräuspert hat, krächzt sie: »Lass das Schwert los.«

Ich kralle die Finger fester um den Stahl. »Niemals.«

»Bitte.«

Ihr Flehen lässt mich zaudern. Ich mustere sie eindringlich. Colette ist alles andere als dumm. Sie wusste, was sie erwartet, wenn sie in die Ödnis geht. Vielleicht hat sie sich schon zuvor mit dem Roten Tod infiziert. Gab es nicht einen Angriff der Kromer? Doch was hat Caligram damit zu tun? Wenn es ihr bloß darum gegangen wäre, ein göttliches Artefakt an sich zu reißen, hätte sie mit dem Schwert überallhin fliehen können – aber doch nicht in die Ödnis!

»Gib mir Caligram zurück und ich verspreche dir, dass wir eine Lösung für dein Problem finden, was auch immer es sein mag«, biete ich an.

Ihr Blick, in dem bis eben noch verbitterte Entschlossenheit lag, wankt. »Warum solltest du mir helfen?«

»Warum sollte ich nicht?«, gebe ich zurück.

»Weil du … alles hast.«

Ein Lachen entringt sich meiner Kehle. Langsam, um sie nicht zu erschrecken, stecke ich mein eigenes Schwert zurück in die Scheide. »Und was soll das deiner Meinung nach sein?«, frage ich. »Ich liebe den Geist des Mannes, der in Caligram eingesperrt ist und mit dem ich nie zusammen sein kann.«

Vorsichtig ziehe ich den Kragen meines Hemdes zur Seite, damit sie die Ausbreitung des Hexenmals sehen kann, das sich in dünnen, schwarzen Linien unter meiner Haut ausbreitet. »Ich bin einen Pakt mit einer Hexe eingegangen, der mich qualvoll umbringen wird, wenn ich ihre Forderungen nicht erfülle. Bis auf Garreth habe ich weder Freunde noch Familie oder einen Ort, den ich mein Zuhause nennen kann. Du hingegen hast Freunde. Ein Zuhause. Eine Mentorin, die dich schätzt. Verzeih mir also, wenn ich deine Ansicht, ich hätte alles, nicht teile.«

Bei meinen Worten wendet Colette den Blick zu Boden und zieht Caligram zurück. Ich beiße mir auf die Zunge, um nicht erneut einen Laut von mir zu geben, als die Klinge aus meiner Haut gleitet. Doch meine Finger lassen den Stahl nicht los. Fordernd strecke ich die andere Hand aus. Ich muss mich davon abhalten, freudig zu seufzen, als ich endlich wieder das vertraute Gewicht Caligrams spüre.

Ich wehre mich nicht länger gegen Varyans Zupfen an meinem Bewusstsein. In Windeseile hat er meinen Körper übernommen. Diese Prozedur dauert bei uns nicht länger als ein Atemzug und ist genauso einfach.

Behutsam umfasst er Caligram mit der verletzten Hand und packt mit der gesunden Colette vorn an ihrem Hemd.

»Wenn du ihr noch ein einziges Mal wehtust«, grollt er, während er sie so nah zu sich zerrt, dass unsere Nasenspitze beinahe ihre berührt, »wird der Rote Tod dein geringstes Problem sein. Haben wir uns verstanden?«

Colette schnaubt. »Warum hast du dich nicht bei mir gezeigt? Ich hätte dir mit Freuden meinen Körper gegeben.«

Abrupt lässt er sie los, sodass sie zusammensackt. »Ich würde niemals deinen Körper haben wollen, selbst wenn er der letzte auf der Welt wäre.« Selten hat sich meine Stimme derart kalt und abweisend angehört. »Es gibt lediglich zwei Menschen, deren Körper ich übernehme – und einer davon ist eher eine Notlösung.«

›Garreth würde es persönlich nehmen, wenn du ihn als Notlösung bezeichnest‹, sage ich.

›Das ist sein Problem, nicht meines.‹

Er dreht meine rechte Hand so, dass er den Schnitt in der Handfläche erkennen kann, der tiefer als gedacht ist. Noch immer quillt dunkles Blut hervor.

›Kannst du deine Hand allein verbinden?‹, fragt er. *›Ich kann kein Stück Stoff aus deinem Hemd reißen, ohne Caligram dabei loszulassen.‹*

Dass der Schnitt verbunden werden muss, steht außer Frage, aber ich fürchte mich davor. Nicht vor den Schmerzen, die habe ich im Griff, sondern vor dem Geruch.

Nun da ich Varyan und Caligram zurückhabe, ist mein Verstand nicht mehr mit anderen Dingen beschäftigt. Trotzdem nicke ich und lasse zu, dass Varyan mir die Kontrolle wieder gibt.

Von dem metallischen Geruch wird mir schwindelig.

Schnell mache ich ein paar Schritte von der am Boden kauernden Colette weg und lege Caligram außerhalb ihrer Reichweite ab. Einen Fuß stelle ich auf die Klinge – bloß für den Fall, dass sie doch auf dumme Gedanken kommt.

Blut tropft von meiner Hand und versickert im trockenen Boden, als ich einen Stoffstreifen aus dem Saum meines Hemdes reiße und ihn um meine Handfläche wickele. Garreth würde sicherlich der Schlag treffen, wenn er sehen könnte, wie staubig mein provisorischer Verband ist.

»Was hattest du hier draußen vor?«, frage ich Colette.

Sie hebt den Kopf. »Ach, redest du jetzt wieder? Nicht mehr der Verbannte?«

»Lass ihn das lieber nicht hören. Er ist von den ganzen Beinamen, die er im Laufe der Zeit erhalten hat, wenig begeistert.

Gut möglich, dass du dir dann doch noch Prügel einfängst. Also, warum bist du in die Ödnis gegangen?«

»Ist das nicht offensichtlich? Ich bin hier, um Lady Karli zu retten.«

Kapitel 26

Varyan

Mira braucht viel zu lange, um sich einen Verband anzulegen. Wobei mir jede Sekunde, die wir getrennt sind, zu lang vorkommt. Ihr muss es noch schlimmer ergangen sein als mir. Als ich eben ihren Körper übernommen habe, konnte ich das beinahe fiebrige Pulsieren ihres Armes spüren. Ein Schmerz, der nicht von der Schnittwunde herrührte. Ich hatte keine Zeit, es mir anzusehen, aber das Hexenmal muss sich weiter ausgebreitet haben. Wie ich die Seehexe kenne, war dies eine Warnung, Caligram lieber nicht zu verlieren.

In wenigen Wochen werde ich wieder am See sein. Zwar bleibe ich noch einen Vollmond verschont, doch danach …

Danach werde ich mit jeder Faser meiner Existenz gegen sie ankämpfen und sie für alles, was sie Mira angetan hat, leiden lassen. Ich werde es ihr so schwer wie möglich machen. Wo ich früher lediglich gehofft hatte, es würde schnell vorbeigehen, werde ich gegen alles, was sie versucht, aufbegehren.

Gut möglich, dass ich ein mächtiges Wesen wie sie damit nur erheitere, doch das kümmert mich nicht. Wenn mich ihr Zorn trifft, soll es mir recht sein. Hauptsache, Mira bleibt für den Rest ihres Lebens von ihr verschont.

Zuerst wird allerding diese Colette meine Wut zu spüren kriegen! Wenn sie Caligram nicht gestohlen hätte, hätte sich das Hexenmal nicht derart weit ausgebreitet und Mira wäre nicht gezwungen gewesen, die Ödnis zu betreten.

Zu meinen Lebzeiten gab es den Roten Tod nicht. Mittlerweile ist mir klar, dass er nicht nur gefährlich, sondern auch unheilbar ist. Ich brauchte bloß einen kurzen Blick auf Colette zu werfen, um zu wissen, dass ihre Tage gezählt sind. Aber was ist mit Mira? Hat sie sich ebenfalls angesteckt? Ihr Körper war schwach und ausgezehrt.

Ein Prickeln rauscht meinen Rücken hinab, als Miras Finger über Caligram streichen. Ohne zu zögern folge ich dem Licht, das sie in die allgegenwärtige Dunkelheit um mich herum sendet.

›*Geht es dir gut?*‹, frage ich.

›*Meine Hand und mein Arm tun weh, aber ansonsten ist alles in Ordnung.*‹

Ich strecke mein Bewusstsein in ihr aus. Nicht weil ich an ihren Worten zweifle, sondern weil Kämpfer ständig dazu neigen, ihre körperlichen Befindlichkeiten herunterzuspielen, um ihrem Gegner keinen Angriffspunkt zu bieten. Mira ist eine Kämpferin, so wie ich einer war. Wir stammen aus unterschiedlichen Zeiten, aber es gibt Dinge, die sich niemals ändern werden.

›*Wonach suchst du?*‹, will sie wissen, als sie meine Präsenz bemerkt.

›*Ich will nur sichergehen, dass du dich nicht … infiziert hast.*‹

Sie seufzt. ›*Du klingst wie Garreth.*‹

Ich verziehe den Mund. Mit dem liebestollen Heiler verglichen zu werden, ist alles andere als schmeichelhaft. Wobei er nun, da ihn seine Angebetete abgewiesen hat, von seiner Verliebtheit geheilt sein dürfte.

›*Ich war als Kind tagelang in einem Zimmer mit Infizierten des Roten Todes eingesperrt und habe mich trotzdem nicht angesteckt*‹, sagt sie. Ihre Stimme zittert dabei ein wenig, auch wenn sie versucht, es zu überspielen. ›*Und auch jetzt geht es mir blendend, obwohl ich seit einer halben Woche in der Ödnis unterwegs bin.*‹

›*Eine halbe Woche?*‹, echoe ich. ›*Wir haben wegen der verdammten Meisterschmiedin eine halbe Woche verloren?*‹ Ich blecke die Zähne. ›*Überlass mir bitte deinen Körper, damit ich sie windelweich prügeln kann, bevor der Rote Tod sie holt.*‹

Sie lächelt. ›*Das hätte ich selbst übernommen, wenn Colette keinen guten Grund gehabt hätte.*‹

›*Das muss wirklich ein verdammt guter Grund sein*‹, grummele ich.

›*Karli wurde von Kromern entführt.*‹

Sie setzt sich in Bewegung und gewährt mir einen Blick auf ihre Umgebung. Die Ödnis macht ihrem Namen alle Ehre. Als ich noch lebte, existierte sie nicht. Damals grenzte Lerthau direkt an die eisigen Felsgebiete Kroms.

Colette hält sich neben Mira. Sie sieht furchtbar aus. Todgeweiht. Und das weiß sie. Dennoch schleppt sie sich vorwärts.

›*Wohin gehen wir?*‹, will ich wissen, obwohl ich mir die Antwort denken kann.

›*Wir müssen Karli retten*‹, antwortet Mira. ›*Sie ist die Einzige, die dir vielleicht helfen kann. Und ohne sie wird das Königreich Lerthau, das du einst erben solltest, Stück für Stück von der Ödnis verschlungen werden.*‹

Hätte ich einen Körper, würde ich sie so lange schütteln, bis sie wieder Vernunft angenommen hätte. Oder ich würde sie mir einfach über die Schulter werfen und notfalls aus der verdammten Ödnis tragen. Aber Mira ist Mira; wenn sie sich etwas in den Kopf gesetzt hat, können weder ich noch Garreth daran etwas ändern. Natürlich bin ich ihr dankbar, dass sie nicht bloß mir, sondern auch meinem Volk helfen will, doch ich wüsste sie lieber in Sicherheit als hier draußen. Auf direktem Weg nach Krom.

Einem Reich, das ich nur mit großen Verlusten unterwerfen konnte.

Es gab Nächte, da haben mich die Seelen meiner toten Soldaten heimgesucht, bis ich mir den Schlaf verweigerte, um ihre bis zur Unkenntlichkeit zerfetzten Gesichter nicht mehr sehen zu müssen. Wenn es neben der Seehexe einen Gegner gibt, vor dem ich mich fürchte, dann sind es die Kromer. Sie brauchen keine Waffen; ihre langen, spitzen Krallen und kräftigen Kiefer sind tödlicher als jedes Schwert. Rüstungen brauchen sie nicht, denn ihre Leiber sind von einem dichten Fell geschützt, das schwächere Hiebe und sogar Pfeile abwehrt. Doch am gefährlichsten sind sie, wenn sie in Blutrausch verfallen. Dann zerreißen sie alles, was ihnen vor die Pranken kommt, egal ob Freund oder Feind.

Ich hatte gehofft, Krom nie wieder nahekommen zu müssen, nachdem ich nur mühsam einen Sieg gegen dieses Land errungen habe. Ihr Reich ist felsig und kalt; es hätte nichts zu einem gemeinsamen Handel beizutragen. Deshalb wollte ich sie in Frieden leben lassen, nachdem sie sich unterworfen hatten.

Doch nun bin ich erneut auf dem Weg nach Krom. Diesmal ohne Armee.

›*Spar dir deine Vorhaltungen*‹, murrt Mira, die meinen Gedanken gelauscht hat. ›*Ich weiß selbst, dass es eine dumme Idee ist. Aber wenn ich nur irgendwo herumsitze und darauf warte, dass unsere Zeit abläuft, werde ich wahnsinnig.*‹

›*Mir fällt einiges ein, was tausendmal vergnüglicher wäre, als durch die Ödnis Richtung Krom zu stapfen*‹, entgegne ich verdrießlich.

›*Mir auch*‹, erwidert sie sanft. ›*Aber ich werde dich nicht aufgeben. Bis zum letzten Tag werde ich alles tun, was in meiner Macht steht, um dir zu helfen. Ich kann nicht sagen, ob wir dank Karlis Erdmagie diesmal eine Chance gegen die Kromer haben. Ich für meinen Teil habe lieber alles versucht, als hinterher etwas zu bereuen. Und wenn wir unterliegen … dann ist das so.‹*

Es hängt mehr in der Luft als sie ausspricht. Stumme Worte, die ich trotzdem höre und die mich gleichzeitig verletzen und heilen. Ich wünschte, ich könnte tatsächlich an ihrer Seite kämpfen – und sterben. Es wäre ein ehrenvolles Ende, vor dem ich mich nicht fürchten würde. Tausendmal besser als eine Ewigkeit als Sklave der Seehexe.

Und das ist der einzige Grund, warum ich nicht ihren Körper übernehme und sie weit, weit von Krom wegbringe. In ihr schwelt noch ein Funken der Hoffnung, die ich bereits aufgegeben habe.

Vielleicht kann dieser Funken hell genug für uns beide strahlen, wenn wir ihn lassen.

Aus den Gesprächen zwischen Mira und Colette erfahre ich, was geschehen ist, nachdem wir uns nach Valencia aufgemacht haben. Die Meisterschmiedin spricht schleppend und braucht gefühlt eine halbe Ewigkeit, bis sie einen Satz beendet hat. Ihre Kraft schwindet zusehends. Manchmal springt ihr Geist von einem Thema zum anderen, und Mira hat Mühe, ihr die zentralen Informationen zu entlocken.

»Caligram sollte mir gehören«, sagt Colette aus dem Nichts.

»Das meintest du vorhin schon«, erwidert Mira. »Was soll das bedeuten?«

»Die Priesterin hat mir eine große Zukunft vorausgesagt, und auch Karli war sich sicher, dass ich diejenige bin, die an ihrer Seite die Bedrohung aus dem Norden besiegen wird.«

›Bedrohung aus dem Norden?‹, hake ich nach. *›Meint sie damit die Kromer?‹*

›*Ich würde eher auf den Roten Tod tippen*‹, murmelt Mira nachdenklich. An Colette gewandt, sagt sie: »Und dazu wolltest du Caligram.«

Die Schmiedin nickt. »Jedes göttliche Artefakt hätte es getan, aber so viele gibt es nicht mehr davon. Ich durfte einige in Händen halten und restaurieren, aber keinem von ihnen wohnte solche Macht inne wie Caligram. Ich hätte mit den anderen nicht Karlis Magie wirken können, ohne ernsthafte Schäden an meinem Körper und Geist zu riskieren. Nur Caligram und die mächtige Seele, die im Schwert versiegelt ist, hätten mich schützen können.«

Ich spüre, wie Miras Finger sich fester um den Griff schließen.

»Wenn es bloß um die Seele geht«, sagt Mira, »hättet ihr sicher einen armen Tropf gefunden, um ihn in ein anderes Artefakt zu sperren.«

»So einfach ist das nicht«, entgegnet Colette. »Es muss eine mächtige Seele sein. Jedes Artefakt zieht sie nach und nach aus dem Träger, der das Artefakt führt, heraus, bis es sich die Seele völlig einverleibt hat. Und selbst dann zerbrechen viele Seelen an der Prozedur. Doch bloß ein Artefakt, das über eine Seele verfügt, ist in der Lage, die Magiebruchstücke der Hexen in sich aufzunehmen und sie wirken zu können.«

Miras Finger zucken, als hätte sie Mühe, das eben Gesagte zu begreifen.

›*Dir passiert das nicht*‹, murmele ich, während ich sanft über ihr Bewusstsein streiche. ›*Ich passe auf dich auf.*‹

›*Aber was ist mit dir?*‹, fragt sie.

›*Früher oder später wäre meine Seele wohl von Caligram verschlungen worden, wenn ich es weiter in meinen Schlachten geführt hätte*‹, sage ich. ›*Doch mein Schicksal war ein anderes. Das Artefakt hatte nicht genug Zeit, sich meine Seele einzuverleiben. Sie wurde durch einen Fluch an Caligram gebunden, und sie wird so lange hier drin bleiben, bis der Fluch gebrochen ist. Oder bis die Seehexe meiner überdrüssig ist. Jedenfalls wird sich Caligram erst wieder eine neue Seele einverleiben, wenn ich verschwunden bin.‹*

›*Du wusstest das, oder?*‹, hakt Mira nach. Unglaube schwingt in ihrer Stimme mit. ›*Als du zu Lebzeiten Caligram an dich gebracht hast, wusstest du, was dir bevorsteht.‹*

Ich zögere mit einer Antwort. Nach all der Zeit fällt es mir schwer, mich in mein menschliches, ambitioniertes Ich zurückzuversetzen und zu verstehen, was ich damals gedacht und gewusst habe. Die Einsamkeit hat mich verbittert werden lassen, sodass ich mich kaum noch an mein früheres Selbst erinnere.

Ich erinnere mich an die Fakten, an die Schlachten, die ich eine nach der anderen gewonnen habe, aber was ich dabei gedacht oder gefühlt habe, weiß ich nicht mehr. Was ich bereit war zu geben, um das zu erreichen, was ich wollte.

›*Ich muss es gewusst haben*‹, sage ich stockend. ›*Oder zumindest geahnt, denn auch damals gaben sich nur die Ehrgeizigen, Verzweifelten und jene, die sich nach dem Tod sehnten, mit Hexen ab. Ich zählte zu ersteren, und dass ich glaubte, klüger als eine Hexe zu sein, ist kein Geheimnis. Auch nicht, wie es für mich ausging.‹*

Mein Hochmut hat mir dieses Dasein eingebrockt, doch ich beschwere mich nicht. Hätte ich nicht gedacht, eine Hexe übertölpeln zu können, wäre ich Mira niemals begegnet.

»Gibt es einen Weg, die gefangene Seele zu befreien?«, fragt Mira die Meisterschmiedin.

»Woher soll ich das wissen?«, gibt diese zurück. »Wieso sollte das überhaupt jemand versuchen? Ohne die Seele ist das göttliche Artefakt nahezu nutzlos. Caligram wäre nichts weiter als ein gewöhnliches Schwert.«

»Trotzdem hast du es mir gestohlen«, erwidert Mira trocken.

Colette schnaubt. »Ich habe unzählige Male versucht, Caligram aus dem Stein zu ziehen. Ich war so frustriert, dass ich alte Schriften studierte, um ein eigenes Artefakt zu schmieden, wenn mich das verdammte Schwert nicht als Trägerin anerkennen wollte. Das ist auch der Grund, warum ich dir Caligram freiwillig zurückgegeben habe, nachdem ich es restauriert hatte. Mein eigenes Artefakt war so gut wie fertig. Und ich konnte Caligram sowieso nicht führen.«

Ich habe eine böse Vorahnung, wohin sich dieses Gespräch entwickelt.

Mira scheint in die gleiche Richtung zu denken. »Lass mich raten: Der verheerende Brand und die fast völlige Zerstörung des Herzholzhains geht auf deine Kappe.«

Ich höre Colette mit den Zähnen knirschen. »Sie war weg«, presst sie hervor. »Karli war plötzlich verschwunden. Verschleppt von Kromern. Keiner der Bewohner war mutig genug, die Verfolgung aufzunehmen. Alles blieb an mir hängen. Ich sah keinen anderen Weg, als mein Artefakt zu benutzen, obwohl ich wusste, dass es noch nicht vollendet war und keine Seele besaß. Aber mit ihm hätte ich vielleicht eine Chance gehabt, Karli zu retten, und ich war bereit, meine eigene Seele dafür aufs Spiel zu setzen. Denn du hattest recht mit dem, was du gesagt hast: Karli ist mir wichtig. Sie ist mehr als bloß meine Mentorin. Sie ist wie eine Mutter für mich. Und ich glaube, sie hat in mir so etwas wie eine Tochter gesehen.«

›*Aber anstatt Karli zu helfen, hat sie ihren Hain zerstört*‹, werfe ich ein. ›*Karli zählt zwar zu den umgänglichsten der Hexen, aber sie wird nicht erfreut sein, falls wir sie retten.*‹

Mira gewährt mir einen Blick auf Colette. Ihr Blick ist leer und trüb, und das liegt nicht nur am Roten Tod. Sie weiß, was sie angerichtet hat. Ihr ist klar, wie viele Leben sie ausgelöscht hat. Ihr Motiv mag edel gewesen sein, doch kein Mensch – ganz gleich wie talentiert – sollte göttliche Artefakte leichtfertig einsetzen. All das ist Colette bewusst, deshalb hält Mira sich nicht mit Vorwürfen auf. Es gibt nur eine Richterin für ihre Vergehen, und das ist Karli.

Sofern wir sie finden.

Unterwegs gelangen wir an eine Stelle, die Mira bereits kennt.

›*Hierher hat mich der Teil von Karlis Magie zu Caligram geführt*‹, erklärt sie mir, während sie mir die sich trennenden Spuren zeigt.

Ich glaube ja, dass es eher das Hexenmal war, das ihr den Weg gewiesen hat, doch das behalte ich für mich. Im Grunde ist es mir egal, welcher Macht ich es zu verdanken habe, dass wir wieder vereint sind.

Während wir unseren Weg fortsetzen, verliert Colette sich mehr und mehr in unzusammenhängendem Gemurmel. Da sie über nützliches Wissen, auch in Bezug auf die Kromer und ihre Beziehung zu Karli verfügt, versucht Mira, noch mehr aus der Meisterschmiedin herauszukriegen – erfolglos. Ihre Antworten, sofern sie verständlich sind, ergeben nicht einmal mit viel Fantasie einen Sinn.

Mira teilt ihre Vorräte eisern ein, doch je länger wir unterwegs sind, desto mehr Mitleid bekommt sie mit Colette. Während ich sie bereits vor Stunden ihrem selbstverschuldeten Schicksal überlassen hätte, teilt Mira das Wasser mit ihr. Jeden anderen hätte ich deswegen einen Narren geschimpft, doch bei ihr kommt mir der Gedanke nur flüchtig. Auch wenn sie es nach außen hin nicht zeigt, verbirgt sich unter ihrer harten Schale ein solch weicher Kern, der sie schnell in Schwierigkeiten bringt. Und dafür liebe ich sie noch mehr, wenn das möglich ist. Ohne sie wüsste ich nicht mehr, was Güte ist.

Lediglich bei einem Thema bleibt Mira stur: den Pausen. Keiner von uns weiß, wie viel Vorsprung die Kromer haben oder wie weit die Ödnis reicht. In Krom selbst könnten wir unseren Proviant auffüllen, zumindest unsere Wasservorräte. Aber wie weit ist es bis dahin noch? Ein Tag? Zwei Tage? Noch länger? Ich kann Miras Körper auch über ihre persönlichen Grenzen hinaus einige Zeit bewegen, aber selbst ich werde irgendwann keine Hilfe mehr sein, wenn wir nicht weitergehen – oder umkehren. Doch umzukehren, käme einer Niederlage gleich. Und der Funken Hoffnung in Mira würde unweigerlich erlöschen.

Also dränge ich sie nicht zu einer Entscheidung, die nicht die ihre ist.

Als die zweite Nacht hereinbricht, ist Mira dazu übergegangen, Colette nur noch einfache Fragen zu stellen.

»Warum bist du Karlis Spur nicht weiter gefolgt, sondern in eine andere Richtung gegangen?«, will sie wissen.

»Ich konnte nicht mehr«, murmelt Colette undeutlich. »Ich wollte mich bloß … ein bisschen ausruh…«

Mira reagiert schnell und fängt Colette auf, deren Beine unter ihr nachgeben. Mehrmals klatscht sie der Schmiedin auf die Wange und ruft ihren Namen. Ihre Lider zucken, öffnen sich jedoch nicht. Mittlerweile sind ihre Wimpern blutverklebt, dennoch sickert immer neues Blut aus Augen, Nase und Mund.

»Du wirst jetzt nicht aufgeben«, grollt Mira. »Karli wird verdammt wütend sein, wenn sie sieht, was du angerichtet hast. Du wirst nicht den leichteren Weg wählen und vor ihrem Zorn fliehen, hast du verstanden?«

Noch ein paarmal rüttelt sie den leblosen Körper der Meisterschmiedin, ehe sie aufgibt. Behutsam lässt sie Colette zu Boden gleiten und nimmt ihren Beutel an sich.

Ich bin nicht überrascht, dass Mira den Weg Richtung Norden einschlägt und den Fußspuren der Kromer folgt, auch wenn ich sie am liebsten dafür angeschrien hätte. Ich versuche gar nicht erst sie zu überreden, zurück zum Hain zu gehen und die die Zeit, die uns noch bleibt, dort mit mir zu verbringen.

Noch leuchtet der Funke ihrer Hoffnung, und solange ich dieses Leuchten sehen kann, werde auch ich nicht aufgeben. Mira ist das Licht in meiner Dunkelheit und ich werde ihr überallhin folgen, ganz gleich wohin.

Auch in den sicheren Tod.

Kapitel 27

Delmira

Noch etwa zwei Wochen bis zum dritten Vollmond

Mit Colettes übrigem Proviant dürfte ich noch eine Weile in der Ödnis durchhalten. Ich versuche, nicht in Tagen zu denken, denn dann würde ich bloß wieder ausrechnen, wie wenig Zeit mir mit Varyan bleibt. Den Blick starr nach vorn gerichtet, setze ich einen Fuß vor den anderen.

Colettes Tod sitzt mir in den Knochen. Ich kannte sie nicht sonderlich gut, aber einen Menschen langsam am Roten Tod dahinsiechen zu sehen, ist kein schöner Anblick. Keine Sekunde länger konnte ich bei ihrem toten Körper bleiben – ihr blutüberströmter Körper rief Erinnerungen wach, die ich jetzt nicht gebrauchen kann.

Die Angst, dass ich diese Krankheit bereits in mir trage, sucht mich zwischendurch mehrmals heim. Jedes Husten, jedes schwere Luftholen hinterließ ein mulmiges Gefühl, und ohne Varyan wäre ich in Panik geraten.

›*Du hustest, weil du seit Stunden nichts getrunken hast*‹, sagt er. ›*Und du bist kurzatmig, weil du ununterbrochen läufst. Lass mich für eine Weile übernehmen und ruhe dich aus.*‹

Ich nehme sein Angebot dankbar an und ziehe mich zurück. Schlafen darf ich zwar nicht, aber es genügt bereits, nicht ständig die trost- und leblose Umgebung um mich herum sehen zu müssen.

Unter Varyans Kontrolle bewegt sich mein Körper schneller und wir kommen zügig voran. Wir rasten nur, wenn ich im Begriff bin, einzuschlafen. Dadurch gelangen wir schneller als gedacht an die kromsche Grenze.

Ich spüre es zuerst an der Luft, die plötzlich kühler ist und nicht mehr starr und tot. In der Ferne zeichnet sich eine schneebedeckte Gebirgskette ab.

›*Wir müssen uns beeilen*‹, sagt Varyan und klingt dabei angespannt. ›*Wenn sie bereits in Krom sind, werden wir ihre Spuren im Gelände verlieren.*‹

Ich murmele eine Zustimmung, woraufhin er die letzten Kraftreserven meines Körpers mobilisiert. Ich hege die Hoffnung, dass wir selbst mit der am Ende langsamen Colette schneller unterwegs waren als eine ganze Gruppe, die noch dazu eine sich wehrende Hexe mitschleppt. Ob das tatsächlich der Fall ist, werden wir erst wissen, wenn wir sie finden – oder die Spur verlieren.

Varyan hält mich wach, treibt meinen Körper vorwärts. Er erzählt mir von seiner Jugend, dem Leben, das er hatte, und seiner Mutter. Irgendwie kommen mir die Geschichten bekannt vor. Ob er sie mir des Nachts bereits erzählt hat, um die Albträume fernzuhalten? Jedenfalls hätte ich seine Mutter gern kennengelernt. Er beschreibt sie als willensstarke, aber gütige Frau, die von seinem Volk als alleinige Herrscherin respektiert wurde, nachdem sein Vater an einem Fieber starb, als Varyan noch jung war. Ich finde es erstaunlich, dass er auch ohne direktes männliches Vorbild zu einem starken, ambitionierten Mann herangewachsen ist; seine Mutter muss einen großen Anteil daran gehabt haben. Ich hingegen hatte nie ein weibliches Vorbild, und was aus mir geworden ist, sieht man ja.

›*Eine entschlossene Frau*‹, kommentiert Varyan meine Gedanken, ›*die ihren Weg geht und sich von nichts und niemandem davon abbringen lässt. Eine mutige Frau, die neue Sichtweisen zulässt. Eine liebenswerte Frau, die mir einen Weg aus ewiger Dunkelheit gezeigt hat. Nicht bloß ich verdanke dir viel. Und ich habe keinen Zweifel daran, dass meine Mutter dich ebenfalls geliebt und geschätzt hätte.‹*

Zweifel sind fiese kleine Ärgernisse. Wirklich überwinden kann sie wohl niemand. Aber dank Varyan gelingt es ihnen nicht, ihre Krallen in mich zu schlagen, wie sie es früher getan hätten. Seine Worte und sein Glaube an mich vertreiben sie in der Sekunde, in der sie zum Vorschein kommen.

Genauso abrupt wie der dicht bewachsene und lebendige Herzholzhain in die Ödnis überging, sehen wir uns kurz nach Sonnenaufgang des nächsten Tages dem Reich Krom gegenüber. Scharfkantige, fast schwarze Felsenberge ragen vor uns in die Höhe und ein eisig kalter Wind peitscht uns um die Ohren, der sogar mein Bewusstsein frösteln lässt, obwohl Varyan meinen Körper bewegt. Knorrige, blätterlose Bäume sprießen aus dem rauen Boden, der hier und da mit Schnee bedeckt ist.

Wo der Herzholzhain sprühendes Leben symbolisierte, steht das eisige und karge Reich der Krom der leeren Ödnis kaum in etwas nach.

›Und das soll Karlis Reich gewesen sein, ehe sie nach Lerthau floh?‹, sinniere ich. Doch die Umgebung, die sich vor mir erstreckt, bringe ich nicht mit der Erdhexe in Einklang.

›Hat sie dir verraten, warum sie ihr Reich verlassen musste?‹, fragt Varyan.

Ich schüttele den Kopf. *›Aber sie muss einen gewichtigen Grund gehabt haben, denn um in Lerthau bleiben zu dürfen, musste sie der Seehexe Caligram überreichen.‹*

Karlis Geschichte interessiert mich wenig; mir geht es um ihr Wissen über Caligram. Wenn das göttliche Artefakt einst ihr gehörte, weiß sie vielleicht, wie ich Varyan helfen kann.

Als wir weitergehen, erstreckt sich vor uns eine Schlucht, so tief, dass ich ihr Ende nicht erkennen kann. Nur ein schmaler Steg aus wenig vertrauenerweckenden Holzplanken führt darüber.

›*Das sieht verdammt nach Karli aus*‹, murmele ich.

›*Diese Schlucht war schon hier, als ich damals nach Krom kam*‹, entgegnet Varyan grimmig. ›*Ich habe viele Männer hineinstürzen sehen. Ihre Schreie erklangen lange, ehe sie verstummten. Es ging das Gerücht um, dass die Schlucht direkt ins Herz der Welt hinabführt.*‹

Ich schlucke angestrengt. ›*Hast du das geglaubt?*‹

Varyan setzt unseren Weg in Richtung der Holzplanken fort, ehe er sagt: ›*Diese Schlucht wurde durch Magie erschaffen, noch dazu durch die Magie einer Hexe. Es gibt nur wenig, was ihre Magie nicht bewirken kann. Ich glaube zwar nicht, dass die Schlucht tatsächlich bis ins Herz der Welt reicht, aber ich bin nicht erpicht darauf, es herauszufinden.*‹ Er lässt den Blick schweifen. ›*Weiter im Osten endet die Schlucht. Wir könnten sie dort sicher umgehen.*‹

›*Und riskieren, dass wir die Spuren verlieren?*‹, erwidere ich. ›*Wenn die riesigen Kromer über diese Holzplanken gehen können, dann können wir das auch. Außerdem bewegst du meinen Körper. Ich würde wahrscheinlich so sehr zittern, dass ich herunterfalle, aber unter deiner Führung fürchte ich mich nicht.*‹

Varyan hält den Blick starr auf die Spuren gerichtet, die sich am anderen Ende der dunklen Holzplanken im Schnee abzeichnen. ›*Sie können keinen großen Vorsprung haben.*‹

›*Wir werden sie erwischen*‹, sage ich bestimmt.

Nicht ein einziges Mal schaut Varyan hinab in die Schlucht,

während er meinen Körper über die Holzplanken manövriert. Ich bin ihm dankbar dafür. Obwohl ich mir große Mühe gebe, Zuversicht auszustrahlen, hängt sie doch an einem seidenen Faden, wann immer ich mich daran erinnere, wie wenig Zeit uns noch bleibt und dass Karli abseits ihres zerstörten Hains vielleicht nicht mehr als eine gewöhnliche Frau ist. Ich möchte mich nicht in den Gedanken verlieren, dass all das hier umsonst ist.

Als wir auf der anderen Seite und damit in Krom angelangt sind, atme ich auf. Die Spuren der Kromer sind auf dem frischen Schnee gut sichtbar und führen weiter ins Landesinnere.

Weniger als eine Stunde folgen wir den Spuren durch zerklüftete Felsgebiete und eisige Schneeverwehungen, ehe wir in einiger Entfernung den Schein eines Lagerfeuers entdecken. Die harte, abgehackte Sprache der Kromer schallt zu uns herüber und wird von den Felswänden zurückgeworfen, sodass es klingt, als würde sich ein ganzes Volk streiten. Ich hoffe inständig, dass dem nicht so ist.

Leise schleichen wir uns vorwärts. Varyan verbirgt uns hinter einem Gesteinsbrocken, als er die Umgebung in Augenschein nimmt.

Wie vermutet, haben die Kromer eine Rast eingelegt und ein Lagerfeuer entzündet, um das sie sich versammelt haben. Es sind vier. Vier zottige riesige Gestalten so groß wie Bären. Zwei von ihnen gestikulieren wild mit ihren ausladenden Pranken, während sie sich in ihrer Sprache, die für meine Ohren nur aus Knurr- und Grunzlauten besteht, etwas mitteilen. Ich muss keine weissagende Priesterin sein, um zu ahnen, dass es bei ihrem Disput um Karli geht, die zwar gefesselt, aber aufrecht nah am

Lagerfeuer sitzt. Sie zittert in ihrem dünnen Kleid, das an den Beinen zerrissen ist.

Ohne dass wir uns bewegen oder ein Geräusch von uns geben, wird sie auf uns aufmerksam. Langsam, als würde sie etwas völlig Uninteressantes erspähen, dreht sie den Kopf in unsere Richtung. Ihr Blick schweift zwar nur flüchtig unser Versteck, um keine Aufmerksamkeit zu erregen, aber ich bin mir sicher, dass sie uns entdeckt hat.

›*Was machen wir jetzt?*‹, wispere ich, obwohl mich die Kromer sowieso nicht hören können.

›*Hier herzukommen war deine Idee*‹, sagt Varyan ebenso leise. ›*Ich habe auf einen Plan von dir gehofft.*‹

Dass mein Plan nicht über die groben Eckpunkte »Kromer verfolgen und Karli retten« hinausgeht, muss ich ihm nicht erklären. Sein Seufzen ist Antwort genug.

›*Wir hatten schon gegen zwei Kromer nicht den Hauch einer Chance*‹, sagt er. ›*Meine Magie ist nutzlos gegen sie. Ich will nicht noch mal dabei zusehen müssen, wie ich dich beinahe verliere.*‹

Mein Bewusstsein streicht über seines. ›*Damals hatten wir Karlis Erdmagie noch nicht.*‹

›*Du musstest diese Magie noch nie im Kampf einsetzen*‹, entgegnet er. ›*Das ist etwas völlig anderes, als sie kontrolliert und in Ruhe an einer Meeresklippe hervorzurufen.*‹

›*Was du nicht sagst*‹, grummele ich. ›*Wenn du eine bessere Idee hast, bin ich ganz Ohr.*‹

›*Die hab ich durchaus*‹, gibt er nicht minder brummig zurück. ›*Ich bringe dich hier weg.*‹

›*Vergiss es! Wir sind so weit gekommen. Wir haben Karli gefunden! Wir werden jetzt nicht verschwinden.*‹

Varyan reibt sich über die Stirn. ›*Sie wird uns sowieso nicht helfen können.*‹

›*Das weißt du nicht*‹, zische ich.

Mit einer knappen Kopfbewegung deutet er auf die gefesselte Hexe. ›*Glaubst du, sie hätte es so weit kommen lassen, wenn sie sich aus eigenen Kräften hätte befreien können? Denkst du, eine Nachfahrin der Götter selbst wäre auf die Hilfe zweier Sterblicher wie uns angewiesen, wenn sie allein mit ihren Problemen fertig werden könnte? Wenn sie sich nicht mal selbst helfen kann, wie soll sie dann uns helfen?*‹

›*Ich … Ich weiß es nicht, aber …*‹

›*Nichts aber, Mira*‹, unterbricht er mich scharf. Dann stößt er seufzend die Luft aus, ehe er sanfter fortfährt: ›*Ich würde dich nie gegen deinen Willen zu etwas zwingen. Und ich werde an deiner Seite sein, egal für welchen Weg du dich entscheidest. Aber wenn du gegen die Kromer kämpfen willst, kann ich dir nicht helfen. Nur du kannst Karlis Magie einsetzen. Ich bin derweil zum Zuschauen verdammt, weil der Zauber abbrechen wird, sobald ich deinen Körper übernehme.*‹

›*Du musst mir einfach vertrauen!*‹

Er stößt ein abgehacktes Lachen aus. ›*Du glaubst, dass ich dir nicht vertraue? Es gibt bloß noch einen einzigen lebenden Menschen auf dieser Welt, dem ich vertraue, und das bist du, mein verdammt stures Licht.*‹

Mein Herz gerät bei seinen Worten ins Stolpern. ›*Aber warum bist du dann …?*‹

›*Stell dir vor*‹, fällt er mir ins Wort, ›*du müsstest daneben stehen und könntest nichts tun, wenn die Seehexe mir ihren Willen aufzwingt. Wenn du gezwungen wärst, tatenlos zuzusehen, und mir nicht helfen könntest. Wenn du meine Angst und Verzweiflung ertragen müsstest, ohne etwas dagegen tun zu können. Wie würdest du dich fühlen?*‹

Varyans Worte verfehlen ihren Zweck nicht. Das aufgeregte

Klopfen meines Herzens verfliegt jäh und macht einer schrecklichen Hilflosigkeit Platz, die mich lähmt und mir den Atem abschnürt.

Ich muss nichts sagen, damit er versteht. ›*Ja*‹, flüstert er. ›*Genauso würde ich mich fühlen, wenn du vier Kromern gegenüberstündest ohne einen echten Plan. Und trotzdem rede ich es dir nicht aus. Ohne deine Hoffnung hätte ich schon lange aufgegeben. Du bist der Grund, warum ich ebenfalls hoffe. Ich weiß, dass ich diese Hoffnung zerschlage, wenn ich dich hier wegbringe. Ich weiß, dass du mir dann nicht mehr so bedingungslos vertrauen würdest wie jetzt. Nichts davon will ich. Ich bitte dich nur inständig …*‹ Er atmet tief durch. ›*Mach nichts Dummes.*‹

Ein schwaches Schmunzeln stiehlt sich auf meine Lippen. ›*Ich versuch's.*‹

Er schlingt den freien Arm um mich. ›*Das ist wohl das beste Zugeständnis, das ich von dir bekommen kann.*‹

Als Varyans Bewusstsein meinem Platz macht, spüre ich sein warmes Streicheln, das erfüllt ist von Liebe und Vertrauen. Am liebsten würde ich diese Gefühle festhalten und mich davon nähren. Doch sie sind in dem Moment verschwunden, als ich in meinem Körper lande und zum ersten Mal die rauen Felsen unter meiner Handfläche spüre, hinter denen wir uns verbergen. Die Luft fühlt sich noch beißend kälter an und sticht in meinen Lungen, als ich einen tiefen Atemzug nehme.

Noch immer sind zwei der Kromer in eine hitzige Diskussion verstrickt. Der dritte stochert im Feuer herum und der vierte steht etwas abseits und nimmt die Umgebung in Augenschein. Ihn muss ich zuerst ausschalten. Wenn ich es geschickt anstelle, kann ich ihn vom Lager weglocken und mich später um ihn kümmern. Die anderen drei stehen nah beieinander, sodass ich sie mit meiner Erdmagie zeitgleich überwältigen kann. Ich erinnere mich, wie Karli einen Riss in der Erde aufgetan und die Kromer dort hat hineinfallen lassen, ehe sie sie zerquetscht hat.

Keine Ahnung; ob mir das auch gelingt.

Aber für Zweifel habe ich keine Zeit. Ich suche mir einen Stein, der in etwa halb so groß wie meine Faust ist, wiege ihn kurz in der Hand und werfe ihn schließlich mit aller Kraft in die Richtung, in die der Späher-Krom schaut. Als der Stein klackernd gegen die Felsen knallt, ruckt sein Kopf nach oben. Die Nase in die Luft gereckt, versucht er die Witterung eines möglichen Angreifers aufzunehmen. Zum Glück für uns steht der Wind günstig; mich können sie nicht riechen.

Ich werfe einen weiteren Stein in dieselbe Richtung. Diesmal setzt sich der Späher-Krom in Bewegung und verschwindet zwischen den Felsen jenseits des Lagers.

Obwohl ich weiß, dass dies meine beste – und vermutlich einzige – Chance ist, zögere ich. Meine Beine zittern, und ich muss ihnen mehrmals den Befehl erteilen, sich endlich zu bewegen. Zwar nehme ich Varyans beruhigende Worte wahr, doch ihren Sinn verstehe ich nicht. Es ist, als würde sich alles in meinem Kopf drehen, weil mein Blut viel zu schnell durch meine Adern gepumpt wird. Zu genau erinnere ich mich an meine letzte Konfrontation mit den Kromern. An die Schmerzen, die mich wünschen ließen, ich sei bereits tot. Ich hatte meinen Tod akzeptiert, weil meine Gegner übermächtig waren und jedwede Gegenwehr das Unvermeidliche bloß hinausgezögert und noch mehr sinnlose Schmerzen nach sich gezogen hätte.

Doch schließlich bewegen sich meine Beine. Ich bin nicht die Mira von damals. Ich hielt mich nie für schwach, aber als wir zum ersten Mal in den Herzholzhain kamen, waren Varyan und ich keine Einheit wie jetzt. Ich besaß nicht den Teil einer Hexenmagie.

Und ich hatte bei Weitem nicht so viel zu verlieren.

Die rechte Hand fest um Caligram gekrallt, wage ich mich aus meinem Versteck. Ich nutze die wenigen verbleibenden Sekunden, um Karlis Erdmagie zu rufen. Mir ist klar, dass ich keine zweite Chance für einen Überraschungsangriff erhalte; ebenso ist mir bewusst, dass ich mir nicht so viel Zeit lassen darf wie in Valor.

Ich finde den Zugang zu der fremden Kraft, die in mir schlummert und ausschließlich von mir geweckt werden kann. Sie ist mir zu Willen, als hätte sie nur auf meinen Befehl gewartet.

Sie zu rufen, ist einfach.

Sie anzuwenden, stellt mich vor eine Herausforderung.

Wie in Valor ramme ich die Spitze Caligrams in den Boden, doch hier, umgeben von unnachgiebigem Felsgestein, kann das Schwert kaum eindringen. Die beiden Kromer, die bis eben in einen Streit vertieft waren, werden durch das klirrende Geräusch von Stahl auf Stein auf mich aufmerksam. Mit einem Knurren, das mir durch Mark und Bein fährt, wirbeln sie herum. Ihre gelb glühenden Augen sind starr auf mich gerichtet, während sie die spitzen Zähne fletschen. Die Erinnerung an den Gestank, der mir aus dem Maul des anderen Kromers entgegenschlug, als er nach mir schnappte, lässt mich würgen.

Hastig konzentriere ich mich wieder. Keine Sekunde zu spät, denn die beiden Kromer preschen nun auf mich zu, der dritte bleibt bei Karli.

Die Magie ist da; ich spüre sie in meinen Fingerspitzen prickeln.

Doch sie tatsächlich hervorzurufen, ist unmöglich.

Noch nie musste ich sie gezielt auf eine Stelle lenken, um meine Feinde zu treffen. Feinde, die mit jedem meiner hämmernden Herzschläge näher auf mich zurennen, die krallenbewehrten Pranken bereits nach mir ausgestreckt.

Beinahe spüre ich schon jetzt, wie ihre Klauen in meine Haut eindringen und das Fleisch darunter zerfetzen. Ich rieche schon jetzt das Blut, das aus meinen Wunden hervorschießen und den kalten Felsen tränken wird.

›*Mira.*‹

Varyans Stimme ist ruhig und unerschütterlich. Ihr Klang genügt, um einen Großteil meiner Angst zu vertreiben. Ihn zu hören, zu wissen, dass er bei mir ist, reicht aus, um mich zu konzentrieren.

In diesem Moment stehe ich nicht allein in einem fremden Reich und sehe mich zwei der wohl gefährlichsten Kreaturen gegenüber, die ich je erblickt habe. Nein, ich stehe im Ausbildungsring. Obwohl ich die anderen Knappen nach Strich und Faden vorgeführt habe, finden sie Wege, um mich zu demütigen. Sie geben sich die größte Mühe, mich zu brechen.

Und es wäre ihnen um ein Haar gelungen, hätte ich mir nicht jedes Mal vorgestellt, dass ich nicht allein sei. Dass der Held aus den Erzählungen meiner Kindheit bei mir wäre. Ich klammerte mich so fest an diese Vorstellung, dass ich beinah spürte, wie er mir die Hand auf den Rücken legte, um mich daran zu erinnern, ihn gerade und den Kopf erhoben zu halten.

Diese Verbundenheit, diesen Rückhalt spüre ich jetzt umso deutlicher. Denn nun ist es nicht mehr die Vorstellung eines einsamen Mädchens. Nun ist es die Liebe einer Frau, die, wenn nötig, Berge verrücken wird, um das Schicksal ihres Geliebten zu ändern.

Als hätte die Magie nur auf diesen besonderen Gedanken gewartet, springt sie aus meinen Fingerspitzen auf Caligram über. Das Schwert vibriert unter meinen Händen, ebenso wie der Felsen unter meinen Füßen.

Die Zeit scheint stehen geblieben zu sein. Oder meine Gedanken überschlagen sich schneller als die Kromer auf mich zustürzen können. Innerhalb eines Wimpernschlags habe ich die Stelle ausgemacht, an der ihre Pranken als Nächstes auftreten werden. Ich konzentriere mich auf die Magie, die zwischen mir und Caligram knistert, und bin drauf und dran, sie genau an diesen Punkt zu schicken.

Im letzten Moment nehme ich eine Bewegung im Augenwinkel wahr. Der Kromer, der bei Karli Wache hielt, ist ebenfalls aufgesprungen und geht auf mich los.

Und er ist näher als die beiden anderen.

Hastig ändere ich die Richtung meines Magieflusses. Mir bleibt kaum Zeit, die Entfernung zu Karli einzuschätzen, deren Blick abwägend auf mir ruht, als wüsste sie noch nicht, was sie von meinen Bemühungen halten soll. Ich würde ihr gern sagen, dass ich es selbst nicht weiß.

Der einzelne Kromer hat mich beinahe erreicht, als sich dank meiner geliehenen Magie der Boden unter ihm auftut und sein nächster Schritt ins Leere geht. Zum Glück ist das Erdloch weit genug von Karli entfernt, sodass sie nicht mit dem Kromer hineinfällt. Dieser gibt einen erstickten Laut von sich, klammert sich an den Rand des Lochs und versucht herauszuklettern. Ich bewege meine linke Hand und stelle mir vor, wie sich das Erdloch schließt. Wieder rumort der Boden unter meinen Füßen, als stünde der Fels, auf dem wir uns befinden, kurz davor, ebenfalls auseinanderzubrechen. Dabei konzentriere ich meine Magie einzig und allein auf den Kromer, dem es beinahe gelungen ist, aus dem Erdloch zu klettern, als es sich mit einem Rumpeln schließt.

Und die untere Hälfte seines Körpers zermalmt.

Sein Brüllen geht mir durch Mark und Bein, und es wird

schlimmer, als es in ein blutiges Gurgeln übergeht. Eilig wende ich den Blick ab. Wahrscheinlich habe ich den Kopf zu schnell bewegt, denn mir wird schwarz vor Augen.

›Lass mich übernehmen‹, fordert Varyan eindringlich, als er meinen Anflug von Schwäche bemerkt.

Verbissen schüttele ich den Kopf – langsamer diesmal – und zwinge meinen Blick dazu, sich zu fokussieren.

Keine Sekunde zu spät, denn die beiden Kromer haben ihren Kameraden als verloren abgehakt und gehen nun wieder zum Angriff über, nachdem sie ihn einen Moment lang angegafft haben. Ihre Bewegungen sind so schnell, dass sie vor meinen Augen verschwimmen. Oder kann ich etwa nicht mehr richtig sehen?

›Mira, verdammt, lass mich dir helfen!‹

Varyans aufgebrachte Stimme holt mich in die Gegenwart zurück.

Mein Herz rast, während eine unnatürliche Schwäche von meinen Gliedern Besitz ergreift. Ich drücke die Knie durch, die bereits drohten unter mir nachzugeben. Die rechte Hand fest um Caligram geklammert, beschwöre ich erneut die geliehene Magie.

Als hätten sie geahnt, dass ich den gleichen Trick ein zweites Mal anwenden würde, beginnen die Kromer wie die Kaninchen Haken zu schlagen, sodass es mir unmöglich ist, ihre Bewegungen vorherzusagen. Zweimal richte ich die Erdmagie auf die falsche Stelle.

Schweiß rinnt mir die Schläfen und den Nacken hinab. *Noch mal!* Ich muss es noch mal versuchen! Keuchend schnappe ich nach Luft, als ich erneut meine Magie fokussiere. In meinem Kopf spüre ich Varyans wachsende Anspannung. Es grenzt an ein Wunder, dass er noch nicht eingegriffen hat, doch er ist nicht dumm. Er weiß genau, dass seine Wind- und Feuerzauber gegen die Kromer keinen Effekt haben.

Es gelingt mir, einen der beiden Angreifer in einem Erdloch zu fangen, das ich hastig verschließe. Diesmal erwische ich ihn komplett, sodass ich seine Schreie nicht hören muss.

Der dritte Kromer hat mich erreicht. Ich rieche sein nasses Fell, bevor ich ihn sehe. Mein Sichtfeld ist seltsam verschwommen. Er ist nicht mehr als ein undeutlicher Unheil bringender Schatten, der mich so weit überragt, dass ich den Kopf in den Nacken legen müsste, um ihm in die Augen zu schauen. Ich tue es nicht. Meine gesamte Konzentration geht dafür drauf, Caligram festzuhalten und nicht ohnmächtig zu werden.

Ich bemerke seinen Angriff erst, als mir seine messerscharfen Klauen den linken Oberarm zerfetzen, so sehr bin ich damit beschäftigt, einen weiteren Erdzauber zu beschwören.

Varyans Geduldsfaden reißt. Unter einer Reihe von Flüchen, die ich nicht genau verstehe, zerrt er grob mein Bewusstsein zurück und übernimmt die Kontrolle.

›Wehe, du wirst bewusstlos!‹, grollt er aufgebracht.

Ich bringe in meinem Inneren, wo ich keinen Schmerz und keine Schwäche mehr fühlen muss, ein freudloses Lächeln zustande.

Unter Varyans Anleitung weicht mein Körper einem erneuten Angriff aus, während er Caligram aus dem Boden reißt. Das Gestein knirscht, als wäre es wütend darüber, das göttliche Artefakt loslassen zu müssen. Vielleicht bilde ich mir das auch bloß ein.

Varyans Bewegungen sind so schnell, dass alles um mich herum verschwimmt. Ich nehme wahr, wie er mit Caligram die Attacken des Kromers zwar kontert, seinerseits aber keinen verheerenden Angriff ausführen kann. Obwohl Caligrams

Klinge schärfer ist als alle, die ich jemals in Händen hielt, durchdringt sie nicht den dichten, zotteligen Pelz unseres Gegners. Bis auf ein paar abfällige Grollgeräusche ist der Kromer unbeeindruckt und setzt seine Angriffe unbeirrt fort. Varyan bleibt nichts anderes übrig, als ihm immer wieder auszuweichen und ihn mit einer Mischung aus Wind- und Feuermagieangriffen auf Abstand zu halten, um ihm kurzfristig die Sicht zu nehmen.

Ein gefährliches Spiel, denn jede Nutzung von Magie zehrt an meinen ohnehin angeschlagenen Kraftreserven.

Mein geschwächter Geist begreift erst, was Varyan vorhat, als er bei Karli angekommen ist und ihre Fesseln durchtrennt, nachdem er uns mittels eines Feuerzaubers direkt in die Augen des Kromers ein paar wertvolle Sekunden erkauft hat. Während unser Gegner sich mit einem wütend-animalischen Laut die Aschefunken aus den Augen reibt, packt Varyan die Waldhexe am Arm und zerrt sie hinter sich her.

Ein Tumult bricht hinter uns los – der Kromer, den ich vorhin weggelockt habe, ist zurückgekehrt.

Mit Verstärkung.

Ich kann nicht sagen, wie viele Kromer nun mit wildem Kriegsschrei hinter uns her sind, aber es sind genug, damit Varyan uns unerbittlich vorwärtstreibt. Er gerät mehrmals ins Stolpern, weil ich kaum noch weiterkann. Doch stehen zu bleiben, wäre der sichere Tod.

Ich wünschte, ich könnte für einen winzigen Moment die Augen schließen und durchatmen, um mich zu sammeln.

›Wach bleiben, Mira‹, mahnt Varyan eindringlich. *›Ich schaffe das nicht ohne dich.‹*

Die Intensität in seiner Stimme reicht aus, um mich durchhalten zu lassen. Ich klammere mich an sein Bewusstsein. An die

Tatsache, dass er bei mir ist und wir das gemeinsam durchstehen. Irgendwie.

Als wir die provisorische Brücke überquert haben, bleibt Karli unvermittelt stehen. Mittels eines Zaubers versenkt sie die Brücke in der Schlucht, was uns wertvolle Zeit verschafft. Dennoch bleiben die Kromer nicht untätig; einige von ihnen spalten sich von der Gruppe ab. Wahrscheinlich, um nach einem anderen Weg oder einem neuen Material zu suchen, das als Brücke dienen könnte.

»Wir müssen sie aufhalten«, sagt die Hexe.

Varyan verdreht die Augen, während er wieder ihren Arm packen will, doch Karli entzieht sich seinem Griff. »Wir dürfen nicht stehen bleiben!«

Sie neigt den Kopf. »Glaubst du etwa, dass du ihnen in der Ödnis davonlaufen kannst? So geschwächt, wie Mira ist?«

Varyans Blick fliegt hinter Karli, wo die Kromer am Rande der Schlucht lauern und uns mordlüstern beobachten. Sie haben eindeutig nicht aufgegeben, und es ist nur eine Frage der Zeit, bis sie einen Weg finden, die Schlucht zu überqueren.

›*Karli hat recht*‹, sage ich. ›*In der Ödnis werden sie uns erwischen. Dort können wir uns nirgendwo verstecken.*‹

Varyan kneift die Augen zu und knirscht mit den Zähnen. »Was schlägst du vor?«

»Wir müssen das beenden, was ich vor so vielen Jahren begonnen habe«, antwortet Karli.

Kapitel 28

Delmira

Noch etwa zwei Wochen bis zum dritten Vollmond

Was meinst du damit?«, will Varyan wissen, den Blick starr auf die Bedrohung jenseits der Schlucht gerichtet.

»Die Schlucht«, sagt Karli. »Ich habe sie erschaffen. Aber allein war ich nicht in der Lage, den Riss weit genug auszudehnen. Mit Miras Hilfe allerdings könnte mir das gelingen. Und wir könnten Krom ein für alle Mal vom Rest des Kontinents abspalten.«

»Abspalten?«, wiederholt Varyan.

Karli nickt. »Dieses Reich ist verloren. Das ist meine Schuld. Ich werde für immer mit dieser Bürde leben müssen. Jedoch werde ich nicht zulassen, dass meine Verfehlung weiter für den Tod Unschuldiger und das Absterben der übrigen Welt verantwortlich ist.«

»Ich verstehe kein Wort«, grollt Varyan.

»Musst du auch nicht. Wichtiger wäre es, dass du endlich Mira wieder die Kontrolle überlässt, damit wir zusammen unseren Rückzug sichern und die Sache beenden können.«

Varyan macht einen bedrohlichen Schritt auf sie zu. »Vergiss es! Ich werde nicht zulassen, dass du Mira in deinen bescheuerten Plan mit reinziehst.«

Als er sich anschickt, weiterzugehen, sagt Karli: »Du bist ebenfalls daran schuld. Dass sich der Rote Tod so weit ausgebreitet hat, meine ich.«

Abrupt bleibt er stehen.

»Deine Eroberungen … Die Ödnis entstand nach deinen Schlachten gegen die Kromer, weil zu viel sinnloses Blut vergossen wurde. Anschließend haben deine Armeen die Krankheit in jeden erdenklichen Winkel der Welt getragen.«

Varyan wirbelt zu Karli herum. »Hör auf, mir die Schuld für dein Versagen in die Schuhe zu schieben!«

Sie reckt das Kinn. »Im Gegensatz zu dir bin ich gewillt, mein Versagen richtigzustellen.«

»Ich wäre das auch. Gib mir einen eigenen Körper und deine Magie und ich schlachte so viele Kromer ab, wie du willst.«

Beinahe mitleidig schüttelt Karli den Kopf. »Geht es in deiner Welt auch ohne Gewalt?«

»Nein«, grollt er, »zumindest nicht, wenn die Alternative ist, dass du Mira benutzen willst. Das lasse ich nicht zu.«

»Sollte sie das nicht selbst entscheiden?«, fragt Karli mit zuckersüßer Stimme. »Immerhin ist sie diejenige, die ihr eigentliches Leben, das für sie bestimmt war und in dem du nicht mehr als eine namenlose Sagengestalt warst, an den Roten Tod verloren hat.«

Ich spüre, wie ihre Worte Varyan treffen. Nach außen hin lässt er sich zwar nichts anmerken, aber innerlich windet er sich.

Ehe ich ihm jedoch versichern kann, dass der Tod meiner Eltern nicht seine Schuld ist, sagt Karli achselzuckend: »Von mir aus können wir versuchen zu fliehen. Aber ich kann dir schon jetzt sagen, wie die Sache ausgehen wird. Sie werden kurzen Prozess mit Mira machen – und damit auch mit dir – und mich werden sie zurück nach Krom verschleppen. Selbst wenn ich ihnen heute entkomme, werden sie es wieder versuchen.«

»Und das kümmert mich, weil …?«, knurrt Varyan.

›Weil sie die Einzige ist, die uns vielleicht helfen kann‹, antworte ich.

›*Sie ist eine Hexe jenseits ihres Gebietes!*‹, erwidert Varyan aufgebracht. ›*Sie kann uns nicht helfen.*‹

›*Das weißt du nicht*‹, beharre ich. ›*Und selbst wenn sie es nicht kann, dürfen wir sie nicht hierlassen. Sie wird Gründe dafür haben, dass sie Krom damals den Rücken gekehrt hat. Ohne sie wird sich die Ödnis immer weiter ausdehnen. Die ganze Welt könnte davon verschlungen werden. Wenn es etwas gibt, was ich unternehmen kann, um das zu verhindern, dann will ich es tun.*‹

Varyan reibt sich über die Stirn. ›*Du bist geschwächt. Du könntest dabei sterben.*‹

›*Ich fürchte mich nicht, weil ich weiß, dass du da bist und mich beschützt.*‹ Ich streiche über sein Bewusstsein. ›*Du bist mein Schwert und mein Schild, schon vergessen?*‹

Seine Beharrlichkeit wankt, das spüre ich deutlich. ›*Ich will nicht, dass du …*‹

›*Ich will auch nicht, dass mir etwas zustößt*‹, unterbreche ich ihn. ›*Wir haben noch zwei Wochen, nicht wahr? Wie könnte ich diese zwei Wochen riskieren? Ich passe auf mich auf. Du wirst das auch tun.*‹

Mit einem tiefen Seufzen zieht Varyan sich zurück; langsam, sodass mir genügend Zeit bleibt, mich an den geschwächten Zustand meines Körpers zu gewöhnen. Und diese Zeit brauche ich dringend. Meine Beine zittern. Der Boden schwankt. Oder bin das etwa ich? Mein linker Arm, wo der Kromer mich vorhin erwischt hat, pocht. Zum Glück nehme ich keinen Blutgeruch wahr. Mehrmals muss ich blinzeln, bis sich mein Blick klärt. Varyan ist kurz davor, wieder die Kontrolle zu übernehmen, doch ich halte ihn davon ab.

Stattdessen wende ich mich an Karli. »Wie lautet der Plan?«

Ein paar Herzschläge lang mustert mich die Hexe, als sei sie sich nicht sicher, ob es eine gute Idee war, mich zurück in meinen

Körper zu lassen. Ich straffe den Rücken, um sie vom Gegenteil zu überzeugen.

»Du nutzt das Artefakt, um die Schlucht zu vertiefen«, sagt sie, »während ich meine Magie ebenfalls in den Riss sende. Gemeinsam sollte es ausreichen, damit sich Krom als Land abspaltet.«

Ich nicke bedächtig. »Als ich vorhin die Magie angewandt habe, hatte ich das Gefühl, der Boden würde unter mir erbeben. Fast so als wäre er nicht … stabil. Ich hielt es für eine Nebenwirkung der Erdmagie.«

Karli schüttelt den Kopf. »Es war nicht bloß eine Nebenwirkung oder Einbildung. Nur ein schmaler Streifen Land verbindet Krom noch mit der restlichen Welt. Wenn wir diesen Streifen zertrennen, wird so schnell kein Kromer mehr einen Fuß in die Ödnis setzen können. Und wir können ein für alle Mal eine erneute Ausbreitung des Roten Todes stoppen.«

Mein Blick huscht zu den Kromern jenseits der Schlucht. Allein ihr wilder Anblick verursacht mir eine Gänsehaut. Ich will mir nicht vorstellen, in welcher Angst die Grenzgebiete leben, die noch nicht von der Ödnis verschlungen wurden. Jederzeit mit einem Angriff der Kromer oder einem Ausbruch der Seuche rechnen zu müssen, muss zermürbend sein. Viele werden ihr Leben oder ihre Liebsten verloren haben. Ich kann sie ihnen nicht zurückbringen, aber ich könnte dafür sorgen, dass die Überlebenden Frieden finden.

Trotzdem keimt Mitleid in mir auf, während ich die Kromer betrachte. »Was geschieht mit ihnen, wenn wir unsere Magie anwenden?«

»Sie werden leben«, sagt Karli. »Auf ihrem Kontinent, fernab der restlichen Reiche. Sie haben Nahrung und Wasser. Vielleicht gelingt es ihnen, über Generationen hinweg die Seuche in ihrem Blut zu besiegen. Vielleicht auch nicht. In jedem Fall stellen sie keine akute Bedrohung mehr dar. Der Rote Tod wird sich nicht an neuen Stellen verbreiten. Bloß die bereits erfolgten Ausbrüche in den anderen Reichen müssen unter Kontrolle gebracht werden. Aber ich bin sicher, dass fähige Heiler wie Garreth das schaffen können.«

»Du sagtest, es gäbe keine Heilung«, gebe ich zu bedenken.

»Ich habe auch eben nicht von Heilung gesprochen, sondern von Kontrolle«, erwidert sie kühl. »Wenn die Kromer weiter über die nördlichen Bereiche Lerthaus und Bellvors herfallen und immer wieder ihre Blutseuche einschleppen, ist es unmöglich, die Ausbrüche zu kontrollieren – dann betreiben wir nur Schadensbegrenzung.«

Ich mache mir keine Illusionen: Selbst wenn wir das Reich der Kromer abspalten und es als eigenständiger Kontinent auf dem endlosen Meer davondriftet, werden früher oder später die Kromer einen Weg finden, zurück zum Festland zu gelangen. Aber vielleicht hatten wir bis dahin genug Zeit, um unsere Welt von der Seuche zu befreien. Vielleicht ersinnen wir eine Möglichkeit, die Ödnis neu zu besiedeln. Vielleicht gibt es bis dahin einen neuen Eroberer, dem es gelingt, alle Reiche unter sich zu vereinen und die nahende Bedrohung im Keim zu ersticken.

Doch bis dahin brauchen wir eine Lösung. Hexen wie Karli können das Wachsen der Ödnis nicht für immer eindämmen. Eine weitere Verbreitung der Seuche könnte sich verheerend auf alle Reiche auswirken.

Ich kann einen Teil dazu beitragen, dass kein Kind mehr seine Eltern blutüberströmt vorfinden muss, wie es mein Schicksal war. Deshalb hat Karli mir einen Teil ihrer Magie anvertraut.

»Ich bin dabei«, sage ich. »Erklär mir, was ich zu tun habe.«

Karli lässt sich nicht lange bitten, als befürchte sie, ich könne meine Meinung noch ändern. »Du nutzt Caligram, rammst es, so fest du kannst, in die Erde und schickst die Erdmagie direkt in die Schlucht. Ich kümmere mich um den Rest.«

Ich nicke. »Das schaffe ich. Aber was ist mit dir? Kannst du jenseits deines Waldes überhaupt Magie wirken?«

Sie schaut auf ihre Hände. »Noch ist nicht jede Kraft aus mir verschwunden. Ich bin bei Weitem nicht so stark wie in meinem Hain, aber auch nicht gänzlich nutzlos.« Sie wirft mir einen Seitenblick zu. »Neben einer Sterblichen wie dir werde ich bestehen können.«

Ich hebe einen Mundwinkel. »Das werden wir sehen.«

Karli geht nicht darauf ein; ihr Blick huscht zur Schlucht, an deren anderer Seite die Kromer gerade unter vereinten Kräften einen dicken Baumstamm heranschleppen. »Wir dürfen keine Zeit verlieren. Ich komme zu dir zurück, sobald unsere Aufgabe erfüllt ist.«

Mit diesen Worten lässt sie mich stehen und eilt gen Osten – dorthin, wo laut Varyan die Schlucht endet. Keine Ahnung, wie weit sie laufen muss. Ich kann nur darauf hoffen, dass sie sich tatsächlich als nützlich erweist.

Ich trete näher an den klaffenden Riss in der Erde heran, schaue jedoch nicht hinab. Mehrere Meter endloser Schwärze trennen mich von der Horde Kromer, die die Zähne fletschen und mich anknurren, während sie denen mit dem Baumstamm gestikulieren, sich zu beeilen.

›*Bereit?*‹, frage ich.

›*Nein*‹, grummelt Varyan. ›*Aber ich bin immer hier, um dich aufzufangen.*‹

›*Dafür bin ich dir dankbar, diesmal müssen wir den Zeitpunkt jedoch so weit wie möglich hinauszögern.*‹

Ich spüre, wie Varyan die Augen verdreht. ›*Ich werde eingrei-*

fen, wenn es sein muss. Erst recht, da du nicht ganz bei Kräften bist.‹

Ich gebe es auf, mit ihm zu diskutieren. Dafür haben wir keine Zeit. Da ich nicht riskieren darf, dass er den Zauber unterbricht, tue ich etwas, was ich schon seit Langem nicht mehr getan habe: Ich ziehe eine Mauer zwischen uns hoch, die ihn größtenteils von mir abblockt, obwohl ich Caligram festhalte. Ich kann förmlich vor mir sehen, wie Varyan deswegen aus der Haut fährt, doch das ist der einzige Weg.

›Tut mir leid‹, wispere ich gegen die Mauer, ohne zu wissen, ob er mich hören kann.

Wenn all das hier vorbei ist und wir endlich unsere verbleibende Zeit genießen können, werde ich mir eine angemessene Entschuldigung überlegen.

Mit beiden Händen umklammere ich nun Caligram, hebe das Schwert, so hoch ich kann, und ramme die Spitze mit aller Macht in den felsig-sandigen Untergrund, der hier im Ödland allgegenwärtig ist. Die Schwäche der Zauber, die ich vorhin gewirkt habe, zehrt noch an mir, dennoch suche ich die geliehene Magie. Ein weiteres Mal muss sie mir gehorchen, danach kann sie friedlich in mir schlummern, bis ich sie verliere.

Meine Hände beginnen sofort zu schwitzen, als sich die Magie in meinen Fingerspitzen sammelt und in Caligram fließt. Doch diesmal scheint es nicht bloß die Magie zu sein, die aus mir herausfließt. Es kommt mir vor, als würde mir mit ihr ein Teil meiner Lebenskraft entzogen werden.

Panik erschwert mir das Atmen. Alles in mir schreit plötzlich danach, dass ich verdammt noch mal Caligram loslassen und den Magiefluss unterbrechen soll. Vielleicht ist es auch Varyan, der mir das zubrüllt. Oder ich bilde mir ein, dass meine Instinkte schon seine Stimme haben. Ein wenig muss ich darüber lächeln und das vertreibt die aufkeimende Angst. Atmen kann ich zwar immer noch nicht wirklich, aber ich mache weiter.

Undeutlich erkenne ich, dass es den Kromern nun gelungen ist, einen Baumstamm herbeizuschaffen. Wenn es ihnen gelingt, die Schlucht zu überqueren, bin ich geliefert! Ich muss mich beeilen, koste es, was es wolle!

Entfernt höre ich ein dumpfes Grollen und Dröhnen. Erst nach einiger Verspätung spüre ich das dazugehörige Vibrieren. Die Erde bebt und ächzt unter Karlis Magie. Verglichen mit ihr muss ich bloß einen kleinen Teil beitragen, also beiße ich die Zähne zusammen und ignoriere die Schmerzen und die Schwäche, die mich schütteln. Den Blick fest auf die Bedrohung jenseits der Schlucht gerichtet, schicke ich all meine Kraft an Caligram.

Ich stelle mir vor, wie ich meine Magie tief hinab ins Erdreich schicke, um die letzten Verbindungen der Schlucht zu kappen.

Mehr und mehr Kraft wird aus mir herausgesogen, und irgendwann gehe ich in die Knie. Schweiß läuft mir in die Augen und nimmt mir die Sicht. Die Kromer jenseits der Schlucht sind bloß noch undeutliche Schemen. Mein Griff um Caligram ist derart locker, dass ein leichter Windhauch ausreichen würde, um meine Finger zu lösen.

Ich glaube schon nicht mehr daran, dass meine Kraft genügt. Gerade als ich aufgeben will, bricht der Fels unter Caligram ein Stück weg und ein gezackter Riss zieht sich hinüber zur Schlucht. Wieder dröhnt und rumpelt es, diesmal so stark, dass ich das Gleichgewicht verliere. Lediglich mit zwei Fingern umklammere ich noch den blanken Stahlgriff des Schwertes.

Schreie ertönen von irgendwo – so laut und spitz, dass sie selbst das Dröhnen übertönen.

In mir zerbricht etwas. Ich vernehme ein Knirschen. Die Mauer, die ich gegen Varyans Zugriff errichtet habe, ist verschwunden.

Erleichtert darüber, dass ich das hier nicht mehr allein durchstehen muss, stoße ich den Atem aus.

Doch ehe ich die vertraute und geliebte und im Moment wahrscheinlich ziemlich angefressene Stimme Varyans vernehmen kann, bringt mich ein erneuter Erdstoß aus dem Gleichgewicht. Ich bemerke erst, dass ich schwanke, als meine Hand von Caligram rutscht und ich hart auf dem Felsboden lande.

Allein.

Mein Körper zittert unkontrolliert. Ich bin unfähig, eine bewusste Bewegung auszuführen. Caligram steckt direkt neben mir im Boden, doch ich kann die Hand nicht danach ausstrecken, ganz gleich wie sehr ich es versuche. Vergeblich schnappe ich nach Luft, doch ich fühle mich wie ein Fisch an Land. Anstatt mit Luft, füllen sich meine Lungen mit einer Leere, die sie zu verschlingen droht. Nicht nur sie, sondern auch den Rest meines Körpers.

Einsam blicke ich in eine Dunkelheit, die so allumfassend und endgültig ist, dass ich keine andere Wahl habe, als mich ihr zu ergeben.

Kapitel 29

Varyan

In dem Moment, als ich nach Miras Bewusstsein greifen und ihren Körper übernehmen will, entgleitet sie mir. Ich meine noch, einen zarten Hauch davon an meinen ausgestreckten Fingerspitzen zu spüren, ehe es verschwindet, als wäre es nicht mehr als ein Luftzug.

In der einen Sekunde bin ich in ihrem Kopf, nachdem ich endlich diese verdammte Mauer einreißen konnte, und spüre ihre Freude über den Erfolg, den Triumph über den schrecklichen Feind, die beide so ansteckend sind, dass ich sie ebenfalls empfinde und den Ärger darüber, dass sie mich ausgesperrt hat, beinahe vergesse.

Und in der nächsten falle ich zurück in mein dunkles Gefängnis. Besäße ich noch ein schlagendes Herz in einem richtigen Körper, würde ich nun sein panisches Wummern hören.

Erst rufe ich Miras Namen. Dann schreie ich ihn. Am Ende überschlägt sich meine Stimme vor Angst.

Ich konnte nicht sehen, ob Karlis Plan geglückt ist. Ob sie tatsächlich Krom abspalten konnten. Ich nehme es lediglich an, da ich Miras Emotionen gespürt habe. Aber was, wenn einer der Kromer – oder mehrere – es über die Schlucht geschafft haben? Wenn sie Mira angegriffen haben, während sie so geschwächt war, dass sie sich nicht verteidigen konnte?

Und ich kann nichts anderes tun als hier zu sitzen und zu warten und zu hoffen.

Wenn ich dachte, dass meine schlimmste Zeit der letzten Monate die Stunden waren, in denen Mira mich mied, weil ich sie zu sehr getriezt habe, durchlebe ich nun eine ganz neue Form von Qual. Eine, die noch tiefer geht als die Furcht vor dem nächsten Vollmond. Sie setzt sich in mir fest und lässt mich erschauern, während sich mein Verstand immer neue Szenarien ausmalt, was ihr zugestoßen sein könnte – eines schrecklicher als das andere.

Doch etwas haben sie alle gemeinsam: In keinem sehe ich Mira wieder.

Ich dachte, dass mir noch Zeit bliebe. Zumindest zwei Wochen. Zwei ganze Wochen und ein voller Mond am Nachthimmel, ehe ich mich mit dem Gedanken, sie nie wiederzusehen, nie wieder mit ihr zu reden, sie nie wieder ärgern zu können, nie wieder das spüren zu können, was sie fühlt, anfreunden müsste. Zwei Wochen, in denen ich nichts davon wissen wollte. In denen ich nicht darüber nachdenken wollte, was es für mich bedeutet, sie zu verlieren und für die Ewigkeit in mein Gefängnis zurückzugehen.

Nun erhalte ich einen Vorgeschmack auf die Qualen, die mich erwarten. Und ich bin mir sicherer denn je, dass ich es nicht ertragen kann. Ich muss einen Weg finden, mein Leiden zu beenden.

Doch schlimmer als die Einsamkeit ist die Ungewissheit. Nicht zu wissen, wie es Mira geht, ob sie lebt, ob sie kämpfen muss, während ich hier drin gefangen bin und fast den Verstand verliere, ist furchtbarer als jede Folter, die sich die Seehexe für mich hätte ausdenken können.

Ich weiß nicht, wie viel Zeit verstreicht, während ich auf irgendeine Reaktion jenseits des Schwertes harre. Zu viele Sekunden wünsche ich mir die zarte Berührung ihrer Finger herbei, ohne dass etwas geschieht. Und mit jeder Sekunde, die vergeht, verliere ich einen Bruchteil der Hoffnung, die Mira mir geschenkt hat.

Die Dunkelheit droht mich zu verschlingen. Sie rückt näher und näher, und ich habe keine Möglichkeit, sie zurückzudrängen. Eine erschütternde Gewissheit überkommt mich.

Mein Licht hat mich verlassen.

Bevor Mira das Schwert aus dem Stein gezogen hat, war es mein Hass auf die Seehexe, der mich daran hinderte, mich der Dunkelheit hinzugeben – er war mein Antrieb. Ich wollte ihr nicht die Genugtuung geben, mich gebrochen zu haben. Sobald Mira das Schwert berührte, war sie es, die mir unermüdlich einen Weg aus der Finsternis zeigte, auch wenn sie es damals noch nicht wusste.

Doch ihr Licht zeigt mir nicht mehr den Weg. Ich fühle mich innerlich derart leer, dass ich mich noch nicht einmal an den Hass auf die Seehexe klammern kann.

Ich sacke zusammen, da meine Beine mich nicht länger tragen. Die Schatten wittern ihre Chance und kriechen auf mich zu. So nah haben sie sich das letzte Mal an mich herangetraut, als ich zum ersten Mal ins Schwert gebannt wurde. Ich konnte all die Zeit gegen sie ankämpfen und sie auf Abstand halten. Sie waren stets da und beobachteten mich aus der Finsternis heraus, warteten geduldig auf ihre Chance.

Nun ist sie gekommen; ich besitze nichts, um sie von mir fernzuhalten. Weder Hass noch Hoffnung existieren in mir.

Ohne meine Qualen unnötig in die Länge zu ziehen, strecke ich die Hand nach dem vorwitzigsten Schatten aus. Keine Ahnung, was mit mir geschehen wird, sobald er mich berührt. Ich hoffe bloß, dass es schnell geht. Dass ich Miras Verlust keine Sekunde länger ertragen muss.

Wie gebannt sehe ich dabei zu, wie der Schatten auf meine ausgestreckte Hand zuschlängelt. Er ist noch dunkler als die Finsternis. Noch unausweichlicher. Noch verzehrender. Trotzdem heiße ich ihn willkommen. Alles ist besser als mit der Gewissheit weiterzuexistieren, dass ich Mira und somit ihr helles Licht verloren habe.

Für einen winzigen Moment ziehe ich die Hand zurück, als ich eine Berührung am Schwert wahrnehme. Doch ich weiß noch im selben Augenblick, dass es nicht Miras Finger sind, die sich um den Griff schließen. Die Berührung ist fremd und fest. Ich wappne mich gegen die ungebetenen Gedanken desjenigen, der seine Hand gierig nach Caligram ausstreckt.

Hoffentlich ist es keiner der Kromer … Wäre der Schatten doch nur ein wenig schneller gewesen! Ich will nicht wissen, was im Kopf dieser Kreaturen vor sich geht …

So gut es geht, schirme ich mich vor den unwillkommenen Einflüssen ab, doch gänzlich wird mir das nicht gelingen. Mein Blick gleitet zu den Schatten, die sich nun weiter zurückgezogen haben. Ich bin versucht, sie zu mir zu locken, als ich eine mir bekannte Stimme vernehme.

›Du könntest ein wenig kooperativer sein.‹

Ich runzele die Stirn. *›Karli?‹*

Mir liegen weitere Fragen auf der Zunge – allen voran die nach Mira –, als plötzlich Karlis Hexenkraft an mir zerrt. Es fühlt sich an, als wolle sie mich Stück für Stück auseinanderreißen. Ich schreie. Zumindest glaube ich das. Mein Geist besteht bloß noch aus Schmerz, der mir jeden klaren Gedanken raubt.

Genauso abrupt wie das Zerren kam, verschwindet es wieder. Da ich bereits auf die Knie gesackt war, schlage ich nun der Länge nach hin und ringe keuchend nach Luft.

›Verzeih.‹ Karlis Stimme klingt überhaupt nicht zerknirscht,

vielmehr als hätte sie sich genau das genommen, was ihr zustand, und müsste nun mit einem geringfügigen Ärgernis zurechtkommen. ›*Meine Magie ist abseits meines Hains etwas geschwächt. Da kam mir ein göttliches Artefakt gerade recht.*‹

Ich will sie anknurren, dass mich ihre Erklärungen nicht im Geringsten interessieren, doch über meine Lippen kommt nur ein Krächzen. Ich fühle mich, als hätten mich fünf Kromer in die Mangel genommen und anschließend zum Sterben liegen gelassen.

Umständlich stemme ich mich hoch und bringe das eine Wort hervor, das alles für mich bedeutet. ›*Mi…ra.*‹

Karli schweigt, doch ich spüre noch ihre Berührung an Caligram. Ich will meinen Geist aussenden und notfalls in ihren Gedanken wühlen, doch ich pralle gegen eine undurchdringliche Mauer.

›*Spar dir den Versuch, kleiner Prinz*‹, spottet sie. ›*In die Gedanken einer Hexe kann kein Mensch eindringen. Nicht einmal ein mächtiger wie du. Aber ich habe dich gehört. Mira lebt, doch ihr Zustand ist … kritisch.*‹

Ich komme irgendwie auf die Füße. Nachdem ich mehrmals tief durchgeatmet habe, bin ich wieder in der Lage, ganze Sätze zu formen. ›*Was soll das heißen? Wo ist sie?*‹

›*Hier, bei mir. Meine Magie hat ihr sehr stark zugesetzt. Sie ist bewusstlos.*‹

Meine Gedanken rasen. Sie lebt! Mira lebt! Meine Augen brennen angesichts dieser kleinen Gnade.

›*Heile sie!*‹, verlange ich von Karli. ›*Tu etwas, damit sie aufwacht!*‹

›*Das kann ich nicht.*‹

Ich schreie sie an. Die Verwünschungen, die ich ihr an den Kopf werfe, ergeben keinen Sinn, dennoch brülle und tobe ich weiter. So lange, bis meine Stimme versagt und ich erneut auf die Knie sinke.

›*Bitte*‹, wispere ich. ›*Hilf ihr.*‹

Weil ich es nicht kann, füge ich stumm hinzu.

›*Ich habe meine Magie fast vollständig verloren*‹, sagt Karli. ›*Von dem Moment an, als ich aus meinem Hain entführt wurde, versiegte sie nach und nach. Ich sandte das letzte bisschen in die Schlucht. Und eben konnte ich bloß dank Caligram auf sie zurückgreifen.*‹

›*Dann tu es erneut!*‹

›*Eine klitzekleine Angriffsmagie, um den einen Kromer zu überwältigen, der es noch über die Schlucht geschafft hat, hat dich beinahe in Stücke gerissen*‹, gibt sie zu bedenken. ›*Ich bin nicht Mira. Ich bilde mit dir keine Einheit. Ich benutze dich und die Kraft, die du dem göttlichen Artefakt verleihst, und du bist derjenige, der den Preis dafür zahlt.*‹

›*Das ist mir egal*‹, sage ich sofort. ›*Hilf Mira.*‹

Karli gewährt mir einen Blick auf meine Geliebte. Ich wünschte, sie hätte es nicht getan. Ein ersticktes Keuchen entweicht mir, als ich Miras reglose Gestalt sehe. Ihr Gesicht ist fahler als der Schnee in Krom. Sie wirkt nicht, als würde sie bloß schlafen, sondern als wäre jedwedes Leben aus ihr gewichen. Als käme jede Hilfe – sogar die einer Hexe – zu spät.

›*Was ist mit ihr geschehen?*‹, frage ich tonlos.

›*Sie hat sich übernommen.*‹ Mit einem Ruck zieht Karli das Schwert aus dem Boden und macht einen Schritt auf Mira zu. ›*Anders als du ist sie es nicht gewohnt, mit Magie zu hantieren. Schon gar nicht ohne Hilfe.*‹

Ich schlucke angestrengt. ›*Wenn ich eingegriffen hätte, wäre der Zauber abgebrochen und die Kromer hätten die Schlucht überwunden. Alle, nicht bloß einer.*‹

›*Das war kein Vorwurf, kleiner Prinz. Ich war dabei. Ich weiß sehr wohl, in welcher Situation wir uns befanden. Dennoch ändert das nichts an der Tatsache, dass Mira zu viel meiner geschenkten Magie genutzt hat und ihr Körper nicht für solche Strapazen gemacht ist.‹* Sie kniet sich neben Mira und streicht ihr eine wirre, rostrote Haarsträhne aus der Stirn. *›Meine Magie vermag es, Wunden und Knochenbrüche zu heilen. Aber einen erschöpften Geist kann ich nicht kurieren, selbst wenn ich noch über mein volles Potenzial verfügte. Das muss sie aus eigener Kraft schaffen.‹*

›Ich werde ihr helfen.‹

›Es ist gefährlich, in einen Körper einzudringen, dessen Bewusstsein nicht intakt ist. Du könntest nicht nur sie verlieren, sondern auch dich selbst.‹

Ich zögere nicht mit einer Antwort. *›Es kümmert mich nicht, was mit mir geschieht. Meine Zeit ist sowieso in zwei Wochen abgelaufen. Aber Mira muss leben.‹*

›Ohne dich?‹, hakt Karli nach. *›Meinst du nicht, dass ihr weiteres Leben ohne ihren Schicksalsgebundenen genauso kalt und einsam sein wird wie deines, bloß dass sie nicht in die Dunkelheit eines Schwertes verbannt wurde? Aber so wird es sich für sie anfühlen. Willst du das wirklich? Wäre dies nicht das gnädigere Ende? Wenn sie als Heldin stirbt, nachdem sie dich und mich und alle Bewohner der Reiche beschützt hat. Ich würde bis in alle Ewigkeit von ihren glorreichen Taten erzählen und die Erinnerung an sie lebendig halten.‹*

Bei jedem ihrer Worte runzele ich mehr die Stirn, bis ich schließlich beim letzten Satz den Kopf schüttele. *›Du vergisst etwas Entscheidendes: Weder Mira noch ich sind unsterblich wie du. Ich existiere zwar schon viel länger, als ich eigentlich sollte, aber dank Mira habe ich nicht vergessen, wie ein Mensch zu fühlen. Eben weil unsere Zeit begrenzt ist, müssen wir jedes Glück auskosten. Uns interessiert deine Ewigkeit nicht. Einzig das Jetzt zählt für* *uns. Und ich will den Rest der Zeit, dir mir bleibt, mit Mira verbringen – oder gar nichts.‹*

›*Und was geschieht mit ihr, wenn deine Zeit abgelaufen ist?*‹

Ich zögere. Über das, was nach den drei Monaten und drei Tagen geschieht, habe ich so wenig wie möglich nachgedacht, nachdem Mira und ich besser miteinander auskamen. Und als wir mehr füreinander empfanden und ich begriff, was sie für mich ist, *wollte* ich nicht darüber nachdenken. Auch jetzt wäre es so einfach, die quälenden Gedanken weit von mir zu schieben, doch Karli wird nicht lockerlassen.

›*Mira ist bereits ein Mal mit dem Verlust ihres Schicksalsgebundenen zurechtgekommen*‹, presse ich hervor.

Karli gibt ein glockenhelles Lachen von sich. ›*Er war nicht ihr Schicksalsgebundener.*‹

›*Das wusste sie nicht!*‹

›*Jetzt kennt sie ihren echten*‹, erwidert die Hexe ungerührt. ›*Glaubst du wirklich, dass sie es erneut verkraften kann? Nach außen hin mag sie stark und unnahbar wirken, aber ihr Geist ist zerbrechlicher, als es den Anschein hat.*‹

Ich schlucke angestrengt. Karli erzählt mir nichts Neues. Wer wüsste besser als ich, wie empfindsam Miras Seele ist? Wie angeknackst nach allem, was sie bereits durchmachen musste? Würde mein Verlust sie endgültig brechen oder käme sie mithilfe guter Freunde wie Garreth wieder auf die Füße? Würde sie weiterleben können? Vielleicht sogar eine neue Liebe finden, auch wenn diese nicht von den Göttern gesegnet ist? Oder würde sie für den Rest ihres Lebens nach etwas suchen, was sie verloren hat, aber nie zurückerhalten kann?

›*Entscheide dich, kleiner Prinz.*‹ Karlis Stimme vergrößert die Last auf meine Schultern, die ich bereits zuvor kaum noch tragen konnte. ›*Willst du sie zurückholen und einer Zukunft ohne dich aussetzen? Oder lässt du sie gehen im Wissen, dass sie etwas bewirkt hat, woran man sich erinnern wird?‹*

Ich schnaube. *›Die Menschen sind nicht sonderlich gut darin, sich zu erinnern. Auch meinen Namen haben sie vergessen.‹*

›Trotzdem existiertest du in ihren Geschichten‹, sagt Karli. *›Geschichten, die bis heute inspirieren.‹*

Ich balle die Hände zu Fäusten. *›Ich will nicht inspirieren. Ich wollte etwas erschaffen, was die Zeit überdauert. Erinnerungen und Geschichten wollte ich nie. Und noch nie in meinem Dasein wollte ich etwas so sehr wie Mira.‹*

›Dann versuche dein Glück, kleiner Prinz. Vielleicht kannst du sie retten.‹

›Falls nicht, gehen wir zusammen.‹ Der Gedanke ist tröstlich.

Kapitel 30

Garreth

Miras und meinen Hainschreiter zu finden, war schwieriger als erwartet. So robust und majestätisch sie anmuten, so schreckhaft sind sie, wenn sie sich einer Bedrohung gegenübersehen. Der Geruch des brennenden Hains ließ sie in Panik davonrennen, und ich brauchte mehrere Tage, um sie im angrenzenden Wald zu finden, den das Feuer verschont hat. Mira hätte ihren Spuren sicherlich spielend leicht folgen können, doch ich tat mich schwer.

Letztendlich war es jedoch Glück, dass ich so lange brauchte, denn so konnte der Rauch- und Aschegeruch so weit verfliegen, dass sich die Schreiter in den Hain trauten.

Nachdem ich die Überlebenden versorgt wusste und alle außer Lebensgefahr waren, wurde ich unruhig und lief mehrmals am Tag die Grenze zur Ödnis auf und ab in der Hoffnung, irgendwo Mira und Karli erspähen zu können. Doch die beiden Frauen zeigten sich nicht.

Zum Glück verriet mir einer der Bewohner, wie ich die Hainschreiter mittels einer besonderen Frucht in die Ödnis locken konnte. Zu Fuß hätte ich wohl nicht genügend Mut gefunden, mich ins Unbekannte zu wagen.

Nun sitze ich auf meinem Schreiter, der mich schnell und sicher durch die Ödnis trägt, während ich Miras am Zügel hinter mir herführe. Auch einem Laien wie mir gelingt es, ihren Spuren zu folgen, die weder durch Wind noch Flora verwischt wurden.

Die unnatürliche Umgebung macht mir schon nach kurzer Zeit zu schaffen. Wohin ich blicke, sehe ich nur Trostlosigkeit und Tod. Ich kann mir kaum vorstellen, dass dieser Landstrich einst bewohnt gewesen sein soll. Nicht einen grünen Grashalm kann ich zwischen dem Staub und Sand und den vertrockneten Sträuchern erkennen.

Als sich die Spuren trennen, bin ich unsicher, welcher ich nachgehen soll, entscheide mich aber für diejenigen, die Richtung Norden führen. Die Kromer hätten keinen Grund, Karli nach Osten zu verschleppen. Außerdem scheinen die Spuren, die dorthin führen, wieder hierher zurückzukommen. Über den Sinn grübele ich nicht weiter nach. Mira wüsste bestimmt die Antwort darauf, aber das Spurenlesen – selbst bei solch eindeutigen wie diesen – ist nicht mein Spezialgebiet, also konzentriere ich mich auf das, was ich leisten kann.

Zwischendurch muss ich mehrmals anhalten, um die beiden Schreiter zu tränken und sie mit süßen Früchten davon zu überzeugen, weiterzurennen. Ich hoffe, dass ich mein Ziel erreiche, bevor mir der Proviant ausgeht. Dennoch bin ich froh darüber, dass ich die beiden Tiere habe. Ich kann mir nur schwer vorstellen, wie langsam Mira vorangekommen ist. Eine Strecke, für die sie womöglich Tage brauchte, lege ich dank ihnen in Stunden zurück.

Als ich in der Entfernung den Umriss eines menschlichen Körpers im Sand erkenne, wird mir sofort flau im Magen. Das Rumoren wird schlimmer, als ich beim Näherkommen erkenne, dass es sich um eine Frau handelt. Miras und Karlis Gesichter blitzen in meinem Kopf auf. Am liebsten würde ich umdrehen und zurückreiten, so groß ist meine Furcht davor, eine der beiden dort liegen zu sehen. Doch ich überwinde mich, zügele die Schreiter und gleite neben dem reglosen Körper aus dem Sattel.

Nachdem ich all den Mut in mir zusammengekratzt habe, werfe ich einen Blick in ihr Gesicht. Und stoße sofort die Luft aus. Erleichterung durchflutet mich. Sogleich fühle ich mich furchtbar, weil ich über den Anblick der toten Colette froh bin. Vielleicht ist das der falsche Begriff, denn ich bin alles andere als froh. Bloß bei Mira oder Karli wäre ich … Ich wüsste nicht, was ich dann tun sollte, wenn es eine von ihnen getroffen hätte.

Colettes Todesursache zu bestimmen, ist nicht schwer. Die verkrusteten Blutspuren in ihrem Gesicht stammen nicht von einem Kampf. Ihr restlicher Körper weist keine sichtbaren Verletzungen auf. Der Rote Tod hat sie sich geholt.

Ich mache einen Schritt zurück. Mira meinte zwar, dass sie sich nicht anstecken kann, aber das ist bloß eine Theorie. Was mit mir ist, kann ich nicht sagen. Bis wir im Armenviertel Valors den Kranken geholfen haben, hatte ich nichts mit dem Roten Tod zu tun. Noch nie bin ich einem Infizierten derart nah gekommen. Um die Ausbrüche in und im Umkreis der Hauptstadt Bellvors haben sich andere Eslinger gekümmert. Ich wünschte, ich wäre wenigstens bei einem Einsatz dabei gewesen, dann wüsste ich, wie ich mich und andere schützen kann. Nun bleibt mir nichts anderes übrig, als so weit wie möglich auf Abstand zu gehen und das Beste zu hoffen. Vorsorglich binde ich mir ein Tuch vor Nase und Mund, auch wenn ich dadurch die ohnehin stickige Luft noch schlechter atmen kann.

Allerdings sträuben sich meine Heilerinstinkte gegen die Annahme, dass der Rote Tod hier in der Ödnis lauern könnte. Jede übertragbare Krankheit braucht einen Wirt; hier draußen gibt es jedoch kein Leben. Das bedeutet, dass Colette sich bereits zuvor mit der Seuche angesteckt haben muss.

Ich stoße gepresst die Luft aus. Hoffentlich hatte sie seitdem keinen Kontakt mehr zu einem der überlebenden Hainbewohner. Wenn die Krankheit unter den geschwächten Bewohnern ausbricht, sind sie vermutlich alle tot, bevor ich mit Mira und Karli zurück bin.

Ich darf keine Zeit verlieren.

Für Colette spreche ich ein kurzes Gebet und entschuldige mich bei ihr dafür, dass ich kein anständiges Begräbnis für sie abhalten kann. Dann schwinge ich mich wieder in den Sattel meines Schreiters und folge den Spuren.

Nachdem ich eine Weile durch die trostlose Ödnis geritten bin, in der es keinerlei Orientierungspunkte wie Wälder oder Berge gibt, erkenne ich am Horizont ein felsiges Gebirge, dessen Gipfel mit Schnee bedeckt sind. Meine Hände verkrampfen sich um die Zügel.

Krom ist nicht mehr fern.

Ich bin kein erfahrener Eroberer wie Varyan oder eine mutige Kämpferin wie Mira. Im Gegensatz zu den beiden verfüge ich über einen gesunden Selbsterhaltungstrieb. Allein wäre ich nie auf die Idee gekommen, mich dem Reich der Kromer auch nur zu nähern. Ihnen ein einziges Mal in einem Kampf gegenüberzustehen, hat mir für mein restliches Leben gereicht.

Trotzdem bin ich hier und treibe die Schreiter weiter an, anstatt auf dem Absatz kehrtzumachen. Ein wenig bin ich darauf stolz. Sollte es zu einem Kampf kommen, werde ich mich zwar hinter Mira und Varyan verstecken, aber allein dass ich nicht umkehre, ist bemerkenswert. Zumindest für mich. Zwar werde ich keine Kinder haben, denen ich eines Tages davon erzählen kann, weil meine Schicksalsgebundene mich verschmäht hat, aber ich werde die Erinnerung im Herzen tragen.

An Ragna zu denken, habe ich mir die letzten Tage verboten. Es gab Wichtigeres, worum ich mich kümmern musste. Und auch bevor wir im zerstörten Hain ankamen, stürzte ich mich lieber auf die Beziehung zwischen Mira und Varyan als zugeben zu müssen, dass ich versagt habe. Keine Sekunde länger hätte ich das Mitleid in Miras Blick ertragen; es führte mir nur vor Augen, dass ich nicht gut genug war, ganz gleich was sie sagte.

Prinzessin Ragna gab sich lieber einem dahergelaufenen Betrüger hin, anstatt ihren Schicksalsgebundenen, der alles für sie geopfert hatte, mit offenen Armen zu empfangen.

Die Götter haben bei meiner Weissagung ziemlichen Mist gebaut … So viele Prinzessinnen gibt es in den Reichen nicht mehr. Bezieht sich meine Weissagung etwa doch auf eine der hinterlistigen Prinzessinnen aus Bellvor, die mir monatelang das Leben schwergemacht haben?

Auf einmal kommt mir die Aussicht, bald von einem Kromer zerfleischt zu werden, nicht mehr so schrecklich vor. Wenigstens müsste ich dann nicht mit der Gewissheit leben, dass ich wohl der einzige Mensch bin, der Caligram in seinem Besitz hatte und dennoch nichts erreicht hat.

Je näher ich Krom komme, desto mehr verändert sich die Ödnis. Furchen durchziehen den trockenen Boden. In der trostlosen Luft nehme ich nun eine kalte Frische wahr, die mir beinahe fremd geworden ist.

Als die gezackten Risse tiefer werden, muss ich darauf achten, wohin ich die Schreiter lenke. Ein falscher Schritt und sie könnten sich die langen, schmalen Beine brechen. Mehrmals müssen sie über die Risse springen. Leider verliere ich dabei die Spuren, die von den Erdspalten verschluckt werden, und muss auf gut Glück weiter. Ich suche mir einen Punkt in der Ferne – den höchsten Gipfel des Gebirges – und orientiere mich daran.

Ich frage mich, ob es hier schon immer so aussah. Wenn ich daran denke, dass die Kromer zu Fuß in den Hain gelangt sind, wahrscheinlich nicht. Ich hätte zumindest nicht über die Risse springen können.

Wenn die Risse und Furchen frisch sind, kann das nur bedeuten, dass Karli in der Nähe ist.

Ich treibe die Schreiter so weit an, wie ich es wage, ohne sie zu gefährden, während ich die Umgebung nach der kleinsten Bewegung absuche.

Die Luft wird kälter und die Gebirge zeichnen sich nun deutlich vor mir ab. Um meinen Gipfel zu sehen, müsste ich den Kopf in den Nacken legen. Beinahe kommt es mir vor, als müsste ich nur die Hand ausstrecken, um ihn berühren zu können, doch dann hält mein Schreiter abrupt inne.

Vor mir erstreckt sich eine gähnend tiefe Schlucht, die Krom vom übrigen Reich trennt. Ich spähe nach links und rechts, kann aber nirgends eine Brücke oder Ähnliches entdecken. Die Brücke müsste auch ziemlich lang sein – länger als alle, die ich bisher gesehen haben.

Als die Erde erzittert, bäumt sich mein Reittier panisch auf und um ein Haar wäre ich aus dem Sattel gefallen. Verbissen klammere ich mich mit einer Hand am Sattelknauf fest, während ich die Zügel des anderen Schreiters fester greife, damit er mir nicht davonläuft.

Die Schlucht, die ich eben bereits für unüberwindbar hielt, scheint weiter von mir wegzudriften.

Als wäre das Reich der Kromer ein Blatt, das auf einem fast ruhigen See davonschwimmt, entfernt es sich.

So etwas habe ich noch nie gesehen. Ich wusste nicht, dass

es überhaupt möglich ist. Wenn ein Wesen ein solches Wunder vollbringen kann, dann ist es Karli.

Aber wieso sollte sie das tun?

Ich wünschte, ich könnte sie danach fragen – wie vor einigen Wochen, als ich zum ersten Mal im Herzholzhain war. Damals herrschte zwischen uns eine Vertrautheit, die mir fremd war. Ich hatte das Gefühl, sie alles fragen zu können, und sie ließ mich nie denken, dass meine Fragen dumm oder ihrer unwürdig seien. Nicht einmal meinen Lehrmeistern aus der Familie Eslinger gegenüber konnte ich derart frei reden.

Während ich in die pechschwarze Kluft vor mir starre, frage ich mich, ob es noch immer so gelöst zwischen uns wäre. Oder ob ich nun, da sich der Schmerz der Zurückweisung tief in mir festgesetzt hat, anders mit ihr umgehen würde. Ich weiß nicht, woher ich damals den Mut nahm, vertraut mit einer Hexe zu sprechen. Wahrscheinlich habe ich jedes Fitzelchen Mut, das je in mir existiert hat, für Prinzessin Ragna aufgebraucht.

Ein Teil von mir wünscht sich, er könnte zurück zu seinem ersten Besuch im Herzholzhain. Und er würde bleiben. Er würde seiner Weissagung und der fremden Prinzessin den Rücken kehren und lieber das genießen, was er hat.

Hätte ich bloß damals bereits auf diesen Teil gehört.

Ich reiße mich von der Schwärze der Schlucht los, die mich hinabzuziehen droht, und schüttele heftig den Kopf. Ich bin nicht hier, um in schwermütigen Gedanken zu versinken! Mira und Karli brauchen vermutlich meine Hilfe. Bis zur Grenze habe ich es bereits geschafft; nun werde ich nicht kurz vor dem Ziel aufgeben.

Mit beruhigenden Worten bringe ich die Schreiter dazu, sich wieder in Bewegung zu setzen. Ich entscheide mich, gen Westen zu gehen, ohne genau zu wissen wieso. Aber es kommt mir vor, als würden die Furchen und Risse dort tiefer werden, als wäre dort ihr Ursprung.

Ich lag richtig: Im Westen, direkt am Rande der Schlucht, finde ich Mira und Karli. Ich erkenne sie bereits aus der Entfernung. Mit Mira stimmt etwas nicht; sie liegt reglos auf dem Boden. Ich treibe meinen Schreiter weiter an, bis ich bei ihnen bin. Hastig springe ich aus dem Sattel.

»Was ist passiert?«, frage ich, noch ehe meine Füße den Boden berühren.

Knapp erzählt mir Karli, dass sie von den Kromern entführt und verschleppt wurde und dass Mira zu ihrer Rettung eilte. Doch sie allein war der Übermacht nicht gewachsen, also sorgte Karli mit Miras Hilfe dafür, dass von Krom vorerst keine Gefahr droht, indem sie das Reich vom Rest des Festlandes mittels Magie abspaltete. Wie genau sie das geschafft hat, danach werde ich sie später fragen. Nun gilt meine gesamte Aufmerksamkeit Mira.

Und der Tatsache, dass Karli Caligram in Händen hält.

Es ist falsch, sie damit zu sehen. Genauso falsch wie der Gedanke, es einer fremden Prinzessin als Verlobungsgeschenk zu überreichen. Selbst wenn Ragna mich mit offenen Armen empfangen hätte, hätte ich das Schwert Mira nie wegnehmen können, das wird mir nun klar.

Ich lege Mira eine Hand auf die Stirn. Sie ist eiskalt; beinahe so kalt, als berührte ich einen Leichnam. Der Gedanke verursacht mir eine Gänsehaut. Mein Blick huscht über sie, doch ich entdecke bis auf ein paar oberflächliche Kratzer an ihrem linken Arm und einen Verband an ihrer Hand keine Verletzungen, die mir Sorgen bereiten. Beim letzten Kampf gegen die Kromer musste sie stark einstecken, doch diesmal scheint sie äußerlich nahezu unversehrt. Dennoch wirkt sie eher tot als lebendig.

»Was ist Mira zugestoßen?«, will ich wissen.

»Meine Magie hat ihr zu sehr zugesetzt«, antwortet Karli, ohne dabei eine Miene zu verziehen. »Sowohl ihr Körper als auch ihr Geist waren dem nicht gewachsen. Und ehe du fragst: Nein, ich kann ihr nicht helfen. Auch ich bin geschwächt. Außerdem kann ich keinen verletzten Geist heilen. Das muss sie aus eigener Kraft schaffen.«

Ich schaue auf Caligram. »Mit Varyans Hilfe wird sie das schaffen.«

Ein Lächeln zeichnet sich auf Karlis Lippen ab. »Genau das hat er auch gesagt.«

»Und warum hält Mira dann Caligram noch nicht in Händen?«

Aufmerksam beobachte ich Lady Karlis Reaktion. Mir entgeht weder, dass ihr Lächeln abrupt verblasst, noch dass sich ihr Griff fester um Caligram schließt.

Ich mache einen Schritt auf sie zu. »Das Schwert gehört nicht Euch.«

»Eigentlich schon«, entgegnet sie kühl. »Es wurde mir von meinen göttlichen Eltern gegeben, bevor sie mich in dieser Welt zurückgelassen haben. Es ist mein Eigentum und eines der letzten noch verbliebenen Artefakte.«

Begütigend hebe ich die Hände. »Das mag alles stimmen. Dennoch habt Ihr Caligram weggegeben. Und das Artefakt hat Mira erwählt. Sie braucht jetzt Caligrams Hilfe. *Varyans* Hilfe. Ich bin mir sicher, dass er nur darauf wartet, sie zu retten.« Als sie noch immer keine Anstalten macht, das Schwert herzugeben, sage ich: »Bitte. Wenn Ihr Mira nicht helfen könnt, ist Varyan ihre einzige Chance. Holt Euch danach das Schwert meinetwegen von Eurer Schwester, der Seehexe, zurück, aber noch gehört es Mira.«

Lady Karli schließt die Augen. »Ich habe Varyan gesagt, dass er sie gehen lassen soll. Dass Miras Rettung gefährlich und wahrscheinlich unmöglich ist, selbst für ihn. Dennoch zögerte er keine Sekunde. Auch jetzt schreit er die ganze Zeit in seinem Gefängnis und verlangt, dass ich Mira das Schwert in die Hand lege.«

Sie öffnet die Augen und sieht mich an. »Und jetzt auch noch du … Ein einfacher Mensch, wie du einer bist, wagt es, eine Hexe wie mich zu belehren. All das wegen einer sterblichen Frau.«

»Sie ist meine beste Freundin«, sage ich. »Meine *einzige* Freundin. Und sie ist Varyans Schicksalsgebundene. Ihr mögt ein mächtiges Wesen sein, das mich mit einem Fingerzeig vernichten kann, doch das kümmert mich nicht. Nicht wenn es um Mira geht. Sie ist alles, was mir geblieben ist, und ich werde sie nicht aufgeben, solange noch ein Funken Hoffnung besteht. Varyan wird das genauso sehen. Er würde nicht zögern, Euch notfalls mit Gewalt dazu zu zwingen, Caligram herzugeben. Ich bin nicht wie er. In diesem Moment wünschte ich, dass ich es wäre.« Ich neige den Kopf vor ihr. »Ich kann nichts anderes tun, als Euch zu bitten.«

Lady Karli gibt ein Seufzen von sich. »Schon gut.«

Mit angehaltenem Atem sehe ich dabei zu, wie sie Caligram auf Miras leblosem Körper ablegt und ihre Hand zum Griff führt. Als sie einen Schritt zurück gemacht hat, knie ich mich neben Mira, krame eine Bandage aus meiner Heilertasche und wickele sie so um ihre kraftlose Hand, damit sie Caligram nicht loslässt. Nur flüchtig streifen meine Finger dabei das Schwert, und beinahe hätte ich vor Schmerz aufgeschrien. Es fühlt sich an, als würde ich einen Kessel berühren, der seit Stunden über offenem Feuer hängt.

›*Ich zähle auf dich*‹, denke ich und hoffe, dass Varyan mich hören kann.

Kapitel 31

Varyan

Karli muss Caligram in Miras Hände gelegt haben, denn die Berührung, die ich spüre, ist vertraut. Doch da ist kein Licht, dem ich folgen kann. Bloß gähnende, unendliche Finsternis.

Aber ich bin an die Dunkelheit gewöhnt, deshalb zögere ich nicht und lasse mich in sie hineinfallen.

Wann immer ich zuvor in Miras Kopf war, empfing mich etwas Helles, ganz gleich wie schwermütig ihre Gedanken manchmal waren. Stets war es hell um mich herum, als bewahrte sich ihr Geist in allen Situationen eine grundsätzliche Hoffnung.

Jetzt frage ich mich, ob ich mich noch in Caligram befinde. Ihr Licht – *mein* Licht – ist verschwunden. Kalte Panik kriecht mir die Glieder hoch, während ich mich nach allen Seiten umsehe, in der Hoffnung, irgendwo einen Funken Helligkeit zu erkennen, die mir – wie so oft zuvor – den Weg weist.

»Mira?«, rufe ich. Erst zaghaft, dann lauter.

Ihrem Namen lag stets ein Zauber inne; anders kann ich es mir nicht erklären, dass es mich immer beruhigte, ihn auszusprechen. Zu wissen, dass sie mir mit meinem Namen antworten würde, der aus keinem anderen Mund so klang wie bei ihr, ließ mich Tag und Nacht ihren Namen rufen.

Doch jetzt ernte ich nichts als Stille.

Meine Umgebung – die Dunkelheit und Einsamkeit – erinnert mich nicht bloß an Caligram, sondern auch an die seelenlosen Körper der Männer, in die mich die Seehexe während der Vollmonde zwang. Auch in ihnen sah ich kein Licht und hörte kein Geräusch, da ihr Bewusstsein durch einen Zauber fast bis zur Zerstörung unterdrückt wurde.

Als mir dieser Gedanke kommt, wächst meine Panik weiter, bis ich meine Angst beinahe hinausschreie. Doch ich schlucke sie hinunter. Dies ist kein mir fremder Körper. Kein seelenloses Gefäß, in dem ich gefoltert werde.

Das hier ist Mira. Die Frau, die mir vertrauter ist, als jede andere Person es je war. Ich musste mich nie fürchten, wenn sie Caligram berührte, und ich werde jetzt nicht damit anfangen.

»Ich weiß nicht, ob du mich hören kannst«, sage ich in die Dunkelheit hinein, »aber ich bin hier. Und ich werde dich finden.«

Damit stürze ich mich in das pechschwarze Nichts auf der Suche nach Miras Bewusstsein.

Kapitel 32

Garreth

Nachdem ich Caligram an Miras Hand gebunden habe, hebe ich ihren schlaffen Körper so vorsichtig wie möglich vor mir in den Sattel des Hainschreiters. Flüchtig kommt mir der Gedanke, dass wir beide zu schwer für das Tier sein könnten, doch Mira bei Lady Karli mitreiten zu lassen, kommt mir falsch vor. Das hat nichts mit der Hexe zu tun, sondern weil ich Miras Zustand überwachen will. Zwar kann ich nichts für sie tun, sondern muss Varyan vertrauen, aber ich fühle mich besser, wenn ich wenigstens vorgeben kann, nützlich zu sein.

Lady Karlis Rat, Mira gehen zu lassen, hat mich erschüttert, bis mir wieder eingefallen ist, dass sie kein Mensch ist wie ich. Der Zeit und dem Tod – Prinzipien, die für uns Sterbliche unumgänglich sind –, steht sie anders gegenüber. Für ein Wesen, das in direkter Linie von den Göttern abstammt, muss unsere Lebensspanne nicht mehr als ein Wimpernschlag sein.

Sosehr mich ihre Haltung auch verwirrt hat, lag doch eine Güte darin, die ich erst jetzt erkenne. Mira gehen zu lassen, wäre vermutlich gnädiger, als wenn sie in einer Welt ohne Varyan leben müsste. Denn diese wird sie erwarten, sobald ihre Frist abläuft und die Seehexe das Schwert zurückfordert.

Ich kann mir nur schwer vorstellen, wie es für sie ist, dieses Wissen stets im Hinterkopf zu haben. Meine Schicksalsgebundene hat mich abgewiesen; das glich für mich dem Untergang der Welt. Aber anders als Mira kannte ich Ragna kaum.

Ich wusste nicht um ihre Eigen- und Besonderheiten oder Vorlieben. Ich kannte nicht den Menschen hinter der schönen Fassade. Bei Mira und Varyan ist es anders. Sie sind einander verfallen, ohne dass sie sich sehen konnten. Und es gibt wohl kein Geheimnis, das sie voreinander haben. Sie kennen sowohl die hellen Seiten des anderen als auch seine dunklen Flecken, die kaum ein Mensch einem anderen preisgibt – nicht einmal seinem Schicksalspartner.

Eine reinere, offenere Liebe als zwischen Mira und Varyan ist mir noch nie begegnet. Allein der Gedanke, dass diese Liebe zerstört wird, bricht mir das Herz. Wie muss es dann erst Mira ergehen? Hätte ich sie vor dem Schmerz, der sie unweigerlich erwarten wird, bewahren können? Hätte ich auf Lady Karli hören und ihr das Schwert überlassen sollen?

Diese und ähnliche Fragen sind derart quälend, dass ich mich kaum auf die Hexe konzentriere, die auf dem Schreiter neben mir reitet und sich der Geschwindigkeit meines Tieres anpasst, das nun langsamer als zuvor über die Risse und Kluften springt.

»Du wirkst nachdenklich«, sagt Lady Karli.

Ich zucke unter dem plötzlichen Geräusch ihrer Stimme zusammen, das mich aus meinen Grübeleien reißt. »Ich habe bloß …« Ich stoße den Atem aus. »Ich weiß, dass ich das Richtige getan habe. Aber ich weiß nicht, ob es auf Dauer das Richtige ist.«

Lady Karli nickt bedächtig. »Für euch Menschen hat Zeit eine andere Bedeutung als für mich, aber ich verstehe, was du meinst. Ich habe schon seit vielen Jahrhunderten keinem Menschen mehr einen Teil meiner Magie anvertraut. Mira hat mir einen großen Dienst erwiesen. Ich werde für immer in ihrer Schuld stehen, deshalb hätte ich ihr gern unnötiges Leid erspart.« Ihr Blick gleitet zu Mira, deren Kopf an meiner Schulter ruht. »Und ich gebe zu, dass ich gern mein Artefakt zurückerlangt hätte, bevor es meiner Schwester wieder in die Hände fällt.«

Ich runzele die Stirn. »Es geht Euch um Caligram?«

Bereits vorhin dachte ich, dass Lady Karli das Schwert fester als nötig umklammerte. Sie hat es nur widerwillig hergegeben. Aber ich ging davon aus, dass sie es als Verstärkung ihrer Macht brauchte, abseits von ihrem Hain.

»Caligram gehörte einst mir«, sagt sie, den Blick nun wieder geradeaus gerichtet. »Es wurde mir von meinen Eltern geschenkt. Wie ich, erhielt auch jede meiner Schwestern ein Artefakt geschenkt, doch bis auf die Wasserhexe gingen sie achtlos mit diesem wichtigen Geschenk um. Sie gaben es an Sterbliche, die flüchtig ihre Aufmerksamkeit erregten. Aber ein Gegenstand, dem eine göttliche Macht innewohnt, hat nichts in den Händen Sterblicher zu suchen.«

Ich schaue auf Mira hinab. Ich habe sie so oft mit dem Schwert in der Hand gesehen, dass ich sie mir nicht ohne vorstellen kann. Doch nun frage ich mich, ob Caligram ihr vielleicht geschadet hat. Ob sie – abgesehen von Varyans Verlust – noch weitere Schäden davontragen wird, wenn sie nicht mehr nur die Finger nach dem Artefakt ausstrecken muss, um es zu berühren.

»Normalerweise«, sagt Lady Karli, »erwartet jene Sterbliche, die ein göttliches Artefakt besitzen, der Tod. Und das wiederum stärkt die Macht des Gegenstandes. Ich weiß nicht, ob meine Schwestern aus Kalkül oder Dummheit gehandelt haben, als sie ihre Artefakte verschenkten. Beides wäre ihnen zuzutrauen.« Traurig zuckt sie mit den Schultern. »Ihre Artefakte wurden so mächtig, dass sie eine echte Gefahr für uns darstellten.«

»Für euch?«, hake ich nach, da mich ihre Wortwahl verwundert.

»Wir Töchter der Götter sind unsterblich«, sagt sie, »es sei denn, jemand greift uns mit einem göttlichen Artefakt an.«

Mein Kopf ruckt zu ihr herum, woraufhin sich ein amüsierter Ausdruck um ihren Mund bildet.

»Nun schau nicht so überrascht. Nur unsere Eltern dürfen wahrhaft unsterblich sein. Für uns, ihre Nachkommen, musste es … gewisse Spielregeln dafür geben, damit wir in der Welt der Sterblichen bleiben durften. Denn ganz gleich, wie sehr es sich vor allem eine meiner Schwestern wünscht, wir sind keine Götter. Wir wurden nicht erschaffen, sondern geboren, also gibt es in uns einen Teil, der mehr mit euch Sterblichen als mit Göttern gemein hat.« Ihr Lächeln verblasst. »Unsere Eltern haben diese Welt nicht grundlos verlassen. Ich erinnere mich noch gut an den Tag, als sie beschlossen, zu gehen und all ihre Magie mitzunehmen.«

»Was war der Grund?«, frage ich vorsichtig.

Natürlich kenne ich als gläubiger Mensch die Überlieferungen. Sie erzählen von dem Dunklen Tag, an dem die Sonne vom Himmel verschwand. Als sie wieder erstrahlte, waren die Götter fort und mit ihnen ihre Magie. Die Menschen mussten neu lernen, für sich zu sorgen – ohne den Gebrauch von Zaubern. Sie mussten sich eine neue Welt erschaffen, in der sie nur langsam zurechtkamen und führerlos waren. Deshalb entsandten die Götter ihre vier Töchter, die wir als Hexen kennen, um die Menschheit anzuleiten. Nachdem das geschehen war, zogen sich die Wesen göttlicher Abstammung zurück, um im Verborgenen über die Schöpfung ihrer Eltern zu wachen.

Nachdem ich zwei Hexen kennenlernen durfte, ergibt die Überlieferung nicht mehr viel Sinn für mich, aber ich hätte nie gewagt, an ihr zu zweifeln.

»Unsere Eltern«, murmelt Lady Karli, den Blick entrückt in

die Ferne gerichtet, »waren der Menschen überdrüssig. Sie hatten es satt, dass ihre Magie fast ausschließlich dazu verwendet wurde, Tod und Zerstörung zu bringen. Sie dachten sogar darüber nach, die Menschheit auszurotten, doch trotz allem hingen sie an ihrer Schöpfung. Also überließen sie die Menschen sich selbst und zogen sich in ihre Welt zurück. Vielleicht haben sie von dort aus bereits etwas Neues erschaffen, ich weiß es nicht.« Sie sieht empor in den Himmel. »Seit sie gegangen sind, habe ich nicht mehr mit ihnen gesprochen. Ich vermisse sie.«

»Warum seid Ihr nicht mit ihnen gegangen?«, frage ich.

»Uns stand es nicht zu, die Welt der Götter zu betreten«, antwortet sie. »Wie ich schon sagte, im Grunde gleichen wir Schwestern eher den Menschen als den Göttern. Also blieb uns keine Wahl. Wir *mussten* hierbleiben. Und nicht jede von uns hat das gut verkraftet. Meine älteste Schwester, die Wasserhexe, zog sich alsbald in die unendlichen Tiefen des Meeres zurück, weil auch sie der Menschheit überdrüssig wurde. Ich hingegen versuchte, meinem zugeteilten Volk, den Kromern, die Werte meiner göttlichen Eltern zu vermitteln. Die Seehexe, die damals noch die Windhexe war, und die Feuerhexe jedoch …« Lady Karli verzieht den Mund. »Nun, sagen wir, ihnen machte es Spaß, die Menschen wie Marionetten zu manipulieren. Sie ließen sie für sie tanzen, schickten sie in Kriege und sahen aus der Ferne dabei zu, wie sie sich abschlachteten. Zwischen ihnen entbrannte eine Art Wettkampf, deshalb machte es ihnen auch nichts aus, ihre Magie an die Sterblichen zu verschenken, damit sie bei einer kommenden Schlacht im Vorteil waren. Doch nachdem die Götter ihre Magie mitgenommen hatten, war es den Sterblichen nicht vergönnt, aus eigener Kraft Magie zu wirken. Sie benötigten ein Artefakt dazu. Auch das verschenkten meine Schwestern, wie es ihnen beliebte.«

»Und die Artefakte wurden immer mächtiger, weil sie sich mehr und mehr Seelen einverleiben konnten«, schließe ich.

Lady Karli nickt. »Je öfter ein Artefakt von einem Sterblichen genutzt wird, desto schneller verleibt es sich die Seele seines Nutzers ein, bis dieser schließlich zu Grunde geht. Meinen Schwestern war dieses Opfer egal, und den Menschen ebenfalls. Ihnen ging es bloß um den Sieg in einem sinnlosen Kampf. Um mehr Land. Um Reichtum.« Für einen Moment presst sie die Lippen zu einem schmalen Strich zusammen. »Sie opferten ihr höchstes Gut – ihr Leben – für Ruhm. Ich habe das nie verstanden und versuchte, meinem Volk andere Werte zu vermitteln.«

Ich runzele die Stirn, während ich an die wilden, ungezähmten und brutalen Kromer denke.

Lady Karli fällt es auf. »Ich muss nicht erwähnen, dass ich versagt habe, nicht wahr?«

»Ich wollte nicht …«, stammele ich.

»Schon gut.« Sie seufzt. »Du hast ja recht. Meine älteste Schwester versteckte sich im Meer und ich im hohen Norden. Wir beide taten eine lange Zeit so, als würden uns die Machtspielchen unserer anderen Schwestern nicht kümmern. Doch wir konnten nicht für immer die Augen vor der Gefahr verschließen, die die Artefakte bargen. Schließlich sind sie die einzigen Waffen, die uns gefährlich werden können. Schwerter, Pfeile, Dolche, Speere – all das verursacht keinerlei Wunden bei uns, wenn uns jemand damit angreift. Aber wenn man uns mit einem Artefakt verwundet – noch dazu einem, dessen Macht durch unzählige Seelenopfer verstärkt wurde –, sterben wir. Ich weiß nicht, ob einer der Menschen das durch Zufall herausgefunden hat oder ob eine meiner Schwestern so töricht war, es ihm zu erzählen. Jedenfalls kam es zu einem Angriff auf die Feuerhexe. Anstatt einen sinnlosen Tod im Kampf gegen ihr

Heer zu finden, stellten sich die Truppen der Windhexe direkt gegen die feindliche Hexe. Beinahe wäre es ihnen gelungen, sie zu töten.«

»Was wäre dann geschehen?«, will ich wissen.

Lady Karli zuckt mit den Schultern. »Das kann ich nicht sagen. Unseren Eltern war es wichtig, dass das Gleichgewicht der Elemente gewahrt bleibt, weshalb es vier von uns geben musste. Ich kann nicht abschätzen, was geschieht, sollte tatsächlich eine von uns sterben. Vielleicht wird eine unserer Töchter, die als Priesterinnen in den Tempeln dienen, zur neuen Hexe. Vielleicht versinkt die Welt auch im Chaos, wenn ein Element erlischt.«

Ich schlucke angestrengt bei der Vorstellung, was Lady Karli zu erheitern scheint.

»Keine Sorge, junger Eslinger«, sagt sie. »Ich glaube nicht an diese Möglichkeit. Meine Eltern haben ihre Schöpfungen geliebt. Sie würden sie nicht verdammen.«

Ich habe noch nie darüber nachgedacht, wie ich eine Hexe töten könnte. Bis noch vor ein paar Monaten hätte ich es nicht für möglich gehalten, einem dieser fast göttlichen Wesen überhaupt zu begegnen. Und doch sitze ich hier, reite an der Seite einer Hexe und hänge an ihren Lippen. Alles, was sie mir erzählt, ist neu für mich. Ich sauge das Wissen förmlich in mich auf. Nicht um es irgendwann zu verwenden – wie könnte jemand wie ich je eine Hexe töten? –, sondern weil es meine Art ist. Ich bin weder willensstark wie Mira noch ein geborener Anführer wie Varyan. Wahrscheinlich bin ich noch nicht mal sonderlich talentiert im Umgang mit Kräutern. Aber ich bin wissbegierig. Was meinen Verwandten an Können in die Wiege gelegt wurde, musste ich mir hart erarbeiten. Das heißt jedoch nicht, dass mein Vorgehen weniger wert ist.

Genau deswegen verurteile ich Lady Karlis Verhalten nicht. Sie ist anders als ihre Schwestern und hielt sich aus deren Streitigkeiten heraus. Ich hätte es auch so gemacht.

»Jedenfalls«, fährt sie fort, »scheiterte das Attentat. Die Wind- und die Feuerhexe begriffen endlich, dass ihre Rivalität früher oder später eine von ihnen das Leben kosten würde. Deshalb kamen sie überein, Frieden zu schließen und ihre zu mächtig gewordenen Artefakte zu zerstören.«

»Beide?«, frage ich.

Lady Karli schenkt mir ein Lächeln. »Du bist klug, kleiner Eslinger. Ich wünschte, alle aus deiner Familie wären so klug wie du. Dann wäre es vielleicht anders verlaufen.«

Ich runzele die Stirn. »Ich verstehe nicht …«

Doch Lady Karli schüttelt den Kopf. »Darum soll es jetzt nicht gehen. Ja, beide meiner Schwestern stimmten zu und vernichteten gleichzeitig ihre Artefakte. Von da an gab es nur noch meines, Caligram, und das der Wasserhexe, das irgendwo weit unterhalb des Meeresspiegels außerhalb der Reichweite gieriger Menschen existiert. Ich verstand, warum meine beiden Schwestern ihre Artefakte zerstörten. Und doch … konnte ich es ihnen nicht gleichtun.«

Mein Stirnrunzeln vertieft sich.

»Artefakte«, erklärt Lady Karli, »sind nicht einfach irgendwelche Waffen, denen göttliche Macht eingehaucht wurde. Sie wurden extra für uns geschmiedet und tragen einen Teil von uns in sich. Das eigene Artefakt zu vernichten, ist, als würden wir uns das eigene Herz herausreißen.«

»Aber Ihr habt Caligram weggegeben«, sage ich. »Müsste das nicht genauso schmerzhaft gewesen sein?«

»Caligram wegzugeben«, murmelt sie, »war das Zweitschlimmste, was ich je tun musste.«

Ich zögere mit der nächsten Frage, jedoch entschlüpft sie mir, ehe ich sie zurückhalten kann. »Was war das Schlimmste?«

Eine Weile starrt Lady Karli geradeaus und gibt keinen Ton von sich. Ihre Haltung wirkt angespannt.

»Das Schlimmste«, sagt sie schließlich so leise, dass ich sie kaum verstehen kann, »war der Moment, als ich meinen Schicksalsgebundenen töten musste.«

Kapitel 33

Varyan

Miras Bewusstsein in dieser undurchdringlichen Dunkelheit zu finden, die nun in ihrem Körper herrscht, ist alles andere als einfach. Aber es ist nicht das erste Mal, dass ich in ihrem Kopf bin, während es düster ist. Wenn sie schläft, ist es ähnlich. Dennoch muss ich aufpassen. Wenn ich über ihren Schlaf wache, schicke ich meinen Geist nicht auf Wanderschaft, sondern achte lediglich darauf, dass sich keine Albträume in ihr Bewusstsein schleichen. Ich bewege mich dabei nie aus ihrem Kopf heraus. Doch nun durchströmt mein Geist ihren Körper beinahe so, als wollte ich die Kontrolle übernehmen. Ich suche in den dunklen Winkeln nach ihrem Bewusstsein, das sich irgendwo verkrochen haben muss.

Schließlich finde ich es versteckt hinter ihrem Herzen. Ein kaum wahrnehmbarer Lichtschein weist mir den Weg, und als ich es schließlich erblicke, ist es derart zusammengesunken, dass ich es mit zwei Händen umschließen könnte.

Da ich aus eigener Erfahrung weiß, wie kostbar und gleichzeitig zerbrechlich ein Bewusstsein ist – noch dazu eines, das großen Strapazen ausgesetzt war –, wage ich nicht, es zu berühren. In einiger Entfernung gehe ich in die Hocke und betrachte es. Sein Leuchten ist zwar schwach, doch es ist zweifelsohne Miras Licht, das mir unzählige Male den Weg gewiesen hat. Es nun beinahe verblasst zu sehen, grenzt an physischen Schmerz, den ich beinahe vergessen habe.

»Verzeih mir«, flüstere ich, »dass ich nicht da war, um dich zu beschützen. Du hast mir vertraut und ich habe dich im Stich gelassen.«

›*Das hast du nicht.*‹

Ich reiße die Augen auf, sehe mich nach allen Seiten um und kann doch nichts entdecken. Aber ich bin mir sicher, dass ich eben Miras Stimme gehört habe.

›*Berühre mich und du wirst es verstehen.*‹

Mein Blick legt sich wieder auf ihr Bewusstsein. Kam ihre Stimme von dort? Zögerlich strecke ich die Hand aus und berühre es mit einem Finger.

Sofort fluten Bilder meinen Kopf. Erinnerungen. Fast so, als würde Mira sie mit mir teilen, aber auf eine gewisse Art klarer und deutlicher. Beinahe glaube ich, selbst anwesend zu sein, während ich eine Mira vor mir sehe, die nicht älter als sechs Jahre sein kann und die mit leuchtend grünen Augen den Geschichten ihres Vaters über den Namenlosen Prinzen lauscht.

Ich kann nicht anders als über ihren kindlichen Enthusiasmus zu schmunzeln, als sie ein Holzschwert aus einer Ecke holt und es herumwirbelt, womit sie ihrer Mutter, die über die selbe faszinierende Haarfarbe verfügt, ein Seufzen entlockt. Doch anstatt ihre Tochter zu tadeln, setzt sie sich auf die Lehne des ausladenden Sessels, in dem bereits ihr Mann Platz genommen hat.

Die Szene wirkt so friedlich und heimelig auf mich, dass ich mich vor der nächsten, die unweigerlich folgen wird, fürchte.

Ich bin darauf gefasst, schließlich hat Mira mir bereits gezeigt, was mit ihr geschehen ist, aber diesmal ist es, als stünde ich tatsächlich neben ihr in dem Schlafzimmer ihrer Eltern und starre auf die beiden leblosen Gestalten, die eben noch so viel Zuneigung ausgestrahlt haben und nun kalt und blutüberströmt daliegen.

Selbst mir dreht sich beim Anblick und dem metallisch-schweren Geruch in der Luft fast der Magen um, dabei habe ich in meinem Leben viel zu viele Leichen gesehen. Nicht wenige davon bis zur Unkenntlichkeit verstümmelt.

Doch diese zwei Menschen sind keine gesichtslosen Gegner, die so dumm waren, ihre Waffe gegen mich zu ziehen. Zwar kannte ich Miras Eltern nicht, dennoch durchlebe ich ihren Schmerz. Hilflos muss ich dabei zusehen, wie sich ihre kindlich funkelnden Augen vor Schock weiten, um sich anschließend mit Tränen zu füllen. Ich wünschte, ich könnte sie davon abhalten, auf das Bett ihrer Eltern zu klettern, durch das Blut, das die Laken und die Matratze getränkt hat, zu rutschen und an ihren Leichnamen zu rütteln, während sie mit immer schriller werdender Stimme nach ihnen ruft.

Mein Hals ist wie zugeschnürt und auch ich vergieße Tränen, als ich spüre, wie ihre junge Seele, die bis dahin nur Wärme und Geborgenheit kannte, in unendlich viele Teile zerspringt.

In meinem verzweifelten Wunsch, ihr irgendwie Trost zu spenden, strecke ich die Hände nach ihr aus, doch sie gleiten durch sie hindurch, wie während unserer ersten Begegnung in der Vollmondnacht am See. Und genau wie damals fühlt es sich an, als würde auch in mir etwas zerbrechen.

Jemand schließt mit einem lauten Knallen die Tür. Ein Schlüssel wird von außen umgedreht. All diese Eindrücke brauchen lange, bis sie zu Mira vordringen. Unendlich langsam dreht sie den Kopf Richtung Tür. Als sie versucht, aus dem Bett zu klettern, verfängt sich ihr Fuß in einem der Laken und sie landet bäuchlings in einer Blutlache. Aber sie rappelt sich auf und rutscht zu dem rettenden Ausgang, der jedoch versperrt ist.

Ich weiß nicht, wie viel Zeit vergeht, während sie mit ihren kleinen Fäusten gegen die Tür hämmert, bis sie bluten. Zu viel.

Jede Sekunde ist grausamer als die vorherige. Irgendwann sackt sie kraftlos zusammen. Ihre Lebenskraft schwindet. Hunger und Durst zehren neben dem allgegenwärtigen Gestank des Todes an ihr.

Obwohl ich weiß, dass sie es irgendwie geschafft hat, ertrage ich ihren gebrochenen Anblick kaum.

Eine Seele, noch dazu eine junge wie ihre, kann nur einen gewissen Grad an Schmerz aushalten, bevor sie irreparablen Schaden nimmt. Dieser Grad ist bei jedem Menschen anders und jeder geht unterschiedlich mit Schmerz und Verletzungen um.

Wenn ich das junge Mädchen ansehe, dessen Blick stumpf ins Leere gerichtet ist, als hätte sie sich und die ganze Welt bereits aufgegeben, kann ich kaum glauben, dass sie einst zu der Frau wird, in die ich mich unwiderruflich verliebt habe. Eine Frau, die schlagfertig ist und sich ihren Platz in der Welt hart erarbeitet hat, weil ihr als Kind alles genommen wurde. Die gleichzeitig sanft und mitfühlend sein kann und die über ein viel zu großes Herz für all jene verfügt, die vom Schicksal genauso gebeutelt wurden wie sie.

Sie mag es geschafft haben, aber sie hat nicht den Schmerz vergessen, den ihre Seele ertragen musste.

›*Ich habe es nicht immer aus eigener Kraft geschafft*‹, sagt Miras erwachsene Stimme ganz in meiner Nähe.

Ehe ich sie fragen kann, was sie damit meint, hebt das zusammengekauerte Mädchen den Kopf und sieht mich an. Zuvor hat sie mich all die Zeit nicht wahrgenommen, doch nun scheint sie mir direkt in die Augen zu blicken.

Ihre vor Durst rissigen Lippen versuchen Worte zu formen. Ich knie mich vor sie, um ihre raue Stimme zu verstehen.

»Bist du … der Namenlose Prinz?«, fragt sie, während ein vorsichtiges Leuchten ihre bis eben noch leeren Augen erhellt.

»Ja, der bin ich«, antworte ich. Wahrscheinlich würde ich das auch behaupten, wenn ich es nicht wäre, weil ich nicht riskieren will, dieses schwache Leuchten wieder zu verlieren. Doch es ist die Wahrheit, also lege ich so viel Überzeugung in meine Worte, wie ich es vermag.

»Bist du … gekommen, um … mich zu holen?«

Ich schüttele den Kopf. »Du wirst nicht sterben.«

Ihr Blick huscht zur Seite, streift aber nicht das Bett, auf dem die Leichen ihrer Eltern liegen. »Aber ich …«

»Du wirst leben, Mira«, sage ich bestimmt. »Und du wirst zu einer Frau werden, auf die deine Eltern stolz sein können.«

»Woher … willst du das wissen?«

Ich schenke ihr ein Lächeln, das das Leuchten in ihren Augen verstärkt. »Weil ich der Frau, die du sein wirst, begegnet bin. Weil ich sie verehre und schätze. Sie ist mein Licht, dem ich überallhin folgen werde.«

Die kleine Mira runzelt die Stirn. »Das verstehe ich nicht.«

Mir entfleucht ein Lachen. »Du wirst auch später ziemlich lange brauchen, um es zu verstehen.«

Ihr Stirnrunzeln vertieft sich.

»Nicht so wichtig«, beeile ich mich zu sagen. »Wichtig ist nur, dass du es schaffen wirst. Und bis wir uns eines Tages wiedersehen, musst du den Kopf oben- und durchhalten. Versprichst du mir das?«

»Du bleibst nicht bei mir?« Ein Anflug von Panik liegt in ihrer Stimme.

»Ich werde bei dir sein«, versichere ich ihr. »Aber du wirst mich nicht sehen können. Trotzdem darfst du nicht die Hoffnung verlieren.«

»Wie soll ich das allein schaffen?«

»Du wirst nicht allein sein. Es wird immer jemanden geben,

der dir zur Seite steht. Und falls nicht, musst du dir bloß ins Gedächtnis rufen, dass der Namenlose Prinz über dich wacht. Denn das werde ich. Immer.«

»Auch wenn ich dich nicht sehen kann?«

Ich nicke. »Auch dann.«

Erleichtert stößt sie die Luft aus, nur um mich gleich darauf ernst anzublicken. »Wann werde ich dich wiedersehen? Morgen? Übermorgen?« Sie zieht die Augenbrauen zusammen. »In einem Jahr?«

Ich schmunzele über ihren erschrockenen Tonfall. Für ein so junges Kind muss sich ein Jahr wie eine Ewigkeit anfühlen. Wie soll ich ihr klarmachen, dass es über fünfzehn Jahre dauert, bis sie mir wieder begegnet und unsere jetzige Unterhaltung womöglich als Fantasie abgetan hat?

»Wenn du bereit bist«, sage ich. »Du weißt doch, dass in meinem Heer nur die Stärksten und Fähigsten dienen, nicht wahr? Verfeinere deine Techniken mit dem Schwert und du wirst einen Platz in meinen Reihen erhalten.«

Sie nickt feierlich. »Versprochen.«

Plötzlich ertönt hinter mir ein Krachen, als jemand die Tür aufbricht. Mehrere Männer stolpern ins Schlafgemach. Allesamt halten sie sich sofort ein Tuch oder den Hemdsärmel vor die Nase. Ich stelle mich ihnen entgegen, doch sie schreiten durch mich hindurch, als sei ich bloß Luft. Angespannt sehe ich dabei zu, wie einer der Männer neben der kleinen Mira in die Hocke geht, ehe er sie auf den Arm nimmt. Seine Kumpane protestieren, doch der Mann ignoriert sie, zückt seine Wasserflasche und hält sie der kraftlosen Mira an die Lippen, ehe er sie hochhebt und aus dem Zimmer trägt.

Als er auf meiner Höhe angekommen ist, sage ich: »Pass gut auf sie auf.«

Sein Schritt gerät ins Stocken, als hätte er mich gehört, doch dann läuft er weiter. Ich sehe ihm nach, bis er hinter der Biegung eines Korridors verschwindet.

›*Komm*‹, sagt Miras erwachsene Stimme über den Lärm der plündernden anderen Männer hinweg. ›*Es gibt noch mehr, was ich dir zeigen will.*‹

Ohne zu zögern folge ich dem sanften Lichtschein ihres Bewusstseins aus dem Zimmer, das so viel Schmerz für sie bereithielt.

Als Nächstes erblicke ich eine Mira, die etwa acht oder neun Jahre alt sein muss. Im spärlichen Schein der aufgehenden Sonne steht sie in einem Übungsring und hält ein Holzschwert in der Hand, während der Rest der Burg noch tief und fest schläft.

Äußerst präzise für ein Kind schlägt sie auf eine Attrappe aus Stroh ein, die vor ihr aufragt. Obwohl ihr Atem keuchend geht, büßen ihre Bewegungen nichts an Schnelligkeit ein.

Wäre da nicht das Blut, das den Holzgriff ihres Schwertes glitschig werden lässt, hätte ich sie für ihre Bemühungen gelobt. So wird mir mit einem Blick klar, dass sie es übertreibt.

Es kommt, was kommen muss: Als sie zu einer weiteren Attacke weit ausholt, rutscht ihr der Griff aus den Händen und sie verliert das Gleichgewicht. Mit der Nase voran landet sie im schlammigen Boden des Übungsplatzes. Doch es dauert nur einen kurzen Moment, ehe sie sich hochstemmt.

Blut tropft von ihren schmutzigen Händen, dennoch wischt sie sich mit ihnen die Schlammspritzer aus dem Gesicht, das bereits die ersten Sommersprossen zieren. Abgesehen davon, dass ihre Kleidung nun nicht mehr sauber ist, sieht sie gesund und wohlgenährt aus. Die Leere, die in ihrem Blick lag, während sie im Zimmer mit ihren toten Eltern eingeschlossen war, ist wilder Entschlossenheit gewichen.

»Ich muss durchhalten«, sagt sie zu sich selbst. Es klingt, als hätte sie diese Worte schon oft gesagt. »Nur wenn ich die Beste bin, wird mich der Namenlose Prinz in seine Reihen aufnehmen.«

Sie wendet sich wieder der Strohpuppe zu und setzt ihre Übungen fort, obwohl sie in der klammen Kleidung frieren muss.

›*Damals habe ich noch nicht verstanden, dass es dein Heer nicht mehr gibt*‹, sagt Miras Bewusstsein. ›*Oder ich wollte es nicht wahrhaben. Denn neben dir zu kämpfen, war der einzige Grund, der mich weitermachen ließ. Nur deswegen griff ich nach dem Schwert, statt mir eine einfachere Arbeit als Magd oder Küchenhilfe zu suchen.*‹

»An einem Herd oder einem Wäschebottich wäre dein Talent verschwendet gewesen«, entgegne ich.

›*Mag sein. Aber das wusste damals keiner. Mein Lehnsherr ließ mir vieles durchgehen und lächelte gutmütig, wenn ich mich zu den anderen Knappen stellte, um mit ihnen zu trainieren. Unsere Ausbilder sahen das weniger gern, weshalb ich ihnen beweisen musste, dass ich mindestens genauso gut war wie die Jungen in meinem Alter. Nein, ich musste besser sein. Also trainierte ich, bis die Schwielen und Blasen an meinen Händen aufplatzten. Ich trainierte vom ersten Sonnenstrahl bis zum letzten, wenn die anderen noch oder schon schliefen. Es war hart, aber die Aussicht, in deinem Heer zu kämpfen, ließ mich jeden Morgen vor dem ersten Hahnenschrei aufstehen und die Schmerzen in meinen Fingern vergessen.*‹

»Ich weiß nicht, ob ich das gut finden soll«, gebe ich zu, während ich die junge Mira dabei beobachte, wie sie erbarmungslos auf die Strohpuppe eindrischt.

Ich bin dafür verantwortlich, dass sie sich derart verausgabt und diesen Trotz an den Tag legt, der an Besessenheit grenzt. Sie hätte es einfacher haben können, das hat sie selbst gesagt. Doch sie wählte den steinigen Weg, weil ich ihr einen Floh ins Ohr gesetzt habe.

›*Dieser Floh*‹, sagt Miras Bewusstsein mit einem Lächeln in der Stimme, ›*hat mich zu der Frau gemacht, die ich heute bin. Hätte ich den einfachen Weg gewählt, wären wir uns nie begegnet. Ja, ich mag oft erschöpft gewesen sein, aber ich habe keinen Tag meines Trainings bereut. Es hat mich geformt, innerlich und äußerlich. Es hat mir einen Sinn gegeben. Ein Ziel, das ein kleines Mädchen davon abgehalten hat, aufzugeben. Manchmal brauchen wir ein Ziel, auch wenn wir insgeheim wissen, dass wir es nie erreichen können. Es lässt uns aufstehen und weitermachen, obwohl wir lieber liegen bleiben und aufgeben würden. Dazu kann ich dir auch noch etwas zeigen.*‹

Wieder ändert sich unsere Umgebung. Die Burg, in der wir uns eben noch befanden, ist in der Ferne zu erkennen, doch wir stehen nun in einem Wald, der derart licht ist, dass er kaum als Wald zu bezeichnen ist. Ich erinnere mich dunkel, dass Bellvor zu meiner Zeit ein eher sumpfiges Reich ohne besondere Vegetation war; offenbar hat sich das nicht geändert. Die dünnen Bäume, an denen kaum Blätter wachsen, verdecken den Blick auf die junge Frau, die gerade im Fluss baden wollte, nur unzureichend.

Nicht bloß vor mir, sondern auch für die drei Burschen, die sie umzingelt haben. Einer von ihnen wirft gerade ihr Hemd in den Fluss, während die anderen beiden feixend zusehen, wie eine etwa fünfzehnjährige Mira beide Arme um ihren Oberkörper schlingt, um sich zu bedecken. Ihre Hose und Stiefel trägt sie noch, doch ihr Gesicht spiegelt Entsetzen wider.

Ich mache einen bedrohlichen Schritt auf die drei Burschen zu. »Habt ihr keinen Anstand?«, donnere ich, doch sie lachen und bedrängen die junge Frau weiter, als hätten sie mich nicht gehört.

›*Das war das erste Mal*‹, sagt Miras Bewusstsein.

Ich knirsche mit den Zähnen. »Das erste Mal wovon?«

›*Dass sie mir nachgestiegen sind*‹, antwortet sie. ›*Ich war recht gut darin, die Veränderungen meines Körpers zu verstecken und vorzugeben, ich sei einer von ihnen – ein heranwachsender Junge –, auch wenn ich nicht dazugehörte. Sie ließen mich in Ruhe. Bis zu diesem Abend.*‹

»Geht weg!«, schreit die junge Mira. Ihre Stimme wankt. Ich kann mich nicht erinnern, je einen ähnlichen Tonfall bei ihr gehört zu haben.

Als der widerlichste der Burschen die Hand um ihren Arm legt, damit er ihn wegziehen kann, habe ich Mühe, ruhig zu atmen. »Warum zeigst du mir das?«, will ich wissen.

Ich hasse es, mich hilflos zu fühlen. Ich habe es schon früher gehasst, aber seit ich Mira kenne und ihr nicht immer zur Seite stehen kann, ist es noch schlimmer geworden. Jetzt dabei zusehen zu müssen, wie sie von drei jungen Männern bedrängt wird, ohne dass ich eingreifen kann, schnürt mir fast die Kehle zu.

›*Sieh hin.*‹

Am liebsten würde ich Miras Bewusstsein sagen, dass es mich weit weg von dieser Erinnerung bringen soll, doch ich tue, wie geheißen.

Ich gebe nicht vor, dass solche und ähnliche Szenen während meiner Feldzüge nicht vorgekommen sind, aber meine Männer wussten, dass ich es nicht guthieß. Hätte ich einen von ihnen erwischt, wie er sich einer wehrlosen Frau aufdrängte, wäre ehrlos und ohne Sold nach Hause geschickt zu werden, sein geringstes Problem. Meistens überließ ich ihn den Männern, von denen ich wusste, dass sie Ehefrauen, Töchter, Schwestern oder andere Frauen hatten, die ihnen nahestanden. Sie sorgten dafür, dass derjenige nie wieder auch nur daran dachte, sich einer Frau gegen ihren Willen zu nähern.

Ich würde sehr viel dafür geben, wenn diese Männer auch jetzt hier wären, um die Burschen das Fürchten zu lehren.

Doch der Einzige, der hier ist, bin ich. Und ich bin nicht mehr als ein Geist.

›*Du bist mehr*‹, sagt Miras Bewusstsein. ›*Sieh hin.*‹

Die junge Mira hat es irgendwie geschafft, ihre Panik niederzukämpfen. Zwar wehrt sie sich immer noch gegen den Burschen, dessen Hand unerbittlich an ihrem Arm zerrt, aber der Ausdruck von Angst in ihrem Gesicht ist Entschlossenheit gewichen. Ihre Lippen formen tonlose Worte, die ich nicht verstehen kann. Verwirrt wende ich mich an Miras Bewusstsein.

›*Ich bin nicht allein. Das habe ich damals gesagt. Ich wusste nicht, woher diese Gewissheit kam, aber sie war da. Wie unzählige Male zuvor stellte ich mir vor, dass der Namenlose Prinz bei mir wäre und mir Mut zusprach.*‹

Ich gehe hinüber zur jungen Mira. Mein Astralkörper gleitet einfach durch die der jungen Männer hindurch. Mir ist klar, dass auch Mira mich nicht spüren wird. Dennoch lege ich ihr die Hand auf den Rücken und stelle mir vor, dass ich all meine Kraft und Entschlossenheit auf sie übertrage.

»Mach sie fertig!«, knurre ich.

Ein Ruck geht durch sie hindurch. Im nächsten Moment gibt sie ihre Deckung auf, nur um mit der Faust auszuholen, die zielsicher gegen den Kiefer des Burschen kracht, der ihren anderen Arm umklammert. Getroffen verdreht er die Augen, bis bloß noch das Weiße zu sehen ist, und schlägt der Länge nach wie ein gefällter Baum hin.

Eine gespenstische Stille breitet sich aus, die beinahe mit den Händen greifbar ist. Mit offenen Mündern starren die anderen beiden jungen Männer Mira an, die sich aufrichtet und das Kinn reckt. Stolz, stark und ohne Scham starrt sie ihre Peiniger nieder.

»Wer ist der Nächste?«

Einer ist so dumm und greift sie an. Behände duckt sie sich unter seinem Angriff hinweg, nutzt seinen Schwung gegen ihn und stellt ihm ein Bein. Er gerät ins Stolpern und landet kopfüber im Fluss. Prustend und japsend kommt er an die Oberfläche, paddelt wild mit den Armen und schreit um Hilfe.

Die junge Mira taxiert den letzten verbleibenden Angreifer. »Willst du ihm nicht helfen?«

Dieser bleckt die Zähne. »Damit du mich ebenfalls hineinschubst? Du weißt, dass wir nicht schwimmen können.«

Desinteressiert zuckt die junge Mira mit den Schultern, geht neben dem Burschen in die Hocke, den sie mit einem Fausthieb zu Boden geschickt hat und zieht ihm umständlich das Hemd aus, um es sich anschließend überzuziehen. Im Hintergrund brüllt der andere Kerl noch immer nach Hilfe.

»Lasst euch das eine Lehre sein«, sagt sie zu dem dritten Burschen. »Ich bin alles andere als wehrlos. Wenn ihr mir zu nahe kommt, werde ich euch einen nach dem anderen in den Fluss befördern.«

Er verzieht den Mund. »Als ob wir vor dir Angst hätten!«

Vielsagend wirft die junge Mira einen Blick auf den bewusstlosen Burschen, anschließend auf den paddelnden im Fluss, ehe sie ohne ein weiteres Wort Richtung Burg davonschlendert.

›*Als ich außer Sichtweite war*‹, sagt Miras Bewusstsein, ›*bin ich gerannt. Und für den Rest der Nacht habe ich mich in meinem Zimmer eingeschlossen.‹*

»Hattest du niemanden, der dir helfen konnte?«, frage ich. »Jemanden, der den Kerlen die Köpfe zurechtrückt.«

›Nein. Den Lehnsherrn wollte ich nicht fragen aus Angst, dass er mir meinen Wunsch, als Knappe ausgebildet zu werden, dann verwehrt. Ich konnte nicht riskieren, dass er in mir – oder vielmehr in der Tatsache, dass ich ein Mädchen war – einen Störfaktor sah. Und Freunde hatte ich nicht. Zumindest keine echten. Ich musste also allein damit zurechtkommen. Und das schaffte ich. Aber diese Nacht … ist mir im Gedächtnis geblieben. Nicht nur wegen des Angriffs.‹

Gespannt warte ich darauf, dass sie weiterspricht, aber ich dränge sie nicht. Dieser Abend muss furchtbar für sie gewesen sein.

›Ich glaube, das war das letzte Mal, dass ich bewusst an den Namenlosen Prinzen dachte und mich in die Fantasien eines kleinen Mädchens flüchtete, um nicht vor Angst und Einsamkeit zu vergehen.‹

Ich schlucke angestrengt. »Es tut mir leid.«

›Das muss es nicht. Ja, es gab schlimme Zeiten. Nicht bloß ein Mal wünschte ich, ich wäre zusammen mit meinen Eltern gestorben. Heute frage ich mich, ob vielleicht alles so kommen musste. Als Kind und Heranwachsende erkannte ich den Sinn nicht, und auch jetzt entzieht er sich manchmal meinem Verstand.‹

Ich strecke die Hand nach ihrem leuchtenden Bewusstsein aus und streiche mit den Fingern darüber, womit ich ihr ein zufriedenes Summen entlocke. »Meine Kindheit und Jugend war frei von Sorgen. Ich verlor früh meinen Vater, aber ich hätte mir keine bessere Mutter wünschen können. Ich musste nie Hunger leiden oder mich vor dem nächsten Tag fürchten. Selbst auf dem

Schlachtfeld sah ich meinem Schicksal stoisch ins Auge. Mein Martyrium begann später als deines, dennoch weiß ich, was Angst und Einsamkeit ist. Auch der Hass auf alles und jeden ist mir nicht fremd. Vielleicht gibt es tatsächlich einen Grund, warum wir beide das durchmachen mussten. Vielleicht hätten wir ohne die Strapazen, die das Leben für uns bereithielt, nicht so perfekt zusammengepasst, wie wir es jetzt tun.« Ich strecke auch die zweite Hand nach ihrem Bewusstsein aus und umschließe es sanft. »So perfekt, dass es nichts auf dieser Welt gibt, das uns je wieder brechen kann.«

Ich spüre unter meinen Fingern, wie ihr Bewusstsein vor Wonne vibriert, und wünschte, ich könnte sie tatsächlich in die Arme schließen.

Meine Worte sind die Wahrheit. Es gibt nichts, was uns gefährlich werden kann.

Bis auf eine Sache.

›*Folge mir*‹, sagt ihr Bewusstsein. ›*Da gibt es noch etwas, was ich dir zeigen will.*‹

Kapitel 34

Garreth

Ich bin mir nicht sicher, was mich mehr überrascht: die Tatsache, dass auch Hexen einen Schicksalsgebundenen haben, oder dass Lady Karli ihren getötet hat.

Unser Glaube verbietet es uns, eine Partnerschaft mit einem anderen Menschen als unserem Schicksalsgebundenen einzugehen, sobald wir ihm begegnet sind. Es zählt als größter Frevel und wird hart bestraft, sollte dieses Vergehen ans Licht kommen.

Wie muss dann erst die Strafe für jene aussehen, die ihren Schicksalsgebundenen töten?

»Wenn du etwas zu sagen hast, dann sag es«, weist sie mich an, nachdem sie mir einen Seitenblick zugeworfen hat. »Ansonsten schließe deinen Mund, damit kein Sand hineinkommt.«

Schnell klappe ich den Mund zu und schäme mich dafür, dass er offen stand.

Meine nächsten Worte wähle ich mit Bedacht. »Ihr hattet einen Schicksalsgebundenen?«

»Du klingst überrascht«, sagt sie. »Aber ja, auch wir Hexen erhalten eine Weissagung. Unsere ist jedoch kryptischer als die der Menschen, da wir quasi ewig leben und wir deshalb mehrmals einen Schicksalsgebundenen finden. Oder das zumindest glauben.«

»*Noch* kryptischer?«

Die Frage entschlüpft mir, ehe ich sie aufhalten kann. Hitze kriecht mir in die Wangen, als ich Lady Karlis amüsierten Blick auf mir spüre.

»Bloß weil sich deine Angebetete als Fehlschlag herausgestellt hat, muss deine Weissagung nicht kryptisch sein.«

Ich stoße die Luft aus, verkneife mir aber den Kommentar, dass ich ja noch die Wahl zwischen den drei furchtbaren Prinzessinnen aus Bellvor habe, die mir jahrelang das Leben schwer gemacht haben.

»Wie viele Schicksalsgebundene hattet Ihr bereits?«, frage ich, um von mir abzulenken. Doch dann geht mir auf, wie schrecklich neugierig diese Frage ist. »Verzeiht, Ihr müsst darauf nicht antworten, wenn Ihr …«

»Einen«, sagt sie.

»Einen einzigen?«

Ich beiße mir auf die Unterlippe. Warum frage ich sie danach? Ich will schließlich auch nicht über meine Schicksalsgebundene reden. Und Lady Karli geht es bestimmt ähnlich. Woher kommt diese unbezwingbare Neugierde auf alles, was mit ihr zu tun hat? Zuvor haben wir uns über Caligram und Mira und Varyan unterhalten, doch nun hat unser Gespräch eine andere Richtung genommen. Ich bin mir noch nicht sicher, ob mir das gefällt.

»Einen einzigen«, wiederholt sie. »Aus meiner Sicht ist es noch gar nicht so lange her. Von deiner menschlichen Warte aus sind jedoch mehrere Zeitalter vergangen. Trotzdem hat sein Name die Jahre überdauert, zumindest in bestimmten Kreisen. Du müsstest ihn kennen, schließlich war er ein Eslinger wie du.«

Mein Kopf ruckt zu ihr herum. »Redet Ihr von meinem Vorfahren, den Ihr unterrichtet habt?«

Lady Karli nickt. »Genau. Er war ein gelehriger Schüler und ich war ihm sehr zugetan.«

Ein seltsames Gefühl rumort in meinen Eingeweiden, als ich

dabei zuhören muss, wie sie von meinem Ahnen spricht. Ich kann es nicht abschütteln; vielmehr verschlimmert es sich mit jedem ihrer Worte und den Bildern, die sich ungefragt in meinem Kopf formen. Bilder, für die ich mich früher geschämt hätte, weil sie nicht zu mir passen.

»Seine Familie«, fährt sie fort, »und somit auch deine, stand damals kurz vor der Auslöschung. Ohne Magie waren die einst gefeierten Heiler nicht mehr in der Lage, Krankheiten und Wunden zu kurieren. Sie wurden als Stümper und Scharlatane verunglimpft und fanden bald darauf nirgends eine neue Anstellung. Viele wandten sich anderen Gebieten zu, um zu überleben, und so wäre die glorreiche Eslinger-Dynastie beinahe zugrunde gegangen. Doch dein Vorfahr fand den Weg in den Herzholzhain, wo ich mich seit meiner Verbannung aus Krom aufhielt.«

»Ihr wurdet verbannt?«, frage ich in der Hoffnung, das Gespräch dadurch in eine andere Richtung zu lenken.

Ich will nicht aus ihrem Mund hören, wie zugetan sie einem meiner Vorfahren war, der seit wer weiß wie vielen Jahrzehnten unter der Erde verrottet. Ich will auch nicht hören, dass sie ihren Schicksalsgebundenen getötet hat. Das ist nicht mit meinem Glauben vereinbar, an den ich mich trotz Ragnas Zurückweisung immer noch klammere. Nicht meinetwegen, sondern wegen Mira.

Während Lady Karli offenbar über meine Frage nachdenkt, mustere ich die junge Söldnerin, die vor mir im Sattel sitzt und den Anschein erweckt, sie würde bloß schlafen. Wäre da nicht die Blässe in Miras Gesicht, hätte ich genau das gedacht. Aber Mira war nie blass, ganz im Gegenteil: Ihre Wangen glühten stets in unterschiedlichen Rottönen, sobald sie Caligram berührte und mit Varyan sprach. Oder was auch immer sie taten. Wahrscheinlich kann ich froh sein, dass ich lediglich ein Mal Zeuge dessen wurde, was sie hinter verschlossenen Türen tun. Verdammte dünne Wände …

Es ist nicht so, dass ich ihnen ihr Glück nicht gönne oder die ganze Welt verfluche, weil ich meines nicht festhalten konnte. Dennoch war der Zeitpunkt schwierig für mich.

Zu hören, wie sie sich nicht nur endlich ihre Gefühle gestanden, sondern auch einen Weg fanden, ihre körperliche Sehnsucht zu stillen – trotz all der Steine, die das Schicksal ihnen in den Weg warf –, war beinahe zu viel für mich. Ich wollte nicht begreifen, wie ich scheitern konnte, obwohl ich doch alles getan hatte, was von mir erwartet wurde. Wohingegen Mira weder Caligram erhalten noch etwas mit Varyan zu tun haben wollte und er obendrein nichts weiter als ein körperloser Geist ist.

Und dennoch geht ihre Verbundenheit tiefer als alles, was ich je mit Prinzessin Ragna hätte haben können. Das ist mir inzwischen bewusst geworden.

Irgendetwas muss mit mir nicht stimmen. Anders kann ich nicht erklären, warum alles, was ich anrühre, schiefgeht.

»Möchtest du nichts über deinen Vorfahren hören und wieso deine Familie wieder zu den begnadetsten Heilern des Landes zählt?«, fragt Lady Karli.

Entschieden schüttele ich den Kopf. Das würde mir bloß erneut vor Augen führen, dass ich zu den weniger talentierten Eslingern gehörte. Die, die in irgendwelchen stickigen Hütten Tränke und Salben anrühren müssen, während die begabteren Heiler zu Königen und Würdenträgern gerufen werden und sich vor ihnen aufspielen können. Zu diesen Heilern gehörte ich nie. Mein Wissen und Können habe ich mir hart erarbeitet, doch niemand wusste das bisher zu würdigen. Nicht einmal ich selbst.

Niemand, bis auf Mira.

Abgesehen davon, dass ich ohne sie Caligram nie erlangt

und dadurch von vornherein keine Chance bei Prinzessin Ragna gehabt hätte, verdanke ich der jungen Söldnerin so viel mehr. Anfangs sah sie mich bloß als reiches Ärgernis an, doch dann wurden wir Freunde. Ohne ihre Freundschaft, ohne die unzähligen Male, die sie für mich eingetreten ist und mich verteidigt hat, würde ich heute nicht hier sitzen.

Dass ich mich revanchieren will, steht außer Frage. Und es gibt nur eine Sache, die sie sich mehr wünscht als alles andere.

»Erzählt mir von Eurer Zeit in Krom«, bitte ich Lady Karli. »Und wie es dazu kam, dass Ihr Caligram weggegeben habt. Erzählt mir alles über das göttliche Artefakt.«

Kapitel 35

Varyan

Ich wappne mich dafür, dass die nächste Erinnerung, die Miras Bewusstsein mir zeigen will, Batur beinhaltet. Ich bin ihm bloß ein einziges Mal begegnet, als ich Miras Körper während des Zweikampfs übernommen habe, doch diese kurze Zeit reichte aus, um eine abgrundtiefe Abneigung gegen ihn zu entwickeln.

Wir landen wieder in der Burg, diesmal in einem großen Raum, der der Speisesaal sein muss. In der Mitte wurden mehrere lange Holztische aneinandergeschoben. Bänke aus dem selben Holz stehen seitlich davor. Auf den Tischen werden einfache Speisen in Schüsseln serviert; eine Handvoll Bedienstete haben sich bereits eingefunden und greifen zu. An einem der hinteren Tische sitzen mehrere junge Männer, die ich anhand ihrer Kleidung und Statur als Knappen identifiziere. Angesichts der Strohhalme in ihren Haaren könnten ein paar von ihnen auch Stallburschen sein. Lauthals prosten sie sich mit verdünntem Bier zu und legen Tischmanieren an den Tag, bei denen sich meine Mutter im Grab umdrehen würde. Sie war mir stets eine gute, liebevolle Mutter, aber auch eine strenge Lehrerin. Nie hätte sie zugelassen, dass ich mein Essen mit bloßen Händen esse und es herunterschlinge wie ein ausgehungerter Bär.

›*Die Dame der Burg hat es auch nicht gern gesehen*‹, sagt Miras Bewusstsein. ›*Doch ihre Ermahnungen stießen auf taube Ohren, weshalb sie irgendwann dazu übergegangen ist, ihre Speisen nur noch in ihren Gemächern einzunehmen.*‹

»Kann ich verstehen«, murmele ich, während ich zwei Burschen dabei beobachte, wie sie sich um einen Hühnerschenkel prügeln und dabei mehrere Becher umstoßen.

Doch plötzlich, als hätte sie jemand mit strenger Stimme zur Ordnung gerufen, hören sie mit ihrer Rauferei auf und setzen sich zurück auf ihren Platz. Ihre Blicke kleben förmlich an etwas, als warten sie bloß darauf, dass etwas Bedeutendes geschieht.

Da ich kein Interesse an ihnen habe, lasse ich meinen eigenen Blick durch den Raum schweifen und entdecke endlich die jugendliche Mira, die am hintersten Ende der Tische sitzt. Ganz allein und abseits der anderen. Ich bin mir nicht sicher, ob ich Mitleid mit ihr empfinden oder sie zu ihrem guten Gespür beglückwünschen soll. Denn würde sie bei den anderen Knappen sitzen, wäre es nur eine Frage der Zeit, bis es zu einer ähnlichen Situation wie am Fluss kommt. Im Speisesaal sind nur Diener versammelt, keine höher gestellten Bewohner der Burg, die notfalls eingreifen könnten.

›*Ich war gern für mich*‹, sagt ihr Bewusstsein, als es meinem Blick folgt. ›*Es macht mir auch heute nichts aus. Manchmal brauche ich die Ruhe und Einsamkeit. Aber hin und wieder wurde sie so laut und erdrückend, dass ich es nicht mehr aushielt. Dann wünschte ich mir jemanden herbei, mit dem ich reden konnte, aber diesen Jemand gab es nicht. Deshalb sprach ich auch als Jugendliche noch mit meinem imaginären Freund, dem Namenlosen Prinzen. Doch darum soll es jetzt nicht gehen. Schau zum Eingang.*‹

Ich tue, wie geheißen und entdecke dort eine Magd, die mit einem Krug in der Hand die Bänke abläuft und Wasser nachschenkt.

»Wieso zeigst du mir das?«, frage ich. »War die Magd eine besondere Person für dich?«

›*Es geht nicht um sie, sondern um den Krug. Sieh genau hin.*‹

Als die Magd in etwa auf unserer Höhe ist, verstehe ich: Der Tonkrug ist von zahllosen Rissen durchzogen, sodass es an ein Wunder grenzt, dass er überhaupt noch seinen Dienst verrichtet.

›*Der Krug gehörte zur Mitgift der Herrin, deshalb war es verboten, ihn wegzuwerfen, solange er noch nicht gänzlich kaputt war*‹, sagt Miras Bewusstsein, während wir der Magd weiter dabei zusehen, wie sie Wasser ausschenkt.

»Das kann nicht mehr lange dauern.«

›*Es gab eine Wette unter den Bediensteten der Burg. Wir wetteten darauf, wann der Krug zerspringen würde. Einige setzten ihren gesamten Lohn. Doch der Krug hielt und hielt, ungeachtet der zahllosen Blessuren. Es würde mich nicht wundern, wenn er heute noch verwendet wird.*‹

Ich runzele die Stirn. »Wenn der Krug noch existiert, warum sind wir dann …?«

›*Weil ich mich wie dieser Krug fühle.*‹

»Ein Krug hat keine Gefühle«, erwidere ich.

Miras Bewusstsein seufzt, als würde sie die Geduld mit mir verlieren. ›*Nicht im wörtlichen Sinn. Aber auch ich bin von Rissen durchzogen. Ein Teil von mir ist herausgesprungen. Jeder Rückschlag, jeder Verlust, den ich erlitten habe, hat einen neuen Riss oder Sprung hinzugefügt. Irgendwie gelingt es mir dennoch, weiterzumachen und nicht zu zerbrechen. Ich verrichte meine Aufgaben, wie es von mir verlangt wird, aber innerlich warte ich bloß darauf, dass ich es nicht mehr kann. Ich bin wie dieser Krug und ich befürchte, dass mich der nächste Riss gänzlich zerstören wird.*‹

Es dauert einen Moment, bis ich die Tragweite ihrer Worte begreife. »Der nächste Riss … Du sprichst von dem Tag, an dem du Caligram zurück zum See bringen musst.«

›*Der Tag, an dem ich dich verliere. Der Tag, an dem mir ein solch gewaltiger Riss hinzugefügt wird, dass ich daran zugrunde gehe.*‹

»Du weißt, dass ich das nicht zulassen werde!«, entgegne ich hitzig. »Noch haben wir Zeit. Zeit, um eine Lösung zu finden.« Ich stoße den Atem aus, während mein Herz zu rasen beginnt. »Glaubst du etwa nicht mehr daran? Hast du alle Hoffnung verloren?«

Eine Weile schweigt Miras Bewusstsein, ehe es leise zugibt: *›Ich will nicht zerschellen. Ich will diesen Schmerzen nicht ausgesetzt sein.‹*

Sämtliche Spannung weicht aus mir. Es grenzt an ein Wunder, dass ich noch aus eigener Kraft stehen kann. »Du willst, dass ich … dich hierlasse. Du willst nicht zurück.«

Meine Worte sind nicht mehr als ein heiseres Flüstern, das angesichts des Lärms um uns herum verschluckt werden müsste, dennoch dröhnen sie unnatürlich laut in meinen Ohren. Es ist, als würde ich sie immer wieder und wieder hören; jedes Mal quälen sie mich schlimmer als zuvor.

Ich weiß nicht, ob Miras Bewusstsein all ihre Facetten widerspiegelt oder ob ich lediglich den rational denkenden Teil vor mir habe. Anders kann ich mir nicht erklären, dass sie die Hoffnung, die sie vor wenigen Tagen noch vehement verteidigt hat, aufgeben will.

Dass sie *mich* aufgeben will.

Mehrmals atme ich tief durch, bis ich mich und meine Stimme wieder unter Kontrolle habe. »Wenn du hierbleiben willst, dann akzeptiere ich deine Entscheidung.« Keine Ahnung, wie es mir gelingt, dies auszusprechen. »Aber ich flehe dich an: Verliere nicht deine Hoffnung. Verliere nicht deinen Glauben an mich. All die Erinnerungen, die du mir gezeigt hast … In allen hast du dir vorgestellt, ich wäre bei dir und würde dir durch die schwere Zeit hindurchhelfen.«

›Wenn ich das Schwert zurückgebracht habe, wirst du aber nicht

mehr da sein‹, hält sie dagegen. *›Ich werde mir nicht mehr vorstellen können, dass der Namenlose Prinz bei mir ist, sondern muss allein mit der Situation fertigwerden. Und das kann ich nicht. Das schaffe ich nicht.‹*

»Mira.« Ich streiche über das schwache Leuchten, das von ihrem Bewusstsein ausgeht. »Ich verstehe dich. Die Vorstellung, eine Ewigkeit ohne dich verbringen zu müssen … Ich hatte noch nie solche Angst. Wenn ich könnte, würde ich diese Angst aus meinen Gedanken verbannen, aber sie kommt immer wieder zurück. Du bist die Einzige, die sie zum Schweigen bringen kann. Du weißt, dass ich dich liebe. Dass ich die ganze verdammte Welt aus den Angeln heben würde, um dich zu beschützen. Aber die Angst besiegen und die Hoffnung nicht aufgeben – das kann ich nicht allein.«

Ich will sie berühren, sie festhalten, durch ihr Haar streichen. Alles, um sicher zu sein, dass sie mich – uns – noch nicht völlig aufgegeben hat. Das Einzige, was mich glauben lässt, dass dem nicht so ist, ist das Licht, das ihr Bewusstsein abstrahlt.

»Über Jahre hinweg«, sage ich, »hast du dir vorgestellt, dass ich bei dir wäre. Ich konnte es nicht sein, doch jetzt kann ich es. Wir brauchen einander, um weiterzumachen. Der Weg, der vor uns liegt, mag nicht einfach sein. Womöglich scheitern wir. Aber ich bitte dich: Gib uns nicht auf, denn noch ist nicht alles verloren.«

›Aber was, wenn …‹

»Auch dafür finden wir eine Lösung«, falle ich ihr ins Wort. »Doch bis es so weit ist, will ich nicht hören, dass es keine Hoffnung für uns gibt. Das hast du mich gelehrt und nun erinnere ich dich daran.«

Lang gezogen stößt ihr Bewusstsein den Atem aus. *›Ich fürchte mich.‹*

»Es ist normal, Angst zu haben. Mir gegenüber brauchst du sie nie zu unterdrücken oder zu verleugnen. Ich kann dir nicht versprechen, dass ich sie dir in jeder Situation nehmen kann, aber ich werde bei dir sein und sie mit dir teilen. Für immer. Ganz gleich, was geschieht.«

›*In Ordnung*‹, wispert sie.

Kapitel 36

Garreth

Lady Karli mustert mich aus den Augenwinkeln. Ich finde es erstaunlich, wie viel Wertung sie in diese knappe Geste legen kann, ohne mich direkt anzusehen oder den Kopf zu mir zu drehen. Ihrer Musterung wohnt eine solche Macht inne, dass ich beinahe meine Bitte, mehr über ihre Vergangenheit und Caligram zu erfahren, zurücknehme. Doch ich bleibe standhaft. Vor ein paar Monaten wäre mir das nicht gelungen.

Ihr Blick verliert auch nichts an seiner Intensität, als wir eine kurze Rast einlegen und ich Miras bewusstlosen Körper vorsichtig vor Lady Karli setze, um meinen Schreiter zu schonen, der bereits merklich langsamer wurde. Es fällt mir schwer, Mira wegzugeben, doch mir ist klar, dass ich ihr sowieso nicht helfen kann. Jetzt muss ich mich darauf konzentrieren, dass wir es heil zurück zu den Überresten des Herzholzhains schaffen.

»Also«, sage ich, als ich wieder im Sattel meines Schreiters sitze, »wie geht Eure Geschichte weiter?«

»Als unsere göttlichen Eltern diese Welt verließen«, beginnt sie, »teilten sie mir das Reich Krom zu. Ich gebe zu, ich war von ihrer Entscheidung nicht begeistert, hatte ich doch auf Lerthau oder Valencia gehofft. Beides Reiche mit angenehmerem Klima und üppigerer Vegetation. Mein Element ist die Erde und alles, was wächst und lebt. Und sie schickten mich … in das schneebedeckte Krom, wo es kaum Pflanzen gab. Noch dazu musste ich mit dem Volk vorliebnehmen, das von der Entwicklung her am unzivilisiertesten war.« Ihre Miene verfinstert sich, während sie geradeaus starrt. »Ich habe meine Eltern verflucht. Dann habe ich sie angefleht, mich zu ihnen zu holen. Ich habe meine Schwestern bekniet, damit sie mit mir tauschen.«

»Tauschen?«, wiederhole ich. Es gelingt mir nicht, die Geringschätzung gänzlich aus meiner Stimme zu verbannen.

Sind wir Menschen in den Augen der Hexen nicht mehr als ein Spielzeug, das sie nach Belieben untereinander hin und her schieben können? Ein Ärgernis, dessen sie sich lieber gestern als heute entledigt hätten? Anders kann es nicht sein, schließlich hören und sehen wir nicht viel von den Hexen. Als die Götter verschwanden, blieben sie hier und sollten ihre Stellvertreter sein. Müssten sie sich dann nicht besser um uns kümmern? Müssten sie uns nicht vor Seuchen wie dem Roten Tod und Kriegen und Hungersnöten beschützen?

Ich mache Lady Karli keinen Vorwurf – das wage ich nicht –, schließlich sind auch ihre Schwestern ihren Verpflichtungen nicht nachgekommen. Wenn es stimmt, was sie sagt, hat sich die Wasserhexe sofort zurückgezogen und ward seitdem nicht mehr gesehen; trotzdem hat sich ihr Reich Valencia prächtig entwickelt. Ich habe während meines kurzen Aufenthaltes nicht allzu viel gesehen, doch die Stadt wirkte aufgeräumter und sicherer als alle Städte, die ich in Bellvor besucht habe.

Zum Glück geht Lady Karli nicht weiter auf meinen Einwurf ein und tadelt mich bloß mit einer hochgezogenen Augenbraue.

»Als ich in Krom ankam, suchte ich mir einen Wald direkt an der Grenze zu Lerthau. Damals gab es die Ödnis noch nicht, sodass ein wenig Grün aus Lerthau bis zu uns nach Krom reichte. Und ich konnte mir vormachen, dass ich nicht mit dem kalten Reich voller Wilder gestraft war, wenn ich zwischen den Bäumen wandelte. Es verging einige Zeit, bis ich mit den Bewohnern

Kroms Kontakt hatte. Sie wussten, was ich bin. Aus Angst betrat keiner von ihnen den Wald. Was mir ganz recht war. Bis sie auf die verdammte Idee kamen und ihre Verurteilten zu mir schickten. Jeder, der ein Vergehen begangen hatte, das schwerwiegend genug war, um dafür aus dem jeweiligen Clan verbannt zu werden, wurde in meinen Wald gejagt. Sie dachten wohl, dass ich ihre Verbrecher richten würde.«

»Aber das tatet Ihr nicht«, schließe ich.

Sie neigt den Kopf in meine Richtung. »Wie kommst du darauf?«

»Weil Ihr nicht grausam seid«, sage ich. »Ihr seid direkt und lasst wenige an Euch heran. Sogar die Bewohner Eures Hains hieltet Ihr stets auf Abstand. Anfangs dachte ich, dass Ihr so Ehrerbietung einfordert, doch es steckt mehr dahinter. Ich habe ein ähnliches Verhalten bei Mira und Varyan beobachtet. Nicht derart ausgeprägt, aber in den Ansätzen identisch. Ihr habt Angst, verletzt zu werden, also lasst Ihr Nähe von vornherein nicht zu.«

Der Blick, mit dem sie mich bedenkt, ist unergründlich, doch nicht unangenehm. Vielmehr habe ich das Gefühl, dass sie mich zum ersten Mal bewusst wahrnimmt.

»Dafür, dass du ein Mensch bist«, sagt sie mit einem Unterton, der einen heißen Schauer durch mich hindurchschickt, »siehst du sehr viel, Garreth.«

Ich schlucke angestrengt, habe aber trotzdem das Gefühl, nicht mehr atmen zu können.

Noch nie zuvor hat sie meinen Namen ausgesprochen. Für sie war ich bloß der junge Eslinger. Ein weiterer Heiler, der darum bettelt, von ihr unterrichtet zu werden. Doch jetzt habe ich das Gefühl, dass sie *mich* sieht, nicht nur meinen Familiennamen oder meine Zunft.

Ich will diesen besonderen Moment nicht zerstören, deshalb

schweige ich. Ich kann mich kaum daran erinnern, worüber wir zuvor gesprochen haben. Es muss wichtig gewesen sein, doch nun verliere ich mich in ihrem Blick. Ich sonne mich in der Art, wie sie mich betrachtet, und hätte nichts dagegen, wenn sie nie damit aufhört.

Doch dann blinzelt sie, und der Moment ist vorbei. Das Interesse weicht aus ihrer Miene.

»Die Vergehen, die den Verbrechern zur Last gelegt wurden«, sagt sie, »waren meist Lappalien. Eine gestohlene Schüssel Korn. Die Abwesenheit bei einem Ritual. Das Davonlaufen vor einer Bestrafung. Keiner hatte etwas wirklich Verwerfliches getan, wofür ich ihn hätte richten können. Zu ihren Clans konnte ich sie dennoch nicht zurückschicken. Allein wären sie in den kalten Eiswinden gestorben. Also erlaubte ich ihnen, bei mir zu bleiben.«

»Sie wurden Eure ersten Anhänger«, sage ich.

Lady Karli nickt. »Aus Dankbarkeit verehrten sie mich. Und selbst als sie sich fortpflanzten und neue Generationen hinzukamen, die mir nicht aus Dankbarkeit verpflichtet waren, verehrten sie mich trotzdem. Sie priesen mich für das reichhaltige Essen. Die Wärme, die in meinem Wald herrschte. Den Frieden. Gerade Letzteres kannten sie nicht. Zwischen den Clans herrschte seit Anbeginn der Zeit eine erbitterte Rivalität um die wenigen Ressourcen. Doch in meinem Wald lebten verschiedene Clans friedlich nebeneinander und vermischten sich gar. Das wäre jenseits meines Hains niemals möglich gewesen. Irgendwann – es müssen einige Jahrhunderte vergangen sein – zogen ein paar meiner Anhänger aus, um den anderen Clans von dem Frieden und dem Überfluss zu berichten, die sie bei mir erfahren durften.« Ihre Miene, die bis eben weich und glücklich wirkte, verhärtet sich. »Sie kamen nicht zurück.«

»Das tut mir leid«, murmele ich.

Ich maße mir nicht an, ihre Gefühle gänzlich verstehen zu können. Aber diese Kromer waren nicht bloß ihre Anhänger; sie waren die Familie, von der sie nicht gedacht hatte, sie zu finden.

»Ich war so wütend, dass ich zum ersten Mal das göttliche Artefakt nutzte. Ich wählte mir einen Krieger, der Caligram zu führen wusste, und entsandte ihn, sowie weitere Kämpfer, um ihre Brüder und Schwestern zu rächen. Damals wusste ich nicht, dass Sterbliche ein göttliches Artefakt nicht ohne einen Preis nutzen konnten. Caligram verleibte sich die Seele meines Kriegers ein, noch bevor er und die anderen Recken herausfanden, wer für den Tod meiner Anhänger verantwortlich war. Die anderen Kämpfer versuchten Caligram ihrem Willen zu unterwerfen, um meinen Auftrag zu vollenden, doch sie ereilte dasselbe Schicksal. Das Schwert, das meine Eltern mir hinterließen, war über die Jahrhunderte, vielleicht sogar Jahrtausende derart ausgehungert, dass es gierig all jene verschlang, die dumm genug waren, ihre Finger nach ihm auszustrecken.«

Ich werfe einen Blick auf das blutrünstige Schwert, das fest mit Miras Hand verbunden ist. Obwohl ich weiß, dass ihr keine Gefahr droht, muss ich mich beherrschen, den Verband nicht durchzuschneiden und das Schwert zu lösen.

Lady Karli folgt meinem Blick. »Ihr geschieht nichts. Varyans Seele ist anders. Er wurde durch einen Fluch an Caligram gebunden. Vielleicht wäre er auch ohne Fluch mächtig genug, sich gegen den Hunger des Artefakts zu behaupten. Solange er in Caligram ist, verlangt das Schwert nicht nach neuen Seelen. Und Varyan würde nie zulassen, dass Mira etwas geschieht. Ihre Verbindung ist so stark, dass ich sie sehen kann. Schicksalsgebundene, fürwahr.«

Ihre Worte beruhigen mich, deshalb konzentriere ich mich

wieder auf ihre Geschichte. »Was habt Ihr getan? Caligram war irgendwo in Krom …«

»Ich musste meinen Wald verlassen.« Kurz presst sie die Lippen zusammen. »Ich musste den einzigen Ort verlassen, der mir Schutz und Sicherheit vor einer Welt bot, die mir fremd geworden war und deren Bewohner ich keinerlei Sympathie entgegenbrachte. Diesen Moment hatte ich so lange wie möglich hinausgezögert. Doch als ich es schließlich tat, war ich im Begriff, Tod und Zerstörung zu bringen. Ich wollte meine gefallenen Anhänger, die mir lieb und teuer waren, rächen. Ich wollte Caligram, das letzte Geschenk meiner Eltern, zurückholen. Ich wollte diesen verdammten Kromern zeigen, dass sie gut daran taten, mich für alle Zeiten zu fürchten. Indem sie meine Anhänger getötet und mir mein Artefakt gestohlen hatten, hatten sie eine mir bis dahin unbekannte Wut in mir geweckt. Ich schreckte vor nichts zurück. Die Erde bebte, wohin ich ging. Die kümmerlichen Ernten ließ ich verdorren.«

Ihr Blick wirkt mit einem Mal entrückt und unendlich traurig.

»Ich, die alles Leben ehrte, stand kurz davor, die Zivilisation, die man mir anvertraut hatte, auszulöschen.«

Lady Karli war mir zuvor unnahbar erschienen, doch nun verströmt sie eine Aura, die mich frösteln lässt. Ihre Nähe erfüllt mich mit einer instinktiven Furcht vor der Macht, die in ihr lebt und die nur selten an die Oberfläche dringt. Jeder mit einem Funken Verstand würde sofort erkennen, dass Lady Karli kein gewöhnlicher Mensch ist, doch hinter ihrer kühlen Fassade verbirgt sich eine Kraft, die niemand herausfordern sollte. Ich jedenfalls bin froh, dass ich nicht in der Haut der Kromer stecken musste.

»Aber die Zivilisation der Kromer existiert noch«, erwidere ich. »Also habt Ihr Euren Zorn gezügelt.«

Sie schnaubt; ein Laut, der so falsch bei ihr klingt, dass ich beinahe darüber gelacht hätte. »Nicht freiwillig. Es stellte sich heraus, dass ich zu wenig über das Volk wusste, das mir anvertraut war. Die Kromer waren schon immer kriegerisch. Auch ohne Magie verfügten sie über eine Möglichkeit, alle Kraftreserven ihres Körpers auf einen Schlag zu mobilisieren. Sie nennen es Berserkerzustand. Für eine gewisse Zeit werden sie nahezu unbesiegbar. Blut läuft ihnen aus Nase, Augen und Ohren, weil ihre Blutgefäße und Organe diese Strapazen nicht auf Dauer aushalten.«

Ich stutze. »Moment, Blut aus Nase, Augen und Ohren ... Das klingt wie der Rote Tod.«

Lady Karli nickt. »Die Seuche hat in Krom seinen Ursprung. Als ich Caligram zurückholen wollte, stellten sich mir unzählige Clans in den Weg. Sie wechselten in den Berserkerzustand, um eine Chance gegen mich zu haben. Und die hatten sie. Gegen hundert oder zweihundert von ihnen hätte ich die Oberhand gehabt, aber gegen Tausende war sogar meine Magie machtlos, die schwächer und schwächer wurde, je länger ich mich jenseits meines Gebiets aufhielt. Es gelang mir, Caligram wieder an mich zu nehmen, aber ich musste fliehen. Ich war gezwungen, mein zugeteiltes Reich zu verlassen und suchte Schutz in Lerthau bei meiner Schwester, der Lufthexe.«

»Die Seehexe«, murmele ich.

»Sie gebietet über die Luft«, entgegnet Lady Karli mit einem Schmunzeln. »Nur weil sie in einem See haust, bedeutet das nicht, dass sie die Macht über das Wasser hat.« Ihre Miene wird wieder ernst. »Jedenfalls lief alles aus dem Ruder, als ich Krom verließ. Das war in dem Plan unserer Eltern nicht vorgesehen. Der Berserkerzustand, den die Kromer im Kampf einsetzten, trat immer öfter spontan auf und ließ die Betroffenen wahnsinnig werden. Er konnte nicht gestoppt oder kontrolliert werden. Doch das Schlimmste war, dass er auch auf Menschen anderer Völker übersprang.« Sie seufzt. »Das wusste ich damals noch nicht, und es wurde erst richtig schlimm, als Varyans Armee auftauchte. Aber das lag zu der Zeit noch in ferner Zukunft. Als ich fliehen musste, waren die Streitigkeiten meiner Schwestern gerade zum Erliegen gekommen. Sie hatten ihre Artefakte vernichtet. Wie passend, dass ich nun im Reich der Lufthexe stand und um Asyl flehte. Mir war klar, was sie als Gegenleistung verlangen würde, noch ehe sie danach fragte. Es war mir egal. Sie konnte Caligram haben. Ich wollte es nicht mehr. Wäre das Schwert nicht gewesen, wäre ich zwar auch rasend vor Zorn gewesen und hätte vielleicht die ein oder andere Katastrophe wegen meiner toten Anhänger herbeigeführt, aber ich hätte meinen Wald nicht verlassen. Es wäre nicht … eskaliert.«

»Und wie passt Varyan in die Geschichte?«

Sie verzieht den Mund. »Er tauchte erst viele Jahrhunderte später auf. Von sich und seinen Taten überzeugt, marschierte er in meinen Wald und bat mich um einen Teil meiner Magie. Ich hätte auch abgelehnt, wenn er Caligram nicht besessen hätte, aber so …« Sie zuckt mit den Schultern. »Sagen wir, ich habe ihm sehr deutlich mitgeteilt, dass er nie wieder einen verdammten Fuß in meinen Wald setzen soll. Er tat mir den Gefallen. Dummerweise entschied er sich in seinem Größenwahn kurz darauf, auch gegen Krom ins Feld zu ziehen. Dadurch verbreitete sich die Berserkerseuche auf der ganzen Welt.«

»Varyan war das?«

»Nicht direkt er, aber sein Heer. Die endlose Zahl an Menschen, die ihm folgte und den Boden anbetete, über den er wandelte. Eine solche Ehrerbietung sollte uns Götterkindern vorbehalten sein.«

Vorsorglich presse ich die Lippen aufeinander. Ich stimme ihr in soweit zu, als dass ein solches Maß an Ehrerbietung keinem Menschen guttut. Zu vielen steigt sie zu Kopf und verleitet sie zu unsinnigen Taten. Aber Varyans Bestreben, die Reiche zu einen, um eine bessere Welt für die Ärmsten zu schaffen, halte ich nicht für unsinnig. Für einen Einzelnen war es zu ambitioniert. Er vertraute den falschen Wesen – Hexen – und führte eine Waffe, die nicht für Menschen gemacht wurde. Doch ich glaube, dass er aus den richtigen Gründen gehandelt hat. Er hat versucht, etwas zu verändern, während die Hexen entweder die Hände in den Schoß legten und verschwanden oder sich in sinnlosen Kleinkriegen gegenseitig das Leben schwer machten.

Hätte ich zu seiner Zeit gelebt, wäre ich eher Varyan gefolgt anstatt den Götterkindern, die keinen Finger für meinesgleichen krumm gemacht hätten.

Ich bin jedoch nicht so dumm, dies in Lady Karlis Gegenwart laut auszusprechen.

Als wir die Stelle passieren, an der Colettes toter Körper liegt, wirft Lady Karli einen wehmütigen Blick auf sie, treibt dann ihren Schreiter aber weiter an.

»Sie war Euch teuer, nicht wahr?«, frage ich.

Ich weiß nicht, ob sie die Intention hinter meiner Frage heraushört, jedenfalls antwortet sie: »Sie war nicht meine Tochter, sondern die der Feuerhexe. Ich habe keine Nachkommen.«

Verstohlen atme ich auf. Warum habe ich überhaupt die Luft angehalten? Lady Karli existiert viel länger, als ich es mir vorstellen kann. Es wäre bloß natürlich, wenn sie in dieser langen Zeit Kinder bekommen hätte. Die meisten Kinder der Hexen sind Mädchen. Viele von ihnen besitzen die Gabe der Weissagung, weshalb sie zu Priesterinnen geweiht werden. Doch es muss auch andere Hexenkinder geben, so wie Colette, die nicht dazu auserkoren sind, zum sechzehnten Geburtstag einem Heranwachsenden eine Weissagung zu offenbaren, die er nicht versteht.

Ich kratze all meinen Mut zusammen und schneide das Thema an, das wir vorhin auf meine Bitte hin haben fallen lassen. »Habt Ihr keine Kinder, weil Ihr Euren Schicksalsgebundenen … töten musstet?«

Sie schenkt mir ein Lächeln. »Ach, jetzt willst du es doch wissen?«

Unruhig rutsche ich in meinem Sattel herum. »Es ist nur … Wenn es Euch unangenehm ist …«

»Ist es nicht«, sagt sie. »Schließlich habe ich selbst davon angefangen.« Wieder gleitet ihr Blick in die Ferne, als würde sie dort etwas erkennen, was nur für sie bestimmt ist. »Als dein Vorfahr den Weg in meinen Wald fand, nahm ich ihn auf wie alle Heimatlosen, die sich bis dahin zu mir verirrt hatten. Er stellte sich als talentiert im Umgang mit Kräutern heraus, und es dauerte nicht lange, bis wir uns näherkamen. Ich dachte, in ihm meinen Schicksalsgebundenen gefunden zu haben.«

Die Frage nach dem Wortlaut ihrer Weissagung liegt mir bereits auf der Zunge, doch ich schlucke sie hartnäckig hinunter. Das geht mich nichts an.

Wer sollte besser wissen als ich selbst, dass Weissagungen zu nichts führen? Erst recht nicht zu ewigem Glück und Zufriedenheit, wie es uns die Priesterinnen stets weismachen wollen, sondern lediglich zu einem gebrochenen Herzen. Zumindest fühlt es sich jetzt so an.

Wie es wohl in einem Jahr ist? In fünf? Zehn? Ich lebe nicht so lange wie Lady Karli, trotzdem frage ich mich, ob die Zeit ihre Sicht auf Dinge verändert hat oder ob sie genauso unter Rückschlägen leidet wie wir Sterblichen.

»Ich mochte ihn«, sagt sie, »und er verehrte mich.«

Zu meinem ohnehin gebrochenen Herzen gesellt sich ein weiterer Schmerz, den ich nicht genau benennen kann.

»Ich bat ihn zu bleiben, nachdem er wieder mit beiden Beinen fest im Leben stand, das er zuvor aufgeben wollte. Er rang mit sich, musste aber zurück zu seiner Familie. Er wollte sie nicht im Stich lassen, sondern ihnen von den Kräutern und Tränken berichten, die wir hier zum Heilen von Wunden und Krankheiten verwenden. Damit, so glaubte er, würde er seiner Familie einen unschätzbaren Dienst erweisen. Ich stimmte zu und er versprach mir, sofort wieder zu mir zurückzukehren, sobald seine Lehren auf fruchtbaren Boden gefallen waren. Als Zeichen unserer Verbundenheit gab ich ihm sogar einen Teil meiner Magie mit.«

Ich runzele die Stirn. »Es wäre mir neu, dass einer aus unserer Familie je ein Artefakt besessen hätte.«

Lady Karlis Lippen heben sich zu einem Schmunzeln. »Ich bin wahrlich erstaunt, wie klug du bist und wie genau du aufpasst.«

Ich spüre, dass ich unter ihrem Lob erröte, und schäme mich dafür. Ich will es abtun oder herunterspielen, wie ich es bereits unzählige Male in meinem Leben getan habe, doch da spricht sie weiter.

»Er besaß kein Artefakt, deshalb machte ich ihm eindringlich klar, dass er die Magie niemals benutzen durfte. Aber ich wollte, dass er etwas Besonderes von mir mit sich nahm, wenn er mich verließ. Etwas, was er in sich spürte, wenn er nicht in meiner Nähe war und mich nicht sehen konnte. Etwas, was ihn daran erinnerte, dass ich in meinem Hain auf ihn wartete.« Sie wendet sich zu mir. Ihre Miene strahlt eine solche Verletzlichkeit aus, dass es mir ganz eng in der Brust wird. »Ergibt das einen Sinn?«

»Ja«, bringe ich beinahe tonlos heraus. »Für mich ergibt das sehr viel Sinn.«

Ich weiß nicht, ob ich ein solch mächtiges Geschenk angenommen hätte, doch ich wäre mehr als geehrt gewesen, einen Teil ihrer Magie zu empfangen. Ich gebe zu, dass ich ein wenig neidisch auf Mira und Varyan war, als sie einen Bruchteil der Magie Lady Karlis erhielten. Zwar gönnte ich es ihnen – vor allem Varyan, der bereits ein Mal vergeblich darum gebeten hatte, obwohl er die Magie auch diesmal nicht direkt wirken konnte –, aber ich fühlte mich außen vor. Als sei ich es nicht wert, ebenfalls mit einem solchen Geschenk bedacht zu werden. Vielleicht war ich das damals auch nicht. Vielleicht hing es lediglich mit der Tatsache zusammen, dass ich über kein Artefakt verfügte.

»Als er ging«, sagt Lady Karli, »fühlte ich mich so einsam wie nie zuvor. Ich konnte das Gefühl, dass ich ihn nie wiedersehen würde, nicht abschütteln. Und es sollte sich bewahrheiten.«

Ich werfe ihr einen vorsichtigen Seitenblick zu. »Was ist geschehen?«

Ihre Züge verhärten sich. »Er hat die Magie benutzt. Ich konnte es deutlich spüren, als er es tat. Ich dachte, er sei in Gefahr und würde sich mit meiner Magie verteidigen. Aber so war es nicht.«

»Ihr seid … ihm nicht gefolgt?«, hake ich nach.

Sie schüttelt den Kopf. »Den Fehler, mein angestammtes Reich zu verlassen, mache ich nie wieder. Auch jetzt bin ich bloß hier, weil die Kromer mich verschleppt haben. Immer, wenn ich die Grenze meines Gebiets überschreite, sind es meine Anhänger, die darunter leiden. Ihre Leben wollte ich nicht erneut riskieren.«

»Euer Hain …«, setze ich an. »Er ist …«

»Ich weiß«, wispert sie. »Sprich es bitte nicht aus. Ich weiß es auch so. Es passieren stets Unfälle, wenn ich mein Gebiet verlasse. Auch den anderen Hexen ergeht es so. Unser Land ist stark mit unserer Magie verbunden. Es dauerte Jahre, bis ich wieder halbwegs so mächtig war wie vor meiner Flucht aus Krom. Auch jetzt wird es eine lange Zeit brauchen, bis ich mich erholt habe. Vor allem ohne Artefakt.« Sie schaut auf Mira, die vor ihr im Sattel sitzt und den Anschein erweckt, sie würde bloß schlafen. »Dass ich Caligram benutzt habe, um Krom abzuspalten, hat alte Erinnerungen in mir geweckt. Es fühlte sich gut an.«

Eine leise Hoffnung keimt in mir. »Könntet Ihr Caligram wieder benutzen? Könntet Ihr … es als Euer Artefakt behalten?«

Sie stößt den Atem aus. »Mir ist klar, worauf du hinauswillst, aber so einfach ist das nicht. Caligram mag mir einst gehört haben, aber ich gab es weg, um im Gegenzug den Herzholzhain zu erhalten.«

»Der zerstört ist«, werfe ich ein und könnte mich im nächsten Augenblick für meine taktlose Bemerkung ohrfeigen.

Doch Lady Karli nickt bloß. »Dennoch habe ich damals meinen Teil erhalten und muss auch die Bedingungen erfüllen. Mit der Meereshexe hätte ich vielleicht reden können, aber die Lufthexe ist … schwierig. Zumal eine Seele durch einen Fluch an Caligram gebunden ist. Das Artefakt hat sich Varyan nicht einverleibt, wie es bei den anderen Seelen der Fall war. Ich kann nicht abschätzen, was mit ihm geschieht, wenn ich das Schwert behalte. Mira kann es auch nur fern des Sees meiner Schwester führen, weil sie ihr Mal trägt. Damit hält das Artefakt sie für seine angestammte Besitzerin.«

Ich kenne mich zwar nicht mit Hexenmagie aus, aber ihre Erklärung ergibt Sinn.

»Der Fluch verhindert, dass Caligram sich eine weitere Seele einverleiben kann«, sagt Lady Karli. »Auch das hat meine Schwester bedacht, als sie Varyan in das Artefakt verbannte. Andernfalls wäre seine Seele durch immer neue verdrängt worden, sollte je wieder ein Sterblicher Caligram führen.«

»Wieso konnte Mira das Schwert überhaupt aus dem Stein ziehen?«, frage ich.

Lady Karli schweigt eine Weile, ehe sie sagt: »Ein Fluch ist ein mächtiger, aber vergleichsweise einfacher Zauber, der niemals leichtfertig gesprochen werden darf. Damit er funktioniert, muss es immer einen Weg geben, ihn zu brechen – eine Hintertür. Ich kenne den Wortlaut des Fluchs nicht, aber ich schätze meine Schwester so ein, dass sie nichts dem Zufall überlassen hat. Um Varyan stets bei sich zu haben, hat sie das Schwert selbst mit einem weiteren Fluch belegt, der es anderen verbot, es ohne Schmerzen zu berühren oder aus dem Stein zu ziehen. Allen, bis auf eine.«

»Seine Schicksalsgebundene«, sage ich.

Lady Karli nickt. »Die ersten Jahre hat sie vielleicht damit gerechnet, dass irgendwer kommt und nach dem ruhmreichen Prinzen sucht. Doch als die Jahre vergingen, wurde es immer unwahrscheinlicher, dass seine Schicksalsgebundene auftauchen und nach dem Schwert greifen würde. Ich vermute, dass meine Schwester nicht mehr erwartet hat, dass dieser Tag irgendwann kommt.«

»Sie wusste es also von Anfang an«, sage ich zu mir selbst. »Wer Mira für Varyan ist. Und dennoch hat sie Mira das Schwert mitgegeben. Warum?«

»Weil die Tatsache, dass sie die Schicksalsgebundene ist, nichts an seinem Fluch ändert. Lediglich der zweite Fluch konnte damit teilweise gebrochen werden und das auch bloß von Mira. Du oder ein anderer Sterblicher kann Caligram weiterhin nicht berühren, ohne Schmerzen zu empfinden.«

»Und wie könnte der andere Fluch gebrochen werden? Wie könnte Varyan befreit werden?«

Lady Karli schüttelt den Kopf. »Das weiß lediglich meine

Schwester. Es könnte alles sein. Ein Gegenstand. Eine Person. Ein besonderer Umstand.«

Ich ziehe die Augenbrauen zusammen, während ich nachdenke. »Es muss etwas Wichtiges und gleichzeitig Schwieriges sein. Sie würde Varyan nicht leichtfertig aufs Spiel setzen. Aber sie hat ihn im Affekt verbannt. Ich kann mir nicht vorstellen, dass sie viel Zeit hatte, um über die Aufhebung des Fluchs nachzudenken.«

Plötzlich regt sich Miras Körper, krümmt sich zusammen und verändert sich dann innerhalb eines Augenblicks. Ihr Haar, das sich aus ihrer Hochsteckfrisur gelöst hat und ihr stellenweise wirr ins Gesicht hängt, wirkt so dunkel, dass es beinahe schwarz ist. Ihre Ohren werden spitz, und als sie träge die Augen aufschlägt, sind sie nicht grün, sondern braun und blau.

Ich lenke meinen Schreiter so nah wie möglich an Lady Karlis heran und lege Varyan, der die Kontrolle über Miras Körper hat, eine Hand auf die Stirn. Sie ist leicht verschwitzt, aber nicht heiß.

»Wie geht es Mira?«, frage ich.

Mehrmals blinzelnd, als müsse er sich erst orientieren, beäugt Varyan zunächst das Schwert, das an seine Hand gebunden ist. Dann dreht er den Kopf und stößt ein Seufzen aus, als er Lady Karli hinter sich vorfindet.

»Zum Glück sind wir bald da«, grollt er, was mit Miras Stimme jedes Mal seltsam klingt, ehe er den durchdringenden Blick auf mich richtet. »Das erspart mir die Schande, dich anzuflehen, ob ich bei dir mitreiten kann.«

Ich verdrehe die Augen und wiederhole meine Frage.

Unruhig rutscht Varyan im Sattel herum, während er versucht, so viel Abstand wie möglich zwischen sich und Lady Karli zu bringen.

»Gut«, sagt er. »Sie muss sich ausruhen und es war nicht einfach, sie zur Rückkehr zu bewegen.«

»Sie wollte nicht zurück?«, hakt Lady Karli nach.

Sofort wirkt Varyans Miene verschlossen. Ehe er die Hexe hinter sich erneut angrollen kann, gehe ich dazwischen.

»Ist es nicht gefährlich, wenn sie sich ausruht und du die Kontrolle hast?«

Varyan schüttelt den Kopf und legt die freie Hand auf Miras Brustkorb. »Sie war dermaßen erschöpft – körperlich und geistig –, dass ich es nicht weiter hinauszögern konnte und ihr Ruhe verordnet habe. Sie schläft, aber ich spüre sie deutlich. Keine Sorge.« Der Blick, mit dem er mich bedenkt, wirkt ernst und entschlossen. »Ich lasse sie nicht los. Niemals.«

Einerseits bin ich erleichtert darüber. Andererseits wage ich nicht, an den Moment zu denken, an dem Mira das Schwert und damit auch Varyan zurückgeben muss.

Es ist Lady Karli, die meine Gedanken, die ich niemals in Worte hätte fassen können, ausspricht. »Es wäre besser gewesen, wenn du sie zurückgelassen hättest.«

»Dann wäre sie gestorben«, knurrt Varyan.

»Als Heldin«, entgegnet Lady Karli. »Ich hätte dafür gesorgt, dass ihr Name unvergessen bleibt.«

Varyan gibt einen abschätzigen Laut von sich. »Genauso wie meiner unvergessen geblieben ist? Ihr Hexen seid derart selbstgefällig, dass ihr alles um euch herum ignoriert. Wir Menschen haben nur dieses Leben. Und wenn wir sterben, erinnern sich unsere Kinder an uns. Vielleicht auch noch deren Kinder. Aber irgendwann werden unsere Namen vergessen, egal welche Taten wir vollbracht haben. Auch ich habe nach ewigem Ruhm und Taten gestrebt, die mein Leben und meinen Namen überdauern. Und was hat es mir gebracht?«

»Nicht deine Taten oder Bestrebungen haben dich an Caligram gekettet«, erwidert Lady Karli kühl. »Sondern dein Hochmut.«

»Eigentlich war es deine verdammte Schwester, die glaubte, ich würde ihre Gefühle erwidern«, hält Varyan dagegen. »Als ob jemand mit einem Fünkchen Verstand dumm genug wäre, sich in eine Hexe zu verlieben!«

Lady Karli zuckt zusammen, als hätte Varyan sie geschlagen. Anstatt etwas auf seinen hitzigen Ausbruch zu erwidern, starrt sie mit undurchdringlicher Miene in die Ferne. Ich betrachte sie einen Moment aus den Augenwinkeln, während ich mir ihre Erzählung in Erinnerung rufe. Auch sie war einst in einen Menschen verliebt, den sie für ihren Schicksalsgebundenen hielt. Sie gab ihm ihre Magie und ließ ihn ziehen, damit er meiner Familie zu neuer, alter Größe verhalf. Und dann …

»Was ist mit Eurem Schicksalsgebundenen geschehen?«, frage ich vorsichtig. »Kam er … nicht zurück?«

Varyans Kopf ruckt nach oben. Schnell gebe ich ihm mit einer Handbewegung zu verstehen, dass er keinen unangebrachten Kommentar abgeben soll. Er schnaubt zwar, tut mir aber den Gefallen.

»Er war es nicht«, murmelt Lady Karli. »Er war nicht mein Schicksalsgebundener. Zumindest hoffe ich das. Denn wenn er es tatsächlich wäre …« Ihre Finger verkrampfen sich um die Zügel ihres Schreiters. »Wenn er es wäre, verstehe ich die Lehren meiner Eltern nicht mehr.«

»Was hat er getan?«, hake ich sanft nach.

»Er ging«, sagt sie. »Mit meiner Erlaubnis. Ich wunderte mich nicht darüber, dass er länger als gedacht wegblieb, hat doch Zeit für mich eine andere Bedeutung als für euch Sterbliche. Aber als ich eines Tages spürte, wie er meine Magie benutzte, dachte ich, er müsse sich in Lebensgefahr befinden. Ich war drauf und dran, erneut denselben Fehler zu begehen und meinen Hain zu verlassen. Zum Glück tat ich es nicht. Stattdessen trauerte und weinte ich über meinen Verlust. Ich machte mir Vorwürfe, dass ich es war, die ihn getötet hat. Im Grunde war ich die Schuldige. Ich hätte wissen müssen, dass die Versuchung meiner Magie zu groß für einen Sterblichen ist.«

»Sicherlich wollte er mit Eurer Magie Gutes bewirken«, sage ich, als Lady Karli schweigt.

Sie gibt ein helles, aber gepresstes Lachen von sich. »Gutes«, wiederholt sie in einem Unterton, den ich nicht deuten kann. »Ja, für ihn muss es etwas Gutes gewesen sein. Schließlich hat er versucht, die Frau, die von ihm schwanger war, und sein ungeborenes Kind zu retten.«

Ich schlucke angestrengt und auch Varyan versteift sich. Zum Glück ist er klug genug, den Mund zu halten.

»Er ging, um seiner Familie zu helfen«, sagt Lady Karli, ehe sich ihre Miene verfinstert. »Und er hatte nichts Besseres zu tun, als die erstbeste Frau zu schwängern, die ihm über den Weg lief. Er muss mich in dem Moment vergessen haben, als er meinen Hain verließ. Also nein, ich hoffe und bete, dass er nicht mein Schicksalsgebundener war. Ansonsten würde ich die Magie meiner Eltern ernsthaft infrage stellen. Aber so weit kommt es nicht.« Sie stößt geräuschvoll den Atem aus. »Ich muss bloß Varyan und Mira ansehen, um wieder an die Bindungsmagie zu glauben. Zwar habe ich nichts für dich übrig, kleiner vergessener Prinz, aber eurer Verbindung wohnt die Magie meiner Eltern inne. Ich mochte meinen Sterblichen. Vielleicht liebte ich ihn sogar, doch zwischen uns war nie dieser Zauber. Vielleicht versuchte ich deshalb, dieses Fehlen mit meiner eigenen Magie zu überdecken.«

»Starb er?«, fragt Varyan unvermittelt. »Der Sterbliche, der deine Magie benutzte?«

Lady Karli nickt. »Er und die Frau. Das Kind überlebte und wurde der Stammhalter der neuen Eslinger-Linie.«

Ich rufe mir die endlosen Verästelungen meines Stammbaums ins Gedächtnis. Zu viele Namen, als dass ich sie mir alle merken könnte. Und sie existierten dank des Kindes, das durch Lady Karlis Magie gerettet wurde. Dennoch frage ich mich, was mein Vorfahr in der Frau gesehen hat, mit der er das Kind zeugte. Wie konnte er die gütige Hexe vergessen, die ihn alles lehrte, was sie wusste? Wie konnte er sich, gleich nachdem er sie verließ, einer anderen Frau zuwenden?

»Ich könnte es nicht«, höre ich mich sagen, bevor ich überhaupt merke, dass ich den Mund geöffnet habe. Unter Varyans bohrendem und Lady Karlis fragendem Blick winde ich mich, doch ich nehme meine Worte nicht zurück. Fest sehe ich Lady Karli in die Augen. »Ich könnte Euch nicht vergessen. Erst recht nicht, nachdem Ihr mir Eure Gunst geschenkt hättet. Mein Ahn mag mit seiner Tat zwar dafür verantwortlich sein, dass ich heute hier bin, trotzdem …« Ich schüttele den Kopf, weil ich mich plötzlich verlegen fühle. »Es war nicht recht. Er hätte Euch nicht derart verletzen dürfen. Ganz bestimmt war er nicht Euer Schicksalsgebundener.«

»Wie kommst du darauf?«, fragt Lady Karli sanft.

»Weil Schicksalsgebundene sich nicht gegenseitig verletzen«, antworte ich, bereue meine Worte jedoch sogleich.

»Sei dir da nicht so sicher«, murmelt Varyan, während er sich über die Brust reibt.

Er spricht von sich und Mira. Auch Prinzessin Ragna und ich haben einander verletzt. Den Schmerz trage ich noch in mir und er wird nicht so bald vergehen. Genauso wenig wie Miras

Schmerz vergehen wird, sobald sie Caligram wieder der Seehexe überreichen musste.

Prinzessin Ragna meinte zwar, dass ich zu ihr zurückkommen könnte, wenn meine Reise vorbei ist, doch mir ist klar, dass ich dieses Angebot nicht annehmen werde. Sie mit Batur zu sehen, hat etwas in mir zerstört, das sie nicht reparieren kann, ganz gleich was sie für mich sein mag. Auch Miras Verletzung wird kein anderer als Varyan heilen können; sie wird sie bis an ihr Lebensende mit sich herumtragen.

Ich will nicht, dass meine Freundin genauso leiden muss wie ich oder Lady Karli.

»Gibt es eine Möglichkeit, Varyans Fluch zu brechen?«, frage ich daher.

Varyans Kopf ruckt nach oben. In seinem Blick liegt eine Mischung aus Erstaunen und Angst vor der Antwort, die meine Frage nach sich ziehen wird.

Kapitel 37

Varyan

Mira schläft. Ich spüre ihren ruhigen, gleichmäßigen Atem in mir, während ich ihr Bewusstsein festhalte, damit es mir nicht entgleitet.

Obwohl ich weiß, dass sie uns nicht hören kann, schirme ich alle äußeren Einflüsse von ihr ab, während ich mit angehaltenem Atem auf Karlis Antwort harre. Dass sie hinter mir sitzt, macht die Sache nicht einfacher. Ich kann mich in dem hohen Sattel nicht so weit drehen, um sie anzusehen. Dann könnte ich ihrer Miene bereits entnehmen, wie ihre Antwort lauten wird und mich darauf einstellen.

Nein. Es ist egal, was sie antworten wird, nichts wird mir dabei helfen, mich damit zu arrangieren.

Garreth hat die Frage gestellt, vor der ich mich am meisten fürchte und die ich nicht wagte, selbst auszusprechen. Dafür bin ich ihm dankbar. Mein Verhältnis zu Karli war schon immer angespannt; nun, da sie Mira wissentlich in Gefahr gebracht hat, umso mehr. Noch dazu will ich mich nie mehr von den Launen einer Hexe abhängig machen.

»Für die Versiegelung im Stein«, setzt Karli an, und ich höre auf zu atmen, um keine Silbe zu verpassen, »war Mira der Fluchbrecher. Als die Schicksalsgebundene der verbannten Seele den Stahl berührte, wurde der Fluch aufgelöst. Doch für Varyans ursprünglichen Fluch ist Mira nicht der Schlüssel, sonst wäre er bereits befreit. Hätte ich einen solch mächtigen Fluch sprechen müssen, hätte ich seine Auflösung an etwas geknüpft, worüber bloß ich gebieten kann.«

»Etwas, worüber die Hexe allein gebietet«, sinniert Garreth. »Wie ihre Magie?«

Karli gibt einen abschätzigen Laut von sich. »Da der Fluch aus der Magie geboren wird, muss es etwas anderes sein. Etwas, was auch mit dem Fluch zu tun hat. Etwas, was ihr besonders wichtig ist, denn um den Fluch zu brechen, müsste sie es aufs Spiel setzen. Sie wird die Wahl nicht leichtfertig getroffen haben.«

Bei ihrem letzten Satz dämmert es mir, doch ich zögere, meine Vermutung auszusprechen. Es existiert bloß eine Sache, über die die Hexe gebietet und die mit meinem Fluch zu tun hat. Ich bin mir ziemlich sicher, dass ich richtigliege, trotzdem schweige ich. Was hat es für einen Sinn, es laut auszusprechen? Karli hat recht: Man kann ihrer Schwester vieles nachsagen, aber dumm ist sie nicht.

Karli und Garreth werfen noch ein paar Möglichkeiten in den Raum. Sie meinen es gut, dennoch verletzt es mich, dass sie einfach so darüber reden. Lediglich die Erwähnung der Seehexe lässt mich erschauern. Ich will nicht an sie denken oder daran erinnert werden, was sie mir bereits angetan hat. Was sie noch tun wird, nun da sie drei Vollmonde auf mich verzichten musste. Der nächste wird für mich mindestens genauso schrecklich und erniedrigend werden wie der allererste, das steht außer Frage.

Doch ich will mich jetzt nicht damit beschäftigen. Nicht, solange ich in Miras Körper stecke und ihr Bewusstsein umklammere. Spüre, wie es friedlich und geborgen schläft, um sich von den Strapazen zu erholen. Ich will an nichts anderes als dieses blinde Vertrauen denken, das zwischen uns herrscht.

Erst am dritten Tag nach dem dritten Vollmond will ich mich um andere Dinge kümmern.

Aber diesen Gefallen tun Karli und Garreth mir nicht.

»Der See«, sage ich, damit sie endlich Ruhe geben. »Ihr Gebiet ist der Schlüssel. Dort wurde der Fluch gesprochen und ... während der Vollmonde ...« Ich winde mich innerlich. Außer mit Mira habe ich noch nie mit jemandem über das gesprochen, was sie mit mir macht. »Die Männer mussten immer den See betreten, damit sie meinen Geist in sie verpflanzen konnte.«

Auf Garreths Gesicht zeichnet sich Mitleid ab und ich sehe schnell woanders hin, bevor ich ihn deswegen anfahre.

Die Hexe seufzt. »Dann habt ihr ein Problem. Bei dem Gebiet einer Hexe handelt es sich nicht um einen gewöhnlichen See oder Wald oder Berg. Im Idealfall ist ihr Land schon seit unzähligen Jahren durchzogen von ihrer Magie und Anwesenheit.«

»Du weißt schon, dass dein Wald abgebrannt ist?«, frage ich, womit ich mir wiederum einen bösen Blick von Garreth einhandele, den ich jedoch genauso geflissentlich ignoriere wie sein Mitleid eben.

Karli versteift sich hinter mir. »Ich lebe noch nicht so lange in dem Wald wie meine Schwester in ihrem See. Außerdem war das Feuer magischen Ursprungs, da Colette versucht hat, ein neues Artefakt zu erschaffen. Ein gewöhnliches Feuer hätte meinem Hain niemals geschadet.«

»Also haben wir keine Chance?«, hakt Garreth nach. »Wir können Varyans Fluch nicht brechen?«

Karli seufzt erneut. »Ich sage nicht, dass es unmöglich ist. Aber wie wollt ihr einen See zerstören? Noch dazu wird meine Schwester euch um jeden Preis aufhalten, wenn ihr versucht, ihren wertvollsten Besitz zu stehlen oder zu befreien. Wenn ihr euch mit einer meiner Schwestern nicht anlegen solltet, dann ist es die Lufthexe. Ihre Winde werden euch das Fleisch von den Knochen reißen, noch ehe ihr in die Nähe des Sees kommt.«

»Aber irgendwas müssen wir doch tun!«, begehrt Garreth auf. »Wir können doch nicht tatenlos danebenstehen!«

»Doch«, sage ich leise, ehe ich den Atem ausstoße. »Das könnt ihr. Und das werdet ihr. Du«, ich richte meinen Blick auf Garreth, »wirst dafür sorgen, dass auch Mira das versteht und keine Dummheiten macht.«

Er gibt ein gepresstes Lachen von sich. »Als ob ich in der Lage wäre, Mira von irgendwas abzuhalten. Du überschätzt meinen Einfluss auf sie maßlos. Es gibt nur einen, der ihr etwas ausreden kann, und das bist du.«

»Offenbar überschätzt du ebenfalls meinen Einfluss auf sie«, gebe ich mit einem Lächeln zurück.

Dass Mira zur Seehexe gehen muss, steht außer Frage. Bloß sie kann Mira von dem Hexenmal befreien, das sich inzwischen wie ein Brandzeichen um ihr Handgelenk, ihren Arm bis hinauf zur Schulter zieht. Dass Mira mit solchen Schmerzen überhaupt fähig war, ein Schwert zu führen, grenzt an ein Wunder. Es scheint sich bis hinab auf den Knochen zu fressen und muss sie stark behindert haben. Trotzdem stellte sie sich tapfer den Kromern entgegen.

Ich bin der Letzte, der sich dagegen sträubt, befreit zu werden. Aber ich werde nicht zulassen, dass Mira deswegen noch mehr leiden muss. Das Bild des mit Rissen durchzogenen Krugs blitzt vor meinem inneren Auge auf. Wie oft wird er noch befüllt werden können, ehe er gänzlich zerbricht?

Jeder Mensch erträgt bloß ein bestimmtes Maß an Schmerz und Rückschlägen, bis er die Last nicht mehr tragen kann. Wird dieses Maß bei Mira erreicht sein, wenn sie Caligram zurückgibt? Oder ist sie stark genug, mithilfe ihrer Freunde auch diesen Schlag zu verkraften?

Ich werde es nicht erfahren, denn meine Zeit im Licht wird dann vorbei sein.

Kapitel 38

Delmira

Noch etwa eine Woche bis zum dritten Vollmond

Ich komme zu mir, als die Überreste des Herzholzhains bereits in Sichtweite sind. Sobald ich mich rege, lockert Varyan den Griff um mein Bewusstsein. Dass er mich festhielt, störte mich nicht. Vielmehr genoss ich die Verbindung und konnte tief und traumlos schlafen, ohne mir Sorgen zu machen, dass mein Bewusstsein verloren geht.

Ein sanftes Streicheln seinerseits hilft mir, gänzlich die Grenze zwischen Dämmerschlaf und Aufwachen zu überqueren.

Dankbar dafür, dass er die Schmerzen, die sich sicherlich noch durch meinen Körper fressen, vor mir abschirmt, bitte ich ihn, mir einen Blick auf meine Umgebung zu gewähren. Garreth ist der Erste, den ich sehe. Er sitzt auf seinem Schreiter und reitet dicht neben uns. Es scheint ihm gut zu gehen. Karli sehe ich nicht, aber ich spüre ihren Körper hinter mir.

›Es sind alle wohlauf‹, versichert Varyan mir. *›Und von den Kromern haben wir so schnell nichts zu befürchten.‹*

Erleichtert atme ich auf. *›Wir haben es geschafft?‹*

›Du, Mira. Du hast es geschafft.‹

Er bringt mich auf den neuesten Stand, auch in Bezug auf den Roten Tod, der sich nun hoffentlich nicht mehr ganz so ungehemmt verbreiten wird. Wie lange dieser Zustand anhält, weiß niemand. Bereits morgen könnten die Kromer einen Weg zurück in die Ödnis finden. Doch damit will ich mich jetzt nicht befassen.

Es fällt mir allerdings schwer, mich auf die andere Sache zu konzentrieren. Ich kann mich bloß an Bruchstücke von dem erinnern, was geschehen ist, nachdem ich ohnmächtig wurde. Ich spürte Varyans Geist in mir und irgendwie hatte ich das Gefühl, dass mein Bewusstsein ihm Dinge zeigte.

Dinge, die ich noch nie einem anderen Menschen gegenüber zugegeben habe. Erinnerungen, die ich für verschüttet oder zu peinlich hielt und deshalb so weit von mir weggeschoben habe, dass ich sie beinah vergessen hatte.

Auch wenn ich glaubte, mich nicht mehr zu erinnern – mein Bewusstsein kannte jedes Detail. Und nun erinnere ich mich ebenfalls.

Varyan weiß jetzt alles von mir. Dass ich als Heranwachsende von ihm fantasiert habe. Dass ich innerlich eher zerbrochen als ganz bin und ständig versuche, diesen Umstand zu überspielen. Ich wollte es nicht vor ihm verheimlichen, aber es ihm direkt zeigen wollte ich auch nicht. Es verunsichert mich, dass er mich als junges Mädchen schlotternd vor Angst und tränenüberströmt gesehen hat. Ich fühle mich nicht direkt unwohl, doch ein fader Beigeschmack bleibt. Eine unterschwellige Angst, dass er mich nun anders wahrnehmen könnte.

Davor habe ich mich während meiner Ausbildung und auch später am meisten gefürchtet. Es ging mir nie um die schmerzhaften Erinnerungen, mit denen ich glaubte, nicht zurechtzukommen. Es ging mir um das Ansehen, das ich mir hart erarbeitet hatte. Jeder noch so kleine Makel, so glaubte ich, würde mich in den Augen der anderen weniger wert erscheinen lassen.

Doch dann fällt mir wieder ein, dass Varyan mich ebenfalls an seinen schlimmsten Erfahrungen teilhaben ließ und ich deshalb nicht geringer von ihm gedacht habe. Er erlaubte mir, den wohl furchtbarsten Moment seines Daseins erneut zu erleben.

Ich war dabei, als es der Seehexe beinahe gelang, ihn zu brechen. Ich habe zugesehen, wie er vor Scham und Wut nahezu verging. Doch nicht für eine Sekunde habe ich deswegen schlechter von ihm gedacht oder in ihm nicht mehr den Helden meiner Kindheit gesehen.

Meine Gedanken werden mit einem weiteren Streicheln belohnt, was mich innerlich beruhigt. All die wirren Gedanken von vorhin lösen sich in Luft auf, als hätten sie nie existiert.

»Sie ist wach«, teilt Varyan Garreth und Karli mit. »Und es geht ihr gut.«

»Ein Glück«, sagt Garreth. »Sobald wir angekommen sind, werde ich mir ihre Verletzungen ansehen. Und vielleicht finde ich noch eine Salbe, die die Auswirkungen des Hexenmals ein wenig lindern kann.«

Die Stimmung ist gedrückt, als wir den Herzholzhain betreten. Eigentlich sollte ich froh darüber sein, die Ödnis endlich hinter mir zu haben, doch der Hain sieht nicht viel besser aus als der leblose Landstrich, in dem ich mich viel zu lange aufgehalten habe.

Karli gibt sich Mühe, ihre Bestürzung nicht zu zeigen, doch sie ist für jedermann sichtbar. Ihre überlebenden Anhänger scharen sich um sie, noch ehe sie von ihrem Schreiter abgestiegen ist, und preisen ihre Rückkehr. Mit fürsorglichen Worten überredet sie die Bewohner dazu, ihr ein wenig Raum zu geben, damit sie sich ein Bild von der Zerstörung machen kann.

Varyan, Garreth und ich sehen dabei zu, wie sie scheinbar ziellos durch die abgebrannten Bereiche des Hains läuft und beim Anblick jedes verkohlten Baumes niedergeschlagener wirkt. Früher haben die Bäume und Sträucher ein sanftes Leuchten ausgestrahlt. Ich versuche, mich daran zu erinnern, welch beruhigende Wirkung es auf mich hatte, doch es will mir nicht völlig gelingen. Damals hatte ich kaum einen Blick für die Schönheit des Hains übrig, denn ich litt unter dem Verlust von Varyan und Caligram. Nun wünschte ich, das Leuchten würde mich abermals beruhigen. Aber die Bäume leuchten nicht mehr; sie sind schwarz und leblos. Sie strahlen dieselbe Hoffnungslosigkeit aus wie Karli.

›*Wird sie den Hain retten können?*‹, frage ich.

Varyan wiegt den Kopf hin und her. ›*Das hätte sie vermutlich gekonnt, bevor sie entführt wurde. Aber ich habe gelernt, dass es einen Grund gibt, warum eine Hexe bloß im äußersten Notfall ihr Gebiet verlässt: Sie verliert dabei den Großteil ihrer Kräfte und es dauert eine ganze Weile, bis sie sich regeneriert hat. Noch dazu nutzte Karli ihre verbliebene Magie um Krom abzuspalten. Wenn sie etwas ausrichten kann, dann wird es nicht sehr viel sein.*‹

Es fällt mir schwer, mir vorzustellen, dass ein mächtiges Wesen wie eine Hexe ihre Kräfte verliert, nur weil sie ihr Land verlässt. Doch je länger ich darüber nachdenke, desto mehr Sinn ergibt es. Ohne diese Einschränkung könnten die vier Hexenschwestern schalten und walten, wie sie wollten. Sie könnten überallhin und jeden Winkel unserer Welt drangsalieren. Karli traue ich ein solches Verhalten nicht zu, aber der Seehexe. Dadurch, dass sie nahezu machtlos werden, sobald sie ihr angestammtes Gebiet verlassen, wurde diese Gefahr gebannt.

Noch eine Weile sehe ich Karli dabei zu, wie sie mutloser und mutloser wirkt. Eine ähnliche Niedergeschlagenheit macht sich auch in mir breit, doch sie entspringt nicht allein mir; auch Varyan scheint in sich gekehrt.

Ich muss nicht lange überlegen, was bei ihm der Auslöser ist. ›*Du hast Karli gefragt, ob sie uns helfen kann, nicht wahr?*‹

Als ich schon fast glaube, dass er mir nicht mehr antworten wird, sagt er: *›Sie wäre schon vor dem Verlust ihres Hains nicht dazu in der Lage gewesen.‹*

Es ist diese Endgültigkeit, die in seiner Stimme mitschwingt, die mich schier rasend vor Zorn macht. *›Du gibst also auf? Einfach so?‹*

Er reibt sich über die Stirn, was ihm einen fragenden Seitenblick von Garreth einbringt. *›Muss ich dich daran erinnern, dass du diejenige warst, die beinahe aufgegeben hätte?‹*

›Ich habe es aber nicht getan!‹, erwidere ich. *›Ich bin hier, weil ich* nicht *aufgegeben habe!‹*

›Wenn nicht einmal ein mächtiges Wesen wie eine Hexe etwas gegen den Fluch ausrichten kann, was gedenkst du denn zu tun?‹

›Uns wird schon etwas einfallen!‹, donnere ich harscher als beabsichtigt. *›Wir müssen nur …‹*

›Mira‹, unterbricht er mich sanft.

Hätte ich die Kontrolle über meinen Körper, würden mir beim ruhigen, verständnisvollen Klang seiner Stimme Tränen in die Augen schießen. Obwohl es nicht möglich ist, fühlt sich mein Hals wie zugeschnürt an.

Ich bekomme kein weiteres Wort heraus, sondern versuche stumm, meine Gefühle unter Kontrolle zu bringen. Ich scheitere. Wahrscheinlich sehe ich gerade genauso aus wie Karli, die durch ihren zerstörten Hain wandelt. Auch meine Zukunft liegt in Trümmern, und je länger ich sie betrachte, desto mehr schwindet die Hoffnung, an die mich vehement geklammert habe. Ohne etwas zurückzulassen, zerrinnt sie mir zwischen den Fingern. Ich gebe mir solche Mühe, sie festzuhalten, doch sie löst sich auf.

›Ich wollte es nicht aussprechen‹, sagt er in exakt dem gleichen sanften Tonfall, *›aber uns bleiben bloß noch wenige Tage. Die will ich nicht damit vergeuden, weiteren Hirngespinsten hinterherzujagen.‹*

Ginge es um etwas anderes als um uns, würde ich noch wütender werden, weil er meine Versuche als Hirngespinste bezeichnet. Aber meine Wut verpuffte in dem Moment, als er meinen Namen aussprach, und sie kehrt auch jetzt nicht zurück.

Ich wünschte, sie täte es. Wütend zu sein ist einfacher, als diese traurige, hoffnungslose Leere in mir zu spüren, die nichts weiter als ein Vorgeschmack auf das ist, was mich erwarten wird, sobald ich Caligram zurückgebracht habe.

›*Versprich es mir*‹, bittet er leise. ›*Keine weiteren Unternehmungen. Keine winzigen Möglichkeiten, denen wir nachjagen. Keine Gefahren, in denen ich dir nicht helfen kann. Lass uns … einfach zusammen sein. Solange es geht.*‹

Ich schluchze, obwohl ich vor Verzweiflung schreien will. Ich will all meine Wut hinausbrüllen, bis jeder Einwohner der gesamten Welt mich gehört hat. So lange, bis meine Stimme versagt und ich zusammenbreche und nichts mehr spüren muss.

Doch als ich Varyan antworte, ist das eine Wort, zu dem ich fähig bin, unendlich leise.

›*Versprochen*‹, wispere ich.

Unter Varyans gegrummeltem Protest untersucht Garreth meinen Körper nach Verletzungen. Bis auf ein paar Prellungen und einigen Kratzspuren am Oberarm findet er zum Glück nichts weiter und verordnet mir Ruhe, nur um im gleichen Atemzug zu sagen, dass ich sowieso nicht auf ihn hören würde, er mich aber trotzdem darauf hinweisen wollte.

Ich bitte Varyan, mir für einen Moment die Kontrolle über meinen Körper zurückzugeben. Beinahe hätte ich angesichts der Schwäche und des brennenden Pulsierens des Hexenmales ein Wimmern von mir gegeben, doch ich kann es im letzten Augenblick zurückhalten. Stattdessen schlinge ich beide Arme um Garreths Hals.

»Danke«, wispere ich. »Dafür, dass du da warst und Karli und mich gerettet hast. Ohne dich wären wir da draußen gestorben.«

Ein wenig ungelenk erwidert er die Umarmung. »Ich werde immer für euch da sein, wenn es mir möglich ist.« Er zieht sich zurück, nimmt meinen rechten Arm und betrachtet das Mal. »Nachher bringe ich dir eine Salbe, die zumindest das Brennen lindern sollte. Mehr kann ich leider nicht tun.«

Ich lächele ihn an. »Das ist mehr als genug. Alles, was du für mich – für uns – tust, ist immer mehr als genug.«

Als er mich mit zusammengezogenen Augenbrauen und einem solch durchdringenden Blick betrachtet, als könne er auf den Grund meiner Seele schauen, wird mir der Hals eng. Hastig blinzele ich die Tränen weg, die sich in meinen Augen gesammelt haben.

Als er den Mund öffnet, um etwas zu sagen, was ich nicht hören will, schüttele ich abrupt den Kopf. Er tut mir den Gefallen und schweigt, lässt mich aber nicht los. Dankbar lehne ich mich gegen ihn und verfluche stumm mein Schicksal.

Kapitel 39
Delmira

Tag des dritten Vollmonds

Ich halte mein Versprechen gegenüber Varyan, auch wenn mir etwas noch nie so schwergefallen ist. Sobald meine Gedanken zu einer möglichen Befreiung abdriften wollen, fokussiere ich mich auf etwas Banales. Das bedeutet nicht, dass ich aufgegeben habe. In mir schwelt eine Entschlossenheit, die ich noch nie zuvor gespürt habe. Als Batur mich von heute auf morgen sitzen ließ, setzte ich alles daran, ihn wiederzufinden, doch meine Versuche und mein Wille damals sind nichts im Vergleich zu den Gefühlen, die jetzt in mir heranwachsen. Dennoch unterdrücke ich sie, weil ich es versprochen habe.

Und um nichts auf der Welt will ich eine der letzten Sekunden, die ich mit Varyan noch habe, in einem dummen Streit verbringen.

Zu keiner Zeit lasse ich die Finger von Caligram. Egal, ob ich wach bin oder schlafe, ob ich esse oder beim Wiederaufbau des Hains mithelfe, Varyan ist bei mir; entweder spüre ich ihn in meinem Kopf oder ich überlasse ihm die Kontrolle, wenn mein Körper anfängt wehzutun. Dann übernimmt er und packt mit an. Nie zu viel, als dass es mir schaden könnte, aber genug, damit ich mich nicht beschwere oder das Gefühl habe, eine Belastung zu sein.

Des Nachts ziehen wir uns in unsere provisorische Hütte zurück, die keinerlei Privatsphäre bietet, aber das ist uns gleichgültig. Garreth, der ebenfalls dort schlafen sollte, hat schon in der ersten Nacht das Weite gesucht. Keine Ahnung, wo er übernachtet; wahrscheinlich unter freiem Himmel. Alles muss ihm besser vorkommen, als bei uns zu sein. Während wir tagsüber unseren Aufgaben nachgehen, genießen wir nachts unsere Zweisamkeit auf andere Weise. Ich versuche gar nicht erst mich zurückzuhalten, wenn Varyan vor dem Einschlafen die Hände über meinen Körper wandern lässt, deren Berührung vertraut und doch völlig anders ist und mich in einen Rausch versetzt, den ein einziger Höhepunkt nicht vertreiben kann.

Ohne dass wir darüber reden müssten, finden wir einen Zustand von Normalität, der uns die meiste Zeit des Tages und des Abends davon abhält, an morgen zu denken. Oder übermorgen. Wir sind zusammen, und wir kosten jeden Augenblick davon in vollen Zügen aus.

So rast die Zeit dahin, bis der Tag des dritten Vollmonds gekommen ist. Obwohl wir beide unser Bestes geben, auch an diesem Tag unsere Normalität aufrechtzuerhalten, will es uns nicht gelingen. Immer wieder huscht mein Blick zum Himmel. Während des zweiten Vollmonds konnte für mich der Mond gar nicht schnell genug erscheinen.

Nun, da der dritte und letzte bevorsteht, wünschte ich, er würde sich nicht zeigen. Ich bete sogar zu den Göttern, dass sie mir diesen Wunsch erfüllen und nie wieder einen Mond aufgehen lassen.

Ja, ich werde Varyan wiedersehen und darauf freue ich mich, doch es wird das letzte Mal sein.

Die Angst, die ich davor habe, kann ich nicht in Worte fassen. Sie lähmt mich nicht wie während meines ersten Kampfes gegen die Kromer und fühlt sich auch nicht so niederschmetternd an wie damals, als ich allein und ohne Batur aufgewacht bin. Sie ist eine Mischung aus all dem und doch etwas Eigenständiges, das mir den Boden unter den Füßen wegzieht.

Wie die letzten Tage versuche ich, diese Angst im Keim zu ersticken, doch es gelingt mir nicht. Sosehr ich mich auch bemühe, mich abzulenken, sie kriecht immer wieder in mir hoch. Auch Varyan spürt sie. Er verhält sich anders als sonst – viel zu ruhig und nachdenklich.

Während ich gerade bei der Vorbereitung des Mittagessens helfe, sagt er unvermittelt: *›Ich verstehe es, wenn du Caligram heute Nacht nicht zu einem See bringst.‹*

Ich zucke derart heftig zusammen, dass mir zwei Teller aus der Hand rutschen und mit lautem Klirren auf dem festgetretenen Boden zerschellen. Mehrere Blicke richten sich auf mich, deshalb reiße ich mich zusammen.

Er wartet geduldig, bis ich zu einer Antwort fähig bin. *›Was meinst du damit?‹*, will ich wissen.

›Wir könnten … einfach so weitermachen. Als wäre es … ein ganz gewöhnlicher Tag. Und eine ganz gewöhnliche Nacht.‹

Ich runzele die Stirn, während ich nur halbherzig meine aufgetragene Arbeit verrichte. *›Willst du das?‹*

Ich höre ihn angestrengt schlucken. *›Nein.‹*

Erleichtert stoße ich den Atem aus, ehe ich auf eine weitere Erklärung warte. Ich dränge ihn nicht dazu und es vergehen einige Handgriffe, bis ich seine Stimme wieder höre.

›Ich will dich sehen.‹ Er klingt so gebrochen, dass sich mein Herz vor Pein zusammenzieht. *›Es gibt nur wenige Dinge, die ich noch mehr will, als dich ein letztes Mal zu sehen.‹*

Ich entschuldige mich hastig bei der Frau, der ich heute zur Hand gehen sollte. Varyans Stimme hatte schon immer eine unvergleichliche Wirkung auf mich. Sie vermittelt mir Empfindungen, die richtige Menschen nicht einmal über Jahre in mir wecken konnten. So ist es kein Wunder, dass ich seinen Schmerz und seine Zerrissenheit spüre, als wären sie meine eigenen Gefühle.

›Was willst du noch mehr?‹, frage ich, als ich weit genug von den Menschen weg bin, die auf die Verteilung der Mittagsration warten.

Varyan gibt ein leises Lachen von sich. *›Ist das nicht offensichtlich?‹*

›Sag es mir.‹

Er seufzt. Es klingt wie eine Mischung aus Frustration und Zugeständnis. *›Ich will dich sehen, das steht außer Frage. Ich will mir jede Einzelheit von dir einprägen. Aber wenn ich dir gegenüberstehe, wird es mir nicht genügen, dich bloß anzusehen. Ich werde dich berühren wollen, dich spüren wollen, und wenn ich das dann nicht kann, ist es schlimmer als jede Vollmondnacht unter der Seehexe.‹*

Wir haben nie darüber geredet, ob wir Garreth wieder bitten, uns seinen Körper zu leihen. Er hat die letzten Tage fast ausnahmslos mit Karli verbracht, wobei ich ihn nicht stören wollte. Außerdem ist die Gefahr zu groß. Das letzte Mal ging zwar alles gut, aber das muss diesmal nicht der Fall sein.

Ganz gleich, was ich fühle oder mir wünsche, ich würde nie einen anderen Menschen – noch dazu einen, der mir so wichtig ist wie ein Bruder – deswegen in Gefahr bringen. Und ich weiß, dass Varyan diese Ansicht teilt, wofür ich ihn noch mehr liebe – wenn das möglich ist.

›Auch für mich wird es schwer werden‹, sage ich. *›Aber ich will mich an diese Nacht erinnern. Wenn ich einsam bin, will ich mir ins Gedächtnis rufen, wie du ausgesehen hast. Worüber wir geredet haben. Wie es war, neben dir zu sitzen und mir vorzustellen, dass wir das unser ganzes Leben lang tun könnten. Heute Nacht will ich so tun, als gäbe es kein Morgen.‹* Ich stoße ein zittriges Lachen aus. *›Und wenn heute Nacht auch nur eine einzige Wolke am Himmel ist, werde ich den Verstand verlieren.‹*

Unsere zweite Vollmondnacht endete viel zu abrupt. Ich weiß nicht, ob ich das ein weiteres Mal verkrafte. Erst recht jetzt, nachdem ich endlich meine Gefühle akzeptiert habe, gleichzeitig jedoch das baldige Ende unserer gemeinsamen Zeit vor Augen habe.

›*Sollte eine Wolke unsere Nacht stören*‹, grollt Varyan in einem Tonfall, der ein seltsam heißes Prickeln in meinen Adern hervorruft, ›*werde ich persönlich einen Weg finden, die Götter dafür leiden zu lassen.*‹

Nachdem ich meine Aufgaben verrichtet habe, nehme ich ein ausgiebiges Bad im See. Ohne den Schutz der uralten, hohen Bäume brennt die Sonne erbarmungslos auf die restlichen Bewohner des Hains herab, die jede Minute damit beschäftigt sind, ihr Heim wiederaufzubauen. Karli unterstützt sie mit ihrer Magie, so gut es ihr möglich ist, aber sogar jemand ohne jegliches Verständnis für die Kraft der Hexen würde bemerken, dass ihre Zauber schwach sind. Sie hat kaum noch etwas mit der Hexe gemein, die uns vor den Kromern gerettet hat, gegen die Varyan und ich chancenlos waren. Ich frage mich, wie lange es dauern wird, bis sie ihre einstige Macht wiedererlangt.

Als wir aus der Ödnis zurückkamen, sie ihren zerstörten Hain das erste Mal sah und durch ihn wandelte, wirkte sie mut- und kraftlos. Doch nun, einige Tage später entdecke ich nichts mehr davon in ihrer Miene. Vielleicht will sie ihren Anhängern nicht zeigen, wie es wirklich in ihr aussieht. Vielleicht steckt in ihr aber tatsächlich so viel Tatendrang, wie es nach außen den Anschein hat.

Immer an ihrer Seite ist Garreth, mit dem ich in den letzten Tagen kaum ein Wort gewechselt habe. Es ist nicht so, dass wir uns aus dem Weg gehen; er lässt mir genug Freiraum, dass ich meine Zeit mit Varyan verbringen kann. Mit Ausnahme weniger Nachfragen zu meiner Gesundheit und ob die Salbe wirkt, die er mir gegeben hat, nicken wir uns höchstens bei den gemeinsamen Mahlzeiten zu. Ich suche mir ein ruhiges Plätzchen, wo ich ungestört mit einer Hand essen kann, damit ich Caligram nicht loslassen muss. Manchmal ist auch Varyan derjenige, der die Kontrolle hat. Ich weiß, dass er im Gegensatz zur mir das Essen schätzt, weil es ihn an seine Heimat und Jugend erinnert.

So wie Varyan und ich unzertrennlich sind, ist Garreth stets in Karlis Nähe. Hin und wieder beobachte ich sie aus der Ferne, während ich meinen Aufgaben nachgehe, und schmunzele über die verstohlenen Blicke, die er der Hexe zuwirft, die wiederum kaum etwas davon bemerkt.

Bevor ich gehe, nehme ich mir vor, Karli direkt darauf anzusprechen. Garreth würde sicher liebend gern zu ihren Anhängern gehören aus Gründen, die nicht bloß mit ihrem umfangreichen Wissen über die Heilung von Kranken zu tun hat. Ich gönne ihm von Herzen jedes noch so kleine Glück, nachdem sich seine Weissagung als Fehlschlag herausgestellt hat. So wie er mir und Varyan einen Schubs in die richtige Richtung gegeben hat, werde ich diejenige sein, die ihm und Karli einen kräftigen Stoß verpasst, ehe ich …

Ich schüttele so heftig den Kopf, dass das Wasser wild um mich herumspritzt. Darüber werde ich jetzt nicht nachdenken! Ich habe noch genügend Lebensjahre vor mir, in denen ich meine Weissagung und die verdammten Götter verfluchen kann, doch heute Nacht habe ich keinen Platz für negative Gedanken.

Heute Nacht werde ich lächeln und Erinnerungen schaffen, von denen ich später zehren kann.

Kapitel 40
Delmira

Nacht des dritten Vollmonds

Da die untergehende Sonne den Himmel bereits in ein sattes Orange taucht, als ich fertig bin, ziehe ich mich an und bleibe am Seeufer sitzen, bis meine Haare trocken sind. Statt sie wie gewohnt zu einem Zopf zu flechten, lasse ich sie offen. Ich verspürte noch nie das Bedürfnis, mich für einen Mann hübsch zu machen; jetzt täte ich es gern. Weil mir aber die Mittel und Kleidung dazu fehlen, begnüge ich mich mit den einfachen Dingen. Hoffentlich weiß Varyan meinen Versuch zu schätzen.

Als die Sonne untergeht und sich die ersten Sterne zeigen, werde ich rastlos und kann nicht mehr stillsitzen. Mehrmals justiere ich Caligram am Ufer neu aus, wobei mich Varyan auslacht. Doch ich höre die feine Nuance Anspannung. Dass er offenbar genauso nervös ist wie ich, beruhigt mich.

Während ich darauf warte, dass sich der Mond endlich zeigt, streichele ich immer wieder über die Klinge und entlocke Varyan ein wohliges Seufzen.

Ein Gutes hat es, dass der Hain nahezu abgebrannt ist, denke ich im Stillen. Die einst hohen Bäume schirmen nicht mehr den Mond ab. Kurz nachdem er aufgegangen ist, spiegelt er sich auch schon im ruhigen, klaren Wasser des Sees. Und bloß einen Augenblick später fällt die Reflexion auf die Klinge Caligrams.

Ich habe noch nie zuvor gesehen, wie Varyans Astralgestalt dem Schwert entsteigt. Insgeheim habe ich mit einem lauten Knall oder einem magischen Strahlen gerechnet. Doch sein

Erscheinen ist viel subtiler; ein sanftes Licht materialisiert sich neben der Klinge, wird heller und dehnt sich aus, bis es die Form eines Mannes angenommen hat.

Ich kann seine Umrisse nur undeutlich erkennen, da sie ständig verschwimmen, als schaute ich auf die vom Wind gekräuselte Oberfläche eines Gewässers. Nur seine Augen sind klar, und als er sie aufschlägt, um mich anzusehen, stockt mir der Atem. Zwar sehe ich sie hin und wieder, wenn er die Kontrolle hat und wir an einem Spiegel vorbeikommen, doch in seinem Gesicht sind sie um ein Vielfaches ausdrucksstärker als in meinem.

»Varyan«, flüstere ich.

Seine Mundwinkel heben sich zu einem Lächeln, das meinen Herzschlag beschleunigt. »Mira.«

Mir fällt auf, dass es während des ersten Vollmonds schwerer war, seine Umrisse wahrzunehmen. Wahrscheinlich fülle ich nun die Lücken auf, weil ich weiß, wie markant sein Kiefer ist. Dass seine Nase leicht schief ist, weil sie bestimmt ein Mal gebrochen war und nicht ordentlich gerichtet wurde. Wie rabenschwarz seine Haare sind. Als ich mich daran erinnere, wie perfekt sein Mund sich auf meinem angefühlt hat, stiehlt sich ein Stechen in meine Augen, das ich hastig wegblinzele.

Varyan, der sich ebenfalls die Zeit genommen hat mich zu betrachten, entgeht das natürlich nicht. Wie aus einem Reflex heraus streckt er die Hand aus, um mich an der Wange zu berühren. Doch seine Finger gleiten durch mich hindurch, ohne dass ich auch nur den kleinsten Widerstand oder Luftzug spüre. Schmerz zeichnet sich in seiner Miene ab. Kein körperlicher, sondern einer, der tiefer geht, als eine Verletzung es je könnte.

Ich empfinde denselben Schmerz. Dieselbe ungestillte Sehnsucht, die mich von innen heraus aufzufressen scheint und sich mit jedem einsamen Herzschlag verschlimmert.

Ich sehe den Mann, der Schmerz und Sehnsucht gleichermaßen in mir weckt, direkt vor mir, wage aber nicht, die Hand nach ihm auszustrecken. Ich will nicht dabei zusehen, wie sie durch ihn hindurchgleitet, ohne dass ich etwas spüre. Doch ihm gegenüberzustehen und nichts zu tun, ist fast noch qualvoller.

Die Tränen, die ich eben mit aller Macht zurückgehalten habe, strömen nun über meine Wangen. Eilig wische ich sie weg und gebe ein zu hohes, schluchzendes Lachen von mir.

»Entschuldige«, wispere ich. »Ich habe mir fest vorgenommen nicht zu weinen, aber …«

»Du brauchst dich nicht zu entschuldigen«, sagt Varyan, während er seine Hand so hält, als könne er meine Wange berühren.

Er scheint noch mehr sagen zu wollen, doch er schweigt, bis ich mich wieder beruhigt habe. Es dauert eine gefühlte Ewigkeit; aber meine Tränen helfen niemandem, noch ändern sie etwas. Also reiße ich mich zusammen.

»Wollen wir uns setzen und … reden?«, frage ich unbeholfen.

Varyan neigt den Kopf. Beinahe rechne ich damit, dass er fragt, worüber wir reden wollen. Darauf hätte ich keine Antwort gewusst. Doch schließlich nickt er.

Ehe wir uns setzen können, raschelt es im Gebüsch neben uns. Aus reiner Gewohnheit will ich nach Caligram greifen, um mich gegen einen möglichen Angreifer verteidigen zu können, aber Varyan hält mich mit einer Handbewegung zurück.

Mit einer säuerlichen Miene tritt Garreth aus dem Gebüsch. »Hier seid ihr«, brummt er. »Hätte ich mir eigentlich denken können.«

Er mustert uns. An mir bleibt sein Blick besonders lange hängen und meine verquollenen Augen entgehen ihm nicht. Ich versuche gar nicht erst, sie vor ihm zu verbergen.

»Ich dachte, wir wären Freunde«, sagt er unvermittelt zu mir. »Beste Freunde sogar.«

Ich runzele die Stirn. »Das sind wir.«

»Und warum bittest du deinen Freund dann nicht um Hilfe?«

Verwirrt blinzelnd sehe ich ihn an. »Hilfe wobei?«

Garreth deutet auf mich und anschließend auf Varyans Astralgestalt. »Bei euch.«

Ich verstehe noch immer nicht, wovon er spricht.

Varyan tut es jedoch. »Das würdest du tun?«, fragt er vorsichtig, als hätte er Angst, dass jedes zu laut oder schnell gesprochene Wort Garreth zurück ins Gebüsch treiben könnte. »Obwohl du weißt, dass es gefährlich ist?«

Nun höre ich auf und endlich begreife ich, worauf er hinauswill und wieso er hier ist.

Ehe ich aber etwas sagen kann, wendet Garreth sich wieder mir zu. »Ich war so sehr mit meinen Patienten beschäftigt, dass ich den heutigen Vollmond völlig vergessen habe. Deshalb bin ich erst jetzt hier. Wieso hast du mich nicht um Hilfe gebeten? Ich wäre früher da gewesen.«

»Du hast bereits genug für mich getan«, sage ich. »Ich wollte dich nicht mit meinen Problemen belasten, denn du hast eigene, mit denen du zurechtkommen musst. Außerdem ist es gefährlich für dich.«

Garreth stößt lang gezogen den Atem aus. »Ich bin dir und Karli in die Ödnis gefolgt. *Das* war gefährlich. Und ich würde es wieder tun. Weil du mir wichtig bist. Ich will dich glücklich sehen, wenigstens für heute Nacht. Wenn ich einen kleinen Teil dazu beitragen kann, dich glücklich zu machen, dann werde ich es tun.«

In mir kämpfen der Wunsch, ihm dieses Vorhaben auszureden mit der unendlichen Dankbarkeit für sein Angebot. Mehrmals öffne ich den Mund, schließe ihn jedoch wieder, ohne eine Entscheidung getroffen zu haben.

»Mira«, sagt Garreth sanft. Er neigt den Kopf in Varyans Richtung. »Sieh ihn an. Und dann sag mir, was du willst.«

Mein Herz schlägt wie wild, als ich mich langsam Varyan zuwende. In seinen Augen glimmen die gleichen Zweifel und Sehnsüchte, die mich umtreiben. Er scheint sich bereits entschieden zu haben, doch er gibt keinen Ton von sich, sondern wartet auf mich.

»Ich will …« Ich räuspere mich, weil meine Stimme zittert. »Ich will ihn berühren. Ich will seine Hände auf mir spüren. Seinen Atem auf meinem Gesicht, ehe er sich zu mir herabbeugt, um mich zu küssen. Ich will … genau da weitermachen, wo wir das letzte Mal unterbrochen wurden. Ich will keine Sekunde daran denken müssen, dass morgen alles anders sein wird. Heute Nacht soll es nur uns beide geben. Kein Morgen, keine Sorgen, keine Hexen. Nur uns.«

Varyan lächelt mich an. »Nichts anderes will ich.«

»Dann habt ihr eure Antwort«, sagt Garreth.

Mein Kopf ruckt zu ihm herum. »Aber …«

Schnell hebt er die Hand. »Ich will deine Einwände nicht hören. Du hast genug für mich geopfert. Heute Nacht darfst du selbstsüchtig sein.« Eine leichte Röte stiehlt sich auf seine Wangen. »Ich habe bloß eine Bitte.«

»Jede«, sagt Varyan sofort.

Bisher hat er kaum einen Ton von sich gegeben, seit Garreth aufgetaucht ist, damit wir die Sache unter uns klären.

Garreths Blick huscht von Varyan zu mir zurück. »Was auch immer ihr tun werdet … Wie weit ihr auch immer gehen werdet … Für mich, für meinen Körper wird es das erste Mal sein. Seid … seid einfach ein wenig vorsichtig, in Ordnung?«

Mit zwei Schritten bin ich bei ihm, ziehe ihn in eine Umarmung und wispere undeutlich gegen seine Brust: »Versprochen.«

Garreth erwidert die Umarmung für einen Moment, ehe er sich von mir losmacht und an Varyans Seite tritt. »Ich bin bereit.«

»Danke«, flüstert Varyan, bevor seine Astralgestalt in Garreths Körper hineingleitet.

Kapitel 41

Delmira

Nacht des dritten Vollmonds

Ich habe bloß ein Mal dabei zugesehen, wie Varyans Geist einen Körper verändert. Damals schob sich eine Wolke vor den Vollmond und Varyan wurde von jetzt auf gleich aus Garreths Körper verbannt. Es dauerte weniger als einen Augenblick, wirkte aber trotzdem qualvoll.

Diesmal dauert es länger. Als Garreth sich vor Schmerzen krümmt, haste ich nach vorn, um ihn zu stützen. Bevor mich jedoch Zweifel an meiner Entscheidung überkommen können, beginnt sich seine Gestalt zu wandeln und die Schmerzen scheinen aufzuhören. Seine Größe bleibt in etwa gleich, doch seine muskulösen Oberarme werden schmaler und sehniger. Sein dunkelblondes Haar wird rabenschwarz und auf ein Mal lugen spitz zulaufende Ohren zwischen den Haarsträhnen hervor. Während ich ihm beruhigend über den Rücken streiche, nehme ich auch seinen Geruch wahr. Das ist nicht mehr Garreth. Der satte Duft katapultiert mich in die letzte Vollmondnacht, die wir in einem winzigen Gasthaus verbracht haben. Als wir uns zum ersten Mal berührt und geküsst haben.

Während ich noch diesen wundervollen Erinnerungen nachhänge, ist die Veränderung abgeschlossen. Der Mann, der nicht mehr Garreth, sondern Varyan ist, richtet sich vorsichtig auf. Beinah hatte ich vergessen, wie groß er ist; er überragt mich um gut eine halbe Kopflänge.

Sein erster Blick aus diesen faszinierenden Augen gilt mir. Die blaue und die braune Iris funkeln um die Wette, sein Blick gleitet einer Liebkosung gleich über mich. Es ist, als würde ein gleißender Blitz durch mich hindurchschießen. Mein Körper zittert vor Anspannung – bloß, weil er mich ansieht.

Wie vorhin in seiner Astralgestalt streckt er die Hand aus, um sie mir an die Wange zu legen. Mein Herz setzt einen Schlag aus, weil ich unbewusst damit rechne, dass sie wieder durch mich hindurchfährt. Doch ich spüre sie. Ihn. Seine Wärme. Ich spüre sogar die leicht rauen Fingerkuppen, die nun vorsichtig, beinahe zögerlich über meine Wange streicheln.

Erneut treten mir Tränen in die Augen. Ich schäme mich dafür, so nah am Wasser gebaut zu haben, doch Varyan lässt mir keine Zeit für weitere Entschuldigungen. Wortlos zieht er die Hand zurück, beugt sich vor und küsst die Tränen weg, sobald sie meine Augen verlassen. Die Berührung seiner Lippen ist so federleicht, dass ich wohlig unter jeder einzelnen erschauere. Nicht eine Träne schafft es über meine Wangen hinaus, und als sie schließlich versiegen, zieht Varyan sich lediglich ein Stück zurück. Er verharrt zu mir heruntergebeugt, berührt mich aber nirgends. Sein Blick hält meinen gefangen und ist derart intensiv, dass mir die Knie weich werden.

Als er ein winziges Stück nach unten schaut, ist es um mich geschehen. Ich ertrage keine weitere Sekunde, in der wir uns bloß gegenüberstehen und uns nicht berühren. Mit einem einzigen Schritt überbrücke ich den Abstand zwischen uns. Während ich noch den Mut suche, die Hände nach ihm auszustrecken, umschließt er mein Gesicht mit seinen und hebt meinen Kopf ein Stück an. Ich stelle mich auf die Zehenspitzen, um ihm so weit wie möglich entgegenzukommen. Meine Lippen prickeln verlangend, befeuert von seinem warmen Atem, der mir über die Haut streicht.

Varyan beugt sich weiter vor und ich kralle beide Hände in sein Hemd, um irgendwo Halt zu finden. Unser erster Kuss kam für mich überraschend, dennoch stellte er meine Weltanschauung auf den Kopf. Tief in mir weiß ich, dass dieser Kuss genauso sein wird. Genauso anders, aber gleichzeitig in jeder Hinsicht perfekt.

Unter meinen Fingern zittert Varyan ebenso sehr wie ich. Vorsichtig, fast fragend neigt er den Kopf, wobei seine Lippen einen Hauch von meinen entfernt verharren. Ich meine, bereits ihre Wärme zu spüren, und doch sind sie unerreichbar.

Ich zögere nicht, zweifele nicht länger, sondern recke das Kinn. Brennende Hitze und eine befreiende Ruhe durchfluten mich, als mein Mund endlich auf seinen trifft. Meine Lippen spiegeln die Bewegungen der seinen und als seine Zunge vorwitzig gegen meine stupst, schießt ein verzehrendes Feuer durch mich, das mich bis zu den Fingerspitzen versengt.

Ich zerfließe an seiner Brust; ohne seinen Arm, den er nun um meine Mitte schlingt, hätte ich wohl nicht mehr stehen können.

Nie hätte ich es für möglich gehalten, dass ein Kuss derart verlangend sein kann. In ihm liegt all das, was die letzten Monate ungesagt geblieben ist und nur in unseren Gedanken existiert hat. Alle Wünsche, Sehnsüchte und jedes Begehren, aber auch die verzweifelte Gewissheit, dass uns nichts als diese eine Nacht bleibt, um sie wahr werden zu lassen.

Eine Nacht ist viel zu wenig Zeit, um all die Fantasien der letzten Wochen Realität werden zu lassen. Aber ich werde mir Mühe geben, zumindest ein paar davon zu erfüllen.

Ohne den Kuss zu unterbrechen, lasse ich meine Hände hinab über seine Brust und den Bauch gleiten. Selbst durch das Hemd hindurch spüre ich das Zucken seiner Muskeln. Ich bin gerade dabei, den Saum aus dem Hosenbund zu ziehen, als er sich von mir löst.

»Warte«, flüstert er gegen meinen Mund.

Es hat dieselbe Wirkung, als hätte mich jemand gepackt und in hohem Bogen in den See hinter mir geworfen.

Sofort ziehe ich meine Hände zurück. War ich zu forsch? Wir haben kein Wort gesprochen, seit er Garreths Körper übernommen hat. Vielleicht hätte ich um Erlaubnis fragen sollen.

Doch das sind nicht die einzigen Zweifel, die mir kommen. Ich kann es nicht verhindern, dass sie aus ihren dunklen Löchern kriechen. Ich dachte, sie besiegt zu haben, als ich Batur und alles, was mit ihm zu tun hatte, hinter mir ließ, aber offenbar habe ich mich geirrt. Sie sind noch da und haben geduldig auf diesen Moment gewartet: die Gedanken, dass ich nicht genug bin.

Varyan ahnt, wie es in mir aussieht, auch ohne dass er in meinem Kopf ist. Mit zusammengezogenen Augenbrauen umschließt er wieder mein Gesicht und wartet geduldig, bis ich ihn ansehe.

»Mira.«

Mein Name aus seinem Mund klingt flehend und entschuldigend zugleich und bringt die gemeinen Einflüsterungen in meinem Kopf zum Schweigen.

»Du bist niemals der Grund, warum ich dich bitte zu warten«, wispert er, ehe er mich auf die Nasenspitze und schließlich auf den Mund küsst. Dieser Kuss ist zwar nur kurz, doch genauso verheißungsvoll wie der davor.

»Was ist sonst der Grund, wenn nicht ich?«, bringe ich mühsam hervor.

»Es gibt mehrere«, antwortet er. »Zuallererst will ich keinesfalls, dass du dich zu etwas gezwungen fühlst.«

Ich gebe ein halb ersticktes Lachen von mir. »Kommt dir das so vor? Ich habe noch nie etwas so sehr gewollt.«

Er schenkt mir ein Lächeln, das die Selbstzweifel zurück in ihr dunkles Loch treibt. »Dann sind wir schon zwei. Aber dieser Körper …« Sein Lächeln verblasst. »Ich mag ihn bewegen, aber ich habe mich noch nicht völlig an ihn gewöhnt. Es ist nicht wie zwischen uns. Deinen Körper und dessen Eigenheiten kenne ich vermutlich besser, als ich meinen eigenen kannte. Doch dieser hier ist mir fremd. Ich kann dich berühren und küssen. Und das ist tausendmal mehr, als ich mir zu träumen gewagt habe. Doch alles andere …« Er schluckt angestrengt. Sein Blick wirkt traurig; das Leuchten seiner Augen ist verschwunden. »Außerdem waren meine letzten … Zusammenkünfte mit einer Frau alles andere als … angenehm.«

Ich nicke langsam. »Und du hast Angst, dass du an sie erinnert werden könntest, wenn wir weitermachen.«

»Ja«, gibt er zu. Seine Stimme ist nur noch ein heiseres Krächzen und sein Körper versteift sich, als spürte er die aufgezwungenen Berührungen der Seehexe. »Ich fürchte mich davor, plötzlich sie vor mir zu sehen, wenn ich mit dir zusammen bin.«

Ich weiß von den Dingen, die er durchmachen musste. Ich wäre schon nach dieser ersten Vollmondnacht zerbrochen, doch Varyan hat es unzählige Male durchgestanden. Ich dachte, dass er einen Weg gefunden hätte, sich davor abzuschirmen; ähnlich wie es mir gelingt, den Geruch von Blut auszublenden, damit er mich nicht an den Tod meiner Eltern erinnert.

Aber ich lag falsch: Varyans Seele hat tiefere Narben davongetragen, als ich angenommen habe. Allein der Gedanke, er könnte sie sehen, während wir uns nahe sind, macht mich rasend vor Zorn und gleichzeitig unendlich traurig.

Doch nichts davon dringt nach außen. Ich werde nicht zulassen, dass die Seehexe ihm noch weiter schadet.

Ich lege eine Hand an Varyans Wange und er schmiegt sich

augenblicklich hinein. Der angespannte Ausdruck verschwindet aus seiner Miene und macht einer tiefen Ruhe Platz. »Siehst du sie, wenn du mich berührst oder mich küsst?«, frage ich.

Er schüttelt kaum merklich den Kopf. »Nein. Das habe ich noch nie. Aber sollte es doch geschehen, dann …«

»Ich verstehe deine Angst«, unterbreche ich ihn sanft. »Und ich weiß nicht, ob ich dich vor den Erinnerungen beschützen kann. Aber ich werde alles in meiner Macht Stehende tun, um dich daran zu erinnern, dass ich diejenige bin, die bei dir ist. Die dich berührt und küsst.«

Er schmiegt sich weiter in meine Hand, bis er einen Kuss in die Handfläche hauchen kann. »Verzeih. Ich wünschte, ich wäre nicht derart gebrochen, sondern könnte dir einfach das geben, was du willst …«

Ich lege die andere Hand auf seine Brust, direkt über sein Herz. »Du bist nicht gebrochen. Lediglich ein wenig angeknackst, sonst könntest du nicht hier stehen, sondern wärst schon vor ewigen Zeiten daran zugrunde gegangen. Ich werde die Risse, die sie dir zugefügt hat, nicht ungeschehen machen können, aber ich werde mich bemühen sie zu lindern. Und sollte ich etwas tun, was du nicht willst, musst du es mir nur sagen und ich werde augenblicklich aufhören.«

Er schenkt mir ein schiefes Schmunzeln. »Sollte das nicht mein Text sein? Ist es nicht das, was der Mann der Frau sagen sollte?«

Ich erwidere sein Lächeln. »Ich bin mir sicher, dass du genauso handeln würdest, wenn unsere Rollen vertauscht wären. Außerdem waren wir schon immer anders. Ich sehe nichts Schlechtes darin.«

»Ich ebenso wenig.«

Er unterstreicht seine Worte mit einem kurzen, aber nicht

minder innigen Kuss, der meine Lippen brennen lässt. Seine Hände gleiten durch mein offenes Haar, meinen Rücken hinab, bis seine Finger den Saum meines Hemdes umschließen. Ich hebe die Arme, damit er es mir ausziehen kann.

Immer noch lächelnd sehe ich dabei zu, wie sich seine faszinierenden Augen weiten, während sein Blick an mir hinabwandert und an meinen Brüsten hängen bleibt, die nicht wie üblich einbandagiert sind. Mehrmals öffnet und schließt sich sein Mund, doch ich höre keinen Ton.

Ich neige den Kopf. »Ich fände es äußerst unfair, wenn ich hier allein frieren muss.«

Sein Blick findet meinen und auf seinem Gesicht breitet sich das bezauberndste Lächeln aus, das ich je gesehen habe, als ich seine Worte aus unserer letzten Vollmondnacht wiederhole. In einer fließenden Bewegung, die die sehnigen Muskeln an seinen Armen zur Geltung bringt, zieht er sich ebenfalls das Hemd aus. Im Licht des Vollmonds schimmert seine Haut silbern, und die dunklen Täler zwischen seinen Bauchmuskeln locken mich, sie mit den Fingern nachzuzeichnen. Doch ich zügele mich, aus Angst, mit meinem ungestümen Verlangen eine dunkle Erinnerung in ihm wachzurufen.

Wie immer scheint Varyan zu wissen, was in meinem Kopf vorgeht. Er lehnt sich zu mir herab und flüstert: »Berühre mich, Mira. *Bitte*. Ich sehne mich so sehr danach.«

Sein »Bitte« ist noch nicht verklungen, da hebe ich bereits die Hände und lege sie an seine Brust. Unter meinen Fingern spüre ich seinen Herzschlag, der fest und fordernd gegen meine Fingerspitzen hämmert. Als verlangte auch sein Herz nach einer Berührung. Ich lehne mich vor und küsse diese Stelle, womit ich Varyan ein Stöhnen entlocke.

Ich wünschte, ich könnte sein Herz tatsächlich berühren.

Ganz vorsichtig würde ich es mit beiden Händen umschließen und ihm zuflüstern, dass es sich von nun an vor nichts und niemandem mehr fürchten müsste. Dass ich jetzt hier bin, um es zu beschützen und zu lieben, bis die Götter diese Welt in den Abgrund reißen.

Varyan legt mir einen Finger unters Kinn und drückt meinen Kopf ein Stück nach oben, bis ich ihn ansehe. »Es wird für alle Zeit einzig und allein für dich schlagen.« Er streichelt mir über die Wange. »Ich habe so lange auf dich gewartet. Ich dachte bereits, dass die Götter mich vergessen haben. Doch hier bist du.« Erneut hebt er mit sanftem Druck meinen Kopf an. »Meine stolze Kriegerin.« Seine Hand gleitet tiefer, bis sie auf meinem Herzen liegt. »Mein helles Licht, dem ich überallhin folge.« So sanft, dass ich sie kaum spüre, und doch so heiß, dass sie sich in meine Haut brennen, streicht er mit den Lippen über meine, ehe er wispert: »Mein ganz persönliches Wunder.«

Damit ich nicht erneut anfange zu weinen – diesmal vor Freude –, schlinge ich beide Arme um seinen Nacken und ziehe ihn zu mir, bis kein Lufthauch mehr zwischen uns durchpasst. Seinen festen Körper überall an mir zu spüren, vertreibt die Melancholie, die erneut von mir Besitz ergreifen wollte.

Während ich mit einer Hand sein rabenschwarzes Haar zerwühle und mit den Fingern der anderen die spitze Form seines Ohres nachzeichne, womit ich ihm einen kehligen Laut entlocke, lässt er seine Hand an meiner Seite entlangwandern, bis er federleicht die Unterseite meiner Brust berührt. Ich löse mich so weit von ihm, dass er sie erreichen kann. Gleichzeitig stöhnen wir, als meine Brustwarze gegen seine leicht raue Handfläche reibt.

»Ich wusste, dass sie perfekt in meine Hände passen«, murmelt er mit einem zufriedenen Lächeln.

Normalerweise hätte ich ebenfalls gelacht, aber meinem Mund entschlüpft bloß ein forderndes Seufzen.

Varyan lächelt wissend. »Sag mir …«, wispert er, als er die Hand wegzieht. Protestierend schnappe ich nach Luft, nur um sie gleich darauf scharf einzuziehen, als er meine Brustwarze mit seinem Daumen und Zeigefinger umschließt und sanft zwirbelt. »… fühlt es sich für dich genauso an, als hätte ich die Kontrolle über deinen Körper?«

Ich habe Mühe, seinen Worten zu folgen. Sie zu verstehen. Ich kann mich auf nichts anderes als die empfindlichen Nerven konzentrieren, die er mit gekonnten Bewegungen und genau dem richtigen Druck berührt.

»Mira.«

Mein Name, gesprochen von seiner tiefen Stimme hatte schon immer eine magische Wirkung auf mich. Mächtiger als jeder Zauberspruch zwingt er meinen Geist für einen Moment zurück in die Realität.

»Sag mir, ob es sich für dich genauso anfühlt.«

Ich schüttele den Kopf. »Anders«, hauche ich. »Besser. So viel besser.«

Von *ihm* berührt zu werden – nicht durch meine Hände während einer Übernahme –, stellt alles in den Schatten, was ich je empfunden habe. Ich wage mir nicht vorzustellen, was mit mir geschieht, sobald wir tatsächlich miteinander schlafen. Bereits jetzt brennt und ziept mein Körper und fleht nach mehr.

Varyan lässt mich nicht allzu lange warten, kostet aber jede Sekunde dieser süßen Folter aus.

Aufmerksam beobachtet er jede meiner Regungen, als er sich meiner zweiten Brust zuwendet. Ich spüre seinen Blick eher auf mir, als dass ich ihn sehe, denn vor meinen Augen tanzen die Sterne, die eigentlich am dunklen Himmelszelt strahlen müssten.

Da er meinen Körper und dessen Vorlieben wahrscheinlich besser kennt als ich selbst, nehme ich mir die Zeit, seinen zu erkunden. Meine Hände gleiten über seine trainierte Brust und den Bauch. Ich genieße das Zucken seiner Muskeln unter meinen Fingern, ebenso wie seine schneller werdende Atmung. Trotz meiner vernebelten Sinne konzentriere ich mich genug auf ihn, um jede Veränderung in seiner Miene sofort zu bemerken.

Doch meine Angst, er könnte sich an die Vollmondnächte bei der Seehexe erinnert fühlen, ist unbegründet.

Während er meine Brüste liebkost, streiche ich vorsichtig über seine Härte, die sich deutlich unter dem Stoff der Hose abzeichnet. Varyans Mund trifft derart unvermittelt auf meinen, dass unsere Zähne zusammenschlagen. Ich schlucke sein Stöhnen, ehe er mich schier verschlingt. Als er meine Brüste loslässt und einen Schritt zurück macht, gebe ich einen frustrierten Laut von mir, der mir jedoch im Hals stecken bleibt. Wie gebannt sehe ich dabei zu, wie er seine Hose öffnet. Der Mond malt ein Meisterwerk aus Licht und Schatten auf seinen Körper und betont jede seiner Bewegungen. Sein Blick ruht auf mir, während er seine Erektion befreit und anschließend aus der Hose steigt.

Mein Mund wird wässrig und staubtrocken zugleich, als ich ihn betrachte. Verlangend ziehen sich die Muskeln in meinem Unterleib zusammen, als wüssten sie allein durch seinen Anblick, wie es sich anfühlen wird.

»Wenn du nicht augenblicklich deine Hose ausziehst«, sagt Varyan in diesem raunenden Tonfall, den ich so sehr liebe, »werde ich sie dir vom Leib reißen.«

Ich schmunzele, und würde mein Körper nicht ein Eigenleben entwickeln und so schnell wie möglich seiner als Befehl getarnten Bitte Folge leisten, hätte ich es auf einen Versuch ankommen lassen. So stolpere ich beinahe, als ich aus den Hosenbeinen steige, so ungeduldig bin ich. Vor einigen Monaten hätte ich mich deswegen fast zu Tode geschämt, nun erfreue ich mich an Varyans Grinsen, das er mehr schlecht als recht hinter seinen Zähnen verbirgt, die sich in seine Unterlippe graben.

Jedoch wird er schnell wieder ernst. Nachdem auch er sich einige Zeit genommen hat, um mich im Mondlicht zu betrachten, streckt er die Hand nach mir aus.

»Komm zu mir.«

Ich hätte sie auch ohne die Aufforderung ergriffen, aber ich genieße jedes Wort aus seinem Mund. Es war seine Stimme, in die ich mich zuerst verliebt habe; erst dann gewann der Mann, zu dem sie gehört, mein Herz. Ich werde niemals müde, seinen Worten zu lauschen.

Fest umschließen seine Finger meine und ich trete so nah an ihn heran, dass seine Körperwärme auf mich abstrahlt. Meine Sinne vibrieren vor Aufregung; ich nehme alles viel deutlicher wahr als gewöhnlich. Seinen erdig-tiefen Duft. Seine feste, leicht raue Hand. Das kaum merkliche Beben seiner Unterlippe, als könne er sich nicht entscheiden, was er als Nächstes tun soll.

Mir geht es ähnlich. Mein Kopf schwirrt vor all diesen Eindrücken, dabei haben wir kaum angefangen. Es geht mir nicht schnell genug, denn es gibt so vieles, was ich mit ihm tun will, wo und wie ich ihn spüren will, dass diese eine Nacht unmöglich ausreicht. Gleichzeitig geht es mir zu schnell. Ich wünschte, ich hätte alle Zeit der Welt, mich an ihm sattzusehen, seinen Körper so gut kennenzulernen, als sei er mein eigener. Einen Mittelweg zu finden, stellt mein lustvernebeltes Hirn vor eine unlösbare Aufgabe.

Ich bin dankbar dafür, dass Varyan die Initiative ergreift. Langsam, beinahe zögerlich führt er meine Hand an seinem Bauch hinab.

»Ich weiß, wie ich dich berühren muss, damit es dir gefällt«, raunt er, ohne mich aus den Augen zu lassen.

Ich lächele, weil ich genau weiß, worauf er hinauswill. Stolz darauf, dass meine Stimme nur ein ganz klein wenig vor Aufregung zittert, sage ich: »Da wäre es nicht fair, mich im Dunkeln zu lassen, wenn es um dich geht.«

Er küsst mich auf die Stirn. »Ganz genau.«

Mit leichtem Druck bringt er meine Finger dazu, sich um seine Erektion zu schließen. Er gibt ein Keuchen von sich, das tiefer und animalischer wird, sobald er mir zeigt, wie fest ich zudrücken und wie ich meine Hand bewegen soll. Ihn dabei zu beobachten, wie er den Kopf in den Nacken legt, den Mund leicht geöffnet hat und sich vertrauensvoll meinen Berührungen hingibt, bringt mein Herz beinahe zum Bersten.

Doch lange hält er es nicht aus, die Finger von mir zu lassen. Zielsicher finden sie meine empfindlichste Stelle. Ich bewege die Hüften, komme ihm entgegen und genieße die Hitze und Anspannung, die sich bis ins Unermessliche in mir aufbauen, bis sie mich innerlich schier zerreißen.

Es vergehen wahrscheinlich nur wenige Minuten, bis Varyan sich im Gras niederlässt und mich mit zu sich hinabzieht, sodass ich mit gespreizten Beinen auf seinem Schoß sitze. Ich muss nicht fragen, warum er diese Stellung bei unserem ersten Mal vorzieht; ich sehe es in seinem Gesichtsausdruck. Wo eben nichts als Lust und Vertrauen herrschte, ist nun ein Hauch Besorgnis zu erkennen. Der Anflug eines Schattens huscht durch seine Augen; eine Erinnerung an eine dunkle Zeit, in der er Unaussprechliches über sich ergehen lassen musste.

Ich lege beide Hände an seine Wangen. »Ich bin hier.«

Er dreht den Kopf, schließt die Augen und küsst meine Handfläche. »Ich weiß.«

Lang gezogen stößt er den Atem aus, als würden mit dem Atem auch die Dämonen der Vergangenheit aus ihm weichen. Seine Miene wirkt zwar immer noch angespannt, aber aus einem anderen Grund.

Ich stöhne auf, als er langsam in mich eindringt. Es grenzt an eine süße Qual, wie er mich dehnt und gleichzeitig ausfüllt. Doch meine Aufmerksamkeit wankt nur kurz.

»Varyan, sieh mich an.«

Er öffnet die Augen. Keine Spur des Schattens, der eben noch darin wütete. Ein Lächeln umspielt seine Lippen. »Ich sehe dich. Ich rieche dich. Und ich spüre dich.« Er hebt die Hüften ein winziges Stück an, was mich erneut aufstöhnen lässt. »Nur dich.«

Kapitel 42
Delmira

Morgen nach dem dritten Vollmond

Ich habe mich dagegen gesträubt, einzuschlafen, aber Varyans sanftes Streicheln und seine beruhigende Stimme trugen mich doch irgendwann ins Reich der Träume.

Ich kann nicht sagen, wie oft wir uns in der vergangenen Nacht geliebt haben. *Oft*, das meint zumindest mein Körper, noch ehe ich die Augen aufschlage. *Nicht oft genug*, da ist sich nicht bloß mein Herz sicher.

Beseelt von einer köstlichen Trägheit spüre ich die ersten Sonnenstrahlen des neuen Tages auf der Haut. Von weiter entfernt vernehme ich die Gespräche der Hainbewohner, die sich bereits dem Wiederaufbau widmen.

Doch dieser Moment der Ruhe verfliegt schnell. Das Brennen des Mals an meinem rechten Arm ist einem stetigen Pochen gewichen, das mir beinahe den Verstand raubt. Hat es gestern Nacht bereits so sehr geschmerzt? Ich weiß es nicht. Jetzt kann ich kaum denken, denn mit jedem Herzschlag rauscht eine neue Schmerzwelle durch meinen Arm.

Ich wünschte, mein Geist würde sich völlig auf diese Qualen konzentrieren. Es wäre besser als die Erkenntnis, die nun, da ich ganz wach bin, auf mich einprasselt.

Noch bevor ich die Augen aufschlage, weiß ich, dass Varyan fort ist. Es werden nicht seine außergewöhnlichen Augen sein, in die ich schaue, sobald ich genug Mut gesammelt habe. Es wird nicht sein Duft sein, den ich bei einem tiefen Atemzug rieche.

Noch wird es sein fester warmer Körper sein, an den ich mich schmiegen kann.

All das ist in dem Moment verschwunden, als die Spiegelung des Mondes im See verschwand.

Und ich war nicht dabei. Ich habe nicht bemerkt, wie er Garreths Körper verlassen hat. Doch hätte es etwas geändert, wenn ich nicht eingeschlafen wäre? Ich erinnere mich, dass der Himmel bereits von einem heller werdenden Blau durchzogen war, als Varyan mich an seine Brust zog und mir beruhigend über den Rücken strich, bis ich weggedämmert war. Ich war nicht nur völlig erledigt, sondern fühlte mich auch geborgen, wie noch nie zuvor.

Jetzt ringt in mir der Wunsch, ihn bis zur letzten Sekunde sehen zu können, mit dem Wissen, dass es nichts geändert hätte. Dass der Schmerz derselbe gewesen wäre, ob ich nun dabei zugesehen hätte, wie er verschwindet, oder nicht.

Obwohl ich darauf gefasst bin, möchte ich am liebsten all meine Emotionen hinausschreien, als ich die Augen öffne und Garreth friedlich schlafend neben mir vorfinde. Ein Keuchen entweicht mir, trotz meiner Anstrengung, es zurückzuhalten, so heftig ist die Pein, die in meiner Brust rumort. Es ist, als würde mir jemand bei lebendigem Leib das Herz herausreißen. Ich dämpfe den Laut schnell mit der Hand, doch gegen die Tränen, die nun ungehindert meine Wangen hinunterfließen, bin ich machtlos.

Es dauert lange, bis ich mich beruhigt habe. So seltsam es auch klingt, aber es hilft mir, mich auf die Schmerzen in meinem Arm zu konzentrieren, um meine Gefühle unter Kontrolle zu kriegen.

Alle Tränen dieser Welt werden mir Varyan nicht zurückbringen, das weiß ich. Das kann niemand.

Nachdem ich mich gesammelt habe, streiche ich Garreth eine dunkelblonde Haarsträhne aus dem Gesicht, lehne mich vor und hauche ihm einen Kuss auf die Stirn.

»Ich danke dir von ganzem Herzen«, wispere ich so leise, damit er davon nicht aufwacht.

Doch er lächelt, als hätte er mich verstanden.

Ich brauche eine gefühlte Ewigkeit, bis ich meine Kleidung zusammengesucht und mich angezogen habe. Meinen rechten Arm kann ich kaum gebrauchen; selbst das Überstreifen meines Hemdes entlockt mir ein Ächzen. Schnell rolle ich den Ärmel hoch, doch da das Mal sich mittlerweile fast bis zu meinem Hals zieht, bringt das kaum Linderung. Auch Garreths Salbe, die bis vor dem letzten Vollmond noch wahre Wunder vollbracht hat und die ich in meiner Gürteltasche entdecke, wirkt nicht mehr.

Ich stoße einen Fluch aus. Diese verdammte Hexe überlässt nichts dem Zufall.

Ich werfe einen letzten Blick zurück zu Garreth, der noch ruhig und nackt am Ufer des Sees schläft.

Es ist nicht das erste Mal, dass ich darüber nachdenke, Caligram einfach zu behalten, doch der Gedanke verpufft, sobald ich Garreth sehe. Ich könnte nicht damit leben, all jene, die mir wichtig sind, ins Unglück zu stürzen, bloß weil ich selbstsüchtig bin. Ich hatte meine selbstsüchtigen Momente letzte Nacht und würde sie für nichts auf der Welt missen wollen. Aber alles, was darüber hinausgeht …

Abrupt wende ich mich ab. Lediglich ein paar Schritte trennen mich von Caligram, das halb verborgen im Schilf liegt und in der Sonne glänzt.

Nach der zweiten Vollmondnacht und unserem ersten Kuss

fürchtete ich mich davor, das Schwert am nächsten Morgen zu berühren. Nicht bloß aus Angst, als Ketzerin verurteilt zu werden, sondern weil ich nicht wusste, wie ich mit Varyan umgehen sollte. Alles hatte sich zwischen uns verändert. Ich verstand damals zum ersten Mal, was er damit meinte, dass wir keine Freunde seien.

Aber heute ist alles anders. Ich verspüre weder Unsicherheit noch Angst.

Wie ich es bereits unzählige Male getan habe, strecke ich die Hand nach der Klinge aus und genieße das Gefühl, nicht mehr allein in meinem Kopf zu sein.

›*Mira.*‹

Ich lächele. ›*Varyan.*‹

›*Gut geschlafen?*‹

Mein Lächeln verblasst. Mir liegt bereits eine spitze Erwiderung auf der Zunge, dass Garreth durchaus bequem sei, doch ich schlucke sie hinunter. Hätten wir mehr Zeit, würden wir uns in unseren Neckereien verlieren, und könnten jede Sekunde davon genießen.

Doch unsere gemeinsame Zeit ist abgelaufen.

›*Wir müssen los*‹, sage ich bloß.

Varyan versteht sofort. Sanft streicht er über mein Bewusstsein. ›*Ich weiß.*‹

Kapitel 43

Varyan

Ich müsste auf diesen Tag vorbereitet sein. Von dem Moment an, als Mira das Schwert aus dem Stein zog und den Handel mit der Hexe einging, wusste ich, wie unsere Reise enden würde.

Doch ich bin nicht vorbereitet. Ich will nichts von dem wahrhaben, was vor mir liegt. Ich will wie ein Feigling fliehen und mich irgendwo verstecken, wo mich nie jemand finden wird, damit dieses Schicksal sich nie bewahrheitet.

Aber auf keinen Fall will ich zurück zum See.

Erst recht nicht, nachdem Mira mir gezeigt hat, wie das Zusammensein zwischen zwei Menschen sein kann. Ich hatte es vergessen. Für mich gab es seit unendlichen Zeitaltern nichts als Zwang, Scham und Hilflosigkeit. Ich wusste nicht mehr, was Verlangen ist – sowohl das eigene als auch jenes, einem anderen Lust zu bereiten.

Wie lange wird es wohl dauern, bis ich es wieder vergesse? Bis die letzte Nacht von all den Albträumen überschattet wird, die mir bevorstehen?

Mira überlässt mir bloß kurz die Kontrolle über ihren Körper und ich begreife sofort warum. Wie sie sich überhaupt auf ihrem Schreiter halten kann, ist mir ein Rätsel. Ich verfluche den Stolz meiner Schicksalsgebundenen, dass sie meine Hilfe ablehnt, gleichzeitig bewundere ich sie dafür. Wer wüsste besser als ich, wie wichtig es ist, vor einer mächtigen Hexe keine Schwäche zu zeigen?

Mit dem Hainschreiter brauchen wir lediglich wenige Stunden bis zum See. Ich spüre, dass wir uns ihm nähern, nicht nur durch Miras wachsende Anspannung. Es ist, als würde mich eine unsichtbare Macht dort hinziehen, mich binden, um mich auf ewig festzuhalten.

Und genau das steht mir bevor.

Wenn tatsächlich Miras Verbindung zu mir der Grund war, warum sie das Schwert aus dem Stein ziehen konnte, wird es nie wieder jemandem gelingen. Caligram wird im Stein stecken bleiben, bis es erneut rostig und schartig ist, und ich werde all die äußeren Witterungseinflüsse und unzählige grapschenden Händen ertragen müssen, bis ich nicht mehr sagen kann, was schlimmer ist: Ein weiterer Monat diesen wechselnden Einwirkungen ausgesetzt zu sein, ohne irgendwo Schutz zu finden, oder für eine Nacht den Launen der Hexe untertan zu sein.

Es wird niemand kommen, der meine Stimme hört. Der mich sanft und wohlwollend berührt und mich für eine Weile mein Schicksal vergessen lässt.

Nie wieder.

Mit der Angst vor allem, was mir bevorsteht, kriechen auch die Schatten näher. Unter ihnen höre ich eine flüsternde Stimme, die mich fragt, ob es das wert war. Oder ob es nicht besser gewesen wäre, auf die letzten drei Monate zu verzichten. Wäre es einfacher für mich, wenn ich nicht daran erinnert worden wäre, wie es ist, etwas zu sehen, zu riechen und zu schmecken? Wenn sich mein Herz nicht nach der einen Frau sehnen würde, die von den Göttern selbst für mich bestimmt wurde?

Noch lautet die Antwort: Ja, das war es wert. Jeder einzelne Tag war es wert, selbst die, in denen Mira und ich uns nicht ausstehen konnten. Jede Minute ohne die Hexe war ein Geschenk. Und um nichts in der Welt würde ich eine Sekunde mit Mira eintauschen.

Die Seehexe wird alles daransetzen, dass die Antwort Nein lauten wird. Ich fürchte mich vor dem Moment, in dem ich ihr zustimme. Miras Verlust und das Wissen, dass ich sie nie wiedersehen werde, werden mich früher oder später auf eine Weise brechen, wie es die Hexe niemals zuvor geschafft hat.

›*Wir sind fast da*‹, sagt Mira und zeigt mir die Umgebung. ›*Ich kann den See von hier aus sehen.*‹

Ein nicht geringer Teil von mir gerät beim Anblick des Sees durch Miras Augen in Panik. Er will sie anflehen, auf der Stelle umzudrehen und so weit wie möglich in die entgegengesetzte Richtung zu fliehen. Ans andere Ende der Welt, wenn nötig sogar nach Krom. Hauptsache, weg von hier. Doch ich bringe diesen Teil zum Schweigen.

Mira steigt von ihrem Schreiter und führt ihn zu einer Lichtung, wo er friedlich grasen kann. Ich spüre, dass ihre Hände zittern, als sie dem majestätischen Tier den Hals tätschelt.

›*Wir könnten warten*‹, murmelt sie unvermittelt. ›*Uns bleiben noch fast zwei Tage.*‹

›*Du hast Schmerzen, Mira*‹, erwidere ich. ›*Sie werden nicht besser, sondern schlimmer werden, je länger wir warten.*‹

Sie schluckt angestrengt. ›*Aber du … Sie wird …*‹

Ich wünschte, ich könnte sie in die Arme schließen. ›*Wir wussten von Anfang an, dass dieser Tag kommen wird. Mach es für uns beide nicht noch schwerer, indem du ihn hinauszögerst.*‹

Absichtlich wähle ich meine Worte schärfer als gewöhnlich. Natürlich täte ich nichts lieber, als die nächsten zwei Tage mit ihr zu verbringen und so tun, als hätten wir noch unendlich viel Zeit. Aber dieser Illusion werde ich mich nicht hingeben, wenn sie dabei Schmerzen leidet. Schmerzen, die lediglich die Seehexe ihr nehmen kann.

›Du glaubst nicht daran, oder?‹, fragt sie flüsternd. *›Dass ich dich befreien kann.‹*

›Nein.‹

›Hast du es je? Daran geglaubt, meine ich.‹

Auch diesmal zögere ich nicht mit einer Antwort. *›Nein.‹*

Zittrig stößt sie die Luft aus. *›Solltest du das nicht? Solltest du nicht an mich glauben, wenn du mich liebst?‹*

›Ich liebe dich, Mira. Und ich glaube an dich. Woran ich nicht glaube, sind weitere Wunder. Nicht nach all dem, was ich erlebt habe. Nicht, nachdem die Götter mir mein Wunder bereits geschenkt haben.‹ Ich strecke die Hand nach ihrem Bewusstsein aus. *›Ich würde alles dafür geben, weiterhin mit dir zusammen sein zu können. Und sei es in dieser Form. Aber dieses Wunder kannst du nicht vollbringen. Das musst du auch nicht. Du hast mehr für mich getan, als du ahnst. Ich werde mich für alle Zeit daran erinnern.‹*

›Für alle Zeit?‹, echot sie. *›Du meinst, wenn ich schon lange tot bin und du noch immer die Hexe befriedigen musst?‹*

›Mira …‹

›Das ist es doch, was du sagen wolltest!‹

›Ich will mich nicht mit dir streiten‹, sage ich versöhnlich, obwohl ich sie gerade am liebsten schütteln würde, bis sie Vernunft annimmt. *›Nicht jetzt. Ich will nicht, dass dies unsere letzte Unterhaltung ist.‹*

Ihr gesamter Körper erbebt. *›Ich auch nicht‹*, wispert sie. *›Ich … ich will dir lieber sagen, dass die letzten drei Monate die schönsten meines Lebens waren und dass ich sie nie vergessen werde. Aber wenn ich … schreie und mich mit dir streite, dann kann ich für einen Moment vergessen, dass wir … Dass du morgen nicht mehr bei mir sein wirst. Dass ich … allein sein werde. Wieder. Doch du hast recht: So darf unsere letzte Unterhaltung nicht verlaufen.‹* Sie stößt ein vorsichtiges Lachen aus. *›Nur weiß ich nicht, was ich stattdessen sagen soll. Dass ich dich liebe, scheint mir zu wenig.‹*

›Du musst gar nichts sagen‹, erwidere ich. *›Lass mich einfach so lange wie möglich in deinem Kopf sein und dir beistehen.‹*

Mehrmals atmet sie tief durch. *›In Ordnung.‹*

Dann setzt sie sich in Richtung See in Bewegung. Ich bin bei jedem Schritt bei ihr, auch als sie ihr schwerer und schwerer fallen, sobald sie die Oberfläche des Sees in der Sonne glitzern sieht.

Trotzdem geht sie weiter, und ich bewundere sie dafür.

Kapitel 44

Delmira

Ohne all jene, die versuchen, Caligram aus dem Stein zu ziehen und sich lautstark dabei anfeuern, wirken die Wiese und der angrenzende Wald ruhig und idyllisch. Doch ich weiß, dass jenseits der friedlichen Wasseroberfläche ein Wesen lauert, das älter und mächtiger ist, als ich es mir vorstellen kann.

Und eben jenes Wesen werde ich herausfordern. Ich muss vollends den Verstand verloren haben.

Genau wie Varyan glaube ich nicht an Wunder. Aber ich glaube daran, dass es immer eine Lösung gibt. Sie zu finden und anzunehmen, ist oft die größere Herausforderung. Doch es wird mir gelingen – und wenn es das Letzte ist, was ich tue.

Am Ufer des Sees angekommen, ramme ich Caligram ein Stück in die weiche Erde.

»Hexe des Sees!«, rufe ich, während der laue Wind meine Stimme über das Gewässer hinwegträgt.

Die Oberfläche kräuselt sich und die Gestalt einer wunderschönen Frau entsteigt ihr. Anmutig schreitet sie über das Wasser auf mich zu, ein siegessicheres Lächeln auf den Lippen.

Ich knirsche mit den Zähnen, während ich den Drang niederkämpfe, es ihr aus dem Gesicht zu prügeln. Es war dieses Lächeln, das sie zur Schau gestellt hat, als sie Varyan das erste Mal ihren Willen aufgezwungen hat. Ich will mir nicht vorstellen, wie oft er es erblicken musste. Wie oft sie die Siegerin, die Überlegene war und ihn anschließend benutzt zurück in sein

Gefängnis verbannt hat. Und all das nur, weil er sie verschmäht und den Pakt mit ihr nicht erfüllt hat.

Das Mal an meinem Arm brennt beinahe unerträglich heiß, als die Hexe näher kommt, und macht einen klaren Gedanken schier unmöglich. Varyan bemerkt es und bittet mich, ihm die Kontrolle zu überlassen, damit ich einen Moment durchatmen kann, doch ich weigere mich. Ich darf der Hexe gegenüber nicht preisgeben, wie eng unsere Verbindung ist, denn sie wird jede Schwäche gnadenlos ausnutzen.

Einige Meter von mir entfernt im sicheren Bereich ihres Gebiets bleibt sie stehen und mustert mich mit leicht geneigtem Kopf. »Bist du hier, um deinen Pakt zu erfüllen?«

In ihrer Stimme schwingt eine solch uralte Macht mit, dass ich beinahe vor ihr auf die Knie sinke. Bereits das letzte Mal hatten ihre Anwesenheit und Stimme diese Wirkung auf mich.

Es kostet mich all meine Kraft, den Rücken gerade und den Kopf oben zu halten. »Ich bringe Euch Euren wertvollsten Besitz zurück, wie vereinbart.« Ich deute auf die restaurierte Waffe vor mir. »Das Schwert Caligram.«

Ihr Lächeln wird breiter und nimmt verschlagene Züge an. »Auch ein unbedeutender Mensch wie du sollte mittlerweile begriffen haben, dass mein wertvollster Besitz nicht das göttliche Artefakt ist.«

Sie weiß es. Sie weiß von Varyan und mir. Ich schlucke angestrengt, versuche aber, mir nach außen hin nichts anmerken zu lassen. »Was sollte wertvoller sein als ein göttliches Artefakt?«

Sie gibt ein glockenhelles Lachen von sich, bei dessen Klang sich mir die Nackenhaare aufstellen. Varyan ergeht es nicht besser; voller nervöser Anspannung verharrt sein Geist in mir.

»Wenn du dich dumm stellst«, sagt die Hexe süßlich, »zeige ich dir, was mein wertvollster Besitz ist.«

Sie streckt die Hand aus. Da ich außerhalb ihrer Reichweite bin, weiche ich nicht vor ihr zurück, doch Varyans panischer Schrei lässt mich zusammenzucken.

Im nächsten Moment tue ich das, was ich vermeiden wollte: Ich sacke auf die Knie, weil mich ein stechender Schmerz durchzuckt. Es fühlt sich an, als würde mir ein glühendes Eisen direkt in die Schläfe getrieben. Die Hand dennoch fest um Caligram geklammert, geben meine Beine unter mir nach. Angestrengt presse ich die Lippen zusammen, trotzdem entweicht mir ein Keuchen.

›*Mira!*‹

Der Schmerz wird schlimmer. So schlimm, dass ich um ein Haar das Bewusstsein verliere. Doch ich halte den Blick starr auf die Waffe vor mir gerichtet und konzentriere mich auf Varyan, dessen Anwesenheit ich noch immer in meinem Kopf spüre.

Bis sie plötzlich verschwindet.

Gewaltsam wird sein Geist aus mir herausgerissen. Die Qualen, die ich dabei empfinde, sind nahezu unerträglich. Von irgendwoher ertönt ein Schrei; ich weiß nicht, ob es meiner oder Varyans ist. Mein Blick wird glasig. Ich habe Mühe, selbst das Schwert direkt vor meiner Nase erkennen zu können. Jeder Herzschlag hämmert mit solch einer Wucht gegen meine Rippen, dass ich mir sicher bin, sie werden unter dem nächsten zerbersten.

Dennoch bildet sich in meiner Kehle ein Wort. Das einzige, das gerade einen Sinn ergibt. »Va…ryan.«

»Mira!« Varyans Stimme zu hören vertreibt einen Teil meiner Schmerzen. Erst mit einiger Verzögerung bemerke ich, dass sie anders klingt als in meinem Kopf. Fast so, als wäre er in seiner Astralgestalt. »Wenn du verdammtes Scheusal ihr auch nur ein Haar krümmst, dann werde ich …«

Die Hexe unterbricht Varyan mit einem erneuten Lachen. »Was wirst du dann? Hast du in all der Zeit nicht gelernt, dass es keinen Sinn hat, leere Drohungen zu äußern?«

»Lass sie gehen!«, verlangt Varyan. »Sie hat nichts damit zu tun.«

»Ach nein?«, erwidert die Hexe. »Aber sie hat auf jeden Fall noch etwas zu sagen. Nicht wahr, Mensch?«

Ich umklammere auch mit der zweiten Hand den Stahl des Griffs und hieve mich so weit nach oben, dass ich sie ansehen kann. Eine Art Zauber wabert aus ihrer Hand und bildet eine halb durchsichtige, klauenbewehrte Pranke, mit der sie Varyans Astralgestalt umklammert hält. Er scheint große Schmerzen zu haben, doch als sich unsere Blicke treffen, liegt in seinem nichts als die stumme Bitte, dass ich verschwinden soll.

Ich schüttele den Kopf, woraufhin er resigniert die Augen schließt.

»Ich möchte Euch einen Handel vorschlagen«, sage ich zur Hexe.

»Oh, ein Handel?«, fragt sie mit gespielt kindlicher Aufregung. »Ich bin ganz Ohr.«

»Hör nicht auf sie«, grollt Varyan. »Du hast mich zurück. Was willst du noch?«

Sowohl die Hexe als auch ich ignorieren ihn. Die Überlegenheit verschwindet nicht für eine Sekunde aus ihrem Blick, doch meine genauso wenig.

»Lasst ihn frei«, bitte ich. »Er hat einen Fehler begangen und eine Bestrafung verdient, aber … es ist genug. Lasst seine Seele Frieden finden.«

Ich wage nicht in Varyans Richtung zu schauen, sondern konzentriere mich auf die Hexe. Ihre Miene verrät jedoch nichts.

»Ein Handel«, sagt sie, »bedeutet, dass du mir etwas anbieten musst, Mensch. Es ist wahrlich ermüdend, dir die Grundlagen erklären zu müssen.«

»Lasst ihn gehen und nehmt mich an seiner Stelle.«

»Nein!« Angst schwingt in Varyans Stimme mit. »Das werde ich nicht zulassen!«

»Du wirst aber nicht gefragt, Prinz.«

Die Hexe gibt ihrem Zauber ein Signal, woraufhin sich die Klauen in Varyans Astralgestalt bohren. Er schreit auf und windet sich vor Pein.

Nun gelingt es mir nicht mehr, nach außen hin ruhig zu bleiben. »Aufhören!« Irgendwie komme ich auf die Füße. »Bitte, tut ihm nicht weh!«

»Warum nicht?«, entgegnet die Hexe ungerührt, während sie mit einem Lächeln Varyans schmerzverzerrtes Gesicht studiert.

Ich schlucke angestrengt. »Ich tue alles, was Ihr wollt.«

Ihr Blick gleitet betont langsam zu mir. »Und was sollte das sein? Du bist ein bedeutungsloser Mensch, der mir nichts zu bieten hat. Wieso sollte ich deine Seele gegen seine tauschen, wo ich mich doch so an ihn gewöhnt habe?«

Meine Atmung gerät außer Kontrolle, während ich fieberhaft meine Möglichkeiten durchgehe. Ich habe darauf gehofft, dass die Seehexe ähnlich zugänglich ist wie Karli. Dass sie einsehen wird, dass Varyans Strafe mehr als abgegolten ist, und letztendlich einem neuen Handel zustimmt.

Aber ich begreife nun, dass das ein Irrtum war. Die Hexe vor mir hat nichts mit Karli gemein. Anders als die Waldhexe, besitzt sie keine Anhänger, um die sie sich sorgt.

Ihr einziger Besitz ist Varyan.

»Hat er dir erzählt, was wir jeden Vollmond tun?«, fragt die Hexe süßlich, als sie mein Zaudern bemerkt. »Hat er dir auch gesagt, dass er es genießt?«

Der Stich in mein Herz kommt unerwartet und ist qualvoll. Doch er verfliegt genauso schnell, wie er aufgetreten ist.

»Das ist nicht …« Varyans weitere Worte gehen in einem Schmerzlaut unter, der noch unerträglicher ist.

Den Blick starr auf die Hexe gerichtet, sage ich: »Ihr lügt. Ich habe gesehen, wie sehr er unter Euch gelitten hat. Welche Spuren Eure Taten bei ihm hinterlassen haben. Wenn Ihr glaubt, mich mit euren Lügen treffen zu können, dann habt Ihr Euch geschnitten!«

Sie legt den Kopf schief. »Du hast mehr Schneid, als ich angenommen habe. Aber das ändert nichts an der Tatsache, dass du mir nichts zu bieten hast. Ich habe kein Interesse an einem Handel mit dir.« Sie entlässt mich mit einem hoheitsvollen Wink und wendet sich Varyan zu, der verbissen gegen die magische Klaue ankämpft. »Was ist mit dir, Prinzlein? Bist du an einem weiteren Handel interessiert?«

Er verzieht den Mund. »Das hättest du wohl gern! Ich werde nie wieder so dumm sein, einen Handel mit einer Hexe einzugehen. Erst recht keinen mit dir.«

»Oh, dir wird dieser Handel gefallen, glaub mir. Du darfst sogar deinen Einsatz selbst bestimmen.«

Sie bewegt erneut ihre Hand, diesmal in meine Richtung. Ihr Windzauber trifft mit einem lauten Platschen auf die Oberfläche des Sees, woraufhin ein Wasserschwall auf mich zurast; zu schnell, als dass ich ihm ausweichen könnte. Ich werde erneut von den Füßen gerissen. Mein Aufprall ist so hart, dass mir die Luft aus den Lungen gepresst wird. Hastig will ich mich aufrappeln, da werde ich bereits vom nächsten Zauber getroffen. Dieser fügt mir zwar keine Schmerzen zu, aber er verhindert, dass ich einen dringend benötigten Atemzug nehme.

Wie eine Blase legt sich der Zauber um meinen Kopf. Als

ich den Mund öffne, fließt Wasser meine Kehle hinab. Als ich nach Atem ringe, flutet es meine Lungen. Ich huste und mache es damit noch schlimmer. Mit beiden Händen versuche ich, den Zauber von mir zu schieben, jedoch vergeblich. Ohne auf ein Hindernis zu treffen, greifen meine Finger durch das Wasser.

Ich zwinge mich dazu, mich zu beruhigen. Jede hektische Bewegung muss ich sonst mit nur noch mehr kostbarer Luft bezahlen.

Jenseits des Zaubers kann ich nichts hören, aber ich sehe den siegessicheren Blick der Hexe, der auf mir liegt, ehe sie sich Varyan zuwendet. Seine Augen sind weit aufgerissen, ehe er sie resigniert schließt.

Und ich weiß mit Sicherheit, dass uns die verdammte Hexe in der Hand hat.

Kapitel 45

Varyan

Ich bin zum Zusehen verdammt, während Mira sich gegen den Zauber wehrt. Schließlich tut sie das einzig Richtige: Sie beruhigt sich. Sicherlich hat die Hexe dafür gesorgt, dass sie eine Weile in der Wasserblase überlebt, aber ewig wird die Luft nicht reichen.

»Lass sie auf der Stelle da raus!«, verlange ich.

»Was bietest du mir im Gegenzug?«, fragt die Hexe geschäftig.

Mir ist klar, worauf unser Gespräch hinausläuft. Sie will einen weiteren Handel. Und sie weiß, dass ich jeden Peis bezahlen werde, um Mira zu retten.

»Was willst du?«, frage ich resigniert.

»Dich, für alle Ewigkeit.«

Ich werfe ihr einen Seitenblick zu. »Ich bin bereits dein Sklave. Das wird also nicht alles sein, oder?«

Ihre Zauberkralle, die sogar meine Astralgestalt packen und verletzen kann, zerrt mich näher zu ihr. Ich bin heilfroh, dass ich ihre Berührungen in dieser Form nicht ertragen muss, aber selbst ihre Nähe verursacht mir Übelkeit. Das begehrliche Funkeln in ihren Augen, während ihr Blick über mich wandert, macht es noch schlimmer. Ich beginne zu zittern, doch die Klaue drückt fester zu, als sie meine Gegenwehr spürt.

»Ich schätze deinen klugen Verstand«, schnurrt die Hexe nah an meinem Ohr. Wenn ich könnte, würde ich so weit wie möglich vor ihr zurückweichen. »Leider kriege ich davon während der Vollmondnächte wenig mit, weil ich dich verstummen lassen muss. Ich hätte wahrscheinlich auch mehr Spaß, wenn du deinen Mund benutzen könntest.«

Ich will mich übergeben, jetzt gleich. Obwohl es mir in dieser Gestalt nicht möglich sein sollte, spüre ich Galle in meinem Hals aufsteigen.

»Was willst du?«, frage ich erneut, diesmal mit einem Knurren.

Sie reckt das Kinn und lächelt – kalt und wissend. »Du wirst mir jede Vollmondnacht zu Willen sein. Du wirst dich nicht dagegen wehren. Du wirst vorgeben, dass es dir gefällt. Du wirst mich glauben lassen, ich wäre sie.«

Sie deutet auf Mira, der langsam, aber sicher die Luft ausgeht. Ihr Körper ist gekrümmt, ihre Finger hat sie im weichen Uferboden gegraben, um irgendwo Halt zu finden.

»Ein bisschen Schauspielerei gegen das Leben deiner Schicksalsgebundenen«, säuselt die Hexe. »Was sagst du?«

Dass es mehr als ein bisschen Schauspielerei ist, ist unerheblich. Ebenso wie ich mich dabei fühlen werde. Ich kann bloß hoffen, dass ich schnell zerbreche. Dass ich einen Weg finde, um mich ihr und all dem, was mich als ihr Sklave bis ans Ende der Zeit erwartet, entziehen kann.

Doch jetzt darf ich das noch nicht. Miras Leben steht auf dem Spiel, und für sie würde ich alles tun. Es gibt bloß eine Antwort.

»Einverstanden«, presse ich hervor.

Kapitel 46

Delmira

Die Blase um meinen Kopf verschwindet von einer Sekunde auf die andere; sie zerplatzt mit einem Knall, der in meinen Ohren widerhallt. So hastig, dass ich beinahe würgen muss, atme ich ein. Meine Lungen brennen, in meinem Hals sticht es, trotzdem sauge ich mehr und mehr Sauerstoff ein, während ich zitternd im feuchten Ufergras kauere. Der Boden ist durchzogen von Rillen, die meine Finger hinterlassen haben, doch sosehr ich mich auch bemühte, ich fand keinen Halt. Nichts, woran ich mich klammern konnte.

Mit jedem Atemzug wird meine Sicht klarer; die dunklen Schwaden, die sich bereits an den äußeren Rändern gebildet hatten, lichten sich.

Mein erster Blick gilt Varyan. Es kostet mich all meine verbliebene Kraft, den Kopf so weit zu heben, um ihn ansehen zu können.

Ich bemerke sofort, dass etwas nicht stimmt. Er sieht zwar in meine Richtung, doch in seiner Miene liegt so viel Qual, dass es mir das Herz zerreißt.

»Was habt Ihr mit ihm gemacht?«, verlange ich mit bebender Stimme zu wissen, während ich mich auf die Füße hieve und mich auf Caligram stütze.

»Wir sind einen weiteren Handel eingegangen«, antwortet die Hexe glücklich.

Meine Atmung gerät ins Stocken. »Was? Aber ich habe Euch doch …«

Mit einer knappen Handbewegung schneidet sie mir das Wort ab. »Ein Handel mit dir würde mich nicht einmal interessieren, wenn du der letzte Mensch auf der Welt wärst, du mittelloser Wurm. Aber Varyan …« Sie wirft ihm einen verliebten Blick zu, bei dem sich mir der Magen umdreht. »Er hat noch einiges zu bieten. Wollen wir es ihr zeigen?«

Ohne auf meine oder seine Reaktion zu warten, schreitet sie über das Wasser näher zu mir heran, bis sie beinahe das Ufer erreicht hat. Varyans Astralgestalt zerrt sie mit ihrem Zauber hinter sich her. Sie ist mir nun so nah, dass ich lediglich die Hand ausstrecken müsste, um sie zu berühren, doch all meine Aufmerksamkeit liegt auf Varyan. Sein Gesichtsausdruck erinnert mich an einen Verurteilten, der auf dem Weg zum Galgen ist und bereits mit seinem Leben abgeschlossen hat. In seinen Augen liegt keinerlei Glanz, geschweige denn Kampfeswille.

Er hat aufgegeben.

Die magische Kralle bewegt sich. Als wäre es ein übergroßer Finger streicht ein Teil von ihr über Varyans Wange. Im ersten Moment zuckt er davor zurück.

»Denk an unseren Handel«, mahnt die Hexe.

Varyans Körper versteift sich zwar, doch er lässt die Berührung zu und zwingt sich sogar zu einem Lächeln, ehe er sich in die Berührung lehnt, als wäre es meine Hand, die sein Gesicht umschließt, wie ich es in der letzten Vollmondnacht so oft getan habe.

»Nein«, hauche ich.

Die Hexe ignoriert meinen Einwand. »Wer bin ich für dich?«, fragt sie Varyan.

Varyans Lippen beben, als müsste er sich die nächsten Worte mit aller Gewalt abringen. »Die Eine. Meine Liebste, der ich bis ans Ende aller Zeit dienen werde.«

»Nein!«, schreie ich. »Macht diesen Handel auf der Stelle rückgängig!« Ich sinke vor ihr auf die Knie. »Bitte.«

»Mira«, höre ich Varyan warnend zischend. »Nicht.«

Den Blick starr auf die Hexe gerichtet, sage ich: »Ich flehe Euch an. Gebt ihn frei.«

Sie tippt sich gegen das Kinn. »Lass mich einen Moment darüber nachdenken.« Ihre Lippen verziehen sich zu einem eiskalten Lächeln. »Nein.« Sie lehnt sich vor; so weit, dass unsere Gesichter nur eine Handbreit voneinander entfernt sind. »Ich werde ihn niemals gehen lassen. Nun erst recht nicht, denn er wird sich nicht mehr gegen mich auflehnen. Wenn ich mir jede Vollmondnacht das nehme, was ich will, wird er sich darüber freuen, als wärst du diejenige, die ihn besteigt.«

Ich kann nicht genau den Augenblick benennen, in dem etwas in mir zerbricht. Wahrscheinlich bereits nach ihrem Nein, doch was sie danach sagt, verschlimmert es. Der Riss dehnt sich aus, bis ich schließlich kaputtgehe – wie der Krug der Lehnsherrin. Doch statt Wasser fließt jeder logische Gedanke aus mir heraus.

Plötzlich halte ich Caligram in meinen Händen und ziele mit der Spitze direkt auf das Herz der Hexe. Da ist kein Zögern. Mein Stoß ist schnell und präzise und trifft.

Ich rechne damit, dass Blut spritzt, und wappne mich gegen den metallischen Geruch, der mir komplett den Boden unter den Füßen wegziehen wird. Ich rechne mit ihrem Schrei, der so laut sein wird, dass mir die Ohren klingeln.

Doch nichts davon geschieht.

Es vergeht ein wummernder Herzschlag, dann noch einer und noch einer, bis ich den Blick hebe und dem Verlauf der Klinge folge. Die Spitze steckt in ihrer Brust, wahrscheinlich mehrere Zentimeter tief. Ein tödlicher Stoß mitten ins Herz. Doch warum ist da kein Blut? Wieso bleibt ihr Schrei aus? Ich schaue weiter nach oben und erstarre, als ich ihr hämisches Lächeln sehe.

Mit einem Wasserschwall stößt sie mich zur Seite. Als hinge mein Leben davon ab, halte ich Caligram fest umklammert und ziehe es aus der Hexe heraus, ehe ich einige Meter entfernt hart auf der Erde aufschlage. Varyans Stimme, die meinen Namen ruft, scheint von ganz weit weg zu kommen. Mehrmals schüttele ich den Kopf, um wieder zur Besinnung zu gelangen, und rappele mich auf.

Keine Sekunde zu spät, denn die Hexe lässt einen neuen Zauber auf mich los. Diesmal ist es kein Wasser, sondern Wind. Es gelingt mir, der Attacke auszuweichen, sodass der Zauber ins Gras niedergeht und dort eine Furche hinterlässt. Ich erinnere mich dunkel daran, dass sie die Lufthexe ist, obwohl sie in einem See lebt. Wenn ich es recht bedenke, waren auch ihre letzten Angriffe, vor allem die Wasserblase, eher Luftmagie.

»Törichtes Ding!«, spottet sie. »Dachtest du wirklich, dass du *mich* besiegen kannst? Die Waffe in deinen Händen mag zwar ein göttliches Artefakt sein, aber solange ich in meinem Gebiet bin und die ermächtigte Seele bei mir habe, kannst du mir nichts anhaben.«

Ich knirsche mit den Zähnen.

Sie streckt die freie Hand aus. »Und nun gib mir mein Artefakt zurück, damit ich dich endlich los bin.«

Ich schüttele den Kopf. »Kommt doch und holt es Euch, wenn Ihr es so dringend wollt!«

Zum ersten Mal sehe ich Wut in ihrer Miene, doch ihre Überheblichkeit kehrt schnell zurück. »Wieso sollte ich? Ich muss bloß noch zwei Tage warten, dann wird dich mein Hexenmal töten – ebenso wie alle, die dir lieb und teuer sind. Außer Varyan.« Sie zerrt seine Astralgestalt erneut zu sich und streckt sich ihm entgegen, als wolle sie ihn küssen. »Er mag bereits tot sein, wird mir aber ewig erhalten bleiben.«

Ich schwanke zwischen blanker Wut und bodenloser Verzweiflung. Dachte ich vor wenigen Stunden tatsächlich, dass ich etwas bewirken könnte? Dass ich stark genug wäre, einer Hexe die Stirn zu bieten? Nun muss ich erkennen, dass ich kläglich gescheitert bin. Dass es niemanden gibt, dem ich eine Hilfe sein kann. Varyan wird der Hexe bis in alle Ewigkeit vorspielen müssen, dass er genießt, was sie ihm antut, weil er mein Leben retten musste. Garreth hat seine Schicksalsgebundene verloren und sieht einer ungewissen Zukunft entgegen. Nicht einmal mir selbst konnte ich helfen; nun stehe ich vor der Wahl, meinen Geliebten zu verraten und ihn der Hexe zu überlassen oder jämmerlich an ihrem Mal zu krepieren.

Wütend starre ich auf die brennenden Muster an meinem rechten Arm, die meinen Pakt mit der Hexe besiegeln. Sie werden erst verschwinden, wenn ich meinen Teil des Handels erfüllt und ihr Caligram überreicht habe. Erst dann werde ich frei sein. Doch um was zu tun?

Sosehr ich das Mal auch anstarre, es verschwindet nicht.

Plötzlich durchzuckt mich eine Idee. Beinahe wäre sie mir entglitten, aber ich halte sie fest, denn sie ist meine einzige Chance.

Solange die Muster noch da sind, bedeutet das …

Caligram gehört noch mir. Und solange das der Fall ist, besitze ich mehr als meine Künste im Schwertkampf, die gegen eine Hexe nutzlos sind.

Die Seehexe weidet sich noch eine Weile an der Aussichtslosigkeit meiner Lage, während ich nach außen hin nicht preisgebe, was ich plane.

Als ihr das Zusehen offenbar zu langweilig wird, lässt sie

einen Windzauber auf mich los. Da ich mich innerlich bereits auf Karlis Magie konzentriere, weiche ich zu spät aus; er streift mich, zerfetzt mein Hemd am Arm und reißt mir die Haut vom Leib. Blutgeruch steigt mir in die Nase und stört meine Konzentration. Von irgendwoher höre ich Varyans Flüche, mit denen er die Hexe bedenkt, gefolgt von einem erstickten Schrei. Eilig suche ich seinen Blick, vergewissere mich, dass es ihm den Umständen entsprechend gut geht, und fokussiere mich wieder auf mein Vorhaben.

Nachdem ich einer weiteren Attacke der Hexe ausgewichen bin – diesmal erfolgreich –, ramme ich Caligram erneut in den weichen Boden.

»Bist du endlich zur Vernunft gekommen und gibst mir mein Schwert zurück?«, höhnt die Hexe.

Verbissen schüttele ich den Kopf. »Ihr müsst es Euch schon selbst holen.«

Leider lässt sie sich nicht provozieren. Scheinbar gelassen verbleibt sie einige Meter außerhalb meiner Reichweite über der Oberfläche ihres Sees.

Ein See, der hoffentlich bald nicht mehr existieren wird.

Ich stelle die Füße weit genug auseinander, um einen festen Stand zu haben, und lege beide Hände um Caligram, ehe ich den Bruchteil der geschenkten Magie suche. Als ich sie das letzte Mal benutzt habe, hätte es mich beinahe das Leben gekostet. Dennoch zögere ich nicht.

Varyan realisiert, was ich vorhabe. »Tu das nicht, Mira! Wenn du Magie einsetzt, während ich nicht in Caligram bin, wirst du …«

Ich weiß nicht, ob er von allein abbricht oder von der Hexe dazu gezwungen wird.

Er erzählt mir nichts Neues; mir ist bewusst, dass es womöglich meine letzte Tat sein wird, wenn Varyan nicht da ist, um mich aufzufangen oder mich vor dem Hunger Caligrams zu bewahren. Aber das ist mir gleich.

Ich halte mich nicht zurück. Jedes Fitzelchen der Erdmagie leite ich in Caligram. Augenblicklich beginnt der Boden unter meinen Füßen zu beben. Ich rufe mir ins Gedächtnis, wie ich den Riss an der Grenze zu Krom vertieft und erweitert habe; genau das muss ich hier auch tun.

Die Erde bricht unter mir entzwei; ein tiefer Spalt tut sich auf, der sich zum See vorarbeitet.

Nun begreift auch die Hexe, was ich vorhabe. Einer ihrer Windzauber zerfetzt mir den anderen Arm, der nächste holt mich fast von den Füßen, doch ich halte Caligram umklammert. Ihre Attacken sind nichts im Vergleich zu den Schmerzen, die in meinem Inneren toben. Es ist, als hätte sich mein Empfinden von den Belangen meines Körpers abgespalten. Caligram zehrt mehr und mehr an meiner Kraft, um die Magie zu wirken. Ich biete sie dar, ohne einen Funken Reue zu verspüren.

»Hör sofort auf damit!«

Das Kreischen der Hexe scheint ganz weit weg. Noch mehrmals lässt sie ihre Zauber auf mich los. Ich spüre, dass sie mich treffen und verletzen. Blut läuft an mir hinab. Doch abgesehen davon herrscht eine friedliche Leere in mir; beinahe so, als hätte Varyan die Kontrolle und würde alle negativen Einflüsse vor mir abschirmen.

Irgendwann geben meine Beine nach. Meine Finger sind glitschig, doch auf keinen Fall darf ich Caligram loslassen. Ich versuche, meinen Blick auf den See zu fokussieren. Obwohl er direkt vor mir ist, erkenne ich ihn nicht. Schreie – wahrscheinlich von der Hexe und Varyan – klingen, als sei ich unter Wasser.

›*Bitte*‹, flehe ich das göttliche Artefakt an. ›*Steh mir bei bis zum Ende.*‹

Es pulsiert unter meinen Fingern, als hätte es mich verstanden. Ich schließe die Augen und lächele.

Als ich sie wieder öffne, sehe ich klar. Der See, in dem vor wenigen Momenten noch blaues Wasser in der Sonne glitzerte, ist ausgetrocknet und ein tiefer Riss zieht sich durch ihn hindurch. Keuchend hockt die Hexe in der Mitte ihres verschwundenen Sees. Ihr Kleid ist schlammbesudelt, ihr hasserfüllter Blick ist auf mich gerichtet. Sie rappelt sich auf und stapft auf mich zu. Das Gesicht zu einer Fratze verzogen, hebt sie die Hand, über der sich ein weiterer Windzauber kanalisiert.

»Das wirst du mir büßen!« Ihr Kreischen klingelt in meinen Ohren.

Ihr Zauber trifft mich derart hart, dass er mir die Luft aus den Lungen presst. Keuchend sacke ich nach vorn. Noch immer liegt eine ungeheure Kraft in ihren Attacken, doch ihnen fehlt die verheerende Zerstörung, die mir zuvor noch das Fleisch von den Knochen riss. Ich ertrage sie, stemme mich gegen sie und lasse die Hexe herankommen.

Als sie nah genug ist, dass ich das wütende Blitzen in ihren Augen sehen kann, ziehe ich Caligram in einer fließenden Bewegung. Das Schwert scheint nicht mehr zu wiegen als eine Feder und wird zu einer Verlängerung meines Arms. Mit einem sauberen Schnitt trenne ich ihr beide Hände ab, zwischen denen sie gerade einen neuen Zauber beschwören wollte.

»Du wirst ihn nie wieder anrühren«, grolle ich zwischen zusammengebissenen Zähnen.

Ihr Schrei ist so laut und schrill, dass sie meine Worte womöglich nicht verstanden hat, aber das kümmert mich nicht. Von irgendwo höre ich Varyans Stimme, als ich das Schwert schwinge und abermals auf ihr Herz ziele. Diesmal ist da das typisch schmatzende Geräusch, wenn eine Klinge in einen Körper gleitet. Den Widerstand aus Knochen und Muskeln spüre ich kaum; Caligrams scharfe Schneide findet ihr Herz, auch wenn es sich dabei um ein bedenklich kleines Ziel handelt.

Ihre Augen weiten sich. Als sie den Mund öffnet, hustet sie mir Blut entgegen. Dann sackt sie reglos zusammen. Ich starre auf sie hinab, ohne irgendetwas zu empfinden. Weder Schmerz noch Freude toben in mir. Bloß eine Leere, die sich weiter und weiter ausbreitet und mich betäubt.

»Mira!«

Die Klarheit, die ich eben noch beeindruckend fand, weicht aus mir. Ich bemerke Varyan erst, als seine Astralgestalt direkt neben mir steht und er mehrmals meinen Namen ruft.

Ein Kribbeln an meinem rechten Arm fordert jedoch zuvor meine Aufmerksamkeit. Das Hexenmal blättert ab wie die trockene Farbe eines Gemäldes, das zu lange in der Sonne stand. Mit ihm verschwinden die Schmerzen, die mich heute Morgen noch in den Wahnsinn trieben.

Ich lächele Varyan an. »Du bist frei. Wir sind beide frei.«

Aus irgendeinem Grund scheint er sich nicht darüber zu freuen. Noch nie lag so viel Schrecken in seinem Gesicht. Doch ich erkenne sie: die nackte Angst in seinen Augen, deren Blick sich einzig und allein auf mich ausrichtet.

Dann sehe ich nichts mehr.

Kapitel 47

Garreth

Ich wusste sofort, wohin Mira gegangen war, als ich aufwachte und weder sie noch Caligram irgendwo entdecken konnte.

An die vorangegangene Vollmondnacht konnte ich mich nicht erinnern. Die Tatsache, dass ich nackt war, ließ nicht viel Raum für Interpretationen, was zwischen Mira und Varyan geschehen war. Umso mehr erstaunte es mich, dass sie ihn kampflos der Seehexe zurückbringen wollte.

Aber dieses Erstaunen verflog schnell und machte einer Gewissheit Platz: Mira würde Varyan der Hexe nicht kampflos überlassen. Sie musste gegangen sein, als ich noch schlief, damit ich keine Chance bekam, ihr ihre mit Sicherheit schlecht durchdachte Idee, die nur in einer Katastrophe enden konnte, auszureden.

Nachdem ich mich hastig angezogen hatte, suchte ich Lady Karli auf und teilte ihr meine Bedenken mit. Sie hörte mir ruhig, aber mit wachsender Anspannung zu. Wir kamen überein, Mira zu folgen.

Mit zwei Schreitern nahmen wir die Verfolgung auf. Da Mira auf ihrem Schreiter unterwegs war, sah ich es als aussichtslos an, sie noch einzuholen, doch wir mussten es versuchen.

Den ganzen Weg über machte ich mir Vorwürfe. Ich hätte nicht so lange schlafen dürfen. Ich hätte vor dem Vollmond mit ihr über das reden sollen, was sie vorhat. Ich hätte für sie da sein müssen, schließlich bin ich ihr einziger Freund.

Ich habe sie furchtbar enttäuscht. Sie musste all diese Last allein tragen.

Als wir am See ankommen, haben mich die Schuldgefühle schon ganz zermürbt. Doch das ist nicht unser größtes Problem: Wir sind zu spät.

Wir bemerken es, als wir den angrenzenden Wald verlassen.

»Der See«, flüstert Lady Karli neben mir, während sie wie ich auf die wasserlose Grube starrt, durch die sich ein tiefer und mehrere kleine Risse ziehen.

Wir werden aus der Entfernung Zeuge, wie Mira Caligram in die Brust der Hexe rammt.

Lady Karli zieht scharf die Luft ein, als könne sie den Schmerz ihrer Schwester am eigenen Leib spüren. Doch als ich einen Seitenblick auf sie riskiere, erkenne ich keine Trauer in ihrer Miene. Ihr Gesicht ist eine reglose Maske, die nichts von dem preisgibt, das in ihr vorgeht.

Als die Seehexe zu Boden stürzt, verschwindet auch ein dunkler Zauber, den ich bis eben nur am Rande wahrgenommen habe. Aus ihm befreit sich die helle Astralgestalt, die nur Varyan sein kann. Er eilt auf Mira zu, als sie zusammensackt.

Ich drücke meinem Schreiter die Fersen in die Flanken und gleite von seinem Rücken, kaum dass ich das Ufer des Sees erreicht habe. Obwohl ich weiß, dass Eile geboten ist, geraten meine Schritte ins Stocken.

Hilflos beobachte ich, wie Mira, die mit Wunden übersät am Boden liegt, die Hand nach Varyan ausstreckt. Er will sie ergreifen, doch seine gleitet durch ihre hindurch. Er versucht es wieder und wieder. Mit jedem Fehlschlag verzieht sich sein Gesicht, das ich zwar nur undeutlich erkennen kann, jedoch ist die wachsende Verzweiflung nicht zu übersehen.

Ich habe noch nie etwas so Trauriges gesehen wie Varyans

aussichtlose Bemühungen, die Hand seiner Liebsten zu ergreifen und immer wieder aufs Neue zu scheitern.

Mein Herz zieht sich zusammen, wenn seine Finger durch ihren Körper gleiten, und jedes Mal hoffe ich, dass es beim nächsten Mal gelingt. Dass die Götter selbst eingreifen und den beiden helfen, schließlich haben sie sie zusammengeführt.

Aber nichts geschieht. Der Himmel tut sich nicht auf. Keine göttliche Macht strahlt auf sie herab.

Varyans Schrei lässt mich zusammenzucken, ehe er neben Mira in die Knie sackt.

Nun kommt auch wieder Bewegung in mich. Ich knie mich an Miras andere Seite und mache eine Bestandsaufnahme. Ihre Verletzungen sind noch verheerender, als ich auf die Entfernung angenommen hatte. Zwar kann ich keine Knochenbrüche erkennen, doch die Haut an ihren Armen und teilweise an ihrem Bauch ist zerfetzt und blutet stark. Wenn sie noch länger hier im Schlamm liegt, riskiere ich eine Infektion, aber zuerst muss ich die Blutung stoppen, sonst verlieren wir sie.

Zielsicher ziehe ich aus meiner Tasche ein Fläschchen mit grünlichem Inhalt, das ich Mira an die Lippen halte. »Das lindert deine Schmerzen und verringert die Blutung für eine Weile«, murmele ich beruhigend.

Diese Ruhe im Angesicht fataler Verletzungen habe ich mir über Jahre hart antrainiert, doch nie ist es mir so schwergefallen wie jetzt, nach außen hin gelassen zu wirken. Vor mir liegt keine Fremde. Das ist auch keine reiche Dame, die mit vielen Münzen klimpert, um meine besten Tränke zu kaufen.

Das ist Mira. Und es steht schlecht um sie. Sehr schlecht sogar. Fieberhaft gehe ich in Gedanken meinen Vorrat an Tränken und Salben durch, finde jedoch nichts, was ihr wirklich helfen könnte. Alles, was ich jetzt tun kann, ist, ihr die Schmerzen zu nehmen. Aber selbst dabei werden meine Mittel an ihre Grenzen stoßen. Nichts wird ihr so viel Linderung verschaffen, wie Varyan es stets vermochte, wenn er die Kontrolle übernahm.

Ich spüre seinen Blick auf mir, während ich darauf warte, dass Mira den Inhalt der Flasche in vielen kleinen Schlucken leer trinkt.

»Sie muss so schnell wie möglich behandelt werden«, flüstere ich ihm zu.

Ich muss nicht hinzufügen, dass das hier draußen im Schlamm nicht möglich ist, ich aber bei dem starken Blutverlust nicht riskieren kann, sie zu bewegen. Innerlich wappne ich mich bereits gegen Varyans Vorwürfe, ich sei nicht mehr als ein drittklassiger Heiler oder ein Stümper. Doch er bleibt stumm; er scheint zum selben Schluss gelangt zu sein wie ich.

Miras Wunden sind verheerend. Die Windzauber der Seehexe haben ihr die Haut von den Armen geschabt. An manchen Stellen kann ich durch die Muskeln bis hinab zum Knochen sehen. Ich müsste sie nähen, aber das könnte ich erst, wenn die Wunden penibel sauber sind – sonst richte ich mehr Schaden an. Und selbst dann wüsste ich nicht, ob genügend Haut da ist, die ich zusammennähen kann …

Ich streiche ihr über den Kopf. »Du wirst gleich weniger Schmerzen haben.«

Ihre Lippen heben sich zu einem schwachen Lächeln. »Dein Mittel wirkt bereits. Ich spüre kaum etwas.«

Mein Blick huscht zu Varyan, und auch diesmal versteht er sofort. Mein Trank hätte niemals so schnell wirken oder ihr alle Schmerzen nehmen können.

Varyans Astralgestalt, die immer wieder verschwimmt, springt auf und wirbelt zu Lady Karli herum, die ich bis eben vergessen habe. Sie steht neben ihrer toten Schwester und schaut auf sie hinab. Es ist mir unmöglich, den Ausdruck in ihrem Gesicht zu deuten.

»Du musst Mira heilen«, verlangt Varyan. »Auf der Stelle!«

Lady Karli hebt den Kopf. Ihr Blick ist durchdringend. »Das kann ich nicht.«

»Du hast es bereits getan!«, widerspricht Varyan hitzig. »Als die Kromer sie verletzt hatten.«

Die Hexe seufzt. »Damals wart ihr nicht nur in meinem Hain, ich verfügte auch über meine volle Kraft. Jetzt trifft weder das eine noch das andere zu.«

Varyans Gestalt zittert. »Dann nutze Caligram!«

Lady Karli kommt auf uns zu, bückt sich und hebt Caligram auf. Eine Weile wiegt sie es in ihren Händen, ehe sie den Kopf schüttelt. »Du bist frei, junger Prinz. Du bist nicht mehr an Caligram gebunden. Demnach wohnt in diesem Artefakt keine Seele mehr, die es ermächtigt. Caligram ist nun nicht mehr als ein gewöhnliches Schwert.«

Resigniert schließe ich die Augen. Auch ich habe gehofft, dass Lady Karli ein erneutes Wunder bewirken kann, doch abseits ihres Hains, der kaum noch existiert, ohne ihre Kraft und noch dazu ohne ein ermächtigtes Artefakt kann auch eine Hexe wie sie nichts ausrichten.

»Bann mich wieder in Caligram«, verlangt Varyan.

Mein Kopf ruckt zu ihm herum und ich will bereits zu einer Erwiderung ansetzen, doch er kommt mir zuvor. »Verfluche mich. Verbanne mich. Tu einfach irgendwas, verdammt noch mal!«

»Varyan«, mahne ich leise.

»Nein«, wimmert Mira kaum hörbar.

Ihr kläglicher Laut gräbt sich in mich – schlimmer als die Pfeilspitze damals.

Ich greife nach ihrer Hand und drücke sie, während ich auf Varyan einrede. »Mira hat dich befreit. Was glaubst du, wie sie sich fühlen würde, wenn alles, was sie durchgemacht hat, umsonst war? Wenn du deine Freiheit einfach … wegwirfst?«

Aufgebracht wirbelt er zu mir herum. »Sie wird *sterben*, wenn ich es nicht tue! Weil ihr … alle bloß … um sie herumsteht und *nichts* unternehmt!« Er bewegt die Arme, als würde er sich durch die Haare raufen wollen. Ein Schluchzen entringt sich seiner Kehle. »Genauso wie ich bloß danebenstehen konnte, als die verfluchte Seehexe sie angriff.«

Varyan spricht zwar leise, jedoch verstehe ich jedes Wort und höre in jeder Silbe den Schmerz, den er durchstehen musste. Und dem er auch jetzt noch ins Auge sehen muss. Ich vermag mir nicht vorzustellen, was in ihm vorgeht. Wie er sich fühlt, nun da er hilflos dabei zusehen muss, wie Miras Leben endet. In der Vergangenheit hat er sie vor jeglichem Leid bewahrt und sie mit seiner Magie beschützt. Doch jetzt ist er frei.

Und kann ihr nicht mehr helfen.

Varyan strafft die Schultern. »Dass ich ihr nicht zur Seite stehen konnte, werde ich mir nie verzeihen. Aber jetzt … Jetzt kann ich etwas tun.« An Lady Karli gerichtet sagt er: »Schick mich zurück in Caligram.«

Lady Karli neigt den Kopf. »Ich wiederhole mich nur ungern, aber du bist frei. Du müsstest dich lediglich dazu entschließen, zu gehen. Lange wird deine Astralgestalt nicht mehr verweilen können. Ist es nicht das, was du wolltest – Freiheit?«

Tatsächlich wirkt Varyans Astralgestalt heller und durchscheinender auf mich als noch bei unserer Ankunft. Wird er bald verschwinden, als hätte er nie existiert? Ein Teil von mir hofft, dass Mira das nicht mehr mit ansehen muss …

»Mit Mira zusammen zu sein war alles, was ich wollte«, erwidert Varyan. »Es wäre mir sogar gleichgültig gewesen, in welcher Form ich bei ihr wäre. Hauptsache, sie wäre da.«

»Sie sagte zu mir«, murmele ich, »dass ihr einen Weg finden würdet, selbst wenn du weiterhin in Caligram wärst. Und da wusste ich es. Ich wusste, dass ihr beide jedes Hindernis überwinden könnt.«

Damals stand noch das Hexenmal zwischen ihnen und ihrer Zukunft, doch das ist von ihrem rechten Unterarm verschwunden.

»Aber ich habe mich geirrt«, füge ich leise mit einem Blick auf Mira hinzu, aus deren Wunden kaum noch Blut fließt. Als ihr Freund hoffe ich, dass dies ein gutes Zeichen ist, doch dem Heiler in mir ist klar, dass dem nicht so ist.

Lady Karli mustert Varyan abwartend, der seine Meinung jedoch nicht ändert, sondern ihren Blick starr erwidert. »Ich will nicht riskieren, dass deine Schicksalsgebundene irgendwann auf die Idee kommt, mich genauso zu erstechen wie meine Schwester, bloß weil sie dich wieder befreien will.«

»Das wird sie nicht tun«, sagt Varyan. »Diesmal ist es meine freie Entscheidung. Sie hätte keinen Grund dazu. Es sei denn, du willst mir etwas Ähnliches antun wie die verfluchte Seehexe.«

Lady Karli gibt ein abfälliges Schnauben von sich. »So weit käme es noch! Na gut, ganz wie du willst.«

Mit einer Hand hält sie Caligram fest, mit der anderen webt sie einen Zauber, der helle Linien in der Luft hinterlässt. Bei jeder neuen Linie schöpfe ich Hoffnung.

Ich drücke Miras Finger. »Es wird alles gut, du wirst sehen.«

Sie reagiert kaum. Ihre Lider flattern, während sie versucht, Varyans Astralgestalt zu erkennen.

»Ein Fluch«, murmelt Lady Karli, ohne das Weben ihres Zaubers zu unterbrechen, »ist zwar mächtig, aber vergleichsweise einfache Magie, die ich sogar mit meiner verbleibenden Kraft wirken kann.«

Die Linien breiten sich aus, bis sie Varyan und Caligram umschlingen. Er weicht keinen Schritt zurück, sondern lässt sich von dem fremden Zauber, der ihn erneut an ein Dasein in Gefangenschaft ketten wird, binden. Ich bewundere ihn dafür, genau wie ich Mira für ihre Taten bewundere. Ich hätte nie den Mut aufgebracht, so weit für Prinzessin Ragna zu gehen.

Bedeutet das, dass ich ein Feigling bin? Oder dass wir nie füreinander bestimmt waren?

Ich schiebe diese schwermütigen Gedanken beiseite und warte darauf, dass der Fluch seine Wirkung entfaltet und Varyan wieder in Caligram bannt.

Als ich schon denke, dass es gleich geschafft ist, zerreißen die gewobenen Linien, ohne den kleinsten Laut zu verursachen, und rieseln in glitzernden Partikeln Richtung Boden, wo sie jedoch kurz vor dem Aufprall vom Wind davongetragen werden.

Varyan starrt auf seine Hände, danach zu Lady Karli. »Was ist passiert? Hat es funktioniert?«

Zögerlich schüttelt Lady Karli den Kopf. »Caligram hat deine Seele verweigert.«

Ich schlucke angestrengt. Mira erwidert leicht den Druck meiner Finger. Tränen fließen aus ihren Augenwinkeln. Sie bewegt die Lippen, jedoch kommt kein Ton heraus. Ich kann nicht sagen, ob sie sich darüber freut oder traurig ist. Was ich aber mit Sicherheit sagen kann, ist, dass sie nicht mehr lange durchhält. Doch außer mir scheint das niemand zu bemerken.

»Was?« Varyans Stimme ist nicht mehr als ein heiseres Flüstern, ehe seine Wut sich erneut Bahn bricht. Er macht einen bedrohlichen Schritt auf Lady Karli zu. »Versuch es erneut, verdammt noch mal! Dieses beschissene Schwert wird augenblicklich meine Seele annehmen, ansonsten …«

»Varyan«, unterbreche ich ihn und warte, bis sein Kopf zu mir herumschnellt. Ich deute auf Mira. »Sie wird schwächer.«

Sogleich ist sein Zorn verraucht und er eilt zurück an Miras Seite, die nun flach und unregelmäßig atmet. Ich lasse ihre Hand los und mache einen Schritt zurück, um ihnen genügend Raum zu geben.

»Ich bin hier, mein Licht«, flüstert er. »Ich bin bei dir.«

Mira lächelt ihn an, ehe sie erneut ihre zitternde Hand nach ihm ausstreckt. Als ich abermals dabei zusehen muss, wie Varyans Hand durch ihre hindurchgleitet, steigen mir Tränen in die Augen.

»Du bist frei«, haucht Mira stockend. »Du kannst nun deinen Frieden finden. Du hast es verdient.«

Varyan schüttelt so heftig den Kopf, dass seine Gestalt weiter verschwimmt, bis ich kaum noch ihre Umrisse ausmachen kann. »Ich bleibe bei dir. Für immer.«

Miras Augenbrauen zucken. »›Für immer‹ wird für mich nicht mehr lange dauern.« Abgehackt stößt sie den Atem aus. »Es ist dunkel. Ich … ich fürchte mich.«

Varyans Gestalt wird von Schluchzern geschüttelt, während ich mir verstohlen die eigenen Tränen von den Wangen wische.

»Es wird bald besser«, verspricht er Mira wispernd.

Ihnen zuzusehen, wie sie verzweifelt die Nähe des anderen suchen und sich doch nicht berühren können, bricht mir das Herz. Gleichzeitig lässt es mich endlich verstehen, welches Geschenk die Götter uns mit den Schicksalsgebundenen gemacht haben. Es ist mehr als die Gefühle, die der jeweils andere in einem auslöst. Es sind die Taten, zu denen unser Gegenpart uns beflügelt.

Ich war überzeugt, Prinzessin Ragna zu lieben, aber nun Mira und Varyan zu sehen, ihre Verbundenheit zu spüren, lässt mich an meinen Gefühlen zweifeln. Ich war bereit, der Prinzessin das sagenumwobene Caligram zu bringen, nach dem sie verlangte. Doch wäre ich auch bereit gewesen, mein Leben im Kampf gegen eine übermächtige Hexe für Ragna aufs Spiel zu setzen? Oder hätte ich sie ihrem Schicksal überlassen?

Vielleicht ist auch nicht jede Weissagung dazu bestimmt, sich zu erfüllen. Meine, dass ich mein Leben mit jemandem mit königlichem Blut teilen würde, ist sicherlich …

Ich zucke so heftig zusammen, dass Lady Karli sich zu mir umwendet. In ihrem Blick liegt etwas Wissendes, das mir eine Gänsehaut über den Rücken jagt. Als hätte sie von Anfang an mit diesem Ausgang gerechnet und bloß darauf gewartet, dass ich es endlich begreife.

»Willst du das wirklich tun?«, fragt sie sanft.

»Ja.« Keine andere Antwort ergibt nun noch einen Sinn. Ich muss nicht fragen, woher sie ahnte, welche Gedanken ich hatte. »Ist Caligram dann mächtig genug, um Mira zu retten?«

»Das weiß ich erst, wenn ich es versuche«, entgegnet Lady Karli. »Aber da es sich um einen Heil- und keinen Angriffszauber handelt, sollte es funktionieren.«

Ich nicke und gehe zurück zu Mira und Varyan. Sie bemerken mich nicht, daher sage ich mit fester Stimme: »Varyan, ich will, dass du meinen Körper erhältst.«

Kapitel 48

Varyan

Garreths Worte ergeben keinen Sinn. Langsam hebe ich den Kopf, um ihn anzusehen.

»Ich überlasse dir meinen Körper«, wiederholt er.

Noch immer verstehe ich nicht. Es ist kein Vollmond. Ohne Vollmond kann ich nicht Caligram entsteigen und somit nicht …

Dann fällt es mir wieder ein: Ich bin nicht mehr an Caligram gekettet. Ich bin frei, obwohl ich wünschte, es wäre anders. Dann könnte ich Mira zumindest die Schmerzen nehmen, unter denen sie zweifelsohne leidet.

»Varyan«, sagt Garreth eindringlich. »Uns bleibt keine Zeit mehr.«

Ich blinzele. »Aber … wieso?«

Er lächelt. »Weil es von Anfang an meine Bestimmung war. In meiner Weissagung ging es nie darum, dass ich eine Prinzessin heirate, sondern dass ich mein Leben mit jemandem mit königlichem Blut teile. Und das tue ich, indem ich meinen Körper dem Namenlosen Prinz überlasse, damit er meine beste Freundin glücklich machen kann.«

»Du … willst mir deinen Körper überlassen?«, wiederhole ich, weil es sich auch jetzt unwirklich anhört. »Für … immer?«

Garreth nickt. »Ich vertraue darauf, dass du gut auf ihn und Mira achtgibst.«

Ein Stich in meiner Brust lässt mich zusammenzucken. »Aber Mira ist … Sie wird …«

Sie ist so blass. Ihre Lippen sind bläulich. Ihr Blick springt ziellos umher.

Während meiner Feldzüge habe ich schon viele Männer sterben sehen, deshalb kenne ich die Anzeichen. Einigen hielt ich die Hand, um ihnen den Übergang zu erleichtern. Doch noch nicht einmal das kann ich für Mira tun. Mit Garreths Körper gelänge es mir, aber was fange ich dann mit diesem neuen Leben an?

»Ohne Mira will ich nicht zurückbleiben«, sage ich dumpf.

»Wenn du endlich zuhören würdest«, grummelt die Hexe schräg hinter mir, »würdest du begreifen, dass er noch mehr tun will, als dir bloß seinen Körper zu überlassen.«

Ich runzele die Stirn, während ich Garreth betrachte. Als er mir schließlich dämmert, was er vorhat, schüttele ich kaum merklich den Kopf. »Das ist … Das kann ich nicht annehmen. Ich weiß, wie furchtbar es ist, in diesem Artefakt gefangen zu sein.«

Garreths Lächeln wird breiter, als sein Blick hinter mich huscht. »An der Seite der richtigen Hexe«, flüstert er verschwörerisch, »wird es sicher nicht so schlimm werden. Und nun entscheide dich. Miras Zeit läuft ab.«

Ich muss keinen Blick auf sie werfen, um mir über meine Entscheidung klar zu werden. Trotzdem tue ich es. Ich strecke die Hand nach ihrer Wange aus, stoppe sie aber, bevor ich erneut nichts spüre. »Worauf warten wir noch?«

Als hätte die Hexe mit dieser Antwort gerechnet, entzieht sie Garreths Körper die Seele, um sie mittels eines Fluchs in Caligram zu bannen. Ich passe genau den Moment ab, in dem seine Seele den Körper verlässt, aber noch bevor dieser merkt, wie ihm geschieht.

Leere und Dunkelheit empfangen mich. Anders als die Male zuvor, als ich Garreths Körper übernommen habe, spüre ich nicht mehr seinen Geist, der mir ohne zu zögern Platz gemacht und sich zurückgezogen hat. Jetzt ist es hier … nichts mehr. Bloß ich.

Dieses Gefühl, völlig allein in einem Körper zu sein, ist mir fremd geworden. Entweder war es Miras wacher Geist oder der unterdrückte eines anderen, den ich spürte. Nun bin ich allein – mit mir und meinen Gedanken und Gefühlen. Das stärkste ist die Sorge um Mira.

Ich spüre, wie sich der Körper, der nun meiner ist, verändert. Er *wird* zu mir, auch wenn es noch eine Weile dauern wird, bis ich mich völlig an ihn gewöhnt habe.

Als ich die Augen aufschlage, gilt mein erster Blick Mira, die von einem sanften, hellen Licht umgeben ist. Zögerlich strecke ich die Hand nach ihr aus, noch immer von der Angst beseelt, dass ich sie nicht berühren kann. Doch meine Finger treffen auf die kühle, weiche Haut ihrer Wange. Ein kläglich-freudiger Laut entringt sich meiner Kehle.

»Mira«, flüstere ich.

Ihre Lider zucken und sie bewegt die Lippen, doch ich höre nichts.

Verwirrt wende ich mich der Hexe zu, die in einer Hand Caligram hält und mit der anderen einen Zauber auf Mira kanalisiert.

»Sie ist geschwächt«, sagt Karli, ohne mich anzusehen. »Aber ich konnte ihre Wunden säubern und schließen. Sie muss es langsam angehen und vor allem braucht sie Ruhe – sie hat viel Blut verloren.«

Das Licht um Mira herum verschwindet, als Karli den Zauber abbricht. Nun richtet sie ihren Blick auf mich.

»Das ist alles, was ich im Moment für sie tun kann. Bring sie in meinen Hain, sobald sie aufstehen kann. Dort werden wir sie besser versorgen können.«

Ich nicke, ehe ich frage: »Wir?«

Karli hebt das Schwert an und streicht beinahe zärtlich über die Klinge. »Noch nie wurde ein friedlicher Geist in einem Artefakt eingeschlossen. Noch dazu ein Heiler. Es ist eine völlig neue Erfahrung für mich, nicht mit einem Eroberer oder von Gier zerfressenem Menschen zurechtkommen zu müssen.«

Caligrams Klinge blitzt in der Sonne auf, als würde sie sich über das Lob der Hexe freuen. Und als würde der Geist im Schwert die wohltuende Berührung genauso genießen, wie ich stets Miras genoss.

Ein Lächeln zupft an meinen Mundwinkeln. »Kannst du ihm sagen, dass ich ihm von ganzem Herzen danke?«

Karli erwidert das Lächeln. »Das weiß er. Alles, was er sich wünscht, ist, dass du Mira glücklich machst.«

Ich schaue hinab auf die Frau, die alles für mich verändert hat. Die Frau, deren Licht ich bis ans Ende der Welt folgen würde. Mit zwei Fingern streiche ich ihr eine Haarsträhne aus der Stirn.

»Das werde ich.« Es ist ein Versprechen und ein Schwur.

Epilog

Garreth

Ich kann nicht sagen, wie viel Zeit seit diesem Tag vergangen ist. Dem Tag, an dem sich nicht bloß mein Schicksal erfüllte. Zeit hat für mich nun, da mein Geist in Caligram lebt, keine Bedeutung mehr. Jahreszeiten kommen und gehen, ohne dass ich ihnen eine Bedeutung beimesse.

Nachdem Karlis Schwester durch Miras Hand den Tod fand, erhielt eine Priesterin die Gabe der Lufthexe und wurde ihre Nachfolgerin. Als Lady Karli davon hörte, nahm sie sie unter ihre Fittiche und suchte gemeinsam mit ihr nach einem Ort, an dem sie zurückgezogen leben konnte.

In ihren Hain kehrte Lady Karli nur für kurze Zeit zurück. Die Magie, die sie einst dort spürte, war versiegt, und ohne die Hilfe von Caligram – ohne meine Hilfe – wäre sie vielleicht zugrunde gegangen. Gemeinsam mit ihren überlebenden Anhängern beschloss sie, fortan im Wald am See zu leben, wo einst das Schwert in einen Stein gebannt war.

Ich war glücklich darüber, denn so waren wir nicht weit entfernt von der Grenze zu Bellvor, wo auch Mira und Varyan sich gemeinsam niederließen.

Nachdem Miras Genesung abgeschlossen war, besuchten sie ihren einstigen Lehnsherrn. Dieser freute sich so sehr, seine Ziehtochter wiederzusehen und ihren Schicksalsgebundenen kennenzulernen, dass er ihr einen Teil seines Landes überließ, der sich nah an der Grenze zu Lerthau befand. Beinahe dort, wo ich

Mira vor einer gefühlten Ewigkeit in einer heruntergekommenen Schenke kennenlernte.

Sie und Varyan mussten nicht lange überlegen, was sie mit dem Stück Land anfingen. Noch im selben Jahr begannen die Bauarbeiten an der Burg, die zu einer Zuflucht werden sollte für all jene Kinder, die durch den Roten Tod ihre Eltern verloren hatten. Dort erhielten sie nicht nur ein Dach über dem Kopf, sondern wurden auch – sofern sie es wollten – in Schwertkampf und Selbstverteidigung ausgebildet; ungeachtet ob es Mädchen oder Jungen waren. Alle, die in diesem Refugium Schutz suchten, wurden nach ihren jeweiligen Talenten gefördert und gefordert.

Es dauerte nicht lange, bis sich die Erfolge herumsprachen. Außerdem machten Gerüchte über Miras Taten und Varyans Abstammung die Runde. Ich glaube bis heute, dass Prinzessin Ragna ihre Finger dabei im Spiel hatte, die vor allem Mira ewig dankbar dafür war, dass sie ihr die Augen über Batur geöffnet hatte, der seit jenem Tag im Schlossgarten nie mehr gesehen ward.

Während Lady Karli und ich damit beschäftigt waren, die Überreste des Roten Todes einzudämmen und auszurotten, wurden Mira und Varyan zu wichtigen und geschätzten Beratern der Herrscher aller Reiche.

Manchmal sind Lady Karli und ich bei solchen Beratertreffen zugegen. Auch heute ist so ein Tag. Da meine Hexe mich nicht aus Bosheit in Caligram bannte, kann ich dem Schwert nicht bloß bei Vollmond entsteigen. Es kostet mich zwar viel Kraft, aber um meine beste Freundin zu sehen, beiße ich gern die Zähne zusammen.

Mira und Varyan begrüßen uns bereits am Eingang zu ihrer weitläufigen Burg. Wie immer halten sie sich an den Händen, als sie uns zuwinken. Ich habe noch nie gesehen, dass sie einander nicht berührten. Auch nach all der Zeit sehnen sie sich nach der Nähe des anderen, ohne die sie nicht existieren können.

Lady Karli begrüßt Mira mit einer Umarmung; für Varyan hat sie lediglich ein steifes Nicken übrig, das der einstige Namenlose Prinz ebenso kühl erwidert.

Ich wünschte, dass ich meine Freundin ebenfalls in die Arme ziehen könnte; sogar Varyan würde ich umarmen, aber das ist mir nicht möglich. Also lächele ich einfach, während ich sie betrachte.

Wann immer wir die beiden besuchen, merke ich, wie schnell die Zeit verfliegt. Sowohl in Miras als auch Varyans Haare haben sich graue Strähnen gemischt und um ihre Augen bilden sich Falten, als sie mein Lächeln erwidern. Mein Herz wird schwer, als mir erneut bewusst wird, dass sie anders als ich nicht für immer auf dieser Welt wandeln werden.

Nachdem sich Karli mit einem Nicken entschuldigt hat und hinüber zu den anderen Würdenträgern geschlendert ist, verbleibe ich noch eine Weile bei meinen Freunden.

»Es ist schön, dich zu sehen«, sagt Mira. »Behandelt Karli dich noch immer gut?«

Ohne zu zögern nicke ich. »Ein besseres Leben könnte ich mir nicht vorstellen.«

Das ist die Wahrheit. Ich genieße die Zeit mit Lady Karli, die für mich mittlerweile sehr viel mehr ist als die Hexe, in deren Artefakt ich lebe. Inzwischen erahne ich, wie es Varyan ergangen ist, wann immer Mira die Klinge des Schwerts berührte. Auch mich durchfährt dann ein wohliger Schauer. Anders als zwischen den beiden schwelt zwischen Lady Karli und mir jedoch keine brennende Sehnsucht nach mehr. Wir wissen, dass wir die Ewigkeit haben – und nicht lediglich drei Monate. Wir lernen einander auf eine Weise kennen, die für Sterbliche nicht möglich ist.

An Lady Karlis Seite vollbringe ich Wunder, zu denen ich als Heiler niemals fähig gewesen wäre. Ich heile Kranke, die mir als Mensch unter den Händen weggestorben wären. Ich befreie die Welt von einer Seuche, die sie seit Jahrhunderten im Klammergriff hielt und unzählige Opfer gefordert hat. Caligrams Macht ist zwar kein Heilmittel für den Roten Tod, aber dank der Abspaltung von Krom gab es kaum neue Ausbrüche. Und falls doch, sind Lady Karli und ich zur Stelle, um sie einzudämmen.

Mein Dasein ist erfüllt mit allem, was ich mir je erträumt habe. Jedoch stiehlt sich ein Hauch Melancholie in mein Glück, als ich die grauen Strähnen in Miras Haar mustere, die bei meinem letzten Besuch noch nicht da waren. Irgendwann wird der Tag kommen, an dem sie nicht mehr da sein wird, während ich ewig leben werde.

In der Nähe spielt lautstark eine Gruppe Kinder mit hölzernen Schwertern, ehe sie von einer Magd nach drinnen gescheucht wird.

»Welches davon ist eures?«, frage ich.

»Keines«, antwortet Mira. Als sie mein Stirnrunzeln bemerkt, lächelt sie. »Es ist in Ordnung.« Sie lehnt den Kopf gegen Varyans Schultern. »Ich habe alles, was ich je wollte und brauche. Und genügend Kinder, die mich Mutter nennen, auch wenn sie nicht mein Fleisch und Blut sind.«

Auch in Varyans Miene entdecke ich keine Spur von Schmerz oder Trauer darüber, dass ihre Verbindung kinderlos geblieben ist. Da ist nichts als grenzenlose Liebe, als er auf seine Frau hinabblickt und seinen Kopf gegen ihren schmiegt.

Wann immer ich die beiden sehe, wird mir warm ums Herz. Und ganz gleich, was geschieht: Daran wird sich nie etwas ändern.

Dank ihres Einsatzes und Varyans Erfahrungsschatz aus seinem früheren Leben konnten über die Jahre hinweg die schwierigen Verhältnisse zwischen den Reichen aufgearbeitet werden. Ein geeintes Reich, von dem Varyan einst träumte, ist zwar nicht daraus hervorgegangen, aber es musste niemand mehr Hunger leiden, bloß weil er im falschen Land geboren war. Fähige Herrscher wie Prinzessin Ragna, die zur ersten unverheirateten Regentin Valencias aufstieg, führten ihre Reiche in eine glorreiche und friedvolle Zukunft.

Varyan verstarb friedlich in hohem Alter in seinem Bett. Miras Trauer währte nur kurz, denn so, wie sie seit dem Tag, an dem ich ihm meinen Körper überließ, für keinen Tag getrennt waren, folgte sie ihm nur wenige Stunden später.

Sie hinterließen der Welt ihr Refugium und eine schier endlose Zahl an Ziehkindern und Ziehenkelkindern, die sich über Generationen hinweg an ihre Namen und Taten erinnern werden.

Und wenn sie das irgendwann nicht mehr tun, werde ich da sein. Für alle Zeit wird die Erinnerung an die große Liebe zwischen Mira und Varyan in mir weiterleben. Einer Liebe, die nicht nur Hexen in die Knie zwang, sondern auch ganze Reiche erzittern ließ. Und ich werde ihre Geschichte erzählen.

Bis ans Ende aller Tage.

Danksagung

»Moonlight Sword« war ein Versuch, der mir vieles abverlangt hat. Eine Liebesgeschichte, ohne dass sich die Charaktere sehen und berühren – kann das funktionieren?

Nun, ob es letztendlich funktioniert hat, muss jeder Leser selbst entscheiden. Ich für meinen Teil kann nur sagen, dass ich stolz darauf bin, dieses Projekt gemeistert zu haben, auch wenn ich mich zwischenzeitlich sehr lautstark für die Idee verflucht habe.

Aber natürlich habe ich »Moonlight Sword« nicht allein gestemmt.

Wer sich noch an die Widmung aus »Midnight Princess« erinnert, weiß, dass ich kurz nach dem Schreiben der Geschichte meine Seelenhündin Hera über die Regenbogenbrücke gehen lassen musste. Es gab zu dem Zeitpunkt keine Fellnase, der ich für die regelmäßigen Erinnerungen daran, dass Sauerstoff und Bewegung essenziell sind, danken konnte. Diesmal kann ich es wieder. Ich zweifle nicht daran, dass Hera ihre Pfoten im Spiel hatte, als wir die damals kleine pelzige Kartoffel, wie ich sie liebevoll nannte, fanden, die heute Yuna heißt. Nun ist sie die Wächterin darüber, dass ich mich regelmäßig bewege und nicht vor dem Bildschirm versauere. Und dafür bin ich zutiefst dankbar.

Danke an meine Agentin Cristina Bernardi von der Agentur Michael Meller für ihren unermüdlichen Einsatz und die Vermittlung dieser und hoffentlich vieler weiteren Geschichten!

Wann immer ich mit einer groben Idee daherkomme, müssen meine Testleserinnen ran. Ohne ihren Zuspruch und ihre Liebe gäbe es »Moonlight Sword« heute nicht. Sie sind es, die mich aufrichten, wenn ich bereits in der ersten Schaffensphase alles hinwerfen will. Und glaub mir, das hatte ich ständig vor! Ich danke euch von Herzen, Mädels!

Veränderungen machen auch vor der Verlagswelt nicht halt, deshalb durfte ich gleich mit zwei Lektorinnen an »Moonlight Sword« arbeiten. Band 1 betreute noch Ute Scholer, Band 2 dann Stefanie Liske. Ich bin nicht dafür bekannt, mich sonderlich gut auf Veränderungen einzustellen. Umso erleichterter war ich nach dem ersten Lektoratsdurchgang, bei dem ich ständig das Gefühl hatte, dass die vorgeschlagenen Änderungen die Geschichte voranbringen. Beiden Lektorinnen gilt mein innigster Dank. Ohne sie wäre »Moonlight Sword« nicht das, was es heute ist.

Natürlich danke ich auch meinem Mann für seine Geduld und seinen Rückhalt – auch wenn er diese Zeilen niemals lesen wird, haha.

Außerdem danke ich all meinen Unterstützern auf Patreon, allen voran Kerstin, Tanja A., Regina, Daniela, Stephanie, Heike, Amelie, Franzi, Juliet, Sabine, Alicia, Caroline, Linda, Corinna, Nicole, Rosalia, Vanessa, Birgit, Ngoc Anh, Angela, Marion, Anja, Sofia, Ann-Kristin, Lisa, Linda, Kerstin, Klara, Diana, Julia, Angela, Tanja K. und Deborah.

Und last but not least danke ich dir, liebe Leserin, lieber Leser, dafür, dass du Delmira, Varyan und Garreth auf ihrer Reise begleitet hast. Ich hoffe, du hattest beim Lesen genauso viel Spaß wie ich beim Schreiben (nachdem ich aufgehört habe, mich für die Idee zu verfluchen). Vielleicht sehen wir uns ja in einer meiner anderen Geschichten wieder.

Bis dahin wünsche ich dir alles Liebe,
Asuka

Inhaltshinweis Themenübersicht

- Blut
- Physische und psychische Gewalt
- Tod/Verlust naher Angehöriger
- Folter
- Alkoholkonsum
- Toxische Beziehung
- Vergewaltigung, sexuelle Belästigungen und sexualisierte Gewalt

Aussagen, Wertvorstellungen und Handlungen der fiktiven Figuren stimmen nicht zwingend mit denen der Autorin oder des Verlags überein.

Lionera, Asuka
Moonlight Sword 2
Schicksalskuss
ISBN 978 3 522 50785 1

Umschlaggestaltung: Alexander Kopainski
Unter Verwendung von Bildern von Shutterstock.com: SWEviL / elnurSS
Innentypografie und Satz: Kadja Gericke
Kartenillustration und Vignetten: Asuka Lionera
Reproduktion: DIGIZWO GbR, Stuttgart
Druck und Bindung: GGP Media GmbH, Pößneck

MIX
Papier | Fördert gute Waldnutzung
FSC® C014496
FSC www.fsc.org